붕어 공주

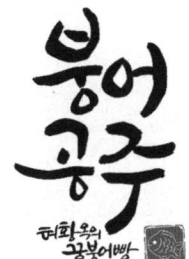

허황옥의 꿈붕어빵

붕어공주

초판 1쇄 발행 2025년 7월 18일

지은이 하루킴
펴낸곳 드림위드에스
출판등록 제2021-000017호

교정 김일권
편집 김일권
검수 김일권
마케팅 위드에스마케팅

주소 서울특별시 강남구 학동로 165, 2층 (신사동)
이메일 dreamwithessmarketing@gmail.com
홈페이지 www.bookpublishingwithess.com

ISBN 979-11-92338-86-6(03810)
값 17,500원

이 모든 여정을 이끌어주신 하나님께 감사드립니다.

저를 이 세상에 낳아주시고, 사랑으로 길러주신
이제는 하늘에서 지켜보고 계실 아버지, 어머니께 이 책을 바칩니다.

그리고 소설 『붕어공주』가 세상에 나올 수 있도록 함께해주신
모든 분들께 진심 어린 감사를 전합니다.

목차

제1화

허황옥의 김해 어린 시절

— 18세까지

Scene1. 뉴욕 타임스 스퀘어, 조의 푸드 트럭

2028년 뉴욕 타임스 스퀘어 한복판, 부슬부슬 눈 내리는 새벽 거리에는 잠들지 않는 도시라는 명성에 걸맞게 대형 LED 광고판에서 24시간 화려한 영상들이 쏟아져 나오고 있다. 이른 새벽에도 누군가를 태우고 달리는 택시와 귀를 찢듯이 사이렌을 울리며 달리는 경찰차 소리가 차가운 도시에 울려 퍼진다. 전 세계의 중심이자 미국의 상징인 맨해튼 한복판에 한글로 '붕어공주(princess carp)'라 쓰인 푸드 트럭이 한 대 서 있다. 뜨거운 김이 모락모락 나는 트럭에는 백발의 흑인 할아버지가 밀가루 반죽을 만들며 휴대폰으로 CNN 유튜브를 보고 있다. 미국에 붕어공주 꿈붕어빵 푸드 트럭 신드롬을 일으킨 조 베이커(78세)다.

"헤이, 조! 날도 추운데 일찍 나오셨구만~ 꿈붕어빵 나오려면 얼마나 걸리나?"

매일 같은 시간에 마주치는 청소부 잭이 붕어공주 트럭에서 장군차를 홀짝이며 인사를 건넨다. 새벽 일찍 도시를 여는 사람들… 붕어공주 열풍 이후 꿈붕어빵과 장군차로 아침을 먹는 것이 이제 그들의 일상이다. 푸드 트럭 전광판에 전 세계에서 오늘 하루 기부된 붕어빵 개수가 떠 있다. 그리고 조의 트럭에서 먹을 수 있는 공짜 붕어빵 개수가 함께 보인다.

"그나저나 아직도 그때 일을 생각하면 믿을 수가 없어. 붕어공주와 인어공주의 합병이라니! 앞으로도 그런 세상이 뒤집힐 사건은 없을 거야, 아마…. 그런데 정말 아무것도 안 받고 다 줬다고? 조, 자네는 들은 얘기가 있을 거 아냐? 소문에는 스위스 은행에…."

"어허 거참! 합병이 아니라 공생 관계라고 몇 번을 말했나? 자, 자, 흰

소리 그만하고 눈 쌓이기 전에 얼른 치워~ 얼어붙으면 낭패야, 낭패~"

잭은 조가 이 질문만 했다 하면 핀잔을 주는 걸 잘 알기에 더 이상 물어보지 않고 화제를 바꾼다.

"흐흐흐, 오케이! 이봐, 조~ 요즘도 그 꿈 꾸나?"

"yap~ 그럼 늘 꿈을 꾸지. 자네는?"

"Of course! 나도 매일 꿈을 꾼다네~"

"한 바퀴 돌고 오면 뜨끈한 꿈붕어빵이 나와 있을 테니, 조금만 기다리라고."

"하하, 좋아! 자, 그럼 오늘도 좋은 꿈 꾸자구!"

수다쟁이 청소부가 떠나자 조는 웃음을 머금고 고개를 절레절레 흔든다. 조의 푸드 트럭에 자랑스럽게 붙어 있는 USA 붕어공주 1호점 간판 위로 은빛 눈이 조금씩 쌓여 빛난다. 트럭 한편에 붙은 사진을 올려다보는 조. 한국에서 허황옥과 그녀의 친구들과 만났을 때 찍은 사진이다. 아직도 그는 처음 꿈붕어빵을 먹고 꿈에서 허황옥을 만났던 일이 생생하다. 그리고 유튜브에 들어가 다시 플레이를 누른다. 얼마 전 CNN에서 특집으로 방영한 붕어공주 다큐다. 조는 틈만 나면 이것을 돌려 보는데, 조도 이 방송에 등장하기 때문이다.

"안녕하십니까? CNN Icon: Collective Tribute Peformance의 리처드입니다. 오늘 시청하실 특집 방송에서는 최근 K-Pop과 더불어 K-Food로 전 세계를 강타한 붕어공주 허황옥과 그녀의 꿈붕어빵의 실체를 집중 분석합니다. 빅뱅에 견줄 만한 붕어공주 브랜드의 성장 과정

과 전 세계인들을 매료시킨 이유와 원인 그리고 꿈붕어빵을 먹고 꿈을 꾼 사람들의 믿을 수 없는, 하지만 실제로 많은 이들이 경험한 그 꿈의 이야기를 매우 객관적이고 심층적으로 보도하겠습니다.

그 뜨거운 소용돌이의 중심에서 붕어공주의 다큐를 직접 만든 배두호 감독을 모셨습니다. 베일에 가려진 허황옥의 생애와 그녀가 세상에 외치고 싶었던 이야기들… 왜 세상은 그녀에게 열광하고 또 그녀를 추락시켰는지? 그리고 마치 한 편의 드라마 같았던 스타월드와의 극적 합병까지… 각 분야 전문가들의 예리한 분석을 통해 전 세계를 놀라게 한 붕어공주의 스토리를 여러분과 함께 짚어 봅니다. 잠시 후에 시작합니다."

BMW, 코카콜라, 애플, 갓뚜기, 삼오전자, 장발장은행, 유니세프, 나이키, 등등 글로벌 기업 등의 광고가 줄지어 보인다. 그리고 마지막으로 이어지는 스타월드 광고! 스타월드의 로고인 인어공주와 붕어공주가 손잡고 지속 가능한 빈곤 구제에 앞장선다는 메시지가 흘러나온다. 요즘 도시의 모든 광고판을 차지한 바로 그 내용이다.

다시 CNN 방송으로 화면이 전환되고 관중들의 함성이 조의 이어폰에 울려 퍼진다. 화면에는 조금은 긴장한 표정의 동양인 남성이 스튜디오로 걸어 들어오는 것이 보인다. 짙은 네이비 정장에 하얀 셔츠, 검은색 뿔테 안경을 쓰고 무대 중앙에 선 그가 긴장을 풀기 위해 잠시 숨을 고르고 천천히, 그러나 또렷한 목소리로 첫마디를 시작한다.

"안녕하십니까? 한국에서 온 다큐멘터리 감독, 배두호입니다. 지금부터 보실 영상은 제가 한국에서 직접 겪었던 붕어공주 허황옥의 이야기입니다."

긴장 가득했던 그의 말투와 눈빛은 지난 몇 년간 이 거대한 변화의 중심에 있던 사람답게 이내 평온하게 바뀌었다.

배두호는 생각했다. 약 3년 전 붕어공주를 다시 만났을 때, 아니 어쩌면 30년 전 처음 그녀를 만났을 때부터 그의 삶은 결정되어 있었던 건지도 모른다고….

Scene2. 김해 가야 시장, 강씨 아줌마의 꿈

이야기는 현재 시점보다 4년 전으로 거슬러 올라가, 2024년 김해시 덕천면에 위치한 가야 시장에서 시작되었다. 365일 내내 생선 비린내로 가득한 이곳이지만 봄 햇살과 함께 퍼져 나가는 꽃내음을 막지는 못했다. 따듯한 햇살을 받으며 생선 가게 강씨 아줌마가 가판대 앞에 앉아 꾸벅꾸벅 졸고 있었다. 비록 작고 볼품없는 가게였지만, 30년간 굳건히 같은 자리를 지켜 온 강씨 아줌마의 성격만큼은 터줏대감답게 늘 자신감 넘쳤다. 한 손에는 먹다 남은 붕어빵을 쥔 채, 무슨 꿈을 꾸는지 잠꼬대로 노래까지 흥얼거리고 있었다. 그때 길고양이가 강씨 아줌마의 붕어빵을 앞발로 툭 쳐서 물고 도망을 가는 바람에 그녀는 달콤한 꿈에서 깨어났다.

"크크크, 세상 생선 대가리 한 개라도 더 쳐야 된다꼬 쉬도 안 하디만, 먼 일로 낮잠까지 자노?"

"무슨 꿈이라도 꾼나? 노래가 아주 흥이 넘치데~ 흐흐흐."

생선 가게 건너 건어물집 박씨와 젓갈집 홍씨가 키득키득 웃자 강씨 아줌마도 고개를 갸우뚱하며 중얼거린다.

"그래 말이다. 내 생전 꿈 한 번을 안 꿨는데, 이기 우짠 일이고?"

강씨 아줌마는 연신 고개를 갸우뚱하며 방금 꾸었던 꿈을 떠올렸다.

insert 꿈, 강씨 아줌마의 꿈

화려한 배경의 알록달록한 무대 위, 맵시 나는 하얀색 정장에 알록달록 물고기 무늬가 있는 나비넥타이를 맨 허황옥이 사회자로 등장해 강씨 아줌마를 소개한다.

"방금 동남아 순회공연을 마치고 돌아온, 김해시가 낳고 키운 세계적인 명가수 강순옥을 소개합니다! 노래 제목은 〈물고기의 꿈〉 모두 큰 박수로 맞이해 주세요~"

소개를 받고 얼떨결에 나온 강씨 아줌마는 노래방 말고는 실제로 무대 위에서 본 적은 처음이라 적잖이 당황했다. 생선 팔 때 입던 옷 그대로 입고 긴장한 강씨 아줌마에게 허황옥이 용기를 준다.

"자, 마이크 받으세요. 당신의 꿈을 펼쳐요! 여기는 당신의 꿈이 실현되는 곳입니다. 그동안 평생 가족들을 위해서만 살았잖아요. 이젠 당신의 꿈을 펼칠 시간입니다. 어서요!"

붕어 모양 마이크를 건네받은 강씨의 옷이 갑자기 마법처럼 화려한 무대복으로 바뀐다. 연주가 시작되고 강씨 아줌마는 자기도 모르게 몸이 들썩거리며 리듬을 탄다. 너무 긴장한 나머지 시작 부분을 놓치고 말았다. 주변이 조용해지고 모두 강씨의 입만 바라본다. 침을 꿀꺽 삼키며 용기를 내 본다. 긴장해서 굳어 있던 강씨의 입에서 노래가 흘러나오자 다시 화려한 연주가 시작된다. 백댄서 생선들이 그녀의 뒤에서 춤을 추고, 허황옥이 등장하더니 같이 춤을 추면서 노래를 한다. 죽은 남편이 머리에 엔젤링을 하고 드럼을 치고 있고, 돌아가신 친정 엄마가 키보드를 연주한다. 그렇게 시집살이시키던 시어머니도 보인다. 무대 앞에 물고기들이 신나게 춤을 추며 환호한다.

꿈의 내용을 되새겨보던 강씨 아줌마는 다시 자신의 오래된 꿈을 떠올렸다. 가수라는 직업은 그녀가 생계에 부딪혀 포기하고 말았던 어린 날의 꿈이자 남몰래 가지고 있던 취미였다. 강씨 아줌마는 시장 입구 쪽을 바라보았다. 낡은 푸드 트럭에서 모락모락 붕어빵 굽는 냄새와 함께 요상한 악기 소리가 흘러나왔다. 한창 손님들에게 붕어빵을 파는 30대 초반의 여사장. 그녀의 이름은 허황옥이었다. 허황옥은 자신을 기다리던 길고양이들에게 붕어빵 몇 개를 나눠 준 뒤 불현듯 뒤를 돌아 자신을 바라보던 강씨 아줌마와 눈을 맞췄다. 마치 강씨 아줌마의 꿈속에 자신이 등장했었다는 사실을 알고 있다는 듯이, 손에 든 붕어빵을 마이크처럼 입앞에 갖다 대며 미소를 지었다. 강씨는 흠칫 놀라며 다시 고개를 돌려 못 본 척했다. 다시 천천히 고개를 들어 어색한 웃음으로 답례를 하는 강씨 아줌마는 허황옥이 궁금해졌다.

Scene3. 10여 년 만에 김해로 돌아온 허수경… 아니 허황옥

허황옥이 김해에 처음 등장해 붕어빵을 팔기 시작한 건 약 2년 전이다. 정확히 표현하자면 10여 년 만에 다시 모습을 드러낸 것이라고 해야 할 듯하다.

인도에서 돌아온 이후 그녀는 푸드 트럭으로 전국 곳곳을 돌아다니며 붕어빵 장사를 했다. 낡은 미니밴을 개조한 트럭에 '붕어공주(PRINCESS CARP)'라는 글씨를 새기고 다녔으며, 방문하는 지역의 특산물을 넣은 붕어빵은 남녀노소에게 모두 인기가 있었다. 그을린 듯한 피부와 어깨에 새겨진 물고기 모양의 점(사람들은 타투라고 주장했지만, 사실은 타투라

하기엔 마치 처음부터 몸에 있었던 듯한 느낌의 점이었다) 그리고 질끈 묶어 올린 굵은 웨이브의 머리와 인도풍 장신구들까지… 일명 알라딘 바지라고 불리는 하렘 바지와 헐렁한 민소매 티셔츠 한 장. 무소유의 극치처럼 보이는 그녀는 누가 봐도 자유분방한 영혼의 소유자처럼 보였다. 그런 그녀가 인도의 전통 악기인 싯타르(저자 주: sitār, 인도 악기 중 가장 널리 알려진 악기로 크고, 프렛이 있으며, 류트의 목을 길게 늘인 듯한 형태이다) 기타 연주를 할 때면 마치 눈을 뜨고 꿈을 꾸는 듯 몽환적인 기분에 휩싸였다. 우리가 아는 일반 기타보다 큰 싯타르의 오묘한 음색은 오묘한 몽롱한 느낌은 인도풍 느낌을 주었다. 사람들은 말 못 하는 장애가 있지만 그녀의 목소리가 마치 귓가에 들리는 듯하다고 입을 모았다.

허황옥이 일주일 전 김해 가야시장에서 붕어빵을 팔겠다고 등장한 그 순간부터 시장 상인들 사이에서 그녀는 최대의 관심사였다. 한동안 조용했던 동네에서, 본인을 '허황옥'이라 소개하며 나타난 30대 초반의 여성이, 30여 년 전 길에서 붕어빵 장사를 하던 허 할매의 손녀 허수경이라는 사실을 모르는 이는 없었기 때문이다.

다시 CNN 스튜디오 안, 리처드가 배두호에게 말을 걸며 프로그램이 본격적으로 시작된다.

"그렇게 10여 년 만에 김해로 돌아온 허황옥이었군요. 그럼 이야기를 처음부터 천천히 들어 보겠습니다. 배두호 감독님은 김해에서 허황옥, 아니 그 당시는 허수경과 허 할매가 돌아가시기 전 18세까지 함께하셨는데요. 어린 시절의 허황옥은 어땠나요?"

"네, 때는 지금으로부터 약 30년 전으로 거슬러 올라갑니다."

Scene4. 1994년, 김해, 허수경의 탄생

김해에 허 할매라고 불리는 한 사람이 있었다. 아무도 그녀의 본명이 무엇인지 몰랐다. 그냥 처음부터 허 할매라고 불렀다. 그런 허 할매에게는 딸이 하나 있었는데, 이름은 허진이라 했다. 먹고살기 힘든 시절, 김씨 성을 가졌다는 것 말고는 아무것도 모르는 선원의 아이를 혼자 낳은 후 김해에서 어렵게 딸 허진을 키웠다. 그 후 허진은 가난한 집과 엄마를 두고 가출을 했고 몇 년간 소식이 없다가 어느 비 오는 날, 산달이 얼마 안 남은 몸을 하고 집으로 돌아왔다. 그리고 허진 역시 아빠가 누군지도 모르는 말 못하는 딸을 낳았다. 그녀는 얼마 후 아무도 깨어나지 않은 새벽에, 아무 말도 남기지 않고 다시 고향을 떠났다. 졸지에 딸의 딸을 키우게 된 허 할매는 손녀를 자신의 호적에 딸로 올리고, 허수경이라는 이름을 지어 주었다.

"우리 허씨 집안은 가야국 김수로왕의 부인이었던 허황후[1])로부터 시작됐따. 2천 년도 전에, 저 먼 인도의 아유타 왕국[2])에서 왔다 아이가. 그란데 아유타 왕국은 사실 붕어 왕국이었거등? 우리는 그 허황후의 직계 후손인기라~ 우리도 옛날에는 인간들과 더불어 잘 지냈지. 그라다 세상

---

1) '허황후', '허왕후'라고도 불리며 한국의 성씨 중 하나인 허씨의 시조. 《삼국사기》에는 기록이 나오지 않으며 《삼국유사》 가락국기에서만 등장하는 인물로 《삼국유사》에서는 고향이 인도 아유타야라고 기록했다.

2) 삼국유사의 기록에 따르면 허황옥은 아유타국(阿踰陁國) 공주 출신이다. 정확한 위치는 논란이 있으나 허황옥 인도인설을 긍정하는 쪽에서는 인도 북부의 아요디아(Ayodhya)에 있었던 아요디아 왕국이나 후술된 인도 남부의 칸야쿠마리 지역 등을 아유타국이라고 추측하는 편이다.

이 점점 발쩐하민서 우리 왕국은 몰락의 길을 걷게 됐꼬… 이래 붕어빵 팔믄서 살게 된기라. 그래도 니는 붕어 왕국의 후손이니까네 늘 공주답게 행동해야 된데이~ 우리 공주, 알겠제?"

허 할매의 품에 안겨 붕어빵 하나를 입에 물고 할머니의 이야기에 집중하는 3살 허수경의 눈이 초롱초롱했다. 허수경은 유독 할머니가 해 주는 붕어 왕국 이야기가 좋았다. 허 할매는 이야기를 계속 이어 갔다.

"니 어깨에 이 물고기 점은 우리 붕어족한테만 내려오는 기다. 니같이 이래 크고 우아한 물고기 점은 이 할매도 본 적이 엄따. 이 점은 아무한테나 나타나는 기 아이그등. 안타깝게도 느그 엄마는 점이 없었어. 그래가 항상 속상해했지… 그란데 니 물고기 점은 이래 크게 안 태어났나? 니가 커 갈수록 이 물고기도 점점점 커가 그 점이 완성되믄 니 인자 완전한 붕어공주가 되는 기다. 자부심을 가지라! 봐라, 느그 할매도 여 물고기 모양 점 있제? 내 꺼는 니 점에 비하믄 댈 것도 엄따. 니는 틀림없이 세상 모두를 깜짝 놀래키는 커다란 물고기가 될 끼야!"

허 할매는 장롱 깊숙이 있던 오래된 나무상자를 꺼내 왔다. 인도 전통 문양이 새겨진 상자 뚜껑에는 물고기 두 마리가 그려져 있었다. 그 안에는 가죽 주머니에 싸인 청동 붕어가 있었다.

"자~ 봐라! 이 청동으로 맨든 붕어 원형은 우리 집안 대대로 내리오는 아주 귀한 기다. 이 붕어 원형만 있으면 꿈붕어빵 만드는 틀을 만들 수 있다 아이가? 나중에 니가 어른 되믄 니한테 물려줄라꼬."

허 할매가 "우리 공주~ 우리 공주는 붕어공주데이"라고 부르자, 수경은 자연스럽게 동네 어른들에게 붕어공주라고 불리게 되었다. 허 할매의 붕어빵 가판대에 걸린 붕어공주가 붕어빵을 들고 있는 조악한 그림은 동네 간판집 사장님이 할머니에게 선물해 준 것이었다.

Scene5. 1999년, 가난했던 허수경의 어린 시절, 친구 배두호 만남

1999년, 할머니와 살던 붕어공주 허수경은 유년 시절이 참 가난했다. 소녀 허황옥, 아니 허수경은 할머니의 이야기가 100% 진짜라고 믿지는 않았지만 궁핍하고 어두운 현실에서 그녀에게는 상상 속에서나마 붕어공주로 사는 것이 유일한 낙이었다.

동네 개척 교회 배 목사의 아들 배두호가 처음 허수경을 만난 것도 이 쯤이었다.

배 목사의 부인이자, 배두호의 엄마, 마리아 여사는 음성 장애가 있었다. 그녀가 운영하는 장애인 수어 교실에서 만난 배두호와 허수경은 금방 친구가 되어 유년 시절을 함께 보냈다. 배두호는 엄마로 인해 수어를 할 줄 알았지만 둘은 말 대신 그림으로 대화하는 것을 좋아했다. 그림을 그리다 배가 고플 땐 붕어빵을 먹으며 잠들었다. 잠에서 깨고 나면 어떤 꿈을 꿨는지, 서로에게 꿈 이야기를 해 주며 놀았다. 동네 아이들이 허수경을 '말 못 하는 벙어리'라고 놀릴 때면 배두호는 용감하게 나서서 허수경을 지켜 주었다. 그중에서도 유별나게 허수경을 괴롭히는 아이들이 셋 있었다. 일명 프린세스 3인방이라 불리는 박민지, 김선희, 이주영이었다. 나름 김해에서 손꼽히는 유지 집안의 자식들이었다.

소위 프린세스라고 불렸던 이 3인방의 리더인 박민지는 경남 지방검찰청 박정일 검사의 외동딸이었다. 김해 출신으로 정치적 야망이 컸던 박 검사는 차기 김해 시장을 거쳐 여의도에 입성하기 위해 그 세력을 키우고 있었고, 김해 대형 건설사 '선일건설'의 딸 김선희와 가야 시장 조합장인

이철수와 생선 가게 강씨 아줌마 딸 이주영이 그들이었다.

배두호와 허수경, 그리고 박민지, 김선희, 이주영 모두 배 목사의 '만선 교회'를 다녔다. 비록 작은 개척 교회였지만 배 목사의 신실한 신앙심과 특히 배두호의 엄마이자 배 목사의 부인인 마리아 사모님의 인품이 너무나 훌륭해, 많은 이들이 이 젊고 신실한 목회자 부부에게 호감을 갖고 교회에 다니기 시작했다. 허수경도 친구 따라 강남 간다고 배두호를 따라 교회를 다니며 처음으로 예수님을 영접했다. 딱히 신앙심이 있는 건 아니었지만 어린 허수경의 눈에 비친 예수님은 가장 낮은 곳에서 사랑을 베푸시는 분이었다. 그분 앞에서는 가난하고 말 못 하는 허수경도 사랑스러운 어린 양이었다. 젊은 배 목사의 설교는 은혜롭기로 소문이 나 있어서 교회는 늘 가난하지만 착하고 성실하게 살아가는 소외된 사람들로 북적거렸다.

그날도 여느 주일과 마찬가지로 허수경은 배두호를 따라 교회에 갔다. 오늘따라 배 목사는 강하고 단호한 어조로 설교를 하였다.

"하나님의 부르심을 받은 모세가 말에 능치 못함을 구실로 그 부르심에 응하려 하지 않았을 때 하나님은 그에게 **'누가 사람의 입을 지었느냐? 누가 벙어리나 귀머거리나 눈 밝은 자나 소경이 되게 하였느냐? 나 여호와가 아니냐? 이제 가라!! 내가 네 입과 함께 있어서 할 말을 가르치리라.'** 출애굽기 4장 10절에서 12절을 통해 말씀하십니다. 우리 주 하나님은 신체적 능력이 모자라더라도 그를 통해서 얼마든지 더 큰 능력을 부여하여 그 권능을 행사하십니다, 할렐루야!"

배 목사의 설교를 마리아 사모님이 허수경을 위해 수어로 들려준 그 말씀을 접한 순간, 허수경은 자신도 모르게 몸을 부르르 떨며 하염없이 눈물을 흘렸다. 그런 모습을 본 배두호는 이런 것이 성령이 임하시는 거구나 생각했다. 이따금씩 교회에서 이런 모습을 보인 후에 삶의 궤적을 크게 바꾸는 사람들이 많다고 들었지만 직접 눈으로 본 것은 처음이었다.

허수경은 집으로 돌아가서도 출애굽기와 모세를 되뇌며, 모세라는 선지자의 삶에 자신을 이입시켜 깊은 동경에 빠져들었다. 그녀는 매일 성경을 읽었는데, 그중에서 특히 가장 좋아하는 부분은 '오병이어의 기적'이었다.

"예수님께서 빵 다섯 개와 물고기 두 마리를 가지사 하늘을 우러러 축사하시고 빵을 떼어 제자들에게 주어 사람들 앞에 놓게 하시고 또 물고기 두 마리도 모든 사람에게 나누어 주시매 다 배불리 먹고…"(마가복음 6:41-42)

마리아 사모님은 어린 허수경이 오병이어의 기적을 쉽게 이해하도록 그녀를 주인공 삼아 수어로 설명해 주었다.

「오병이어의 기적은 예수님의 대표적인 기적 중 하나란다. 가난한 이들에 대한 예수님의 지극한 마음을 보여 주는 얘기지. 예수님이 빵 다섯 개와 물고기 두 마리로 자기 주변에 몰려든 가난한 모든 사람들을 배부르게 해 주셨단다. 광주리 안에서 계속해서 빵과 물고기가 생겨났거든. 수경이 할머니가 파시는 붕어공주 꿈붕어빵을 먹으면, 사람들이 하루 종일 배가 부르고, 희망을 꿈꾸지 않니? 붕어빵은 원하는 모든 사람들에게 계속 나눠 줄 수 있으니까…. 그래서 수경이와 할머니가 파는 꿈붕어빵도 예수님이 만든 기적처럼 엄청난 기적을 일으킬 수가 있단다. 아줌마는 그런 수경이랑 할머니가 얼마나 자랑스러운지 몰라!」

마리아 여사님의 설명을 듣고 허수경은 놀라움을 감출 수 없었다. '오병이어의 기적이 붕어빵 파는 거와 같은 거였다니….' 허수경은 문득 할머니와 자신이 세상에 필요한 존재였구나 깨닫게 되었다. 처음이었다. 허수경에게 이렇게 다정한 사람은…. 마리아 사모님은 그런 허수경이 씩씩하게 잘 자라길 바라는 마음으로 그녀를 꼭 안아 준 뒤에 수어로 말했다.

「아줌마도 우리 수경이 같은 딸 하나 있으면 좋겠다~」

그 순간 허수경은 마리아 사모님에게서 지금껏 몰랐던 엄마라는 존재를 느꼈다. 그리고 이날 오병이어의 기적은 그녀의 마음속에 깊이 각인되었다. 허 할매는 딱히 신앙은 없었지만, 허수경이 교회 나가는 걸 좋아했다. 엄마가 없는 허수경이 마리아 사모님을 워낙 좋아했기 때문이었다.

Scene6. 배 목사와 마리아 여사의 대화, 그리고 배 목사의 꿈

배 목사는 허 할매에게서 풍기는 이단적인 느낌 때문에 그들을 그다지 좋아하지 않았다. 노인네 어깨에 물고기 모양 타투라든지 ― 마리아 사모님이 아무리 점이라고 말해 줘도 배 목사는 타투라고 믿었다. ― 낯선 이국적 느낌의 장신구도 싫었지만, 피리같이 생긴 인도 전통 악기 반수리(저자 주: Bānsurī/대나무를 뜻하는 '반스'와 선율을 뜻하는 '수르'가 결합된 뜻)를 연주하는 모습도 마음에 들지 않았다. 게다가 그녀의 딸 허진도 어디서 애비도 모르는 아이를 낳고 도망을 갔다는 것도…. 그런데도 마리아가 워낙 허 할매를 챙기고, 배두호와 허수경이 친하게 지내니 어쩔 수 없이 두고 보는 중이었다. 배 목사에게 마리아는 자신의 믿음만큼 큰 자리를 차지하는 사람이었다. 아내이자 아들의 엄마이자 지금의 배 목사를 있게 해 준 버팀목 같은 여자였다. 그러나 배 목사가 허 할매를 싫어하는 가장 큰 이유는 그녀가 만든 꿈붕어빵을 먹고 나서 겪은 이상한 일 때문이었다.

"혹시 당신, 수경이 할매 붕어빵 먹어 본 적 있나?"

「그럼요. 갑자기 왜요?」

마리아는 무슨 뜬금없는 소리냐는 표정으로 배 목사를 바라보며 수어로 답했다.

배 목사는 별일은 아니지만 뭔가 완전히 정리되지 않은 느낌임을 드러내며 말을 이었다.

"내가 이상한 꿈을 꿨는데 말이야…. 전에 허 할매 붕어빵 묵고 나서 내 꿈에 아부지 배, 만선호에서 그물 던지는 꿈을 꿨다 아이가? 그기 수경이가 태어나기도 전이었제…. 그란데 그 당시가 내가 개인적으로 목사가 돼도 내 삶이 과연 신도들의 삶에 어떤 영향을 주능가 회의가 마이 들 때라꼬. 근데 꿈에, 예수께서 제자인 어부 베드로한테 이리 떤지면 고기를 마이 잡을 수 있다꼬 그물을 떤지도록 하는 그 장면… 완전히 그 장면이었거등! 워낙에 유명해가 교황 레오 10세가 시스티나 성당 창문에 걸라꼬 세기의 화가, 라파엘로한테 주문한 그림이기도 하다 아이가? 하이튼 예수님 머리에서 후광이 마 이래 비치민서…."

결말이 궁금해진 마리아는 눈을 반짝이며 얘기를 재촉하라는 신호를 보냈다. 그것을 본 배 목사도 서둘러 이야기를 이어 갔다.

"아, 거서 물고기를 엄청시리 건지는데 아가 하나 딸리 나오는 기라! 얼굴에서 막 은은한 빛이 나는 기, 성령이 기름 부으신 거 같이 막 찬란한 기라! 근데 그기 지금 와서 보이 딱 수경이다 아이가! 허 할매가 준 붕어빵 묵고 나서, 꿈에서는 생전 얼굴도 모르던 허수경이가 나오고… 안 그래도 요새 두호하고 너무 붙어 댕긴께 신경 쓰이 죽겠구마!"

마리아는 듣다가 피식 웃으며 적극 부정하며 말했다.

「수경이가 얼마나 착하고 귀여운데 그래요? 할머니도 억척같이 힘들게 살면서 손녀를 위해 모든 걸 희생하고, 그런 집이 어디 있을까요? 두호도 그런 착한 사람들을 통해 선한 심성을 배워야지요. 잘난 사람들만 사람 아니잖아요?」

배 목사는 그게 아니라는 표정으로 애써 자신을 정당화하며 얼버무렸다.

"그기 아이고… 요즘 세상이 착하기만 한 사람들한테 너그러운 세상이 아이다. 살아남는 거 자체가 힘들다 아이가? 솔직히 내는 목사지만, 우리 두호는 더 좋은 세상에 번~듯하게 살았으믄 하는 마음이다 보이…. 박 검사 딸, 민지하고나 친하게 지냈으면…."

조만간 정치를 하려고 생각 중이었던 박 검사는 비록 배 목사의 교회가 작기는 하지만 딸인 박민지가 다니고 있다는 이유도 겸해서 열심히 얼굴 도장을 찍고 있었다. 보수 성향의 동네에서 교회야말로 대표적인 표밭이란 걸 그는 잘 알고 있었기 때문이다. 박 검사는 배 목사를 철저하게 자신의 정치적 야욕을 위해 이용했다.

Scene7. 2004년, 스타월드 김해 오픈식, 처음으로 현실을 깨닫는 허수경

그날은 김해시에 스타월드 매장이 처음 오픈하던 날이었다. 스타월드는 세계에서 가장 큰 커피 프랜차이즈 기업으로, 모 기업인 스타그룹의 수많은 계열사 중 가장 상징적인 회사였다. 스타그룹은 덴마크 왕족의 혈통에서 유래된 전 세계에서 가장 오랜 역사를 가진 거대한 글로벌 기업으로서 상상할 수도 없는 부와 권력을 가진 초 기득권 집단이다. 스타그룹은 한국계 프랑스인 소피아 허가 의장으로 있고, 그녀의 외동딸 그레이스는 어릴 때부터 스타월드의 최대주주이자 상징 같은 역할을 하고 있었다. 성인이 되면 스타월드의 대표가 될 것이고, 언젠가는 스타그룹의 의장 자리를 어머니에게서 물려받을 예정이었다. 물론 그녀의 자리를 노리는 수많은 경쟁자들과 대결해서 승리해야만 했다.

이날은 김해에 첫 스타월드 매장이 오픈하는 날이었고, 성대한 오픈식이 있을 예정이었다. 그레이스가 오픈식에 온다는 소식에 도로가 마비될 정도로 많은 인파가 몰렸다. 그녀는 어릴 때부터 타고난 미모와 재능으로 팝페라 가수로도 활동하고 있었기 때문에 전 세계 또래 아이들의 우상이었다. 스타그룹의 기업 로고가 인어 모양인 덕에 그녀는 자연스럽게 어릴 때부터 인어공주로 불렸다.

김해에 살던 프린세스 3인방은 부모님이 사 준 공주 드레스를 입고 스타월드 오픈 파티에 가던 길이었다. 마침 스타월드 매장 길 건너에서 초라한 붕어공주 리어카와 한쪽에 쪼그려 앉아 있던 허수경을 발견했다. 박민지는 걸음을 멈추고 자신의 재미를 채워 줄 장난감을 발견한 듯 두 눈이 반짝거렸다. 어린아이의 장난스러운 표정이라고는 하나 그 대상은 장난감이 아닌 사람이었고, 박민지에게 허수경은 장난감보다 더 하찮은 존재였다.

"야, 야, 우리 시간도 남는데 거지 공주 함 들렀다 가까?"

김선희도 덩달아 맞장구를 쳤다.

"좋다, 좋다! 어데 지 주제도 모리고 여기 떡하이 자리를 피 놨노?"

"스타월드 매장 앞에 이래 추잡한 리아까 있는 거 억수로 싫데이~ 오늘 인어공주도 온다 캤는데… 쪽팔린다 진짜!"

김선희도 질세라 끼어들었고, 이주영은 아예 박민지 아빠가 국회의원이라는 사실을 대놓고 앞세웠다.

"민지야, 느그 아빠한테 말해가 저런 거 쫌 치아 달라 캐라!"

"알아따! 내가 아빠한테 말할게~"

만면에 미소를 띤 그들은 한쪽에 앉아 있던 허수경에게 다가갔다. 마침 허 할매는 잠깐 자리를 비웠는지 보이지 않았다. 인어공주 바비 인형을 손에 든 공주 차림의 프린세스 3인방이 다가오자 허수경은 그들을 발견하고 자기도 모르게 벌떡 일어났다. 경직된 채 아무 말 못 하며 커다란 두 눈만 깜빡였고, 할머니가 무명천으로 만들어 준 붕어빵 인형을 자신도 모르게 등 뒤로 감추었다.

"붕어공주야, 붕어빵 마이 팔았나?"

허수경은 아무 말도 하지 못했다. 평소 그들이 자신을 어떤 눈으로 바라보는지, 어떻게 생각하는지… 막연하게 느껴지던 그 불편함과 두려움을 알기에 허수경은 아주 작게 바르르 떨기만 하였다.

"근데 붕어공주가, 공주 맞나? 나는 인어공주는 들어 봤어도 붕어공주는 첨이데이~"

"붕어공주는 어디 사노? 바다에 사나? 연못에 사나?"

박민지가 둘의 말을 듣고 깔깔댔다.

"하하하, 니 미칬나? 붕어가 무슨 바다에 사노? 쩌~기 저수지 밑바닥에서 흙 파묵고 산다 아이가?" 김선희와 이주영은 손바닥을 치며 격하게 호응했다.

"맞다, 맞다! 그라면 이 붕어빵에도 진흙 드간 거 아이가? 이런 걸 사람이 우째 먹노?"

"야 옷도 이래 흙투성인 거 보믄, 진짜 그란 갑다. 니도 흙 퍼묵나? 거지 꼬라지 하고는…."

"거지 공준갑다~ 거지 공주~"

"그래, 무슨 붕어가 공주고? 하하하, 인어공주가 진짜 프린세스지~"

금방이라도 눈물이 쏟아질 것 같은 허수경을 바라보며 박민지는 붕어빵 하나를 손가락 끝으로 집어 들어 바닥에 떨어뜨린 후 발로 밟았다. 붕어빵이 으깨지며 바닥의 흙과 섞여 버렸다.

"니는 붕어니까 진흙이랑 더 잘 어울린다 카이. 알겠나? 니는 평생 붕어공주나 해라, 거지 공주!"

박민지의 마지막 말은 비아냥과 놀림으로 상처받은 허수경의 마음에 소금을 끼얹는 것 같았다. 하지만 허수경은 3인방의 놀림에 아무 말도 할 수가 없었다. 그저 속으로 이렇게 생각할 뿐이었다.

'할머니가 내도 공주라 캤는데… 프린세스랑 공주가 다른 기가? 내가 잘못 알은 기가?'

허수경은 낡고 볼품없는 붕어빵 인형을 터질 듯 손으로 움켜쥐었다. 아무 말도 할 줄 모르고, 할 수도 없었던 허수경은 참았던 눈물을 뚝뚝 흘렸다. 어린아이의 눈에서 나온다고 믿기지 않을 만큼 큰 눈물방울들이 으깨진 붕어빵에 떨어져 진흙 속으로 스며들어 갔다.

Scene8. 그레이스, 김해 스타월드 오픈식 행사 도착

붉은 저녁놀이 청보랏빛으로 바뀌며 가로등 불이 하나둘 켜졌다. 김해시의 내로라하는 사람들은 모두 스타월드에 모여들어 그레이스의 도착을 기다리고 있었다. 경찰 오토바이의 호위를 받으며 그레이스가 탄 리무진이 매장 앞에 멈춰 섰고, 문이 열리자 경호 담당 박 팀장과 영업 담당 신 부장이 차 문을 열고 내린 후 그레이스가 천천히 발을 내밀며 내렸다. 서울과 지방 곳곳에서 모여든 언론사들의 스포트라이트가 한꺼번에 터지며 그레이스의 하얀 피부와 반짝이는 드레스가 자체 발광하는 느낌으로 더욱 빛났다. 그녀의 금발에 가까운 갈색 머리와 유난히 파란 눈동자는 마치 동화 속 공주가 현실에 살아 있다면 저렇게 생겼을 듯싶었다. 테이프 커팅을 위해 자리를 잡은 그레이스를 향해 수많은 사람들이 열띤 환호를 보냈다. 그레이스는 그 환호에 답례라도 하듯 우아하게 입을 열었다.

"여러분, 반갑습니다. 오늘 이렇게 김해시 스타월드 매장 오픈에 참여해 주셔서 감사합니다."

어린 그레이스와 지역 유지들인 박 의원, 선일건설 김 회장, 가야 시장 조합장 이 회장이 함께하는 커팅식이 거행되었고, 매장 안에는 아름다운 조명들이 켜지며 인어 로고가 박힌 화려한 스타월드 간판에 불이 들어왔다. 사람들은 환호하며 문을 열고 들어갔고 직원들 또한 큰 소리로 그들을 맞이했다.

"어서 오세요~ 여기는 스타월드입니다!"

그레이스의 노래가 흘러나오는 매장 내부의 모습에 사람들은 마치 무언가에 홀린 듯 감탄사를 연발했다. 너무나 예쁜 옷을 입은 밝고 화사한 표정의 사람들, 스타월드 인어공주 로고가 새겨진 컵을 들고 먹음직스러운 케이크를 앞에 둔 행복한 아빠, 엄마, 아이들, 그리고 환한 웃음을 짓는 연인들의 모습들…. 길 건너에서 바라보던 허수경에게는 대형 유리창이 커다란 TV 화면 같이 느껴졌다. 할리우드 영화의 한 장면을 보는 것처럼…. 그녀의 눈에 오늘의 주인공인 그레이스가 보였다. 세상에 태어나서 본 가장 크고 좋아 보이는 차에서 어른 남자들의 의전을 받으며 내리는 그레이스는 다른 세상의 사람 같았다. 길 하나 거리, 바로 눈앞에 있지만 너무나 비현실적인 세상으로 느껴졌다. 허수경은 그런 그녀를 보며 방금까지 거지 공주라고 놀림을 받던 자신과 자연스럽게 비교하게 되었다.

'아까 전에 민지하고, 애들이 말하던 그레이스가 저 사람인 갑네…. 진짜 이쁘네…. 반짝반짝 빛나고… 파란 눈동자가 꼭 바다색 같네…. 진짜 공주… 프린세스… 인어공주….'

사람들에게 둘러싸여 인사를 나누던 그레이스는 억지 미소 때문에 얼굴에 쥐가 날 지경이었다. 그레이스는 이런 행사에 참여하는 걸 좋아하지 않았다. 자신 앞에서 가식적으로 웃고 친해지려고 애쓰는 사람들에 대한 불신과 의문이 커질 뿐이었다.

'이들에게 난 어떤 의미일까? 그냥 내가 부자라서 이러는 건가? 눈떠보니 부자 부모를 만나서 태어난 것뿐인데…. 내가 가난했다면 이들이 나를 거들떠나 봤을까? 이들에겐 상대가 부자냐 아니냐만 중요할 뿐… 내가 누구인지는 중요하지 않은 것 같아.'

그때 김해시 최고 실세인 박 의원이 딸 박민지를 데리고 와 그레이스에게 인사를 시켰다. 선일건설 김 회장, 조합장 이철수도 딸들을 데리고 다가왔다. 박 의원이 걸걸한 목소리로 소개를 시작했다.

"아이고마, 그레이스 님, 뵙게 되어 영광입니더~ 제 딸 민지라 캅니더! 민지야, 인사하거래이~"

"안녕하세요, 그레이스님, 저 정말 언니 팬이에요! 인어공주 너무 아름다워요! 저도 언니처럼 인어공주 되고 싶어요~"

김선희와 이주영이도 뒤질세라 얼굴을 내밀며 인사했다.

"언니, 너무 예뻐요!"

"인… 인어… 공주님… 만나서 영광이라예~"

이주영의 사투리에 박민지가 바로 핀잔을 주었다.

"야~ 서울말 쓰라니까! 아우 촌스러…."

박민지를 포함 수많은 공주 옷을 입은 아이들에게 둘러싸인 그레이스는 그들의 시선이 부담스러웠다. 어른들은 핸드폰과 카메라로 자기 자식들과 그레이스가 함께 사진을 찍기를 바랐다. 여기저기서 카메라 플래시가 터져 나왔다. 그레이스는 너무 견디기 힘들어 신 부장과 박 팀장을 바라보며 눈빛으로 SOS를 요청했지만, 그들은 단호하게 '오늘 일정은 다 소화하셔야 합니다!'라고 무언의 눈빛을 발사하고 있었다. 소피아 의장님의 명령임을 잘 알기에 그레이스는 다시 억지웃음을 지으며 사람들과 사진을 찍고 마음을 다잡았다.

'그래, 조금만 참자… 내게 주어진 의무를 다 해야지….'

그때 문득 누군가의 강렬한 시선을 느낀 그레이스가 창밖을 바라보았다. 길 건너 붕어빵 리어카에서 허름한 차림의 한 소녀가 자신을 뚫어지게 보고 있었다. 그레이스가 서 있는 스타월드 안이 따뜻한 톤의 컬러 TV라면, 창밖 건너편의 세상은 무색무취한 흑백 TV처럼 보였다. 소녀는 초라한 행색에 슬픈 표정이었다. 그러나 그 아이의 검은 눈동자에서 뿜어져 나오는 강렬한 눈빛은 깊은 심연에서 올라오는 한 줄기 빛처럼 형형했다. 그레이스도 무언가에 이끌리듯 소녀에게서 눈을 뗄 수가 없었다. 시간이 멈춘 듯한 순간이었고 그들 사이에 놓인 4차선 도로가 실감 나지 않을 만큼 둘의 영혼이 빠져나와 도로 한복판에서 마주한 느낌이었다. 순간 아이가 무언가 말하듯 입을 뻐끔거리기 시작했다.

때마침 스타월드 안에서 허수경을 발견한 3인방 또한 마치 짠 듯이 입을 크게 삐끔거리며 자신들과 손에 든 머그잔의 인어공주 로고를 번갈아 가리키며 웃었다. 그들의 입을 읽은 허수경의 입에서 자신도 모르게 탄식이 '하…' 하고 흘러나왔다. 그리고 눈에서 눈물이 흘러내렸다.

"거…지…붕…어…공…주…."

3인방의 소리 없는 말들이 낚싯바늘이 되어 허수경의 가슴에 아프게 박혔다. 같은 시간 속에 살아도 모두가 같은 세상에 사는 건 아니었다. 엄연히 다른 세상… 태어난 순간 정해진 각자의 세상이 존재했다는 것을 허수경은 이 순간 확실히 깨닫게 되었다.

그때였다. 갑자기 하늘에 먹구름이 회오리치며 몰려오고 빗방울이 떨어졌다. 기상청도 전혀 예상하지 못한 강한 돌풍이 불어와 주변을 날려버릴 듯했다. 스타월드 오픈식을 위해 준비했던 화려한 꽃장식과 현수막, 풍선들이 속절없이 무너지고 날아갔다. 지나가던 행인들 역시 몸을 추스르지 못할 만큼 주변에 있는 무어라도 붙들고 버텨야 했다. 갑작스러운 돌풍에 날아가는 그레이스 환영 현수막, 떨어질 듯이 흔들리는 스타월드 간판에 상황은 더욱 위험해졌다. 허 할매도 리어카를 꽉 붙들고 허수경을 큰 목소리로 불렀다.

"수갱아, 수갱아! 퍼뜩 할매 손 잡아래이. 이기 다 무신 일이고? 갑자기 이케 바람이 불어 쌌노? 아이고, 마 붕어공주 간판 날아가 뿌믄 우짜고?"

더욱 강한 바람이 몰아쳐 결국 스타월드 간판이 떨어져 나갔다. 그리고 동시에 붕어공주 간판도 떨어졌다. 두 개의 간판이 하늘로 치솟더니 공중에서 하나가 된 듯 착 달라붙어 공중에서 빙글빙글 회오리쳤다. 찢어지는 듯한 천둥소리와 날카로운 번개가 하늘을 갈랐다. 그리고 하늘에서 떨어진 2개의 간판이 도로 위에서 박살이 나고 말았다. 돌발 상황에 모두가 아수라장이 되어 놀라는 그 순간에도 그레이스와 허수경은 눈을 마주한 채 서로를 바라보고 있었다. 무언가 말을 하듯 둘의 입술이 움직이며 삐끔하는 듯 보였다. 순간, 허수경의 눈에 보이는 세상이 물고기의 눈 같은 어안렌즈처럼 왜곡되어 뒤틀려졌다. 그리고 정신이 혼미해진 허수경이 '아악' 하는 외마디 소리와 함께 그만 쓰러지고 말았다. 허 할매는 쓰러진 허수경을 안아 올리며 소리쳤다.

"수갱아~ 수갱아~ 아가 갑자기 와 이라노? 보이소, 보이소~ 여 좀 도와주이소~"

모두가 정신없는 가운데 허수경이 쓰러지는 걸 제일 먼저 발견한 그레이스가 놀라서 달려 나갔다. 아직도 몰아치는 바람과 빗속을 뚫고 차들이 지나가는 도로 위로 무작정 내달았다. 차들이 급브레이크를 걸며 멈춰 섰다. 개중에는 창문을 내려 "야이 가시나야! 니 죽을라꼬 환장했나?"라고 소리 지르다가, 자신의 욕받이가 다름 아닌 그레이스라는 사실을 알아차리고 당황하기도 했다.

갑작스러운 돌발 상황에 신 부장과 박 팀장, 경호원들이 그레이스를 뒤쫓았다. 행사장 안의 음악이 멈추고 모든 사람들이 창가로 몰려들어 상황을 지켜보기만 하며 수군거렸다.

"어머, 어머, 저 아가 쓰러졌는 갑다."

"근데 그레이스가 와 뛰어나가노?"

"세상에~ 부자들도 저런 면이 있네?"

"그란데 와 저런 허름한 리아까가 이런 동네까지 와 있노? 안 어울리구로…."

3인방도 창문에 매달려 그레이스의 뒤를 눈으로 좇았다.

"야, 야! 이게 먼 일이고? 와 그레이스가 허수경 구하러 달리가는데?"

박 의원과 일행도 매장 안에서 이를 지켜보았다.

"김 회장, 쟈는 허 할매 손녀 아이가? 붕어공주라 카는 가?"

"맞는 거 같습니더. 어째 꼴이… 인어공주가 붕어공주를 구하는 거처럼 보이네예. 허, 참 내…."

창 너머 남의 일처럼 웅성웅성하던 사람들이 놀라서 그레이스를 주시했다. 기자들도 우르르 카메라를 챙겨 그레이스를 뒤따랐다. 걱정스러운 표정의 그레이스가 허수경을 안아 올렸다. 빗속에서 하얀색 원피스가 다 젖고 흙탕물에 여기저기 얼룩이 졌지만 그레이스는 아랑곳하지 않고 허수경에게 말을 걸었다.

"얘, 얘! 괜찮아? 신 부장님~ 119에 연락을… 급해요! 박 팀장님, 차라리 우리 차로 가요!!!"

그 순간 바람이 거짓말처럼 잦아들었고 비도 멈추었다. 단 몇 분 사이에 일어난 일들이었지만 주변은 아수라장이 되었다. 여기저기서 사람들이 거리로 다시 나왔다. 길 한복판에 떨어진 스타월드 간판과 붕어공주 간판이 묘하게 하나처럼 보였다.

그레이스는 자신이 타고 온 리무진에 허수경과 할머니를 태우고 병원에 도착했다. 응급실로 옮겨진 허수경을 간호사들이 옷을 벗기고 환자복으로 갈아입혔다. 그때 그레이스는 허수경의 어깨에 있는 물고기 점을 보고 깜짝 놀랐다.

'어? 물고기 점?'

응급 치료가 끝난 후 VIP 병실로 옮겨진 허수경은 안정을 취한 후 깊은 잠이 들었다. 그레이스는 허수경이 누운 침대의 머리맡에 앉아 비에 젖은 머리를 떼어 주고 있었다. 허 할매는 그런 그레이스를 보며 안심이 되는 듯 잠시 밖에 다녀온다며 나갔고, 허수경과 그레이스 두 사람만 병실에 남았다.

그레이스는 아까 본 허수경 어깨의 물고기 점이 궁금해서 잠든 허수경의 환자복 단추를 조심히 풀고, 놀랍고 신기하다는 듯이 손으로 물고기 점의 크기를 가늠해 봤다. 이때 허 할매가 돌아왔다. 허 할매의 손에는 붕어빵이 가득 든 봉지가 들려 있었다.

"내 너무 고마바가…. 미안하데이~ 줄 끼 이거 뺑에 엄써서…."

그레이스는 낯선 음식에 당황했지만, 허 할매의 미안함과 고마움이 담긴 표정에 붕어빵 봉지를 받았다. 신 부장과 박 부장은 허 할매의 붕어빵 봉투를 그레이스에게서 수거했다. 그레이스가 아무거나 먹게 할 수는 없었다. 그녀의 안전을 책임져야 하는 그들의 임무 중 하나였다. 하지만 그레이스는 몰래 붕어빵 하나를 주머니에 숨겨 뒀다. 그리고 서울로 돌아오는 길에 차 안에서 붕어빵을 하나 꺼내 한입 베어 물었다. 그날 밤, 그레이스는 꿈을 꾸었다.

다음 날, 주요 신문 1면은 〈김해시에 갑자기 불어닥친 돌풍, 내륙에 용오름 현상 발생〉, 〈돌풍 속에 인어공주 그레이스, 김해 붕어빵 소녀를 구하다!〉, 〈인어공주, 붕어공주를 구하다!〉 등과 같이 그레이스의 미담을 다룬 기사로 헤드라인을 뽑아냈다. 그중에서도 한 기사는 허수경도 함께 다루며 이목을 끌기도 했다.

insert 포털뉴스, 조중일보 헤드라인

〈세계적인 재벌 소녀가 김해 가난한 소녀에게 베푼 선행〉

어제 김해시에서 발생한 일명 용오름 현상으로 도시가 일제히 마비되었다. 일반적으로 해수면에서만 발생하는 토네이도 현상인 용오름은 내륙에서는 거의 발생하지 않는데, 이번 현상은 매우 이례적인 일이라고 기상학자들은 말했다. 한편, 세계적으로 유명한 스타그룹의 재벌 소녀 그레이스는 김해시 스타월드 오픈식에 참석했다가 돌풍으로 인해 쓰러진 가난한 소녀를 구해 화제다. 갑작스러운 돌풍으로 행사에 차질이 생겨 어수선한 가운데, 길 건너에서 붕어빵을 파는 소녀가 쓰러지는 일이 발생했다. 돌풍으로 모두들 선뜻 나서지 못하고 있을 때, 그레이스는 한걸음에 달려가 자신의 차로 김해시 스타종합병원으로 신속하게 이송했다. 그녀는 병원 의료진들에게 최선을 다해 소녀를 치료할 것을 부탁하고, VIP 병실에서 소녀가 안정을 취하게 했다. 또한 병원비까지 전액 후원하는 미담으로 노블레스 오블리주를 몸소 실천하는 모습을 보였다. 스타월드는 이번 돌풍에 피해를 입은 모든 김해 시민들에게 위로의 말과 복구 지원비로 3억 원을 쾌척하였다.

– 조중일보 사회부 오세진 기자

insert 꿈, 허수경의 꿈

뜨거운 태양이 내리쬐는 사막 한가운데 서 있는 허수경. 허름한 옷에 때 묻은 광목천으로 만든 붕어 인형을 든 어린 소녀 허수경은 금방이라도 쓰러질 것처럼 사시나무 떨듯 떨고 있었다. 모래로 만들어진 거대한 성에서 자신을 내려다보는 당당하고 도도한 표정의 어린 소녀 인어공주! 빛나는 하얀색 드레스와 보석으로 치장한 그녀를 갑옷을 무장한 병사들이 보호하고 있다. 성안에 커다란 테이블에는 이 세상의 온갖 음식이 차려져 있고 화려한 의복을 입은 탐욕스러워 보이는 귀족들과 부자들이 거드름을 피우며 음식을 게걸스럽게 먹고 있다.

육중한 성문이 열리고 걸어 나오는 은빛 갑옷을 입은 3인방! 그들은 허수경을 둘러싸고 입 모양으로 '거지 붕어공주'라고 외친다.

두려움 속에 고개를 든 허수경은 높은 성 위에서 내려다보는 인어공주와 눈이 마주친다. 담담하고 차가운 표정의 인어공주였지만, 허수경을 바라보는 그녀의 눈동자에서만은 슬픈 연민의 감정이 느껴졌다.

Scene9. 허수경, 허 할매 집에서 힘겹게 눈을 뜨다

병원에서 집에 도착한 후 허 할매가 이마의 물수건을 몇 개째 올렸을까… 허수경이 힘없이 눈을 떴다.

"아이고~ 인자 정신이 드는가베. 우리 붕어공주 괘안나? 배고플 낀데 붕어빵 한 개 주까?"

허수경은 고개를 세게 가로저으며 허 할매를 피해 고개를 돌려 누웠다.

"니 기억나나? 그레이슨가 하는 부자 딸내미가 니를 차에 실꼬 병원까이 안 갔나? 근데 아무 이상은 없다 카더라~ 푹 쉬라 카는데…."

허수경은 더 이상 할머니의 말이 들리지 않았다. 할머니가 말해 준 세상과 현실은 너무나 다르다는 것을 알게 된 그날부터 그녀는 더 이상 붕어빵을 먹지 않았다. 그리고 허 할매와 동네 사람들이 붕어공주라고 하면 말도 못 하는 입으로 소리를 지르며 화를 냈다. 그렇게 허수경에게 일찍 사춘기가 찾아왔다.

사춘기가 온 건 배두호도 마찬가지였다. 중학생이 된 허수경과 배두호는 종종 김해시 시내에 있는 고분군 언덕 위에서 도심을 내려다보곤 했다. 허수경이 다니는 특수학교와 배두호의 학교 사이에 위치한 고분군은 두 사람의 아지트였다.

"세상에 저래 집도 많은데… 저 많고 많은 집 중에 우리 집은 없네. 나중에 뭐 해 묵고 살아야 되노? 내도 집도 사고 부자도 되고 싶다."

배두호의 한숨 섞인 한탄에 허수경이 손을 들어 열심히 수어로 말을 했다.

「니는 그래도 부모님도 있고… 내는 아무것도 없다 아이가? 할매마저 가뿌면 내는 고아다.」

그런 허수경에게 배두호가 물었다. "니는 뭐 해 먹고 살라꼬? 붕어빵 계속 팔 끼가?"

허수경은 아무 대답 없이 한숨을 쉬며 멍하니 김해시의 불빛들을 바라보다가 다시 말했다.

「내도 부자 되고 싶다. 부자 돼서 돈 걱정 안 하고, 맛있는 거 실컷 먹고, 뭐 해 묵고 살아야 하나 그런 걱정 인자 그만하고 싶다. 근데… 내가 태어난 자리는… 그런 기 불가능할 거라는 거 내도 안다. 우리 그만 내려가자.」

Scene10. 고분군 버스 정류장

허수경과 배두호가 정류장에 나란히 앉아 버스를 기다리고 있었다. 버스 정류장 옆에는 대한국당이 걸어 놓은 '무상급식 반대' 현수막이 걸려 있다. 현수막을 한참 멍하니 응시하던 허수경이 깊은 한숨을 쉬었다. 걱정스레 바라보던 배두호가 말을 걸었다.

"수경이 니 뭐 걱정 있나?"

「내만 걱정하는 내 자신이 쪽팔린다.」

"니가 와 니만 걱정하노? 니맨치로 할매 생각하는 아가 어데 있다고."

「할매 가뿌면 내는 학교에서 밥도 몬 먹는다.」

"와? 급식 주잖아?"

「급식은 뭐 꽁으로 묵나?」

"듣자 하이께 인자 곧 애들은 다 꽁짜로 묵을 수 있다 카던데? 뭐 무상급식이라 카든가."

「그거 갖꼬 어른들이 싸우고 지지고 볶는 거 모르나? 아무나 똑같이 묵는 거는 안 된다 카대? 부자들은 좋은 거 묵고, 가난하면 굶어 죽어뿌라는 갑다.」

허수경은 배두호를 바라보다가 다시 말을 않고 바닥을 응시했다. 이때 정류장 뒤편에서 배두호와 같은 교복을 입은 세 명이 걸어온다. 박민지, 김선희, 이주영이었다.

김선희가 먼저 시비를 걸기 시작했다.

"하이고~ 느그 또 붙어 있나? 뭐? 무상급식?"

박민지는 처음 듣는 말이라는 듯이 되물었다.

"사람들이 밥 묵을 돈도 없나? 와 꽁짜로 주는데? 무상급식? 그기 무슨 소리고?"

김선희와 이주영이 박민지를 위해 순전히 그녀들의 관점에서 친절하게 설명해 주었다.

"아~ 니는 급식 안 먹어서 모르제? 인자 우리가 내는 돈으로 거지들까지 다 밥을 똑같이 먹인단다."

"맞다, 맞다! 우리 아빠가 뭐라 카시든데? 그 빨갱이 좋아하는 놈들이 인자부터 학교에서 거지들하고 똑같은 거 묵게 할라꼬 난리라꼬! 말세다 진짜~"

"뭐? 그럼 저 거지 붕어공주랑 우리가 똑같은 걸 먹는다고? 붕어빵 먹고 그라나?"

"니는 어차피 집에서 도시락 싸 오기나, 사 묵을 끼면서 뭔 걱정이고? 나도 이제 학교 급식 안 묵을 끼다. 내도 민지 니같이 나가 물란다. 주영아, 니도 나가 묵자!"

허수경은 세 사람의 대화가 들리지 않는 듯 바닥 한곳만 그대로 응시하고 있었다. 떨리는 허수경의 손을 발견한 배두호가 세 사람을 쏘아보며 말했다.

"듣자 듣자 카이, 느그들 말이 너무 심한 거 아이야? 꽁짜로 먹는 기 뭐가 나쁜데? 필요하믄 나누는 기지! 느그들은 교회 댕기면서 뭐 배았노? 오병이어 기적 모르나? 예수님도 가난한 사람들한테 빵 하고 물고기를 나눠 줬다 아이가?"

"하하! 아이고~ 뭐라카노? 오병이어? 성경이 밥 먹여 주나? 누가 즈그 아버지 목사 아니라 칼까 봐~ 예수님도 그래 막 퍼 주다 보면 틀림없이 손발 다 들었을 끼다. 우리 아버지처럼 열심히 사업해서 돈 버는 사람들 세금 왕창 뜯어다가 거지들 먹이려고 하는 거 모를 줄 아나? 그지들 살리자고 나라 곳간 다 거덜 나면… 우리나라 망하면 니가 책임질 끼가? 그렇게 맨날 꽁으로 얻어먹을라 카면 평생 거지로 산다 캤다!"

김선희가 배두호랑 한판 붙어 볼 요량으로 대들었다.

박민지는 허수경의 편을 드는 배두호가 이해 안 된다는 표정을 지었다. 내심 늘 허수경의 편만 드는 배두호에게 서운했던 박민지였다.

"배두호, 니도 필요 없잖아, 그딴 거? 그라고 니는 와 맨날 자 편만 드노? 니가 내한테 이래도 되나? 우리 아빠가 느그 아빠 얼마나 많이 도와주는지 니 모르나? 야들아, 가자."

"어머 두호, 니도 거지 공주 하고 있디만 거지 근성 나오네?"

김선희가 박민지를 뒤따르며 한마디 더 거들었다.

"니 짐 뭐라 캤노? 거지? 누가 거지고? 확 죽고 싶나?"

"야들아~ 쟈들 하고는 이제 상종을 말자. 어데 느그끼리 함 잘해 봐라! 가자~"

버스 정류장 옆에 검은색 외제 차 한 대가 멈춰 섰다. 세 사람은 정차된 외제 차를 타고 갔다.

"나쁜 가시나들! 끄지라! 퉷~ 수경아, 저것들 신경 쓰지 마라!"

3인방이 떠나고 나서도 허수경은 떨림을 멈출 수가 없었다. 그녀의 눈은 벌겋게 달아올라 있었다. 눈물이 그녀의 낡은 운동화를 적셨다.

「묵는 거 걱정하는 기 웃기는 일이가? 니 말대로 뭐가 나쁜데? 묵는 기 해결돼야 공부도 하고 니 말처럼 뭐 하고 살지 꿈도 꿀 거 아이가? 두호 느그 엄마가 하신 말씀 기억나나? 오병이어의 기적! 나는 그거랑 이거랑 모두 다르지 않다고 본다. 예수님이 빵 5개, 물고기 2마리로 모든 사람을 배부르게 했듯이 무상급식이 안 된다고 해도 모든 사람들을 배부르게 해서 모두가 꿈꿀 수 있는 세상이 오게 만들 끼다!」

무슨 말인지 다 이해하지는 못했지만 결의에 찬 허수경의 말들이 배두호의 마음속에 파도처럼 밀려 들어왔다. 이날 '오병이어'라는 네 글자는 뜨겁게 달군 낙인으로 허수경의 가슴 깊은 곳에 새겨졌다.

Scene11. 허 할매의 죽음

배두호와 헤어져 집에 돌아온 허수경이 허 할매를 찾았다. 할머니를 부를 때 쓰는 종을 아무리 당겨도 인기척이 없었다. 부엌문을 열고 들어가자 허 할매가 쓰러져 있었다. 황급히 달려가 할머니를 끌어안고 흔들어 보았다. 「할매, 할매 눈 좀 떠 봐라!」 할머니의 몸을 흔들며 속으로 외쳤지만 그것은 그녀 입안에서만 맴돌 뿐이었다. 이장님 댁으로 바로 갔지만 아무 인기척이 없자, 허수경은 1km가 넘는 거리에 있는 배두호네 집으로 맨발로 뛰어갔다.

그날 이후, 허 할매는 자리에서 누운 채로 일어나지 못했다. 친구들이 고등학생이 되고 사춘기를 앓는 동안 허수경은 붕어공주 리어카를 몰며 생계를 꾸려야 했다. 또래 아이들에게 일상인 일들이 허수경에게는 그저 사치였다.

장애 수당으로 월 13만 원이 나왔지만 허 할매가 쓰러진 후 병원비와 약값으로 허 할매가 모아 둔 얼마 안 되는 돈까지 써야 했다. 시간이 지나면서 저축해 둔 돈이 점점 줄어들었다. 허수경은 붕어빵 하나로 굶주린 배를 채운 후에, 학교도 가지 않고 폐지를 줍고, 나물을 팔고, 돈이 되는 일이라면 뭐든 해서 허 할매의 약값뿐만 아니라 두 사람의 생계를 직접 책임져야 했다. 그러나 시간이 갈수록 허 할매는 점점 더 쇠약해져만 갔다.

허수경의 열여덟 번째 생일날, 아무도 축하해 주는 이 없는 생일날, 허수경은 아침 일찍부터 일하러 나가야 했다. 누군가에게는 사랑하는 이들에게 축하받는 생일 아침이지만, 허수경에게는 그냥 어제의 다음 날, 내일의 전날일 뿐이었다. 그런 손녀의 뒷모습을 누워서 볼 수밖에 없었던 허 할매는 있는 힘을 짜내어 힘겹게 몸을 일으켰다. 멀건 생선 대가리 미역국과 밥을 지어서 일 나간 허수경이 돌아오기를 기다렸다. 저녁쯤 집에 돌아온 허수경은 할머니가 차려 준 생일상을 보고 그만 눈물이 터져 나왔다. 아픈 몸으로 생일상을 차렸을 할머니 생각에 우느라고 할머니 얼굴과 밥상이 뿌옇게 보였다. 어쩌면 생선 대가리 미역국에서 올라온 뜨거운 김이 눈앞에 서렸는지도 모르겠다.

"아이고, 우리 수갱이 와 이래 우노? 할매가 차려 준 미역국이 맛이 없나? 미안테이, 소고기라도 넣고 끓이면 좋았을 낀데… 할매가 미안테이…. 할매가 오랜만에 우리 수갱이한테 연주 하나 해 줘야 되겠꾸마…."

허 할매는 가느다란 숨을 내쉬고서 허수경을 위해 반수리를 연주하기 시작했다. 아프기 전에는 허 할매가 저녁마다 들려줬던 반수리 연주가 3평 남짓 방에 조용히 울려 퍼졌다. 연주가 끝나자 허 할매가 허수경의 손을 잡고 힘겹게 숨을 내쉬며 겨우 말을 이었다.

"할매가 수경이 어릴 때 했던 얘기 기억나나?"

「뭔 얘기 말이고? 말 많이 하지 마라, 기운 없다.」

"허황옥 공주가 배를 타고 저 멀리 인도에서 온 얘기 말이다."

「아유타 왕국 말이가?」

허 할매는 가늘고 거친 숨을 몰아쉬면서 말을 이어 갔다. 어쩌면 이것이 마지막일지도 모른다는 걸 누구보다 잘 알고 있었다. 거칠고 쭈글쭈글하지만 허 할매의 따뜻한 손과 시선만은 손녀를 놓지 않았다.

"똑똑하기도 하지…. 헉헉… 이제 할매는 떠나야 한데이…. 니만 두고 할매만 먼저 가서 미안타…. 내 죽거든 니 뿌리를 찾아가그라…. 니는 아유타 왕국의 후손이데이…. 니 어깨에 물고기 점… 헉헉… 그거는 할매가 이때껏 본 중에 최고로 큰 물고기데이…. 니는 틀림없이 큰 물고기가 될끼다! 우리 붕어공주… 니는 진짜 공주가 되그라. 항상 기품 있게 행동하고… 헉헉… 그라고 이거는 우리 집안 대대로 내리오는 청동 붕어… 인자 이거는 니 끼다. 간수 잘해래이!"

허 할매는 허수경에게 청동 붕어와 함께 통장과 도장을 손에 쥐여 주었다. 딱 한 개뿐인 오래된 은행 통장은 모서리가 닳아서 노랗게 찌들어 있었다. 통장 겉면의 '국민은행'이라는 이름에 국민이라는 두 글자는 세월의 풍파 속에 낡고, 찢어지고, 퇴색해서 잘 보이지도 않았다. 허수경이 이를 받자, 허 할매의 손에서 힘이 빠져나갔고 허수경의 품에 쓰러지며 천천히 눈을 감았다. 그렇게 이승에서의 마지막 말을 마치고 허 할매는 하얗게 부서질 듯이 사그라들었다. 마치 물고기가 몸에서 수분이 다 빠져나가 말라 버린 것같이, 손으로 건드리면 바로 가루처럼 부서져 내릴 듯 보였다.

「할매~ 할매! 정신차리 봐라! 할매….」

아무리 소리 질러도 허수경의 목소리는 그녀의 마음속에서만 울렸다. 허 할매의 몸을 붙들고 흔들어 봐도 다시는 깨어나지 않았다. 3평 방 안 침묵 속의 쓸쓸한 죽음이었다.

현대에 들어 죽음을 처리하는 역할은 병원의 몫이 되고 있다. 병원이라는 곳에서 죽어야 의사 입회하에 사망신고가 내려지고 사인이 공식적으로 결정 날 수 있다. 하지만 병원에도 못 가는 사람이 집에서 죽으면 경찰이 와서 그 사인에 대한 조사를 해야 한다.

그날 새벽, 조용한 동네가 경찰차와 구급차로 떠들썩했다. 형사가 멍한 표정의 허수경에게 이것저것 질문을 했고, 배두호가 허수경 대신 말을 전달했다. 나중에 병원에서 이런 시신을 처음 본다고 할 정도로 허 할매의 몸에는 한 방울의 물도 남아 있지 않았다고 했다.

동네 사람들의 도움으로 간단하게 1일장을 치르고 화장한 후 한 줌도 안 되는 유골만 남았다.

그때를 기억하는 이장은 배두호의 다큐에서 이렇게 말했다.

"허 할매, 돌아간 모습이 으찌나 얄궂은지… 마치 말라붙은 물고기 맹키로…. 아이, 내가 살면서 사람 죽은 거 몇 번을 봤는데… 그르케 허~옇게 말라 죽은 건 또 처음이다 아이가? 의사들도 보기 드물다꼬…. 수경이? 아이고마, 혈육이라고는 할매뿐인 애가 그 할매 그래 가고 정신이 온전했겠나? 장례식 내내 나는 갸가 우는 꼬라지를 몬 봤다. 말도 몬하이 그냥 뭔가 계~속 생각하는 눈빛? 어린 나이에 그걸 우째 받아들이겠노? 그라이 힘들어서 멍한가 했지. 근데 그 눈빛이 뭔가… 좀 특이한 기라, 그래가 내가 기억을 해…."

Scene12. 허수경, 자신의 뿌리를 찾아 떠나 인도로 떠나다

할머니가 없는 빈방 구석에 앉아 허수경은 며칠을 생각에 잠겼다. 등불도 안 켠 작은 방에 온기라고는 하나도 없었다. 가난과 궁핍밖에 없는 손바닥만 한 방이었지만 할머니가 살아 있을 때는 김치에 밥 한 그릇을 먹어도, 이불 안에서 할머니를 꼭 끌어안고 자며, 할머니의 반수리 연주를 들을 수 있었던… 나름 그래도 유일한 안식처였다. 할머니의 빈자리는 이 작은 방에 큰 구멍이 되었다. 이젠 그 어디에도 의지할 곳 하나 없는 허수경이었다. 그녀의 손에는 할머니가 물려주신 청동 붕어 모양이 유일한 할머니와의 연결 고리였다. 할머니가 없는 이곳은 더 이상 고향이라 할 수도 없었다. 자꾸만 할머니가 말한 "아유타 왕국", "붕어공주"라는 말이 머릿속에 맴돌았다. 다음 날부터 허수경은 아유타 왕국에 대한 조사를 하고 인도 가는 방법을 찾았다. 생전 처음으로 여권도 만들었다. 2천 년 전 배를 타고 바다를 건너온 아유타 왕국의 공주 허황옥… 허수경은 그녀가 너무나 궁금했다. 그녀의 발자취를 따라 그녀가 온 곳… 그녀의 고향… 아유타 왕국을 찾아가고 싶었다.

어느 날 새벽, 허수경은 허황후릉을 찾아갔다. 능비에는 '가락국 수로왕비 보주 태후허씨릉'이라 새겨져 있다. 몰래 능에 올라가 누워서 하늘을 바라보았다. '이 넓은 우주에, 지구라는 별에 70억 인구가 산다는데… 나는 아무도 없구나.' 허수경은 처연한 눈으로 하늘의 별을 바라보았다. 허수경은 가지고 온 할머니의 반수리를 연주했다. 할머니가 같이 있는 느낌이었다. 구름 한 점 없는 맑은 하늘에 달이 휘황찬란하게 떠 있었다. 때마침 불어오는 바람에 낯설고 먼 타국의 냄새가 나는 것 같았다.

'할매, 할매가 말한 아유타 왕국… 허황후님의 고향… 내가 함 찾아가 보께! 내 뿌리 있는 곳을 찾아서….'

허수경이 걱정되어 찾아온 배두호는 집 앞에 쪼그려 앉아 있다가 새벽에 들어오는 허수경과 마주쳤다. 낮에는 방에만 틀어박혀 있는 그녀가 이 밤중에 어딜 다녀오는 것인지 걱정이 되었다. 그러나 허수경은 아무 말도 하지 않았다. 배두호는 그런 허수경이 내내 불안했다. 그러던 어느 날, 허수경에게 연락이 왔다. 고분군 언덕, 둘의 아지트에서 만났다. 배두호는 허수경을 보자마자 걱정스러운 말투로 물었다.

"니 괜안나? 뭔 일 있나?"

「두호야, 그동안 내 옆에서 많이 도와줘서 고마벘다~ 가끔 우리집 돌봐줄 꺼제?」

"뭔 소리고? 니 어디 가나?"

「내 인도로 갈라고! 할매가 늘 얘기하던, 그라고 꿈에도 가끔 나오던 아유타 왕국을 찾아가 볼라고….」

"아유타? 거가 어디고? 이래 갑자기? 언제 가는데? 비행기로 가나? 갔다 돌아올 꺼제? 언제 올 낀데?"

배두호가 숨이 차게 질문을 던지자, 허수경이 살짝 미소를 지어 보이며 배두호에게 수어로 대답해 줬다.

「흐흐흐, 한 개씩 물어봐라~ 숨넘어가겠다! 비행기 말고… 배로 갈라꼬.」

"배? 와 배로 가는데? 인도까지 가는 배가 있나?"

「어, 화물선에 탈 수 있는 자리가 있단다. 시간은 쫌 마이 걸리도… 내 조상들이 왔던 방식 그대로 나도 돌아가 보고 싶다. 배 타고 가는 데에도 시간이 마이 걸릴 거 같다. 그라고 인도에서 연락을 우째 하는지도 잘 모르겠고…. 언제 돌아올지는 나도 모른다, 그래도 니한테 꼭 연락하께!」

허수경은 배두호의 손가락을 걸고 약속했다.

그리고 한 달 뒤 새벽, 허수경은 마지막으로 할머니와 살던 집을 둘러보았다. 이장님이 창고를 개조해서 빌려 주신 집이었다. 허수경은 몇 가지 남은 물건들을 이장님께 보관해 달라고 부탁드렸고, 언제 돌아올지는 모르지만 이장님은 그러마 약속하였다.

부산항에서 허수경은 유일한 친구, 배두호의 배웅을 받으며 통장에 남은 돈과 직접 붕어빵 장사를 해서 번 돈을 모아 인도로 가는 화물선에 올라탔다. 허수경의 짐이라고는 배두호가 선물한 성경책과 옷 몇 가지, 할머니의 유골이 든 나무 상자가 들어 있는 배낭, 할머니의 반수리와 목걸이, 그리고 유일한 유산인 청동 붕어… 붕어빵 원형 틀뿐이었다. 청동 붕어가 든 가죽 주머니를 허리춤에 단단히 매어 묶었다. 동네 사람들은 그렇게 서서히 허수경을 잊어 갔다. 허수경의 유일한 친구였던 배두호만 제외하고….

제2화

허황옥의 인도 시절

— 18-28세

시간은 다시 현재, CNN의 리처드와 배두호가 다시 대화를 시작한다. 리처드가 먼저 입을 연다.

"그렇게 허수경은 고향 김해를 떠났군요. 그날 새벽 배두호 감독이 본 모습이 마지막이었습니다. 그 후 인도에서는 어떻게 지낸 걸로 알려져 있나요?"

"SNS에 남아 있는 기록들, 오생물 박사가 추적한 자료들로 베일에 쌓인 10년을 유추해 볼 수 있었습니다. 그리고 그녀가 기록한 수십 권의 노트들에 그녀가 어떤 생각을 하며 어떤 삶을 살아왔는지 알 수 있는 글과 그림들이 남아 있었습니다."

@the_princesscarp 붕어공주_허수경(SNS 팔로워 0명)

#인도 #자유 #아유타왕국 #붕어공주 #나를찾아서

Scene1. 2012년, 인도행 화물선에 몸을 싣다

그녀가 처음 나간 외국이 인도인 것은 당연한 수순이었다.

허 할매가 남겨 준 약간의 돈과 난생처음으로 만든 여권을 들고 부산항에 가서 인도행 화물선을 탔다. 점점 멀어지는 배두호를 보며 허수경은 무언가 하나의 실이 끊어지는 것 같은 생각이 들었다. 자신과 이어져 있던 인연의 실이 한 가닥씩 끊어지고 멀어지는 것을 느끼며 조금은 서글픈 마음이었다. 하지만 가도 가도 끝없는 바다만 보일 무렵 검은 물에서 느꼈던 막막한 두려움은 사라지고, 이제 허수경은 작은 연못을 벗어나 커다란 바다에 나온 물고기처럼 자유로움을 느꼈다. 김해밖에 몰랐던, 혼자밖에 없었던 말 못 하는 소녀에게 모든 것은 새로웠고 흥미진진했다. 할머니가 말씀하신 아유타 왕국에 자신의 뿌리가 있다고 생각하니 설레기까지 했다. 멀리서 불어오는 인도-태평양풍이 그녀를 환영하는 듯했다. 허수경은 허리에 찬 가죽 주머니에서 청동 붕어를 꺼내 들었다. 청동 붕어와 눈을 마주치고 이마에 대고 무언가 기도하듯이 눈을 감았다. 그리고 천천히 다시 고개를 들고 그녀는 세차게 불어치는 차가운 바람을 정면으로 맞으며 끝없이 펼쳐진 수평선을 바라보며 상상했다. 앞으로 자신에게 펼쳐질 낯선 운명을 맡겨 버리듯이….

Scene2. 인도 첸나이항, SNS를 시작한 허수경, 아유타 왕국을 찾아서

어릴 때부터 꾸준히 그림일기를 써 왔던 허수경은 인도로 가면서부터는 스마트폰으로 아마도 자신의 발자취를 기록으로 남기고 싶어 한 듯했다. 손쉽게 주변에 구할 수 있는 식당 냅킨, 과자 포장지, 작은 메모지, 껌종이 등등… 형편상 도화지나 좋은 종이를 구입해서 그리지는 못했지만 그녀가 다양한 곳에 그린 그림과 그녀의 생각을 쓴 글 등은 사진으로 남겼다. 그녀가 SNS와 다이어리에 남긴 기록 등은 편집증적으로 보일 만큼 방대했다. 아마도 뿌리 없음에 대한 갈증에서 비롯된 행위였을 거라고 후에 정신병리학자, 심리학자들이 평했다.

낯선 인도 남쪽 첸나이항에 도착했다. 한 달간 친해진 선원들과 작별을 하고 그녀의 본격적인 여정이 시작되었다. 그들은 얼마 안 되는 돈이지만 돈을 모아서 허수경에게 전달했다.

"꼭 아유타 왕국을 찾기 바라네~ 이건 얼마 안 되지만 우리가 돈을 좀 모았어. 당신의 앞날에 신께서 함께하시기를!"

아무것도 없이 배낭 하나 메고 온 허수경은 물어물어, 걸어 걸어 아유타 왕국을 찾기 시작했다. 말 못 하는 허수경을 못 본 척하는 사람들도, 때로는 호기심에 접근했다가 금방 떠나는 사람들도 있었다. 허수경의 말을 알아듣기 위해 도와주는 사람도 있었으나 아유타 왕국에 대해 아는 사람들을 찾기는 힘들었다.

허수경이 인도로 출발하기 전 찾은 자료에는 남인도에는 타밀어를 쓰는 사람들이 살고 있었고, 그들의 언어는 한국말과 1,000가지 이상 같은 말을 사용하고 있었다. 그리고 아유타 왕국과 이름이 비슷한 아요디아라는 지역은 북인도 쪽에 존재했다고 기록에 남아 있었다. 역사학자들은 타밀어를 쓰는 남인도 쪽 사람들이 한반도로 이주했을 것이라고 예측하고 있으나, 일부 학자들은 지리적인 위치상 북인도일 확률도 있다고 주장했다. 허수경은 역사적으로 얼마 남아 있지 않은 아유타 왕국에 대한 자료만 가지고 남인도에서부터 북인도까지 아유타 왕국의 흔적을 찾기로 결심했다.

쉽지 않은 여정이었다. 낯선 땅에 말도 못 하는 어린 동양인 여자가 돈도 없이 여행을 다닌다는 것이 결코 만만한 일은 아니었을 것이다. 그러나 그녀는 두려움 속에서도 자유로움을 느꼈다. 오히려 일찍 나왔었더라면 하는 생각이 들 정도였다. 그녀를 정의하고 옭아맸던 '김해에서 태어난 가난한 벙어리 고아 소녀'라는 속박에서 벗어나 오롯이 인간 허수경으로서 세상과 마주한 것이다. 그녀는 처음 보고 듣고 맛보는 모든 것들을 마치 세상에 처음 태어난 아이처럼 습득해 나갔다.

허수경은 인도에 도착한 후 처음으로 배두호에게 엽서를 보냈다.

「나의 영원의 친구 두호야, 나는 인도에 잘 도착했어. 이곳 낯선 나라에서 나는 난생처음 자유라는 것을 느끼고 있어. 그러니 걱정하지 마. 나는 이제 본격적으로 아유타 왕국을 찾아가려고 해. 내가 얼마나 자주 연락할 수 있을지 모르겠어. 언젠가 기회가 되면 또 연락할게…. 너의 친구 허수경.」

허수경을 부산 항구에서 떠나보낸 후 그녀의 행방을 걱정하던 배두호는 두 달여 만에 그녀의 엽서를 처음 받았다. 그제야 안도할 수 있었지만, 지금부터 펼쳐질 그녀의 여정은 그의 또 다른 걱정으로 자리 잡았다. 그녀에게 답장하지 못하는 것이 답답할 뿐이었다. 그렇게 3번의 엽서를 더 받은 후에 어느 날부터 엽서는 오지 않았다. 나중에 알고 보니 배 목사가 엽서를 숨긴 것이었고, 이로 인해 부자간의 거리는 더욱 멀어졌다.

Scene3. 북인도, 험난하지만 결국 찾아가게 된 그 곳, 아유타

허수경은 남인도에서부터 북인도로 가면서 인도 곳곳을 둘러보았다. 어떨 때는 걷고, 어떨 때는 차를 얻어 타고, 기차를 타고, 무전취식하듯이 다녔다. 수중에 돈이라고는 할머니가 남겨 준 돈 몇 푼뿐이었다. 길에서도 자고, 때로는 자신처럼 여기저기 돌아다니는 배낭족 여행객들의 도움도 받고, 가난하지만 착한 이들의 나눔이 있었다. 가끔은 위험한 상황도 있었다.

그녀는 너무나 희박한 정보에 의지해야 했다. 그녀 자신이 말을 못 한다는 신체적 장애도 있지만 말도 통하지 않는 타국에서 그녀에게 필요한 정보를 얻는 것이 너무 힘들었다. 그나마 학교 다니며 영어 공부를 열심히 한 것이 큰 도움이 되었다. 때로는 무작정 대학교, 중고등학교, 공공기관을 찾아가 역사 관련 교수나 대학생들, 공무원들에게 아유타 왕국을 물어봐도 기록 자체가 거의 남아 있지 않았다.

가는 곳마다 지역 사람들에게 아유타 왕국을 물어봐도 어느 누구 하나 아는 이가 없었다. 허수경은 점점 지치기 시작했다. '어쩌면 존재하지 않은 신기루를 좇고 있는 건 아닐까? 내가 지금 뭘 하고 있는 거지? 역시 나는 아무런 뿌리도 없는 사람이었던 건가…. 2천 년 전 허황옥이 가야에 왔다는 이야기는 모두 허구일까?' 이런 생각이 들기 시작하면서 그녀의 몸도 마음도 그리고 돈도… 거의 바닥으로 떨어지고 있었다. 심지어 점점 다가오는 비자 만료 기간까지 이러다 아무것도 못 찾고 그냥 돌아가야 하는 건 아닌지 초조해졌다.

서둘러 발걸음을 재촉한 허수경은 북인도 곤다 지역 카이라 마을에 도착했다. 아유타 왕국이라 불리던 아요디아를 먼저 찾았지만 그곳은 자신의 생각과는 다르게 완전한 도시의 모습이었다. 아요디아를 떠난 허수경은 많은 현지인들과 관광객들에게 치여 계속 북쪽으로 가게 되었고, 결국 카이라 마을까지 오게 되었다. 마음이 평온해질 정도로 평화롭고 아기자기한 마을에 허수경은 왠지 기분이 차분해지는 것을 느꼈다. 그러나 여전히 사람들은 동양에서 온 여자가 "아유타 왕국을 찾고 있습니다. 아시면 알려 주세요!"라는 표지판을 들고 서 있는 모습을 힐끗 쳐다만 볼 뿐 무시하고 다들 바쁘게 지나갔다. 거의 거지꼴 수준의 행색에 어느 누구 하나 관심을 갖지 않았다.

그때 나이 많은 노인이 길 건너편에서 이 수상한 동양인 여자를 유심히 바라보고 있었다. 아무리 노안이 와서 잘 안 보이는 노인의 눈이지만 그녀의 어깨에 커다란 물고기 점은 그의 작은 눈이 커지게 하기에 충분했다. 그는 천천히 몸을 일으켜 허수경에게 다가와 말을 걸었다.

"아유타… 아유타…."

「아~ 할아버지… 아유타를 아세요? 어디로 가야 되죠?」

길거리 한복판에서 나이 든 노인의 지독한 북인도 사투리와, 말 못 하는 동양인 여자가 수어와 함께 노트에 글을 써 가며 서로의 말을 알아들으려고 애쓰고 있는 모습을 지켜보던 한 소년이 있었다. 소년의 이름은 아난드. 아난드 역시 다른 이들처럼 무시하고 지나칠 수 있었지만 노인네가 관심을 가진 동양인 여자 어깨의 물고기 그림이 신기하기도 했고, 평소에도 곤경에 처한 사람을 보면 그냥 지나치지 못하는 성격상 왠지 이 이방인을 도와주고 싶었다. 허수경은 아난드가 다가와 자신이 도와주겠다고 하고서야 노인이 하는 말을 알아들을 수 있었다. 노인은 허수경에게 예전 아유타 왕국이 있던 지역을 알려 주었다. 마을 끝 북쪽 숲을 지나 거대한 연못이 있던 곳이었다. 아난드가 자세히 설명을 덧붙였다.

"카이라 마을 끝 북쪽에 숲이 있어요. 거기서 숲을 지나가면 아주 오래된 저수지가 있대요. 하지만 숲이 꽤 깊어서 어른들도 잘 안 가는 곳이에요. 혼자 가면 위험할 수도 있는데… 게다가 여자 혼자서…."

허수경은 재빨리 노트에 대답을 적었다.

「걱정해 줘서 고마워. 아무리 위험해도 난 꼭 그곳에 가야 해.」

아난드는 동네에 흔한 거지꼴을 하고 있는 이 동양인 여자의 겉모습과는 다른 당찬 결의의 눈빛을 보고 잠시 말을 멈추었다. 그리고 무언가 생각하더니 잠시만 기다리라고 하고 급하게 어딘가로 달려갔다. 그리고 잠시 후 헐레벌떡 달려온 아난드의 손에는 배낭과 정글에서 사용하는 커다란 마차도 칼이 쥐여 있었다. 그 배낭 안에는 자신의 집에서 가져온 빵과 과일, 물이 들어 있었다.

"헉… 헉…. 이거 우리 삼촌 칼인데… 누나 줄게요. 그리고 이건 나침반! 이게 도움이 될 거예요. 꼭 아유타 왕국을 찾기 바라요."

아난드의 따듯한 배려에 허수경은 소년의 손을 꼭 잡고 감사의 말을 전했다. 아난드 역시 이 동양인 여자가 무사히 아유타 왕국을 찾기를 진심으로 바랐다.

「고마워! 내가 꼭 다시 돌려줄게!」

허수경은 노인이 알려 준 숲으로 향했다. 거대한 벽처럼 숲의 입구가 가로막고 서 있었다. 안내 표지판은 인도의 언어인 힌디어로 쓰여 있어서 읽지 못했지만, 어설픈 솜씨로 사람이 끔찍하게 죽는 그림이 그려져 있는 것으로 보아 절대 숲으로 들어가지 말라는 의미인 것은 분명했다. 허수경은 잠시 망설이더니 크게 숨을 들이켜고 한 발자국씩 숲으로 걸어 들어갔다. 아난드가 준 칼을 들고 숲을 헤쳐 나가기 시작했다. 깊은 숲속은 이방인의 진입을 절대 허용하지 않겠다는 듯이 빽빽한 나무와 알 수 없는 온갖 잎사귀들로 가득했다. 숲에 들어오자마자 허수경은 바로 방향 감각을 잃어버리고 말았다. 아난드가 준 나침반이 아니라면 자신이 어디로 향하는지도 알 수 없을 것이었다. 북쪽… 나침반이 알려 준 북쪽으로 허수경은 무작정 앞으로 나아갔다. 날카로운 나뭇가지들과 벌레들을 헤치고 나가다 보니 그녀의 피부는 곳곳에 상처가 나고 피가 났다. 온몸은 땀과 흙으로 범벅이 된 채 그녀는 마치 무언가에 홀린 듯이 앞으로 앞으로 계속 걸어 나갔다. 발바닥은 물집이 잡혀 몇 번이나 허물이 벗겨지고 진물이 흘러나왔다. 발톱도 빠지고 피고름이 엉겨 있었다. 이젠 아픔 자체도 의미가 없는 듯했다. 아마 짐승들도 이 만신창이가 된 동양인 여자를 먹이로 생각하고 싶지는 않을 듯, 그녀는 거의 살아 있는 좀비라 해도 될 만큼 처참했다. 며칠 밤낮을 걸어갔다. 밤에는 최대한 높은 나무로 올라가거나, 바위 사이에 들어가 잠을 청했다. 이름도 모르는 동물들의 울음소리와 뱀과 벌레들이 그녀를 위협했다. 두려움에 거의 잠도 못 자고 아침이 다가오면 또다시 걸었다. 아난드가 준 물과 음식은 벌써 다 떨어졌다. 하지만 아난드가 준 배낭만은 버리지 않고 손에 꼭 쥐고 있었다.

이제는 더 이상 걸을 수 없을 만큼 지쳐서 모든 걸 포기하고 싶다는 생각이 들 무렵 숲에서 오래된 나무로 된 기둥이 눈앞에 나타났다. 정신이 혼미한 가운데 두 개의 기둥 사이에 걸려 있는 현판이 흐릿하게 보였다. 오래된 흔적이지만 너무나 익숙한 쌍물고기 문양이 허수경의 눈에 들어왔다. 허수경은 정신이 번쩍 들며 배낭에서 할머니가 남겨 준 나무 상자를 급하게 꺼냈다. 나무 상자에 그려진 두 마리의 물고기와 같은 그림이었다. 그리고 자신의 어깨에 태어날 때부터 낙인처럼 새겨진 물고기 모양 점과 같았다.

기둥 사이를 통과해 숲이 끝나고 사람이 다니는 길이 보이기 시작했다. 그리고 마을이 나타났다. 마을 입구에 들어서자 낯선 동양인 여자의 등장에 긴장하는 마을 사람들… 허수경을 발견한 한 소녀가 놀란 토끼 눈으로 그녀를 바라보더니 "꺄악!!" 하고 외마디 비명을 질렀다.

소녀의 비명에 사람들이 손에 농기구들을 무기 삼아 들고나와 허수경을 포위했다. 그리고 비명을 질렀던 소녀가 잰걸음으로 달려가 마을에서 가장 나이 많은 할머니를 찾으러 갔다. 모두가 낯선 외지인, 살아 있는 좀비처럼 보이는 동양인 여자의 등장에 두려움과 경계심을 넘어 언제든지 그녀를 때려눕힐 준비를 하고 있었다. 그때 소녀가 마을의 가장 높은 사람처럼 보이는 할머니와 함께 무리의 앞으로 다가왔다. 모두가 동요하고 있는 와중에도 할머니는 차분하게 걸어와 허수경의 앞에 섰다. 허수경 역시 마을 사람들의 자신을 향한 적대적 경계심에 긴장하며 꼼짝할 수도, 그럴 힘도 없었다. 눈동자만 움직이며 주변을 살폈다. 그때 그녀의 눈에 들어온 것은 노인의 목에 걸려 있는 목걸이였다. 허 할매가 준 자신의 목에 걸려 있는 목걸이와 같은 것이었다. 그리고 그 할머니의 어깨에도 물고기 점이 있었다. 놀라서 다가오지 못하고 경계심 가득한 표정으로 바라보는 마을 사람들 사이로 할머니가 천천히 허수경에게 갔다. 허수경의 행색을 살피듯 그녀의 주위를 돌던 할머니는 그녀의 어깨의 물고기 점을 보고 겨우 뜨고 있는 듯했던 실눈을 놀란 듯이 크게 떴다. 낯선 이방인의 출현으로 경계심을 가지고 바라보던 마을 사람들에게 노인 — 그녀의 이름은 다르샤[3]였다 — 은 크게 소리쳤다.

"오호~ 이것은… 이렇게 큰 물고기 점은 태어나서 처음 보는군…. 너는 아유타 사람이구나! 보시오, 우리와 같은 아유타 왕국의 붕어족이 돌아왔소!"

그제야 마을 사람들이 경계심을 풀고 손에 든 농기구들을 내리며 하나 둘 허수경에게 다가왔다. 마을 사람들에게도 물고기 점이 있었지만 허수

3) "인식하다, 비전을 갖는다"라는 의미를 가진 인도어

경만큼 크고 선명한 물고기 점은 그들도 처음 보는 것이었다. 그들이 신기한 눈으로 허수경을 둘러싸고 그녀의 물고기 점을 바라보고 만졌다. 긴장했던 허수경도 그제야 안도의 한숨을 크게 내쉬었고, 극도의 긴장이 풀린 그녀는 눈앞이 하얗게 변하면서 그 자리에 쓰러지고 말았다. 사실 아직 어린 소녀에게 3개월이란 시간은 가혹하리만큼 힘든 여행이었다. 하루도 쉬지 않고 무언가에 홀린 듯이 마음이 가는 곳으로 몸이 따라 움직였다. 그리고 드디어 자신이 찾던 곳에 도착하자 긴장이 풀리면서 쓰러진 것이었다.

마을 사람들은 허수경을 마을의 가장 큰 어른인 다르샤 할머니의 집으로 데리고 가 보살피기 시작했다. 몇 날 며칠 열병을 앓았다. 온몸의 수분이 다 빠져나올 듯이 땀을 흘렸다. 밀림을 지나오며 상할 만큼 상한 그녀의 몸이 하얗게 말라 가며 허물이 벗겨지기 시작했다. 마치 할머니가 돌아가실 때처럼 만지면 바스러질 듯 온몸이 말라 가고 있었다. 그 와중에 허수경의 어깨의 물고기 모양 점이 꿈틀대듯 점점 커져 갔다. 성체가 되면서 겪는 일종의 성장통 같았다. 두 마리의 물고기들이 마치 살아 있는 듯했다.

허수경은 신열에 들떠 꿈을 꿨다. 노인이 말라 갈라진 허수경의 입에 물과 미음을 천천히 흘려 넣어 주고, 얇은 면으로 된 천에 물을 적셔 온몸에 수분을 공급해 주었다. 물수건으로 머리를 식히고 땀 닦아 주기를 반복했다. 허수경을 처음 보고 비명을 질렀던 소녀 아사[4]는 허수경 옆에서 그녀를 지켜 주려는 듯 손을 잡아 주고 있었다.

4) "희망"이라는 뜻

Scene4. 허수경, 꿈을 통해 각성하다

허수경에게는 꿈인지 현실인지 확실하지 않았지만 이야기는 그녀의 눈앞에서 계속 이어졌다.

insert 꿈, 허수경의 꿈

횃불을 들고 오래된 사원 안으로 들어가는 허수경… 어둠 속에서 벽화에 그려진 반인반어족의 전설을 보게 된다. 고대 사원 벽에 그려진 붕어왕국의 역사와 전설들이다.

태초에 지구에는 인간과 반인반어족이 존재했다. 인간은 육지를 지배하고, 반인반어족 중 일부는 해양으로, 일부는 담수로 들어가 지배를 하였다. 그 후에 인간들이 득세를 하고, 해양족과 결탁해서 해양족 공주와 인간 왕자와 결혼을 시킨 후에 해양족은 인간 세상에 터를 잡고 세를 넓혀 나가기 시작했다. 그에 반면 인간들에게 붕어 모양의 빵을 나눠 주는 붕어왕국 사람들… 붕어족이 나눠 주는 붕어 모양의 양식을 먹고 인간들이 꿈을 꾸고 찾는 모습… 붕어족이 권력을 가진 인간들에게 쫓겨나는 모습… 다시 깊은 물속으로 들어가는 붕어족들….

열에 들떠 신음 소리를 내는 허수경을 바라보던 다르샤는 마을 사람들에게 명하여 마을 가운데에 있는 수천 년 된 저수지로 데리고 가 천천히 그녀의 몸을 물에 잠기도록 했다. 허수경은 여전히 깊은 잠에 빠져 있었다. 그녀의 꿈은 끝나지 않고 있었다.

… 깊은 물속을 헤엄치던 허수경은 물속에서 빛을 발하는 동굴을 발견하고 그

안으로 들어간다. 수중동굴 안에는 이름 모를 나무가 자라고 있다. 허수경은 나무를 바라보며 천천히 다가가 그 잎을 어루만진다. 그것은 인도에서만 나는 장군차 묘목이다. 허수경은 장군차 묘목을 하나 뽑아 손바닥에 올리고 바라본다. 신비한 빛이 나며 허수경의 얼굴을 환하게 비추어 준다.

물속에서 깨달음을 얻고 수면 위로 올라오는 허수경의 손에 장군차 묘목이 들려 있었다. 그녀 어깨의 물고기 점이 완전히 성체로 바뀌어 자리를 잡았다. 하얗게 말라 버린 그녀의 피부들이 모두 떨어져 나갔다. 마치 허물을 벗은 물고기 같았다.

노인이 천천히 다가와 허수경의 젖은 머리를 쓰다듬으며 나지막이 속삭였다.

"이제 다 이루었구나…. 성인이 된 것을 축하한다."

그 말을 듣자 허수경은 꿈꾸는 듯한 표정으로 미소를 되찾았다. 마을 사람들이 저수지로 걸어 들어와 축하하며 모두가 허수경의 어깨에 손을 얹는다. 서로가 서로의 어깨에 손을 얹고 허수경을 중심으로 동그랗게 둘러쌌다. 막 태어난 붕어의 탄생을 축하해 주는 의식 같아 보였다. 그리고 그들은 모두 한 가지의 소리를 냈다.

"옴… 옴… 옴…."

Scene5. 인도 아유타 왕국, 허수경의 각성과 첫 붕어빵

허수경은 한국에서 가져온 허 할매의 유골이 담긴 나무 상자를 들고 마을의 언덕에서 노을을 바라봤다.

「할머니, 나 할머니가 말한 아유타 왕국에 왔어요. 그리고 이제 내가 누군지 알게 됐어. 나의 뿌리… 나의 조상들이 태어나고 자란 곳…. 할머니도 이곳에 같이 있으면 참 좋겠다. 할머니 너무 보고 싶어. 고마워요, 나 이렇게 잘 키워 줘서.」

허수경은 이제 할머니를 편하게 쉬게 해 줄 수 있다고 생각했다. 그녀는 할머니의 유골을 조심스럽게 공중에 뿌렸다. 어디선가 불어온 바람에 허 할매의 한 줌도 안 되는 이승에 남은 육신의 흔적이 자유롭게 허공으로 날아갔다. 할머니를 떠나보내는 허수경의 눈가에 눈물이 맺혔지만, 그것은 슬픔보다는 기쁨의 눈물이었다.

마을 사람들과 노인은 허수경이 가져온 청동 붕어를 보며 신기해했다. 이미 수천 년 전에 사라졌다고 믿었던 붕어빵 원형이었다. 노인은 사람들을 시켜 청동 붕어로 붕어빵 틀을 만들었다. 노인이 장군차를 우려낸 물을 가져오고, 허수경은 밀가루에 넣고 반죽을 했다. 그리고 숯불에 붕어빵 틀을 올리고 굽기 시작했고, 드디어 처음 나온 붕어빵! 허수경은 마을 사람들과 함께 이것을 나눠 먹었다. 다르샤가 붕어빵 맛을 보더니 역시 그럴 줄 알았다는 듯이 고개를 끄덕였다.

"그래, 이 맛이다. 오랜만에 먹어 보는구나…."

아샤도 허수경의 무릎에 앉아서 붕어빵을 맛나게 먹었다. 아샤는 허수경을 무척 좋아하고 따랐다.

insert 꿈, 허수경의 꿈

붕어빵을 먹고 그날 밤 모두가 오랜만에 행복한 꿈을 꾸며 잠들었다. 꿈속에서 그들은 푸른 초원과 파란 하늘, 맑은 물가가 흐르는 곳에 있었다. 하늘에는 오색 영롱한 붕어들이 떠다니고 있었다. 허수경은 아샤와 손을 잡고 물고기들을 바라보았다.

"다르샤님, 저를 받아 주셔서 감사합니다. 나의 형제들··· 모두 감사해요."

"호호호, 꿈에서는 말을 하는구나. 역시 내가 들었던 그대로다. 너는 아유타 왕국의 정통성을 가진 붕어공주란다. 이렇게 다시 돌아와 기쁘구나. 우리 모두 너를 환영한단다. 나마스떼~"

"언니, 나도 언니처럼 큰 물고기가 되고 싶어!"

"그럼, 우리 아샤도 나중에 큰 물고기가 될 거야~"

Scene6. 허수경, 요가/명상/인도 전통악기 싯타르를 배우다, 깨달음, 출발

허수경은 자신을 부르는 소리에 조용히 눈을 떴다. 어느덧 마을 사람들처럼 아침마다 요가와 명상을 통해 하루를 깨우고 심신을 수련하던 허수경은 이날도 여느 때와 같이 마무리 명상을 하고 있었다. 그때, 아니카가 허수경을 불렀다. '찬란한'이라는 뜻의 이름을 가진 아니카는 그녀와 비슷한 나이대의 소녀로 만난 지 얼마 되지 않아 자연스럽게 친해질 정도로 통하는 점이 많은 친구였다.

아니카는 무언가 보여 줄 것이 있다며 그녀를 데려갔다. 잔뜩 기대하는 얼굴로 그녀가 꺼낸 건 그녀가 자주 연주하던 '싯타르' 악기였다. 아니카는 음악적 표현력이 매우 뛰어나 마을 사람들에게 최고의 음악가로 통했고, 어쩌다 밖에서 버스킹을 할라치면 모든 이의 발걸음을 멈춰 세울 정도의 실력자였다. 그런 아니카가 허수경에게 싯타르를 배울 차례라고 말했다. 붕어족에게는 음악으로 사람들의 마음의 병을 치유하는 능력이 있었다. 그리고 붕어빵으로 사람들에게 꿈과 자의식을 일깨우는 능력을 가졌다. 그 두 가지 능력이 허수경에게 갖춰져야 했던 것이다.

아니카와 허수경은 음악을 통해 깊이 교감했다. 처음에는 서툴렀던 허수경도 금세 악기를 익히고, 어느새 좋은 화음을 이룰 정도로 발전하게 되었다. 둘이 연주를 하기 시작하면 마을 사람들이 하나둘 모여들어 음악을 들었다. 고된 하루의 끝자락, 수평선에 걸린 새빨간 노을이 모여든 마을 사람들의 얼굴을 발갛게 비추면 서로의 얼굴을 쳐다보며 웃음을 나누었다. 비록 사람들과 같이 즐거워하기는 했지만 노을을 볼 때마다 허수경은 한국에서 마지막 노을을 함께 봤던 배두호에 대한 그리움으로 마음이 아련해지기도 했다. 하지만 이런 그녀의 마음을 알아차린 이는 아무도 없었다.

허수경은 김해에서 떠날 때 성경책을 가져왔다. 이곳 인도 아유타 왕국에 도착해서도 성경을 꾸준히 읽는 허수경이었다. 신기해하는 인도 친구 아니카에게 성경 이야기를 해 주었고, 아니카는 예전에 외국인 관광객이 준 십자가 목걸이를 보여 주었다.

밤마다 허수경은 꿈을 통해 다르샤 노인과 많은 이야기를 나누었다. 다르샤라는 이름의 뜻 '비전을 갖는다'처럼, 그녀는 허수경에게 붕어공주의 숙명과 이 세상에서의 역할을 알려 주었다. 처음에 허수경은 이해하지 못했다. 자신도 한 인간으로서 속세의 욕망도, 한 개인으로서 여자의 행복도 함께 누리고 싶다는 마음이 있었다. 하지만 허수경은 다르샤와의 대화 속에서 자신이 붕어공주로 태어났고, 이 세상에 어떤 쓰임으로 살아야 할지 고민을 하게 되었다. 그녀는 꿈을 꾸지 않을 때는 마을 언덕 위 보리수나무 아래서 명상하며 수련했다. 한동안 그녀는 꼼짝도 하지 않고 그렇게 앉아 있었다. 마을 사람들은 그녀를 방해하지 않았다. 낮이든 밤이든, 비바람이 불고 뜨거운 태양이 내리쬐어도 그녀는 움직이지 않았다. 아샤는 그녀가 정말 돌이 되는 게 아닌가 걱정스러워했다.

"다르샤님, 언니가 저러다 돌처럼 굳으면 어떡해요?"

"호호, 걱정하지 마라. 그녀는 지금 여행 중이란다. 자신 안의 가장 깊은 곳으로…. 아샤도 조용히 지켜봐 주렴~"

그랬다. 허수경은 마음속 깊은 곳에서 여행 중이었다. 이 지구라는 별과 저 너머 우주까지…. 인간의 삶과 죽음, 욕망, 고통, 진리와 진실… 그리고 마침내 다시 자신에게 다시 돌아왔다. 그녀는 깨달음을 얻고 자신의 숙명을 인지하고 받아들였다. 그녀의 마음속에서 인간적인 번뇌와 세속적인 욕망이 사라졌다. 천천히 눈을 떴다. 아침의 여명이 그녀의 눈을 통해 들어왔다. 새벽 안개가 바닥에 깔려 있었다. 일찍 일어난 새들이 지저귀며 날아다니고 부지런한 나비들과 벌들이 열심히 꿀을 모은다. 허수경은 이 모든 장면을 천천히 바라보고 음미했다. 다르샤와 마을 사람들이 천천히 다가왔다. 그들은 서로를 바라보며 미소 짓고 조용히 합장했다. 아샤가 꿀을 탄 물을 가져와 허수경에게 갖다주었다. 허수경은 조용히 조금씩 물을 마시고 아샤의 머리를 쓰다듬어 주었다. 그녀의 환한 얼굴에는 깨달음을 통해 얻은 평안함이 느껴졌다.

1년여 정도의 수련을 마친 허수경은 이제 아유타 왕국을 떠나기로 했다. 자신에게 주어진 운명을 받아들여 그대로 살아 내기 위해 세상으로 나갈 때가 된 것이었다.

그녀가 떠나기로 한 날, 다르샤와 아니카, 아샤, 마을 사람들이 모여 인사를 나누고 허수경의 새로운 출발을 축복했다. 아샤는 눈이 퉁퉁 부을 정도로 울며 가지 말라고 떼를 썼다. 허수경은 그녀를 꼭 안아 주면서 언젠가 꼭 다시 만나자고 약속했다. 모두가 서운함 속에 눈물을 흘리면서도 한 명,

한 명 포옹을 하면서 웃는 얼굴로 그녀를 배웅해 주었다. 맨 마지막에 뒤에서 가장 큰 서운함을 가지고 있던 아니카가 걸어 나왔다. 아니카는 선물로 자신이 사용하던 싯타르를 건네주었다. 허수경은 그 악기가 아니카에게 얼마나 소중한 건지 알기에 처음엔 사양했지만, 고집쟁이 아니카를 이길 수는 없었다. 아니카는 누구보다 뜨겁게 강렬하게 허수경을 끌어안았다. 허수경도 그녀를 힘껏 끌어안고 참았던 눈물을 흘렸다. 아니카는 자신의 목에 걸려 있던 십자가를 풀어 허수경의 목에 걸어 주며 말했다.

"난 기독교인은 아니지만 예수님은 좋아하거든~ 나보다는 너에게 어울릴 것 같아. 신의 은총이 함께하기를… 나마스떼~ 아멘~"

Scene7. 인도 카이라 마을, 다시 만난 허수경과 아난드

수업을 마치고 거리를 걸어가던 아난드는 어디선가 자신을 바라보는 시선을 느끼고 주변을 살폈다. 그리고 바쁘게 움직이는 자동차와 사람들 속에서 한 여자를 발견했다. 소년은 놀라서 커다래진 눈으로 그녀에게 단숨에 달려갔다. 그녀는 1년여 전 우연히 만났던 동양인 여자, 허수경이었다. 그사이 훌쩍 자란 소년이었지만 둘은 서로 한눈에 알아봤다. 소년의 기억 속의 허수경은 거의 거지꼴 수준의 여자였는데, 지금은 무언가 분위기가 확 달라져 있었다. 온몸에서 느껴지는 성숙한 느낌과 얼굴에서는 온화함 속에서도 강인함이 느껴졌다. 구릿빛으로 단련된 피부는 그 어떤 외부의 침략에도 버텨 낼 만큼 단단해 보였다. 그리고 그때도 크다고 느꼈던 그녀의 어깨의 물고기 모양 점은 훨씬 크고 더 진짜처럼 보였다.

"누나! 돌아왔군요. 난 누나가 혹시 잘못됐을까 봐 걱정했어요…."

허수경은 그런 아난드가 반가운 듯, 손을 흔들다가 가방에 있는 노트를 꺼내 빠르게 할 말을 적었다.

「고마워, 네 덕에 아유타 왕국을 찾았어. 근데, 네 이름이 뭐니?」

"아난드…. 달…."

「아난드 그리고?」

갑자기 머뭇거리며 말을 잇지 못하는 아난드를 의아하게 바라보는 허수경. 그때, 갑자기 아난드와 비슷한 또래의 소년들이 다가와 아난드를 향해 소리쳤다.

"달리트!!!"

허수경은 자신을 향해 순수하게 빛나던 아난드의 눈동자가 당황과 두려움의 빛으로 물들기 시작하는 것을 눈치챘다. 세 명의 소년들은 기가 죽어 움츠러든 아난드를 순식간에 둘러싸며 그를 짓궂게 놀리기 시작했다. 소년들의 분위기나 복장을 볼 때, 인도에서 계급이 높은 브라만 출신들로 보였다. 아난드는 그들보다 훨씬 허름한 옷을 입고 있어 누가 봐도 신분의 차이가 느껴졌다.

"넌 이름도 제대로 모르냐? 얘 이름은 아난드 달리트예요."

「우와, 멋진 이름이다.」

허수경이 노트에 적은 말에 킬킬거리면서 웃는 소년들. 아난드는 그 모습을 보더니 얼굴이 더욱 붉어지고 영문을 모르는 허수경은 아난드와 소년들을 번갈아 쳐다봤다. 경사진 거리에 서 있던 소년들은 마치 아난드를 내려다보듯 시선을 주다가 옆에 있던 허수경에게 말했다.

"창피해서 성도 말 못 하는 이름이 뭐가 멋져요? 웃긴 누나네? 누나는 어디서 왔어요?"

「나는 한국에서 왔어.」

"한국에서 와서 모르나 본데, 달리트는 인도에서 거지들만 가지는 성이에요! 우리 교실에서도 쟤는 맨 뒷자리에 앉아야 되고 심지어 우리 화장실 청소 담당이에요."

"맞아. 달리트! 너 오늘 청소는 하고 여기서 노닥거리는 거냐?"

아난드는 더듬거리며 대답했다.

"아… 아니 깜빡했어…."

"뭐? 너 선생님한테 일러야겠다."

"이참에 얘 우리랑 수업 듣지 않게 다른 곳으로 옮겨 달라고 하자. 아무리 생각해도 바이샤까지는 몰라도 달리트 계급이랑 같은 교실에서 수업을 받는 게 너무 기분 나빠!"

고개 숙인 아난드를 앞에 두고 거지라 놀리며 조롱하는 세 명의 소년들을 보며 순간 허수경은 문득 잊고 있었던 김해에서의 어린 시절이 떠올랐다. 그러면서 동시에 자신을 거지 공주라 놀렸던 박민지, 김선희, 이주영 3인방의 모습과 지금 아난드를 놀리는 소년들의 얼굴이 겹치기 시작했다.

「가자, 아난드! 저런 소리 신경 쓸 필요 없어! 같은 친구들끼리 높고 낮은 게 어디 있어?」

아난드의 손을 잡아끄는 허수경을 물끄러미 바라보던 아난드는 고개를 저으며 조심스럽게 손을 놓고 말했다.

"괜찮아요. 누나는 한국인이라 이해 못 하시겠지만 제가 달리트인 건 변하지 않으니까… 전 화장실 청소하러 가 볼게요. 걸리면 선생님한테 혼나서…."

물론 한국에는 수천 년간 지속된 인도의 카스트 제도는 없었다. 하지만 사람들 간의 계급이 존재하고 아직 어린 소년들까지 그걸 당연한 듯 받아들이고 있는 이 상황이 허수경은 낯설지 않았다. 과거의 자신 또한 한국에서 똑같은 일을 겪었기 때문이었다. 가벼운 실랑이를 벌이고 있는 아난드와 허수경을 보던 소년들은 흥미가 떨어졌는지 자리를 떠나려고 했다.

"얘들아, 우리는 밥이나 먹으러 가자!"

"달리트! 내일 화장실 확인해 볼 거니까 청소 깨끗하게 해라!"

소년들은 낄낄거리며 아난드를 비웃더니 시장 쪽으로 발걸음을 옮겼다. 그들의 뒷모습을 보던 아난드가 학교로 향한 순간 허수경이 아난드를 불러 세워 들고 있던 작은 배낭을 건넸다. 아난드가 허수경에게 빌려줬던 가방이었다.

「잠깐만! 자, 이거는 내가 너에게 주는 선물이야. 그동안 너무 잘 썼어. 고마워, 꼬마 친구!」

배낭을 열어 보자 그 안에는 붕어빵이 가득 들어 있었다. 아난드가 허수경에게 휴대폰을 내밀었고 허수경은 그녀의 SNS 계정을 알려 주었다. 두 사람은 서로를 응원하며 마지막 인사를 나눴다. 다시 미소를 찾은 아난드는 꾸벅 인사하고 학교로 멀어졌다. 어린 소년은 여전히 어깨가 축 늘어져 있었다. 아난드는 가방에서 붕어빵을 꺼내 한입 먹었고, 기분이 풀린 듯 뒤를 돌아보았다. 그녀가 계속 자신을 지켜보고 있는 것을 발견하고 밝은 얼굴로 손을 흔들었다. 허수경 역시 힘차게 손을 흔들어 주었다. 아난드와 헤어진 허수경은 붕어빵이 필요한 또 다른 사람들을 찾아서 다시 발걸음을 옮겼다.

청소를 마친 아난드는 배낭을 가지고 집으로 돌아갔다. 그리고 다시 배낭을 찾게 된 삼촌과 허수경에 대한 이야기를 했고, 그날 저녁 가족들은 다 같이 붕어빵을 나눠 먹었다. 그리고 소년은 꿈에서 허수경을 만났다.

insert 꿈, 아난드의 꿈

허수경은 인도의 초등학교 교실에서 떠드는 아이들 앞에 서 있었다.

"자~자~ 조용! 여러분 오늘은 새로 오신 선생님을 여러분에게 소개해 드릴게요. 선생님 들어오세요~"

아난드는 멋진 선생님이 되어 있었다. 교실 안에는 교장 선생님이 된 허수경이 자신을 맞이하고 있었다. 허수경은 단아한 여성복 정장에 누가 봐도 티 나는 은색 가발을 쓰고 돋보기안경을 쓰고 있었다.

"어, 누나는? 여기는 제 꿈속인가요? 그런데 모습이⋯."

"쉿! 난 지금 교장 선생님으로 변신한 거야. 애들은 내가 진짜 교장 선생님인 줄 알아~ 큿."

"그런데, 어떻게 제 꿈이 선생님이 되는 건 줄 알았어요?"

"후훗, 다 아는 수가 있지! 여기는 너의 꿈이 현실이 될 곳이야. 이제 너의 제자들에게 네가 만들어 갈 세상을 보여 줘~"

"네, 누나! 아니 교장 선생님 고마워요. 후훗~"

그는 제자들이 될 아이들을 둘러보며 자신을 소개한다. 아난드를 바라보는 아이들의 눈동자가 초롱초롱 빛난다.

"저는 아난드 달리트입니다. 달리트라는 이름 하나로 차별받지 않는 세상을 우리 같이 만들어 가요!"

아난드의 말에 환호하는 어린이들과 그걸 바라보는 허수경은 특유의 웃음을 지으면서 그를 응원해 주었다.

Scene8. 허수경, 인도 전역을 돌아다니다

다시 인도 전역을 돌아다니기 시작한 허수경은 보고 듣는 모든 걸 기록했다.

허수경은 SNS를 일기장처럼 활용했다. 일종의 그림일기 같은 것이었다. 가진 자와 못 가진 자에 대한 고민, 여전히 존재하는 계급 간의 갈등, 인종 차별 문제, 기독교, 불교, 유대교, 이슬람교 등등 각 종교를 무작위로 심취해서 받아들인 흔적이 곳곳에 남아 있었다. 그리고 자신이 꾼 꿈 이야기들, 몽환적이고 계시적인 꿈 이야기들도 써 놨다. 워낙 추상적인 이야기들이라 나중에 여러 오해를 낳게 하는 원인이 되기도 했다.

아울러 배두호 생각이 날 때면 종종 배두호에게 엽서를 보냈다. 답장을 받을 수 없다는 걸 알지만 배두호에 대한 그리움을 그렇게라도 풀고 싶었다.

@the_princesscarp/붕어공주_허수경(SNS 팔로워 10만 명)

#인도 #여행 #인도카스트 #꿈 #아난드 #종교 #기독교 #불교 #유대교 #이슬람교

허수경이 SNS에 글을 올릴수록 그녀의 글을 좋아하고 댓글을 다는 사람들이 늘어났다. 아침마다 SNS 반응을 살피는 허수경은 피드를 보다가 한 댓글에 시선이 멈췄다.

@dream_faith라는 아이디였다.

"윤리와 사상 수업 과제로 인도의 카스트 제도를 비판하는 논술을 쓰다가 여기까지 왔습니다. 21세기에 계급 사회라니 놀랐어요. 하지만 하위 계층이 하는 일을 알아보니 우리 집과 크게 다를 게 없었어요. 우리 누나도 하루 종일 공장에서 넥타이를 포장해요. 물량이 많은 날이면 12시간 넘게 일하다 오는 날도 있어요. 대한민국도 여전히 계급 사회라는 생각에 힘이 빠집니다. 제가 열심히 공부하면 우리 가족도 하위 계급을 탈출할 수 있을까요? 대학은 꿈같은 이야기고 당장 다음 달 먹고살 돈을 벌어야 하는데요."

허수경은 해당 댓글에 대댓글 창을 켜 놓고 한참을 글을 썼다 지웠다를 반복했다. 인도 사람들도 자신처럼 먹고사는 걱정을 하는 것에도 놀랐지만, 반대로 한국 사람들도 인도 사람들과 다르지 않았다. 카스트라는 제도와 이름만 다를 뿐, 계급 피라미드는 21세기 대한민국에도 존재했다. 휴대폰 화면에서 나온 불빛이 허수경의 얼굴을 비췄다. 허수경은 해당 게시글의 댓글을 내려다보며 가슴이 먹먹했다. 유사한 내용의 댓글들을 발견했고 휴대폰 화면에서 시선을 뗄 수 없었다.

다시 현재, CNN 스튜디오의 리처드와 배두호의 인터뷰.

배두호가 허수경에 대한 다큐를 찍으며 알게 된 그녀의 생각과 고민에 대해 천천히 입을 열었다.

"이때쯤 허수경은 이런 고민을 했던 거 같습니다. 어린 시절에 수경이와 재가 늘 달고 살던 걱정인데요… 바로 **'뭐 해 먹고 살아야 하나?'**라는 고민…"

배두호의 인터뷰는 조금 더 길게 이어졌다.

"사람들이 늘 입에 달고 사는 걱정거리 1순위는 바로 '뭐 해서 먹고 살아야 하나?'입니다.

이 명제에는 모든 것을 담고 있습니다. 의식주를 통합하는 질문이죠. 물론 나라마다 조금씩 차이는 있을 수 있습니다. 다른 나라에서는 '어떻게 살지?', '뭐 하고 살 거야?', '하고 싶은 게 뭐야?' 차이는 있지만 걱정하는 수위와 내용은 같다고 볼 수 있습니다. 특히 우리나라는 먹는 것을 더 중요한 삶의 지표로 여기는 듯합니다. 먹는 것 관련 인사가 있다는 것을 봐도 그렇습니다. '식사하셨습니까?', '밥은 먹고 다니니?', '언제 밥이나 먹자!' 등등… 먹는 것이 중요한 시절을 오래 겪었던 민족이라서 그런 걸지도 모르겠네요. 의식주 중에 먹는 것을 걱정으로 하는 이유는, 옷이야 대충 입고 잠은 대충 자도 먹는 문제는 당장 생명 연장에 기인하는 중요한 문제이기 때문일 것입니다. 그렇지 않았다면, 무엇을 '입어야 하나?'라는 걱정을 하거나, '어디서 자야 하나?'라는 걱정을 먼저 했겠죠."

"각박한 현실에 매일 **'뭐 해서 먹고 살아야 하나?'**라는 끊임없이 풀리지 않는 질문들이 우리를 괴롭힙니다. 막연한 불안감과 공포감을 조성하는, 구체적이지만 동시에 추상적이기도 한 질문들이죠. 현대 사회와 기성 시스템, 권력자들, 기득권들이 주입한 질문에 노예가 된 현대인들은 정체 모를 두려움을 가슴속에 품고 살아야 합니다. 직업이 있든 없든, 부자든 가난하든, 나이가 어릴 때는 부모를 통해서 주입되고, 성인이 되어서는 학교와 직장에서, 서로가 서로에게 끊임없이 확대, 주입시키는 구조입니다. 이렇게 조성된 공포와 불안감을 재생산하게 함으로써 대중이 시스템에 자발적으로 굴복하고 따르게 하는 거죠.

허수경은 여행을 다니면서 만나는 다양한 국가 인종의 사람들 모두 이 고민을 하는 것을 보았다고 했습니다. 국적과 나이와 피부색을 떠나서 모든 인류가 이 고민을 한다는 사실에 허수경은 나름 큰 충격을 받았던 것 같아요. 김해에서 가난한 할머니 밑에서 자란 소녀인 자신만 이런 고민을 하는 줄 알았는데, 사실은 전 세계인 모두가 이 고민을 한다는 사실에 아이러니하게 동질감과 약간의 위안도 들었다고 했었습니다."

Scene9. 2018년, 세계를 누비며 돌아다니는 허수경

아유타 왕국을 떠난 허수경은 자신의 뿌리를 알게 된 후 훨씬 가벼운 마음으로 전 세계를 돌아다녔다. 이때 그녀는 많은 나라에서 다양한 사람들과 친구가 되었다. 김해를 출발할 때 시작한 SNS 팔로워 0명은 어느새 15만여 명이 되어 갔다. 그녀의 유니크함은 많은 이들의 관심 대상이었다. 다양한 나라에서 그녀가 요가, 명상하는 장면 그리고 그녀의 싯타르 연주 장면 등을 보고 그녀를 팔로잉하는 사람들이 늘어나기 시작했다. 세계적인 요가인들과의 교류를 통해 제법 인지도가 쌓여 갔다.

그녀가 만들어 연주하는 곡들은 주로 꿈과 자의식에 관한 노래들이었고, 본인이 직접 노래를 만들고 가사를 자막으로 올리는 형식이었다. 자신의 연주곡을 앨범으로 만들어 온라인 판매도 했고, 여기서 나오는 수익금으로 여행 경비를 충당했다.

인도 소년 아난드와 헤어진 후, 허수경은 사람들에 길을 물어 기차역에 도착했다.

플랫폼에 도착한 기차에 올라타려는데 아니카가 준 악기가 가방에서 새어 나와 바닥에 떨어지려 했다. 허수경이 다급하게 싯타르를 잡으려 할 때 새하얀 손이 등장해 떨어지는 악기를 잡았고, 손을 따라가니 금발의 한 서양 여성이었다.

"독특하게 생긴 기타네요. 뭐라고 불러요, 이 악기는?"

허수경은 미소와 함께 잠시 기다리라는 의미로 한 손을 들어 보였다. 허수경은 가방에서 노트와 펜을 꺼내 답변을 적어 그녀를 향해 들어 보였다.

「싯타르예요. 소중한 친구가 준 거예요.」

"아~ 말을 못 하는군요. 제 입은 읽을 줄 아나요? 천천히 말할게요~ 반가워요! 난 사라라고 해요."

두 사람은 각자의 자리를 찾아 일렬로 기차 통로를 걸었다. 이번에는 사라의 가방 앞주머니에서 폴라로이드 사진들이 우수수 떨어졌다. 바람에 날려 기차 창문으로 날아갈 뻔한 사진들을 허수경이 재빠르게 주워 사라에게 돌려주었다. 둘은 빈 좌석에 마주 보고 앉았다. 사라는 가방을 내려놓자마자 폴라로이드 사진들을 소중하게 닦았다. 허수경은 사라의 손에 든 사진을 가리키며 손짓으로 그녀에게 사진작가냐고 물었다.

"아니요. 저는 회계사…였어요. 퇴직했지만…."

허수경이 사라에게 사진을 봐도 되겠냐며 묻자 사라는 수줍은 듯 폴라로이드 사진들을 건넸다. 허수경은 인도의 풍경과 사람이 담긴 그녀의 사진들을 한 장씩 넘겨 보았다. 따뜻한 시선이 담긴 사진들이었다. 한참 사진을 보던 허수경은 사라를 향해 사진을 가리키며 엄지를 내밀었다.

"먹고 사느라 40이 넘어 비행기를 처음 타 보네요. 카메라는 여행지에서 홀린 듯이 샀는데, 사진 찍으며 여행하는 게 너무 행복해요. 당신은 음악가인가요?"

허수경은 다시 노트에 답을 적었고 사라는 그런 허수경을 기다렸다.

「아니요. 저는 다른 꿈이 있어요.」

"꿈이라니 멋지네요. 젊은 분들이 부러워요. 나도 좀 더 젊을 때 여행하고 꿈을 돌아보고 살걸, 후회되네요. 하지만 다시 또 있던 자리로 돌아가면 뭐 해 먹고 살지 걱정하겠죠."

현실적인 고민에 사라의 얼굴에 그늘이 졌다. 허수경은 사라의 폴라로이드 사진들을 돌려주고는 배낭에서 남은 붕어빵 하나를 꺼내 그녀에게 건넸다.

「사진에서 당신의 마음이 느껴져요. 멋진 사진 보여 줘서 고마워요.」

허수경이 적은 글을 보고 살짝 미소를 짓던 사라는 싯타르에 새겨진 문양을 발견하고 말했다.

"저기 그려진 물고기랑 비슷하네요. 잘 먹을게요."

사라는 급하게 기차를 타느라 허기가 졌고 붕어빵을 맛있게 먹었다.

"너무 맛있게 잘 먹었어요. 저도 보답하고 싶은데⋯."

사라는 답례로 목에 걸린 카메라를 들어 미소와 함께 셔터를 눌렀다. 그러고는 사진을 소중하게 건넸다.

"흔들면 안 돼요. 시간이 지나면서 뚜렷해질 거예요. 당신의 꿈도 흔들리지 않고 선명해지길 저도 응원할게요. 혹시⋯ SNS 팔로우해도 돼요?"

두 사람은 휴대폰을 꺼내 서로의 계정을 주고받았다. 허수경이 사라의 휴대폰에 자신의 계정을 검색하니 이미 팔로우가 되어 있었다. 사라는 그제야 허수경, 아니 princess carp을 알아보고 인도 여행 검색하면 가장 먼저 뜨는 계정이라면서 더욱 반가워했다. 그녀의 SNS 팔로워는 어느덧 19만을 앞두고 있었다.

폴라로이드 사진은 처음에는 희미한 하얀 빛깔이더니 시간이 지나면서 허수경의 얼굴을 보여 줬다. 그녀 특유의 미소는 사진 속에서도 에너지를 뿜었다. 어느덧 노을 지는 풍경이 그들을 비췄다. 창문 틈으로 들어오는 선선한 바람이 그들 사이를 지나갔다.

Scene10. 2019년, 아프리카, 코로나 사태 발발, 죽음의 강 앞에 선 허수경

2019년, 인류 역사상 유례없는 사건이 터졌다. 일명 COVID-19, 또는 코로나19라고도 불렸던 질병이 전 세계를 강타한 것이다. 당시 아프리카를 돌고 있었던 허수경에게도 코로나19는 찾아왔다. 아프리카는 참혹한 상황이었다. 서구는 빠르게 백신을 만들고 마스크를 공급하며 살아남기 위해 가용한 모든 자산과 기술 인력을 투입해 생존율을 높여 갔다.

세계화라는, 인류 역사상 가장 풍족한 시대를 겪게 해 준 시스템은 질병 역시 전 세계로 가장 빠르게 퍼질 수 있는 길을 만들어 준 것이었다. 하지만 아프리카를 비롯한 서구 문명에서 벗어난 지역은 그 어떤 백신도, 마스크 한 장도 구하기 힘든 상황이었다. 세계화의 그늘은 생각보다 어둡고 깊었다.

허수경은 대재앙 앞에 무기력한 인간들의 비참한 실상을 묵묵히 지켜봤다. 매일 죽어 나가는 수십, 수백의 사람들을 보며 죽음 앞에서도 나눠지는 가진 자와 못 가진 자의 불평등을 눈으로 바라보았다.

그리고 허수경 역시 코로나19를 피할 수는 없었다. 그녀는 극빈층들과 함께 그 어떤 의료적 혜택도 받지 못한 채 움막에 누워 죽음의 공포와 싸워야 했다. 현지인들은 '국경 없는 의사회'에 동양인 여자가 죽어 간다고 알렸다. 같이 움막에 누워 있던 우간다 노인 지수비소는 자신보다 먼저 허수경을 치료해 달라고 하며 한사코 자신의 치료를 사양했다. 지수비소의 이름은 '응답하다'라는 뜻이었다. 지수비소는 허수경을 바라보며 힘겹지만 단호하게 입을 열어 말했다.

"당신이 만들어 준 꿈붕어빵을 먹고 꿈에서 돌아가신 우리 조상님들을 만났어요. 이제 나는 그분들의 나라로 갈 준비가 되어 있습니다. 하지만 당신은 아직 젊고, 해야 할 일들이 많이 남아 있습니다. 부디 당신의 꿈을 이루어 우리 아프리카의 어린이들도 꿈꾸게 도와줘요~"

허수경은 지수비소의 손을 잡고 아무 말도 못 하고 울기만 했다. 허수경을 살리려고 의료진이 서둘러 그녀를 치료하기 시작했다.

「이렇게… 허무하게 죽는 건가…. 할머니, 나 아직은 죽고 싶지 않아…. 내 꿈에 도전도 못 했는데….」

의사는 정신을 잃어 가는 허수경을 붙잡고 의식을 잃지 않도록 소리를 연신 질러 댔다.

"정신 차리세요! 환자분, 저희는 의료진입니다. 당신을 꼭 살려 드릴게요! 버티셔야 합니다. 닥터 고타마, 상황이 어떤가요?"

"닥터 가브리엘, 환자분 BP 돌아오고 있습니다. 위험한 고비는 넘긴 것 같습니다."

insert 꿈, 허수경의 꿈

점점 의식이 흐릿해지며 허수경은 천천히 눈을 감았다. 다시 눈을 떴을 때 그녀 앞에 큰 강이 막아서고 있었다. 허수경이 천천히 발을 강에 내딛고 건너려 하는 순간, 누군가 팔을 잡아당겼다. 돌아보니 우간다 노인 지수비소였다. 그리고 그들 옆에 예수님과 부처님이 온화한 표정으로 웃으며 서 있었다.

"허허~ 허수경 씨~ 멈추시오! 어디를 건너려 하시오?"

"아… 당신은 지수비소~ 헉! 그리고 두 분은…?"

예수님이 먼저 말을 건넸다.

"수경아, 아직은 때가 아니니라. 너는 아직 네가 하겠다던 숙제를 안 하지 않았더냐?"

"숙제요?"

"어허, 요 녀석~ 네 입으로 오병이어의 기적을 한다고 하지 않았더냐? 어서 가서 숙제를 다 하고 천천히 오거라~"

부처님도 온화한 미소로 말을 거들었다.

"암, 그렇고 말구요, 아직은 때가 아닙니다. 저도 우리 수경 씨가 오병이어 숙제를 어떻게 하나 궁금합니다. 어서 더 성불하고 오십시오! 저는 당신이 어찌 살다 오는지 예수님과 지켜보겠습니다."

지수비소도 허수경의 손을 살짝 잡으며 말했다.

"그래요, 대신 난 먼저 가 있을 겁니다. 당신은 한참 후에 오십시오. 우리 꼭 다시 만나요~ 붕어공주님!"

예수님이 따듯한 미소로 지수비소를 바라보며 말했다.

"자, 지수비소 씨, 이제 우리는 아버지의 나라로 갑시다. 당신의 자리가 준비되어 있습니다. 당신이 그렇게 보고 싶어 했던 조상님들과 함께 있게 될 것입니다."

허수경은 그녀에게서 천천히 돌아서는 세 사람을 보며 외쳤다.

"감사합니다… 꼭 숙제도 하고 아프리카의 꿈도 이룰 수 있게 최선을 다할게요~"

그녀가 죽음의 강에서 물러나 눈을 떴을 때는 다행히도 '국경 없는 의사회'에 구조가 되어 병원에서 치료를 받고 있었다. 운이 좋았다. 나중에 들은 이야기로 허수경을 먼저 치료해 달라고 했던 우간다 노인 지수비소는 그만 저세상으로 떠나고 말았다. 허수경은 지수비소가 있던 지역을 향해 눈물을 흘리면서 큰절을 두 번 올렸다.

그렇게 그녀는 살아났다. 그녀를 치료해 준 두 의사와 함께 사진을 찍었고, 그녀의 SNS에 그들의 얼굴이 기록되어 있었다. 그들과도 오랫동안 인연을 이어 갔다. 갈색의 긴 곱슬머리를 가진 이스라엘 출신 닥터 가브리엘, 인도 출신 닥터 고타마가 그녀의 생명의 은인이었다. 허수경은 그곳에 머물며 의료 봉사를 하였고, 그곳에서도 싯타르를 연주하고 명상과 수련을 같이 했다. 많은 의료 봉사자들과 환자들이 그녀의 꿈붕어빵과 연주를 통해 힘들고 두려운 현실 속에서도 희망을 꿈꿀 수 있었다. 그렇게 코로나19가 끝나갈 무렵 허수경은 한국으로 돌아갈 준비를 했다. 세상은 코로나19 이전과 이후로 완전히 변해 버린 듯했다. 양극화의 절정에 다다른 것이다.

Scene11. 2022년, 부산항, 10년 만에 한국으로 돌아온 허수경

약 10년 전 부산항을 떠났던 허수경은 인도, 티베트, 아시아, 유럽, 아프리카, 미국 등 다양한 곳을 돌아보고 드디어 한국으로 다시 돌아왔다. 그녀는 떠날 때와 마찬가지로 거대한 인도 국적의 컨테이너선을 타고 돌아왔다. 새벽에 떨어진 부산항에서 그녀를 반겨 주는 이는 당연히 아무도 없었다. 한 달여간 함께한 선원들에게 수어로 인사를 하였고, 선원들도 그동안 배운 수어로 작별 인사를 했다.

그녀는 떠날 때와 마찬가지로 단출한 배낭 하나였다. 그리고 그녀의 친구 아니카가 선물해 준 싯타르가 손에 들려 있었다. 10년이면 강산도 변한다고 하지만 부산항은 그때나 지금이나 별반 달라져 보이지 않았다. 하지만 허수경은 전과는 완전히 다른 사람이었다. 처음 떠날 때의 불안함과 두려움에 떨던 시골 촌뜨기 18세의 허수경은, 굵고 풍성한 헤어스타일, 마치 마라톤 선수처럼 탄탄한 근육으로 무장한 갈색 피부의 28살 허수경이 되어 있었다. 온갖 세상 풍파를 다 겪은 전사 같아 보였다. 특히 그녀의 온화하면서도 부드러운 미소 안에는 결코 무너지지 않을 다부진 무언가가 숨겨져 있어 보였다. 그녀의 눈에서는 사물을 꿰뚫어 볼 것 같은 눈빛이 뿜어져 나오는 듯했다.

그녀의 SNS 팔로워 20만여 명. 김해를 떠나기 전에는 0명이었지만, 10년간 전 세계에서 다양한 친구들을 사귀고 왔다. 그녀의 주머니는 여전히 가벼웠지만 마음만은 풍요로웠다.

어디선가 나타난 새끼 길고양이 한 마리가 처음 보는 그녀에게 다가와 다리에 머리를 비벼 댔다. 회색 등에 검은 줄무늬가 있는 야윈 고양이였다. 허수경이 몸을 숙여 고양이를 쓰다듬어 주자, 고양이는 배를 뒤집으며 울음소리를 냈다. 마치 한국으로 돌아온 허수경을 환영하는 것 같았다.

「야옹아~ 너는 등이 꼭 고등어 무늬 같네. 왜 이렇게 말랐니?」

그리고 붕어빵을 주머니에서 꺼내 고양이에게 주었다. 고양이가 붕어빵을 야금야금 맛나게 먹고는 그녀를 뒤따르기 시작했다. 허수경이 멀찍이 떨어지려 해도 고양이는 같이 가자는 듯 울음소리를 내며 계속 따라왔다.

「이리 와, 고등어야! 같이 가자. 이제부터 네 이름은 고등어야. 어때?」

고양이가 기분이 좋은 듯 갸르릉거렸다.

제3화

허황옥의 귀국, 붕어빵 장사를 본격적으로 시작하다

— 28-30세

다시 현재, CNN 스튜디오.

배두호가 촬영한 다큐멘터리가 부산항에서 찍은 허수경의 인스타 화면에서 멈추자 리처드는 배두호에게 시선을 돌려 질문을 했다.

"허수경이 10여 년간 세상을 떠돌다가 한국에 돌아온 후 어떻게 되었나요?"

"그 기간 동안 허수경은 자신만의 세계관을 완성 후 한국에 돌아온 듯합니다. 그리고 그녀는 제일 먼저 허수경에서 허황옥으로 개명을 합니다. 그리고 붕어공주 상표권 출시를 했습니다."

멈췄던 다큐멘터리가 다시 재생된다. 길거리 가판대 앞에 선 허황옥. 2022년 국내에서 드디어 허황옥의 첫 번째 붕어공주 매장이 길거리 가판대로 오픈하였다. 반면에 당시 스타월드 매장은 이미 전국에 1,700개로 비교조차 할 수 없는 상황이었다.

붕어공주 가판대 국내 1개/스타월드 매장 수 1,700개

@the_princesscarp 붕어공주_허황옥(SNS 팔로워 30만 명)

#한국도착 #붕어공주 #허황옥 #꿈붕어빵 #꿈 #붕어빵레시피 #프랜차이즈문의환영

Scene1. 2022년, 부산, 허수경, 고시원에서 붕어빵 장사 준비

허수경은 그때나 지금이나 역시 가진 게 없었다. 얼마의 돈으로 고시원

에 자리를 잡고 아르바이트로 돈을 모으기 시작했다. 그녀는 맨 먼저 이름을 개명했다. 허수경에서 허황옥으로…. 아마도 그녀는 새로운 시작이 필요했던 것 같았다. 그리고 작은 가판대 하나로 붕어공주 꿈붕어빵을 팔기 시작했다. 그녀는 허황옥이라는 이름으로 붕어공주 상표권을 출시했고, 이제 세상에 '붕어공주'는 그녀만의 것이 되었다. 추후에 그녀는 해외에도 '붕어공주' 브랜드의 상표권 등록을 진행했다. 그녀의 커다란 비전 속에 철저하게 준비를 해 온 듯했다.

Scene2. 첫 번째 만남, 게임 개발자 인도인 라마

허수경… 아니 허황옥은 이쯤에 그녀의 인생에 가장 중요한 인물들 3명을 만났다. 그중 첫 번째 인물은 고시텔에서 만난 백수 청년, 인도인 라마였다. 라마는 인도의 카스트 중 3번째 계급인 바이샤(서민, 농공상인)였다. 그나마 바이샤라는 계급 덕에 공부하는 데 지장은 없었다. 어릴 때부터 비상한 머리를 가진 라마는 독학으로 게임 개발자가 되고자 부단한 노력을 해 왔다. 넉넉하지 못한 살림에 부모님과 형제들의 희생으로 자신만이 공부를 할 수 있었고, 그의 꿈은 언젠가 성공해서 가족들을 부양하며 커다란 주택에서 행복하게 함께 사는 것이었다. 해외 취업 센터를 통해 요즘 IT 쪽에서 새롭게 떠오르는 한국을 접하고, 한국의 판교 밸리에 있다는 게임 회사에 취업이 되어 부푼 꿈을 안고 한국에 왔다. 그런데 알고 보니 판교가 아니라 안산에 있는 전자 게임의 기판을 조립하는 공장에서 일하게 된 것이다. 거기서 여권도 뺏기고 외국인 노동자로 차별을 받으며 거의 감금되다시피 살게 된 라마는 몸과 마음이 모두 피폐해져 있었다. 외국인 노동자를 위한 단체의 도움으로 간신히 그곳을 빠져 나온 그는 이후 고시텔로 숨어 은둔형 외톨이가 되었다. 인도로 돌아가지도 못하고 부모님께는 잘 있다고 거짓말을 하는 시간 속에 라마는 제정신일 수 없었다. 공황 장애, 대인 기피증… 작은 방에 갇힌 그는 오직 노트북과 모바일 게임의 세계에서만 숨 쉴 수 있었다. 밤을 새 가며 음식도 거른 채 자신만의 게임을 개발하려고 발버둥 쳤지만, 낯선 땅에서의 생활은 녹록지 않았다. 노력하면 할수록 실패는 쌓여 갔고, 이제는 삶의 의미조차 모르는 생활이 계속됐다. '이렇게 사느니 차라리 죽어 버리는 것이 낫겠어…' 도저히 빠져나올 수 없는 실패의 그늘… 가족의 희생을 발판으로 여기까지 왔지만 게임 개발자가 되어 그것을 갚겠다는 그의 소박한 꿈은 더 이상 앞으로 나아갈 수 없었다. 수백 통의 이력서와 데모 게임은 모두 쓰레기에 불과했다.

한 평 반도 안 되는 고시원 바닥에 누워서 곰팡이 핀 천장을 바라보던 라마는 손에 쥔 약 봉투를 움켜쥐었다.

"아버지, 어머니, 형제들… 죄송합니다. 저는 꿈을 이루지 못하고 여기 이역만리 먼 타국에서 죽습니다…. 으흐흑, 이 고시원 바닥이 내 무덤이 되는구나…."

"똑똑."

갑자기 정적을 깨는 노크 소리가 들렸다. 잠시 망설이던 라마가 문을 열자, 사람 대신 접시에 놓인 붕어빵 하나가 보였다.

인도말로 적힌 쪽지에는 '사막의 여왕은 당신을 포기하지 않을 거예요'라는 메시지가 있었다.

라마는 깜짝 놀랐다. '사막의 여왕'은 자신이 개발하려고 하는 게임의 제목이었다. 도대체 이걸 어떻게 안 거지? 라마는 금세 이것을 준 사람이 누구인지 알아차렸다. 건넌방에 사는 고시원 앞 붕어빵 파는 여자, 자신의 고국, 인도의 느낌이 나는 여자…. 그리고 한국에는 흔하지 않은 싯타르를 연주하는 여자…. 가끔 길에서 연주를 하면 그 음악 소리가 고시원으로 퍼졌고, 사람들은 그 순간만은 잠시 펜을 내려놓고 일상을 멈춘 채 음악 소리에 귀를 기울였다. 말을 못 하는데 왠지 많은 말을 하는 듯한 여자… 라마는 갑자기 배가 고파졌다. 근래 모든 걸 포기하고 아무것도 먹을 수가 없었다. 먹음직스러운 붕어빵이었다. 고향에서 먹던 구즈야[5]가 떠올랐다. 특별할 것 없었던 그 빵 하나에는 따뜻한 온기가 그대로 남아 있었다. 라마는 그간 잊고 있었던 식욕이 피어오르는 기분이었다. 그래서 단숨에 접시에 놓여 있던 붕어빵을 모조리 먹어 치우며, 저도 모르게 눈물이 고였다. 그리고 손에 든 약 봉투를 내려놓고 그는 오랜만에 잠이 들었다.

insert 꿈, 라마의 꿈

꿈에서 사막 한가운데 거대한 성을 마주하고 선 라마와 허황옥. 허황옥의 얼굴을 본 라마가 먼저 말문을 연다.

"앗, 당신은 붕어빵 파는…?"

"네, 맞아요. 생명은 소중한 겁니다. 우리는 이 땅에 충분한 쓰임이 있어서 온 귀한 사람들이에요. 당신을 믿고 기다리는 가족들, 그리고 앞으로 이룰 당신의 미래를 저버리지 마세요."

"저의 미래요? 저에게 그럴 만한 능력이 있을까요?"

허황옥은 부드러운 미소를 지으며 따뜻한 목소리로 말했다.

"뭔가를 이루려면 먼저 자신이 스스로 해낼 수 있다는 믿음을 가져야죠! 포기하지 마세요, 싸움은 지금부터 시작입니다."

5) Gujiya, 밀가루 반죽 안에 속이 채워진 붕어빵과 유사한 인도 간식

다음 날, 노트북의 이메일 알람 소리에 잠에서 깬 라마는 바로 내용을 확인했다. 이메일의 내용은 다음과 같았다.

"미스터 라마, 당신과 함께 일하고 싶습니다. 우리는 당신이 보내 준 '사막의 여왕'에 매우 큰 흥미를 가지고 있습니다. 우리는 작은 게임 회사지만 함께 꿈꿔 봅시다!"

라마는 갑자기 찾아온 행운에 정신이 얼떨떨했다. 그리고 바로 허황옥의 붕어 리어카를 찾아갔다.

"혹시 어젯밤에… 붕어빵, 그쪽 맞죠? 그리고 내 꿈에도…?"

라마의 말에 그저 싱긋 차분히 미소 짓던 허황옥은 종이에 무언가 적어서 라마에게 보여 주었다. 인도말로 적힌 인도의 유명한 격언이었다.

「하고자 하는 자는 방법을 찾고, 하기 싫은 자는 핑계를 찾는다.」

"어떻게 당신이… 정말 감사합니다. 당신 덕에 난 다시 시작할 희망을 얻었어요!"

라마의 말에 허황옥도 기쁘다는 듯 다시 한번 미소를 지었다. 그렇게 라마와 허황옥은 친구가 되었다. 낮이면 허황옥은 매일 꿈붕어빵을 굽고, 라마는 그녀의 꿈붕어빵을 먹으며 다시 살아갈 힘을 얻어 게임 개발에 열중했다. 그리고 저녁이 되면 라마는 꿈속에서 허황옥과 만나 많은 이야기를 나누며 함께 만들어 갈 세상을 그려 갔다. 인도에서 만난 소년 아난드도 꿈에서 함께하며 차별 없는 세상을 만들자고 의기투합하였다. 라마는 허황옥이 앞으로 이루고자 하는 세상의 모습에 함께 공감하고 동조하게 되었다.

Scene3. 당시의 일을 회상하는 인터뷰를 하는 라마

"저도 처음에는 안 믿었죠. 그런데 매일 밤 꿈에서 그녀를 만나는 거예요. 말도 못 하는 사람인데… 우리는 정말 많은 대화를 나누었어요. 그녀는 하늘 아래 모든 사람은 평등하다고 주장했어요. 그녀는 모두가 꿈꿀 자격이 있고, 그래야 한다고 믿었습니다. 그녀가 앞으로 하고자 하는 일들, 그녀가 만들고자 하는 세상, 저는 그녀의 거대한 역사에 동참하기로 했습니다. 저는 붕어공주의 꿈붕어빵을 먹고 꿈을 꾸며 새로운 목표를 가지게 되었어요. 살아갈 이유가 생겼다는 것만으로도 세상을 다 가진 기분이 들더라고요. 저는 엄마에게서 태어났지만, 저를 다시 살린 것은 붕어공주였습니다."

라마는 취업을 해 고시원을 떠나면서 허황옥에게 은혜를 갚고 싶었다. 그러자 허황옥은 마치 라마의 반응을 미리 예상이라도 한 듯, 한 치의 망설임도 없이 펜을 들어 노트에 적어 보였다.

「나를 위해 게임 하나 만들어 주세요.」

"혹시, 꿈에서 말씀하신 그 게임?"

허황옥은 다부진 표정으로 고개를 크게 끄덕였다. 라마는 허황옥이 꿈에서 부탁한 게임의 내용을 알기에 흥분을 감추지 못하며 그 역시 고개를 끄덕였다. 의미심장한 표정으로 둘은 마주 보며 웃었다.

Scene4. 두 번째 만남, 키다리 민정

190cm에 가까운 큰 키를 가진 민정이 붕어공주 꿈붕어빵을 처음 먹은

것은 고1 초겨울이었다. 민정은 학교에 흔한 아싸(아웃사이더) 중 하나였다. 큰 키만으로 놀림받던 것은 아니었다. 광대뼈도 크게 나오고, 턱이나 이마 등이 많이 발달해 여성스러운 외모라고는 할 수 없었다. 그리고 손마디마디 모두 굵직하여 얼핏 손만 보면 남자라고 오해해도 그렇게 미안할 일은 아니었다. 철없는 애들의 먹잇감이 되기에 충분한 조건을 가지고 있었지만, 그나마 공부를 잘하고 체격이 크다 보니 일진 애들이 괴롭힐 엄두를 못 냈다. 벌레 하나 못 죽일 만큼 소심하고 착한 마음을 가진 민정이었지만, 그녀의 외모는 학교 주변 일대 그 어떤 일진들(남자 포함)도 감히 건들지 못할 위협감을 풍겼다. 민정은 오히려 일진들에게 괴롭힘당하는 아싸들을 보호해 주고 그들과 친구가 되어 주었다. 일진들도 민정이 함께 있으면 감히 아싸들을 건드리지 못했다. 외증조할아버지의 유전자 덕에 웬만한 남자애들보다 머리 하나가 더 달려 있었다.

할아버지는 젊은 시절 호랑이도 때려잡을 만큼 기골이 장대하고, 씨름대회에 나가서 상금으로 소도 여러 번 받아 왔다고 했다. 경성에서 알아주는 멋쟁이였고, YMCA 농구 선수였다고 한다. 당시 농구공을 들고 찍은 할아버지의 사진을 보면 지금 웬만한 패션모델보다 멋져 보였다. 집안의 내력인지 민정의 엄마 역시 그 덕에 키가 크고 늘씬했다. 엄마는 좋은 유전자만 물려받아 여리고 단아한 미모로 처녀 시절 꽤나 남자들 마음을 흔들어 놨었다. 그중 하나가 민정의 아빠였다. 농구를 시켜 보라는 아마추어와 프로팀으로부터의 수많은 유혹이 있기도 했고, 민정이도 할아버지처럼 농구 선수를 해 보고 싶다는 욕심이 없던 건 아니었지만 민정의 부모들은 결사반대했다. 그나마 의사 아빠 머리를 닮아서 공부에 소질이 있었기 때문이다.

엄마는 그런 민정이를 볼 때마다 증조할아버지 원망을 하며 한탄했다.

어느 날 저녁, 민정은 거실에 물 마시러 나왔다가 아빠랑 엄마가 안방에서 얘기하는 걸 엿들은 적이 있었다. 엄마의 한탄 섞인 목소리가 먼저 들려왔다.

“아휴, 쟤를 어떻게 해요? 당신 아는 성형외과 친구들 있잖아요. 돈이 얼마가 들든 할 수 있는 건 다 해야겠어요. 나만 닮았어도 이러지 않을 텐데… 하필 제 증조할아버지를 어쩜 저렇게 빼다박고 나온 건지… 여보 어떡해요?”

“아이고, 무슨 그런 소리를 해. 뭐 요즘 애들 마냥 이쁜 거랑은 거리가 멀지만, 당신 닮아 키도 크고 나름 개성 있는데 뭐! 성형이야 나중에 좀 더 커서 해도 되는 거고… 다 짝이 있으니까 너무 애한테 뭐라고 하지 마요. 괜히 마음에 상처라도 받으면 어쩌려고 그래? 그래도 공부 머리가 없는 건 아니니까, 나중에 의사 시켜서 내 병원 물려주면 되지. 아니면 의사 사위를 얻든가~”

민정은 조용히 자기 방으로 돌아왔다. 자신의 미래가 부모님의 안방에서 다 결정되고 있었다. 다음 날 엄마는 민정이 아침밥을 먹는 중에 잔소리 포문을 열었다.

“어휴, 여자애가 웬 밥을 그렇게 많이 먹어? 너는 어쩜 증조할아버지를 빼다박았니? 왜 이렇게 다 크게 나온 거야? 조금이라도 날 닮았으면 얼마나 좋아? 정말 속상해 죽겠네… 너는 열심히 공부해서 좋은 대학 가야 해. 그래야 좋은 남자 만나 시집도 가고 하지! 아빠가 의사고 엄마도 대학교수인 걸 감사해야 해. 괜히 친구들 돕는답시고 수준 낮은 애들이랑 놀지 말고!”

음대 교수인 엄마는 항상 우아하고 교양 있는 차분한 목소리로 잔소리를 했지만, 민정에게는 엄마가 종종 마녀처럼 보였다. 그것도 익숙한 서

양 마녀가 아닌, 야차 같은 모습에 더 무섭게 생긴 인도 마녀였다. 엄마는 톤을 더 높여 계속해서 잔소리를 퍼부었다.

"세상이 그래. 뭐 하나 자기 무기가 있어야 하는데 특별한 재능이나 외모가 아니면 공부가 답이야. 너는 운이 좋은 거야. 의대만 가면 아빠 병원도 물려받을 수 있고, 공부만 잘하면 무시당하지 않고 살 수 있는 세상인데 왜 그걸 안 하려 하니? 지금 놓치면 평생 잘난 점 하나 없이 남들한테 무시받고 혼자서 외롭게 살다가 죽게 될 거란 거 명심해."

아침마다 엄마가 하는 잔소리 레퍼토리가 틀린 건 아니었으므로 그다지 화가 나지는 않았다. 오히려 엄마의 말에 일정 부분 동조까지 하게 되는 민정이었다.

'엄마 말이 맞아. 아이돌같이 예쁜 애들 천지인 세상에, 나처럼 거인 같은 여자와 만나 줄 남자가 어딨겠어? 혹시 모르지, 남자 거인이라도 나타날지~ 아니면 슈렉? 크크크. 에휴~ 내 팔자야…' 하면서 한숨을 내뱉는 민정이었다.

민정은 교복도 맞춰 입어야 하는 자신의 모습을 거울을 통해 바라보았다. 이놈의 세상은 옷 하나도 자신한테 맞는 게 없었다. 그래서 그녀는 종종 옷을 직접 리폼해서 만들어 입었다. 그렇게 리폼한 옷 사진을 인스타에 올리면 제법 많은 사람들이 좋아요를 눌러 주었다. 얼마 전에는 패션업계 사람들이 팔로워를 해 주기 시작했다. 슈퍼 모델 한혜정이 그녀의 피드에 직접 댓글을 달고 옷 사진을 리그램해 줬을 때, 민정은 너무 기뻐 하마터면 수업 중에 비명을 지를 뻔했다. 자신이 제일 좋아하는 패션모델이었다. 민정은 혜정 언니에게 용기를 내어 메시지를 보냈고, 언니로부터 응원의 답장을 받았을 때 이제 민정의 꿈은 패션모델로 정해졌다.

어느 날 학원을 마치고 집에 가는 길이었다. 우연히 붕어공주 리어카 앞을 지나다 허황옥과 눈이 마주친 민정은 무언가에 끌리듯 들어가 붕어빵을 하나 샀다. 그리고 가게 이름을 자신도 모르게 되뇌었다.

“붕어공주… 꿈… 붕어빵?”

허황옥이 따뜻한 미소로 고개를 끄덕였다. 그러고는 마치 ‘이거 너지?’ 하는 느낌으로 핸드폰을 민정에게 내밀었다. 그것은 한혜정이 리그램한 민정의 피드였다. 민정은 깜짝 놀랐다.

“이건… 제 인스타잖아요? 언니가 어떻게 알아요?”

눈이 동그랗게 커진 민정은 붕어처럼 껌뻑껌뻑 허황옥을 바라보았다. 허황옥도 눈을 껌뻑껌뻑 미소를 지었다. 왠지 기분이 좋아져서 꿈붕어빵을 한입 베어 먹은 민정은 그날 밤 꿈을 꾸었다.

insert 꿈, 민정의 꿈

화려한 패션쇼 백스테이지.

분주한 사람들 가운데 허황옥이 민정이 옷 입는 것을 도우며 민정이 긴장을 풀 수 있게 말을 건넸다.

“민정아, 이제 네 차례야! 네가 직접 디자인한 옷을 입고 세상 앞에 당당하게 걸어~”

“붕어공주 언니! 고마워요!”

절정에 다다른 피날레에 나서 멋지게 런웨이를 걷는 민정!

백스테이지에는 그동안 민정이 도와준 아싸 친구들이 모두 스텝이 되어 프로페셔널한 모습으로 민정의 쇼를 멋지게 연출하고 있었다.

물고기 디자인의 옷을 입고 런웨이를 걸어가자 옷 안에서 물고기들이 튀어나와 그녀와 함께 공중에 떠다녔다. 객석에 앉아 있는 아빠, 엄마의 눈이 휘둥그레졌다. 사진 기자들의 플래시가 쉴 새 없이 터졌다. 장면이 바뀌자 뉴욕 타임스퀘어 광장의 모든 전광판에 민정의 사진이 걸려 있었다. 그리고 키가 자신보다 큰 잘생긴 NBA 농구 선수와 키스를….

한밤중에 꿈에서 깨어난 민정은 거울에 비친 자신의 모습을 바라보았다. 거울 속에 더 이상 거인은 없었다. 당당하고 자신 넘치는 미래의 슈퍼모델이 그녀를 마주하고 있었다. 그리고 꿈속에서 너무너무 멋진 남자와 첫 키스를… 민정은 얼굴이 붉어졌고 입가에 미소가 번졌다.

다음 날부터 민정은 매일 붕어공주 리어카를 찾아갔다.

"어제 내 꿈에 언니 나왔었는데…."

민정의 말에 허황옥은 눈을 껌뻑껌뻑하며 웃었다. 그리고 허황옥이 무언가를 끄적여 민정에게 보여 주었다. 어제 민정이 피날레에서 입었던 물고기 디자인의 드레스 그림이었다. 깜짝 놀란 민정에게 허황옥은 또 눈을 껌뻑껌뻑하며 웃어 주었다.

Scene5. 당시의 일을 회상하는 인터뷰를 하는 민정

"그날 이후로 부모님의 꿈이 아닌, 제 꿈을 꾸기 시작했어요. 붕어공주가 아니었다면 저는 지금쯤 부모님이 원하는 대로 대학 가고 졸업하고 시집이나 가지 않았을까요? 시집을 가긴 갔으려나? 우리는 꿈에 대해서 많은 이야기를 나누었어요. 언젠가부터 어른들이 원하는 직업이 아이들의 꿈이 되었잖아요? 붕어공주는 꿈이 직업일 수는 없다고 늘 말했어요. 저도 그렇게 믿고요."

민정뿐 아니라 세상에는 특별한 재능이 없고, 평균에서 벗어났다는 이유로 차별받는 학생들이 많았다. 그들 역시 민정처럼 꿈을 꿀 기회 없이 '공부'라는 일방적인 방향만을 강요받아 왔다. 이런 학생들이 민정의 SNS를 보고 붕어공주 리어카를 찾기 시작했다. 남들보다 키가 크다는 이유로, 작다는 이유로, 피부색이 다르다는 이유로, 눈동자가 밝은색이라는 이유 등으로 차별받던 그들이 더 이상 세상의 시선을 피해 숨지 않고, 그들을 열외시키려는 자들에게 수긍하지 않기로 했다. 이 소문은 삽시간에 아이들의 SNS를 타고 널리 퍼졌다. 현재의 괴로움에서 벗어나고 싶은 다른 아싸들도 붕어공주 리어카로 몰려들게 되었다. 그들 역시 꿈붕어빵 매니아가 되었고, 이제 그들은 더 이상 먼지 같은 존재가 되지 않기로 선언했다. 일명 아싸파! 전국의 아싸들이 자발적으로 연대하여 들불처럼 일어났다. 몇 년 후 그들은 붕어공주와 함께 세상을 바꾸는 주역이 되지만, 당시에는 그 누구도 그렇게 될 자신들의 미래를 전혀 상상하지 못했다.

@min_jung/민정

#붕어공주 #허황옥 #꿈 #꿈붕어빵 #패션모델 #도전 #아싸파

Scene6. 푸드 트럭 준비 그리고 출발

리어카로 시작된 붕어공주는 이제 푸드 트럭이 되었다. 라마와 민정을 비롯한 많은 친구들이 와서 함께 그림도 그리고 푸드 트럭을 꾸며 주었다. 라마는 상권 분석과 홍보 등을 IT 전문성을 발휘하면서 지원했고, 민정과 아싸들은 SNS를 통해 전국의 더 많은 아싸들을 불러 모아 붕어공주의 전국 레이스를 홍보했다. 그날도 민정의 아싸 친구 한 명이 찾아와 열심히 사진 촬영을 하고 있었다.

“짜잔! 다들 트럭을 봐 주세요!”

“우와~ 너 정말 젠지(Gen Z: Z세대)스럽다.”

양손으로 브이를 만들어 보이는 아싸 친구와 민정에 뒤이어 또 다른 아싸 친구들 그룹과 라마가 한 바퀴 돌며 트럭을 구경했다. 구경을 마친 라마가 허황옥에게 중요한 걸 이야기해 줘야겠다는 표정으로 말을 꺼냈다.

“붕어공주님, 푸드 트럭은 위치가 중요해요. 제가 상권 분석해서 푸드 트럭이 정차하는 데 최적화된 위치 리스트 뽑아 드리겠습니다.”

민정도 뒤질세라 앞으로 나섰다.

“마케팅도 중요해요. 언니도 유명한 인플루언서지만 홍보는 많을수록 좋다구요!”

민정이 푸드 트럭 앞에서 셀피를 찍으려고 휴대폰을 들자 함께 온 아싸 친구가 민정의 휴대폰을 끌어당기며 민정을 리드했다.

“민정아! 거기가 아니고 이쪽! 옆면이 이 푸드 트럭의 포인트예요! 다 계획이 있다니까요~ 언니도 여기 서 봐요. 제가 멋지게 찍어 드릴게요.”

민정은 그 아이디어를 듣자마자 좋아했다.

“오, 그거 진짜 좋은 생각이다! 그럼 여기 서면 될까?”

민정이 사진을 찍자, 라마도 사진을 찍었다. 허황옥은 푸드 트럭과 함께하는 이들을 특유의 미소로 바라보고 있었다. 이때 민정과 아싸 친구가 허황옥에게 소리쳤다.

“황옥 언니! 안 오고 뭐 해요? 언니가 주인공인데~ 우리 기념으로 다 같이 찍어요!”

민정과 아싸들이 달려와 왼팔로는 허황옥을, 오른팔로는 라마를 잡아 끌며 푸드 트럭 앞에 세웠다. 고양이 고등어도 허황옥의 어깨로 올라와 함께 사진을 찍었다.

"자~ 연사로 찍을 거예요. 계속 움직이면 돼요. 하나~ 둘~ 셋!"

Scene7. 붕어공주 2호점의 탄생

허황옥의 SNS에 부산에 처음 생긴 붕어공주 리어카가 트럭으로 바뀌고 부산을 떠나 김해로, 그리고 전국을 유랑한다는 소식이 올라왔다. 부산, 고시원에서 3년째 공무원 시험 준비를 하던 한지연은 그녀의 SNS를 보며 한참 생각에 빠졌다.

@the_princesscarp/붕어공주_허황옥(SNS 팔로워 35만 명)

#붕어공주 #꿈붕어빵 #푸드트럭1호 #2호점문의바람 #프랜차이즈문의환영

#꿈붕어빵유랑단

사실, 지연이 처음 그녀를 알게 된 건 스마트폰 안이 아니라 현재 그녀가 살고 있던 작은 고시원에서부터였다. 3년이라는 세월 동안 많은 사람들이 이 고시원에 들어왔다 나갔다 했었다. 그러나 기억에 남는 사람은 하나도 없었다. 방 안에서 홀로 강의를 듣거나 공부를 하다 보면 하루가 금방 지나갔고 사람의 흔적은 느낄 틈조차 없었다. 가끔 시끄러운 소리가 나면 벽을 똑똑하고 두드리는 것으로 이 공간에 나밖에 없는 건 아니구나 하는 이상한 안도감을 느꼈다.

고요한 고시원의 정적을 깬 건 아이러니하게도 말을 하지 못하는 허황옥이라는 여자였다. 고시원에서는 보기 힘들었던 개성 넘치는 스타일을 가진 또래의 허황옥에게 지연은 이상하게 호기심이 갔다. 어느 날부터 허황옥은 자신과 비슷한 고시원 지박령인 라마라는 인도인과 함께 다니기 시작했다. 허황옥의 리어카에는 꿈붕어빵이라는 간판이 붙어 있었는데, 지연은 전혀 어울리지 않는 두 단어가 하나로 연결되어 있는 것이 이상하면서도 관심이 갔다.

붕어빵 장사를 시작했다는 허황옥은 가끔씩 남은 붕어빵을 가지고 와 고시원 사람들에게 나눠 주었다.

"아, 진짜라니까요. 저는 저 꿈붕어빵 먹고 진짜 저의 꿈을 꾸었다니까요~"

라마의 말에 지연은 괜히 거부감이 들었다. 먹으면 자신의 진짜 꿈을 찾을 수 있다고? 지연은 '꿈'이라는 단어가 생경하게 느껴졌다. 마지막으로 언제 꿈을 꾸었는지도 기억 안 나는데… 진정한 나의 꿈이라니? 그들의 이야기가 허무맹랑하게만 느껴졌다.

그러나 그 이후 라마는 자신의 꿈을 찾아 고시원을 떠났고 부산에서는 허황옥의 꿈붕어빵을 먹고 꿈을 꿨다는 사람들이 늘어나기 시작했다. 허황옥이 고시원을 나갔음에도 지연은 허황옥의 SNS를 팔로우하며 자신도 모르는 사이에 그녀의 행적을 쫓고 있었다. 자신과 같은 나이에 벌써 많은 것을 이룬 것 같은 허황옥과 그녀가 파는 꿈붕어빵의 정체는 도대체 무엇일까?

허황옥이 부산을 떠난다는 소식을 듣고 지연은 오랜만에 고시원 밖을 나와 허황옥을 찾아갔다. 당연히 자신의 존재조차 모를 거라 생각했던 허황옥이 얼굴을 기억하는 듯 밝게 인사하며 꿈붕어빵을 건넸다. 허황옥은 종이에 글을 써서 말했다.

「지연 씨, 오랜만이에요! 따뜻한 꿈붕어빵 나왔습니다.」

지연은 조심스럽게 꿈붕어빵을 한 입 먹었다. 흔히 알고 있는 붕어빵 맛이지만 이상하게 속이 든든해지는 것을 느꼈다. 그날 밤 지연은 오랜만에 깊은 잠을 잘 수 있었다. 그러나 꿈은 꾸지 못했다.

애초에 지연에게 꿈 같은 것은 없었다. 남들 따라 대학에 가고, 졸업해서 취업 준비하고, 안정적인 직장을 원하는 부모님의 뜻을 따라 공무원 시험 준비를 했다. 얼마 전 받은 또 한 번의 불합격 문자… 지연은 포기하지도, 그렇다고 다른 꿈을 꾸지도 않는 스스로가 원망스러웠다.

"#2호점 문의 바람 #전국유랑 붕어공주"라는 태그가 여전히 살아 있는 허황옥의 SNS를 본 지연은 무언가 결심한 듯 붕어공주 트럭을 서성거렸다. 떠날 준비를 하는 듯 허황옥의 친구들과 손님들로 정신없는 모습이었다. 큰 결심을 하고 왔지만 왠지 용기가 사라지는 기분에 지연은 발걸음을 돌렸다. 그때 허황옥이 지연에게 다가와 어깨를 두드렸다. 깜짝 놀란 지연이 돌아서자 허황옥이 무언가 바쁘게 쓰기 시작했다.

「이렇게 와 줘서 고마워요. 근데 왜 그냥 가려고 했어요?」

"그냥 바쁜 것 같아서… 곧 떠난다는 소식 들었어요. 마지막으로 그냥 보고만 가려고 했는데…."

「나한테 물어보고 싶은 게 있는 거 아닌가요?」

허황옥은 다 안다는 듯 미소를 지으며 지연을 바라봤다.

"붕어빵을 먹으면 다 꿈을 꾸는 거 아니었어요? 나는 아무 꿈도 못 꿨는데… 혹시 이거 다 사기 아니에요?"

지연은 괜히 마음과 다르게 허황옥을 원망하는 말을 늘어놓았다. 허황옥은 지연을 한참 바라보더니 따뜻하게 안아 주었다. 그리고 조심스럽게 앞치마를 벗어 지연에게 건네주었다. 지연은 얼떨떨한 표정으로 허황옥을 쳐다봤다.

「그럼 지금부터 꿈을 찾아보면 되죠. 같이 해 보지 않을래요? 꿈붕어빵?」

허황옥은 이미 지연이 이곳에 왜 왔는지 알고 있는 듯했다. 지연은 자신도 모르게 허황옥에게 진심을 고백했다.

"사실, SNS 보고 찾아왔어요. 남들처럼 꿈붕어빵을 먹고 꿈을 꾸지는 못했지만 나처럼 꿈을 꿀 생각조차 못 하는 사람들에게 꿈붕어빵을 전해주고 싶어요. 그러다 보면 나도 꿈을 꿀 수 있지 않을까…."

「당연하죠. 지연 씨한테도 언젠가 꿈이 찾아올 거예요. 그때까지 2호점 잘 부탁해요.」

"정말 제가 붕어공주 2호점을 해도 될까요?"

「그럼요. 전 지연 씨 계속 기다리고 있었어요.」

허황옥의 말이 사실인지는 알 수 없었지만 그녀의 따뜻한 눈빛과 미소를 보며 지연은 용기를 내 보기로 결심했다. 꿈과 가까이 있는 사람들과 함께하다 보면 자신도 꿈을 찾을 수 있지 않을까 생각했다.

「그럼, 잘 부탁해요!」

한 손에 허황옥이 준 붕어 틀과 다른 한 손에는 붕어공주 2호 팻말을 들고, 지연은 떠나가는 붕어공주 트럭 1호와 허황옥의 모습을 한참 바라봤다. 왠지 허황옥의 말처럼 자신도 곧 꿈을 꿀 수 있을 것 같았다. 붕어공주 2호의 불이 켜진 건 그다음 날이었다.

Scene8. 붕어공주 푸드 트럭으로 전국을 돌며, 사람들의 호기심과 관심을 받다

부산에 2호점의 불이 켜진 사이 붕어공주 1호점 트럭이 전국을 돌아다니기 시작했다. 전국을 유랑하듯 돌아다니는 생활이었지만, 허황옥은 다양한 사람들을 만나 요가와 명상을 함께하며 교감을 나누었다. 그리고 가는 곳마다 그 지역의 특산물을 이용해 붕어빵에 활용하는 레시피를 만들어 팔았다. 그녀의 꿈붕어빵을 먹은 사람들이 하나둘 늘어나며 꿈을 꾸는 사람들도 늘어나기 시작했다. 이렇게 하여 전 세계를 향한 붕어공주 푸드 트럭의 질주가 시작되었다.

개성 있는 그녀의 모습에 경계심보다 호기심이 더 많았던 사람들이 한두 명 붕어빵을 사 먹기 시작하였다. 특이하고 이국적인 외모, 승합차를 개조한 푸드 트럭, 그리고 스스로 붕어공주라고 말하며 다니는 허황옥의 모습은 기이하고 한편으로는 유니크한 젊은 사람으로 보였다. 특히 그녀의 어깨에 자리한 거대한 물고기 모양의 점은 매우 특이하고 영적인 느낌을 주기에 충분했다. 마치 화가가 그려 넣은 것처럼 살아 있는 물고기 모양이었다. 일부에서는 타투가 아니냐고 의심하는 사람들의 공방이 벌어지기도 했다.

"저 꼬라지가 인도풍 아니야? 그런데 목에는 십자가를 걸었네?"

"요가하고 그런 거는 또 불교 아니여?"

"요가는 엄밀히 말하면 힌두교 쪽이긴 한데 종교랑 상관은 없지…. 그리고 요즘 젊은 사람들이 그런 걸 뭐 중요하게 생각하나."

"저~ 저거 문신… 물고기 문신이죠? 무슨 조직, 조폭 그런 건가?"

"아, 타투? 날 때부터 있던 점이라고 그러더만… 세상에 저런 점이 어됬나? 요즘 애들이 타투 많이 하잖아~ 저 정도 타투 하려면 꽤 시간 오래 걸렸을 거야."

종교적 색채가 강하게 느껴져서 어떤 사람들은 그녀를 불편한 시각으로 바라보기도 했다. 특히 개신교 쪽 사람들의 거부감이 강했다. 허황옥 자신은 특정 종교를 한 번도 말한 적이 없지만, 개신교를 믿는 사람들은 그녀가 예수님을 믿는다고 주장했다. 늘 함께하는 낡은 성경책과 인도에서 만난 친구에게 선물로 받았다는 십자가 목걸이를 그 증거로 보였다. 그 두 가지는 한 번도 그녀의 곁에서 떨어진 적이 없었기 때문이다. 그리고 또 부처님을 믿는 사람들은 그녀가 하는 요가와 명상이 불교적인 색채가 강하다 보니 그녀가 틀림없이 불교일 것이라 생각했다. 하지만 어릴 적 교회도 다녔고, 지금도 늘 기도를 한다고 하는 걸 보면 베이스 자체는 기독교인 것으로 보인다. 무엇보다 그녀 스스로 보여 주는 행동과 전달하고자 하는 메시지는 예수님의 행적과 사뭇 비슷했다.

Scene9. 붕어공주 슬로건, 프랜차이즈 조건

그녀가 팔고 있는 붕어빵에 대해 더 깊이 이해하기 위해서는 꿈붕어빵의 슬로건을 읽어 봐야 한다.

'꿈에 굶주린 자들이여, 내게 오라!'

'오병이어의 기적, 아무도 굶지 않는 세상을 위해!'

'지속 가능한 꿈 프로젝트. 허기진 이여, 내게 오라. 내가 너희를 꿈꾸게 하리라!'

붕어빵과 꿈이 무슨 연관이 있다는 것인지 사람들은 의아해했다.

'No more hungry!'

'붕어공주의 꿈붕어빵, 사람들에게 꿈을 찾아 줍니다!'

'먹고 살기 팍팍하시죠? 꿈붕어빵 드시고 잃어버렸던 꿈을 찾아 Go Go!'

또 이런 카피를 봤을 때는 장사하는 사람이면 누구나 할 법한 소리라 여겨졌다.

'#프랜차이즈_문의 환영'이라는 태그도 빼먹지 않는 것을 봤을 때는 그녀는 처음부터 비즈니스 마인드가 장착되어 있어 보였다. 이미 오래전부터 계획되어 있었던 듯 체계적이고 순차적이었다. 그런데 붕어공주의 꿈붕어빵 프랜차이즈는 여느 회사들과 달랐다. 가맹비, 설치비도 없었다. 그녀가 제공하는 것은 오직 붕어빵 틀뿐이었고, 가맹 조건도 단순했다. 자신의 붕어빵 틀로만 제품을 만들면 됐다. 일반적인 프랜차이즈 업계에서는 꿈붕어빵의 행보를 곱게 보지 않았다. 본사에서 가져가는 이윤이나 추가로 요구되는 부담 없이 붕어빵 틀로 빵만 찍어 내면 된다는, 오히려 너무나 간단한 조건은 도저히 납득할 수 없는 것이었고, 그녀에게 더 큰 꿍꿍이가 있을 거라 의심하였다. 하지만 가진 것 없이 시작하는 영세 사업자들에게는 너무나 쉽고 편리한 개업을 보장하는 내용이었다. 해외에서도 음식물의 유통이 아닌 붕어빵 틀만 제공받으면 사업을 할 수 있어 그 확장성은 실로 엄청난 수준이었다.

허황옥은 처음부터 SNS를 적극 활용했다. 붕어공주 홈페이지도 가지고 있었다.

www.princesscarp.com

www.instargram.com/@the_princesscarp

대단한 맛을 가진 붕어빵은 아니었다. 그나마 특징이 있다면 각 지역의 특산물을 재료로 쓴다는 것인데, 나름 그녀만의 손맛으로 만들어졌다고는 하나 오히려 평범한 붕어빵에 가까웠다. 그런데 여기서 주목할 것은 붕어빵을 먹은 사람들의 반응이 좀 특이했다.

다시 현재, 그녀의 붕어빵이 클로즈업되며 화면이 멈추면서 CNN 스튜디오의 리처드가 붕어빵에 대해 질문하였다.

"맛도 평범하고 모양도 특출날 게 없는 그냥 흔한 붕어빵 같은데, 과연 뭐가 달랐다는 거죠?"

배두호는 보면 알게 된다는 듯이 미소 지으며 말했다.

"그건 붕어빵을 먹었다는 사람들의 이야기를 직접 들어 보시죠!"

Scene10. 붕어빵재테크, 붕어빵으로 꿈을 찾는 사람들

CNN 화면은 다시 붕어빵을 먹은 사람들을 인터뷰하는 화면으로 전환된다.

---

insert CNN 인터뷰, 회사 여직원들

"흠… 붕어빵 맛이 다 거기서 거기죠. 그런데, 이 붕어빵을 먹으면 배가 불러요!"

"아니, 많이 먹으면 배부른 그런 게 아니라… 누가 붕어빵을 배부를 만큼 먹나요?"

"이상하게 그날 붕어빵을 먹고 하루 종일 배고프단 생각이 안 들더라고요. 사실 제가 살면서 한 번도 그런 적이 없거든요? 제가 좀 식탐이 많고 간식도 많이 먹고 그런 편인데…."

"아니, 그러니까 배부르단 느낌하곤 좀 다르다니까요! 더부룩하고 그런 것도 아니고… 뭐랄까? 포만감이긴 한데… 배가 부른 느낌은 아니고… 만족감? 든든한 느낌?"

"붕어빵을 먹고 나서 하루 종일 음식 생각이 안 났어요. 물론 저녁은 먹었죠. 그런데 생각해 보니까 저녁 식사도 그냥 습관적으로 늘 그 시간 되면 먹으니까 먹은 것 같고, 안 먹었다고 딱히 상관없었을 수도 있지 않을까? 그런 생각은 드네요."

"그다음 날은 그냥 김치찌개 먹었는데, 그날은 종일 배가 고픈 거예요. 다들 4시쯤 되면 허기지고, 간식들 당기고 그러잖아요."

"다음 날 또 붕어빵을 먹었는데 역시 그날은 배가 안 고팠어요. 이건 우리 모두 똑같이 느낀 거예요."

"맞아, 맞아! 우리가 너무 신기해서 같이 실험을 했거든요? 하하하."

"붕어빵 여기에 뭐 든 거 아니야?"

"뭐 마약이라도 들었을까 봐? 크크. 하긴 마약 김밥도 있는 세상에 마약 붕어빵이라 불러도 뭐 이상할 거 없네."

"전 사실… 점심을 붕어빵으로 해결해 볼까? 하는 생각을 했었어요. 생각해 보세요! 요즘 점심 한 끼 먹으려면 만 원, 만 삼사천 원은 줘야 되잖아요? 밥 먹고 커피도 마셔야 하고… 그런데 붕어빵이 이천 원이니까, 만약에 한 달 동안 점심에 붕어빵을 먹고 만 원씩 저축을 한다 치면, 대략 20-25만 원 정도 모을 수 있겠더라구요."

"오, 붕어빵 재테크? 완전 꿀인데!"

"사실 그동안 월급도 빡빡하고, 내가 게으른 이유도 있지만, 영어 학원 다니고 싶었거든요… 이거 붕어빵 먹고 돈 모아서 이번 달에 학원 등록했어요! 호호."

"어머, 기지배, 너무 잘했다. 사실 저도 돈 모아서 요가 학원 등록했어요! 붕어공주가 요가를 하거든요~ 붕어공주 요가 영상을 보면서 따라 하기 시작했는데, 좀 더 본격적으로 해 보고 싶어서 요가원에 등록했어요. 그러고 보니 붕어빵 덕에 우리가 새로운 도전을 하게 되었네!"

"그러네! 붕어빵 재테크하고, 붕어빵으로 꿈 실현하고? 진짜 그 붕어공주 사장 말처럼 꿈을 찾게 해 주는 꿈붕어빵이네~ 하하하."

붕어공주의 꿈붕어빵을 먹는 사람들마다 맛에 대한 평가는 전부 달랐다. 기본은 팥이었지만, 계절마다, 지역마다 재료를 다르게 쓰다 보니 누구는 맛있다, 평범하다, 누구는 밍밍하다, 달다…. 그러나 모두가 입을 모아 똑같이 말하는 것은 바로 꿈붕어빵을 먹은 후 그날 하루 종일 배가 고프지 않더라는 것이다. 그 덕에 누군가는 다이어트에 성공했고, 또 다른 누군가는 점심값을 아껴 접어 둘 수밖에 없었던 꿈에 도전할 기회를 쥐었다. 그렇게 붕어빵으로 인해 각박한 삶에 작은 틈이 생긴 사람들이 점점 꿈붕어빵을 찾게 되었다.

@일반시민들

#붕어공주 #허황옥 #붕어빵 #꿈 #꿈붕어빵 #꿈붕어 #꿈붕어빵재테크 #꿈테크 #학원등록 #꿈실현 #꿈은이루어진다 #요가 #요가스타그램 #영어학원 #다이어트 #꿀꿀사람모여라

붕어공주의 SNS 신드롬이 본격적으로 시작된 것이었다.

붕어공주 가판대 국내 2개/스타월드 매장 수 1,810개

@the_princesscarp 붕어공주 허황옥(SNS 팔로워 40만 명)

Scene11. 사람들, 붕어빵으로 꿈을 꾸기 시작하다

자료 화면으로 나왔던 허황옥의 다큐멘터리 1부가 끝나자 스튜디오 안에 있던 방청객들이 모두 박수를 쳤다. 꿈붕어빵의 전설이 시작되는 역사적인 영상이었기 때문이었다. 배두호는 사람들의 환호와 박수를 들은 후 관객들에게 감사의 의미로 합장하여 고개를 숙였다. 박수 소리가 잠잠해지자 진행자인 리처드가 다시 마이크를 잡았다.

"여기서 우리가 주목할 부분이 있습니다. 단순히 붕어공주의 꿈붕어빵이 브랜드로서의 매력을 가지는 것뿐 아니라 특이한 현상을 만들어 낸다는 여론이 일기 시작했죠?"

"네, 맞습니다. 붕어빵을 먹은 사람들의 후기가 하나 같이 비슷한 내용을 말하고 있었기 때문인데요, 그건 바로 꿈붕어빵을 먹은 이후 계속해서 '꿈'을 꾼다는 것이었습니다."

"꿈이라면… 어떤 꿈을 말씀하시는 걸까요? 잠자는 동안에 꾸는 꿈과 이루고 싶은 희망 같은 꿈이 있을 텐데요"

"둘 다 해당됩니다. 처음에는 단순히 잠잘 때 꾸는 꿈을 뜻하는 것이었지만, 결국 그 꿈이 사람들의 희망을 의미한다는 것을 서서히 깨닫기 시작했습니다."

배두호의 말에 관객들이 고개를 끄덕였다. 배두호는 잠시 생각에 잠기는 듯 아래를 바라보았다. 그리고 말을 이었다.

"어쨌든 사람들은 대부분 꿈을 꾸었습니다. 처음에는 꿈을 꾼다는 것이 워낙 일상적인 현상이기 때문에 붕어빵을 먹었기 때문이라고 생각하는 데에는 비약이 있어 보였죠. 하지만 평소에 꿈을 꾸지 않고 푹 자던 사람이 꿈을 꾸고, 악몽만 꾸던 사람이 행복한 꿈을 꾸고, 무엇보다 꿈속에 허황옥이 등장한다는 것은 그리 보편적인 현상은 아니었기 때문에…."

"사람들이 꿈붕어빵에 어떤 효험이 있다고 믿기 시작한 거죠?"

"맞습니다."

"사실 저도 꿈붕어빵을 먹고 꿈을 꾸었습니다. 저도 꿈에서 허황옥 씨를 만나서 제법 많은 대화를 나누었습니다."

"어떤 대화였나요?"

"꿈속에서 제가 허황옥씨와 한국말로 대화를 나누고 있더라구요. 저희 방송에 나와 주시면 영광이겠다 했더니 웃으면서 승낙을 하시더라구요. 그런데 오늘은 꿈이 절반만 이루어졌네요. 대신 배 감독님이 나와서 설명해 주셨으니, 그래도 매우 만족합니다. 붕어공주님을 알게 된 것은 매우 행운인 것 같네요."

당시에 사람들은 꿈붕어빵을 사서 먹고 잠시 동안이지만 삭막하고 힘든 삶 속에서 희망을 얻었다. 매일매일 어떻게 살아가야 하나? 무얼 해 먹고 살아야 하나? 막연한 두려움, 멈추지 않는 공포, 시작도 끝도 알 수 없는 불안감 속에 하루하루 살아가는 사람들에게 붕어공주 허황옥의 꿈붕어빵과 음악은 마침표 없는 일상에 잠시 쉼표로 다가왔다. 엄청난 파급력은 없지만 종종 그녀가 꿈붕어빵을 팔고 옆에서 공연하는 영상이 SNS에 올라왔다. 일부 마니아층들이 그녀의 공연도 퍼 나르기 시작했다. 대단하지는 않지만 꽤 느낌 있는 연주 실력, 기타의 원조 격인 싯타르라고 불리는 인도 악기에서 흘러나오는 음악은 사람들을 홀리는 매력이 있었다. 짧은 시간이나마 그녀의 연주를 듣고 나면 사람들은 근심을 잊고 작은 희망을 꿈꾸는 느낌이 든다고 댓글에 올리기 시작했다. 그녀의 노래와 꿈붕어빵의 조합이 화학 작용처럼 사람들을 빨아들이는 매력이 있었다.

그녀는 2년도 채 되지 않아 20만에서 60만까지 팔로워 수가 확장되는 영향력 있는 인플루언서가 되어 가고 있었다. 그녀의 꿈붕어빵을 먹고 꿈을 꾸기 시작한 사람들의 경험담이 앞다투어 인터넷에 올라오면서, 인터넷 카페는 꿈에 대한 정의와 다양한 의견들로 뜨거웠다. 꿈이 직업이 되는 작금의 안타까운 현실 등을 토론하였고, 이에 학생들이 공감하고 참여하기 시작하면서 30-40대 직장인들도 점차 여기 합류했다. 일부 50-70대 장년층들도 조심스럽게 자신들의 꿈 이야기를 펼치게 되었다. 이들은 점점 자신들의 의견을 정치권과 교육부에 전하며 해답을 요구했고, 이로 인한 사회적 문제들이 조금씩 야기되기 시작했다.

Scene12. 허황옥, KBC 방송국 〈화제의 인물〉에 등장하다

그러던 어느 날 폭발적으로 허황옥의 인지도가 올라가는 일이 벌어졌다. KBC 방송에 허황옥이 등장한 것이다. 〈화제의 인물〉이라는 코너에 출연한 붕어공주 허황옥은 순식간에 전국적인 인물로 부상했다. 역시 레거시 언론의 파워는 강력했다.

언어 장애가 있는 30대 초반의 여자가 전국을 돌아다니면서 붕어빵을 팔고, 요가와 연주를 하는 모습은 사람들의 시선을 사로잡기 충분했다. 꿈을 꾸게 한다는 슬로건이 가십 정도로 보였으나, 실제 허황옥의 꿈붕어빵을 자주 먹는 사람들의 인터뷰가 방송에 나가면서 사람들은 자신의 경험과 비슷하다는 것을 인지하게 된다.

붕어공주는 어느새 사람들 사이에서 신드롬을 일으키고 있었다. 당시 뉴스에서 다양한 사람들과의 인터뷰에서도 그 영향력이 강력했음을 볼 수 있다.

"저도 처음엔 말도 안 된다고 생각했어요. 그런데 꿈붕어빵을 사 먹은 그날 정말로 꿈을 꾼 거예요."

"돌아가신 뒤에 한 번도 꿈에 나오지 않던 아버지가 그날 나왔어요. 그것도 붕어공주의 손을 잡고요. 아버지가 저한테 말씀하셨어요. '네가 뭘 하든 너의 선택을 믿어!'라고요."

"나만 그런 줄 알았는데, 다들 저처럼 꿈을 꿨다고 하니까 솔직히 기분이 좋지는 않았어요. 혹시 붕어빵에 무슨 약이라도 탄 건가? 의심이 들었던 것도 사실이에요."

TV 화면 속 리포터가 인터뷰를 하던 중 민정을 발견하고 마이크를 내밀었다.

"인터뷰에 응해 줘서 고맙습니다. 키가 엄청 큰 여학생이네요~ 진짜 꿈붕어빵을 먹고 꿈을 꾸게 되었나요?"

"네… 저도 꿈붕어빵을 먹고 꿈을 꾼다는 것이 너무 허무맹랑해서 말을 못 했는데, 사실 어릴 적 제 꿈이 생각났어요."

"하하, 재밌군요. 혹시 그 꿈 이야기를 공개해 줄 수 있을까요?"

"아… 그게 뭐 대단한 건 아니고… 패션모델이 되는 게 꿈인데… 꿈에 붕어공주가 나와서… 아, 붕어공주는 저 붕어빵 파는 허황옥 언니인데… 붕어공주가 디자인한 옷을 입고 물고기들이 춤을 추는 엄청 화려한 패션쇼에서 캣워킹하는 그런 꿈인데… 엄마가 반대해서…."

민정이 장황하게 꿈 이야기를 하자 카메라 감독과 PD가 손짓으로 인터뷰를 끊으라고 신호를 준다. 그 신호를 본 리포터는 서둘러 그 옆의 사람에게 마이크를 돌렸다.

"아~ 네네, 학생의 꿈, 꼭 이루시기 바랍니다. 또 다른 분은 어떤 꿈을 꾸셨나요? 이름이… 오태식 씨, 직장인이신 거 같은데…"

"아… 저는 오토바이를 타고 친구들과 세계 여행하는 꿈을 꾸긴 했는데… 꿈에 붕어공주 허황옥 씨가 나와서 붕어 모양 오토바이를 타고, 친구들도 나오고 그랬습니다. 네, 저는 여기까지 할게요."

알아서 인터뷰를 줄이는 오태식이었다.

"어머, 모두 꿈에 허황옥 씨가 나왔다고 하네요? 정말 꿈에 나오는지 저도 한 번 먹어 보겠습니다!"

며칠 뒤 그 리포터는 자신의 꿈에도 허황옥이 나왔다고 SNS에 고백했다.

그날 방송 이후 허황옥의 SNS 계정 팔로워 수는 폭발적으로 올라갔다.

자신의 꿈에도 붕어공주 허황옥이 나왔다는 증언이 봇물 터지듯 이어졌다. 처음엔 다들 붕어공주가 등장하는 꿈을 생뚱맞게 생각해 자신이 꾸었던 꿈 내용만 얘기했다. 왠지 꿈에 허황옥이 나왔고, 길에서 붕어빵 파는 여자와 자신의 내면 깊은 곳에 숨겨져 있던 꿈에 대해 깊은 대화를 나누었다는 것이 좀 창피하다고 여겼던 것이었다. 그런데 너도나도 허황옥을 꿈에서 만났다는 간증이 이어지면서 허황옥이 단순히 붕어빵 파는 여자가 아니라 꿈의 메신저라는 사실을 깨닫게 되었다.

Scene13. 민정, 방송에서 인터뷰한 것을 엄마에게 들키다

민정의 엄마는 그녀에게 말할 기회도 주지 않고 마구 다그치기 시작했다.

"너, 제정신이야? 무슨 얼어 죽을 패션모델? 아버지가 그거 아시고 내가 얼마나 혼났는지 알아? 대체 애 교육을 어떻게 시켰냐고! 1분 1초도 아껴 가며 공부해도 시원찮을 판에, 무슨 붕어빵 나부랭이나 먹고 꿈이 어쩌구저쩌구 그럴 때냐고? 지금 공부 안 하면, 평생 변변치 못한 직장 다니면서 거지꼴 못 면한다고 몇 번을 말해? 그 여자, 학교도 제대로 안 나온 것 같던데… 너도 그 여자같이 길바닥에서 붕어빵이나 팔 거니? 아빠 병원 물려받아야 할 거 아니야? 패션모델은 뭐 아무나 된대? 그걸로 밥벌이나 할 수 있을 줄 알아? 키만 크면 다 모델이야? 먹고 사는 게 얼마나 힘든 일인데…."

"…."

민정은 고개를 푹 숙이고 아무 대답도 없이 듣기만 했다. 엄마의 잔소리를 들으면서 민정은 꿈이라는 화두를 깊게 생각했다.

'엄마 아빠는 입버릇처럼 내 꿈은 의사가 되는 거라 하는데… 나는 그런 꿈을 꾼 적이 없단 말이지? 나는 당신들 꿈을 이루어 주는 사람인가? 두 분은 그러려고 나를 낳은 걸까? 그럼 나는 남의 꿈을 이뤄 주는 인생을 살아야 하는 걸까? 아니면 내 꿈을 이루는 인생을 살아야 하는 걸까?… 나는 내 꿈을 이루는 사람이 되겠어!'

허황옥의 붕어빵을 먹고 난 후 민정은 부모님 몰래 슈퍼 모델 대회에 나가기로 했다. 몇 달 후, 결국 민정은 세계적인 슈퍼 모델이 되어 엄마 아빠의 꿈이 아닌, 자신의 꿈을 이루게 된다. 그리고 현재, 민정은 붕어공주 허황옥을 둘러싼 세상의 각종 논란 앞에 자신의 이미지 따위는 신경 쓰지 않고 허황옥의 편에 서서 그녀와 함께 싸우는 중이었다. 그것이 민정이 붕어공주에게 해 줄 수 있는 자신만의 보은이었다. 마치 허황옥의 트럭 앞에 있던 길고양이들이 아침마다 그녀에게 붕어빵을 받아먹은 후 무언가를 앞에 놓고 가는 것처럼… 그녀에게 꿈과 희망을 받은 사람들은 그렇게 그녀에게 빚을 졌다는 마음을 가질 만큼 꿈붕어빵 이상의 무언가를 받아 간 듯했다.

Scene14. 세 번째 만남, 직장인 오태식

인천에 살던 평범한 직장인이었던 스물아홉 살 오태식은 오랜만의 동창 모임에서 잊고 있던 자신의 꿈을 떠올리게 되었다. 고등학교 시절, 오태식은 한동네서 같이 자란 박철진, 김동석과 함께 '모터사이클 다이어리'를 보며 오토바이를 타고 세계를 질주하는 꿈을 품었었다. 그러나 나이가 들며 현실이라는 벽 앞에서 그러한 꿈이 있었는지도 모른 채 살아가고 있었다. 그리고 이는 다른 친구들 또한 마찬가지였다. 10년 만에 호프집에서 모인 3명이었다.

"야, 박철진, 김동석! 다들 오랜만이다! 학교 졸업하고 거의 처음 본 거 아니야?"

"그러게. 태식아, 우린 길에서 지나가다 몇 번 봤지?"

"그래, 철진이는 주로 학원 가다 몇 번 봤고… 동석이는 진짜 몇 년 만이냐? 너 바이크 매장 낸 건 인스타에서 봤어. 그나마 네가 우리 중에 아직까지 오토바이 안 놓고 계속하는구나~ 잘되지?"

김동석은 맥주를 한 모금 마시다가 손을 흔들며 말했다.

"잘되기는, 개뿔! 그냥 입에 풀칠하는 거지. 너희야말로 번듯한 직장도 들어가고… 대단하다. 요즘 다들 취업난이라고 난리던데~"

그 말을 들은 오태식은 얕은 한숨을 쉬었다.

"번듯하기는… 언제 잘릴지 모르는 월급쟁이가 뭘… 우리 어릴 때 아무 생각 없이 바이크 탈 때가 그립다. 너희랑 진짜 매일 타고 돌아다녔는데."

박철진도 잠시 어릴 적 생각에 빠진 듯 멀리 허공을 바라보며 말한다.

"그러니까 나도 그때 생각만 하면 제일 행복해. 우리 옛날에 〈모터사이클 다이어리〉 보고 완전 미쳐서 돌아다니던 거 기억나냐?"

"그러게, 모터사이클을 타고 여행은커녕 지금은 그걸 팔기나 하면서 먹고사는 일 걱정하느라… 에휴~"

"그래도 동석이 너는 종종 타지 않아?"

"일 때문에 타는 거지 그때랑은 다르지. 나도 매일매일 뭐 해 먹고 사나 걱정이다."

박철진은 김동석의 그런 말이 엄살이라는 듯이 핀잔을 주었다.

"뭘 뭐 해 먹고 살아? 대리점 해서 잘 먹고 살면서? 아주 걱정이 입에 붙었어! 어릴 때부터 동석이 레퍼토리 아냐? 뭐 해 먹고 사냐?"

김동석은 발끈하며 박철진의 어깨를 툭 치며 받아쳤다.

"야, 너희는 안 그랬어? 우리 맨날 누워서 하늘 보면서 뭐 해 먹고 살아야 하나 걱정했잖아?"

"그러게…."

동석의 말에 태식이 조용히 동조했다. 동석의 말은 계속 이어졌다.

"여전히 뭐 해 먹고 살아야 하나 걱정이 멈추지를 않아. 아마 죽을 때까지 할 듯…. 내 자식도, 내 손주도…."

"걱정 마라. 지금 상황에서는 결혼도 못 할 거 같으니까."

"우리가 좀 독특하긴 했어, 응? 남들은 꿈이 의사, 변호사, 검사, 대기업 이렇게 구체적이었는데… 우리는 꿈이 오토바이 세계 여행이었으니까. 선생님한테 혼난 기억 난다."

"그러게 우린 꿈이 좀 추상적이었나? 그때 구체적인 직업을 선택했어야 하나?"

"야, 라이트 형제가 비행기 만들 때 당신들 꿈이 뭐요? '비행기를 만들어서 세계적인 항공사 대표가 되는 게 꿈입니다!' 이렇게 말했겠냐? 그보다는 '새들처럼 인간도 하늘을 나는 꿈'이라고 하지 않았겠어?"

신나게 이어지는 김동석과 박철진의 대화에 오태식이 다시 끼어들었다.

"직업이 꿈이 될 수는 없지. 아프고 힘없는 사람들을 돕고 싶은 꿈을 실현하기 위해 의사라는 직업을 선택하는 거랑, 돈 많이 벌어서 잘 사는 게 꿈이라서 의사를 선택하는 건 다른 얘기 같아!"

오태식의 이야기에 공감은 했지만 그게 현실적으로 가능하지 않다는 생각을 한 김동석이 머리를 흔들며 말했다.

"아 몰라, 몰라. 야, 그만 해! 머리 아파! 뭐, 우리같이 공부 머리 없는 사람은 어차피 상관없는 일이야…. **어쩌면 꿈이라는 건 우리 같은 서민들만 꾸는 걸지도 몰라. 부자들은 이미 정해진 길을 가는 거고."**

오태식, 박철진, 김동석은 술자리를 끝내고 걸어가다 자신들도 모르게 낯선 음악 소리에 이끌렸다. 붕어공주 꿈붕어빵을 맨 처음 발견한 것은 오태식이었다.

"꿈을 이루게 해 주는 꿈붕어빵?"

"출출한데 이거 하나씩 먹고 갈래?"

"그래, 혹시 알어? 꿈에서라도 우리 꿈을 다시 꿀지?"

그날 꿈붕어빵을 먹고 헤어지고 오태식과 친구들은 꿈을 꾸었다.

insert 꿈, 오태식의 꿈

오토바이의 힘찬 엔진 소리가 들렸다. 천천히 눈을 뜨자 눈앞에는 붕어빵 모양의 오토바이가 있었다. 허황옥이 나와서 자신에게 선물이라며 붕어빵 모양 오토바이와 헬멧을 건네주었다.

"태식 씨, 잊고 있었던 당신의 꿈, 기억나요? 이제 이 붕어 오토바이를 타고 마음껏 달려 봐요. 어서요! 이건 당신의 꿈이에요!"

"당신은 붕어빵 팔던 분 아닌가요? 말… 말을 할 줄 아시네요?"

"그럼요, 난 꿈속에서는 말을 할 수 있어요."

"너무나 선명한 꿈이네요"라고 그는 말했다. 게다가 붕어빵 모양 오토바이라니! 그는 오토바이에 올라타서 시동을 켰다. 부릉부릉~ 허황옥도 그 옆에서 같이 달렸다. 햇살은 따뜻하고 주변에는 아름다운 꽃들과 붕어빵들이 날아다녔다.

그때 태식의 친구들, 박철진과 김동석이 붕어 오토바이를 타고 다가왔다.
“와, 철진아! 동석아! 너희들도 왔구나?”
“태식이 너 혼자 보낼 수는 없지! 이건 우리의 꿈이잖아~”
“우와~ 이거 진짜 꿈이야 뭐야!? 나 좀 꼬집어 봐!”
김동석이 웃으며 오태식의 뺨을 세게 꼬집는다.
“아야, 왜 아프지? 이거 꿈 아니야?”
박철진이 그런 둘을 보며 웃으며 말한다.
“이건 네 꿈속이지만, 이 꿈은 진짜야!”
“그럼 우리 〈모터사이클 다이어리〉처럼 된 거네?”
“그래, 우리가 함께!”
신나게 달리는 오태식, 박철진, 김동석, 그리고 허황옥!
마을의 경계선에 멈춰 선 허황옥과 3명의 친구들은 비눗방울 같은 막으로 나뉜 경계선 밖의 현실 세계를 바라본다. 어느덧 그들 앞에 멈춰 선 허황옥이 그들에게 말했다.

“자, 여기서부터는 이제 여러분들끼리 가야 해요. 저 멀리 보이는 세상과 앞으로 다가올 미래는 당신들 몫이에요. 내 역할은 여러분들을 여기까지 안내해 주는 거예요. 잘할 수 있어요! 두려워하지 마세요! 미래는 정해진 것이 아니니까. 여러분과 저 붕어 바이크가 함께해 줄 겁니다!”
오태식은 고개를 끄덕였다. 조금은 불안하고 두렵지만 이 경계선을 넘어서면 오롯이 혼자만의 길을 가야 했다. 부릉부릉 힘차게 울리는 붕어 오토바이가 오태식과 친구들에게 용기를 주는 것 같았다.
“잘할 수 있을 것 같아요. 다녀올게요! 고마워요, 붕어공주.”
오태식과 친구들은 천천히 경계선을 넘어서 새로운 모험을 시작했다.

다음 날, 오태식은 자신의 꿈 이야기를 페이스북에 올렸다. 박철진은 오태식의 SNS를 보고 바로 전화를 걸었다.

"태식아, 너 페이스북에 올린 네 꿈 이야기… 진짜야?"

"응. 그날 우리 오랜만에 만나고 오던 길에 붕어빵 먹은 날, 그날 집에서 자는데 그 꿈을 꾸었어. 아마 너희 만나고 우리 어릴 때 얘기하고 그래서 그런 꿈을 꾼 건가 했는데, 너무 꿈이 선명하게 기억나고, 마치 꿈이 아닌 것 같은 느낌이 들더라구. 그냥 이상한 꿈이다 싶었는데… 갑자기 그 꿈붕어빵이 진짜 꿈을 꾸게 한 건가? 하는 생각이 들더라구. 그래서 그 붕어공주 인스타랑, 페이스북에 들어가서 봤더니 나처럼 이상한 꿈을 꾸었다는 후기가 있는 거야. 좀 신기하더라고."

"야! 나… 그 꿈… 나도 똑같이 꿨어! 아, 소름~ 나도 너랑 똑같은 꿈을 꿨다고!"

"뭐? 야, 무슨… 진짜야?"

"그래~ 동석이도 똑같은 꿈을 꿨다는 거야. 그날 우리가 헤어지고 각자 집에서 똑같은 꿈에 우리 3명이 등장한 거라구! 나도 이걸 지금 믿어야 할지 말아야 할지… 아니 실제로 우리가 꿈을 꾼 건데도 믿기지가 않아…."

오태식과 박철진, 김동석은 바로 만나서 서로의 꿈 이야기를 했다. 꿈에서 나온 오토바이 모양, 허황옥과 같이 달리는 이야기, 마지막 경계선에서 허황옥이 해 준 이야기들이 정확하게 일치했다. 꿈이 너무 선명해서 부분만 기억나는 그런 꿈이 아니었다.

그들은 바로 허황옥의 트럭 앞으로 갔다. 그들이 쭈뼛거리며 앞에 다가가자, 허황옥이 밝게 웃어 주며 맞이했고, 그들은 꿈붕어빵 하나씩을 사 먹으며 꿈 이야기를 꺼내 보라고 서로 부추겼다.

허황옥이 그들에게 손으로 오토바이 타는 시늉을 했다. 세 명의 눈이 튀어나올 만큼 더욱 커졌다. 허황옥은 그들을 웃으며 바라보더니 아이패드에 무언가 적기 시작했다.

「두려워하지 마세요. 미래는 정해져 있지 않아요! 다가올 미래는 여러분들 몫이에요!」

꿈에서 허황옥이 해 준 말과 똑같은 말이었다. 할 말을 잃고 입을 벌린 채 서로 마주 보고 선 친구들과 그런 그들을 바라보며 미소 짓는 허황옥이었다.

허황옥을 만나고 멍한 표정으로 걸어가던 세 명은 오토바이 숍을 운영하는 김동석이 보여 줄 게 있다며 친구들을 가게로 데려갔다. 그리고 창고 뒤에 천으로 덮어 둔 것을 열어 보라 하고, 오태식이 천을 들추자 오래전부터 그들이 가지고 싶었던 BMW 오토바이 3대가 있었다. 김동석이 멋쩍은 표정으로 말했다.

"그동안 너희들한테 보여 주려고 여러 번 생각했는데… 각자 다 자기 사는 거 바빠 보이고, 괜히 내가 너희들 부추기는 거 같아서 못 했어. 그런데 오늘 일을 겪고 나니 이제는 말해도 될 거 같아서 보여 준다."

김동석은 모두 각자의 길을 걸어가면서도 언젠가 같이 떠날 세계 여행을 위해 혼자서 준비하고 있었던 것이다. 김동석의 진심을 알고 놀란 오태식과 박철진은 고마움과 미안함을 동시에 느끼며 셋은 오랫동안 부둥켜안고 아이처럼 울었다.

그들은 그날 밤새 대화를 나누며 묵혀 둔 오랜 꿈을 현실화하자고 결의했다. 그들은 몇 개월간 가족들 몰래 여행을 준비하고, 허황옥을 자주 만나 같이 명상도 하고, 요가도 배우고, 반수리와 핸드팬(놋쇠로 만든 둥근 타악기) 연주도 배웠다. 숲에서 싯타르 악기와 핸드팬으로 연주를 하면서 그들은 서로가 영적으로 연결되는 경험을 했다. 어느새 허황옥은 그들에게 가치 있는 삶과 방향을 알려 주는 중요한 존재가 되어 갔다.

Scene15. 당시의 일을 회상하는 인터뷰를 하는 오태식, 박철진, 김동석

가장 먼저 마이크를 든 이는 오태식이었다.

"우리는 붕어공주와 많은 이야기를 나눴어요. 대부분 어릴 때부터 뭐 해 먹고 살아야 되나? 하는 밑도 끝도 없는 두려움 속에 지내 왔잖아요? 근데 우리가 붕어공주를 만나 꿈붕어빵을 먹은 순간, 우리는 세상을 한 발짝 떨어져서 볼 수 있게 됐더라구요."

박철진이 뒤이어 말했다.

"어른들이 만들어 놓은 획일적 시스템에서 경주마처럼 앞만 보고 달리다가, 오롯이 우리들의 눈으로 세상을 바라볼 수 있게 된 거죠! 그때 붕어공주를 만나지 못했다면, 우리는 여전히 세상이 깔아 놓은 트랙 위에서 계속 달리다 쓰러졌을 거예요. 그럼 결국 그 자리는 또 다른 누군가가 차지해서 또 똑같이 쳇바퀴를 돌게 되겠죠."

김동석이 친구들의 말을 다 듣고 살짝 미소 지으며 덧붙였다.

"결국 붕어공주가 원했던 것은 각자 스스로가 인생의 주인이 되어 남들이 정해 준 꿈이 아닌, 자신만의 꿈을 꾸기를 바랐던 겁니다."

"그리고 붕어공주는 내 꿈만 이루지 말고 다른 이의 꿈도 이룰 수 있게 도우라고 얘기했어요. 그게 더 의미 있는 삶이 아니냐고요…. 정말 멋지지 않아요?"

오태식이 내리는 결론에 박철진이 김동석의 어깨를 툭 치며 웃었다.

"동석아, 우리 이젠 '뭐 해 먹고 살아야 하나?' 걱정 안 하는 거 맞지? 하하하."

Scene16. 오태식과 친구들, 오토바이를 타고 세계 여행을 떠나다

몇 개월 뒤 그들은 직장을 그만두고 세계 여행을 떠나게 된다. 지금이 아니면 절대 이 꿈을 이룰 수 없을 것 같아서 그들은 모든 걸 내려놓기로 결심했다. 물론 가족들의 반대와 주변의 우려가 없는 건 아니었다.

드디어 모든 준비를 마친 날, 그들은 붕어공주를 찾아와 출발을 알렸다.

허황옥은 그들에게 가다가 배고프면 먹으라며 꿈붕어빵을 싸 주었고, 붕어빵 틀과 반수리와 핸드팬을 선물했다.

오토바이에 꿈붕어빵 1호, 2호, 3호가 적혀 있었다.

「그대들을 붕어공주 월드와이드 통신사로 임명합니다! 여행 후 무사히 귀가하도록!」

허황옥이 아이패드에 이렇게 글을 써서 보여 주며 웃었다.

1호 오토바이에 타고 있던 오태식이 허황옥에 경례를 붙이며 말했다.

"넵, 붕어공주님! 꿈붕어빵 1호, 2호, 3호 다녀오겠습니다. 전체 차렷, 경례!"

처음에는 극렬하게 반대했던 가족들도 이젠 그들의 앞길을 축하하고 응원했다. 허황옥과 가족들이 손을 잡았다. 오태식의 엄마가 걱정스러운 표정으로 허황옥에게 말했다.

"잘하고 오겠죠?"

허황옥이 고개를 끄덕였다. 인천항에서 가족들과 사람들의 환호 속에 출발하는 꿈붕어빵 1호, 2호, 3호! 그날 다 같이 찍은 기념사진은 그들의 SNS에 공유되었고, 마음으로 하나가 되었다.

그들은 붕어빵 모양의 장식이 달린 오토바이를 타고 가는 곳마다 유튜브로 그들의 여정을 알렸고, 점차 여행 관련 인플루언서로 유명세를 타 나중엔 그들의 세계 여행이 책으로까지 출간되었다.

그들은 전 세계의 오지를 돌아다녔다. 주로 전쟁 지역, 난민 시설 등을 다니며 꿈을 잃고 좌절한 사람들에게 붕어공주가 준 붕어빵 틀로 꿈붕어빵을 만들어 나눠 주고, 반수리와 핸드팬을 연주하며 영혼의 상처를 입은 그들을 치유해 주었다. 그리고 꿈붕어빵을 먹은 사람들이 꿈을 꾸기 시작했다.

하루가 끝나면 오태식과 친구들은 명상을 하며 허황옥과 영적 교류를 이어 나갔다. 가끔은 핸드폰으로 라이브 방송을 하면서 허황옥, 라마, 민정, 오태식이 같이 연주나 명상을 하기도 했다. 그럴 때면 전 세계에서 붕어공주를 따르는 사람들이 동시에 접속해서 멀리 떨어져 있지만 마치 서로의 손을 잡고 있는 느낌이 들었고, 눈을 감고 있으면 허황옥의 은은한 목소리가 들려오는 듯했다.

「당신들을 느낍니다. 당신들을 봅니다. 꿈은 이루어집니다.」

그러던 어느 날, 오태식 일행이 난민 시설을 돌던 중 어깨에 붕어 모양 점이 있는 소녀를 발견했다. 깜짝 놀란 그들은 그 소녀에게 꿈붕어빵을 나눠 주고 희망을 이야기했다. 소녀와 헤어지면서 오태식은 나지막이 중얼거렸다.

"저 소녀도 나중에 붕어공주가 되는 걸까?"

그 소녀와 함께 붕어빵을 들고 찍은 사진을 SNS에 올리자 순식간에 '좋아요' 숫자가 올라갔다.

@oh_taesik/오태식

#꿈 #오토바이 #바이크 #라이딩 #오토바이여행 #오토바이세계여행 #오토바이유랑단 #꿈은이루어진다 #붕어빵 #꿈붕어빵 #붕어공주 #허황옥 #붕어공주깃발

Scene17. 월드와이드 리서치, 빅 데이터 기반 붕어공주의 존재에 대한 보고서 작성

한편 서울 테헤란로에 위치한 월드와이드 리서치 회사에서는 일단의 사람들이 긴박하게 움직이고 있었다. '빅 데이터 분석 솔루션' 프로그램을 이용해 그들이 조사한 바에 따르면, 최근 각종 포털에 가장 많이 걸려 나온 단어가 모두 한 인물에게 쏠려 있었다.

"붕어공주 허황옥"

#붕어공주 #허황옥 #붕어빵 #꿈 #꿈붕어 #꿈붕어빵 #꿈붕어빵재테크 등이 연관 검색어로 도배가 된 것이었다.

《주요 검색어 및 키워드 관련 분석 보고서 (요약)》

[현황 분석]

1. 사회 전반의 이상 기류 탐지

- 꿈과 관련된 도서 판매량 증가
- 관련 상품 주문 폭주
- 꿈을 주제로 한 강연 증가

2. 꿈에 대한 사회적 관심 및 관련 논의 대폭 증가

- 주요 관심사: 꿈붕어빵을 먹으면 꿈을 꾸게 되는가?
- 꿈의 정의와 역할에 대한 다양한 논의 등장(꿈이 직업이 된 현실, 꿈의 방향성 등)
- 언론 등 미디어에서 꿈 관련 콘텐츠 증가

3. 붕어빵 재테크족의 등장

- 꿈붕어빵을 먹으며 경제적 여유가 생긴 사람들이 자기 계발에 적극 나서기 시작
- 퇴근 후 자신의 꿈을 찾기 위해 학원 방문하는 사람 증가
- 전문 학원 및 취미 학원가가 최근 10년 중 가장 호황

[잠정적 결론]

- 꿈붕어빵을 통해 잠시 경제적 여유를 얻어 자기 계발로 이어지는 것은 충분히 가능해 보임.
- 다만, 꿈속에 '붕어공주 허황옥'이라는 특정 인물이 등장하여 꿈을 되살린다는 이야기는 허구적 요소가 강하므로 향후 지속적인 추적 조사 필요함.

4. TOP SECRET 극비사항-관계자 외 열람 금지. 외부 노출 금지.

[위험요소]

- 01011011 11011011 11010010 1101111 1100010 1100001 1101011 11010001 01011101 01011111 10110010 11010001 11010011 11010010 1101111 1100111 1100101 10110010 11010010 1101011 1100111 1100001 10111001 01000011 1100010 11010010 1100001 1100101 10110010 11010010

1100111 1100111 1100101 10111001 01011010 10110010 1101011 1100111 1100001 10111101 10111010 1100010 11010010 1100111 1101011 1100001 01011001 01011101 11011010 1101011 1100001 01011101

이 극비 리포트는 스타그룹의 실세 중 하나인 기획조정실 신세철 상무팀에 직보되었다.

“상무님, 최근 이상 동향이 있어 보고드립니다.”

“붕어공주? 흠, 그래프와 수치로 보면… 언제부터 올라오기 시작한 거지?”

“등장은 1년여 정도 되었고, 약 세 달 정도 전부터 급속도로 올라가는 추세입니다.”

“얼마 전 KBC에 나온 이후 폭발적인 수치입니다. 특히 붕어빵을 먹고 꿈을 꾸었다는 증언이 나오고… 그리고… 이건 좀….”

“뭐야? 뜸 들이지 말고 말해!”

“아… 그 꿈에 붕어공주 허황옥이 등장한다는 사실이 모든 경험자들의 일치되는 증언입니다.”

“뭐? 꿈에 붕어공주가 등장한다고?”

“네, 붕어빵 파는 여사장인데요…. 실제로는 말 못 하는 언어 장애인인데, 꿈에서는 말을 한다고 합니다. 그리고 그 밑에 TOP SECRET 있습니다.”

“알았어, TF팀 구성하고 계속 보고해! 나가 봐.”

신 상무는 직원들이 나간 걸 확인 후, 암호화된 TOP SECRET 파일을 클릭하고 관계자 비번과 신원 확인을 거쳐 열어 보았다.

4. TOP SECRET 극비사항-관계자 외 열람 금지. 외부 노출 금지.

[위험 요소]

- 일부 층에서 강력한 팬덤이 생성 중. 전 세계적인 양극화의 갈등 속에 사회에 불만 세력들이 붕어공주를 내세우며 기득권과 기성 시스템에 반발하려는 움직임이 관찰됨. 한동안 잠잠했던 반인반어족 음모론자들도 활발한 활동 재개 시작. 가장 우려되는 브로큰스타의 움직임 예의 주시 필요. 자칫 반인반어족과 브로큰스타가 동시에 활동할 경우 큰 사회 문제로 번질 수 있음.

보고서를 읽는 그의 표정이 심각해졌다. 신 상무는 그레이스 대표에게 연락했다.

"대표님, 긴급하게 보고드릴 내용이 있습니다. 붕어공주에 관한 내용입니다."

Scene18. 그레이스, 신 상무의 보고서를 이메일로 받아서 열어 보다

스타월드 본사 꼭대기 층 루프탑에서 요가를 즐기던 그레이스는 신 상무의 급한 호출을 받고 명상을 멈추고 일어났다. 이 시간은 요가와 명상을 하는 시간이라 웬만큼 급한 상황이 아니면 아무도 방해하지 않는 것으로 암묵적인 약속이 되어 있었다.

'이 시간에 긴급 연락이라니… 코로나 발발 이후 처음이네?'

그레이스는 명상을 멈추고 일어나 태블릿을 확인했다. 제목에 '붕어공주'라는 제목과 긴급이라는 글자가 눈에 들어왔다. 그리고 눈에 들어오는 TOP SECRET 파일.

"붕어공주?"

이메일을 통해 빅 데이터 분석 내용, 그리고 붕어공주의 SNS 계정, 신상 정보 등을 확인하던 그레이스는 허황옥의 사진 속에서 그녀의 어깨에 있는 물고기 점을 유심히 살폈다. 순간 그녀는 어릴 적 김해시에서 만났던 소녀를 떠올렸다. 그 아이의 어깨에 있던 그 물고기 점! 태풍이 불던 날 쓰러진 아이를 차에 태워 가던 그레이스가 우연히 소녀의 몸에서 발견했던 그것과 똑같았다. "설마 김해에서 만났던 그때 그 아이?" 그 점을 보았을 때 느꼈던 미묘한 느낌을 그레이스는 지금도 똑똑히 기억하고 있었다. 그리고 TOP SECRET 파일을 열어 본 후 그레이스의 표정은 얼어붙듯이 차가워졌다.

"신 상무님, 이 자료는 제가 직접 소피아 의장님께 보고드릴게요. 그리고… 혹시… 예전에 김해시에서 우리가 병원에 데려갔던 그 아이, 기억나세요?"

"아… 스타월드 김해 오픈식 때… 붕어빵 팔던 아이… 그런데 갑자기 왜? 아! 혹시 허황옥이 그 소녀?"

"아무래도 그런 것 같은데… 좀 더 자세히 조사해서 저한테 먼저 알려주세요!"

그레이스는 사진 속의 허황옥의 어깨 물고기 점을 응시하며 깊은 생각에 빠졌다.

제4화

허황옥의 Big Picture, D-1000

— 31-33세

다시 현재, CNN 스튜디오에서 리처드가 배두호에게 말을 건넨다.

"붕어공주 허황옥은 그렇게 2년간 붕어빵 장사를 하면서 한국 사회에 파란을 일으켰죠? 그녀가 던진 작은 돌멩이가 경직된 기성 시스템의 근간을 흔든 거죠. 그리고 어느 날 그녀의 SNS 계정에 D-1000이라는 게 올라왔습니다. 이건 어떤 의미라고 보셨습니까?"

"네, 그것은 단순히 한국뿐만 아니라 전 세계적으로 새로운 화두를 던진 것이었습니다. 당시는 수백 년간 지속된 기성 시스템의 한계점이 드러나기 시작한 시점이었고, 때마침 붕어공주 허황옥이라는 작은 물고기가 일으킨 물결은 커다란 파도가 되어 가고 있었습니다. 붕어공주는 그때부터 자신의 목소리를 내기 시작했습니다."

KBC 〈화제의 인물〉에 출연한 이후 허황옥의 SNS 팔로워는 80만 명으로 증가했다. 붕어공주 가판대는 2개… 스타월드 매장 수 2,135개로 아직 전혀 비교할 수 없는 숫자였다. 어느 날, 허황옥의 SNS에 뜬금없이 "D-1000"이라는 피드가 올라왔다.

Scene1. 2025년, 허황옥, D-1000을 SNS에 올리다

드디어 허황옥의 빅 픽처가 움직이기 시작했다. 며칠간 허황옥은 앓듯이 꿈을 꾸었다.

insert 꿈, 허황옥의 꿈

사막 한가운데 거대한 성에서 자신을 내려다보는 당당하고 도도한 표정의 인어공주. 그녀의 황금 갑옷이 눈부시다. 그리고 빛나는 은으로 된 갑옷을 입은 기사들이 도열해 있었다. 은색 기사복 안에는 박민지, 김선희, 이주영, 주변 인물들이 자리하고 있다. 낡고 볼품없는 청동 갑옷을 입은 허황옥. 그녀의 손에 쥐어진 청동검… 그러나 그녀의 눈빛만은 강렬한 의지로 결코 주눅들지 않았다.

그때 먼지를 일으키며 말을 타고 달려와 내리는 라마.

"라마, 인사드리옵니다!"

하늘에서 커다란 독수리를 타고 내려오는 민정.

"민정, 여기 있습니다!"

붕어모양 오토바이를 타고 도착하는 오태식, 박철진, 김동석.

"공주님, 태식, 철진, 동석 도착했습니다."

허황옥 옆에 라마, 민정, 오태식 등이 서 있다. 그들은 앞 열에 서서 인어공주의 병사들과 싸움을 시작한다. 허황옥의 낡은 청동검에는 두 마리 물고기 문양이 새겨져 있다.

허황옥이 청동검을 하늘로 뻗자, 병사들이 모래로 변하며 쓰러진다. 성문을 하나씩 열고 들어가면 또 다른 병사들이 나오고, 인도 전설에 나오는 거대한 흰색 코끼리 괴물 아이라바타가 불을 뿜으며 등장한다. 허황옥이 선두에서 아이라바타에게 달려들자, 라마와 태식 무리가 창과 방패를 들고 뒤따른다. 황옥이 아이라바타의 목을 베고 등을 돌려 다른 괴물을 물리치려는데… 목이 잘린 코끼리 괴물의 목이 다시 생겨난다. 이를 모르고 있던 허황옥의 등 뒤로 괴물이 불을 뿜으려는 찰나, 강철로 된 활이 괴물의 목을 관통했다. 허황옥이 하늘을 향해 고개를 돌리면 활을 든 민정이 독수리를 타고 하늘을 날고 있다. 민정이 허황옥에게 경례를 해 보인다. 이를 지켜보던 오태식 무리와 라마가 검을 치켜들며 환호성을 지른다. 허황옥이 그들을 향해 특유의 미소를 지으며 청동검을 추켜들자, 괴물들과 병사들이 모래가 되어 소멸한다.

그리고 새벽에 조용히 눈을 뜬 허황옥은 멍하니 허공을 응시했다. 어릴 때부터 반복된 사막의 전투 꿈은 사실 그녀에게는 그냥 단순한 꿈이 아니었다. 꿈에서 그녀는 매번 목숨을 건 전투를 벌여 왔던 것이었다. 늘 가쁜 호흡을 쉬며 깨어나면 온몸이 땀으로 젖어 있었지만, 그날 새벽은 달랐다. 알 수 없는 편안함이 그녀를 감싸고 있었다. 침대에서 일어나 가볍게 호흡을 가다듬은 허황옥은 밖으로 나와 푸드 트럭 위로 올라갔다. 모든 것이 아직 잠들어 있는 숲속의 새벽, 그녀는 차분한 마음으로 명상과 요가 수련을 한 후 "D-1000"이라고 SNS에 올렸다. 그리고 #오병이어 #기적 #게임 #시작 등의 해시태그도 추가했다.

허황옥이 D-1000을 올리자마자 팔로워들이 '좋아요'를 누르기 시작했다. 전 세계에서 응원의 댓글들도 폭주했다. 그리고 라마, 민정, 오태식 3인방이 붕어공주의 게시물을 리그램하면서 의미심장한 말들을 남겼다.

"드디어 시작인가요? 디자인 준비 완료!"(민정)

"계속해서 이 꿈을 꿨어요. 게임 준비 완료!"(라마)

"공주님, 저희도 준비되었습니다. 깃발 준비 완료!"(오태식)

사실 라마, 민정, 오태식은 이미 허황옥이 큰 꿈을 가지고 있다는 것을 오랫동안 대화하며 공감하고 있었고, 그 시작점이 푸드 트럭인 것을 알고 있었다. 꿈으로 오랜 시간 연결되어 있던 세 사람은 이미 허황옥이 계획한 그날을 기다리고 있었다. 자신들의 인생을 새롭게 안내해 주고 진정한 꿈을 깨닫게 해 준 허황옥을 위해 필요한 모든 도움을 제공할 뿐 아니라 희생까지도 각오한다는 입장이 서 있는 그들이었다.

@min_jung 민정 / @oh_taesik 오태식 / @lama_india 라마
#붕어공주 #허황옥 #붕어빵 #꿈붕어빵 #꿈 #꿈실현 #꿈은이루어진다
#꿈붕어빵유랑단 #D_1000 #오병이어 #기적 #지속가능한빈곤구제 #게임
#시작 #동지들 #친구

Scene2. 레거시 언론의 본격적인 허황옥 취재

KBC 방송 이후 붕어공주 허황옥에게 관심이 폭발적으로 집중되면서 조중일보, JRBC 등 타 방송국 언론에서도 본격적으로 그녀를 취재하기 시작했다. 그리고 해외 언론도 예외는 아니었다.

"이거 사회부로 배정해야 되나? 정치부로 엮어 봐야 되나?"

"이거 상당하겠는데? 붕어공주라… 붕어빵을 먹으면 꿈이 이루어진다? 허허허, 이거 참 어이가 없구만."

"기성세대가 주입시킨 꿈을 거부하고, 자신들만의 꿈을 꾸겠다고? 이건 대놓고 기득권에 대항하겠다는 거야 뭐야?"

"붕어공주인지 붕어새끼인지… 도대체 허황옥이 배경이 뭐야? 고향, 주변 인물, 부모, 학력… 뭐가 됐든 빤쓰까지 다 털어 봐!"

"반인반어족 최근 활동 상황 점검 좀 해 봐. 그 누구지? 오생물 박사! 그 양반 지금 가택 연금 중이지? 곧 나올 때 된 거 아냐? 하필 이 시점에 붕어공주?"

"오병이어 기적을 언급하는 배경도 알아봐. 종교적인 인물인지? 그쪽

전문가 만나서 인터뷰 따와."

"D-1000이 뭘 의미하는 거야? 지속 가능한이라는 단어를 쓰는 거 보면 정치 쪽으로 가려는 거 아냐?"

"누구 아는 사람 없어? 취재 컨택해 봐!! 가만있지들 말고!! 당장 나가서 붕어공주 뭐라도 따오란 말야!!"

"역사적으로 유사한 사건들도 조사해 봐! 지금처럼 사회가 어수선한 혁명 전야의 분위기라던가 당시 상황이나, 지금 붕어공주 신드롬이랑 겹치는 부분이 있는지 철저하게 비교해!"

"요즘 한국에서 붕어공주라는 인물이 등장해서 전 세계적으로 주목을 받고 있다는 거 같아. 한국 쪽에 취재원이랑 연락해서 자료 좀 받아. 그리고 슈퍼 모델 서민정이 왜 붕어공주 허황옥을 지지하는지도 취재하고, '사막의 여왕' 게임 개발자 라마, 오토바이 여행 유튜버 오태식도 연결 고리 찾아봐. 미국, 유럽, 아시아 곳곳으로 퍼지고 있는 중이야. 언어장애가 있는 한국 여자가 어떻게 이렇게 빨리 인플루언서가 됐는지 집중적으로 분석해!"

Scene3. JRBC방송국, 구손석 아나운서, 허황옥의 꿈붕어빵을 먹다

국내 최대 메이저 언론사 JRBC의 간판 아나운서이자 대한민국에서 가장 영향력 있는 언론인 구손석 아나운서는 방송국 사장의 호출을 받고 미팅 중이었다. 구 아나운서는 조금 이해가 안 간다는 듯이 사장에게 질문하고 있었다.

"그래서… 우리도 붕어공주를 첫 꼭지로 방송하란 말씀이십니까?"

"이미 다른 방송국들은 붕어공주인지 뭔지 하는 허황옥이에 대해 별걸 다 내보내고 있어요. 별것도 아닌 붕어빵을 먹고 사람들이 꿈을 꾸고 그런다는데… 왜 그런 헛소리들을 하는 건지 기자로서 의문이 들지 않습니까?"

"아니. 물론 흔치 않은 현상이고, 나름 요즘 주목받는 인플루언서이긴 한데… 아무래 그래도 과학적으로 근거도 없는 걸 뉴스 탑에다가… 이건 좀 아니지 않습니까? 사람들이 그냥 팬심으로 꿈을 꾼다고 하는 거겠죠! 검증도 안 된 대중들 가십거리를 헤드에 방송하다니요? 조금 시간을 가지고 지켜보시는 게…."

"국장님, 여전히 참 답답하시네."

"…."

"방송국은 뭐, 땅 파서 장사합니까? 우리도 가끔은 시청자들이 원하는 소식을 전해 줘야 광고도 들어오고, 시청률도 유지가 되는 거 아니겠습니까? 이런 거 하라고 제가 여기 앉아 있는 건데, 제 의견도 존중을 해 주셔야죠?"

구 아나운서는 사장의 비아냥에 어금니를 꽉 물었다. 사장은 최근에 취임한 젊은 여성이었는데, 능력만으로 그리 빨리 사장의 자리에 올랐는지에 대한 의혹이 많았고, 그래서인지 주변에 온갖 영향력 있는 인사들, 특히 여당 정치인들과 긴밀한 관계가 있다는 소문이 파다해 비밀이라고 할 것도 없었다. 그녀는 종종 뜬금없는 소재를 취재하라고 명령했는데, 대부분은 본인의 지인들이 사적으로 요청하는 소재임이 분명했다. 20년 동안 JRBC의 뉴스를 진행하며 오랜 시간 쌓아 온 신뢰와 능력으로 국장이 된 구손석 아나운서는 이러한 요구를 받아들이는 것이 더욱 어려웠다. 아무리 그가 보도국장이라고 해도 태생부터 힘과 권력을 쥐고 있는 사장의 명령을 쉽게 거절할 수는 없는 것이었다. 그는 주먹을 꽉 쥔 채 국장실로 돌아왔다. 당장 내일 아침에 방송하려면, 기자들을 총동원해 붕어공주의 현 상황을 취재해야 했기 때문이다. 잠시 고민을 하던 그는 결심을 굳힌 듯 자리에서 일어나 보도국으로 향했다.

"자, 다들 잘 들어. 우리도 붕어공주 취재한다. 내일 헤드로 나가야 하니까 부지런히 움직여! 붕어빵을 먹고 꿈꿨다는 사람들도 인터뷰 따오고, KBC 쪽에도 협조 요청해. 붕어빵 성분도 조사해서 가져오고. 식약청에 가서 무조건 받아 와. 그리고 누가 나가서 그 붕어공주인지 뭔지 붕어빵 좀 사 와 봐. 뭐 꿈붕어빵이라고? 뭐 어쨌든 사 와. 최소한 우리도 먹어는 봐야 할 거 아냐? 혹시 알아? 누가 꿈이라도 꿀지… 이걸 어떻게 과학적으로 증명을 하나? 미치겠구만… 휴…."

구 아나운서의 명령으로 보도국 직원들의 발등에 불똥이 떨어졌다. 그리고 제대로 된 검증 절차도 없이 만들어진 원고와 컴퓨터 화면에 허황옥의 SNS 사진을 보면서 구 아나운서는 막내 기자가 사 온 꿈붕어빵을 입에 물었다. 어깨 물고기 타투가 좀 특이하다 생각은 들었다. 소문에 의하면 타투가 아니라 점이라고 들었지만, '저렇게 세밀한 느낌의 점이 어딨겠어?'라고 생각했다. 그의 오랜 방송 경력에 의하면 세상의 수많은 소문들은 결국 모두 마케팅을 위한 것이었다.

"뭐야, 이건 그냥 붕어빵 아냐? 이걸 먹고 꿈을 꾼다고? 허황옥이 나오는 꿈을? 어이가 없구만… 왜들 이 난리를 치는 건지… 이런 사기꾼들에게 휘둘리고 다니니, 정치하는 놈들이 우리를 개돼지라고 취급하지… 휴, 그래. 나라고 별거 없지, 뭐. 결국 찍소리 못하고 이걸 하고 있으니 나도 개돼지다."

그리고 그날 밤, 그는 꿈을 꾸었다.

insert 꿈, 구 아나운서의 꿈

넓은 초원에 개와 돼지가 가득하다. 목동 복장을 한 구 아나운서는 개와 돼지를 이끌고 산을 넘어 목장으로 가야 하는 상황이다. 해는 지고 있고, 주변에서는 늑대들의 울음소리가 울리기 시작했다. 이미 어두워진 건너편 숲에서 살기 가득한 늑대들의 빛나는 하얀 눈동자들이 구 아나운서와 개, 돼지들을 노리고 있었다. 하지만 개, 돼지들은 구 아나운서의 말을 듣지 않고 사방팔방 뛰어다니고 통제가 안 되는 상황이었다. 해가 지기 전에 어서 안전한 곳으로 가지 않는다면 늑대들이 공격해 올 것이다. 구 아나운서가 필사적으로 여기저기 뛰어다니며 회초리로 개와 돼지를 때려도 소용이 없었다.

그때 허황옥이 피리를 불면서 나타났다.

"어… 당신은… 허황옥 씨? 붕어공주 허황옥 씨인가요?"

"네, 구 아나운서님. 저는 붕어공주 허황옥입니다. 당신이 사기꾼이라고 생각하시는 바로 그 사람입니다."

"당신은 말을 못 한다고 들었는데… 근데 여기는 어떻게?"

"당신을 도우러 왔어요. 당신이 무시하는 저 개와 돼지들도 모두 각자 자신의 소명을 가지고 태어났습니다. 그들을 너무 가혹하게 대하지 말아 주세요. 우매한 그들이다 보니… 구 아나운서 같은 분들이 중심을 잡고 이끌어 주세요. 선한 목자가 하는 일이잖아요. 자, 여기 이 피리를 불어 보세요. 저들이 당신을 따를 겁니다."

얼떨결에 피리를 받은 구 아나운서는 마지못해 피리를 불기 시작했다. 그러자 여기저기 흩어졌던 개와 돼지들이 거짓말처럼 한 줄로 서서 움직이기 시작했다. 놀라서 바라보는 구 아나운서에게 허황옥은 어깨를 으쓱하며 미소 짓는다.

다음 날 아침, 알람 시간보다 일찍 눈을 뜬 구 아나운서는 멍하니 천장을 보고 누워 있었다. 아내 역시 일찍 눈을 뜨고 구 아나운서에게 말을 걸었다.

"호호호, 여보~ 당신, 어제 돼지 꿈꿨어요? 자면서 꿀꿀 하고 그러데? 오늘 복권 사요!"

"아… 돼지? 그래 엄청 많은 개, 돼지를 봤지… 허황옥도 보고… 태어나서 그렇게 많은 개, 돼지는 처음이야."

"허황옥? 그 붕어빵 판다는 여자? 꿈에서 그 여자랑 뭐 했어? 꿈이라고 아주 대놓고 바람을 피네, 이 양반이!"

Scene4. 허황옥을 주시하는 유튜버들과 오생물 박사의 등장

붕어공주는 태풍의 눈이 되어 갔다. 유튜버들도 허황옥을 주시하고 콘텐츠로 만들려고 달려들었기 때문이다. 레거시 언론보다 더 민첩하게 움직이는 그들은 이미 연합 팀을 만들어 조사를 벌였고, 그 중심에는 오생물 박사와 함께 반인반어족 음모론에 심취해 있는 무리들이 있었다.

그동안 음모론의 양대 산맥이라 할 수 있는 UFO 음모론과 함께 하류문화로 취급되어 왔던 반인반어족 음모론의 수장 격인 오생물 박사는 붕어공주의 등장으로 다시 재기를 꿈꾸기 시작했다. 몇 년 전 스타월드의

CEO 그레이스 테러 사건으로 전자 발찌를 찬 채 가택 연금을 당했던 오 박사는 붕어공주 방송과 그녀의 SNS를 샅샅이 탐색하고 있었다.

노량진에 위치한 오생물 박사의 연구실은 혼돈 그 자체였다. 아무렇게나 쌓인 박스와 서류들, 한쪽 구석에는 유튜브 촬영을 위한 크로마키 배경과 카메라와 조명 장비, 컴퓨터와 모니터들이 무질서하게 널려 있었다. 먼지로 뒤덮인 대학 졸업 사진과 졸업장만이 그가 지금 같은 음모론자가 되기 전, 촉망받던 생물학자이자 역사 연구가였던 과거의 영광을 대변하고 있었다.

한쪽 벽면에는 반인반어족 관련 연구 자료들과 스타그룹 기업 관련 자료들, 스타월드 그레이스의 사진, 전 세계에 퍼져 있는 스타그룹 산하 기업들의 연관성을 보여 주는 도표들, 인어공주 문양의 회사 로고, 여러 왕실에 숨겨진 인어공주 문양, 각 왕가의 혈연관계도 등등이 어지럽게 붙어 있었다.

또 다른 벽면에는 전 세계 여러 지역에서 발견된 물고기 모양의 점을 가진 사람들의 사진으로 도배가 되어 있었다. 오 박사의 두꺼운 안경 너머 퀭한 그의 눈동자가 반짝였다. 컴퓨터 화면 속에는 붕어공주 허황옥의 최근 사진이 떠 있었다. 그는 사진을 확대해 그녀의 어깨에 있는 물고기 모양 점을 뚫어지게 바라보고 있었다.

“붕어공주 허황옥이라… 반인반어족이 제 발로 나타나다니~ 하늘이 나를 버리지 않는구나~ 하하하.”

오생물 박사가 의미심장한 웃음을 지으며 말했다. 그의 머릿속에서 강렬한 무언가가 폭발적으로 움직이기 시작했다.

Scene5. 녹색당 장녹수 의원 허황옥을 알게 되다

허황옥의 D-1000은 의도치 않게 총선이라는 국가적 이슈와 맞물리면서 여러 오해를 불러왔다. 각 정당별로 총선을 준비하느라 분주한 가운데 각기 다른 계산속으로 복잡해서 대한민국의 민심은 남북뿐만 아니라 좌우로도 나뉘어져 버렸다. 종교 지도자들 역시 정치권과 결탁하여 혹세무민의 상황이었다. 또한 이러한 현상은 비단 대한민국뿐만 아니라 전 세계적으로 벌어졌다. 코로나 이후 양극화는 점점 더 심해지고 있었고, 전쟁과 기후 변화로 인한 기근, 가뭄, 폭염, 홍수 등의 각종 재난으로 대륙 어디선가에서는 계속 난민이 발생하고 있었다. 게다가 뿌리 깊은 계급 간의 갈등과 대립, 인종 차별 문제 속에 세계는 병들어 가는 중이었다.

어느 날, 녹색당의 국회의원인 장녹수의 보좌관이 처음으로 붕어공주 허황옥을 발견했다. 그도 처음에는 별 의미 없이 생각했었지만 생각보다 그 파급력이 커지다 보니 정치적으로 활용할 수 있는 포인트가 있을 거라는 생각에 장녹수에게 보고하기로 했다.

"이거 보셨습니까? 최근에 인스타에 종종 올라오는 쇼츠인데… 붕어공주 허황옥. 꿈꾸는 붕어빵."

"흠, 붕어공주 허황옥… 요즘 엄청 핫하다며?"

"네, 요즘 젊은 직장인들 사이에 엄청 인기 있는 붕어빵 브랜드입니다. 그런데 뭔가 좀 이상합니다."

"뭐가?"

"댓글을 보면요… 맛있다보다 '배부르다, 꿈붕어빵 하나 먹고 오늘 하루 버텼다, 점심값 2천 원으로 해결, 점심값 아껴서 이번 달에 요가학원

등록했다!' 같은 특이한 댓글이 많아요. 알아보니까, 이 꿈붕어빵이 기존의 붕어빵 하고 레시피가 조금 다른가 봐요. 직장인들이 한 끼 식사 대용으로 먹으면서 가성비 갑이라고 소문이 퍼진 듯합니다. 점심값으로 만 원은 줘야 되는 요즘에, 2천 원으로 해결한다니까 거의 8, 9천 원 절약된다는 계산이 나오는 거죠. 그래서 직장인들 사이에선 붕어빵 재테크라는 소문도 있답니다. 그리고 항간에선 꿈붕어빵을 먹으면 꿈에 허황옥이 나와서 꿈을 이루어 준다나? 뭐 그런 소문도 있습니다."

"아이고, 그게 말이 돼? 그나저나 붕어빵 재테크라… 재밌네! 한번 만나 볼까? 붕어공주라…."

장녹수는 붕어공주 인스타를 보다가 뭔가 생각을 하더니, 바로 스타월드를 검색해 로고를 확대해 자세히 바라본다. 보좌관의 핸드폰과 자신의 핸드폰을 나란하게 놓고 바라본다.

"후훗~ 이거 재밌는걸! 스타월드 로고 인어공주와 붕어공주… 묘하게 대척점이 생기는 단어야. 젊은 애들이 좋아할 것 같은 캐릭터지 않아? 붕어공주는 청춘, 청춘은 도전, 그리고 서민! 어때?"

"저도 딱~ 그 지점이 끌립니다. 의원님."

"흠, 생각보다 훨씬 사람들 반응이 좋군."

"그리고… 들리는 소문에 의하면 대한국당에서 영입 대상 1호로 생각한다는 소문이 여의도에 돌고 있습니다. 김해시 박정일 의원 대신 차기 총선을 위해… 최근에 박정일 의원의 토건 비리가 수면 위로 올라오면서 아무래도 다음 공천에 탈락할 거란 얘기가 심심치 않게 돕니다."

"흠… 보수 쪽에서도 좋아할 요소가 충분해 보이긴 하네. 젊은 청년 사업가… 그래도 전반적인 느낌은 진보적 성향이라고 봐야 할 것 같은데?"

"저도 진보 쪽 어젠다에 더 맞다고 생각합니다. 우리 쪽에서 이용하기가 더 쉬운 캐릭터예요. 저희가 먼저 끌어오는 게 좋을 것 같습니다. 자리를 한번 만들어 보겠습니다."

진보의 최전선에서 잔뼈가 굵은 원조 진보 정치가 장녹수는 최근 노사 문제로 스타그룹과 대립 중이었다. 진보가 점점 정치 지형에서 밀려나는 상황이다 보니 그녀 역시 정치적 입지를 공고히 다져 놓지 않으면 다음 총선이 불투명한 상황이었다. 그녀가 평생을 바쳐온 진보 정치의 길을 여기서 포기할 수는 없었다.

그때, 마침 붕어공주라 주장하는 허황옥의 등장은 장녹수의 눈길을 단번에 끌었다. 처음에 붕어공주 이야기를 들었을 때는 '붕어공주라고? 설마 한때 떠들썩했던 반인반어족의 아류인가?' 하고 생각했다. 하지만 그때 스타그룹의 인어공주 로고와 붕어공주가 묘하게 오버랩되는 걸 보면서 그녀의 머릿속은 빠르게 회전하기 시작했다.

'이걸 잘 이용하면 어떨까? 붕어공주가 약자를 대변해서 대기업 인어공주와 대결하는 구도… 잘만 만들면 재밌는 그림이 나올 것 같은데? 붕어공주 vs 인어공주!'

장녹수는 노련한 정치가였다. 정치적 욕망과 진보의 가치가 늘 일치하는 건 아니었다. 장녹수는 바로 자신의 SNS 계정에 붕어공주를 팔로우하고 리그램하면서 해시태그를 달았다.

@jangrocksoo/장녹수

#인어공주vs붕어공주 #대기업vs소상공인 #기득권vs소시민 #스타그룹 #스타월드 #스타월드vs붕어공주 #princese_mermaid_vs_princess_carp

자신의 SNS 계정은 3만 명을 채 넘지 않았는데, 순식간에 계정에 팔로워가 늘어나면서 좋아요가 쏟아졌다. 폭발적으로 증가하는 좋아요에 눈이 휘둥그레지게 놀란 그녀였지만 이 해시태그가 훗날 더 커다란 불길을 불러오는 불씨가 된다는 것을 아직은 모르고 있었다. 핸드폰 화면에서 눈을 떼면서 장녹수는 보좌관에게 다시 한번 강조했다.

"그렇다고 너무 나가서 오생물 박사가 주장하는 반인반어족이랑 엮이면 안 돼! 그런 허무맹랑한 음모론자 얘기에 물타기 되면 우리가 역풍을 맞을 수가 있어. 그건 그렇고… 그레이스 청문회 나오는 건 확실하지?"

장녹수 의원은 이 특이한 현상을 이용해서 젊은 진보층을 자신의 편으로 만들고 싶다는 생각이 들었다.

@the_princesscarp/붕어공주_허황옥(SNS 팔로워 100만 명)

Scene6. 장녹수의 해시태그를 보는 의문의 남자

같은 시각, 러시아 상트페테르부르크. 어둠 속 건물 옥상에서 핸드폰으로 장녹수의 SNS를 보는 남자가 있었다. 남자는 러시아 말로 혼잣말을 하고 있었다. 안경에 핸드폰 화면과 눈동자만 비친다. 그의 이름은 미하엘이었다.

@jangnoksoo/장녹수

#인어공주vs붕어공주 #대기업vs소상공인 #기득권vs소시민 #스타그룹 #스타월드

#스타월드_vs_붕어공주 #princese_mermaid_vs_princess_carp

"크크크, Невероятно! 놀랍군! 이렇게 시작될 줄이야… 이래서 인생은 아무것도 예측할 수가 없다는 거야."

그때 전화가 왔다. 미하엘은 저장되지 않은 연락처라 이름 없이 발신번호만 표시되는데도 전화를 건 사람이 누군지 잘 아는 듯했다.

"흐흐흐, 회장님, 왜 전화 안 하시나 했습니다. 아무래도 이번에는 하늘이 회장님을 돕는가 봅니다. 이렇게 절묘한 시점에 이런 일이 벌어지다니… 준비요? 준비는 진작에 되어 있었죠. 입금 확인되면 바로 폭죽을 올리겠습니다. 기대하셔도 좋습니다. 지금껏 어느 누구도 본 적 없는 아주 큰 폭죽이 될 겁니다."

미하엘은 장녹수 SNS를 자신의 핸드폰에서 다른 사람들에게 리그램하며 발송한다. 전 세계 수많은 핸드폰에 문자가 발송되었다. 다양한 사람들이 문자를 확인하고 그들의 눈동자가 반짝인다. 일하다가, 잠을 자다가, 운전을 하다가, 걸어가다가, 학교에서, 공사 현장에서… 전 세계 곳곳의 다양한 계층의 사람들이 메시지를 받았고 그들의 표정은 냉소적인 웃음 속에 불처럼 뜨거운 분노가 느껴졌다. 그리고 그들은 새로운 해시태그를 추가해 달기 시작했다. 얼마 전 스타월드에 전달된 월드와이드 리서치의 보고서 TOP SECRET 파일에 등장한 단어… 그것은 바로…

#브로큰스타 #brokenstar

Scene7. 조중일보 사무실, 기자들이 붕어공주에 대해 논의한다

"대기업 인어공주 vs 소상공인 붕어공주라…."

"어제 오랜만에 장녹수 의원이 한 건 했어. 본인 인스타에 올린 해시태그가 아주 흥미롭던데? 요즘 스타월드 인어공주랑 붕어공주 대결 구도가 밈으로 뜨고 있는 거 알아? 한물간 정치인이 올린 해시태그에 젊은 애들이 난리다, 난리야."

"그러게 말이야. 스타월드와 붕어공주를 엮을 줄이야. 나도 어제 첨 알았어. 그동안 생각 못 했는데 스타월드 로고가 인어공주잖아. 아이러니하지?"

"그러게요. 오생물 박사가 주장하던 반인반어족의 수장 스타월드… 그 상징이 인어공주라고 주장해 왔잖아. 이거 오생물 박사 말이 진짜였던 거 아니야? 흐흐흐."

"허허, 반인반어족이 다시 나올 때가 된 건가? 한동안 잠잠했었는데. 공교롭게 오생물 박사 가택 연금이 끝나는 시점이랑 묘하게 겹치는구만."

"허황옥 대단해. 요즘 제일 핫한 셀럽이야~"

"붕어공주 허황옥이라… 오병이어의 기적? 21세기에 등장한 예수라도 되는 거야? 총선까지는 아직 시간이 남기는 했는데…."

"저러다가 총선에 나올지도 모르죠. 지금 수준의 인지도에 사람들의 이 정도 호응이면 가능할 수도 있지 않을까요?"

"진보 진영에서 욕심낼 인재라는 생각이 드는데?"

"흠, 가능하지. 그렇게 되면 장녹수 쪽에서 좀 곤란해할 거 같은데. 지지층 내부적으로 표가 나뉘게 되잖아?"

"보수 쪽에서도 엄청 관심 가지는 눈치예요. 특히 김해 쪽 지역구에 내보내자는 당의 여론이 있답니다. 박정일 의원이 요즘 비리 문제로 시끄러우니까 아마 그 대타로 생각하는 눈치입니다. 보수 진영이 안 그래도 늙은 꼰대들만 있는 느낌이 드는데, 허황옥 같은 젊은 인물이 탐날 만하죠."

"하긴 대기업 인어공주를 이기는 서민 붕어공주! 젊은 사업가! 세계적인 셀럽! 그림이 나쁘지 않지~"

"양쪽 진영에 다 어울리는 옷을 입었다는 말인데… 흔하지 않은 캐릭터야."

"중요한 건 허황옥 본인이 정치에 입문할 건지 말 건지 정확하게 말을 안 하니 알 수가 없네. 말도 못 하고…."

"종교적 캐릭터는 아닌데, 주장하는 내용이나 외모적인 것들이나…."

"뭐 기적이라고 일으키면 모를까… 오병이어 기적을 하겠다고 하더만~"

"아니, 근데 붕어빵이랑 오병이어 기적이랑 어떻게 연관이 되는 거야?"

"…음, 다섯 개의 빵과 두 마리의 물고기… 뭐 얼추 붕어빵 같기도 한데요?"

"크크, 그럼 예수님이 붕어빵 장사라도 한 거냐? 으이그, 이 새끼 기자란 놈이 아무거나 갖다 붙이고… 차라리 소설을 써라!"

"야야야, 됐어! 헛소리들 그만하고… 저러다 또 어느 날 잊힐 거야. 우리가 이런 거 한두 번 봤냐? 사회적으로 이슈의 중심으로 떠올랐다가 사라지는 사람들…."

기자들은 한참 이렇게 자신들의 생각을 주고받다가 아무 말도 없이 가만히 듣고만 있던 강지영 기자에게도 말을 걸었다.

"강 기자는 어떻게 생각해? 허황옥이라는 여자?"

"글쎄요, 저도 처음엔 그냥 인스타에서 활동하는 그저 그런 셀럽인가?

했는데 KBC 방송 보니까 좀 다르게 보이기는 하네요."

"우리도 이거 취재 좀 해야 하는 거 아니야? TF팀 만들어서 취재 좀 해!"

"강 기자, 이거 맡아서 해 볼래?"

"아, 네…."

화면이 잠깐 멈추고 완전히 몰입해 있던 리처드가 고개를 돌려 배두호에게로 향한다.

"점점 흥미진진해지는군요. 자, 드디어 배 감독님이 등장합니다. 이 시기쯤 10여 년 전 부산항에서 헤어졌던 허황옥의 존재를 다시 알게 되죠?"

"네, 그렇습니다. 그동안 저의 기억 속에서 희미해져 가던 허수경은 허황옥이 되어서 제 앞에 나타났습니다."

멈췄던 영상이 다시 재생된다.

Scene8. KBC방송국, 배두호, 방송국에 갔다가 허황옥 소식을 알게 되다

KBC 방송국 복도 휴게실에서 PD들과 방송국 사람들이 얼마 전 방영된 〈화제의 인물〉 붕어공주 허황옥 이야기를 나누고 있었다. 다큐멘터리 감독 배두호가 복도에 들어서며 지나가는 방송국 직원들의 눈치를 살피고는 슬그머니 자신의 방문증을 뒤집었다. 특히 꽉 찬 엘리베이터 안에서 방문증을 흘깃 쳐다보는 방송국 사람들의 시선에서 '아~ 당신, 외부인?' 하고 선 밖으로 밀려나는 느낌이 들어 어쩐지 불편했다. 만약에 본인도 방송국 시험에 합격을 했으면 서로의 위치가 달라졌을까? 생각해 보는 배두호였다. 그때 마침 배두호의 눈에 김 PD의 모습이 들어왔다.

"김 PD님, 안녕하셨어요? 오랜만에 인사드리러 왔습니다."

"어~ 배 감독! 어서 와. 오랜만이네! 요즘 뭐 준비하는 거 있어?"

"네, 몇 가지 기획 단계에 있고, 그래서 선배님 의견도 좀 들어 보려고 겸사겸사 왔습니다!"

"요즘은 좀 자극적이어야 돼. 다큐라고 너무 고리타분해서는 요즘 시청자들이 안 봐요~ 배 감독은 너무 진지해서 탈이야! 아버지가 목사님이라 그런가? 하하하, 배 목사님 안녕하시지?"

"아… 하하하, 네네, 좀 더 분발해 보겠습니다. 아버지는… 잘 계십니다."

배 목사의 안부를 묻는 말에 배두호는 살짝 뒷말을 흐렸다.

'그러고 보니 아버지 못 뵌 지 좀 됐네… 잘 계시겠지 뭐….'

같은 대학 3년 선배인 김재철 PD는 요즘 한창 잘나가는 중이었다. 배두호가 많이 의지하는 선배지만, 그는 사람들 앞에서 종종 배두호를 무안하게 만들었다. 학교 다닐 때부터 앞에 나서기 좋아했던 김 PD는 쉽고 편하고 폼 나는 일은 본인이 하고, 힘들고 품 드는 일은 후배들… 특히 말을 순순히 잘 듣는 편이었던 배두호의 몫이었다. 방송국 내에서도 실력도 있지만 정치 잘하는 PD로 더 알려진 인물이었다. 여의도 정치판에 기웃거린다는 소문도 꽤 오래전부터 돌고 있었다.

"아 참~ 배 감독! 며칠 전 방영된 〈화제의 인물〉 이거 봤어? 요즘 붕어공주라고 붕어빵 팔면서 전국 다니는 여자? 허황옥인가? 지금은 김해에 있더라고? 배 감독 고향이 김해라 그러지 않았어?"

김 PD의 옆에 있던 박 PD가 덩달아 아는 척을 했다.

"아~ 허황옥이~ 붕어공주! 그러게 요즘 꽤 핫한 셀럽이지~ SNS 팔로워가 100만 명 넘던데? 우리 마누라랑 딸도 팔로우해. 그렇게 좋아하더라구!"

"붕어공주요? 아직 못 봤는데…."

붕어공주… 붕어공주… 왠지 낯설면서도 익숙한 이 느낌… 깊은 기억의 바닷속에 오랫동안 가라앉아 있던 단어 하나가 수면 위로 떠오르는 듯 들썩거렸다. 금시초문이라는 표정의 배두호를 보며 김 PD는 혀를 끌끌 찼다.

"나 참, 이렇게 정보력이 없어서야~ 쯧!"

김 PD의 핀잔에 주변 다른 PD들이 웃자, 배두호는 머쓱한 웃음을 지으며 비굴하게 뒷머리를 긁는 척했다. 또 사람들 앞에서 무안을 줘 기분이 좋지는 않았지만, 사실 김 PD의 말이 틀린 건 아니었다. 요즘같이 빠르게 변화하는 세상에 자신은 너무 뒤처져 있는 건 아닌가 자책이 들기도 했었다.

"하하~ 제가 TV도 잘 안 보고, SNS를 안 하다 보니…."

"답답하네 이거…. 그러니 뒤처진다는 소리 듣는 거야. 요즘은 좋든 싫든 SNS를 해야 해. 남의 SNS라도 들어가서 봐야 세상이 어찌 돌아가는지 알지. 모든 정보가 다 여기서 시작된다구."

배두호는 김 PD가 소개한 붕어공주 SNS를 보았다. 까무잡잡한 피부에 굵은 웨이브 헤어스타일, 짙은 속눈썹, 말랐지만 다부진 느낌의 팔다리, 그리고 수수한 이목구비와 대조되는 강렬한 눈빛을 보자마자 어릴 적 친구 허수경을 떠올렸다. 그러나 생김새가 비슷하다는 것 말고는 이름도, 분위기도 완전히 다른 사진 속 여성… 배두호는 그녀의 정체를 도무지 종잡을 수가 없었다. 그러다 그녀의 어깨에 있는 물고기 모양 점을 보는 순간 배두호의 머릿속을 맴돌던 그 단어가 선명해졌다. 그렇게 생긴 점은 태어나서 허수경 말고는 본 적이 없었다. 물론 어릴 때 본 물고기보다 훨씬 컸지만… 지금은 점이라기보다는 진짜 물고기같이 보였다.

"어… 설마 허수경? 근데 왜 허황옥? 인도에서 돌아온 건가?"

배두호의 혼잣말에 주변에 있던 PD들이 일제히 놀란 눈치로 그를 바라보았다. 김 PD가 물었다.

"뭐야, 배 감독 아는 사람이야?"

"아… 네…. 어릴 적 친구인 것 같은데… 10여 년 전이라서 기억이 좀 가물가물하네요."

"오, 그래? 허황옥이가 붕어공주라고 주장을 하던데… 이거 한동안 잠잠했던 반인반어족 얘기가 또 나오는 거 아니야?"

반인반어족 이야기에 PD들이 수군거렸다.

"오생물 박사가 주장하던 반인반어족? 또 시작인 거야? 그 소리 왜 안 나오나 했네!"

"아휴, 그때 얼마나 시끄러웠습니까? 스타그룹에서 문제 삼지 않고 넘어갔으니 그 정도로 끝난 거죠. 그레이스 대표한테 소금물을 끼얹었으니…."

"아니, 소금물을요? 왜요?"

"반인반어족은 소금물이 닿으면 다리가 지느러미로 변한다고 그랬다는 거 아냐~ 미친 거지…."

"세상에 별별 인간들이 다 있어. 차라리 UFO 음모론은 양반이야. 아니지, 얼마 전 미국 국방부와 NASA에서도 이를 공식적으로 'UAP'(Unidentified Aerial Phenomena, 미확인 공중 현상)라고 어느 정도 인정을 했으니까 거의 사실이라 봐도 무방하지 않을까? 그런데 반인반어족… 이건 뭐 애들 장난도 아니고… 쯧….”

“그나저나… 잠깐만, 허황옥이 D-1000 올린 날로 날짜 계산을 해 보면, 이거 진짜 딱 총선 마지막 날이 1,000일 때인데요?”

“어라, 진짜네? 뭐야 정치한다는 선언이야?”

“아니, 잠깐… 총선 3년을 앞두고 등장이라… 이거 좀 뭔가 기시감이 들지 않아?”

“그동안 선거 전에 얼마나 많은 스타가 나왔는지 기억 안 나? 늘 이맘때면 나타나는 수많은 선지자들! 모두 나를 따르라 하지만… 결과는 뻔하지.”

“저렇게 인기몰이를 하는데 장삿속이든 정치든 뭐든 무슨 꿍꿍이가 있지 않겠어? 보나 마나 어그로 끌어서 돈 벌려는 속셈이겠지. 몸집 키워서 어디 기업에 비싸게 팔아먹으려고 판 짜는 걸 거야. 우리가 이런 거 어디 한두 번 봤어? 만약, 진짜 정치를 한다는 전제하에서 저 정도의 인지도가 쌓이는 속도로 봐선 녹색당 장녹수 정도는 금방 따라잡을 수도 있겠네.”

“오~ 진보의 새로운 아이콘? 그런데 저렇게 성공 가도를 달리는 거 보면 꼭 진보라고만 볼 수는 없죠! 여차하면 프랜차이즈 성공해서 성공 신화! 보수의 새바람! 이럴 수도 있는 거 아니겠어요? 허황옥이 비즈니스 감이 굉장히 좋은 거 같던데~”

“일단 팀 하나 만들어서 계속 따라붙어 봐. 배경도 좀 털어 보고….”

“안 그래도 어제 국장님이 허황옥 후속 취재해 오라고 오다 떨어졌어요.”

모두가 허황옥 이야기로 시끄러울 때 김 PD가 배 감독을 구석으로 데려갔다.

“배 감독, 이거 한번 맡아 봐! 어때? 난 이거 느낌 팍 오는데? 배 감독이 허황옥이랑 친구라며? 이만한 기회가 어딨어?"

"아직 확실한 건 아니라서… 이름도 다르고…."

"둘 다 김해가 고향이고 딱 보면 척이지! 일단 가서 만나 보고 허황옥이 친구인지부터 확인해 봐. 이건 나한테만 직접 보고해. 내가 그림 좀 그려 보고 있을 테니까. 너한테 진짜 좋은 기회가 될 거야~ 잘 되면 내가 정직원 특채 자리 알아봐 줄게! 알았지?"

"네? 정직원요? 진짜요? 어후~ 너무 좋죠~ 네네, 선배님! 잘해 보겠습니다."

스타가 될 만한 인물을 본능적으로 알아보는 것이 PD라는 사람들이다. 언론사와 마찬가지로 PD들은 허황옥이 곧 온갖 매체에서 주목할 인사가 되리라는 것을 직감하고 그녀를 내세운 프로그램을 만들려는 움직임을 보였다. 김 PD는 여기저기 인맥이 넓었고, 특히 정치권에 줄이 많았다. 공공연히 나중에 정치를 하고 싶다고 말하는 걸 여러 사람이 들어서 알고 있었다. 모두가 단순히 허황옥을 대충 매체의 수단으로 이용하려 꿈틀할 때 그녀를 유일하게 '인간 허수경'으로 생각하는 사람은, 역시 배두호뿐이었다.

방송국을 나와 지하철을 타고 집으로 돌아가는 길에 창밖을 바라보며 배두호는 어릴 적 회상에 빠졌다. 김해시 주촌면에서 함께 보낸 어린 시절… 리어카에서 붕어빵과 나물을 팔던 가난한 할머니와 단둘이 살던 허수경의 모습이 떠올랐다. 할머니가 늘 우리 공주, 붕어공주라고 불렀고, 본인도 붕어공주라고 믿었던 말 못 하던 허수경… 그녀의 할머니가 돌아가시고 고향을 떠나던 새벽, 부산항에서 본 모습이 마지막이었다. 그리고 10년 만에 그녀는, 전혀 낯선 사람이 되어 나타난 것이었다.

배두호는 자신의 작은 오피스텔에 도착하자마자 컴퓨터를 켜고 붕어공주 허황옥을 검색했다. 그동안 허황옥이 한국에 들어오고 그녀가 활동한 모습들과 그녀의 꿈붕어빵을 먹고 사람들이 꿈을 찾기 시작한 이야기들을 빠르게 훑어보았다. 김해시에서 붕어빵 팔던 가난한 할머니의 손녀였던 허수경은 10여 년 사이에 상상도 못 한 모습으로 변해 있었다.

"대단한걸? 수경이가 이렇게 변하다니…. 그리고 이 엄청난 팔로워와 널 따르는 사람들… 그동안 무슨 일이 있었던 거냐, 수경아…."

배두호는 자신의 SNS 계정을 열어 본다. 팔로워 149명… 허수경, 아니 허황옥의 SNS 팔로워 100만 명을 번갈아 비교해 보며 배두호는 허탈하게 피식 웃었다.

허황옥보다 좋은 환경, 좋은 부모님 밑에서 안정적으로 자라 온 배두호는 순간 자신의 처지가 부끄러워졌다.

"배두호, 넌 10년 동안 뭘 한 거냐?"

나름 여러 사정이 있긴 했지만, 자신이 선택한 길을 열심히 걸어왔다고 생각했고, 자부심도 있었다. 다큐멘터리 분야에서 작은 상이지만 수상 경력도 있고, 미래가 촉망되는 감독이라는 말도 들어 왔다. 한때 그도 방송국 예능 PD가 되고 싶었다. 그러나 3번의 낙방 후 더 이상 방송국 쪽은 쳐다보지도 않았다. 방송국에 당당히 입사한 친구들을 보며 마음이 흔들린 적도 있었지만, 진실을 찾아 파헤치는 다큐멘터리가 더 가치 있는 길이라고 스스로 믿었다. 그래서 이 길을 묵묵히 걸어왔지만, 현실은 여전히 배고프고 앞날이 어두운 이름 없는 다큐 감독일 뿐이었다. 그런데 자신보다 더 어렵게 자라고 아무런 가족도 연고도 없는 수경이가 10여 년간 사라졌다가 갑자기 나타났는데, 그것도 전 세계가 주목하는 인플루언서라니… 배두호는 허수경이 반가우면서도 왠지 모르게 씁쓸한 기분이 들었다.

배두호가 맡아 둔 허수경의 짐들 중에는 그녀가 어릴 때부터 그렸던 스케치북이 있었다. 허수경의 그림은 또래 아이들 그림보다 훨씬 상상력이 풍부해 보였다. 하늘을 나는 붕어빵과 사람들, 붕어빵을 먹으며 환하게 웃는 아이들 등등… 대체 왜 이런 그림을 그리는 거냐고 물으면, '꿈'이라는 글자를 쓰던 그녀였다. 허수경은 지금 생각해도 참 엉뚱한 구석이 많은 아이였다. 지금은 '허황옥'이라 불리는 허수경과의 옛 시절을 떠올리며 배두호는 자신도 모르게 미소를 지었다.

"그래, 수경이를 한번 만나 보자! 창업 전선에서 분투 중인 청년, 뭐 이런 거면 무난하지 않을까? 혹시 알아? 잘되면 진짜 방송국 정직원 될지도 모르잖아? 재철 형이 촉은 좋은 편인데… 제발 이번에는 내 뒤통수나 치지 않기만을 바라야지!"

배두호는 허수경을 만날 생각에 아주 오랜만에 기분 좋게 잠들었다.

책장 한구석에는 여전히 어릴 적 허수경, 지금은 허황옥과 함께 찍은 졸업식 사진이 있었다. 인도에서 온 엽서 몇 장과 함께….

Scene9. 조중일보 사무실, 스타월드 전담 강 기자, 그리고 트위터X

광화문에 위치한 조중일보 본사 사무실. 막내 수습기자가 양손에 스타월드 커피를 가득 들고 들어온다. 다른 기자들은 텔레비전 앞에 모여 담소를 나누고 있었다. 그 가운데 강지영 기자가 있었다. 좋은 집안에 타고난 미모도 미모였지만, 기사 포장 능력이 타의 추종을 불허한다고 해서 조중일보의 주필 자리는 떼 놓은 당상이라는 기자였다.

스타월드가 대주주인 조중일보 오늘 자 신문 1면에는 국회 청문회 출석이 확정된 잡힌 스타월드 그레이스 대표 사진이 크게 걸려 있었다. 강지영 기자의 〈세계적인 글로벌 기업 CEO 그레이스 국회 출두 예정!〉, 〈기업가들 망신 주기, 언제까지인가?〉 등 역시 레거시 언론의 작품스러운 헤드라인이 흥미로웠다. 한국계 미국인인 그레이스 대표가 청문회에 나온다는 보도는 전 세계 언론에 헤드 기사로 잡힐 만큼 빅뉴스였다.

"강 기자, 기사 좋던데? 역시 워딩 뽑는 건 알아 줘야 돼~ 스타월드 전담 마크맨다워!"

"어이, 강 기자, 다음에 나도 그레이스 대표 연결 좀 해 줘! 스타그룹 내에 다른 거라도 좋으니까~ 같이 먹고 살자, 좀!"

"후훗, 네~ 그래요, 선배."

"근데, 혹시 트위터에 '꼬마 요리사' 글 봤어? 요즘 난리던데."

박 기자의 질문에 강 기자는 커피를 마시다가 너무 뜨거워 입에서 뿜어져 나올 뻔했다.

"아, 뜨거~ 아… 아니요… 그리고 이제는 트위터가 아니라 트위터X 아니에요?"

막내 수습기자가 꼬마 요리사라는 이름이 나오자 신나서 말을 이어 갔다.

"오! 선배님도 꼬마 요리사 아세요? 저는 그분 페이스북에서 요리 계정할 때 팔로우했었는데 지금 보니까 트위터X로 넘어가서 정치, 사회 관련 글 엄청 쓰더라고요."

그 말을 들은 김구라 기자가 인상을 찌푸리며 막내를 나무랐다.

"근데 완전 극진보던데. 대조중일보 기자가 그런 계정 팔로우해도 되는 거야? 신입이 빠졌구만 이거!"

"어휴, 아니에요 선배님. 다~ 취재하려고 한 거였죠. 저도 트위터X로 넘어간 이후부터는 팔로우 안 해요. 발언들이 엄청 살벌해서 자꾸 알티 타더라고요."

"알티? 알티가 뭐야?"

"아, 리트윗해서 돌아다닌다고요! '심해어'라는 또 다른 계정주가 꼬마 요리사 글마다 리트윗해서 엄청 퍼 나르던데. 여기 보세요! 오늘도 스타월드 엄청 살벌하게 까더라고요."

레거시 언론이 스타월드를 멋지게 포장해서 내놓는 사이 새로운 미디어인 트위터X에서는 그 포장지를 벗기는 글들이 빠르게 올라왔다. 그리고 그 중심에 최근 트위터X에서 떠오르는 꼬마 요리사 계정의 글이 화제였다. 강 기자는 흘린 커피를 휴지로 닦으며 그 자리를 은근슬쩍 빠져나갔다.

트위터X

꼬마 요리사:

국내 커피 업계 압도적 매출 1위 스타월드, 하지만 정작 1위 만들어 준 직원들은 아직도 최저임금 수준과 불규칙한 근무 시간으로 고통받고 있는 이 상황. 유동적 근무라 포장했지만 결국 월 200도 안 되는 급여 받으면서 언제 스케줄 받을지 몰라서 투잡도 못 하는 실태.

심해어:

RT. 직고용으로 근로 여건이 보장된다고 했으면서 그 조건 자체를 다시 한번 검토해 볼 필요가 있겠네.

꼬마 요리사:

RT. 부탁드립니다! 서울시에서 예술가를 위해 사용하던 복합문화예술센터를 폐지하고 현재 스타월드 입점을 논의하고 있다고 합니다. 예술창작자의 공간 보호를 위해 참여 부탁드립니다.

심해어:
RT. 멀쩡한 센터를 폐지까지 하다니 진짜 문제가 커지고 있긴 하네. 이건 스타월드에 따로 건의 넣어 볼 수 있을 것 같음. 차라리 커피만 팔지 말고 문화와 예술이 어우러진 스타월드가 어떨까 싶네.

꼬마 요리사:
RT. 좋은 아이디어 굿! 그리고 굿즈 좀 적당히~ 커피 장사가 아니라 굿즈 장사하는 스타월드. 자, 이제 환경 오염 책임은 누구한테 있는 거지?

심해어:
RT. 휴~ 나도 S그룹 다니지만 정말 아무리 대기업들이 환경 정책을 낸다고 해도 이렇게 허점이 조금씩 있다니. 반성합니다. ㅠㅠ

스타월드 전담 마크맨으로 알려진 강지영 기자는 현직 판사인 아버지, 곧 삼오그룹 사위가 될 예정인 오빠 등 누가 봐도 대한민국 1%에 드는 집안의 자제였다. 그러다 보니 주요 기업들의 오너 등에 닿는 인연이 많아 정치부에 있으면서도 재계와 연관된 기사를 많이 담당하고 있었다.

기사를 쓰다가 몸이 뻐근해진 강 기자는 커피를 한 잔 내리기 위해 탕비실로 향했다. 그런데 그곳에 먼저 모여 있던 사람들 사이에서 강지영 기자의 이름이 나오고 있었다. 강 기자는 자신도 모르게 발걸음을 멈추고 그들의 이야기에 귀를 기울였다.

"강 기자 아버지가 곧 대법관이 될 예정이라던데요? 이러면 더 잘나가는 거 아니에요? 잘난 아버지 만나서 승승장구하네요. 사실 스타월드는 김구라 선배님이 맡으셔야 급이 맞는 거 아닙니까? 강 기자는 붕어공주 전담이 딱인데~ 크크."

"야, 서울대 나온다고 다 되는 게 아니야. 어느 지역, 어느 부모 만나 태어나는 것부터가 능력이야. 아니 운이지~ 흔히들 운칠기삼이라 하지? 야, 내가 보기에 운이 9야~ 사실 강 기자 여대 학부 졸업장으로는 여기까지 오기 쉽지는 않지. 결국 아버지 빽이야. 가~아~끔 허황옥처럼 개천에서 용이 나오기도 하지만, 아직은 용이 될지 미꾸라지가 될지는 모를 일이고…. 너나 나 같이 서울대 나와도 평범한 부모님으로는 언감생심이야. 강 기자 오빠도 삼오그룹 사위 된다잖아. 휴… 우리는 그냥 가늘고 길게 살 생각만 해~"

강지영 기자는 여기까지 그들의 이야기를 듣다가 조용히 뒤돌아섰다. 조중일보 같은 대형 레거시 언론사는 남성 위주의 집단이었고, 거기다 스카이(SKY)와 같은 명문대를 나오지 못한 사람들은 버티기가 쉽지 않았다. 강 기자 역시 판사 아버지에 대기업 사위 오빠라는 집안 배경의 힘을 받고 있음을 부정할 수 없었다. 지난달 사직한 대학 선배 박혜영 기자의 마지막 인사말이 내내 잊히지 않았다.

"강 기자가 학교 후배지만, 자기 보면서 나도 자극도 많이 받고 잘하고 싶었는데… 그런데 난 스카이도 아니고 집안도 달리고… 하하, 난 여기까진 거 같아. 강 기자는 대신 집안이 받쳐 주잖아? 나 대신 끝까지 살아남아! 후배님, 파이팅! 크게 도움이 안 될지 몰라도 만약 내 조언이 필요할 때가 있다면 언제든지 연락해! 24시간 영업 중이니까~ 그리고 이건… 내가 주는 선물. 내가 입사할 때부터 쓰던 아끼는 키보드인데… 강 기자 주고 싶다~"

Scene10. JRBC 〈100분 토론〉, 양극화 문제 논의

JRBC에서는 구손석 아나운서가 진행하는 〈100분 토론〉에서 심각한 양극화 시스템의 위기에 대해 열띤 토론이 벌어지기 시작했다.

"안녕하십니까? 〈100분 토론〉의 진행자 구손석입니다. 오늘은 전 세계적으로 심각한 양극화 문제를 다루어 볼까 합니다. 오늘 모신 패널들 소개해 드리겠습니다. 보수계 대한국당 박정일 의원, 민주계 국민주당 문재진 의원, 진보계 녹색당 장녹수 의원, 경제 전문가 최경영 박사, 국제 정세 전문가 국제원 박사님 나와 주셨습니다. 먼저 박정일 의원님께서 저희 주제와 관련해서 말씀을 시작해 주시겠어요?"

"마~ 이 양극화 문제는 단순히 한국만의 문제가 아입니다. 전 세계가 앓고 있는 문제라예. 지금 현 여당의 잘못으로 몰아가고 싶은 마음은 알겠는데, 완전히 헛다리 짚으신 기라요."

그때, 장녹수 의원이 박정일 의원의 말을 가로챘다.

"지금 다른 나라 걱정할 때입니까? 해외 연구 단체에서도 한국의 양극화는 매우 심각하다고 지적하고 있습니다. 이 정권이 들어선 이후 양극화 수치가 더욱 가파르게 올라가는 이유가 여당의 안일한 대응 방식에 있는 거 아니겠습니까?"

"네, 두 분, 아직 초반이니 벌써 이렇게 불붙지는 말아 주시구요. 지금 이러한 상황에서 최근에 등장한 '붕어공주 허황옥'이라는 인물에 관심이 쏠리고 있습니다. 이분에 대해서는 박정일 의원님, 어떻게 보시는지요?"

장녹수와 한판 붙으려던 박정일 의원은 구 아나운서의 중재에 심드렁하게 대답한다.

"길에서 붕어빵이나 팔면서 꿈이 어짜고 카는 거 자체가 무신 말이나 됩니꺼? 혹세무민이라코 봐야죠."

그러자 문재진 의원이 코웃음을 치며 끼어들었다.

"지금 박 의원님이 토건 비리로 조사를 받으시다 보니… 여당에서 허황옥 씨를 차기 지역구로 민다는 얘기가 있던데 사실인가요?"

박정일 의원이 테이블을 가볍게 손으로 탁 치며 역정을 낸다.

"아니 무신 그런 귀신 씻나락 까먹는 소리를 하고 앉았습니까? 이거 지금 확인되지 않은 유언비어를 공영 방송에서 이렇게 말하면 내 억수로 곤란합니데이. 진행자가 이런 거 안 막고 뭐 하는 겁니꺼?"

"네, 다시 저희 주제로 돌아와 보겠습니다. 최근 양극화 문제와 스타월드 사태가 결합되어 가면서 거기에 붕어공주의 등장이 불에 기름을 끼얹는 상황입니다. 얼마 전 장녹수 의원이 올린 해시태그 하나가 전 세계적으로 큰 반향을 일으키고 있습니다. #인어공주vs붕어공주, #대기업vs소상공인, #기득권vs소시민, #princese_mermaid_vs_princess_carp, #브로큰스타, #brokenstar와 같은 태그들인데요. 해외에서도 이 해시태그가 번지고 있는 중입니다. 이에 대해 국제원 박사님, 한마디 부탁드려도 될까요?"

"이 해시태그는 매우 중요한 발화점이 된 듯합니다. 사실 우리나라에서는 크게 이슈가 안 되고 있지만, 유럽에서 '브로큰스타'는 매우 민감한 사항입니다. 브로큰스타라는 것은 수백 년 전부터 존재해 온 역사적인 비밀 결사단으로 알려져 있는데요. 일부에선 음모론이라고 말하지만 역사 속에 엄연히 실재하는 단체입니다. 다만 그들의 수장이 누구인지 모르고, 어떤 식으로 조직이 움직이는지 알려진 게 없다 보니 더욱 불안한 것이죠. 장녹수 의원이 올린 #princese_mermaid_vs_princess_carp라는 해시태그는 일종의 비밀의 문을 여는 열쇠 같은 역할을 한 것으로 보여요. 저기에 #brokenstar가 반응한 것으로 유추할 수 있는데요. 앞으로 브로큰스타가 본격적으로 활동하게 되면 매우 심각한 사태로 번질 확률도 있습니다."

그러자 해시태그를 처음 걸었던 장녹수 의원이 발끈했다.

"아니, 그게 제 해시태그 때문이라고 단정 지으시면 곤란하죠. 우리 녹색당이 소수당이라고 이렇게 근거도 없이 매도하셔도 되는 겁니까? 당장 사과하세요!"

늘 이 패널들만 나오면 머리가 지끈 아픈 구 아나운서가 잠시 화제를 돌리려 질문한다.

"자자, 자제들 좀 하시고요. 여담이지만, 혹시 오늘 패널분들 중에 붕어공주의 꿈붕어빵을 드셔 보신 적이 있습니까?"

구 아나운서의 질문에 이번에는 박정일 의원이 콧방귀를 뀌며 말했다.

"아이고… 참말로 한가하게 무신 그런 걸 먹습니까? 와요? 구 아나운서님은 잡숴 보셨습니까?"

"아… 아닙니다. 시간이 너무 지나 버려서 다음 주제로 넘어가겠습니다. 이번에는 최경영 박사님께 질문을 드려 보겠습니다."

스타월드 대표이사 그레이스는 근로기준법 위반 등 노동 문제로 국회 환경노동위원회에 출석 예정이었다. 스타월드의 노동력 착취 문제는 세계적으로 이미 악명이 높았다. 악명이 높아진 이유로는 그렇게 노동력을 착취하여 벌어들인 돈으로 전 세계 노른자 상가 지역의 부동산을 쓸어 모았던 것도 한몫했다. 프랜차이즈 가맹점을 대대적으로 모집해 전체 매장의 규모는 점점 키워 가면서, 동시에 개별 매장의 리스크는 가맹점주가 떠안도록 하는 불공정 계약이 큰 이슈였다. 그리고 프랜차이즈 가맹점에 고용되어 최저임금으로 밤낮으로 고생하는 직원들을 본사 직원과 동일한 책임과 의무를 지우면서도 혜택은 전혀 다르게 적용시키는 등 고용의 형평성을 갖추지 않아 사회적으로 크게 비난을 받고 있는 문제였다.

게다가 커피 프랜차이즈 시장 내 독과점 문제도 심각했다. 전 세계에 프랜차이즈 가맹점 수가 무려 약 3만 개에 달하는 등 전 세계 커피숍이 스타월드 거라는 얘기가 공공연히 나오고 있었다. 그만큼 스타월드를 제외한 커피 브랜드는 이제 전국의 주요 도시에서 아예 찾아 볼 수 없을 정도로 전멸한 상태였다. 이런 상황이다 보니 환경노동위원회의 야당 의원들이 스타월드 경영진에게 구체적인 해명을 요구하기 위해 스타월드 대표의 국회 출석요구를 하게 된 것이었다.

Scene11. 녹색당 장녹수 의원과 보좌관의 대화

100분 토론을 마치고 나오는 장녹수가 보좌관과 대화를 시작했다.

"붕어공주 쪽이랑 자리 좀 빨리 만들어 봐. 우리가 먼저 이슈를 선점해야 해. 젠장, 해시태그 땜에 입장이 곤란해졌어. 전에 해시태그 올린 거는 다 지워!"

"네, 알겠습니다."

"허황옥은 MZ 애들한텐 진보의 아이콘이야. 우리 쪽으로 끌어와야 해.

반드시! 아니 잠깐만… 아까 지우라 한 거 일단 둬 봐! 이참에 허황옥에게 확실히 우리가 같은 편이라는 걸 보여 줄 필요가 있을지도 몰라."

Scene12. 서울, 예진 학생, 붕어공주를 알게 되다

서울에 살던 고등학생 1학년 예진은 붕어공주의 팬이었다. 그 나이 또래 애들이 다 그렇듯이 아이돌 연예인들을 좋아해 팬클럽 활동도 했었지만, 붕어공주를 본 이후 예진은 붕어공주의 강력한 팬이 되어 버렸다. 그리고 주위 친구들에게도 붕어공주를 적극적으로 알리기 시작했다.

"너희 이거 봄? 붕어공주 꿈붕어빵?"

"요즘 장난 아니던데? 서울엔 안 오나? 이번 주엔 천안에 온다고 그러던데? 전국을 돌아다니다 보면 서울에도 언젠간 오는 거 아냐?"

그러자 예진은 친구 다인에게 자랑스럽게 말했다.

"나 이번 주에 천안 가서 먹고 올 예정!"

"학원은 어쩌려구? 너희 아빠한테 걸리면?"

"아, 몰라. 하루쯤 땡땡이 가능핑. 안 먹으면 궁금해 디질 듯. 너희 거 사 올까?"

"근데 진짜 꿈을 꾸나?"

궁금해하는 다인에게 승아가 말했다.

"당모찌임(당연히 모르지). 난 의사가 되는 게 꿈인데… 아니, 사실 엄마가 맨날 의사 되는 게 꿈이라고 하지, 내 꿈은 그게 아닌데…."

승아의 말을 들은 다인이 어이없다는 듯 핀잔을 준다.

"야, 그건 꿈이 아니라 직업을 뭐로 하고 싶냐는 거잖아! 그리고 네 성적에 무슨 의사임? 원래 어른들은 아는 직업이 의사밖에 없음. 아니 검사, 변호사. 그러다가 다 의사 되면 환자는 누가 함?"

"늦어도 초등학교 4학년부터 중학교 3년, 고등학교 3년까지… 이 시간을 어떻게 보내냐에 우리 인생이 결정 난다잖아? 평생 연봉 얼마 받느냐가 이때 결정이 난다고~ 이 똥멍청이들아! 부모님이 우리 잘되라고 하는 소리지 뭐."

다인과 승아의 말을 듣고 있던 예진이 둘에게 핀잔을 주었다.

"왜 갑자기 꼰대 같은 소리임? 지겨우니까 아닥하셔!"

"너 진짜 갈 거? 가면 내 것도 사다 줘. 내가 돈 줄게~ 궁금하네? 내가 정말 원하는 게 꿈에 나온다, 이거지?"

"야, 내 건 사 오지 마! 난 괜한 헛꿈 꾸고 싶지 않아. 너희들도 정신 차려! 다 스불재(스스로 불러 온 재앙)임. 먹지 마! 먹지 마!"

다인과 승아가 침 튀기며 말싸움하는 모습을 보던 예진은 자신은 결정했다는 듯한 표정으로 둘에게 말했다.

"응, 먹고 싶쥬? 나중에 달라고 억까 금지. 직접 먹어 보면 알겠지~"

드디어 주말이 되었다. 예진은 학원 간다 거짓말을 하고 고속버스 터미널로 향했다.

Scene13. 천안, 예진, 붕어공주 허황옥 앞에 찾아오다

이미 사람들이 길게 줄을 늘어선 붕어공주 푸드 트럭을 찾는 것은 어렵지 않았다. 허황옥은 열심히 꿈붕어빵을 굽고 있었고, 그녀의 애묘 고등어는 동네 길고양이들과 트럭 여기저기 널브러져 한가로이 햇살을 즐기고 있었다. 고등어가 예진에게 다가와 그릉그릉거린다. 그 모습을 본 예진이 고양이에게 다가서며 동시에 허황옥에게 말을 걸었다.

"우와~ 냐옹아, 너 너무 이쁘다~ 넌 이름이 뭐니? 언니, 이거 꿈붕어빵 먹으면 진짜 꿈꿔요?"

고등학생 예진의 발랄한 미소와 함께 던져진 질문에 허황옥이 따뜻한 미소로 고개를 끄덕였다. 허황옥이 아이패드에 글을 써 보여 줬다.

「쟤 이름은 고등어야! 꿈? 당연히 꾸지!」

"고등어? 이름 진짜 이쁘당! 그런데 꿈을 진짜 꾼다고요? 에이, 거짓말! 전 꿈꿔도 기억 잘 못하는데… 꿈을 꾼 것인지도 모르겠고."

「잠잘 때 꾸는 꿈만 꿈이 아니야~ 네가 매일매일 생각하고, 이루려고 노력하고, 그 생각에 가슴이 설레고, 진심으로 해내고 싶고… 그런 것도 꿈이야!」

그러면서 허황옥은 잘 기억해 보라는 듯 자신의 머리를 손가락으로 가리켰다. 예진은 꿈붕어빵 하나를 먹으면서 곰곰이 생각하더니, 이내 흥미가 떨어졌다는 듯 허황옥에게 피~ 하고 웃었다.

"언니. 꿈붕어빵 먹고 꿈꿨다는 사람이 많아서, 주말 학원 수업 패스하고 서울에서 일부러 온 건데… 별거 없네요, 뭐. 그럼 전 이만 서울로 올라갑니다!"

그리곤 몇 걸음 걸어가던 예진이 허황옥을 돌아보며 엄지를 척 내밀었다.

"근데 언니, 진짜 예뻐요. 아이돌인 줄? 붕어빵도 존맛탱! 안녕, 고등어~"

허황옥이 그저 미소를 짓자, 기분 좋게 돌아가는 예진이었다. 사람 가리는 고등어도 예진이 마음에 들었는지 야옹야옹 작별 인사를 했다.

말 못 하는 허황옥 특유의 애매한 리액션은 누군가에게는 호기심을, 누군가에게는 답답함을 느끼게 했고, 이것은 또한 신비스러운 분위기를 가져다주었다. 그래서 허황옥의 대답이 무슨 의미일지 한번 궁금증을 품기 시작한 사람들은 속이 시원해질 때까지 허황옥의 대답을 복기하고 또 복기했다. 그러다 보면 방금 전의 예진처럼, 누군가는 어떤 깨달음을 얻기도 했다. 서울로 올라오는 버스 안에서 예진은 생각에 잠겼다.

'아까 언니가 말하는 꿈이… 잠잘 때 꾸는 꿈이 아니라, 장래 희망 같은 것도 꿈이란 말이지?'

Scene14. 서울, 붕어빵 먹고 집에 도착한 예진

늦은 시간 집으로 들어오는 예진을 보며 아빠 모준은 걱정 반, 화가 반 섞여 있는 목소리로 잔소리를 퍼부었다.

"너 오늘 학원 안 갔다며? 학원에서 연락 왔던데 어딜 쏘다닌 거야?"

"아, 몰라~!"

예진은 계속해서 잔소리를 하는 아빠를 뒤로하고 자기 방문을 쾅 닫아버렸다. 그녀 역시 꿈을 꾸었다.

insert 꿈, 예진의 꿈

어둠 속에 낯선 목소리가 예진을 불렀다. 허황옥이었다.

"예진아, 뭐해? 빨리 반죽 만들어야지! 지금 손님들이 줄을 섰어~"

천천히 눈을 뜨자 허황옥이 눈앞에 서 있다.

"언니! 언니가 여기 어떻게? 언니, 말… 할 줄 알아요?"

"지금 한가롭게 그걸 따질 때야? 손님들이 네가 만든 빵 먹고 싶어서 줄 서 있는 거 안 보여? 모. 예. 진. 사장님~ 얼른 빵 좀 내오시죠!"

어릴 적 엄마와 아빠가 하던 예진제과점 안에 사람들이 기다란 줄을 이루고 목을 빼서 기다렸다. 예진은 제빵사 옷을 입고 반죽을 하고 있었다. 커다란 오븐에서는 따끈따끈 맛있게 생긴 붕어 모양의 식빵들이 오븐에서 튀어나와 마치 마술처럼 봉지 속으로 퐁당퐁당 담기고 있었다. 허황옥은 붕어식빵들을 손님들에게 판매하고 있었다.

딸랑~ 그때 한 손님이 가게로 들어오며 말했다.

"여기 사장님 빵 맛있다는 소문 듣고 왔어요~"

"네네, 잠시만요! 금방 따끈따끈한 빵으로 드릴게요~"

하고 고개를 들어 손님을 바라보자, 그곳에는 예진이 그렇게 꿈에서라도 보고 싶었던 돌아가신 엄마가 방긋 웃으며 서 있었다.

예진은 생각지도 못한 엄마의 등장에 "엄마~" 하고 달려가 안겼다.

"아유~ 우리 딸 언제 이렇게 컸대? 이제 엄마보다 빵을 더 잘 만드는걸? 역시 내 딸!"

중학교 때 돌아가신 엄마가 눈앞에 있었다. 예진은 내내 참았던 그리움을 터뜨렸다.

"엄마, 엄마~! 나 엄마랑 같이 빵 만들고 싶었어~"

"아이고~ 다 컸다 했더니 다시 애기가 됐네? 울지 마! 이제 우리 예진이가 엄마 보고 싶을 때마다 올게. 우린 항상 같이 있을 거야. 빵 만드는 일 힘들고 어려운데 잘할 수 있겠어? 네가 하고 싶다면 엄마가 응원할게!"

예진의 엄마는 허황옥 쪽으로 돌아서서 그녀의 손을 잡고 연신 인사를 했다.

"어머, 당신이 붕어공주 허황옥 씨군요! 너무 반가워요. 우리 예진이 앞으로도 좋은 꿈 꿀 수 있게 도와주세요~"

"그럼요 어머니, 예진이가 얼마나 야무진 아이인데요. 잘할 거예요."

지난 3년 동안 그렇게 바랐지만 꿈에도 한번 나오지 않던 엄마였다. 그런데 어젯밤, 예진은 엄마를 꿈에서 만났다. '이거 정말 붕어공주 꿈붕어빵 때문에? 정말?'이라고 생각한 예진이는 꿈에서 깬 뒤에도 한참 동안이나 멍하니 앉아 있었다.

'예진제과점'은 작지만 맛있기로 소문난 동네 빵집이었다. 베이커리 학원에서 만난 예진의 부모님은 예진이 태어나면서부터 딸의 이름을 건 빵집을 함께 키워 나가고 있었다. 하지만 몇 년 뒤 대기업에서 운영하는 대형 베이커리 프랜차이즈들이 들어오면서, 심각한 경영 위기에 처하기 시작했다. 물량 공세와 가격 경쟁에서 이길 수 없었던 예진제과점은 결국 엄청난 빚을 지고 폐업했다. 그러던 어느 날 예진이 엄마는 스트레스로 인한 급성 위암으로 치료도 제대로 못 해 보고 돌아가시고 말았다. 그 후 예진이 아빠는 빵이라면 쳐다보기도 싫어했고, 엄마처럼 제빵사가 꿈이었던 예진은 아빠와 틈만 나면 다투게 되어 둘 사이는 점점 악화 일로를 걷고 있었다.

울다가 꿈에서 깨어난 예진은 자리에서 일어나 곧장 SNS 해시태그로 '꿈붕어빵'을 검색해 봤다. 역시나… 사람들이 꿨다는 꿈은 장래 희망이나 삶의 소망 등 평소 바랐던 것들이 꿈속에 나왔다는 뜻이었다. 그리고 역시 예진의 꿈에서처럼 허황옥이 나와서 같이 얘기를 나누었다고 사람들은 증언하고 있었다.

"우와, 이거 진짜 꿈을 꿨네? 정말로 붕어공주 언니가 나왔어…."

예진은 그제야 눈물을 닦고 씩 웃으며 두근두근 요란하게 뛰는 자신의 심장 소리에 귀를 기울였다. 엄마가 돌아가시고, 자신만을 위해 살아온 아버지를 위해 열심히 공부를 했고, 전교 회장을 하면서 단 한 번도 심장이 이렇게 두근거린 적 없었다. 예진은 처음으로, '행복'이 무엇인지 잠시나마 느낄 수 있었다. 낮에 찍은 허황옥과의 사진을 보면서 예진은 왠지 신바람이 났다.

"우왕, 고등어 넘 귀여워! 또 보고싶당~"

Scene15. 예진, 붕어공주 팬 카페를 개설하다

예진은 바로 인스타그램에 붕어공주 팬 페이지를 개설하고 자신의 소개와 꿈 이야기를 올리고 흐뭇하게 바라봤다. 그러고 나서야 예진은 다시 침대로 가서 잠을 청할 수 있었다.

그녀가 잠든 사이 붕어공주 팬 페이지를 팔로우하는 숫자가 늘어나고 있었다.

화면이 잠시 멈춘다. 다시 현재, CNN 스튜디오. 리처드가 화면 속의 예진을 보며 배두호를 향해 말한다.

"와우~ 저 예진 양이 바로 월드와이드 '붕어공주 팬클럽'의 회장님이시군요~"

"맞습니다. 그리고 현 '예진베이커리'의 수석 파티쉐(patissier)이자 사장님이죠!"

"그렇군요. 자, 그리고 배 감독님은 드디어 허황옥을 만나러 가는 거죠?"

"그렇습니다."

Scene16. 배두호, 허황옥을 만나다

다음 날 아침, 배두호는 일찍 눈을 떴다. SNS로 허황옥의 위치를 확인해 보니, 허황옥은 천안에서 김해로 이동 중이었다. 김해를 떠난 이후 꽤 오랜만에 고향에 내려가는 배두호는 샤워를 한 후 단정한 셔츠를 입고, 나름 아끼는 안경을 골라 썼다.

'어릴 때는 안경을 안 썼었는데, 혹시 수경이가 나를 못 알아보면 어쩌지? 안경을 벗고 갈까? 휴, 왜 이렇게 긴장되냐….'

가족 같았던 친구와 10여 년 만의 갑작스러운 재회라니…. 취재 노트만 간단히 챙기고 차에 올라탄 배두호의 표정은 잠시 굳었다. 그의 아버지, 배 목사 역시 김해시에 살고 있었기 때문이었다. 허황옥을 만나고 돌아오는 길에 잠깐이라도 아버지를 만나 뵈어야 할까, 고민을 했다. 여느 경상도 부자지간이 그렇듯 배두호 역시 아버지와 살뜰하지 못한 사이였다. 그래서 일 때문에 경상도 쪽에 내려갈 일이 생겨도 일을 핑계로 아버지를 만나지 않는 쪽을 선택했었는데… 배두호는 마음의 결정을 내리지 못한 채 고속도로를 타기 시작했다.

배두호가 차에서 내리자 '붕어공주의 꿈붕어빵' 간판이 걸린 트럭이 보였다. 사람들이 트럭 앞에서 꿈붕어빵을 먹으며 누군가를 바라보고 있었고, 트럭 주변에는 아름답고 신비한 싯타르 선율이 울려 퍼졌다. 저 트럭에 수경이가 있는 걸까, 배두호는 떨리는 마음으로 천천히 트럭 쪽으로 다가갔다. 그리곤 한눈에 허황옥이라 불리는 붕어공주가 어렸을 적 친구, 허수경임을 확신할 수 있었다. 배두호는 허수경을 보며 저도 모르게 슬며시 미소 지었다.

적지 않은 사람들이 허황옥의 꿈붕어빵을 먹으면서 싯타르 연주를 지켜보고 있었다. 배두호는 사람들 속에 섞여서 허황옥을 지켜봤다. 공연 중이기도 하지만 차마 먼저 다가서기가 그랬다. 과연 수경이가 나를 알아볼까? 10여 년이란 시간이 흘렀는데… 혹시 나를 못 알아보거나, 나를 만나고 싶어 하지 않을 수도… 처음에 엽서 몇 번 온 이후로 연락이 없었던 건 나를 잊어버리려 했던 건 아닌지… 오자마자 나에게 연락하지 않은 것도 어쩌면 마주하고 싶지 않은 것일지도… 이름까지 바꾸고 더 이상 과거와 얽히고 싶지 않다는 것일까… 호기롭게 찾아오기는 했지만 선뜻 다가서지 못하는 배두호였다.

그녀를 숨어서 바라보았다. 어릴 적 수경이의 모습도 남아 있지만, 그녀는 자신이 알던 어린 허수경이 아니었다. 허황옥이라는 여자… 같은 사람이면서도 왠지 낯설게 느껴지기도 했다. 이국적인 외모에 얼핏 인도 사람이라고 해도 믿을 법해 보였다. 어릴 적 깡마르고 작은 소녀는 이제 성숙미가 넘치는 한 여인이 되어 있었다. 배두호는 심장이 두근두근거렸고, 얼굴에 열이 날 정도였다. 그녀의 매력에 배두호는 빠져들었다. 여기까지 그녀에게 풍기는 이국적인 향기가 느껴지는 듯했다.

'왜 이렇게 심장이 두근거리지? 오랜만에 봐서 그런 건가? 그게 아니면… 왜 자꾸 수경이로 안 보이고… 여자로 보이는 거지? 수경이가 저렇게 이뻤었나? 하긴 어릴 때도 나름 이쁜 구석이 있긴 했었지…. 어른 되니까 이 정도일 줄이야…. 야, 배두호 정신 차려! 여자가 아니고 10년 만에 소꿉친구를 보러 온 거야! 다큐 주인공을 만나러 온 거라구. 소개팅 나온 게 아니고!'

"띠 딩~~~"

그때 눈을 감고 연주하던 허황옥이 연주를 멈췄다. 익숙하지 않은 음악이지만 모두가 중간에 갑자기 음악이 멈춘 걸 느낄 정도였다. 잠시의 침묵이 흐르고 사람들이 이상하다는 듯이 웅성거릴 때 허황옥이 천천히 눈을 뜨며 고개를 들었다. 사람들 속에서 바로 배두호를 찾아 눈을 마주쳤다. 마치 배두호가 오늘 그 자리에 나타날 것을 알고 있었다는 듯이! 허황옥이 벌떡 일어나서 배두호에게 성큼성큼 한 걸음 두 걸음 달려왔다. 사람들 모두가 바라보는 상황에서 당황한 배두호는 피할 새도 없이 그 자리에 얼어붙듯이 서 있었다. 어느새 허황옥과 마주 보고 있었다. 배두호가 용기를 내 물었다.

"저… 혹시… 허수경 씨 맞나요?"

배두호의 존댓말 질문에 허황옥이 크게 미소 지으며 수어로 대답했다.

「웬 존댓말! 그래, 배두호. 나야 나, 붕어공주!」

그제야 긴장이 풀린 배두호가 허황옥을 바라보며 웃었다. 가장 순수했던 어린 시절, 서로를 이해하고 의지했던 절친이었다. 낯선 이의 등장을 궁금해하는 사람들에게 허황옥은 배두호를 자신의 친구라고 소개했다. 허황옥의 수어를 알아듣지는 못했지만 그녀의 매우 가깝고 소중한 사람이 찾아왔다는 것을 숨 쉬는 공기를 통해 알 수가 있었고, 모두가 박수로 배두호를 맞이했다. 배두호는 자신이 이렇게 박수를 받을 만한 사람인가 싶으면서도 기분은 좋았다. 허황옥이 배두호의 팔짱을 끼면서 너무나 반갑게 맞이해 줬기에… 말이 필요 없이 서로의 눈빛만으로도 10여 년의 공백을 뛰어넘는 두 사람이었다.

"SNS에서 널 보고 처음엔 긴가민가했어. 그랬다가 네 어깨의 물고기 점을 보고 수경이 너라고 확신했지. 할머니의 붕어공주 붕어빵을 네가 팔고 다니고 있을 줄이야… 이렇게 유명해질 줄은 상상도 못 했다, 야!"

허황옥이 건넨 붕어빵을 받으며 배두호가 말했다.

「너도 한번 먹어 볼래?」

"붕어공주 붕어빵 진짜 오랜만이다. 할머니 돌아가시고 처음이네."

배두호는 붕어빵을 받아서 한입 맛있게 베어 먹는다. 예전 허 할매의 붕어빵 맛이 기억났다. 수경과 같이 붕어빵을 먹으며 그림 그리고 같이 꿈꾸던 어린 시절도 떠올랐다. 배두호는 갑자기 그 시간으로 돌아간 듯한 기분이 들었다. 허황옥도 자신의 유일한 친구 배두호를 만나서 그 어느 때보다 기뻤다.

Scene17. 12년 만에 해후

장사를 일찍 끝내고, 배두호와 허황옥은 근처 술집으로 향했다. 성인이 되고 처음 둘이 술을 마시게 되었다. 첫 술자리에 어색하게 잔을 부딪친 후 말없이 잔을 깔끔하게 비우는 두 사람이었다. 그러고는 동시에 계란말이를 입에 넣은 둘은 말하지 않아도 예나 지금이나 통한다는 것에 웃음이 나 키득키득 웃었다. 배두호가 말을 하면, 허황옥은 수어로 답을 했다.

"잘 지냈어? 좋아 보인다. 거의 12년 만에 보네."

「응, 이렇게 무탈해. 너도 좋아 보이네.」

"부산항에서 너를 떠나보내고 정말 걱정 많이 했는데…."

「걱정해 줘서 고마워.」

"할머니 그렇게 갑자기 돌아가시고… 많이 힘들었지?"

「흐흐… 그랬지 뭐, 그래도 네 덕에 잘 지냈어. 배 목사님, 마리아 여사님 모두 안녕하셔? 못 뵌 지 너무 오래라….」

“아버지? 안녕하시지… 여전하시고. 그리고 어머니는….”
「마리아 여사님, 왜?」
“네가 김해 떠나고 얼마 후에 갑자기 돌아가셨어. 급성 백혈병에 걸리셔서….”
「아… 어떻게 그런 일이….」

마리아 여사는 배두호의 어머니이기도 하지만 어린 허수경에게도 마음 속 엄마나 마찬가지였던 분이었다. 허황옥은 가슴이 너무나 아파 눈물을 흘렸다. 둘은 말없이 마주 앉아 있었다. 그만큼 마리아 여사는 그들 가슴 속에 큰 자리를 차지하고 있었기 때문이다.
“야, 야! 왜 울고 그래. 엄마 좋은 데 가셨어. 엄마가 너 진짜 이뻐라 했는데, 그치? 너 딸 삼고 싶다고~ 크크. 내가 엄청 질투했던 거 알지?”
배두호는 애써 분위기를 바꾸려고 애썼다. 허황옥도 이내 눈물을 멈추고 오랜만에 만난 친구와의 자리로 돌아왔다.
「그럼, 원래 아들보다 딸인 거야!」
“크크, 그래 맞다 맞아! 너랑 나는 남매나 진배없지! 내가 오빠인 거 알지? 생일 더 빠르니까~”
「웃겨! 내가 누나 할 거야~ 어여 누나라고 불러 보거라~」
둘은 다시 웃으며 이야기를 이어 갔다. 배두호는 잠시 숨을 고르고 허황옥에게 질문을 하였다.
“너무 갑자기 훌쩍 떠나서 물어볼 경황도 없었다. 왜 그렇게 갑자기 인도로 간 거야?”
배두호의 질문에 허황옥은 잠시 생각에 잠겼다. 그러고는 이내 평온해진 미소로 두호를 바라보았다. 지난 시간 동안 삶이 버거웠던 소녀는 모든 것을 받아들인 어른이 되어 있었다.

「나를 찾고 싶어서 인도에 갔었어. 할머니가 늘 말씀하셨었잖아? 인도에 나의 뿌리가 있다고 말이야.」

"그래, 인도 생활은 힘들지 않았어?"

그렇다. 태어나 단 한 번도 엄마, 아빠를 본 적 없는 허황옥에게 가족이라고는 할머니밖에 없었다. 그래서 할머니에게 더 의지했던 아이였는데, 할머니는 그런 허황옥에게 늘 인도에 가면 뿌리를 찾을 수 있다고 말했던 것이었다. 어린 허수경이 인도 아유타 왕국의 후손이라는 이야기는 배두호도 들었다. 가난하고 말도 못 하고… 삶 자체가 결핍이었던 어린 허수경을 버티게 해 준 건 아유타 왕국의 후손이라는 허 할매의 이야기였다. 허 할매는 가난하지만 기품 있게 행동하고, 어려운 형편에도 늘 남을 도우라고 가르쳤다. 그 어려운 환경 속에서도 허황옥을 지금 이 자리에 올 수 있게 해 준 것은 할머니의 그러한 가정교육 덕분이었다.

자신이 아유타 왕국의 후손이라는 이야기가 힘든 시간 속에서도 허수경의 버팀목이 되어 준 거라고 배두호는 생각했지만, 그걸 사실로 믿고 인도까지 갈 줄은 몰랐다.

"그 넓은 땅에서 대체 뿌리를 어떻게 찾아?"

배두호의 질문에 생긋 미소 짓고는 손가락으로 걷는 액션을 했다. 그리고 손가락으로 바닥에 글씨를 쓰는 허황옥.

"아… 유… 타?"

허황옥은 자신에게 있었던 일들을 배두호에게 말해 주었다. 할머니가 말했던 아유타 왕국을 찾아가 그곳에서 아유타 왕국의 후손들을 만났고, 마을의 가장 나이 많은 할머니가 허황옥의 어깨 물고기 점을 보고 자신이 진짜 '붕어공주'라고 인정해 주었다고…. 허황옥은 세상의 양극화와 반목

속에서 소외되고 차별받는 사람들이 세상 속에 어우러져 살 수 있도록, 공주로서의 책임을 다하기 위해 한국으로 돌아왔다고 했다.

허황옥의 수어를 잠자코 바라보고 있던 배두호가 조용히 소주를 들이켰다. 배두호가 기가 막힌다는 듯이 취해서 한 소리 했다.

"야, 넌 아직도 붕어공주 행세를 하는 거야? 너희 할머니가 한 소리를 진짜 믿는 거냐고? 네가 무슨 반인반어족이라도 돼? 너, 오생물 박사 유튜브 너무 많이 본 거 아니야?"

허황옥은 가벼운 미소를 지으며 아무런 대답을 하지 않고 묵묵히 듣기만 했다. 배두호는 술에 취해 절제되지 않은 발언을 이어 나갔다.

"어쨌든 난 네가 붕어공주든 아니든 상관없어~ 끅~ 그냥 난 수경이 네가… 아니, 이젠 황옥이라 했나? 이렇게 무사히 돌아온 것만으로도 기뻐…. 그런데 갑자기 네가 너무 유명해져 나타나서 좀 부담스럽다 야~ 끅~ 하하하… 넌 예나 지금이나 공주인데, 난 여~전히 별 볼 일 없는 프리랜서 감독이다. 여전히 오늘도 눈뜨면 '뭐 해서 먹고 살아야 하나'로 하루를 시작하고 꿈에서도 '어떻게 살아야 하나?' 하며 살고 있는데… 난 이 사회의 노예 같은 건가? 크크크… 넌 아무것도 없이, 누구 도움도 없이 이렇게까지 됐는데… 난 여전히 아무것도 아니네…. 그래도 우린 친구니까 나 무시 안 할 거지? 진짜 너 만나서 무지 반가워~"

배두호가 술에 취해 자신의 처지와 허황옥에 대한 시기, 질투, 미안함 등 다양한 감정이 섞인 느낌으로 말했다. 그리고 배두호는 그간 살아온 이야기를 해 주었다.

"네가 떠나고 엄마마저 돌아가시니까… 난 더 이상 수어를 할 일이 없어졌어. 아버지가 내가 수어 하는 걸 너무 싫어하셨거든. 아무래도 엄마 생각이 많이 나셨던 거 같애."

Scene18. 배 목사 집안 이야기

배 목사의 집안은 오랫동안 물고기를 잡아 온 어부였다. 그리고 배 목사 역시 어릴 때부터 아버지를 따라 바다에 나가 고기를 잡았다. 그가 18살이 되던 어느 날, 아버지의 배 '만선호'와 배 몇 척이 바다에 나갔다가 갑자기 불어닥친 풍랑에 휩쓸려 돌아오지 못하고 있었다. 선원 가족들이 모두 부둣가에 발만 동동거리고 있을 때, 독실한 기독교 신자였던 어머니는 배 목사의 손을 끌고 교회에 가서 아버지를 무사히 돌려보내 달라고 기도했다. 어머니가 믿는 하나님을 그다지 신뢰하지 않았던 배 목사였지만, 그날 어머니의 기도하는 모습에서 가슴속에 뜨거운 것이 올라오는 느낌을 받았다. 자신 역시 무릎을 꿇은 채 십자가 앞에서 기도를 하기 시작했다. 온몸이 불같이 뜨거워지는 느낌이 들었다. 자신도 모르게 두 눈에 눈물이 흘러내리고 입으로는 하나님 아버지를 외치고 있었다. 그렇게 무섭게 몰아치던 폭풍이 지난 새벽녘, 아버지와 만선호만 무사히 돌아왔다. 어머니는 간절한 기도에 대한 하나님의 응답이 있었다고 굳게 믿었고, 배 목사는 그때 자신의 길을 깨닫게 되었다. 그 후 목회자의 길을 걷게 된 배 목사는 아버지의 배 이름을 따라 나중에 자신의 교회 이름을 '만선교회'라고 지었다.

배 목사는 신학교에서 비록 언어 장애는 있지만 심성이 착하고 수수한 아름다움을 지닌 마리아를 만나 첫눈에 반했다. 그녀가 자신의 반려자가 될 것임을 알게 된 배 목사는 적극적으로 구애를 펼쳤다. 하지만 마리아는 그때마다 조용한 미소로 거절했다. 언어 장애가 있는 자신의 처지를 생각하지 않을 수 없었기 때문이다. 그러나 독학으로 수어까지 배워 온 배 목사의 열정에 감동한 마리아는 결국 마음의 문을 열고 주님의 품 안에서 함께 사랑을 키워 나갔다. 주말마다 둘은 장애가 있는 사람들을 찾아 봉사 활동을 다니며 미래를 약속했다. 그리고 김해에 정착하여 아들 배두호를 낳고, 가난하고 어려운 이들을 도우며 주님의 말씀을 실천하는 목회자의 삶을 사명으로 지냈다. 녹록지 않은 형편 속에서도 마리아 여사는 웃음을 잃지 않았다. 더 어렵고 힘든 사람들을 보살피고 그들에게 복음을 전하며 목회자의 가족으로서 열심히 살았다. 마리아 사모님에게 감화되어 교회에 오는 사람도 제법 많을 정도였다. 배 목사에게 그런 마리아는 하나님 다음 가는 버팀목이었다.

배두호는 할머니를 여읜 허수경이 갑자기 인도로 떠난 후에 많이 상심해 있었다. 그 상실감을 채워 주는 건 어머니 마리아였었다. 어릴 때부터 엄마와 허수경과 수어로 대화를 나누며 쌓아 온 유대관계는 특별한 것이었다. 허수경과 수어를 못하자 엄마 마리아와 더욱 수어로 이야기를 나누며 마음속 공허감을 달랬었다. 그런데 마리아가 급성 백혈병에 걸린 것이었다. 배 목사와 배두호는 매일 십자가 아래 엎드려 울며 기도했다. 그러나 아무리 기도하고 기도해도 하나님은 응답해 주시지 않았다. 그때 박정일 의원의 도움으로 서울에 있는 대학병원으로 옮겼지만, 이미 시간은 그들의 편이 아니었다. 가난하고 장애가 있는 신도들이 병원으로 찾아와 함께 통성 기도를 올리고 했지만 아무런 도움도 되지 않았다.

그렇게 허무하게 마리아가 죽고 나서 배 목사는 한동안 교회 문을 닫고 술만 마셨다. 배 목사의 안타까움을 모르지 않던 신도들이 자기들끼리 예배를 드리며 그의 슬픔이 가시기만을 기다렸지만, 그는 점점 나락으로 빠져들었다. 하나님을 향한 그의 원망과 분노가 향한 곳은 마리아가 애써 돌보던 신도들이었다. 결국 교회는 문을 닫게 되었다.

어느 날 박정일 의원과 지역 유지인 선일건설 김 회장이 찾아왔다.

"배 목사, 언제까지 이리 실의에 빠져 있을 끼고? 자네같이 전도유망한 목사는 이런 시골 교회는 안 맞데이. 우리가 도와줄 테니 시내에 큰 교회를 열어 가꼬 많은 이들에게 큰 복음을 전파해야 되지 않겠나?"

김 회장도 박 의원을 거들며 말했다.

"내가 시내에 좋은 교회 부지를 하나 갖고 있네. 거기다 크게 교회를 세웁시다. 그동안 허가 문제가 좀 있어서 골치 아팠는데, 박 의원님이 해결해 주신다고 하네! 하늘이 이렇게 도우시는구만~ 안 그런가? 뭐든 큼직하게 해야 잘 되는 거야. 나랑 박 의원님이 다 알아서 할 테니, 배 목사가 딱 하니 중심만 잡아 주시게나~ 다 누이 좋고 매부 좋고 그런 거야."

평생을 가난하고 힘없는 자들을 위해 살아온 배 목사였는데, 정작 필요할 때 도움을 준 것은 하나님이 아니라 박정일 의원과 지역 유지들이었다. 박 의원은 대형 교회를 통해 자신의 표밭을 다지길 원했고, 지역 유지들은 박 의원의 비호 아래 여러 이권 사업을 벌이기 위해 배 목사가 필요했다. 이들의 이해관계와 맞물리며 배 목사는 큰 꿈을 꾸기 시작했다. 김해시 중심에 대한민국에서 가장 화려한 하나님의 성전을 짓겠다는 것! 배 목사는 교회에 경제적 도움을 주지 못한다고 판단되는 교인들을 멀리하기 시작했다. 그에게 실망한 가난한 신도들이 하나둘 떠나갔다.

그 후 교회 확장에만 전념한 배 목사는 아들인 배두호와도 멀어졌다. 종종 배두호가 봉사 활동으로 장애인들에게 수어를 가르치고 수어로 대화를 나누는 걸 보면 마리아가 생각나서 괴로웠다. 배두호에게 수어를 하지 못하게 하였고, 그로 인해 둘은 자주 싸우게 되었다. 배두호에게 수어는 어머니와 수경이와 대화를 나눌 수 있는 유일한 언어였다. 배 목사는 장애를 가진 신도들이 점점 꼴 보기 싫었다. 그는 노골적으로 그들을 냉대하기 시작했고, 초기 교회 시절 한 식구 같았던 장애인 신도들도 모두 떠났다.

Scene19. 허황옥에게 취재 허가를 받은 배두호

배두호는 다음 말에 용기가 필요한지 소주를 잔에 가득 따라 쭉 들이켰다. 그러고는 잠시 숨을 고르더니 허황옥을 바라보았다. 배두호의 두 눈에는 슬픔이 서려 있었다.

"어쩌면… 그때 우리 아버지의 본모습을 본 걸지도 모르겠어. 교회 장로님이랑 통화하는 내용을 들었어. 교회를 확장하기 위해서는 돈이 필요하니까 신도들을 더 모아야겠다고, 지금 교회에는 돈 없는 것들이 많으니 돈 많은 것들이 필요하다고…. 아버지한테 신도들은 곧 돈이었던 거야. 사람들 앞에서 믿음으로 구원받는다 했던 말은 전부 가짜였던 거지. 그때 난 처음으로 목사가 아닌 다른 길을 생각했어."

그날을 계기로 배두호는 신학교가 아닌 일반 대학교에 진학했다. 배 목사는 교회를 세습하기 위해 자신의 아들이 목사가 되길 바랐지만, 배두호는 그런 아버지에 대한 실망감으로 뛰쳐나오듯 서울로 독립을 했다고 했다.

"그래서 지금은 프리랜서 다큐 감독을 하고 있어. 사실은 이번에 방송국에서 너를 주인공으로 다큐를 찍어 보자는 제안을 받았어. 혹시… 너만 괜찮다면 너랑 같이 다니면서 네 이야기를 담고 싶은데… 이렇게 10년

만에 만나자마자 이런 얘기해서 좀 미안타….”

배두호는 오랜 시간 생사도 모르고 지내 온 친구에게 다짜고짜 이런 부탁을 하는 것이 민망하고 미안했다. 어쩌면 허황옥이 그런 자신에게 실망해 다시는 연락하지 말라고 할지도 모르겠다고 생각했다. 배두호의 말을 잠자코 듣고 있던 허황옥이 밝은 표정으로 수어를 시작했다.

「무슨 소리야! 너에게 도움이 된다면 기꺼이 할게! 난 너무 좋아~」

“정말이야? 고마워! 좋은 작품 만들어 볼게!”

「좋아, 잘 부탁해~ 다시 어린 시절로 돌아간 거 같아! 너랑 매일같이 있을 수 있다니까 넘 좋은걸! 내 동생~ 크크크.」

배두호 또한 이번에는 잘 될 수 있을까 하는 설렘과 기대로 가슴이 뛰기 시작했다. 그렇게 둘이서 술을 마시다가 긴장이 풀려서인지 그는 곧 스르르 잠이 들었다.

insert 꿈, 배두호의 꿈

텅 빈 도시에 서 있는 배두호. 마치 유령 도시처럼 사람들 인기척이 하나도 없다. 휴거(저자 주: 기독교에서 종말의 때에 모든 성도가 하늘로 올라가는 사건을 말함)가 일어난 것처럼 배두호 말고는 어느 누구 하나 존재하지 않는 느낌이었다. 배두호는 사람들을 불러 본다.

“거기 아무도 없어요?”

그때 어린 허수경이 길 건너에 서 있는 게 보였다.

“수경아~ 수경아!”

허수경은 배두호를 보고 있지만 아무런 대답도 하지 않는다. 배두호는 허수경을 쫓아 달리지만 다리는 계속 같은 곳을 맴돌 뿐이다. 허수경은 점점 멀어져 간다.

배두호는 유리병 안 세상에 갇혀 있다. 유리병 밖으로 커다란 물고기가 나타난다. 그리고 병 안에 배두호를 바라본다. 이어서 커다란 성인이 된 허황옥이 병 안을 쳐다보다가 배두호와 눈이 마주친다.

"앗, 깜짝이야! 뭐야?"

Scene20. 술에 취해 허황옥의 트럭에서 잠든 배두호

허황옥의 푸드 트럭이 주차되어 있는 명지산 캠핑장, 배두호는 비몽사몽 눈을 떴다. 어슴푸레한 새벽 공기 사이에 갑자기 큰 어항이 눈에 들어왔다. 물고기 한 마리가 커다란 눈으로 배두호를 바라보고 있었다. 배두호는 깜짝 놀라 잠이 달아났다.

"앗, 깜짝이야… 여기가 어디지? 아, 머리야…."

어제 술에 취해서 잠들었다는 것까지는 어렴풋이 기억이 났다. 그리고 허황옥의 어깨를 빌려 어딘가로 간 것까지는 알겠는데 그다음은 블랙이었다. 그런데 꿈에 허황옥이 등장했던 것 같았다.

'유리병 안의 도시에 갇혀서 헤매는… 늘 꾸는 꿈이긴 한데… 왜 허황옥이 등장한 거지? 오랜만에 수경이… 아니, 허황옥을 만나서 그런 건가?'

배두호는 정신이 몽롱하다가 자신이 어제 잠든 곳이 허황옥의 트럭 안이라는 사실을 깨닫고 몹시 당황했다. 10여 년 만에 만나서 만취를 하질 않나, 수경한테 업혀 비틀대질 않나, 게다가 잠자리까지 신세를 지다니….

"에라이… 배두호, 이 한심한 놈아!"

조심스럽게 일어나 차 밖으로 나와 보니 허황옥은 트럭 위에서 아침 명상을 하고 있었다. 떠오르는 새벽의 여명과 고요하게 눈을 감고 명상하는 허황옥의 모습이 보였다. 이름 모를 새들이 하나둘 그녀의 곁으로 날아와 어깨 위에 앉았다. 그녀가 키우는 고등어가 그녀의 무릎 옆에 얌전하게 자리 잡고 있었다. 그런 허황옥의 모습이 신비롭게 보였고, 배두호는 바로 핸드폰을 꺼내 촬영을 하기 시작했다.

그때 허황옥이 눈을 뜨고 배두호를 바라보며 미소를 지었다. 그리고 배두호에게 오라고 손짓을 했다. 허황옥은 배두호에게 요가 동작을 가르쳐 주며 함께 요가를 수련했다. 요가가 처음인 배두호가 기우뚱거리는 모습에 허황옥의 웃음이 터졌다. 고등어도 그런 배두호를 한심하다는 눈초리로 바라보았다. 고등어가 배두호에게 시범을 보이듯 고양이 자세를 보여 주었다. 가부좌를 틀고 아파하는 배두호의 모습과 열심히 가르쳐 주는 허황옥의 모습에 어린 시절 둘의 모습이 오버랩되었다.

허황옥의 머리 위에 걸린 아침 해를 보는 순간 배두호는 심지어 성스러운 기분까지 들었다. 마치 자연 그 자체인 양 허황옥은 자연과 하나처럼 느껴졌다.

허황옥은 붕어빵과 차를 내왔다. 붕어빵으로 아침을 함께하면서 배두호는 허황옥에게 물어보았다.

"이건 무슨 차(茶)야? 아까 보니까 이 차 우린 물로 반죽을 만들던데?"

「이건 할머니 때부터 반죽에 넣던 '장군차'라는 거야.」

"장군차? 아~ 그러고 보니 어릴 때도 마셨던 기억이 나네. 숲에 가서 따 온다고 하셨던 거 기억나. 그런데 이거 그렇게 숲에서 막 따다가 해도 되는 거야?"

「내가 아무거나 넣을까 봐? 이거 다 식약청에서 허가도 받은 거야!」

허황옥이 트럭 벽에 걸어둔 액자 안의 식약청 허가표를 보여 줬다. 배두호는 성분표를 핸드폰으로 사진 찍었다.

"아니, 난 그냥 걱정돼서 한 소리야. 우리 어릴 때야 상관없지만, 요즘 소비자들은 예민하니까. 성분표에 이름이… 장군차? 인도 지역에 나는 차 종류… 오, 성분이 다 좋은 거네~"

배두호의 말을 듣자 허황옥은 장난 반 진담 반 화난 표정을 지으며 배두호를 흘겨보며 툭툭 때린다.

「뭐야, 배두호… 지금 나랑 할머니 의심하는 거야?」

"아야~ 미안 미안, 그나저나 네가 할머니의 뒤를 이어서 붕어빵 장사를 하게 될 줄은 생각도 못 했어. 10여 년이란 시간이 너에게 어떤 변화를 만든 건지 궁금해."

잠시 생각에 잠긴 듯 먼 하늘을 바라보던 허황옥이 대답했다.

「우리 어릴 때 기억나? 커서 뭐가 돼야 하나, 뭐 해 먹고 살아야 하나 걱정했던 거?」

"기억나지… 우리가 중학교쯤부터 그 고민 했던 것 같은데?"

「뭔가 막연한 두려움이 그즈음부터 싹트기 시작했던 것 같아…. 하도 배고픈 날이 많으니까 맨날 커서 부자 되고 싶다고 하고….」

"그러게, 우리 그때는 진짜 돈이 없었다…. 에휴~ 지금도 난 돈이 없지만…."

「어른들이 늘 하는 소리가 있었어. 성적이 곧 계급이라고… 부자 되려면 1등급 받고 시험 잘 봐서 최고 좋은 대학 가서 의사 되고, 2등급은 그 다음 대학 가서 시험 봐서 좋은 회사 가고… 3등급, 4등급… 어른들이 얘기하는 건 다 공부와 시험… 시험 점수 따라 우리 인생이 정해진다고… 그래야 성공한 인생이고, 인생이 행복해지고… 죽을 때까지 우리 인생이 그 시험 하나에 다 달려 있다고….」

"고작 시험 점수 따위에 사람의 인생이 결정 난다니… 참 아이러니하다…."

「어리니까 배고프면 어른들이 만들어 놓은 길을 따라가는 것밖에 몰랐던 거지. 그런데 할머니 붕어빵을 먹고 배가 부르면 시험 같은 건 다 잊고 우리가 진짜 원하는 꿈을 꿀 수 있었잖아.」

"그래, 그랬었지… 이상하게도 하루 종일 배가 안 고파서… 그런 고민을 잠시 내려놓고 우리들만의 꿈을 꿀 수 있었어."

허황옥은 배두호를 바라보며 빙긋 웃으며 힘차게 말한다.

「그래, 맞아! 나는 사람들이 최소한의 꿈을 매일 꾸기를 바래. 적어도 배라도 부르면 진짜 원하는 꿈을 꿀 수 있는 여유가 생길 테니까… 난 그걸 도울 뿐이야!」

Scene21. 서울로 돌아온 배두호

배두호는 곧장 방송국으로 달려갔다. 김 PD에게 붕어공주의 꿈붕어빵을 다큐로 제작하게 되었다고 알려 주자, 주변의 PD들이 모여들어 이번엔 제대로 된 히트작을 만들 수 있는 거냐며 바람을 넣었다.

"오~ 배 감독, 해낼 줄 알았어! 이거 느낌 좋은데?"

"아니, 누구는 친구가 허황옥이고 말이야…. 하여간 운도 좋아~ 아버지가 목사라 그런가? 기도발 좀 보는 거야? 하하하."

특히 김 PD가 눈을 빛내며 배두호의 어깨에 손을 얹었다.

"두호야, 이번 거 잘 만들어 보자. 촉이 온다! 형이 팍팍 밀어줄게! 파이팅."

배두호가 방송국을 나가자마자 김 PD는 급하게 어딘가에 전화를 걸었다.

"박 의원님, 저 김재철입니다."

"오, 김 PD~ 그래 그 껀은 우예 돼 가노?"

"네, 배두호에게 밀착 취재하라고 지시했습니다."

"좋고마, 계~속 내한테 직보해래이!"

김 PD와 전화를 끊고 자동차 창을 내리는 박정일 의원. 창밖에 국회의 사당이 보였다. 박정일 의원… 김해를 지역구로 둔 공안 검사 출신 3선 의원으로서 낙동강 벨트에서는 나는 새도 떨어뜨린다는 막강한 권력을 자랑하는 그였다. 그러나 최근 김해 지역 가장 큰 선일건설과 토건 비리에 얽혀 다음 공천에 어려움이 있는 상황이었다. 오래전부터 선일건설에서 정치 자금을 받아 온 데다가 선일건설 회장 딸 김선희와 자신의 딸 박민지는 어릴 적부터 친구 사이였기 때문에 선일건설과의 관계는 쉽게 정리하기 어려운 고민거리였다. 이런 상황에서 요즈음 중앙당에서 붕어공주 허황옥을 청년 정책 위원장으로 영입하려는 움직임이 감지되었고, 여차하면 차기 총선에서 지역구 공천까지 줄 수 있다는 위기감에 허황옥에 대한 뒷조사가 필요했다. 그래서 정치적 야망이 큰 후배, 김재철 PD를 이용하여 허황옥을 밀착 감시하라는 오더를 내렸다.

배두호는 소원해졌던 오랜 벗과 다시 친구가 됐다는 느낌과 잡힐 듯 잡히지 않았던 꿈이라는 두 마리 토끼를 한꺼번에 잡을 수 있겠다는 생각에 괜히 설렜다. 다급히 촬영 장비와 옷가지들을 챙겨 김해시로 다시 내려가는 배두호였다.

Scene22. 라마, 게임 개발로 대박이 나다

한편 허황옥을 만나고 다시 삶의 목표가 생긴 라마는 고시원 생활을 청산하고 새로운 회사에서 게임 개발에 매진했다. 잠을 안 자도 밥을 안 먹어도 행복했다. 자신의 꿈을 위해 온전히 모든 것을 쏟아부을 수 있었기 때문이었다. 그의 게임은 국제 게임 엑스포에서 많은 투자자들의 관심을 끌었고, 곧 인도 최대 재벌, 아다니 그룹의 지원으로 마침내 그가 원하는 게임을 완성할 수 있었다.

게임의 이름은 〈사막의 여왕〉이었는데, 내용은 대략적으로 다음과 같다.

"먼 옛날 고대 인도… 거대한 사막을 배경으로 모래성 안에 군림하는 초 절대 권력을 가진 프린세스 머메이드! 그들에게 꿈을 저당 잡힌 힘없는 백성들은 언젠가 자신들을 해방시켜 주리라 예언된 메시아를 기다리는데… 어린 벙어리 소녀가 온갖 역경을 극복하고 당당한 여전사로 성장해 나가는 이야기! 그리고 마침내 그녀는 백성들의 꿈을 해방시켜 세상을 구하는데…."

이 게임은 라마가 허황옥의 꿈붕어빵을 먹고 꿈에서 본 허황옥의 이야기를 모티브 삼아 개발되었다. 전 세계 동시 출시와 더불어 엄청난 인기몰이를 하며 이른바 초대박 게임으로 단숨에 등극했다. 전 세계 게임 인구 37억 명 중 절반 이상이 이 게임을 다운받은 것이었다. 그리고 사람들은 게임 도입부에 나오는 붕어공주 허황옥의 SNS 계정과 "붕어공주에게 이 게임을 바칩니다"라는 메시지에 관심을 가지게 되었다. 자연스럽게 사람들은 허황옥의 SNS를 방문했고 라마와 붕어공주가 어떻게 아는 사이인지, 왜 라마는 게임을 통해 붕어공주를 지지하는지 궁금해했다.

사막의 여왕 게임 덕후들과 라마의 팬들은 붕어공주 SNS를 팔로우하기 시작했다. 붕어공주의 SNS 팔로워는 폭발적으로 늘어났다. 그리고 다음 게임 출시를 예고하는 메시지에 사람들은 더욱 열광하며 출시일을 기다리게 되었다.

@the_princesscarp/붕어공주_허황옥(SNS 2천만 명)

Scene23. 민정, 슈퍼 모델로 성공하다

민정 역시 붕어공주 꿈붕어빵을 먹은 후 〈도전! 슈퍼 모델 코리아 시즌 5〉에 부모님 몰래 출전했다. 1, 2, 3등에 들지는 못했지만 그녀는 포토제닉상을 수상했고, 처음으로 민정의 부모님들은 그녀를 다시 보게 되었다. 그리고 딸의 일탈로 인해 속상해했던 것을 접어 두고 오히려 적극적으로 지원하기에 이르렀다. 처음엔 등위 입상이 아니라 실망도 했지만, 시청자들이 뽑은 투표에서는 민정이 1등이었다는 사실에 부모님은 조금이나마 위로를 받았다. 기뻐하는 부모님의 모습에, 그동안의 미안함이 조금은 풀리는 듯했다. 물론 당사자인 민정에게는 수상 여부가 중요하지 않았다. 처음으로 자신의 꿈을 위해 스스로 결정을 내렸다는 사실이 더 중요했기 때문이었다.

프로그램 중 특히 민정이 돋보였던 부분은 자신이 입을 의상을 직접 디자인하는 것이었다. 그녀는 탁월한 디자인 감각을 발휘했고, 대회에 참여했던 유수의 패션 디자이너들에게 찬사를 받았다. 자신도 몰랐던 숨겨진 재능을 발견하는 순간이었다. 그녀가 만든 옷을 갖고 싶다는 디자이너들의 다툼이 그것을 증명했다.

그러던 어느 날, 미국에서 연락이 왔다. 미국의 대형 패션모델 에이전시에서 스카우트 제의가 들어온 것이었다. 그녀는 부모님을 설득하여 고등학교를 자퇴하고, 배낭 하나 메고 미국으로 건너갔다. 곧 그녀는 전 세계에서 모인 내로라하는 모델들과의 치열한 경쟁을 이겨 내고 마침내 세계적인 슈퍼 모델로 급부상했다. 이국적인 그녀의 모습과 엄청난 키, 그리고 스스로 디자인해서 입을 줄 아는 그녀의 패션 감각 등 그녀는 다른 여타의 모델들과 확연히 달랐다. 유명한 패션 디자이너들이 앞다투어 그녀에게 러브 콜을 보냈고, 그런 스토리들이 오히려 그녀를 패션계의 새로운 아이콘으로 띄우며 또 다른 화제를 만들어 냈다.

민정은 자신의 재능을 더욱 발전시켜 이제 자신의 패션 브랜드 'Princess carp'을 출시하기에 이르렀다. 그녀 역시 홈페이지에 "붕어공주 허황옥에게 감사합니다!"라는 메시지를 남겨 두었고, 사람들은 붕어공주 허황옥에게 관심을 가지게 되었다. 요가복과 일상복을 믹스 매치한 어반 라이프 스타일의 제품으로 화려하지 않고 절제된 느낌의 옷이었다. 남녀를 불문하고 그녀의 옷은 많은 사랑을 받았는데, 특히 그녀는 자신처럼 키가 너무 크거나, 체격이 너무 커서 기성복을 입지 못하는 사람들을 위한 사이즈를 만들어 눈길을 끌었다. 얼마 지나지 않아 그녀는 전 세계에서 가장 주목받는 패션 아이콘으로 성장해 엄청난 재력을 가지게 되었다. 하지만 그녀는 화려한 삶을 사는 여느 패션업계 사람들과는 다르게 매일 요가와 명상으로 스스로를 수련하며 소박하고 검소한 생활을 유지했다. 그리고 시간 날 때마다 자선 단체에 참여해 꿈붕어빵을 구워 나눠 주는 일에 더 관심을 가졌다.

뉴욕에서 바쁜 생활 중, 민정은 한 자선 파티장에서 자신보다 훨씬 큰 남자를 만났다. 심지어 그는 Princess carp의 키 큰 사람 사이즈를 입고 있었다. 자신과 커플룩처럼 같은 옷을 입고 온 것이었다. 그 남자를 보자마자 민정은 금세 사랑에 빠지고 말았다. 왜냐하면 그녀가 꿈에서 키스한 농구 선수와 똑같이 생겼기 때문이다. 그는 NBA에서 가장 주목받는 농구 선수 카림이었다. 팔레스타인 난민 출신의 부모님 밑에서 태어난 카림은 미국으로 이민을 왔고, 어려운 환경을 극복하고 미국 최고의 농구 선수가 된 남자였다. 카림 역시 화려한 스타플레이어의 삶보다는 민정처럼 소박하고 검소한 삶을 지향했다. 카림은 민정을 통해 붕어공주 꿈붕어빵을 먹었고, 그날 밤 그는 자신의 어릴 적 꿈속에서 동양인 여자가 나오는 신비로운 경험을 하게 되었다.

insert 꿈, 카림의 꿈

어릴 적 팔레스타인 고향 마을에서 카림은 허황옥을 만난다. 낡고 다 쓰러져 가는 농구대 앞에 서 있는 카림. 허황옥이 농구공을 들고 그에게 다가온다.

"안녕하세요? 카림 씨~ 민정이한테 얘기 많이 들었어요! 여기는 당신이 어릴 적 농구 선수의 꿈을 키우던 곳이잖아요~"

"오 마이 갓! 당신은 허황옥 씨? 민정에게 당신 얘기 듣고 만나고 싶었어요! 어, wait a minute! 잠깐만… 나 한국말 하나도 못 하는데… 왜 한국말을 하고 있지? 근데 당신이 내 어릴 적 꿈은 어떻게 안 거예요?"

"호호, 민정이가 다 얘기해 줬어요! 우리 민정이가 왜 한눈에 반했는지 알 거 같네요~"

"민정 씨가 나를 좋아하나요? 나도 민정 씨 좋아하는데… 대신 말 좀 해 주시면 안 될까요?"

"카림 씨는 농구는 잘하지만 여자 마음은 잘 모르는구나? 하하하. 내일 민정이한테 가서 직접 말하세요~"

다음 날 민정을 찾아간 카림은 마치 어린애처럼 어제 겪은 일을 떠들어 대기 시작했다.

"오~ 민정! 나 어제 꿈에 허황옥이라는 여자를 만났어요. 맙소사! 그리고 내가 한국말로 말하더라고요. 오 마이 갓! 이거 붕어빵, 무슨 마술 부리는 건가요?"

"와~ 언니가 카림 씨 꿈에 갔어요? 설마 나보다 언니한테 더 관심 있는 거 아니에요?"

"노노노! 난 민정 씨… 사실 민정 씨를 좋아합니다. 저랑 사귀어 주실래요?"

"그래요, 저도 카림 씨가 좋아요!"

그 꿈을 꾼 이후로 둘 사이는 급속도로 가까워졌다. 또한 카림은 허황옥이 이루고자 하는 꿈을 알게 되었고, 허황옥의 팔로워가 되어 적극적으로 그녀를 지지하게 되었다. 그는 어깨에 한국어로 '붕어공주'라고 타투를 했고 많은 이들이 관심을 가지게 되었다. 슈퍼 모델 민정과 NBA 스타 카림의 친구들인 수많은 셀럽들도 그녀를 지지한다고 공식 선언하면서 이제 미국에서 대통령이 누군지는 몰라도 허황옥을 모르는 사람은 없었다. 많은 미디어에서 일제히 허황옥을 주목했다. 한국에서 어떤 일이 벌어지고 있는지 허황옥의 행보 하나하나가 초미의 관심사가 되었고 실시간으로 알게 되었다.

드디어 '인어공주 vs 붕어공주' 밈이 등장했다. 그 시작은 미국의 SNL이라는 코미디 프로그램이었다. 뚱뚱한 캐릭터로 유명한 남자 코미디언이 욕심 많고 허영심 가득한 인어공주로, 작고 왜소한 체형의 여자 코미디언이 붕어공주로 등장했다. 붕어공주와 백성들이 욕심쟁이 인어공주가 사는 모래성으로 쳐들어와 공주를 몰아내고 왕좌에 앉는 내용이었다. SNL은 늘 풍자를 통해 기득권을 비틀고 조롱해 왔지만, 이번에는 예상치 못한 큰 반향을 맞이했다. 방송 후 유명인들뿐 아니라 일반인들까지도 이 이야기를 자신들의 현실과 연결 지으며 열광했다. 가진 자들의 상징으로 여겨진 인어공주와 가난하고 평범한 서민의 상징인 붕어공주의 대결은 대중의 마음 깊숙이 자리 잡고 있던 분노와 좌절을 자극했다. 그것은 곧 쇼츠, 틱톡, 릴스 등 다양한 SNS를 통해 미국 사회 전체로 퍼져 나갔고 얼마 지나지 않아 유럽과 아시아에도 상륙했다. 오랫동안 사람들의 마음속에 자리 잡고 있던 인어공주의 굳건했던 왕좌가 무너져 내리고, 그 빈자리를 한국에서 등장한 허황옥이라는 붕어공주가 차지했다.

세계적인 셀럽인 민정과 카림은 바쁜 와중에도 자선 단체와 함께 빈곤층을 위한 봉사 활동을 하며 데이트를 했다. 미국 붕어공주 꿈붕어빵 푸드 트럭 1호의 주인공인 조를 만난 것도 바로 이때였다. 여느 때처럼 붕어공주가 선물해 준 붕어빵 틀로 꿈붕어빵을 구워 많은 가난한 사람들에게 나눠 주던 카림에게 한 백발노인이 다가와 말을 건넸다.

"카림~ 잘 지냈나? 나를 기억하려나 모르겠네만…."

"앗! 조 선생님?"

조는 카림이 방황하던 어린 시절, 그에게 농구라는 꿈을 심어 주고 올바른 길을 걷게 해 준 고마운 선생님이었다. 은퇴 후 빈곤가 아이들의 교육과 범죄 방지를 위해 노력하는 사회 활동가로 활약하던 조는 카림, 민정을 통해 붕어공주 허황옥을 알게 되었고, 그 역시 꿈붕어빵을 먹고 꿈을 꾸었다. 그 후 민정과 카림 그리고 조는 의기투합하여 미국을 베이스

캠프로 한 '미국 붕어공주 재단'을 설립하여 본격적으로 많은 이들에게 꿈붕어빵을 전했다. 미국 전역에서 붕어공주 푸드 트럭을 만난 사람들이 하나둘 꿈을 꾸기 시작했다.

@the_princesscarp/붕어공주_허황옥(SNS 3천만 명)

Scene24. 오태식과 친구들, 오토바이로 전 세계 순항 중

한편 붕어공주의 꿈붕어빵을 먹고 오토바이 세계 여행을 시작한 오태식과 친구들은 여전히 전 세계를 돌아다니며 순항 중이었다. 그들이 여행 중에 틈틈이 쓴 글과 사진들이 책으로 출간되었고, 평범한 삶을 살아오던 30대의 중학교 동창생들의 세계 여행 도전기는 많은 젊은이들에게 새로운 자극과 도전 의식을 심어 주었다. 그들이 매일 SNS로 전하는 방송은 사람들에게 엄청난 인기를 끌었고, 그들의 인기가 올라가면서 글로벌 브랜드들이 그들을 후원하고 나섰다. BMW는 그들에게 새로운 바이크를 지원했다. 그 후 수많은 기업들이 후원사로 들어오며 그들의 바이크 유니폼에는 브랜드 로고, 기업 CI들로 가득했고, 마치 걸어 다니는 광고판 같았다. 그 수많은 로고들 사이에서도 붕어공주 로고는 가슴 왼쪽과 양어깨 그리고 등판 가운데 제일 크게 붙어 있었다. 그들이 가는 곳마다 붕어공주 깃발이 세워졌다. 그들도 라마와 민정과 마찬가지로 홈페이지, 유튜브, 책을 가리지 않고 모든 매체에 "붕어공주 허황옥과 함께합니다!"라는 메시지를 남겨 두었고, 많은 사람들이 붕어공주 계정을 찾아가 팔로우하기 시작했다. 이를 통해 더 많은 사람들이 허황옥에게 관심을 가지게 되었고, 협찬 브랜드들 역시 그녀를 연구하기 시작하였다. 기하급수적으로 늘어나는 허황옥의 SNS 계정 팔로워 수가 그것을 증명했다. 붕어공주 신드롬은 K-Pop과 K-Movie 같은 상업적인 상품이 아닌 지금껏 본 적 없는 새로운 문화적 현상으로 전 세계에 퍼져 나가고 있었다. 그리고 그 포커싱은 최종적으로 붕어공주 허황옥을 향하게 되었다.

@the_princesscarp/붕어공주_허황옥(SNS 5천만 명)

Scene25. 예진이 회장으로 활약하는 '붕어공주' 공식 카페

예진은 붕어공주 허황옥의 꿈붕어빵 시식 후기와 자신의 꿈 이야기, 그리고 자신이 생각하던 꿈의 정의 등… 다양한 내용을 중심으로 카페를 만들어 운영했다. 같은 경험과 생각을 가진 사람들이 카페 멤버가 되면서 예진의 '붕어공주' 카페는 꿈에 대한 진지한 담론이 오가는 청소년의 성지가 되고 있었다. 처음에는 예진을 중심으로 고1 학생들이 주축이었으나 차츰 초등학생부터 중학생, 고2-고3 학생들, 졸업생까지 합류하며 그 규모는 점점 커졌다. 어느 날 붕어공주 허황옥이 댓글을 달아 주면서 암묵적인 붕어공주 공식 카페로 자리 잡게 되었다.

허황옥은 교육 문제에 많은 관심을 가지고 있었다. 다음 미래를 이끌어 가야 할 청년들에게 조금이라도 도움이 되고 싶다는 마음을 가진 듯했다. 비록 자신은 언어 장애도 있고 정규 교육도 제대로 받지 못했지만, 교육 분야만큼은 적극적인 의사 표현을 했고 다양한 의견을 개진했다. 원래 과묵하고 댓글을 잘 안 달아 주는 허황옥이지만 예진에게는 애틋함이 있는 듯했다.

「어른들이 정해 놓은 꿈을 따라가지 말고, 우리 스스로의 꿈을 꾸어요!」

「꿈이 직업이 될 수는 없어요. 아픈 사람을 도와주고 싶은 꿈을 이루기 위해 의사가 되고 싶을 수 있지만, 돈 많이 벌고 안정적인 직업이라는 이유로 아이들에게 어른들의 꿈을 강요하지 말아 주세요! 스스로 꿈을 꾸고 결정할 수 있게 도와주세요!」

「100년 전 교육 시스템이 아직도 작동한다는 것이 믿어지지 않아요. 세상은 변했고, 인류는 화성에도 사람을 보낼 수 있는 시대에 살고 있어요. 그런데 교육은 여전히 100년 전에서 바뀌지 않은 듯합니다.」

허황옥이 남긴 글은 여러 10대들의 '좋아요'를 받는다. 그중 한 학생이 트위터X로 글을 옮겨 꼬마 요리사를 태그하여 의견을 물었고 이를 본 꼬마 요리사 역시 허황옥의 글에 동의하며 자신의 견해를 덧붙여 리트윗했다. 허황옥의 글은 더욱 퍼져 갔고 사람들은 해당 게시글의 원작자 프로필을 타고 들어갔다. 심해어 역시 꼬마 요리사의 리트윗에 '좋아요'를 눌렀다.

허황옥의 이런 글들은 꿈에서 허황옥을 만난 사람들이 함께 논의한 내용들이었다. 어느 순간부터 댓글들이 단순히 하고 싶은, 되고 싶은 꿈 이야기에서 현 교육 시스템의 당면한 문제, 나아갈 방향 등에 대한 논의로 확장되었다.

사람들은 꿈이 직업이 되는 현실에 대한 부조리한 상황들을 주제로 논의하기 시작했고 이는 더 많은 이들의 참여를 불러왔다. 예진은 카페에서 나온 의견들을 모아 교육부 앞에서 〈교육부에 고함!〉이라는 타이틀로 기자 회견을 했다. 붕어공주 신드롬을 예의 주시 하던 언론에서 이 문제를 다루며 전 국민의 관심을 집중시켰다. 오히려 언론이 기름을 부은 꼴이었다. 긴급 편성된 JRBC 〈100분 토론〉 '대한민국 교육, 어디로 가고 있나?'에 출연한 예진은 고등학생이라고 만만히 보고 훈계하는 꼰대 교육 전문가들에게 그들 이상의 지식과 탄탄한 논리로 맞받아치며 대한민국의 교육 문제를 신랄하게 비판했다.

Scene26. JRBC 〈100분 토론〉, 교육 시스템 문제 논의

방송국 대형 화면에 허황옥이 쓴 글들이 자료 화면으로 보이고 있다. 토론회 참석자들이 아나운서가 읽는 것을 보며 듣고 있다.

"어른들이 정해 놓은 꿈을 따라가지 말고, 우리 스스로의 꿈을 꾸어요!"

"꿈이 직업이 될 수는 없어요. 아픈 사람을 도와주고 싶은 꿈을 이루기 위해 의사가 되고 싶을 수 있지만, 돈 많이 벌고 안정적인 직업이라는 이유로 아이들에게 어른들의 꿈을 강요하지 말아 주세요! 스스로 꿈을 꾸고 결정할 수 있게 도와주세요!"

"100년 전 교육 시스템이 아직도 작동한다는 것이 믿어지지 않아요. 세상은 변했고, 인류는 화성에도 사람을 보낼 수 있는 시대에 살고 있어요. 그런데 교육은 여전히 100년 전에서 바뀌지 않은 듯합니다."

아나운서의 말이 끝나자마자 교육부 대표로 나온 토론자가 말을 시작했다.

“허황옥이 달아 놓은 댓글을 보세요! 무슨 교육 전문가인 척 써 놓은 글에 순진한 학생들이 넘어가고… 이걸 가만두고 봐야 합니까?”

예진이 바로 그 말에 반박했다.

“라이트 형제의 꿈이 뭐냐고 물어보면 ‘저는 비행기를 만들어서 세계적인 항공사를 차려 돈 많이 벌어서 대대손손 잘 먹고 잘 사는 게 꿈입니다’라고 했을까요? ‘새들처럼 하늘을 나는 꿈을 꾸었고 그 꿈을 이루고 싶습니다’라고 대답하지 않았을까요? 저희 어릴 때만 해도 그래도 조금은 추상적이지만 나름 꿈이라는 것을 꾸었다고 생각해요. 그런데 지금은 꿈이 그냥 직업이 되었잖습니까? 언제부턴가 아이들에게 꿈을 물어볼 때는 직업 중에 선택하게 하잖아요. 국회의원이 되고 싶다, 검사가 되고 싶다, 의사가 되고 싶다, 공무원이 되고 싶다…. 대부분 현대 사회에서 기득권이 될 수 있는 직업의 형태로만 대답을 하게 합니다. 물론 지금 현재는 과거랑 많이 달라졌죠. 그렇지만 현실은 어떤가요? 어린이들의 상상력과 창의력을 키워 줘도 모자랄 판에 직업 선택부터 가르치고 있지 않습니까? 이런 풍토에서 우리가 애플 같은, 구글 같은, 아마존 같은 회사가 나오기를 바랄 수 있나요? 공부 잘해서 나중에 애플에 취직해라! 공부 잘해서 구글에 취직해라! 어른들이 우리 청소년에게 이렇게 가르치고 있지 않으신가요? 실패해도 좋으니 너만의 꿈을 꾸라고 하신 적 있나요? 실패하면 네 인생 조지는 거야. 이렇게 말하고 있지는 않으신가요?”

예진이 막힘없이 자신의 논리를 펼쳐 나가는 것을 보던 국회의원이 혀를 끌끌 차며 어린애 나무라듯 이야기했다.

“허허~ 예진 학생이 잘 몰라서 그러는데… 그 라이트 형제가 나중에는 회사를 차려서 큰돈을 벌었어요. 결국 항공사를 차렸다구요!”

“헐… 더 드릴 말씀이 없네요.”

보수 패널로 나온 국회의원의 말에 관객석의 사람들도 예진과 함께 실소를 감추지 못했다. 〈100분 토론〉 이후 예진은 일약 전국적인 스타로 부상했다. 해외 언론에서도 대한민국의 이상 교육 현상을 익히 알던 차에 붕어공주로부터 촉발된 한국의 교육 문제를 더욱 관심 있게 바라보게 되었다.

Scene27. 예진이 아빠 모준, 딸과의 갈등이 일어나다

예진의 아빠 모준은 녹록지 않은 형편이지만 딸을 위해서 평생을 살아온 아빠였다. 아내와 함께 작지만 견실한 동네 빵집을 운영하는 자영업자였던 그는 큰 빚을 지고 폐업을 하게 되었다. 갑작스럽게 아내까지 잃고 난 후 그는 하나 남은 딸에게 모든 것을 쏟고 있었다. 그러면서 입버릇처럼 예진에게 늘 반복하던 말이 있었다.

"우리 예진이는 공부 잘해서 꼭 좋은 회사 들어가야 해. 아빠 엄마처럼 자영업 같은 건 꿈도 꾸지 마. 너도 봐서 알지? 얼마나 힘들고 고생하는 일인지?"

예진도 그런 아빠의 마음을 잘 알기에 아빠가 바라는 좋은 직장을 갖기 위해 열심히 공부했고, 모준은 그런 예진을 항상 자랑스러워했다. 그러던 어느 날, 예진이 붕어공주 꿈붕어빵을 먹고 자신은 더 이상 아빠가 원하는 삶을 살지 않겠다며, 엄마처럼 파티쉐가 되겠다고 폭탄선언을 했다.

"나도 아빠, 엄마 고생한 거 다 봤고, 얼마나 힘든 일인지 알아. 하지만 난 처음부터 엄마처럼 파티쉐 되는 게 꿈이었어! 그동안 막연한 느낌에 아빠가 원하는 사람이 되려고 많이 노력했지만, 더 이상은 스스로를 속이고 아빠의 꿈을 좇지는 않을 거야. 난 내 꿈을 좇는 사람이 되기로 결정했어! 그렇게 알아, 아빠!"

딸 예진의 말은 모준에게 그야말로 청천벽력이었다. 그날 이후 좋았던 부녀 사이는 돌이킬 수 없을 만큼 나빠져만 갔다. 예진의 동네 친구 다인이까지 꿈붕어빵을 먹고 덩달아 학교 그만두고 춤을 추겠다고 하면서부터, 동네에서 작은 카페를 운영하는 다인 엄마도 멘붕이 온 상황이었다. 어른들 입장에서 보면 그건 용서하기 힘든 일탈이었다. 꿈붕어빵을 먹고 나서 멀쩡히 공부 잘 하던 애들이 갑자기 꿈을 찾겠다고 하고, 허무맹랑하게도 꿈에 붕어공주 허황옥이라는 여자가 나타난다고 하니… 부모들에게 허황옥은 말 잘 듣던 애들을 꼬드겨서 부모와 등지게 하는 사악한 마녀와 다름없었다. 이런 여론의 선봉에 선 것은 당연하게도 예진의 아빠였다.

"우리 예진이가 얼마나 착한 앤데… 내 말이라면 껌벅 죽던 앤데… 붕어공주 허황옥인지 뭔지… 어디서 굴러먹다 온 줄도 모를 이상한 여자 붕어빵을 먹고는 저렇게 나한테 따박따박 말대꾸를 하고… 어휴~"

예진 아빠 역시 답답한 마음에 전국학부모협회에 가입해 붕어공주 사태에 대해 논의하기 시작했다. 부모들은 허황옥의 SNS를 퍼 놓은 게시판 글에 몰려와 분노하며 자신들의 생각을 쏟아 냈다.

"뭐, 자신만의 꿈? 한가한 소리 하고 자빠졌네! 어디서 꿈 어쩌구… 한창 공부할 애들을 흔들어 흔들긴? 길바닥에서 붕어빵이나 팔던 년이 뭘 안다고?"

"애도 한번 안 키워 본 년이 되지도 않은 소리 씨부리고 있네! 중학교, 고등학교 6년, 아니 초4부터 9년을 어떻게 보내냐에 따라 애 인생이 달라지는데 어디서 팔자 좋은 소리야?"

"거지 같은 년이… 못 살고 못 배운 벙어리 주제에 누굴 가르치려 들어? 애들 인생 조지면 네가 책임질 거야? 앙?"

"그냥 구석에 처박혀 평생 붕어빵이나 쳐 팔다 그렇게 죽어! 나불거리는 입 찢어 버리기 전에! 참, 입이 있어도 말을 못 하지? 어디서 병신이 지랄이야?"

그 화살은 모준에게도 예외를 주지 않고 날아와 박혔다.

"당신이 예진인가 뭔가 아빠라며? 딸 교육 똑바로 시켜! 당신 딸 인생이야 망가지든 말든 상관없는데, 우리 애들까지 망치면 당신 가만두지 않겠어!"

"저 집이 몇 년 전에 청파 시장에서 예진제과 하던 그 집이에요. 쫄딱 망해서 길거리 나앉아 엄마 죽고 아빠 혼자 애 키운다 하더니 결국 저거 봐요!"

"그래서 엄마 없이 자란 애들이 근본 없다 하잖아? 저렇게 세상도 모르고 설쳐 대는 거 봐! 이래서 가정 교육이 중요하다니까~"

전국학부모협회 게시판은 차마 입에 담기도 힘들 정도의 원색적인 비난으로 도배되었다. 학부모들의 분노는 극에 달했다. 모준은 자신의 딸이 그 논란의 중심에 있다 보니 가시방석에 앉은 듯했지만, 자신도 붕어공주 허황옥의 피해자라고 항변하며, 다 같이 해결책을 찾아가자 도움을 요청했다.

"이러지들 마세요, 저도 피해자입니다. 제 딸이 지금 붕어공주 카페지기를 하면서 이 사태의 중심에 있다는 사실, 저도 잘 알고요…. 다른 학부모님들께 죄송합니다. 하지만 저 역시 답답한 마음에 이렇게 창피함과 죄책감을 가지고 협회에 가입한 거 아니겠습니까? 저도 제 딸이 다시 아빠 말 잘 듣는 딸로 돌아오기를 바라는 마음뿐입니다."

"예진 아빠가 잘 설득해 주세요. 결국 애들이잖아요."

"근본적으로는 허황옥을 처단해야 합니다."

학부모협회는 예진 아빠 모준에게 책임지고 딸을 설득하라고 강력하게 압박했다.

Scene28. 학부모협회와 길거리음식협회 간 갈등이 폭발하다

예진이 만든 붕어공주 카페에 폭발적인 가입자 유입이 이루어지며, 그중 일부 학생들은 자퇴까지 불사하며 학교와 부모들과 갈등을 빚었다. 이제 학생들은 교육받는 당사자들의 의견은 무시된 채 기성세대의 잣대로 매년 혼란을 야기시키는 전근대적인 낡은 입시 시스템의 대대적인 수정을 요구했다.

이에 보수 성향의 전국학부모협회는 국회 앞에서 붕어공주 규탄 대회를 열고 붕어빵 판매 금지를 요구했다.

"우리 전국학부모협회는 정부와 교육 당국에 붕어공주 허황옥의 꿈붕어빵 판매 금지를 요청한다! 부모 말 잘 듣던 착한 학생들이 학교와 사회를 부정하고, 자퇴를 일삼는 등 일부 정치적 성향의 아이들에 휘둘려 좌경화되고 있다. 교육 당국은 이것을 조속히 해결하고, 사기꾼 허황옥을 구속하라!"

"허황옥을 구속하라! 구속하라! 구속하라!"

보수 성향의 학부모협회에는 정치권, 경찰, 검사, 판사 등 강력한 힘을 가진 부모들이 속해 있었다. 그들은 자신들이 가지고 있는 기득권을 활용하여 정부 여당에 전방위로 압력을 행사했다. 하지만 허황옥을 특정 타깃으로 하여 법적 제재를 가하기엔 마땅한 명분이 없었다. 이에 정부는 길거리 음식 위해성 조사를 한다는 명목으로 대대적인 노점상 단속을 실시했다. 그로 인해 전국 노점상연합회와 갈등이 일어났고, 곧 영세 자영업자들까지 들고 일어나는 상황이 벌어졌다. 노점상연합회회에서는 공식적인 성명을 발표하며 강력하게 대응하겠다고 나섰다.

"길바닥에서 하루하루 근근이 먹고사는 사람들 밥그릇까지 빼앗아야 속이 시원한가?"

"당신네 기득권들이 말하는 성공한 인생의 기준에서 보면, 우리가 턱없이 수준 미달이겠지만, 우리도 살아갈 이유가 있고 권리가 있다! 어떤 기준으로 누군가의 삶은 가치 있고, 누군가의 삶은 가치 없는 건가? 이런 세상에서 살고 싶지 않다. 차라리 죽여라!"

급기야 길거리에서 음식을 팔던 한 노점상이 비참한 삶을 비관해 극단적인 선택을 하자, 보수, 진보 언론들은 일제히 정부가 학부모협회에 휘둘려 과잉 대응한 것을 지적했고 국민 대다수는 정부와 학부모협회를 비난했다.

insert 포털뉴스, 한민족일보 헤드라인 1면

〈단독 보도! 학부모협회의 정부 여당 전방위 로비 정황 포착!〉

학부모협회 내부 고발자에 따르면, 경찰, 검찰, 판사, 국회의원 부인들이 모여서 붕어공주 허황옥을 처단하기 위해 남편들을 움직였고, 정부 관련 부서에서 급조된 정책으로 실행된 대참사라는 사실이 밝혀졌다. 일부 기득권층 부인들의 치맛바람에 의해 정부 정책이 움직인다는 사실은 비난받아 마땅하다. 야당은 특검을 통해 이번 사건을 명백히 밝혀야 한다고 주장하며 여당에 대한 공격의 빌미를 잡은 듯하다.

– 백재훈 기자

정부는 노점상 단속을 전격적으로 중단하고 안타까운 죽음을 선택한 피해자에게 사과했지만 서민들의 분노는 쉽게 사그라지지 않았다. 언론들은 나서서 갈팡질팡 갈지자 횡보를 보이는 정부를 비난하기 시작했다. 하지만 보수 성향 언론의 대표 주자 격인 조중일보는 다른 시각으로 여론에 물타기를 시도했다.

insert 포털뉴스, 조중일보 헤드라인 1면

〈정부의 미숙한 대응이 낳은 참사! 문제는 붕어공주 허황옥!〉

… (전략) 최근 몇 년 사이 스스로 붕어공주라고 주장하는 허황옥으로 인해 사회는 더욱 혼란에 빠져들고 있다. 이는 단순히 국내에만 국한되는 문제가 아니라 해외에서도 초미의 관심사로 부상했다. 이미 세계적인 양극화로 계층별 갈등의 골이 깊은 가운데 허황옥을 이대로 둬야 할지의 문제가 대두되고 있다. (후략) …"

– 사회부 김구라 기자

트위터X

꼬마 요리사:

붕어공주 허황옥이 사회를 혼란시킨다? 역시 젊은 세대를 이해하거나 토론하려는 목소리는 어디에서도 들리지 않고 또 다른 낙인찍기 놀이를 하는 기득권 기성세대들.

꼬마 요리사:

엑스 플랫폼 같은 신미디어는 아직 다듬어지지 않은 투박한 미디어지만 중요한 가치를 가지고 있다. 레거시 미디어 대부분을 일부 이익 집단이 쥐고 흔든다는 사실을 제대로 알고 있는 자들이 얼마나 될까? 누군가 알려 줘도 결국 그

미디어에서 묻어 버리기 때문이다. 참 안타까운 일이다.

심해어:

RT. 그래서 더더욱 @꼬마 요리사 같은 님들이 목소리 좀 높여 줘야 해.

Scene29. 정부에서 붕어공주 대책위원회 구성

이 사건으로 정부는 이 모든 사달이 붕어공주 허황옥으로부터 시작된 일이라는 것을 알고 대책을 수립했다. 대통령은 대로하여 특단의 대책을 강구하라 지시했고, 황상범 국무총리를 중심으로 '붕어공주 허황옥' 특별 대책 위원회가 구성되었다.

"대통령이 대로하셨습니다. 내가 아침부터 얼마나 욕을 먹었는지 알아? 안 그래도 요즘 지지율이 바닥인데, 국회의원, 장관이란 작자들이 마누라 치맛바람에 놀아나서 이 사달을 만들었다고!"

평소 조용하고 무색무취한 이미지로만 알려져 있던 황 총리는 성난 목소리로 국무위원들을 다그치고 나서 깊은 한숨을 쉬었다. 잠시 숨을 고른 황 총리는 다시 차분하지만 강한 어조로 조용히 이야기를 이어 갔다.

"휴~ 다들 잘 들으세요. 생각보다 매우 심각한 상황입니다. 지금 지지율이 역대 최저야. 야당은 '탄핵'이라는 단어를 대놓고 떠들고 있습니다. 자자~ 모여들 보세요! 이건 극비니까 절대 밖으로 새어 나가면 안 됩니다."

모두가 황 총리의 평소 같지 않은 모습에 긴장하며 귀를 모아서 이야기를 듣는다.

"흠… 대통령께서… 여차하면 특단의 조치까지 생각하고 있어요. 총선에서 패배한 후 오랫동안 준비하고 계셨어. 제발 거기까지 안 가기를 바라야지. 자칫하면 모두 공멸할지도 몰라. 우선 급한 불부터 끕시다. 지금 필요한 건 법리 따위 맞춘 이성적인 해결책이 아니야! 중세 시대에 마녀사냥 아시죠? 그때 불타 죽은 여자들이 진짜 마녀인 줄 알아요? 지금 우리한테 필요한 건 저 성난 민심에 던져 줄 희생양이라고! 자칫하면 우리가 장작 구이가 될 판이니 방법 가리지 말고 뭐라도 엮으세요. 다음 선거가 얼마 안 남았습니다. 정신들 바짝 차려요! 이번에 과반수 확보 못 하면 정권 재창출은 물 건너가는 거예요! 나가서 얼른 밥값들 하시라고!"

그들은 잘 알고 있었다. 정부 여당에 불리한 민심을 돌리려면 공격이 최우선이라는 사실을… 그들에게는 화형대에 올릴 재물이 필요했고, 그 재물은 당연히 붕어공주 허황옥이어야 했다. 국무위원들이 나가고 황 총리는 창밖을 바라보며 어딘가로 전화를 걸었다.

"여보세요, 박 의원. 각하께서 박 의원이랑 자리 한번 하자고 하시는데… 전에 말한 그 '외식작전'에 대해 궁금해하시는구만."

"아이고마, 인자 마 지가 필요하신 갑네예? 하모, 제가 찾아뵈어야죠."

제5화

오생물 박사와 반인반어족 음모론자

다시 CNN 스튜디오, 허황옥의 특별한 인연인 라마, 민정, 오태식의 스토리가 막 끝났다. 리처드가 자신의 몸을 다시 배두호에게 돌리고 말한다.

“붕어공주 신드롬이 전 세계로 퍼져 나가는 출발점에 라마, 민정, 오태식의 역할이 굉장히 컸습니다. 단기간에 SNS 8천만 명에 도달하게 됐네요. 웬만한 해외 셀럽 수준을 넘어서는 속도입니다. 하지만 안타깝게도 점점 허황옥을 두려워하고 우려하는 집단도 생겨났어요. 허황옥이 꿈을 주는 메시아에서 모든 갈등의 진앙지가 된 거죠? 누군가에는 희망이었지만, 기득권이라 생각하는 이들에게는 악몽이 된 것입니다. 그런데 말입니다, 여기서 잠깐 짚고 넘어갔으면 하는 부분이 있는데요…. 오생물 박사는 도대체 누굽니까? 그가 주장하는 반인반어족 음모론은 무엇인가요?”

“네, 오생물 박사는 하류 문화로만 알려져 있던 UFO를 믿는 집단과 양대 산맥인 반인반어족의 존재를 주장하는 음모론자 중 하나였습니다.”

“나름 그쪽 분야에서는 상당히 조예가 깊은 사람이었죠? 실제로 역사학, 생물학을 연구한 사람으로 알려져 있습니다.”

“그렇습니다. 스타그룹은 반인반어족이 만든 초기득권 집단이라는 주장을 펼치며 특히, 그레이스를 집중 공격 해 왔죠. 스타월드에서 가장 골칫거리였던 인물입니다.”

붕어공주 가판대 국내 2개/스타월드 매장 수 2,167개

@the_princesscarp/붕어공주 허황옥(SNS 팔로워 8천만 명)

#붕어공주 #허황옥 #꿈 #꿈붕어빵 #요가 #명상 #싯타르 #공생

Scene1. 오생물 박사의 반인반어족 주장

insert CNN 인터뷰, 오생물 박사

“제가 역사학자이자 생물학자의 길을 걷던 시절, 반인반어족을 연구하게 된 결정적인 계기가 있었어요. 각 나라의 왕실 문양을 연구하던 중 특이한 것을 발견했죠. 전 세계 모든 왕실 문양에 물고기 모양의 상징이 들어가 있다는 겁니다. 그리고 현대에 와서는 글로벌 대기업들의 로고에도 그런 패턴이 들어가 있다는 사실들이었죠. 어쩌면 그동안 음모론으로 치부되던 반인반어족의 이야기가 진짜일지도 모르겠다는 생각이 들었습니다. 저는 각 나라의 왕실과 그들과 연관이 있어 보이는 글로벌 기업들에게 답변을 요구했지만, 모두 거절당하거나 답변 불가라는 반응이 나왔어요.

그러던 어느 날, 덴마크 왕실의 직계인 올덴베르크 가문에서 이메일이 왔어요. 지금은 몰락한 늙은 올덴베르크 백작이 제 주장이 사실이라고 답변을 보내 왔어요. 방대한 분량의 자료에는 반인반어족에 대한 수십 년간의 연구 결과가 들어 있었습니다. 사진으로 보내 준 파일에는 반인반어족의 원류와 그들의 역사, 현대까지 내려오는 가계도, 각 나라의 왕실 문양, 각 기업 로고에 숨겨져 있는 물고기 문양 등… 실로 엄청난 자료들이었습니다.

그가 나를 만나고 싶다고, 직접 덴마크로 와 달라고 이메일을 보낸 거예요. 사진이 아닌 원본 자료들을 주겠다고요. 저는 너무나 흥분되어서 백작을 만나러 어렵게 유럽 출장을 갔습니다. 그런데 도착하기 바로 전날 그 백작이 노환으로 죽었다는 겁니다! 나이 많은 노인네긴 했지만 저하고 통화할 때까지만 해도 아주 쌩쌩했었는데… 하루라도 빨리 자기한테 와 달라고… 자신의 이야기를 증명할 증거 자료들을 모두 넘겨주겠다고… 백작 가족들은 그 어떤 자료도 공개해 줄 수 없다고 했어요.

그런데 말이에요, 얼마 후에 보니까 그 몰락한 올덴베르크 자손들이 갑자기 스타그룹의 중요 자리를 줄줄이 맡더라구요. 아마 노인네 입을 막는 조건으로 대가를 받은 게 아닌가 싶어요. 그 후에 저는 반인반어족 연구에 제 인생을 걸었죠….”

Scene2. 오생물 박사가 만든 10여 년 전 유튜브 강의 자료 화면

유튜브 화면에 지금보다 젊어 보이는 오생물 박사가 나와 강의하는 화면이 보인다.

“반인반어족은 아주 오래전 지구의 인류 중 일부가 분리되어 나온 종이에요. 기본적으로 척추 동물과에 속하죠. 쉽게 고래를 생각하면 됩니다. 물속에 사는 포유류과 동물들 말이죠. 인간들은 육지에 정착하고 반인반어족은 바다와 담수로 나뉘어 정착을 했습니다.

해양 반인반어족인 인어족은 수천 년 전에 이미 변화를 받아들였어요. 바다에 살다 보니 자연환경이 굉장히 거칠었고, 그러다 보니 그들도 매우 호전적으로 변한 겁니다. 그들도 처음엔 바다를 배경으로 인간들과 나름 공생하면서 살았습니다. 그러다가 인간들이 득세하면서 큰 배를 만들어 타고 나와 무분별하게 물고기를 남획하고, 같은 인간들끼리 전쟁을 벌이고, 자신들 배만 채우려 하는 것에 분노하기 시작하죠.

그래서 일부 호전적인 인어족들은 인간들을 직접적으로 공격하기도 했습니다. 그들은 특유의 음파를 노래처럼 흘려 선원들을 현혹시켜 배를 난파시키고, 인간들을 잡아먹고, 그들의 배에 있던 보물들을 약탈하기 시작했어요. 사실 인간을 먹은 건 아니고… 먹은 척한 거지. 인간들에게 공포심을 심어 주기 위해서!

인간들은 그들을 세이렌이라고 부르며 인어족을 두려워하기 시작했습니다. 고대 그리스 신화에 나오는 그 세이렌이 바로 인어족입니다! 세이렌을 두려워한 인간들이 인어들을 잡아 죽이는 일이 빈번해지며, 그들 사이의 관계는 점점 악화일로를 걷습니다.

그렇게 몇백 년을 지나 인어족들 사이에서 인간들과의 관계 개선이 필요하다는 주장이 나오기 시작합니다. 왜냐하면 인간들은 엄청난 기술 발전을 해 나가고 있었거든요. 그러는 사이에도 인간들과 비밀리에 서로 소통하는 채널은 존재해 왔어요. 남북 정상이 핫라인을 갖고 있는 것처럼….

17세기경 덴마크 왕국에서 연락이 옵니다. 그들과 적대적인 관계였던 영국과 전쟁을 해야 하는 상황에 영국 배를 난파시켜 달라고 요청이 오게 되는 거죠! 인어왕은 이 기회를 놓치지 않기로 합니다. 덴마크를 돕는 조건으로 자신의 딸과 왕자를 결혼시키자고 한 거죠. 덴마크 입장에서도 나쁘지 않은 조건이었어요. 바야흐로 해양을 점령하는 나라가 전 세계를 호령하는 시대였거든요. 게다가 인어족들은 그동안 난파선들에서 어마어마한 보물들을 모아 놓았습니다. 바다에서는 필요 없지만, 인간 세상에서는 상상할 수 없는 자산이었던 거죠.

그렇게 인간 왕자와 인어공주는 정략결혼을 하게 되었고, 이로써 뭐가 이루어졌다? '지상의 어마어마한 권력과 바다의 으리으리한 자본의 결합이 이루어졌다!'라는 말입니다. 지상과 바다 세상의 두 거대한 왕국이 손을 잡은 순간이죠. 마침 인어왕의 막내 공주도 인간 세상에 호기심이 많았고, 나름 미모와 지략을 갖춘 매우 정치적인 공주였어요. 반면 덴마크 왕자는 좀 덜떨어진 왕자였고요. 오히려 공주 입장에서는 그게 더 유리하다고 판단했을 수도 있었겠죠. 그렇게 인어공주는 덴마크 왕자와 결혼해서 왕자 낳고, 공주 낳고 엄청 다산을 했다고 합니다."

화면에는 오생물 박사가 직접 만든 도표와 그림으로 이야기를 설명해 주고 있었다. 계속해서 오생물 박사가 이야기를 이어 간다.

"그 후에 인어공주는 그동안 인간들에게 요괴로 알려진 세이렌의 나쁜 이미지를 본격적으로 세탁하기 위한 노력을 시작했습니다. 안데르센이라는 술주정뱅이 글쟁이를 하나 섭외해서 세이렌을 인어공주로 탈바꿈시킨 거죠. 바로 여기서 인어공주 순애보가 탄생합니다! 차근차근 수 세기에 걸쳐 이미지 세탁을 하고, 현대에 와서는 디즈니라는 걸출한 회사에서 인어공주를 사랑에 목마른 순수한 캐릭터로 그려 냈죠. 더 이상 사람들은 인어가 한때 바다에서 인간들을 잡아먹던 세이렌이라는 요괴라고 생각을 하지 않게 되었습니다. 디즈니의 지분 상당 부분이 스타그룹인 건 다들 아시죠?

덴마크 왕이 죽고, 덜떨어진 덴마크 왕자가 왕위에 오르자 인어공주는 본격적으로 왕국을 주물럭거리게 되었습니다. 그렇게 인어공주는 덴마크와 인어 왕국 두 세계를 양손에 쥐게 되었구요. 바다를 지배하는 자가 세상을 지배하는 자가 된 거죠. 그 후 그녀의 자식들이 수많은 왕국과 혈혼 관계를 맺었고, 근대에 들어서면서는 자본가들의 탄생과 더불어 그들과 혼맥을 맺어 갑니다. 족보도 없이 돈만 많던 자본가들 입장에선 자신들의 천박한 핏줄을 왕실의 핏줄과 섞을 필요가 있었거든요. 돈으로도 살 수 없는 핏줄, 고귀하고 순수한 혈통, 홀리 블러드… 그렇게 해서 인어족은 지금의 세계 최대, 최강의 권력 집단에 등극합니다. 그 정점이 바로 스타그룹이고…."

스타그룹은 한국계와 프랑스계 피가 섞인 미국인 소피아 허가 최대 주주이자 전체 그룹의 의장을 맡고 있었다. 그리고 그의 외동딸 그레이스 허는 세계적인 커피 프랜차이즈 스타월드의 대표로서 그룹의 차기 의장 자리를 맡기로 예정되어 있다.

"그들의 인맥은 모든 나라의 정치권, 왕실, 거대 글로벌 기업 등과 연결되어 있어요. 그들은 석유, 철강, 항만, 반도체, 영화, 음악, 식품, 커피, 부동산 등등 거의 모든 영역에 걸쳐 사업을 하는, 전 세계에서 가장 영향력 있는 집단입니다. 자산 규모요? 상상이 안 되는 수준이죠. 로스 차일드? 감히 어디다 명함을 내밀어?"

스타그룹 중에 스타월드는 모든 사람들, 특히 젊은이들이 열광하는 커피 브랜드로서 전 세계 3만여 개의 지점을 가지고 있었다. 독점 기업으로 많은 지탄도 받지만 사람들의 스타월드 브랜드에 대한 충성도는 커피가 아닌 다른 브랜드들과 경쟁해서도 단연코 1위를 놓아 준 적이 없었다. 스타그룹에서 생산하는 모든 생필품들은 사람들이 살아가는 데 있어 절대 없어서는 안 될 모든 것에 적용되었다. 대형 마트에 가면 스타그룹과 관련되지 않은 것을 살 수가 없다고 해도 과장이 아니었다. 일부 스타그룹에 안 좋은 시선이 존재했지만, 그런 대중들의 호감도를 이끌어 내는 역할로서 스타월드는 그룹 내에서 가장 영향력 있는 기업이었다.

또한 많은 기업들이 알게 모르게 스타그룹의 지배하에 있다는 것은 거의 정설로 굳어져 있었다. 그들은 완전히 다른 회사라고 주장하지만, 내부 고발자들에 의해 폭로된 지배 구조에 따르면 스타그룹의 손길이 미치지 않는 곳이 없었다. 그러나 번번이 그들은 법보다 위에 있었고, 세계적인 법무법인을 소유한 그들은 합법적으로 유유히 법망을 빠져나갔다.

스타그룹의 각 계열사 로고에는 인어 모양이 조금씩 들어 있었다. 그중 스타월드는 인어공주가 아예 전면에 부각되어 있고, 다른 글로벌 기업들에도 숨겨진 인어 문양이 존재한다고 오생물 박사는 주장했다. 유명한 셀럽들의 등에 새겨진 물고기 모양의 타투, 그들만의 손동작 제스처, 일본 야쿠자들의 물고기 타투 등등… 그들 모두가 돈과 권력으로 연결되어 인간들을 지배하고 있다고 공공연히 떠들었다.

오생물 박사가 특히 주목한 곳은 스타그룹 산하의 스타월드 프랜차이즈였다. 스타그룹의 외동딸이자 스타월드의 대표, 그리고 차기 그룹 의장 자리를 맡게 될 그레이스가 인어족이라고 주장하며 세간의 관심을 모았다. 세계적인 팝페라 가수이자 유명한 셀럽이다 보니 손쉬운 공격 대상이 되었지만 그레이스는 전혀 개의치 않아 했다.

방송국 인터뷰에 일절 응하지 않는 그레이스가 반인반어족 질문에 처음 응답한 적이 있었다. 한 기자가 이렇게 물었다.

"당신이 반인반어족이라고 주장하는 사람들이 있는데, 당사자는 어떻게 생각하시나요?"

"제가 인어족이라면서요? 그렇게 주장하시고 또 믿는 분들도 계신 거 저도 알고 있습니다. 그분들의 개인적인 생각을 존중합니다만, 저희 스타그룹과 연결하는 건 소설을 쓰시는 게 아닌가 싶네요. 저희는 수백 년간 이어져 내려온 유서 깊은 기업입니다. 인어공주 이야기랑 저를 자꾸 헷갈려 하시는 거 같은데, 참고로 저는 다리가 있습니다. 그리고 저는 백마 탄 왕자를 기다리지도 않습니다. 현대적인 여성은 오로지 자신의 능력으로 세상에 맞서는 거라고 생각합니다."

그러던 어느 날, 국제 프랜차이즈 행사장에서 오생물 박사와 그를 지지하는 일부 반인반어족 맹신자들이 그레이스에게 소금물을 붓는 사건이 일어났다. 소금물이 닿으면 인어족으로 변신한다는 전설을 믿었던 것이었다. 하지만 아무런 일도 일어나지 않았다. 이 사건으로 오생물 박사가 구속되는 일이 벌어졌지만, 그레이스는 개인적인 고소를 취하했다. 그러나 법원은 이 사태를 엄중하게 생각했고, 오생물 박사에게는 접근 금지 명령이 내려졌다. 그는 5년간 전자 발찌를 차고 가택 연금 상태로 지내야 했다. 그레이스는 조용히 넘어가려 했으나, 이 문제는 소피아 의장의 심기를 건드렸고, 자신의 딸이자 차기 의장에 대한 테러 행위를 강력하게 대응하게 하였다. 얼마 후 스타그룹의 대표 변호사이자 동시에 법무법인 대서양의 대표, 김온장 변호사에 의해 공식적으로 다음과 같이 발표되었다.

"그동안 터무니없는 음모론으로 스타그룹과 스타월드, 그레이스 대표를 음해하고 낭설을 퍼트려 왔던 개인과 집단에 대응하지 않고 넘어갔습니다만, 이번 사건을 계기로 앞으로 저희는 스타그룹을 음해하는 그 어떤 세력과도 일절 합의 없이 강력하게 법적 책임을 물을 것입니다. 스타그룹은 일명 반인반어족과는 아무런 연관이 없으며, 법과 윤리를 바탕으로 사회적 책임을 다하는 기업으로서 앞으로도 세계 시민들과 대한민국 국민들을 위해 올바른 경영을 이어 나갈 것입니다."

이 사건으로 반인반어족 음모론자들은 위축되어 음지로 숨어들었고, 그들만의 세계를 구축해 소규모로 활동을 유지하게 되었다. 얼마 전 붕어공주가 나타나기 전까지는 확실히 그랬다.

Scene3. 오생물 박사의 반인반어족 음파 이론 주장

오생물 박사는 스타그룹 산하 스타엔터테인먼트에서 만드는 음악에 사람들을 홀리는 특정 주파수가 존재한다고 주장했다. 일부 아이돌의 노래 중 몇몇 곡의 멜로디 속에 사람들 귀에 안 들리는 주파수대의 무언가가 존재하는 것이 밝혀지기는 했지만, 사람들을 홀린다는 주장이 과학적으로 증명된 부분은 없었다. 노래를 거꾸로 틀면 매우 기괴한 목소리로 스타그룹을 찬양하는 가사가 나온다는 유언비어가 돌아 한동안 시끄러웠다. 아이러니하게도 그 후 그 가수들은 모두 그레이스의 후원 아래 세계적인 아티스트로 성장했다. 그들의 노래들은 현재도 전 세계 젊은 층들의 마음을 파고들어 강력한 팬덤을 형성했다.

스타그룹의 대표, 그레이스도 어릴 때부터 세계적인 팝페라 가수로 활동했는데 그녀의 노래에도 사람들을 홀리는 매우 강력한 음파 영역이 존재한다고 주장했다. 그런 주장을 의식한 탓인지 그레이스는 더 이상 노래를 부르지 않게 되었다. 하지만 그녀의 노래는 여전히 모든 스타월드 매장에서 주기적으로 들을 수 있었다.

다시 현재, CNN스튜디오. 오생물 박사의 주장을 집중해서 보던 리처드가 말문을 다시 열었다.

"오생물 박사가 주장하는 음파 부분도 정말 흥미롭습니다."

"과학자들이 여러 방법으로 조사를 했지만 그 연관성을 밝히지는 못했습니다. 그리고 오생물 박사는 붕어공주 허황옥의 싯타르 연주에 그레이스보다 더 강력한 특정 음파가 존재한다고 주장했었죠."

"여기서 우리가 짚고 넘어가야 할 주제가 있습니다. 반인반어족 이론이 단순한 음모론이 아니라는 겁니다."

"맞습니다. 음모론의 이면에는 그동안 사회에서 차별받던 대중의 상실감과 분노가 녹아 있었습니다."

Scene4. 반인반어족 음모론의 이면, 그리고 브로큰스타

반인반어족 음모론의 이면에는 세상의 양극화에 지치고 분노에 찬 대중의 심리가 깔려 있었다. 단순히 음모론에 빠지는 일부 마이너 문화나 오타쿠 성향이 아니었다. 그들은 반인반어족의 상징 격인 스타그룹에 대한 반감을 가지고 세상을 뒤집어서 부의 재분배를 하고자 하는 의도를 가지고 있었다. 그들은 은밀히 이러한 상황들을 지켜보며 혁명을 꿈꿨다. 그들에게 붕어공주의 등장은 거대한 혁명의 신호탄이었다.

또한 일부 과격한 음모론자들에서 또 하나의 움직임이 감지되고 있었다. 그들은 '브로큰스타'라고 불리는 집단이었다. 쪼개진 별 모양의 상징으로 유명한 그들은 종종 거리에 스프레이로 자신들의 존재를 사람들에게 과시했다. 한동안 잠잠했다가 최근 붕어공주의 등장과 함께 다시 나타난 브로큰스타는 쪼개진 별 모양을 도시 곳곳에 새겨 넣으며 문제를 일으켰고, 허황옥의 D-1000이라는 숫자를 함께 표시하며 사회적 불안감을 조성했다.

insert 포털뉴스, 조중일보 헤드라인

〈허황옥과 함께 다시 수면 위로 올라온 스타그룹-브로큰스타 그들의 상관 관계〉

세계적인 안티 스타그룹 집단인 '브로큰스타'가 논란이 되고 있는 허황옥의 D-1000을 공식적으로 지지하며 초미의 관심을 끌고 있다. 전 세계 동시다발적으로 활동을 개시한 그들은 오히려 국내보다 해외에서 극렬하게 움직이고 있어 각국 정부는 매우 긴장하고 있다.

브로큰스타는 수천 년 인류의 역사 중 지배층에 대항하는 피지배 계층의 저항 정신으로 항상 존재해 왔다. 그들은 시기에 따라 노예이기도 했고, 소작인이기도 했다. 근대에 들어서는 노동자, 대중 등 다양한 모습으로 핍박과 지배를 받아 왔고, 이에 대한 저항으로 노예들의 반란, 시민혁명, 자유주의, 사회주의 등의 사회 변혁을 주도했다. 가장 성공적인 예로 프랑스 시민혁명 때는 왕을 단두대에 올려 광장에 모인 성난 시민들에게 피의 향연을 선사했고, 베트남 전쟁 때는 반전이라는 깃발 아래 대중을 선동하여 혼란을 일으키기도 했다.

스타그룹은 수백 년 전 유럽의 왕가에서 시작된 글로벌 기업이었다. 당연히 수백 년간 브로큰스타의 타깃이었고, 스타그룹 내에는 브로큰스타 대응팀이 있을 정도로 골칫거리 집단이었다. 그런 그들이 붕어공주 신드롬에 무임승차하자, 스타그룹은 이번 현상을 예의 주시 하며 각국 정부와 대책을 강구 중이다. 그동안에는 브로큰스타의 활동이 대체적으로 해외 위주였지만, 지금 이 사태의 중심인물인 허황옥이 한국에 있기 때문에 대한민국 정부 역시 이 상황을 가볍게 보지 못하고 있다. 정부 여당에서는 얼마 전 황상범 국무총리를 중심으로 '붕어공주 특별 대책 위원회'를 발족하고 허황옥에 대한 조사를 본격적으로 할 것으로 보이나, 현재로서는 일반인 허황옥을 조사할 마땅한 명분이 없어 난관이 추측된다."

– 사회부 강지영 기자

한국에도 브로큰스타를 등에 업고 과격한 주장을 일삼는 일부 진보주의자들이 존재했고, 그들은 장녹수에게 접근해 공동 전선 구축을 제안했다. 하지만 장녹수는 거절했다. 폭력적이고 과격한 방식으로는 더 이상 세상을 바꿀 수 없다고 믿었기 때문이었다. 한국 브로큰스타 연맹이라는 이름의 단체였던 그들은 장녹수와의 결별과 함께 독자 노선을 가겠다고 공식적으로 선언했다.

CNN 스튜디오. 리처드가 궁금한 것이 있다는 듯이 화면을 멈추게 하고 질문을 한다.

"장녹수 의원은 어떤 사람인가요?"

"한국의 대표적인 진보 정치가로 평가받는 인물입니다. 본인은 아니라고 주장했지만 브로큰스타라는 휘발성 강한 폭발물에 불꽃을 당기는 발화점이 된 것은 사실입니다."

Scene5. 진보 정치가 장녹수 의원 이야기

장녹수 의원은 소위 진보의 최전선에서 수구 자본주의와 투쟁해 온 대표적인 진보 정치가였다. 한국에서 최고라고 손꼽히는 서울대를 나왔으나, 오랫동안 노동 운동에 투신하여 핍박받는 노동자와 민중을 대변하는 삶을 살아왔다. 그러나 최근 장녹수의 마음은 심란하다 못해 혼란 그 자체였다. 60년 넘게 살면서 산전수전 쓴맛, 단맛… 주로 쓴맛이었지만… 온갖 세상 풍파를 다 견뎌 냈다고 생각했는데… 인터넷의 탄생과 더불어 본인도 구세대로 밀려나면서 모든 게 밑바닥부터 흔들리고 있었다. 세월에 지지 않으려고 악착같이 배우고 학습하면서 세상과 소통하고 연대해 왔다고 믿었지만, 세상은 변하고 진보의 가치도 퇴색되어 더욱더 양극화되는 상황에서 설 자리가 점점 없어지고 있었다. 평생 본인의 영달을 포기하고 노동자와 비정규직 빈곤들을 위해 싸워 왔지만, 이제 그들에게도 부정당하는 상황들이 벌어지면서 본인의 신념도 흔들렸다. 유구한 역사가 증명하듯 역시나 마지막 순간 등에 칼을 꽂는 건, 같은 편이라는 사실에 입맛이 씁쓸했다.

그럴 즈음에 나타난 붕어공주 허황옥의 등장은 본인의 입지를 더욱더 흔드는 트리거가 되고 있었다. 허황옥이 주장하는 현대판 '오병이어의 기적'과 '지속적인 빈곤 구제'는 같은 진보의 어젠다 내에 있었지만, 허황옥에게 집중되는 언론의 관심과 심지어 본인의 지지 세력들도 허황옥에게로 옮겨 가는 상황들을 손 놓고 볼 수는 없는 상황이었다. 장녹수 의원은 허황옥에게 먼저 연대를 요청했으나, 허황옥은 묵묵부답이었다.

'허황옥은 진보의 아이콘이 되고 싶은 거야? 아니 자기 입으로 본인은 정치가도 아니고, 정치에는 뜻이 없다며?'

장녹수 의원은 초조했다. 허황옥에게 집중되는 언론들은 그녀의 말 한 마디, 한 마디를 정치적으로 해석하고 있었기 때문이었다. 실제로 모 언론과의 인터뷰 도중 그녀가 농담처럼 "정치를 해 볼까요?"라고 말한 것이 다음 날 모든 포털과 뉴스 1면에 〈허황옥 정치 참여 현실화〉라는 기사로 도배되는 상황이었다.

정치 평론가들은 방송에 나와 신나게 떠들어 댔다.

“허황옥의 등장으로 진보주의 정치 최대의 위기! 장녹수 여의도 퇴출 위기?”

“새로운 진보 정치가의 등장!”

“구세대 진보 장녹수와 새로운 진보 허황옥의 대결 구도” 등등….

장녹수와 진보 쪽에서 평생을 헌신해 온 사람들을 당혹스럽게 만들기에 충분했다. 그녀의 인터뷰를 직접 봤기 때문에 그녀가 왜 그런 농담을 기자에 했는지도 충분히 이해하고, 그래서 지금의 이런 언론의 호들갑들도 충분히 그럴 만하다고 신경 안 쓰려고 했다. 늘 그래 왔듯이….

그런데 오히려 언론 쪽에서 장녹수에게 지금 상황을 어떻게 받아들이는지 알고 싶어 인터뷰가 쇄도했다.

‘도대체 얼마만의 언론 인터뷰야? 내가 주장할 때는 그렇게 기사 한 줄 안 올려 주던 언론들 아닌가? 이걸 언론이라고 해야 할지 가십거리에만 목맨 장사꾼인지…. 그러니 다들 기레기라 그러지… 기레기 새끼들….’

그들은 허황옥과 장녹수를 엮어 어떻게든 조회수를 올리겠다는 생각밖에 없는 사람들이었다.

“허황옥 씨가 정치를 하겠다고 한 건 아니라고 봅니다. 제가 얼마 전 만났을 때도, 정치 쪽에 관심이 있는지? 있다면 나 장녹수와 연대해서 함께 진보의 가치 아래 깃발을 들자고 제안했으나… 허황옥 씨 본인은 정치에 전혀 관심이 없다고 했습니다. 그럼에도 그녀가 정치를 한다고 하면 저로서는 너무나 강력한 지원군을 얻는 거 아니겠습니까? 허황옥 씨! 정치를 하시겠다면 저는 언제든 환영입니다! 제 옆자리는 당신의 것입니다. 녹색당은 24시간 열려 있습니다! 하하하. 자, 인터뷰는 여기까지만 하시죠~"라고는 했지만 장녹수의 마음은 심란했다.

장녹수 의원은 허황옥을 본인의 강력한 우군이라고 말했지만, 스스로도 진짜 자기편인지 확신이 없었다. 그렇다고 보기에는 허황옥이 하는 행위가 너무나 자본주의적이고 자유시장주의자였기 때문이다. 이미 그녀는 세계적인 셀럽이자 어마어마한 자산가였다. 최근 그녀의 SNS 팔로워가 8천만 명이 넘어가면서 비공식적으로 예측된 SNS 수입만 80-100억 사이인 것으로 추정되고 있었기 때문이었다.

진보의 아이콘 자리를 그녀에게 뺏길 수는 없는 노릇이었다. 아이러니하게 장녹수는 '진보는 가난해야 한다'는 프레임에 갇혀 평생 쪼들리게 살아왔는데, 지금 허황옥은 세계적인 부자 순위에 등극할 정도로 부를 축적했고, 이제 대중들은 새로 나타난 진보 성향의 슈퍼 재벌에게 열광하고 있었다.

그동안 빈민들 옆에서 동지가 되어 같이 싸워 온, 본인도 저소득층이었던 진보 진영 운동가들도 모두 패닉이 온 상태였다. 부자에게서 빼앗아 가난한 자들에게 나눠 준다는 것이 얼마나 시대착오적이고 비도덕적인 것인지 여실히 드러나고 있었다. 홍길동, 임꺽정 시대에나 통하던 이념을 21세기에 구현하려고 한 것이 얼마나 허무맹랑한 일인지… 오히려 부자가 진보를 지향해 빈민들을 구제하는 것이 현실적으로 더 실현 가능성이 높은 건 아닌가 싶었다. 사회주의, 공산주의가 이미 한물간 유행가 레퍼토리로 전락한 것처럼….

그리고 최근 반인반어족 음모론자들의 재등장과 생각지도 못했던 브로큰스타의 결집에 장녹수는 머리가 아팠다. 솔직히 처음 자신이 올린 해시태그가 이 정도의 반향을 일으키게 될 줄은 상상도 못 했다. 벌집을 건드린 꼴이었다.

평생을 바쳐 온 진보 운동이었다. 본인도 서울대를 나왔고 얼마든지 기득권으로 살 수 있었다. 대학에 입학하자마자 그동안 본인이 배워 온 것들이 기득권들이 만들어 낸 허구라는 사실을 깨닫고 운동권에 발을 들여 가열차게 투쟁했다. 학교 성적보다 민중의 삶이 우선이었다. 위장 취업, 수배, 구속 등등 부모님의 기대와 눈물, 한 개인의 꿈과 영달, 인간으로서 본능적으로 추구할 수 있는 모든 자유와 욕망을 내려놓고 헌신했는데, 여전히 그런 가치들이 달성되고 있지 않다는 사실에 절망감이 찾아오기도 했다.

곧 선거철이었다. 장녹수의 정치적 생명이 걸려 있는 중요한 선거였다. 초반 유세 몰이는 나쁘지 않았다. 붕어공주의 등장과 함께 사람들에게 진보의 가치가 다시 회자되는 상황이었다. 물론 허황옥이 진보라고 볼 수도 없고, 정치가도 아니었고, 그녀에게 진보의 자리도 빼앗기고 있는 상황이었지만 그래도 언론에서 원조 진보의 아이콘 장녹수에 대한 관심이 다시 올라가는 중이었다.

CNN 스튜디오, 정치 이야기가 나오자 리처드의 몰입도는 점점 더 높아졌다.

"장녹수 의원의 대척점에 있는 박정일 의원도 한번 언급해 볼까요?"

"박 의원은 저에게도 아버지 배 목사에게도 매우 깊은 관계가 있는 인물이죠."

Scene6. 보수 정치가 박정일 의원 이야기

정통 보수로 표방되는 대한국당 안에서도 매우 중요한 정치가 중 한 사람으로 꼽히는 3선 박정일 의원은 경남 지검, 서울 지검 부장 검사를 두루 거친 후, 보수 정치권의 비례 대표를 시작으로 지역구 의원까지 정치 엘리트 코스를 차근차근 밟아 온 인물이었다. 그 역시 허황옥의 갑작스러운 등장으로 대한민국 사회와 정치 세력의 균형에 큰 파열이 생긴 것을 내심 불안해하며 허황옥을 주시하는 중이었다.

그는 최근 김해시 선일건설과 토건 비리 문제로 언론의 집중포화를 받고 있었고 당에서도 부담스러워하는 눈치여서, 이 문제를 해결하지 못하면 다음 공천에서 탈락될지도 모르는 상황이었다. 심지어 말 많은 여의도에서 차기 지역구 공천자로 허황옥을 찜했다는 소문까지 돌면서 박 의원의 입장은 매우 곤란했다. 어떤 놈들이 그런 소문을 만들어 내고 퍼뜨리고 다니는지 일찍부터 알고는 있었지만 당장은 그들에게 반격할 생각이 없었다. 그들의 약점을 틀어쥐기 전까지는 절대로 이빨을 드러내지 않는 늑대처럼 박 의원은 이를 갈고만 있었다. 정계 진출 초기에 비해 힘이 좀 빠졌다고는 하나 아직 후배 검찰들이 막강하게 그를 지지하고 있었고, 방송국을 비롯한 언론에도 박 의원의 끄나풀들이 여전히 요직에서 그를 돕고 있었다. 특히 스타그룹 신 상무와는 대학 동문이고 미국에서도 같이 수학한 매우 가까운 사이였다. 그동안 스타그룹의 여러 문제들을 박 의원은 적극적으로 해결해 주었고, 최근 허황옥의 문제로 골치 아파하는 신 상무를 자신의 일처럼 걱정해 주며 함께 해결책을 찾아 나가는 중이었다.

하루는 국회의사당 박정일 의원 사무실에 딸 박민지가 찾아왔다. 박민지는 어렸을 때 허황옥을 괴롭히던 3인방 중 한 명이었고, 좋은 배경에서 탄탄대로로 성장하여 미국 로스쿨을 졸업하고 법무법인 대서양에서 국제 변호사로 근무하고 있었다. 박 의원은 스타그룹 신 상무와 한창 통화 중이었다.

"하하하, 이봐 동생, 신 상무님, 뭘 그런 걸 걱정하고 그라노? 당신답지 않게… 내가 검찰 쪽 라인들 총동원해서 탈탈 털어 보라 했으이까네 쫌만 기다려 봐~ 이게 지금 말이 되냐고? 응? 어디서 근본도 없는 것들이 튀어나와서 나라를 이렇게 혼란스럽게 하고 말이야…. 대한민국이 우째 될라고 이라는지 모르겠어! 스타그룹에서 얼마나 심려가 크실지 내가 다 마음이 불편하네. 그레이스 대표님께 걱정 마시라꼬…. 나 박정일이야~ 걱정 탁 내려놓고 언제 식사라도 같이 하시자꼬…. 우리 딸 박 변도 정식으로 인사도 시키고… 그렇지, 그렇지… 참, 말귀 빠르데이~ 아, 그리고 다음 주 라운딩에 재경위 소속 심 의원, 법사위 소속 조 의원도 올 끼다. 전에 당신이 말한 부분들 싹 다 조치해 놨으니까 편하게 즐기라…."

박 의원이 전화를 끊자, 박민지가 조심스럽게 말했다.

"아빠, 확실하지는 않은데 아무리 봐도 허황옥이라는 요즘 핫한 인물이 어렸을 때 우리 동네에 살던 벙어리 허수경 같아. 특히 붕어빵을 파는 걸 보면… 옛날에 허수경 할머니가 붕어빵 팔았잖아…."

박정일은 깜짝 놀랐다.

"옛날에 그 거지 같던 붕어빵 할매 손녀가 지금의 허황옥이라꼬? 허! 그란데 그때 어딘가 사라졌다 안 했나? 그 어린아가 저래 커서 유명인이 돼서 돌아왔다꼬? 어떻게?"

"그러게 말이야…."

박민지도 궁금해서 미칠 것 같았다. 법조인 출신 국회의원 아버지를 둔 배경과 상관없이 미국에서 로스쿨을 졸업하고 국내 최고라는 법무법인 대서양에 입사한 신세대 변호사로서 그녀도 유명세를 누렸다. 대학 때부터 알아주는 퀸카였고, 변호사가 된 이후에는 방송에도 자주 얼굴을 내밀어 금수저 집안에 미모와 지성까지 겸비한 변호사로 활동하며 현재 그녀의 SNS 팔로워는 3만을 넘기며 연예인 부럽지 않은 인기를 끌고 있었다. 그런데 갑자기 등장한 허황옥… 자기가 바닥 인생이라 한껏 무시했던, 가난하고 보잘것없던 허수경이 세계적인 셀럽이 되어 나타난 것이다. 허황옥의 SNS 8천만 명을 바라보며 박민지는 엄청난 자격지심과 질투를 느꼈다. 박민지는 자신의 분노가 어디서 오는지 정확하게 알고 있었다. 박민지는 3인방에게 카톡을 날렸다.

"얘들아, 거지 허수경이 돌아왔다."

Scene7. 김해 만선교회, 배 목사, 허수경의 소식을 듣다

한편, 배 목사는 박 의원에게서 뜻밖의 전화 한 통을 받게 된다.

"배 목사 혹시 붕어빵 손녀, 허수경이 기억나나?"

"허수경… 그 붕어공주 리어카 장사하던 할매 손녀요?"

당연히, 배 목사는 허수경을 기억하고 있었다. 몇 년 전까지만 해도 꾸준히 자신의 아들 배두호에게 오던 엽서를 숨겨 둔 건 바로 배 목사 자신이었으니까. 근데 최근, 국내에서 화제의 인물로 떠오르는 허황옥이 허수경이라니. 그녀가 말하는 '오병이어의 기적'으로 요즘 교회 안팎으로 말들이 많은데… 김해의 그 벙어리 소녀, 허수경이 언제 저렇게 자랐을까.

배 목사는 새삼 세월이 많이 흘렀음을 실감했다.

배 목사는 그 소식을 듣고, 잊고 있었던 과거의 꿈이 생각나기 시작했다. 허수경 할머니의 붕어빵을 먹고 꿨던 꿈, 만선호에 걸린 그물에서 발견했던 빛이 나던 어린 허수경의 모습 말이다. 그리고 뒤이어 자신의 아들 배두호가 떠올랐다. 아내 마리아가 그렇게 된 이후 교회 확장에 정신이 팔려 있던 시절, 배두호는 돌연 신학교를 가지 않겠다 선언하더니 서울로 도망치듯 떠나 버렸다. 배 목사는 그런 아들을 이해할 수 없었다. 자신이 다 일구어 놓은 곳에 있으면 편할 것을… 방송 일을 한다고 몇 년째 제자리걸음인 아들의 모습을 보면 답답함을 느꼈다. 서로 연락도 하지 않고 얼굴도 보지 않으며 남남처럼 지낸 지 몇 년째였다. 물론, 소식은 계속해서 듣고 있었다. 얼마 전 김해에 잠시 내려온 것 같았는데 혹시 허황옥을 다시 만나기라도 한 걸까? 아무래도 오랜만에 아들을 봐야 될 것 같다고 배 목사는 생각했다.

Scene8. 배두호, 본격 취재 시작

배두호는 시장 근처에 단출한 원룸을 잡았다. 한 석 달 정도 촬영 계획을 잡고 단기 계약이 가능한 곳으로 찾은 결과다. 방 안에는 작은 창문이 있었는데, 그 창을 열면 허황옥이 장사하는 모습을 한눈에 볼 수 있어 바로바로 촬영하기에는 그만이었다. 간단한 짐을 풀자 어느새 저녁 시간이었다. 창밖에는 장사를 마친 허황옥의 싯타르 연주 소리가 울려 퍼지고 있었다. 매일 장사가 끝나면 저렇게 사람들에게 직접 만든 음악을 선물하는 듯했다.

배두호는 조용히 두 눈을 감고 허황옥의 연주를 들었다. 낯선 이국의 악기에서 나오는 그녀의 음악을 듣고 있으면 이상하게 현실에 닥친 고민들이 모두 사라지는 기분이었다. 그녀는 제법 신비롭고 묘한 여인으로 돌아왔다. 그런 그녀를 미워하는 사람은 세상에 없지 않을까? 배두호는 어쩌면 붕어공주 다큐멘터리가 정말로 성공할지도 모르겠다는 생각을 하며 슬며시 미소 지었다. 어릴 적 함께 지냈던 친구가 이렇게 달라졌다니… 아직도 배두호는 허황옥이 허수경이었다는 사실이 믿기지 않았다. 시골 바닥의 이름 없던 여자아이가 지금은 온 세상이 다 아는 사람이 될 줄이야…. 다시 한번 자신의 처지와 비교가 돼서 헛웃음이 나왔다.

Scene9. 사람들과 요가 수련하는 허황옥

장사를 모두 마친 허황옥에게 배두호가 다가갔다. 허황옥의 주변으로 이미 많은 사람들이 모여 허황옥과 인사를 나누고 있었다. 모두 가벼운 옷차림에 등에는 작은 배낭을 메고, 요가 매트를 들고 있었다. 몇몇은 놋쇠로 만든 핸드팬이라는 악기와, 허황옥이 연주하는 싯타르라는 기타를 들고 있었다. 붕어빵은 모두 소진되었고 연주도 끝났는데 왜 아직 여기들 있는 거지? 배두호가 허황옥에게 물어볼 찰나, 허황옥이 배두호에게 따라오라고 손짓했다.

허황옥을 따라가자 숲속에 조용한 공터가 하나 나왔다. 저마다 바닥에 요가 매트를 깔고 앉아 허황옥을 기다리고 있었다. 허황옥은 부채꼴 모양으로 앉은 이들의 정가운데에 자리를 잡았다. 그녀가 눈을 감자 모두 일제히 그녀를 따라 눈을 감았다. 배두호는 재빨리 그들의 모습을 카메라에 담았다. '대체 뭘 하려는 거지?' 배두호의 질문에 대답이라도 하듯 허황옥이 합장을 했다. 그러자 다른 사람들도 그녀를 따라 합장을 하는 것이었다. 말 못 하는 허황옥이었지만 그들은 눈빛으로 모든 걸 이해했으며, 그녀의 신호와 함께 사람들은 천천히 요가 동작을 따라 하기 시작했다. 한낮의 열기가 가신 고요한 숲속에서 들리는 것이라고는 오직 사람들의 옷이 스치는 소리와 숨소리뿐이었다. 정적인 분위기 가운데 그들의 몸에서 올라오는 뜨거운 열기는 다른 시공간에 있는 듯한 특별한 느낌을 자아냈다. 1시간여 진행된 요가 수련 후 그들은 가부좌 자세를 하고 명상을 시작했다. 조금 전까지의 뜨거운 열기는 다시 차분함 속에 숨어들었다. 그들은 마치 한 사람이 숨을 쉬는 듯 같은 호흡 속에 머물렀다.

그 순간이었다. 그들의 입에서 소리가 새어 나오기 시작했다.

"옴… 옴… 옴…."

단순히 입으로 내는 소리인데도 그 진동은 거대한 울림으로 퍼져 나갔다. 진풍경이었다.

이들이 낸 소리는 고대 인도의 베다 시대부터 사용되던 신성한 소리였다. 인도의 경전인 《우파니샤드》의 각 장마다 그 처음이 '옴'으로 시작되는데, 이는 보통 알파벳으로 OM으로 표기하지만 본래는 AUM으로, 이때 A는 비슈뉴, U는 시바, M은 브라흐마를 나타내며 각각 창조, 파괴, 무를 상징한다고 했다. 곧 AUM은 우주의 창조와 유지와 파괴를 뜻하는 소리였다. 요가 수행자가 옴이라는 소리를 반복하는 것은 자신 안에 존재하는 자아를 강하게 만들어 질병, 무기력, 나태, 집착 등의 세속적인 욕망을 벗어나기 위한 방법이라고 했다.

허황옥은 인도에서부터 늘 요가하는 영상을 라이브 방송을 통해 전 세계로 송출해 왔다. 처음부터 SNS와 라이브 방송에 집중한 것은 철저히 계산된 그녀만의 전략이었다. 10년간 스스로 정립한 자신의 생각과 이념을 사람들에게 신속하고 빠르게 전달하기 위한 최선의 방법이라고 생각했기 때문이었다. 허황옥은 이미 전 세계적으로도 알려진 요가 마스터였고, 그러다 보니 동시 접속은 매회 평균 300만 명이 넘었다. 다시 보기까지 합하면 천문학적인 숫자의 사람들이 그녀의 영상을 보고 있다 해도 과언이 아니었다.

Scene10. 허황옥의 모습을 카메라에 담는 배두호

배두호는 허황옥이 사람들과 요가하는 모습을 촬영한 뒤 그녀를 따라 트럭으로 돌아왔다. 허황옥은 그동안 이 트럭을 집 삼아 지내왔던 듯했다. SNS 8천만 명이 넘는 세계적인 셀럽의 삶으로는 보이지 않았다. 세상 사람들이 추구하는 물질과 풍요는 그녀에겐 중요하지 않아 보였다. 다시 카메라를 들고 배두호가 허황옥에게 물었다.

"늘 궁금했어. 할머니 붕어빵을 먹을 때부터… 어떻게 꿈붕어빵 하나만 먹고도 배가 부르단 느낌이 들지? 네 꿈붕어빵도 마찬가지고… 다른 음식은 먹고 몇 시간도 안 돼서 금방 허기가 오는데 말이야. 무슨 비밀이 있는 거야? 나한테만 알려 주면 안 돼?"

그러자 허황옥은 눈짓으로 트럭 안에 붙은 홍보물을 가리켰다. '꿈과 희망으로 배를 채워 주는 꿈붕어빵' 그러고는 어깨를 으쓱하는 허황옥이었다.

"영업 비밀이라 구체적인 레시피는 안 알려 준다, 이거지? 치사하게 이럴 거야, 너?"

배두호가 한쪽 눈을 치켜올리며 웃었다. 무언가 특별한 재료를 넣는 건가 궁금했지만 물어볼 때마다 허황옥은 장난스러운 듯 단호하게 대답을 피하는 눈치라 배두호 또한 더 이상 물어보지는 않았다. 장군차를 우린 물로 반죽을 만드는 것 말고는 다른 게 없어 보였다. 확실한 건 허황옥은 매번 장사하는 지역을 옮겨 다니며 그 지역의 특산물을 활용해 붕어빵의 속을 만들어 왔다는 사실이었다. 그것만으로도 허황옥의 붕어빵은 사람들의 호기심을 불러일으키기에 충분한 듯 보였다. 겨울엔 팥이 위주였지만, 계절 따라 다양한 재료를 적극 활용함으로써 그 지역의 경제를 활성화하는 데에 조금이라도 이바지하고자 하는 그녀의 세심한 배려와 선한 마음도 있었다. 배두호는 며칠간 그녀와 함께 지내며 허황옥이 추구하는 삶이 우리가 이상적이라고 치부하고 마는 "공생"이라는 개념이 아닐까 생각했다.

Scene11. 그레이스, 허황옥 라이브 방송을 지켜보다

그레이스는 자신의 사무실 대형 모니터를 통해 허황옥의 요가 장면과 동시 접속 상황을 점검했다. 그녀의 표정이 금세 어두워졌다.

'허황옥의 SNS 팔로워가 8천만 명이라고?'

그 순간에도 실시간으로 팔로워 수가 계속 증가하고 있었다.

허황옥과 그녀를 따르는 사람들이 함께 내는 "옴" 소리를 들으며 그레이스는 흠칫 놀랐다.

"이 소리는…."

그레이스는 스타그룹 기획실에 영상을 보내 음파 분석을 지시했다.

스타그룹 기획실 소속 연구소에서 붕어공주 허황옥을 팔로우하는 사람들의 정치적 성향과 일상생활 등의 배경을 광범위하게 조사했다. 그 중 가장 우려되는 부분은 반인반어족을 믿는 사람들의 움직임이었다. 소금물 사건 이후 잠잠하던 그들이 다시 결집하는 모습이 포착되었고, 특히 그 중심에는 곧 가택 연금 기간이 끝날 시점이 다가오는 오생물 박사가 있었다.

오생물 박사가 격앙된 목소리로 유튜브 영상에서 외치고 있었다.

"여러분, 조금만 기다리십쇼! 그레이스, 당신이 지난 5년간 내 손과 발, 입을 묶어 놨지만, 저는 곧 자유의 몸이 됩니다. 이 오생물이 나가서, 모든 진실을 밝혀낼 것입니다! 스타월드가 그동안 숨겨 왔던 반인반어족이라는 사실을 모두 폭로할 것입니다!"

그들을 더욱 불안하게 만든 것은 반인반어족 음모론자들 중 가장한 극렬 반 스타그룹 단체 '브로큰스타'였다. 그들은 의도적으로 장녹수 의원이 남긴 해시태그를 리그램하고 있었다.

@brokenstar_fanpage/브로큰스타_추종자들

#인어공주vs붕어공주 #대기업vs소상공인 #기득권vs소시민

#princese_mermaid_vs_princess_carp #브로큰스타

#broken_star #brokenstar

그레이스는 모니터를 주시하며 고민했다.

"허황옥… 당신이 지금 어떤 혼돈의 문을 연 줄 알아? 당신은 지금 전 세계의 모든 기득권에 전쟁을 선포한 거나 마찬가지야."

그레이스가 자기도 모르게 중얼거리고 있을 때, 소피아 의장의 호출

이 왔다.

"그레이스, 당장 들어와!"

Scene12. 스타팰리스 남산, 소피아 의장의 자택으로 호출받은 그레이스

스타그룹 의장 소피아가 살고 있는 국내 최상위층만 살고 있는 스타팰리스 남산. 소피아와 그녀의 남편 조지 해리스가 그레이스를 맞이했다. 소피아가 먼저 입을 열었다.

"그레이스 대표, 나는 공과 사를 분명히 하는 사람이야. 우리 스타그룹이 비록 가족들이 주요 CEO를 맡고 있음에도 전체 그룹이 큰 문제 없이 돌아가는 이유이기도 하지…. 이건 너도 알고 있을 거야. 최근 붕어공주 얘기가 심심치 않게 들리면서 자꾸 인어공주와 대비가 되고 있는데… 이 해시태그 봤겠지?"

#인어공주vs붕어공주 #대기업vs소상공인 #기득권vs소시민

#스타그룹 #스타월드 #스타월드_vs_붕어공주

#princese_mermaid_vs_princess_carp

소피아 의장의 질책 섞인 말들이 계속 이어졌다.

"그리고 얼마 전부터 이런 것도 올라오고 있지?"

#브로큰스타 #brokenstar

"지금 이게 전 세계로 퍼지고 있다는 것, 너도 잘 알 거야. 물론 그룹에서 조사한 바로는 붕어공주 허황옥이 직접 올린 건 아니었어. 처음 시작한 사람은 녹색당 장녹수 의원… 여기에 반인반어족을 믿는 집단들과 우리 스타그룹에 반감을 가지고 있던 집단들이 함께 움직이고 있어. 우리가 우려하는 건 브로큰스타! 그들이 움직이고 있다는 거야. 그들은 지금 최고의 기회가 왔다고 생각하겠지. 그들이 두려운 이유는 그 실체를 파악할 수 없다는 거야. 우리는 그들을 수백 년간 추적했지만 모두 실패로 끝났지. 특정 인물, 집단이라고 추정될 만한 증거가 하나도 없었어. 어쩌면 실체라는 것 자체가 존재하지 않을지도 몰라. 인간 내면의 숨겨진 욕망과도 같은 것들이 어느 순간 발화되는 게 아닐까 하는 연구도 있었어.

긴 역사 속에서 우리는 많은 도전을 받았고, 엄청난 희생을 치르며 현재의 자리를 유지해 왔어. 때로는 순간의 방심으로 모든 것을 잃을 만큼 큰 타격을 받기도 했었지…. 우리는 오랜 시간을 거치며 수많은 연구와 데이터로 그러한 위험 요소들을 사전에 발견하고 예방을 해 왔지만… 그래도 충분치 않아! 지금의 상황이 결코 간단한 상황이 아니라는 걸 잘 알겠지?"

소피아 의장의 일장 연설이 끝나 갈 때쯤에야 그레이스는 입을 열 수 있었다.

"알고 있습니다."

소피아 의장은 그레이스가 이번 사건을 통해 반드시 경영자로서의 역량을 드러내길 기대하는 마음을 숨기지 않으며 말을 계속 이어 갔다.

"이번 상황은 궁극적으로 스타월드를 겨냥하고 있어. 그레이스 대표가 이걸 해결하지 못하면 그룹에 치명타가 될 거야. 우리를 따르는 전 세계 수많은 기업들과 오피니언 리더들이 우려하고 있다는 것 명심해! 그레이스 대표, 너의 그룹 리스크 관리 능력을 나 역시도 지켜보고 있으니… 여차하면 스타월드의 주인이 바뀔 수도 있어."

어머니이자 스타그룹의 의장인 소피아에게 뼈아픈 소리를 들은 그레이스는 입술을 깨물며 인사를 하고 집을 나섰다. 어릴 적에도 칭찬 한번을 해 준 적이 없었다. 어머니라는 말보다는 의장님 소리가 더 편한 사이였다. 승계 구도가 흔들릴 수도 있다는 위기감에 그레이스는 답답한 마음이었다.

소피아는 스타그룹의 주력 회사이자 사실상 지주 회사이기도 한 스타에너지의 대표였다. 그녀 역시 스타에너지 경영전략실을 통해 매일같이 허황옥에 대한 보고를 받고 있었다. 날카로운 눈으로 뚫어져라 보고서를 보고 있던 소피아가 스타엔터테인먼트 대표인 남편, 조지에게 말을 건넸다.

"조지, 당신 생각은 어때?"

"원칙대로 처리해야겠지. 허황옥 문제든 그레이스 문제든… 모든 일은 타이밍이야. 때를 놓치면 해결은커녕 우리가 가진 모든 것이 흔들릴 수도 있어. 프랑스 혁명이 일어난 지 235년 만에 또 다른 혁명의 촛불이 불타오를지도…."

"아무리 우리 딸이지만 우리가 방어해 줄 수 있는 한계가 있잖아? 스타에어 쪽 움직임이 심상치 않아. 스타에어 로버트 회장이 차기 스타그룹 의장이 되려고 치열하게 물밑 작업 중이야. 특히 로버트 회장과 밀접한 일본 쪽 움직임이 걱정스러워. 야쿠자들이 조직적으로 움직이고 있어. 일부 의결권자들의 약점을 잡아서 협박했다는 소문도 들리더군. 우리 쪽 몇몇 주주들이 벌써 그쪽으로 가려는 움직임도 보이고… 쉽지 않아…."

소피아의 걱정은 최대 경쟁사인 스타에어 쪽이 어떻게 나올지 모르겠다는 불안에 기인한 것이었다. 조지도 그러한 염려에 동의한다는 듯이 고개를 조용히 끄덕이며 말했다.

“어릴 때부터 이런 상황에 대응할 수 있게 그레이스를 교육시켜 왔지만… 여전히 불안하군. 단순히 그룹 차원의 문제뿐 아니라 허황옥에 브로큰스타까지 나서고 있으니…”

소피아는 고개를 끄덕였다.

“한동안 잠잠했던 반인반어족 음모론이 다시 고개를 들 줄이야…. 거기다 붕어족이라니… 잔잔하던 물가에 파장이 너무 커졌어….”

“이대로 그레이스가 분위기를 반전시키지 못하면 차라리 다니엘이랑 결혼시키는 수밖에 없겠군. 적과의 동침이지만, 의장 자리를 아예 빼앗기는 것보다는 좋지 않겠어?”

“로버트 회장 아들, 다니엘? 다니엘이랑 그레이스가 통하는 건 많을 거야. 환경도 비슷하고 어려서부터 본 사이기도 하니… 나도 다니엘만 생각하면 아버지와 다르게 바른 청년이라고 생각해. 사업가로서는 탈락이지만 말이야. 하지만 두 사람의 결혼은 또 다른 문제가 생길 수 있는걸…. 그레이스는 절대 안 하려고 할걸? 조금만 더 기회를 줘 보자구요. 난 내 딸을 믿어. 그레이스는 잘할 수 있을 거야.”

Scene13. 스타팰리스 강남, 집으로 돌아온 그레이스

분노와 공포가 뒤섞인 감정이 그녀를 엄습했다. 이 자리를 지키기 위해 평생 외롭게 살아온 그레이스였다. 세상은 그녀를 두고 다이아몬드 수저로 태어나 원하는 것만 하고 살아왔을 거라고 쉽게 말했다. 그러나 그들이 모르는 것이 있었다. 4살 이후부터 그레이스는 자신이 원하는 것을 해 본 적이 없다는 것을… 그저 자신에게 주어진 것을 해 온 것뿐이었다. 하루도 빠짐없이 자신의 위치와 앞으로 책임져야 할 많은 것들을 습득하고 끊임없이 존재하는 외부의 시기, 질투를 이겨 내야 했다. 자신의 자리를 노리는 경쟁자들과의 싸움은 일일이 열거하기도 힘들었다. 온갖 더러운 권모술수와 모략 속에서도 꿋꿋이 견뎌 온 그녀였다. 의문의 교통사고는 수없이 있었고, 비행기가 추락할 뻔한 적도 있었다. 독극물에 대한 내성을 키우기 위해 어릴 때부터 온갖 맹독을 먹으며 몸을 단련하기도 했다. 하지만 붕어공주의 등장 이후 그러한 단련이 과연 무엇을 위한 것인가에 대한 고민이 계속 커지고 있었다. 그레이스는 스타월드 대표 취임 후 첫 임원 회의 날을 떠올렸다.

Scene14. 과거 회상, 그레이스와 로버트 회장의 악연

임원 회의장 밖을 나온 그레이스는 로버트 회장과 복도에서 마주쳤다. 그레이스가 로버트 회장과 인사한 후 로버트 회장의 심복인 박 비서에게 가볍게 아는 체를 했다. 차가운 표정의 박 비서가 먼저 형식적으로 인사를 올렸다.

"안녕하십니까? 그레이스 대표님, 무탈하시죠?"

"후후후, 얼굴 좋아 보이시네요. 박 비서님. 최근에 몇 번 죽을 고비가 있었지만 잘 버티고 있습니다. 사람 일 아무도 모를 일이에요, 안 그래요, 로버트 회장님?"

거구의 로버트 회장은 그레이스에게 몸을 숙이며 위협적으로 다가왔다. 그레이스의 경호원들이 움찔할 정도로 그 위세가 느껴졌지만, 그레이스는 표정 하나 흔들리는 기색 없이 로버트 회장을 올려다보았다.

"그러게 말입니다. 저도 그 소식 듣고 얼마나 놀랐는지 모릅니다. 이제 몸은 좀 움직이실 만합니까? 그 무슨 독이라 했더라? 복어 독? 복어가 참 맛은 좋은데 독이 위험하단 말이야. 이제 당분간 회는 못 드시겠네, 그레이스 대표님? 하하하."

"호호호, 재밌네요~ 제 음식에 복어 독이 들어 있었다는 건 극비 사항인데 로버트 회장님이 알고 계시다니… 네, 로버트 회장님. 그리고 당분간 비행기도 안 타려구요. 믿을 만한 게 없네요. 이참에 저희가 안전한 비행기 회사를 하나 만들려고 합니다. 기존 항공사들은 다들 늙고 욕심만 많아서 온통 불량이니까요. 안 그래요, 박 비서님?"

위세 당당하던 로버트 회장의 얼굴이 순간 굳어지며 입술을 실룩거린다. 그의 숨결이 느껴질 만큼 그레이스의 귀에 가깝게 다가와 아주 낮고 차가운 목소리로 말한다.

"야메로…. 우리 스타에어 들으라고 하는 소리 같은데… 입조심하시게나…. 내 인내에도 한계가 있으니까…."

그레이스는 로버트 회장의 거친 말에도 일절 동요 없이 웃으며 그의 가슴을 손바닥으로 가볍게 툭툭 두드리며 말한다.

"어머, 로버트 회장님~ 뭔가 오해하셨나 보네요? 연세도 많고 건강도 안 좋으신데… 나이 드신 분에게는 흥분이 복어 독보다 더 안 좋을 수 있답니다. 그럼 전 이만…."

그레이스가 수행원들과 떠나가고 로버트 회장은 심장약을 꺼내 와그작 씹어 먹는다.

"고노 야로! 저 빌어먹을 년 같으니. 언젠가 꼭 내 앞에 납작 엎드리게 해 주마. 쐣 더 뻑!"

소리 지르는 로버트 회장을 뒤로한 채 당당히 걸어가던 그레이스는 엘리베이터에 타고 나서 문이 닫히자마자 공포에 질린 표정으로 다리에 힘이 풀려 주저앉았다. 그레이스의 최측근 경호원 제이슨이 급하게 그레이스의 팔을 잡으며 보호한다.

"대표님! 대표님! 괜찮으십니까?"

그레이스는 초점 없는 눈으로 허공을 바라보았다. 누군가 발목을 잡아당겨 깊고 어두운 바닷속으로 빠져드는 것처럼 숨이 막혀 왔다. 무전기로 긴급 요청을 하려는 제이슨을 그레이스가 붙잡았다. 그녀의 간절한 눈빛이 '안 돼, 아무에게도 알리지 마…'라고 말하고 있었다. 지금 상황에서 그녀의 곁에 묵묵히 있어 주는 것 말고는 아무것도 할 수 없다는 것을 제이슨은 알고 있었다.

숨이 끊어질 듯 팔다리를 휘저으며 전력을 다해 심해에서 올라온 듯 그레이스는 그제야 참아 왔던 숨을 가쁘게 내쉬었다.

"흐헉~ 하… 하… 하…."

'도대체 이 자리가 뭐길래… 사람을 죽여서라도 가져야 할 만큼 탐나는 건가? 차라리 대놓고 달라 그러지… 까짓 그냥 줘 버릴까? 내가 이 자리를 진짜 원하는 건지 잘 모르겠어. 부모님은 내가 이 자리를 물려받기를 원하시는 거 맞아? 그럼 이렇게 어려울 때 더 적극적으로 도와줘야 되는 거 아냐? 방패도 돼 주고, 칼도 돼 주고… 근데 어떻게 다 나보고 알아서 하래?'

Scene15. 과거 회상, 그레이스 어린 시절

그레이스가 어릴 적 학교에서 있었던 일이었다. 그녀는 당대 최고의 가문들만 들어갈 수 있다는 국제학교를 다니고 있었다. 물론 그 안에서도 그녀는 다른 학생들과는 범접할 수 없는 급이 다른 집안의 아이였고, 학부모들이 꼭 그레이스와 친구가 되어야 한다고 제 자식들에게 압력을 넣는 0순위에 있었다.

"너, 그레이스네 집안이 어떤 집안인지 알지? 학교 가면 그레이스 옆에 꼭 붙어 있어!"

"그레이스 친구가 되면 너도 노는 물이 달라지는 거야! 네 아빠가 요즘 스타그룹이랑 중요한 계약하고 있잖아…."

그레이스와 같은 반 아이들은 부모의 이런 이야기를 듣고 부담을 느끼며 학교를 다니는 것이 일상이었다.

하루는 각자가 되고 싶은 미래의 '꿈'에 대해 이야기하는 시간이 있었다. 그 또래 아이들답게 각자 자신의 꿈을 거창하게, 때로는 허무맹랑하게 발표했다. 하지만 그레이스는 자신의 순서가 다가올수록 불안해졌다.

'꿈? 꿈이라고? 한 번도 꿈이라는 단어에 대해 생각해 본 적이 없는 것 같은데?'

그레이스는 실제로 잠자면서도 꿈을 꿔 본 적이 단 한 번도 없었다. 흔히 꿈을 꿔도 아침에 기억을 못 하는 경우가 많다고 하지만, 그레이스는 진짜로 꿈이라는 걸 꿔 본 기억 비슷한 것도 없었다. 그냥 전날 자려고 누워서 눈을 감으면, 아주 잠시 오래 눈을 감은 느낌일 뿐 잠을 잔다는 것이 그녀에게는 남들과 같지 않았다.

드디어 그레이스가 대답할 순서가 되었는데, 그녀의 입은 잘 떼어지지 않았다.

"제 꿈은… 음… 음…."

그레이스는 막상 자신의 꿈을 이야기하고 싶었지만 머릿속에서는 어떤 것도 떠오르지 않았고, 입에서도 뭔가 맴돌았지만 그것은 실체가 없는 단어였다. 한참을 고민하는 그레이스와 그런 그레이스를 보며 아이들이 키득거리며 웃기 시작하자 선생님이 나섰다.

"하하, 그레이스는 당연히 스타그룹을 물려받는 게 꿈이겠지~ 안 그래요, 여러분?"

"네~ 맞아요! 그레이스 네 꿈은 스타그룹 체어맨이잖아!"

"우와, awesome!"

"그레이스, 네 꿈이 최고야!"

"Wonderful~ 그레이스!"

아이들과 선생님의 박수와 함께 그레이스의 순서는 무사히 끝이 났다. 아무런 대답을 하지 않은 그레이스는 얼떨결에 모든 이의 박수를 받으며 가장 멋진 대답을 한 학생이 되어 있었다. 그날 집에 돌아온 그레이스는 서재에서 서류를 살피고 있는 소피아에게 다가가 학교에서 있었던 일을 말하며 물었다.

"엄마는 왜 나한테 꿈이 뭐냐고 안 물어봐요?"

"꿈? 그런 건 자신이 갖고 있지 않은 것을 원하는 사람들이 만들어 낸 무의미한 단어일 뿐이야. 우리 같은 사람들은 꿈이 아니라 목표를 가지지. 나의 뒤를 이어 스타그룹의 의장이 된다는 목표! 꿈같이 두리뭉실하고 아무나 꾸는 그런 거 말고… 정확하게 정해진 타깃을 향해 나아가는 목표만 있을 뿐이야."

"엄마, 나는 자면서도 꿈 같은 걸 꿔 본 적이 없어요."

서류에서 눈을 뗀 소피아가 그제야 그레이스를 바라본다. 철부지 같은 소리 하는 딸이 못마땅한 표정이다.

"얘, 그레이스야~ 왜 자면서 꿈 같은 걸 꾸려고 하니? 그건 나약한 자들이 현실에서 도피하려고 만든 가짜 세상이야! 우리는 꿈을 꿀 시간도 없어. 한 가지 목표만 생각해! 꿈 같은 건 없는 사람들이나 꾸게 두거라!"

사실 그레이스가 꿈을 안 꿔 봤다는 건 사실이 아니었다. 약 20년 전 김해에서 허수경을 만났을 때, 허 할매가 준 붕어빵을 먹고 꿈을 꾼 적이 있었다. 처음 경험해 보는 일이라 그레이스는 그것이 꿈이라는 것도 인지하지 못했다. 그날 집으로 돌아온 이후 그레이스가 평소와 다르게 땀을 흘리며 잠을 자는 것을 소피아가 발견했다. 신음 소리를 내며 뒤척이기까지 하자 그레이스는 즉시 스타병원으로 이송되어 정밀 검사를 받았다. 의사들이 뇌파 검사를 통해 얻은 결과를 소피아에게 보고하였다. 꿈을 꿀 때 나오는 전형적인 세타파, 델타파 그래프 결과였다. 소피아는 그래프를 보고 놀라며 그레이스의 뇌파 결과를 진찰 기록에서 삭제시켰다. 대신 그레이스에게 길거리 음식을 먹어서 그렇다며 스타병원에서 약을 처방해 줬다. 그 후에도 그레이스는 계속해서 그 약을 처방받아 매일 먹고 있다. 그레이스가 검증되지 않은 것을 먹게 두었다고 박 팀장과 신 부장은 엄청나게 질책을 받았다. 그 일이 빌미가 되어 경호팀 박 팀장은 문책을 받고 억울하게 옷을 벗게 되었고, 얼마 후 로버트 회장의 비서가 되었다.

그 후 아직까지 그레이스는 한 번도 꿈을 꿔 본 적이 없었다. 잠잘 때 꾸는 꿈도, 뭔가 이루고 싶다는 현실의 꿈도… 모든 건 그녀에게 정해져 있었기 때문이다.

그렇기 때문에 그레이스의 꿈에 대한 의문, 궁금증은 커져만 갔다.

"꿈이란 무엇일까? 꿈은 어떻게 꾸는 거야? 어떤 상태로 잠이 들면 꿈을 꾸는 거야? 현실에서는 이미 다른 이들에 의해 내 꿈이 정해져 버렸지만, 잠잘 때 꾸는 꿈속에서는 오롯이 나만의 꿈을 꿀 수 있을지 몰라. 너무 궁금해. 내가 자면서 꿈을 꿀 수 있다면 어떤 꿈을 꿀지… 경험해 보고 싶어… 나도 꿈을 꿔 보고 싶다…."

어느 누구도 자신을 동정해 주지 않는 상황 속에서 자신의 부모라고 다르지 않았다. 30여 년간의 길고 외로웠던 경영권 승계 싸움에서 모두를 누르고 이제야 왕좌가 목전인데, 갑자기 나타난 허황옥이라는 존재는 자신뿐 아니라 스타그룹과 그들이 속한 세계 모두를 무너뜨리려 하고 있었다.

'내가 이 왕관을 곱게 물려받을 수 있을까? 그녀는 우리 모두를 끌어내려 광장에서 목이라도 치려는 걸까? 대체 허황옥이 원하는 게 뭐지? 어떻게 해야 하지?'

냉정한 그레이스였지만 처음 맞닥뜨린 두려움에 미쳐 버릴 것 같았다. 너무도 긴긴밤이었다. 그레이스는 테라스로 나가 가부좌를 틀고 명상에 들어갔다. 그녀가 유일하게 자신의 평정심을 유지할 수 있는 루틴 중 하나였다. 불길 속에 타들어 가던 그녀의 번뇌가 호흡과 함께 평정심을 찾아갔다. 밤새 이렇게 가부좌를 하고 있어도 될 만한 밤이었다.

Scene16. 허황옥의 뻐끔뻐끔

다음 날 아침이 밝았다. 허황옥이 커튼을 걷자 배두호가 트럭 앞에서 기다리고 있었다. 그녀의 하루 일과를 처음부터 담을 참이었다. 허황옥과 배두호는 간단한 눈인사를 나눴다. 허황옥은 오늘 판매할 붕어빵에 필요한 반죽을 만들기 시작했다. 당일 제조, 당일 판매, 재료 소진 시 마감… 이것이 허황옥의 철칙이었기 때문에 매일 아침은 그 어느 때보다 바빴다. 장군차를 우려내고 밀가루로 반죽을 만들어 간을 맞추고, 미리 삶아 둔 팥을 통에 담았다. 밀가루가 잠시 숙성되는 동안 허황옥은 공터로 가서 자신을 기다리고 있는 사람들과 아침 요가를 마쳤고, 시장에서 지역 특산물과 물고기 밥을 사서 돌아왔다. 그러고는 트럭에 있는 어항 속 붕어들에게 밥을 주었다. 고등어도 붕어빵 한 마리를 먹으며 아침은 시작되었다.

허황옥은 밥을 주며 붕어에게 얼굴을 붙이고 뻐끔뻐끔했다. 붕어와 마치 대화하는 느낌이었다. 학교 가던 어린 꼬마들이 그들의 뻐끔뻐끔하는 모습을 이상한 눈으로 바라보다 그녀와 눈이 마주치자 한 아이가 도망갔다. 다른 아이는 옆 친구에게 좀 전에 본 허황옥 흉내를 냈다. 그걸 본 옆 친구가 물었다.

"뭐 하는 거야?"

"뻐끔뻐끔!"

아이들이 재미나게 따라 하는 모습을 보면서 허황옥이 미소 지었다. 배두호는 허황옥의 뻐끔뻐끔하는 모습을 바라보며 여전히 장난기가 많구나 생각하며 돌아서려고 했다. 그러던 찰나, 붕어가 배두호가 서 있는 쪽으로 헤엄쳐 오는 것이 아닌가? 마치 배두호와 인사라도 하려는 듯 입을 뻐끔거리는 붕어의 모습에, 배두호는 마치 허황옥이 붕어에게 자신을 소개라도 시켜 준 것 같은 기분이 들었다. 그래서 저도 모르게 손을 들어 붕어에게 "안녕, 좋은 아침!"이라고 인사를 했다. 그러고는 그런 자신이 우스워져 피식하고 돌아서다가 허황옥과 눈이 마주쳐 둘은 같이 웃었다. 배두호는 혼잣말로 자신에게 말했다.

"그러고 보니 어릴 때 수경이랑 횟집 수조 앞에서 물고기 바라보며 이러고 놀던 게 생각나네… 시간이 거꾸로 흐르나? 어렸을 때나 하던 짓을 하고 있구만."

허황옥의 다큐 촬영을 하는 동안 배두호는 그녀가 어릴 때와는 확연히 다른 사람이 되었다는 것을 거듭 느꼈다. 요가와 싯타르 연주를 할 때에는 같은 세상에 존재하는 사람이 아닌 듯한 착각이 들었다. 특별한 교육을 받은 것도 아닐 텐데 그녀에게는 탁월한 비즈니스 감각까지 있었다. 어린 시절, 가난하고 나약했던 허수경… 자신이 유일한 친구였고 자신의 부모가 후견인처럼 호의를 베풀어 왔던 그녀가 이렇게 대단한 인물로 성장한 것이 한편으로는 뿌듯하기도 했다. 그저 감탄에 빠져 배두호는 허황옥에게 물었다.

"야, 너 어떻게 이렇게 변한 거야? 내가 알던 수경이 맞아? 하하하."

허황옥은 말없이 웃기만 할 뿐이었다.

Scene17. 베트남, 베트남 소녀 뿌엉, 어느 날 SNS를 통해 허황옥을 알게 된다

베트남 하노이에 살고 있는 16살 뿌엉은 얼마 전부터 SNS를 통해 한국에 있다는 붕어공주 허황옥의 기사와 쇼츠들을 하루 종일 들여다보고 있었다. 그녀가 꿈붕어빵을 팔고 있고, 자신처럼 언어 장애가 있으며, 요가와 명상을 하면서 사람들에게 꿈을 꾸게 해 준다는 이야기는 어린 뿌엉의 관심을 끌기에 충분했다. 그리고 특히 허황옥의 어깨에 있는 물고기 모양 점을 유심히 살펴보았다.

뿌엉은 윗옷을 벗고 거울 앞에 서서 자신의 어깨를 바라봤다. 뿌엉의 어깨에도 물고기 모양 점이 있었다. 태어나는 순간부터 있었던 물고기 점이 늘 궁금했었다. 허황옥처럼 엄청 크지는 않았지만, 누가 봐도 물고기 두 마리가 어깨에서 헤엄을 치고 있었다. 뿌엉 방에 있는 어항 속 물고기가 그녀를 바라보며 춤을 추듯 빙글빙글 돌았다. 뿌엉은 물고기를 바라보며 빙긋 웃어 줬다. 자신의 어깨에 있는 점이 늘 이상하다고 생각했는데, 뭔가 실마리를 찾은 느낌이 들었다. 뿌엉은 눈을 크게 뜨고 물고기와 마주 보고 서로 대화하듯이 입으로 뻐끔뻐금하며 웃었다. 물고기도 오늘따라 뭔가 기분이 좋은 듯 뱅글뱅글 돌며 신나 보였다.

다시 CNN 스튜디오, 리처드가 본인이 알고 있는 사실의 구체적인 내용을 확인하는 형태로 배두호를 향해 물었다.

"이 시점에 해외 곳곳에서 어깨에 물고기 점이 있는 사람들이 대거 등장하며 붕어공주 허황옥과 연이 닿기 시작했어요? 이것이 붕어공주 신드롬으로 더 큰 파장을 일으키는 중요한 변곡점이 되었고요."

"그렇습니다. 그들은 허황옥에게 연락했고, 그들 역시 태어날 때부터 자신의 어깨에 있던 물고기 점을 보여 주며 서로 교감하기 시작했죠. 허황옥은 그들에게 붕어빵 틀을 보내 줬고, 각 나라에서 그들은 붕어공주 꿈붕어빵을 팔기 시작했습니다. 전 세계 곳곳에 붕어공주 깃발이 걸리기 시작했고, 그것은 엄청난 바이럴 효과였어요. 일부 국가에서는 이러한 현상을 불편해한 나머지 강제적으로 붕어공주 가판대와 깃발을 철거시키고 붕어공주라고 주장하는 이들을 잡아 투옥하기도 했습니다. 이로 인해 브로큰스타들은 더욱 공분해서 집단행동을 하게 됐습니다. 처음에는 그들의 상징인 쪼개진 별을 도시 곳곳에 스프레이로 그리는 정도로 숨어서 저항하던 것이 점차 집단 시위 현상으로 번져 나갔습니다. 각 나라에서 자국 대사관을 통해 한국 정부에 항의가 들어오면서, 드디어 정부에서도 이 문제를 심각하게 인지하게 되었습니다. 한 개인에서 시작된 일이 공론화된 거죠."

Scene18. 해외의 붕어공주들

허황옥은 오늘도 여느 날처럼 붕어빵 장사를 하고 있었다. 붕어빵 줄 사이를 비집고 교복을 입은 예진이 허황옥에게 다급하게 나타났다.

"언니! 언니! 이거 보셨어요?"

예진이 들어 보이는 휴대폰에는 허황옥과 같은 물고기 점이 어깨에 있는 여성들의 사진이었다.

"언니, 이 사람이 언니를 보고 자신도 점이 있다며 올렸어요. 근데 이게 다가 아니에요!"

예진이 SNS에 'fish shaped mole'를 해시태그 하여 검색하니 수백 장이 넘는 사진이 떴다. 허황옥은 사진을 보며 반가워하며 그들에게 메시지를 남겼다.

「반갑습니다. 전 세계 붕어공주들! 우리 온라인 화상 미팅으로 만나요.」

여러 나라에서 물고기 점을 가진 사람들이 나타났고, 그들은 스스로 각 나라를 대표하는 12명의 사람들을 선정했다. 그리고 그들은 약속된 날 화상 미팅을 통해 대화를 나누기 시작했다. 화상 미팅에 참석한 인원은 다음과 같다.

1. 캄보디아 – 메악까라잔 공주
2. 베트남 – 뿌엉 공주
3. 태국 – 메이 공주
4. 이집트 – 파티마 공주
5. 터키 – 아이쉐 공주
6. 인도 – 아니카 공주
7. 프랑스 – 에마 공주
8. 미국 – 젠다이아 공주
9. 영국 – 에밀리 공주
10. 러시아 – 아나스타샤 공주
11. 일본 – 카오리 공주
12. 중국 – 시우잉 공주

어깨에 물고기 점을 가진 12명의 붕어공주들에게 허황옥은 말해 주었다.

「우리는 아유타 왕국의 후손입니다. 그리고 우린 모두 붕어공주고요. 꿈을 잃고 사는 사람들에게 꿈을 되찾아 줄 사명을 갖고 태어난 사람들인 거죠.」

그들은 입을 뻐끔뻐끔하며 각 나라의 수어로 대화를 나눴다. 그러나 안타깝게도 수어 역시 만국 공통어가 아니었다. 일반 언어와 마찬가지로 수어 역시 지역, 문화, 역사 등 다양한 요인이 결합되어 발전해 온 언어이기 때문에, 나라별 또는 지역별로 차이가 있었다.

그들은 자신이 키우는 물고기를 화면 앞에 두고 수어를 했다. 소리는 없지만 그들은 서로의 수어를 이해하려 애쓰며 천천히, 결코 서두르지 않고 대화를 이어 나갔다. 그들은 모르는 수어가 나오면 자신들의 물고기를 바라보며 뻐끔거렸고, 마치 그들의 통역을 통해 모르는 수어 부분을 이해한 듯이 다시 대화를 나눴다. 미팅이 끝나고 나서도 물고기들은 뻐끔뻐끔하며 마치 서로 대화를 나누는 것처럼 보였다.

허황옥을 통해 자신들의 운명을 깨달은 12명의 붕어공주들은 허황옥과 연대해서 붕어빵 프랜차이즈의 글로벌화에 적극적으로 참여하기로 했다. 허황옥은 붕어빵 틀을 각 나라로 보냈다. 그들은 각 나라별로 그들만의 독특한 레시피를 만들어 내며 사람들에게 꿈붕어빵을 전파하는 데 한몫하기 시작했다. 각 나라에 붕어공주 깃발이 걸렸다.

그런데… 이 영상을 본 사람들은 '이게 무슨 장난이야?'라고 생각했다. 배두호 역시 이 장면을 촬영하면서 도대체 무슨 일이 일어나는 건지 의아해했다. 사람들의 부정적인 반응은 생각보다 심각한 수준이었다. 영상에 달리는 댓글들은 점점 더 과격해져 갔다.

"아니, 이게 무슨 애들 장난도 아니고… 물고기가 통역을 해 준다는 거야? 이거 순 사기꾼들이구만!"

"정도껏들 해야지 말이야!"

하지만 나중에 이 영상을 본 일부 권위 있는 언어학자들이 물고기들의 입 모양에 형식과 규칙성이 있고, 언어 형태일 수도 있다는 가설을 발표하면서 점점 더 미궁으로 빠져들어 갔다.

반인반어족이 존재한다고 믿었던 사람들은 흥분했고, 믿지 않던 사람들까지 들썩거렸다. 어류학자들은 고래가 '고래어'로 대화를 한다는 최신 연구 결과를 증거로 제시하며, 물고기들의 대화가 불가능한 것이 아니라고 힘을 실어 주었다. 제이콥 안드레아스 미국 매사추세츠공대(MIT) 국제 향유고래 언어 연구 단체 프로젝트(CETI) 팀은 과학 저널 네이처 커뮤니케이션(Nature Communications)을 통해 "향유고래가 그동안 학계에 알려진 것보다 폭넓은 의미를 주고받을 수 있는 의사소통 체계를 보유하고 있다"라고 밝혔다. 인간들만이 언어를 사용한다는 오만한 사고에 경종을 울리는 과학적 메시지였다. 이번 일로 인해 반인반어족이 있다고 주장하는 사람들은 이것은 더 이상 음모론이 아니며, 하나의 학설로 인정받아야 한다고 더 강력하게 나섰다.

Scene19. 각 나라에서 벌어지는 반인반어족 시위

세계는 브로큰스타의 반사회적인 움직임으로 온통 몸살을 앓았다. 그러던 중 CNN발 긴급 뉴스가 타전되었다. JRBC 뉴스 구손석 아나운서가 이 소식을 전하였다.

"어제 덴마크에서 인어공주 조각상의 일부분이 크게 훼손되는 사건이 발생했습니다. 최근 전 세계가 붕어공주 신드롬으로 혼란스러운 와중에 일어난 테러로서, 덴마크 경찰들은 주변 목격자들을 탐문하며 용의자를 색출하고 있습니다. 경찰 고위 관계자들은 공식적인 언급을 피하고 있으나, 브로큰스타라고 알려진 일부 극렬 행위자들의 소행으로 짐작하고 수사를 벌이고 있습니다. 대한민국 정부에서도 예의 주시 하고 있으며 브로큰스타를 앞세워 사회를 혼란에 빠뜨리려는 불순 세력에 대해서는 강력하게 처벌하겠다는 의지를 밝혔습니다."

인어공주라는 상징성 때문에 이 사건은 전 세계적인 관심을 끌게 되었다. 반인반어족을 믿는 집단과 브로큰스타가 동질성을 갖지는 않지만, 일반인들은 그 둘 사이의 관계를 의심하기 시작했다. 반인반어족을 주장하는 쪽에서는 매우 불편해하는 눈치였다. 자신들은 학문적 영역에서 반인반어족을 연구하는 단체인데, 자칫 사회 분열을 조장하는 혁명 집단으로 오해받는 상황이기 때문이었다. 대표 격인 오생물 박사는 아주 적극적으로 본인의 상황을 변호하고 나섰다.

"저희는 학문을 연구하는 사람들입니다. 그동안 음모론자라고 사람들의 따가운 질시와 손가락질을 받아 오면서도 꿋꿋하게 버텨 온 이유는 학자로서의 자존심을 지키기 위해서였습니다. 그런데 이제는 저희가 브로큰스타라고요? 이건 저희 반인반어 연구 단체를 와해시키려는 계략입니다! 틀림없이 이 뒤에는 스타그룹이 있을 거라고 봅니다. 어쩌면 브로큰스타라는 것도 그들이 자신들의 정당성과 동정심을 일으키기 위한 주작일 수도 있어요. 그러고도 남을 인간들… 아니, 아니 반인반어족들입니다! 저희는 검찰과 경찰 수사에 적극 협조할 것이고, 이 자리를 빌려 국제 사회에 호소합니다. 우리는 브로큰스타와는 아~무런 연관이 없음을 천명하는 바입니다!"

그럼에도 불구하고 각국 사정 기관에서는 반인반어족을 주장하는 단체와 회원들을 집중적으로 조사했다. 하지만 역시나 브로큰스타와의 연결점은 딱히 찾아낼 수 없는 상황이었다. 그 후에도 각국 스타월드 매장에는 쪼개진 별이 스프레이로 그려지는 사건들이 계속되었다. 그들은 게

릴라 방식으로 치고 빠져, 그 실체를 전혀 알 길이 없었다. 일부 현장에서 체포된 사람들은 그냥 사회에 불만이 많은 취객들, 치기 어린 학생들, 또는 그래피티 아티스트라고 주장하는 평범한 사람들이었다.

Scene20. 반인반어족 시위를 우려하는 배두호

배두호는 자신의 집에서 유튜브로 방금 전 JRBC 뉴스를 시청하고 있었다. 광분한 사람들의 얼굴과 인어공주 조각상이 심하게 훼손된 모습들이 차례로 나오기 시작했다. 점점 폭동의 형태로 커지는 브로큰스타의 움직임. 그들의 응축된 분노를 표현하듯 커다란 불길이 스타월드 근처에 타오르는 것을 지켜보던 배두호… 화면에 비친 그의 두 눈 또한 함께 일렁거렸다.

"인어공주 조각상이 훼손되다니… 세상이 점점 어찌 돌아가는 건지 모르겠다."

오늘 촬영해 온 소스를 편집하던 배두호의 노트북에는 화면 가득 허황옥의 얼굴이 떠 있었다. 허황옥의 얼굴과 불타는 스타월드 사진이 컴퓨터 화면에 같이 보이자 배두호가 혼잣말로 말했다.

"수경아, 브로큰스타하고 너하고 진짜 관계있는 거 아니지? 난 조금 두렵다…"

배두호는 환하게 웃는 허황옥의 얼굴과 브로큰스타의 뉴스 화면을 번갈아 보며 생각에 빠졌다.

insert 꿈, 배두호의 꿈

어두운 밤, 온 도시가 불타고 있었다. 배두호는 카메라를 들고 불타는 도시를 정신없이 뛰어다니며 촬영을 하고 있었다. 수백 명의 성난 시민들이 브로큰스타의 상징인 쪼개진 별 깃발과 붕어공주 깃발을 들고 도시 전체를 점령해, 기득권 세력이 이루어 놓은 모든 문명사회의 제도와 규칙들을 부수고 불태우는 중이었다. 시위대가 부자들을 거리로 끌고 나와 그들의 물건을 빼앗고… 심지어 폭행까지 한다. 법과 정의의 여신 '유스티티아' 조각상이 목이 잘린 채 불타고 있었다. 하늘에서는 불길에 휩싸인 거대하고 무섭게 생긴 물고기들이 떠다니며 사람들에게 공포감을 조성하고 있었다.

그때 허황옥이 높은 곳에 올라가 '유스티티아'의 저울을 들고 연설을 하고, 사람들이 '붕어공주! 붕어공주!'를 외치며 환호한다. 허황옥은 배두호를 발견하고 손을 내민다.

"두호야, 우리 같이 세상을 뒤집자!"

Scene21. 꿈붕어빵을 먹고 꾸기 시작한 배두호의 꿈

"헉! 꿈이었구나…. 휴~ 내가 언제 잠이 들었지."

편집하다가 깜박 잠이 든 배두호는 꿈에서 깬 후 모든 것들이 너무나 혼란스러웠다. 너무 생생한 꿈이었다. 어제저녁 뉴스를 보고 잠들어서 그런 꿈을 꾼 거려니 하고 생각하면서도 찜찜한 기분은 어쩔 수가 없었다. 해외에서 벌어지는 브로큰스타의 반사회적인 뉴스를 보며 허황옥이 혹시 브로큰스타와 연결되어 있는 건 아닌가 의심이 들기 시작했다. 어쩌면 자신까지 엮여서 곤란해지는 건 아닐까 걱정도 됐다.

배두호는 마른세수하듯 손으로 얼굴을 닦고는 창가로 걸어가, 붕어 트럭에서 장사를 준비하는 허황옥의 모습을 바라보았다. 그녀의 속은, 표정으로는 도무지 가늠할 수가 없었다. 만약 허황옥이 정말로 브로큰스타와 관련이 있는 거라면, 그녀는 물론 그녀를 주인공으로 콘텐츠를 만든 자신 역시 사회에서 완전히 지탄받을 것이 분명했다. 과연 그런 위험을 떠안고 허황옥을 계속 촬영하는 것이 맞는 일인지 배두호의 머릿속이 처음으로 복잡해졌다. 이번 기회에 방송국에 제대로 된 자리를 잡고, 콘텐츠를 흥행시켜 사람들의 인정을 받기 위해 시작한 일이 자신의 발목을 잡는다면? 그땐 무슨 일을 하며 어떻게 살아야 할지, 눈앞이 까마득할 정도였기 때문이었다.

배두호는 다큐멘터리 첫 촬영 날 밤, 허황옥과 했던 인터뷰를 떠올렸다. 인터뷰 내용은 편집본에는 넣지 않았지만, 배두호만이 간직하고 있는 대화 내용이었다.

insert CNN 인터뷰, 당시의 일을 회상하며 배두호가 말한다
"흔히 꿈을 꾸고 나면 숙면을 취하지 못했다는 느낌이 듭니다. 아무래도 수면의 질이 떨어진다고 보는 거죠. 개인의 차이에 따라 그 정도는 다르겠지만 일반적으로 사회적인 합의? 또는 정의가 그래 왔죠. 그러다 보니 영화, 드라마, 광고 등 대중이 접하게 되는 다양한 매체를 통해서 '꿈꾸는 것=피곤한 삶' 같은 낙인 효과가 있었습니다. 허황옥은 이 부분을 의심했던 것 같아요. '혹시 이 사회가 꿈꾸는 걸 원치 않는 것은 아닐까?' 자면서 꿈을 안 꾸고 아침에 바로 눈을 뜨는 것이 전날의 피로를 회복하는 최고의 '선(善)'으로 오랜 기간 주입 받은 결과, 다수의 대중이 그렇게 믿고 있는 것은 아닐까? 인류의 역사 속

에서 기득권층들은 대중이 꿈을 꾸고 숙면을 못 취하면 국가와 사회 조직에 방해가 된다는 죄의식을 끊임없이 심어 왔다고 생각한 거죠. 이 세상을 지배하는 자들의 입장에서는 원활한 노동의 공급을 위해 노동자가 꿈을 꾸는 걸 최대한 막아야 한다…. 꿈을 안 꿔야 제시간에 일어나고 문제없이 출근해 각자의 주어진 자리에서 정해진 대로 일하고, 먹으라는 시간에 먹고 멈추라는 시간에 멈추는… 마치 '공장 컨베이어 벨트처럼 오류 없이 잘 돌아가는 기계와 같은 삶을 이상적인 거라고 포장해 왔다… 그래서 퇴근 후에는 바로 집에 가서 잠을 자게 하고 꿈을 꾸지 못하게 해야 현실에서 이탈하는 것을 막는다….' 허황옥은 그들의 목표가 그것일지도 모른다는 메시지를 사람들에게 전달하고자 했던 것 같습니다."

배두호가 이 내용을 편집본에 안 넣은 이유는, 그녀가 자칫 브로큰스타와 엮여 반사회적인 인물로 보일까 봐 보호하려는 취지였다. 배두호는 허황옥과 틈이 날 때마다 인터뷰를 이어 갔다.

"청년으로서, 트럭에서 먹고 자며 붕어빵을 만들어 파는 것이 쉬운 결정은 아니셨을 텐데요. 미래에 대한 걱정은 없으셨나요?"

「1,000일이라는 시간은 짧다면 짧은 시간이니까요.」

"1,000일이요? 1,000일만 장사를 하고 접겠다는 뜻인가요?"

그러자 허황옥의 두 눈이 또 알 수 없이 반짝였다. 그녀가 수어로 대답했다.

「제 모든 계획은 단 1,000일입니다. 저에게 주어진 시간은 1,000일… 그 안에 사람들에게 꿈을 꾸게 하고, 저의 길을 떠날 거예요.」

허황옥의 꿈붕어빵을 먹고 꿈을 꾸기 시작한 배두호는 첫날에 했던 그 대화가 떠올랐다.

'허황옥이 이루고자 하는 것은 과연 무엇일까? 그런데 왜 하필 그것이 1,000일이지? 총선까지 남은 시간… 진짜 정치 쪽에 야망이 있는 것일까? 사람들의 환심을 사려는 수단으로 방송 프로그램을 이용하는 거고, 진짜 브랜드 가치를 올려서 비싼 값에 팔려는 장삿속인가? 아니면 세간에 떠도는 이야기처럼 반사회적인 집단과 손잡고 세상을 뒤집으려는 것일까?'

배두호는 더 이상 허황옥을 예전의 순수했던 시절 하나뿐인 친구로 여길 수 없어졌다. 배두호의 마음속에 의심의 씨앗이 자리 잡는 순간이었다. 그런 생각에 빠져 있다 보니 다큐 촬영이 제대로 될 리가 없었다.

"정신 차려 배두호, 지금은 일단 촬영에 집중하자!"

자신이 어떤 꿈을 꾸었든, 그것이 누구 때문이든, 머릿속 복잡한 생각은 잠시 접어 두고 본업에 다시 집중하기로 한 배두호는 다시 카메라를 들고 집을 나섰다.

Scene22. 3인방, 스타타워 VIP 라운지에서 만나다

서울 시내 전경이 다 내려다보이는 스타타워의 VIP 라운지, 고요한 클래식 음악만 흐르고 있는 가운데 정적을 깨고 경악에 가까운 이주영의 음성이 들렸다.

"어머! 이게 진짜였어?"

박민지는 자신의 예상이 맞았다는 의기양양한 표정을 짓는다.

"맞지? 허황옥이라는 여자, 예전에 그 허수경 맞지? 붕어빵 팔던 허 할매 손녀… 더러운 물고기 인형 들고 다니던 벙어리, 걔!"

김선희도 놀라움을 금치 못한 듯 목소리가 떨렸다.

"그러게, 진짜 허수경이네? 그 찌질하던 게 이렇게 돌아올 줄은… 야~ 사람 일 모른다더니… 그때 허 할매 죽고 갑자기 사라졌다고만 들었는데…."

"이렇게 유명해져서 나타날지 누가 알았어? 난 어디 공장 같은 데서 일하거나, 이상한 놈이랑 만나서 애 낳고 살림하면서 살고 있을 줄 알았어. 솔직히 사라진 이후 한 번도 허수경이라는 이름 생각도 안 하고 살았는데… 놀랄 일이다. 난 엄마 가게 근처에서 붕어빵 파는 거 보고도 처음에 몰랐어. 나중에 엄마가 아무래도 허 할매 손녀 수경이 같다고 했을 때 '에이 설마~' 했었거든…."

이주영은 여전히 믿을 수 없다는 듯 말했다. 박민지가 허황옥의 SNS를 가리키며 말을 이어 갔다.

"헐, 얘 SNS 팔로워가 1억 명이야. 이 정도면 해외에서도 최고 셀럽들이나 가능한 숫자라고… 축구 선수 호날드가 5억 명으로 전 세계 1위야. 축구 정도나 되니까 5억이지… 근데 일개 붕어빵 파는 여자가 1억 명? 지금도 실시간으로 올라가고 있는 중이고… 아니, 이게 말이 되니? 난 도대체 어이가 없어서 할 말이 안 나온다. 이 정도면 연간 SNS 수익만 80-100억은 될 거야!"

"맙소사! 그 정도야? 거의 재벌 수준이네? 거지 소녀가 완전 공주가 됐네."

"공주는 무슨 얼어 죽을 공주야? 아, 짜증나! 세상이 어떻게 돌아가려고 이러는 거니? 우리같이 열심히 노력해서 여기까지 올라온 사람들은 뭐가 되는 거야? 하여간 SNS도 문제야 문제. 개나 소나 다 셀럽이 되는 세상이니…."

허황옥이 공주가 됐다는 이주영의 말에 김선희는 짜증을 벌컥 냈다. 그 짜증에도 아랑곳하지 않고 이주영은 계속 말했다.

"그런데 어떻게 이렇게 된 걸까? 예전 SNS를 보면 인도에 간 거 같아. 거기서 전 세계를 돌아다닌 듯하고… 요가, 명상 이런 걸로 처음에 인지도가 올라간 거까지야 그럴 수 있다고 쳐. 난 요가는 잘 모르지만 요가 인구도 만만치 않게 많으니까…. 요가하는 사람들이 좀 특이하긴 하잖아? 그들만의 요상한 세계가 있는 것 같더라구…. 그런데 그 후에 한국에 와서 갑자기 붕어빵 장사를 한다? 그리고 어떻게 세계적으로 유명한 라마와 민정, 오태식 같은 사람들이랑 친구가 된 거지?"

"흥! 조사해 보면 나오겠지. 우리 회사에서도 뒷조사를 하고 있어. 우리가 이번에 학부모협회 쪽 법률 대리인이 됐거든. 지금 학부모협회에서 난리 난 거 알지? 예진이라는 애가 카페 만들어서 꿈꾸는 사람들 이야기 모으고 공유하고… 지금 애들 자퇴하고 난리도 아니야. 어린 것들이 하라는 공부는 안 하고 진짜…. 세상 무서운 거 모르는 거지. 일부 좌익 성향의 진보층 졸업생, 선생님, 교육 분야 쪽 사람들, 전교조들이 들러붙어서 일을 더 키운 거야! 애들 장난에 빨갱이들이 옳다구나 끼어들어 선량한 학생들 부추기는 거라고. 얼마 전 〈100분 토론〉 땜에 학부모들이 완전 꼭지가 돌았어. 거기 협회 회원들이 다 장난 아니거든."

박민지가 붕어빵을 먹고 꿈꾸는 사람들에 대한 이야기를 시작하자 이주영의 의문은 계속 커져 갔다.

"그런데 꿈을 꾼다는 게 뭔 소리야? 꿈에서 허황옥이 나온다는 건 또 뭔 소리고? 얘 혹시 인도에서 무슨 이상한 약 같은 거 가져와서 넣는 거 아니야? 환각제 같은 거?"

"어머, 신종 마약 그런 건가? 아, 무서워~ 허수경, 얘 어디가 이상해진 거 아니야? 어릴 때 트라우마 때문에 세상에 복수 같은 거 하려고 그러는 애들 있잖아~ 자신의 불행을 사회로 돌리려는… 그런 거 같은데? 얘 어쩌니? 이러다 큰일 낼 거 같애!"

"만약에 진짜 마약으로 엮이게 되면 일이 심각하게 커질 거야. 우리 아빠 검사 시절에 마약 전문이었던 거 알지?"

이주영과 김선희의 호들갑에 박민지도 약간 움찔하는 듯했지만 티를 내지는 않은 채 오히려 아빠 이야기를 하며 어깨를 으쓱해 보였다.

"설마 우리한테 무슨 상처받고 그런 건가? 우리가 좀 괴롭히기는 했잖아…."

이주영의 말을 들은 박민지는 어이없다는 듯 정색하며 이주영을 쏘아본다.

"주영아, 주영아! 우리가 뭘 괴롭혀? 너, 말 조심해. 요즘 그런 거 잘못 퍼지면 큰일 나는 세상이야. 넌 상관없지만 나나, 민지 같은 사회적 지위가 있는 사람들한테는 치명적인 일이야. 어디 가서 그런 소리 꺼내지도 마!"

"미안… 난 그런 뜻으로 말한 건 아니구…. 미안해, 입조심할게…."

박민지의 핀잔에 이주영은 괜히 주눅이 들었다. 평소에도 유독 이주영에게 박하게 대하는 박민지였다. 박민지는 다시 화제를 허황옥의 주장으로 돌렸다.

"자기가 붕어공주라고 주장하는 게 진짜 반인반어족이라도 된다는 거야? 얘 인도에서 무슨 이상한 거 먹고 정신이 해까닥한 거 아니니? 반인반어족이 웬 말이야? 덕분에 아주 음모론자들만 신났어! 오생물인지 그 양반 가택 연금 해제랑 교묘하게 시기도 맞고… 설마 둘이 짜고 치는 거 아니야? 둘의 연관성도 조사해 보라고 해야겠다. 틀림없이 둘이 뭔가 있을 거야…. 만약에 둘 사이에 금전적인 관계가 있다고 하면? 일이 점점 재밌어지네?"

"그래도 브로큰스타는 무시할 수가 없어. 반인반어족 음모론이야 말 그대로 그런 거 믿는 또라이들 얘길지 모르지만, 브로큰스타는 실제로 존재하는 비밀 집단이니까. 역사책에도 나오는… 안 그래도 우리도 요즘 회사 내부적으로 입단속 중이야. 브로큰스타가 스타월드를 타깃으로 하는 건 공공연한 비밀이거든. 우리나라만 조용하지 사실 외국에서는 엄청 시끄럽다고 하더라구."

김선희가 걱정스러운 듯 브로큰스타를 언급하자 박민지가 입을 삐쭉거렸다.

"붕어공주 한 마리 땜에 난리가 나는구만. 붕어공주가 아니라 미꾸라지 아니니? 미꾸라지가 흙탕물 만드는 거 아니냐구! 미꾸라지 공주네."

김선희도 박민지의 말을 거들었다.

"그러게, 공주가 아무나 하는 건 줄 알고… 정실 왕비가 낳은 딸을 공주라 하는 거잖아? 그 가문의 혈통과 역사와 품위라는 게 있어야 되는 거야. 지가 공주는 무슨? 사람들이 미꾸라지를 공주라고 부르니? 새끼라고 부르지."

박민지는 변호사에, 김선희는 스타월드 마케팅팀 최연소 팀장, 둘 다 사회적으로 매우 성공한 여성들이었다. 반면 이주영은 아직도 행정고시 시험 준비를 하면서 지내다 보니 그들에게 열등감이 있었다. 어릴 때부터 늘 그랬다. 검사 출신 국회의원 딸인 박민지가 늘 리더 역할이었고, 지역 토건 회사 대표의 딸인 김선희도 어릴 때부터 늘 리더였다. 김해 농수산물시장 협회장 아버지 덕에 어릴 때부터 그들과 친구로 지내기는 했지만, 그들 사이에도 계층은 존재했다. 이주영의 아버지가 돌아가시고 어머니 혼자 김해에서는 제법 큰 생선 가게를 운영해 왔지만, 이주영은 그들 사이에서 더욱 심리적으로 위축되었다. 친구들만큼 번듯하게 자리를 잡아야 한다는 생각에 행시를 준비 중이지만 벌써 몇 년째 고배를 마시고 있었다. 어릴 때부터 25년 넘게 알고 지내 온 친구들이지만 최근에 종종 회의감이 드는 이주영이었다.

“그나저나 스타월드 마케팅팀 팀장 선희 덕에 스타타워 VIP 라운지에서 커피를 다 마셔 보네? 너~어~무 영광입니다, 팀장님~”

“호호, 뭐 이런 걸 가지고… 이 정도는 내가 얼마든지 해 줄 수 있어! 나의 베프들을 위해서라면~”

“우리 선희, 언젠가는 스타월드 대표 만들어야지. 내가 아빠 인맥을 총동원해서라도 만들 거야! 우리 선희 최연소 대표!”

“마이 러브 민지~ 고마워! 말만이라도 너무 고맙다! 아니, 말만이 아니지. 민지가 맘만 먹으면 안 되라는 법도 없지~ 안 그래도 얼마 전에 신 상무가 나한테 ‘박 의원님 따님이랑 친구라며?’라고 물어보더라구~ 그 얼음 같은 신 상무가 어려운 일 있으면 자기한테 언제든지 얘기하라고 하셨어!”

“뭐야, 뭐야? 민지 아버님이 힘 좀 쓰는 거야?”

박민지가 짜증 난 표정으로 이주영을 쏘아본다.

“주영아, 또! 너 입 좀 조심해. 어디 가서 그런 소리 하면 진짜 큰일 나.”

“미안, 미안… 요 주둥이… 호호, 쏘리~”

민망해진 이주영은 과장된 표정으로 자신의 입을 꼬집는 시늉을 한다. 김선희는 늘 박민지에게 핀잔을 듣는 이주영이 조금은 안쓰러워서 화제를 돌린다.

“호호호, 으이구 주영아 제발 좀! 그나저나 박 의원님 안녕하시지? 요즘 좀 시끄러워서 심려 많으시겠다?”

"응, 아무래도… 그래도 뭐 아버지가 그동안 탄탄하게 쌓아 온 게 있어서 괜찮아. 아버지 끌어내리려고 하는 인간들이 여의도에 좀 있어. 그 인간들이 말도 안 되는 소문 내서 곤경에 처하시긴 했는데 해결될 거야!"

"안 그래도 우리 아버지도 걱정하시긴 하던데… 다 잘될 거야. 그치?"

"그럼, 그럼~ 선희야, 너희 오빠는 요즘 어떠니?"

"아우, 말도 마! 그 인간, 오빠가 아니라 웬수야, 웬수! 아버지가 이제 명예회장으로 물러앉으시고 오빠가 대표로 있거든. 365일 맨날 술에, 골프에, 하는 사업은 족족 말아먹고… 게다가 요즘 건설 경기도 안 좋은 상황이고. 아주 가관이야. 우리집도 꼰대들이 장자 승계해야 한다고 그러는데… 미쳤어? 내가 순순히 뺏기게? 아빠 돌아가시면 가만 안 둘 거야."

"그렇구나…. 주영이 넌 이번에 시험 붙는 거지? 얘는 머리는 좋은 앤데 이상하게 시험 운이 없어~ 네가 빨리 자리 잡아야 우리 삼총사가 다시 부활하지!"

"그러게… 미안하다. 내가 이번에는 꼭 붙을게~ 그래도 한 명은 변호사에, 한 명은 스타월드 마케팅팀 팀장에… 난 그냥 니들 친구인 게 좋아."

이주영은 그러면서 가방에서 오래된 인어공주 바비 인형을 꺼내 들어 박민지와 김선희에게 보여 주며 말했다.

"짜잔~ 이거 기억나니? 아무리 달라졌다고 해도 거지 붕어공주가 인어공주가 되는 건 아니잖아?"

박민지는 한심하다는 듯 헛웃음을 치며 이주영을 바라본다.

"헛~ 너는 지금도 그거 가지고 다니냐? 대단하다. 대단해…."

김선희와 이주영이 박민지의 핀잔에 까르르 웃었다.

"우리 삼총사 오랜만에 달려 보자!"

세상에 별로 부러울 게 없는 세 친구는 웃음을 터뜨리긴 했지만 각자 머릿속으로는 자기보다 한참 못한 삶을 살 거라 생각했던 허황옥의 큰 성공을 애써 무시하며 그렇게 저녁 시간을 보냈다.

태어나는 순간 운명은 결정 나 있었다. 국회의원의 딸로 태어나거나, 지역 건설 회사 사장 딸이거나, 생선 가게 딸이거나… 거기서 이미 출발점은 달랐다. 태어나는 걸 정할 수 있는 건 아니었다. 타이거 우즈가 미국이 아니라 아프리카 수단에서 태어났다면 지금처럼 세계적인 골프 선수가 되었을까? 그들이 누리는 혜택은 부모로부터 받은 것들이지 스스로 노력해서 받은 것은 아니었다. 이미 출발점이 다른, 차별에서부터 오는 시작은 평생의 삶을 결정했다.

insert CNN 인터뷰, 당시의 일을 회상하며 이주영은 말했다

"우리 3명 사이에도 차등은 확실히 존재했어요. 당연히 민지가 제일 위였고, 그다음 선희, 그리고 저였죠. 그 어린 나이였을 때도 막연하게 서로의 차이가 있음을 스스로들 알았던 것 같아요. 부모님들도 늘 말해 줬던 것 같고요. 주변에서 보이는 모습들… 검사 출신에 국회의원이라는 신분이 주는 위화감? 감히 그들에게 어떤 반대 의견이나 의사를 표현한다는 게 가능할까요? 자연스럽게 서열이 정리되는 거죠. 아이러니하게도 민지가 또 제일 예뻤어요. 요새 흔한 말로 부자가 성격도 좋고 예쁘고 그렇다잖아요? 뭐, 민지가 성격 좋은 건 아니었지만… 어쨌든 민지가 딱 그랬어요. 선희네 집안도 만만치 않았죠. 정말 어릴 때부터 아쉬운 거 없이 자란 사람들이에요. 때 되면 어학연수에, 해외 유학에, 겨울엔 하와이, 여름엔 스위스 스키여행… 그들에게는 일말의 고민이 되지 않는 것들이죠. 저도 막연하게 그들과 같은 편에 서 있다고 생각했던 거 같아요. 그러고 싶었구요. 그들만의 리그에 머물고 싶었어요. 결국엔 포기했지만…."

insert CNN 인터뷰, 당시의 일을 회상하며 김선희는 말했다

"나중에 우리가 딛고 서 있는 이 기득권이라는 바닥이 얼마나 허술한 건지 알게 됐죠. 한 발자국만 잘못 디뎌도 낭떠러지 밑으로 떨어지는 건… 일도 아니었어요. 중산층이라는 허울… 추락하는 것엔 날개가 없단 말 있잖아요? 우리는 그렇게 추락했어요. 저도 제가 기득권 안에 있다고 생각했었는데… 여기가 바닥이라고 믿었던 곳에서 더 바닥이 있을 줄은…."

Scene23. 강씨 아줌마 계속해서 꿈을 꾸고, 꿈붕어빵을 의심하다

강씨 아줌마는 번뜩 눈을 떴다. 새벽 4시부터 장사를 준비하던 강씨 아줌마가 아침 9시가 되어서야 겨우 일어난 것이었다. 강씨 아줌마는 황급히 자리에서 일어나 옷을 주섬주섬 입었다. 씻을 시간도 없었다.

또 그 꿈이었다. 마치 다른 세계에서 살고 있는 기분으로 금방 정신을 차릴 수 없었다. 아주아주 황홀한 꿈이었다. 강씨 아줌마는 노래를 부르고, 사람들은 강씨 아줌마에게 환호를 하는 그런 꿈…. 지금 이 세상이 꿈이고, 꿈속 세상이 현실이었으면 하고 바라게 되는 그런 꿈…. 이번에도 꿈에 허수경이 아니라 이젠 허황옥이라고 주장하는 요상한 년이 나와서 어서 꿈을 실천하라고 펌프질이었다. 급하게 고양이 세수를 마치고 거울 앞에 서니 꿈속의 일들이 아직도 아득했다. 강씨 아줌마는 자신의 뺨을 때리며 주문처럼 혼잣말을 되풀이했다.

"정신 채리라, 이 여편네야… 아까 그건 꿈이고, 이기 니 진짜 모습이라꼬…."

시장에 나온 강씨 아줌마는 뒤늦은 장사를 시작했다. 여느 때와 다름없이 생선을 팔고, 가격을 흥정하고, 때 없이 대충 끼니를 때웠다. 달라진 것이 있다면 강씨 아줌마의 정신이 하루 종일 다른 데 팔려 있었다는 것이었다. 주변 상인들은 강씨 아줌마의 두 눈이 무언가에 홀린 듯 멍하다는 것을 바로 알아차렸다. 손님이 와도 곧장 인사하지 못하고, 손님이 가격을 무리하게 깎으려 해도 그냥 대충 팔고 치웠기 때문이었다. 건어물 가게 사장인 박씨가 강씨 아줌마에게 물었다.

"어이, 하루 종일 정신 어따 빼고 있는 기고? 어디 아프나?"

"그기 아이고…."

강씨 아줌마는 말끝을 흐리고는 곧장 붕어공주 트럭으로 시선을 옮겼다. 박 사장이 강씨 아줌마에게 귀를 기울였다.

"뭐라카노? 잘 안 들린다! 다시 캐 봐라."

"꿈…."

"뭐? 꿈? 꿈이 뭐 어쨌다꼬?"

건어물 사장의 질문에 강씨 아줌마는 자리에서 벌떡 일어났다. 그러고는 곧장 붕어공주 트럭으로 향했다.

'그래, 미친 년이라 캐도 내 오늘만큼은 진짜로 물어본다.'

그녀는 비장한 얼굴로 허황옥 앞에 섰다. 허황옥이 강씨 아줌마에게 반갑게 인사했다. 허황옥의 옆에서 함께 휴식을 취하던 배두호는 다시 카메라를 들었다. 강씨 아줌마는 허황옥을 잠자코 보더니, 용기를 내 입을 열었다.

"진짜가?"

강씨 아줌마의 질문을 이해할 수 없어 배두호는 고개를 갸우뚱했다. 강씨 아줌마는 "꿈을 꾸게 해 드려요"라는 홍보 문구를 손으로 가리켰다. 그러자 허황옥이 침착하게 그것을 바라보았다.

"내가, 수갱이 니 붕어빵을 먹은 후로 자꾸 요상시런 꿈을 꾸는데… 요, 적혀 있는 말이 진짜가 이 말이다!"

배두호는 강씨 아줌마의 질문을 억지라고 생각해 허황옥을 바라보았다. 허황옥은 감정의 동요 없이 그저 고개를 끄덕였다. 당황스러운 반응이었다. 저 말도 안 되는 질문에 그렇다고 대답을 해 버리다니… 허황옥은 대체 뭘 어쩌려는 거지? 배두호는 허황옥을 이해할 수 없었다. 그러자 강씨 아줌마는 그럴 줄 알았다는 듯이 얼굴이 빨개지며 격앙되었다.

"가시나야, 대체 붕어빵에 뭘 넣은 기고? 니 때문에, 내가 요새 하루도 장사를, 제대로 할 수가 엄따! 평생 늦잠이라꼬 자 본 적이 없는 내가… 이놈의 정신없는 꿈 때문에 일날 줄도 모르고 잠을 처자고… 장사고 뭐고 정신을 다 빼고 댕긴다. 그라이 붕어빵에 약이라도 탔나, 이 말이다!"

강씨 아줌마의 호통에 시장은 순식간에 조용해졌다. 상인이고 손님이고 모두 붕어빵 트럭 쪽을 바라보았다. 배두호는 예상치 못한 소란에 당황해 아줌마를 말려야 하나 고민했지만, 어느 것에도 개입하지 않는 것이 다큐멘터리 PD의 원칙이었기 때문에 조금 더 상황을 지켜보기로 했다. 허황옥은 이런 상황에도 전혀 당황하는 기색이 없어 보였다. 그저 아줌마가 진정하기를 기다린 뒤, 아줌마에게 전단지를 하나 건넸다. 주민센터에서 운영하는 노래 교실 수강생 모집 전단지였다. 그 전단지를 바라보던 강씨 아줌마의 눈에서, 순식간에 눈물이 고였다. 예상치 못한 반응이었다.

"수갱이, 니가 뭔데… 내한테 자꾸 이상한 요술을 부리냐 이 말이다. 내는, 내는…."

강씨 아줌마는 전단지를 들고 그대로 돌아서서 가 버렸다. 배두호는 허황옥에게 물었다. 강씨 아줌마의 억지를 왜 부정하지 않냐고. 그러자 허황옥은 억지가 아니라는 듯이 그저 고개를 저었다. 붕어빵을 먹으면 꿈을 꾸게 된다니… 이게 무슨 말도 안 되는 소리란 말인가? 배두호는 여전히 이해할 수 없었고, 전단지를 받은 뒤 며칠간 허황옥의 트럭을 찾지 않는 강씨 아줌마도 이해할 수 없었다.

Scene24. 과거 회상, 배두호, 어릴 적 허 할매의 붕어빵 꿈이 기억나다

그날 밤 배두호는 퇴근 후 허황옥이 담긴 영상들을 외장 하드에 담았다. 며칠 동안 쌓인 허황옥의 영상들이 제법 많았다. 배두호는 허황옥의 얼굴로 가득한 영상들을 바라보며 그가 기억하는 앳된 얼굴과 10년도 더 지난 지금의 얼굴이 별로 달라진 것이 없다는 사실에 저도 모르게 흐뭇한 미소가 떠올랐다. 낮에 있었던 강씨 아줌마 일이 생각나서 잠시 생각에 잠기는 배두호였다.

"진짜 수경이는 꿈붕어빵으로 꿈을 꾸게 하는 거라고 믿는 건가? 나도 꿈에 허황옥이 나오기는 하지만, 그게 꿈붕어빵을 먹고 꾼 거라고 확신할 수는 없는 거잖아? 물론 많은 사람들 증언에서 대부분 허황옥이 꿈에 등장하고, 말도 하고 이런 건 일치하지만… 이걸 과학적으로 증명할 방법도 없는 거고…."

번뜩 무언가 생각이 난 배두호였다.

"가만 보자, 어디 있을 텐데?"

배두호가 겹겹이 쌓인 외장 하드 중 가장 아래의 것을 꺼내 컴퓨터에 연결했다. 그러자 '추억 사진'이라는 폴더가 하나 나왔다. 배두호가 그 폴더를 클릭하자, 사진들이 빼곡히 나열되었다. 배두호의 태어났을 때부터 지금까지의 사진들이 쭉 시간 순으로 나열되어 있었다. 산부인과에서 갓 태어난 갓난아기가 젊은 여자와 남자에게 안겨 있는 사진이 있었다. 배두호가 추억에 젖은 얼굴로 화면의 스크롤을 내리자, 자신이 기어다니는 사진, 동네 친구들과 같이 있는 작은 어린이 사진이 나왔고, 한 사진에는 붕어빵 가판대 옆에서 5살짜리 꼬마 배두호와 귀엽고 앳된 얼굴의 비슷한 또래 여자애가 서 있었다. 허수경이었다.

"참… 우리 첫 만남도 붕어빵이었지?"

배두호는 허황옥과의 첫 만남을 떠올렸다.

마리아 사모님이 허 할매를 방문한 날이었다. 아들과 함께 온 것은 처음이어서 붕어빵을 맛보라고 천 원짜리 한 장을 쥐여 주었다. 그런데 붕어빵 리어카에는 아무도 보이지 않았고, 안쪽에서 '부스럭' 소리가 났다. 당황한 배두호가 놀라서 까치발을 들자, 마찬가지로 까치발을 든 어린 소녀와 눈이 마주쳤다. 시장을 오며 가며 그 아이가 허 할매의 손녀라는 것은 알고 있었다.

"느그 할매… 어디 가싰나?"

배두호의 질문에 소녀는 '배달 중'이라는 종이를 가리켰다. 아직 한글을 몰랐던 배두호는 고개를 갸우뚱했다. 그러자 소녀는 답답한지 한숨을 쉬며 손가락으로 붕어빵을 가리켰다. '이거 줄까'라는 듯한 눈으로. 배두호가 고개를 끄덕였다. 소녀가 몇 개? 라는 식으로 어깨를 으쓱했다. 배두호가 쥐고 있던 천 원을 소녀에게 건넸다. 소녀는 작은 손가락을 세 개 폈다. 천 원에 세 개라는 뜻이었다. 숫자만큼은 자신 있는지 배두호는 소녀의 손가락을 천천히 세고는 고개를 끄덕였다.

배두호가 설레는 얼굴로 붕어빵을 빤히 바라보자 빵을 봉투에 담았다. 세 개를 담고 난 소녀가 잠시 흐음… 하고 고민하더니 붕어빵을 하나 더 넣었다. 배두호의 두 눈이 커졌다.

"이건 네 갠데? 천 원에 세 개잖아!"

그러자 소녀가 나이답지 않게 여유로운 웃음을 지으며 봉투를 내밀어 어서 가져가라는 듯 배두호에게 건넸다.

"그냥 내한테 주는 기가?"

배두호의 질문에 고개를 끄덕이는 소녀였다. 붕어빵이 든 봉투를 한 팔에 가득 안고, 하나를 꺼내 덥석 물었다. 배두호가 처음으로 허 할매의 붕어빵을 먹어 보는 순간이었다. 붕어빵을 오물오물 씹던 두 눈이 더욱 커졌다. 소녀가 뿌듯하다는 듯이 미소 지었고, 배두호가 활짝 웃으며 말했다.

"내, 이 붕어빵 좋다! 그라고 니도 좋다!"

배두호의 말에 소녀도 활짝 웃었다. 그리고 배두호는 엄마를 돌아봤다. 엄마는 밝게 웃으며 고개를 끄덕였다. 배두호가 큰 소리로 외쳤다.

"우리 친구 먹자!"

소녀는 배두호와 두호 엄마를 놀란 눈으로 쳐다보았다. 소녀의 마음을 읽었는지 마리아 사모님은 소녀의 머리를 쓰다듬고 수어로 말을 건넸다.

「수경아, 고마워. 우리 두호랑 친구 해 줘서.」

그제야 수경은 부끄러운 웃음을 띠며 신이 나서 수어로 화답했다.

「저도 고맙습니다.」

허수경은 기쁘게 고개를 끄덕였다. 두 사람이 친구가 된 순간이었다.

사실 할머니 말고 허수경에게 수어를 하는 사람은 거의 없었다. 마찬가지로 언어 장애가 있던 마리아 사모님은 교회에서 청각 장애인을 위한 수어 교실을 운영하고 있어서 어린 허수경에게도 수어를 가르쳐 왔었다.

엄마와 대화하기 위해 어릴 때부터 수어를 배워 온 배두호는 언어 장애가 낯설지 않았기에 허수경과 소통하는 것이 전혀 어렵지 않았다. 오히려 남들은 모르는 비밀 이야기를 하는 듯해 재밌기까지 했다. 종종 마리아 사모님과 배두호, 허수경 셋이서 수어로 이야기를 나누며 깔깔 웃을 때면 마치 한식구처럼 보인다고 사람들이 말하곤 했다.

신도들도 그런 마리아 사모님을 존경하고 예를 다해 대했다. 벙어리라고 놀림을 당해도 이상하지 않을 시골 마을에서 허수경도 마리아 사모님 덕에 장애인이라는 시선보다 그저 조금 불편함이 있는 사람으로 인식되었다.

다정한 그들을 바라보는 배 목사는 영 내키지 않았다. 장애가 있는 아이까지 친구로 삼는 자신의 아들과 그것을 묵인하는 아내 마리아에게 불만이 있었지만 차마 입 밖으로 내지는 못했다. 벙어리 소녀에 이단적인 느낌의 허 할매까지… 배 목사는 영 탐탁지 않았다.

자신이 언어 장애가 있던 아내를 사랑하게 된 것처럼 아들 역시 벙어리 소녀를 좋아하는 모습이 마치 피할 수 없는 운명의 굴레처럼 배 목사를 괴롭혔다. 대신 그는 자신의 이율배반적인 감정을 허 할매와 허수경 탓으로 돌렸다.

그날 이후로 배두호는 매일 허수경을 만나러 붕어빵 리어카로 출근 도장을 찍었다. 오늘도 천 원을 받아서 붕어빵을 사러 온 배두호에게 허 할매가 말을 걸었다.

"니, 마리아 사모님 아들 맞제?"

"맞는데요."

"우리 수깅이랑 놀고 싶어서 왔나?"

"붕어빵도 묵고 싶어서요."

배두호의 말에 허 할매가 귀엽다는 듯 웃다가 내미는 천 원을 도로 돌려주었다. 배두호가 고개를 갸우뚱하자, 허 할매는 웃으며 붕어빵 봉투를 그의 손에 쥐여 줬다.

"이거는 이따가 느그 엄마 갖다드리라!"

"오데예~ 우리 엄마가 공짜 좋아하면 대머리 된다 캤어에~"

"아이다, 우리 수깅이랑 놀아줘서 고맙다꼬 이 할매가 주는 싸비스다~ 이거 들고 저 드가 봐라. 수깅이 저~ 놀고 있을 끼다."

허 할매가 리어카 뒤에 있는 작은 판잣집을 가리켰다.

"고맙습니데이~ 그래도 이거는 됐으예~ 지는 대머리되는 거 싫어예"

허 할매에게 천 원을 다시 손에 쥐여 주고는 붕어빵 봉투만 받아들고 총총총 판잣집으로 뛰어 들어가는 배두호였다. 허 할매는 기가 막히다는 듯이 뒷모습을 바라보며 웃었다.

"허허허, 고 녀석 거 참… 마리아 사모님이 아들 하나는 잘 키았네."

Scene25. 붕어빵을 먹으며 그림 그리고 노는 어린 시절의 배두호와 허황옥

둘은 그림을 그리며 놀다 종종 붕어빵을 먹고 잠들기도 하였다. 꿈에서 배두호는 허수경과 같이 노는 꿈을 꾸었다. 어린 나이라 때로는 꿈인지 현실인지 왕왕 헷갈리기도 하였다.

insert 꿈, 배두호의 꿈

넓은 초원을 뛰어다니는 둘의 머리 위로 너무나 예쁘고 아름다운 형형색색의 물고기들이 하늘을 날아다녔다. 허수경은 꿈에서는 말을 할 줄 알았기에 그때만은 수어가 필요 없었다.

"우와, 수경아~ 저 물고기 쫌 봐 봐라!"

"너무 예쁘다~ 맞제? 우리도 저 물고기들처럼 하늘을 날면 좋겠따~"

"수경이 니 하고 이래 말하니까 느무 좋다!"

"나도 니 하고 꿈에서 노니까 억수로 좋다!"

배두호는 둘이 같은 꿈을 꾸고 일어나서 자신의 꿈 이야기를 해 주며 놀았던 기억을 떠올렸다. 그때 꾸었던 꿈을 학교 미술 시간에 그림으로 그려 상을 받은 적도 있었다. 마리아가 찍은 사진 속에는 머리 위로 자랑스럽게 그림을 들어 올린 어린 배두호의 모습이 있었다. 푸른 초원에 수경이와 손을 잡고 환하게 웃고 있는 모습… 그리고 하늘에 떠다니는 형형색색의 물고기들… 그리고 언덕 뒤에 왜 거기 그렸는지 알 수 없는 커다란 유리병 안의 도시들… 외장 하드에서 그 사진을 찾은 배두호는 흠칫 놀라고 말았다.

"맙소사… 그러고 보니 그때도 허 할머니의 붕어빵을 먹으면 꿈에 수경이가 나왔었네…. 꿈에서는 수경이가 말도 하고… 그리고 하늘을 날아다니는 물고기들… 유리병 안의 도시… 여전히 그 꿈이 이어지고 있는 거였어…."

Scene26. 김해 만선교회, 배 목사를 만나러 간 배두호

배두호는 사진 속에서 아버지, 어머니와 같이 찍은 사진을 찾았다. 어린 배두호를 번쩍 들어 품에 안고 있는 배 목사와 우람한 아버지의 팔짱을 낀 어머니… 넉넉하진 않았지만 늘 감사함과 작은 행복이 넘치던 시절이었다.

배두호는 컴퓨터 화면 속 가족들의 모습을 보며 생각에 잠기더니, 이내 외장 하드를 뽑아 버렸다. 김해시에 와 놓고도 여태 아버지에게 연락도 하지 않은 것이 조금은 양심에 걸려 마음이 불편해졌던 것이었다. 배두호는 어린 시절과는 달리 타락해 버린 아버지 배 목사를 떠올리며, 연 끊고 살던 그와 다시 인사라도 해 볼까 고민했다.

배두호는 휴대폰을 들어 배 목사에게 문자를 보냈다. '아버지, 바쁘세요?' 그러자 답장이 왔다. '니 김해 왔다매?' 배두호가 잠시 멈칫했다. '역시 큰 교회 목사님은 소식이 빠르구나…. 그런데 내가 왔다는 걸 알면서, 아버지 역시 나에게 연락을 하지 않으셨던 거구나.' 배두호가 씁쓸하게 미소 지었다. 잠시 후 아버지에게 문자 한 통이 더 왔다.

'시간 나그들랑 함 들리라.'

'그럴게요.'

배두호는 오랜만에 배 목사의 교회를 찾아왔다. 과거와는 달리 김해 시내 한복판에 큰 규모를 가진 교회의 모습에 생경함을 느꼈다. 쏟아져 나오는 신도들 사이에는 이름 있는 지역 유지들과 인사들이 보였다. 배두호는 모든 사람들이 다 나올 때까지 기다린 후 조심스럽게 교회 안으로 들어갔다. 텅 빈 교회 안에 홀로 서 있는 배 목사의 뒷모습을 보며 배두호는 조심스럽게 다가가 인사했다.

"안녕하세요. 아버지."

"니 요새 김해에서 뭐 하고 다니는 기고 도대체?"

몇 년 만에 만난 배 목사에게 아들에 대한 반가운 기색은 찾아 볼 수 없었다. 급한 성정의 배 목사는 오랜만에 만난 아들 배두호에게 잘 있었냐는 안부 인사 대신 다짜고짜 본론부터 꺼내기 바빴다.

"허수경이, 아니 허황옥이랑 같이 다닌다는 이야기는 들었다. 지금 허황옥이 때문에 난리 난 거는 알고 그라는 기가? 현대판 오병이어? 지가 무슨 예수님도 아이고… 인도 갔다 오더니 아가 와 저래 됐노? 니는 언제까지 그놈의 가시나랑 놀아날 끼고?"

"아버지, 무슨 말을 그렇게 심하게 하세요? 놀아나다뇨? 제가 무슨 철부지입니까?"

"정신 똑바로 박힌 놈이 그라고 댕기겠나? 어릴 때부터 그 가시나 때문에 멀쩡한 내 아들이 뺑 돌아뿟는데 내가 그런 말도 몬 하나? 니 하고 내하고 이래 틀어진 기 전부 그 가시나 때문 아이가? 니가 내 말 안 듣고 다큐 감독인가 먼가 한다꼬 집 나갈 때부터 알아봤다! 신학 대학만 나오면 가만히 있다가 교회 물려받으면 될 낀데… 내가 와 이래 고생해가미 교회 키았는지 모리나? 다 니 줄라고 한 거 아이가?"

"그만 좀 하세요! 하나님이 두렵지도 않으세요? 주님의 성전이 아버지 개인의 사업체라도 되는 줄 아세요? 어머니 돌아가시고 아버지가 장애인분들 내쫓을 때 저는 이미 아버지 버렸어요! 제 아버지가 목사라는 게 부끄럽습니다!"

"이노무 새끼가!!! 이기 다 그 거지 같은 허황옥이년 때문이다! 우째 꼬싰길래 니가 이래 변하노? 에잇, 예수 행세나 하는 사탄 같은 년!"

배두호는 하나도 변하지 않은 아버지 배 목사의 모습에 다시금 절망했다. 조금이라도 이해해 보려고 노력했던 자신이 한심했다. 박 의원과 지역 유지들과 가까이하기 시작한 이후로 교회가 무서운 속도로 확장되면서, 이제는 너무 변해 버린 아버지의 모습이 새삼 더 멀게 느껴졌다.

제6화

붕어공주 다큐 방영

Scene1. 강씨 아줌마, 꿈을 받아들이다

강씨 아줌마는 며칠 동안 제대로 장사를 할 수 없었다. 코로나19가 한창일 때에도 끄떡없이 씩씩하게 장사를 해 나가던 강씨 아줌마인데, 그렇다 할 계기도 없이 열감과 잔기침에 내내 어지러웠던 것이었다. 강씨 아줌마는 자신의 증상이 갱년기 때문인가 싶기도 해서 그저 몸의 이상 증세를 받아들이려 했다. 철딱서니 없는 딸 이주영만 아니었으면….

이주영은 30대 초반에 허황옥과 나이가 같았지만 여전히 자리를 못 잡고 행정고시를 준비하고 있었다. 서울에서 고시 준비를 하던 이주영이 오랜만에 집에 내려왔다. 고시원에는 있고 싶지 않다고 해서, 없는 형편이지만 노량진 학원 근처에 작은 오피스텔을 얻어 주었다. 이주영은 몇 달에 한 번쯤 반찬이나 용돈을 가지러 왔다.

이주영의 유일한 낙은 어렸을 때 같이 어울렸던 동네 친구들인 박민지, 김선희와 만나 제 친구들이 사회적, 경제적 여건이 좋은 탑 클래스의 삶을 살고 있으니 자신도 잘살고 있다고 여기며 정신 승리하는 것이었다. 며칠 전에도 그들을 만나 자신보다 한참 못하다고 생각한 허황옥의 금의환향에 대해 얘기를 나누면서 이주영은 알 수 없는 질투와 적대감에 휩싸였다. 친구들의 인스타를 보며 댓글을 달고 있던 이주영의 눈에 평소보다 일찍 귀가하는 엄마가 들어왔다.

"엄마, 어디 아프나?"

"마, 몸이 쫌 안 좋아가 일찍 접었다."

"벌써 일주일째 그런 거 아이가? 어디 많이 아픈 거 아이고? 병원은, 가 봤나?"

"무슨? 그냥 갱년기 때문이지. 주영아, 저 식탁에 있는 약 좀 가져 온나."

"식탁?"

주방으로 간 이주영은 쓰레기통에 버려진 종이 하나를 발견했다. 허황옥이 강씨 아줌마에게 건넸던 노래 교실 수강생 모집 전단지였다. 이주영은 그것을 꺼내 내용을 천천히 읽어 보았다. 모집 마감일은 내일이었다.

"엄마, 이거 뭐고? 설마 노래 학원 갈라꼬?"

그러자 강씨 아줌마는 황급히 몸을 일으켜 이주영이 쥐고 있던 전단지를 빼앗아 다시 쓰레기통에 던져 버렸다. 놀란 이주영이 강씨 아줌마를 바라보았다.

"닌 약 가져오라 캤디만 뭔 쓸 데 없는 걸 보고 서 있노?"

그러고는 약을 챙겨 방으로 들어가는 강씨 아줌마였다. 원래 성질이 거칠어 종종 화를 내곤 하는 그녀였지만, 이렇게 별 이유도 없이 소리를 지를 만큼 논리가 없는 사람은 아니었다. 이주영은 강씨 아줌마에게 커다란 변화가 생기고 있음을 직감하고 안방으로 들어갔다.

"뭔데? 무슨 일 있제? 말해 봐라."

"머라카노? 쓸데없는 소리하지 말고 방에 드가 공부나 해라."

"학원비나 주고 그캐라."

"학원비…? 벌써 한 달이 또 다 됐나?"

학원비만 축내는 딸이라도 늘 군말 없이 돈을 주곤 했던 강씨 아줌마가 이번에는 한숨을 푹 쉬었다.

"누구는 평생에 뭐 하나 제대로 배아 보지도 몬하고 사는데, 닌 은제까지 학원에만 처박혀 있을끼고?"

"어…?"

"아니, 이래 계속 떨어질 거면 학원비 그만 축내고 고마 아무 데나 취직해라.”

“아, 엄마! 서른다섯까지는 기다려 준다매? 갑자기 와 이라는데?”

“이 나이 되도록 딸년 학원비 댄다꼬 뼈 빠지게 생선 대가리 팔라카이 내도 힘에 부치서 그란다 아이가? 와?”

그러고는 돌아누워 버리는 강씨 아줌마였다.

“니… 벌써 십 년짼 거 아나? 근데 성적이 오르긴커녕 점점 떨어진다매? 그 길이 진짜 니 길이 맞는 긴지 잘 생각 함 해 봐라. 누구는 먹고 살라고 꿈 한번 못 꿔 보고 사는데, 맞지도 않는 길에 청춘을 낭비하지 마라 이 말이다!”

“아니, 갑자기 왜 그러는데!”

“시험 가망 없거들랑 고마 시집이나 가든가! 건어물 박씨네 아들, 영철이 알제? 갸가 아직도 니한테 목매고 있다 카드라~ 벌써부터 가는 즈그 아빠 가게 물려받아가 얼매나 성실하이 잘 살고 있노? 아이고, 내 팔자야~ 자식이라꼬 저거 하나 있는 기 저 나이 처먹도록 저래 철딱서니가 없다~”

“내가 미쳤나? 영철이 같은 놈하고 결혼할라꼬 이 고생했는지 아나? 나도 민지나 선희처럼 능력 있는 부자 남자 만나 가꼬 서울에서 떵떵거리면서 살라꼬 안 하나? 오늘 와 이라는데 진짜? 아까 보이 학원 전단지 같던데… 혹시 엄마도 뭐, 학원 다니고 싶어서 그라나?”

이주영의 말에 벌떡 일어나 강씨 아줌마는 더 흥분해서 소리를 질렀다.

“그래! 나도 니 맨치로 하고 싶은 꿈이라는 게 있다. 와? 니는 평~생 부모 그늘 아래 하고 싶은 거 다 하고 살민서, 내는 꿈 한 번 꾸면 안 되나?”

“꾸라! 누가 꾸지 마라 캤나?”

“아이고, 이 공주님아~~ 세상이 그래 호락호락한 줄 아나? 니 키워 가미, 장사 해 가미, 도대체 언제 팔자 좋게 꿈을 꾸겠노, 내가?"

"그건 핑계지! 엄마가 원하면 노력을 해야지. 내처럼!"

"니처럼? 그래, 말 한번 잘했다! 그라마 니 학원 때리치우고 내리와서 엄마 학원 갈 동안 가게 봐라!"

강씨 아줌마의 제안에 당당하게 소리치던 이주영은 입을 꾹 다물었다. 강씨 아줌마의 생선 가게는 늘 비린내가 진동하고 생선 핏물에 비위가 상해서, 용돈 받을 때가 아니면 근처에도 가지 않았던 그녀였기 때문이었다. 강씨 아줌마는 그새 말이 쏙 들어가는 딸을 원망스레 바라보고는 다시 자리에 누워 버렸다.

"거, 가방에 봉투 꺼내 가라."

강씨 아줌마의 기력 없는 목소리에 이주영은 조용히 엄마의 가방에서 구깃구깃한 돈봉투를 꺼냈다. 그리곤 강씨 아줌마의 등을 바라보며 구시렁거렸다.

"엄마도 혹시 허수경 붕어빵 먹었나?!"

"그래, 그거 먹고 꿈 좀 꿨다, 와?"

Scene2. 강씨 아줌마, 음악 학원에 등록하다

며칠 뒤, 강씨 아줌마가 주민 센터 노래 교실에 나타났다. 심사숙고한 끝에 처음으로 수업을 듣기로 한 날이었다. 강의실은 아직 텅텅 비어 있었고, 공기청정기에서 약간의 기계음만이 들리고 있었지만 강씨 아줌마는 무엇보다 자신의 심장이 요란히 쿵쿵대는 소리에 귀가 피곤할 지경이었다.

"아이고, 내 딸내미 수능 날에도 이래까지 떨지는 않았는데… 뭔 놈의 심장이 이리 쿵쾅거리냔 말이다…."

마침 수업을 진행하는 강사가 강의실에 들어왔다. 강사는 강씨 아줌마를 곧바로 알아보았다. 종종 강씨 아줌마네 생선 가게에서 저녁거리를 사가곤 했기 때문이었다.

"어머님~ 드디어 결정을 하셨네요! 잘하셨어요. 생선 사 갈 때마다 안색이 안 좋으셔서 얼마나 걱정했는지 몰라요. 이제 웃음꽃이 활짝 피시겠네요?"

"아니, 생각해 보이 그렇더라고요. 시에서 진행하는 수업이라 수강료도 저렴하고, 일주일에 한 번씩이면…. 그 정도도 내가 내한테 몬 해 주겠나 싶더라꼬예. 그래서 도전해 보자! 해서 왔심더~"

"잘하셨어요. 내 꿈 내가 이루겠다는데 누가 뭐라 합니까? 평생 노래하며 사시는 게 꿈이셨다면서요. 후회 없으실 거예요. 혹시 알아요? 나중에 진짜 가수가 되실지? 하하하."

그렇게 강씨 아줌마의 첫 꿈에 대한 도전이 시작되려던 참이었다. 그리고 그것은 강씨 아줌마 인생에서 가장 황홀하고 신명 나는 경험이었다.

insert CNN 인터뷰, 당시의 일을 회상하며 강씨 아줌마는 말했다

"아이고, 진짜로 처음에는 무슨 약 탄 거 아인가 의심했다 아입니꺼? 솔직히 이 얘기는 처음 하는 긴데… 옛날에 허 할매 붕어빵 먹을 때도 할매가 꿈에 나와서 '니는 노래를 잘 불러 제끼네? 나중에 꼭 가수 묵으라!'라고 했던 적이 있었어예. 요상하다 싶은 꿈이라 기억하다가 어느 순간 잊아 뿌고 살았는데… 고 손녀년이 또 이럴 줄 내 알았나?"

그 후 강씨 아줌마는 〈전국 노래자랑〉에 출연해 노래 솜씨를 뽐냈고, 그녀의 노래를 들은 물고기 엔터에서 그녀에게 정식으로 오디션을 제안했다. 최근 종편 TV에서 트로트 열풍이 불면서 강씨 아줌마는 앨범을 내고 가수 협회에 등록까지 하게 되었다. 그녀의 오랜 꿈이 실현되는 순간이었다. 〈물고기의 꿈〉이라는 앨범은 그해에 가장 많이 팔린 트로트 앨범이었다.

@the_princesscarp/붕어공주_허황옥(SNS 팔로워 2억 명)

Scene3. 허황옥 다큐 방영되다

배두호는 며칠 날밤을 새우며 마지막 편집을 마치고 파일을 방송국에 납품했다. 남들이 우러러보는 직업은 아니지만 열정과 진심을 다해 장사를 하는 붕어공주 허황옥은 많은 이들에게 영감을 줄 것이 분명했다. 확신에 찬 배두호는 어쩌면 이번엔 자신의 작품이 흥행에 성공할지도 모른다는 기대감을 가졌다. 얼마 만에 하는 공중파 프로젝트야…. 사실 방송국 시험에 세 번 떨어지고 자의 반 타의 반 프리랜서의 길을 선택했지만 마음은 언제나 방송국에 들어가고 싶었다. 얼마 전 김 PD가 보낸 문자가 생각났다.

'야, 두호야, 어떻게 잘 돼 가냐? 너 이번 일 잘 성사시키면 위에서 특채로 뽑을 수도 있어. 공채는 몇 번 물먹었지만, 뭐 들어오기만 하면 그게 뭔 상관이야. 잘 만들어 봐, 알지? 형이 말야, 위에 다 기름 발라 놨어~'

이번 일이 잘되면 특채라도 될지 모른다는 기대감에 배두호는 자기도 모르게 긴장했다.

"수경이 덕에 방송국에 정직원도 되고… 일석이조야!"

최초 KBC 방영 시는 붕어빵을 파는 〈화제의 인물〉 정도로 시작했으나, 그 후 배두호가 허황옥을 따라다니며 본격적으로 촬영하는 순간부터 허황옥은 단순히 붕어빵을 파는 여자가 아니었다. 현재는 SNS 팔로워 2억 명에 달하는 세계적인 셀럽이자 전 세계에서 가장 주목받는 인물이 되어 가고 있었다. 물론 허황옥 본인이 이 상황을 의도적으로 만든 것은 결코 아니었다.

처음 인도에서 돌아온 이후 작은 리어카에서 붕어빵을 팔던 그때나 지금이나 허황옥이 달라진 것은 없었다. 그녀는 매일매일 자신에게 주어진 만큼만 붕어빵을 팔고 요가 수련과 명상, 싯타르 연주를 하며 하루를 보내고 있었다. 하지만 그녀의 꿈붕어빵을 먹고 변화를 가진 사람들은 그녀를 평범하지 않은 사람으로 만들어 가고 있었다. 그러나 그녀는 그러한 것들을 가만히 지켜보며 마치 자신과는 아무런 관련이 없다는 듯이 차분히 자신의 일에 충실할 뿐이었다.

배두호 입장에서는 도저히 이해가 안 됐다. 김해에서 태어난 벙어리 소녀가 만든 꿈붕어빵이 조용히 살던 사람들의 입을 트고, 다양한 소리가 쏟아져 나오게 했다는 것이…. 한국인 출신의 몇몇 아이돌 또는 스포츠 스타, 예술인들이 전 세계적으로 활동하고 유명해지는 경우는 종종 있었지만, 붕어공주 허황옥만큼 전 지구적인 관심을 짧은 시간 안에 받은 사람은 처음이었다. 배두호는 어릴 적 친구였던 허수경이 아닌 허황옥이라는 낯선 사람이 과연 같은 사람인 건지… 혼란스러울 뿐이었다.

며칠 뒤, 배두호는 다큐 방영 일정 등을 협의하기 위해 김재철 PD에게 찾아갔다. 그런데 그가 어두운 표정으로 전달한 이야기는 배두호에게 청천벽력과도 같은 충격을 안겨 주었다.

"야, 배 감독… 이거 아무래도 못 나갈 거 같으다? 아니, 너도 알다시피 그때랑 상황이 완전히 달라졌어. 그때만 해도 붕어빵 파는 젊은 여자 청년 사업가였지만, 지금은 전 세계가 주목하는 셀럽에 너무 많은 이슈가 생겨 버렸잖아? 위에서 심려가 커졌어. 자칫 이거 내보냈다가 혼란만 야기시키는 거 아니냐고… 내 생각에도 그렇고…."

"아니, 그러면 지금까지 제가 한 거는 어떻게 됩니까? 선배님이 책임진다고 하셔서 시작한 건데… 저 같은 외주업체가 이 정도의 일을 하려면 돈, 시간… 형님! 이… 이거 꼭 내보내 주셔야 합니다. 안 그러면 저 죽습니다."

"야, 무슨 소리야? 내가 언제 책임지고 내보내 준다 했어? 네가 이래서 문제인 거야. 네가 하고 싶어서 한 거를, 왜 나한테 책임을 지래? 아 몰라. 일단 위에서는 지금 내보낼 수가 없다니까… 일단 조금만 시간을 가져 보자. 내가 좀 더 힘을 써 볼게! 응, 두호야? 형 믿고 가 보자, 응? 형 알지?"

자리를 박차고 일어난 배두호는 김 PD가 뒤에서 불러도 무시하고 방송국을 황급히 나왔다.

"야, 배두호! 저 시키가…."

배두호는 김재철의 말에 또 속았다는 생각을 하니 도저히 분을 삭일 수가 없었다.

"저 인간을 믿은 내가 잘못이지… 계약서 한 장 없이…. 대학 때부터 늘 저 인간한테 당해 오면서… 이번엔 아니겠지 했는데 또… 결국 속은 놈이 병신이고 죄인인 거지."

망연자실한 채 거리를 미친 듯이 걸어가는 배두호는 화가 치밀어 당장 누구라도 시비를 걸면 죽을 각오로 싸울 요량이었다. 숨을 돌리면서 잠깐 멈춰 서서 호흡을 했다. 오늘따라 하늘은 왜 이렇게 맑은지… 그러다가 무언가 눈앞에 번쩍이는 곳으로 시선을 돌렸다 조중일보 사옥에 커다란 옥외 전광판을 바라봤다. 거기서는 자료 영상으로 유튜브에 가져온 허황옥 관련 뉴스가 나오고 있었다. 요즘은 어디나 틀면 허황옥이었다. 순간 배두호는 무언가 깨달았다.

"그래. 굳이 레거시 방송국에 목맬 필요 뭐 있어? 어차피 이젠 1인 방송국 시스템이 자리 잡은 세상이야. 그래, 이참에 나도 내 개인 방송을 시작해 보자. 늘 어딘가 소속돼야 한다는 강박 관념에 시달려 왔어. 혼자서 뭘 한다는 게 두려워서… 김 PD 같은 놈한테 넘어가서 늘 이용만 당하고…. 수경이를 봐! 혼자서 이룬 그녀의 성과를… 나도 혼자서 해 보자! 수경이한테 사실대로 말하고 유튜브에 올리는 거야!"

Scene4. 김재철 PD가 박 의원에게 전화한다

"좀 전에 배두호가 왔다 갔습니다. 의원님 말씀대로 전달했습니다."

"잘했다! 스타윌드 신 상무가 방송 내용을 보더니 안 나가는 게 좋을 거 같다고 하더라꼬. 내 생각에도 저거 방송 나가면 사람들 마 다 뒤집어진데이. 김 PD가 국장한테는 잘 얘기했제? 니는 배두호만 잘 단도리 해라!"

"네네~ 안 그래도 국장님이 붕어공주 진행 어찌 돼 가냐고 물어보시길래 대충 둘러댔습니다. 외주업체가 파일을 날려 먹어서 아무래도 안 될 거 같다고요. 배두호는 제 손바닥 안에 있으니까 걱정 안 하셔도 됩니다.”

“잘해따! 고마 소문 안 나게 입조심시키고. 그나저나 김 PD~ 신 상무랑 자리 한 번 같이 해야제? 알아 두믄 좋을 끼다. 나중에 여의도 들어올라만 확실한 후원자가 있어야 된데이. 신 상무 눈에 들면 탄탄대로다 마. 반대로 찍히면 인생 나락으로 가는 기고….”

반면, 한참 방황하며 자신을 질책하던 배두호는 바로 허황옥을 만나서 그간의 사정 이야기를 하고 양해를 구했다. 허황옥은 오히려 배두호의 새로운 출발을 지지했다.

「두호야, 난 네가 하는 일이면 다 응원할 거야. 너의 꿈을 이룰 수 있다면 내가 할 수 있는 모든 일을 도와줄게~ 네 스스로 일어설 수 있어서 난 너무 좋아!」

insert CNN 인터뷰, 당시의 일을 회상하며 배두호는 말했다

“평생 어딘가 소속감을 느끼고 싶어 했던 것 같아요. 누구 아들, 누구 친구, 어느 학교, 어느 교회, 어느 커뮤니티…. 그렇지 않으면 도태되고 낙오되고, 어려운 일이 닥쳐도 도움받지 못하고… 서로 끌어 주고 밀어주고…. 사람 사는 세상에 당연히 있는 일들이긴 하죠. 그걸 나쁘다고 말하고 싶지는 않아요. 중요한 부분입니다. 단지… 우리가 속해 있는 사회는 어딘가 집단의 보호 아래 들어가서 심리적 안정감을 공급받고 그에 대한 대가로 개인은 노동을 제공하는 건 아닌가 의구심이 들더군요. 저도 그랬어요. 좋든 싫든 어느 편엔가 서야 했어요. 각 개인의 성격이나 성향 차이도 있겠지만, 어릴 때부터 길들여지면 스스로의 생각만으로 판단하기가 쉽지 않죠. 늘 불안한 느낌이 있었어요. 주변에서 ‘쟤는 어쩌려고 저러니?’, ‘배두호 너는 언제 자리 잡냐?’ 이런 식으

로 동정을 가장해 깔보듯 바라보는 시선들… 그래서 늘 그렇게 방송국에 들어가고 싶었나 봐요."

배두호는 자신의 친구이자 다큐의 주인공인 허황옥의 승낙과 응원에 힘입어 스스로의 길을 개척해 나가기로 결심했다. 그는 자신의 유튜브 채널을 만들어 붕어공주 허황옥 다큐 타이틀을 올리고, 방영일을 자신의 SNS에 공지했다.

배두호의 SNS 역시 폭발적으로 사람들의 관심이 쏠렸다. 최근 허황옥과 같이 지내면서 조금씩 본인의 SNS도 팔로워가 늘어 가고 있었지만, 유튜브로 〈붕어공주 허황옥〉 다큐를 올린다고 하자 전 세계에서 관심이 폭발적으로 일어난 것이었다. 배두호 역시 자신에게 향하는 관심에 놀랍기도 하고 무섭기도 하였다. 흥분되는 순간이었다. 어느 누구 하나 관심 가져 주지 않았던 무명 프리랜서 감독에게 집중되는 이목을, 그는 어느 정도는 즐겨 보려고 했다. 새삼 허황옥이라는 브랜드가 갖고 있는 파워를 실감할 수 있었다. 이제 전 세계가 배두호의 다큐를 관심 있게 기다리며, 수많은 방송국에서 자신들과 협업하자는 연락이 쇄도하기 시작했다.

드디어 약속한 프로그램 방영일이 다가오자, 배두호는 김해시로 내려가 허황옥과 함께 태블릿 PC로 본방을 사수하려 했다. 허황옥은 화면에 자신의 모습이 나오는데도 별로 떨리는 기색 없이 차분히 화면을 바라보고 있었다. 그런 그녀가 배두호는 신기했다.

"황옥아, 나는 이렇게 떨리는데 너는 아무렇지도 않아?"

그러자 마치 모든 것을 예상해 왔고, 앞으로 일어날 일을 다 알고 있다는 듯이 그저 싱긋 미소 짓고 마는 허황옥이었다. 그러나 배두호는 그때는 알지 못했다. 자신이 찍은 영상이 훗날 대한민국에, 그리고 전 세계에 어떤 영향력을 미치게 될지 말이다. 어쨌든 방송은 시작되었다. 영상은 허황옥이 어항 속 붕어들과 뻐끔뻐끔 대화하는 장면으로 시작했다. 그리고 아침부터 밤까지의 허황옥의 하루 일과와 열정을 잃지 않는 모습이 방송에 나왔다.

전 세계가 동시에 이 방송을 지켜봤다. 기록적인 시청률을 보이며 유튜브 생방 전 세계 1위를 찍었다. 그레이스와 스타월드 관련자들, 정부 관계자들, 반인반어족 맹신자들, 꿈붕어빵을 먹고 변화를 일으킨 사람들, 브로큰스타를 추종하는 사람들… 모두가 허황옥의 다큐를 보고 있었다.

Scene5. 그레이스, 붕어공주 다큐 시청

그레이스는 사무실에서 배두호의 다큐를 시청하고 있었다. 스타그룹 임원진 단톡방에 끊임없이 알람 소리가 들려왔다.

'지금 유튜브에서 붕어공주 다큐가 나가고 있어요. 어떻게 된 겁니까?'

'방송국은 막았지만 유튜브까지 막을 방법은 없습니다.'

'구글 쪽에 미리 손을 썼어야죠!'

'그렇게 간단한 문제가 아닙니다. 예전 김해 방송 사고처럼 할 수 없습니다. 그때하고는 상황이 많이 달라졌어요.'

'레거시 언론은 저희 쪽에서 손을 쓸 수 있지만 이런 개인 방송은….'

'그레이스 대표님 어떻게 할까요?'

'스타에어 쪽에서 소피아 의장님께 이 문제를 어떻게 해결할 거냐고 따지는 중입니다. 그레이스 대표님이 어떤 솔루션을 가지고 계신지….'

'SNS상에서 엄청난 리뷰가 달리고 있습니다. 그리고 브로큰스타 해시

태그가 폭발적으로 증가합니다.'

'대표님… 그레이스 대표님… 어떻게 해야 할지….'

그레이스는 알람을 끄고 핸드폰을 서랍으로 넣어 버렸다. 그리고 차분히 스타월드 인어공주 로고가 그려진 머그잔을 들어 커피를 마시며 유튜브를 바라보고 있었다.

대형 화면에 유튜브 화면과 한쪽에는 SNS상에 올라오는 해시태그가 검색되어 올라오고 있다.

"브로큰스타여 일어나라!"

"수구 기득권을 거리로 끌어내자!"

"스타그룹 별을 쪼개자!"

"스타월드 타도! 그레이스를 다시 바다로 돌려보내자!"

"투쟁! 붕어공주를 왕으로 모셔서 세상을 뒤집자!"

전 세계에서 댓글들이 올라오는 중이었다. 그레이스는 다시 동영상으로 눈길을 돌렸다. 〈붕어공주 허황옥의 꿈붕어빵〉이라는 타이틀이 나타나고 있었다.

「안녕하세요, 저는 아유타 왕국의 후손… 붕어공주 허황옥입니다.」

허황옥의 수어로 시작되는 다큐였다. 그리고 화면 가득 모락모락 김이 나는 꿈붕어빵이 잡히며 다큐가 본격적으로 시작되었다. 허황옥의 독특한 캐릭터와 하루 일과는 사람들의 호기심과 응원을 불러오기에 충분했고, 그녀의 꿈붕어빵을 즐겨 찾던 매니아들은 허황옥을 방송에서 봤다는 것만으로도 반가운지 너나 할 것 없이 SNS에 허황옥과의 에피소드를, 그리고 꿈붕어빵의 맛을, 꿈붕어빵을 먹고 묘한 꿈을 꿨다는 사실을 올리기 시작했다. 허황옥이 요가를 하는 모습, 붕어와 인사를 하는 모습, 꿈붕어빵을 만드는 모습, 사람들과 목소리 없이 소통하는 모습, 싯타르를 연주하는 모습, 트럭에서 자는 모습 등 허황옥의 모든 면이 사람들에게는 새로웠고, 멋스러웠고, 어쩐지 꼭 만나 보고 싶다는 호기심을 갖게 했다.

미국 등 해외에서도 반응은 다르지 않았다. 다른 나라에서도 12명의 붕어공주들이 나타나고 있다는 제보 영상, 초창기 꿈붕어빵을 먹고 허황옥과 인연을 맺었던 사람들 이야기 그리고 대중들이 궁금해하던 민정, 라마, 오태식과의 인연 이야기가 회자되었다.

인도 게임 개발자 라마는 허황옥의 붕어빵을 먹고 아이디어가 떠올라 게임을 완성하였고 이후 전 세계적으로 빅 히트를 치게 되었다. 오태식과 친구들은 바이크 여행으로 전 세계를 돌아다니며 꿈붕어빵을 만들어 전달해 난민들과 기아에 허덕이는 지구인들에게 희망의 씨앗을 심었고, 민정은 세계적 모델로 성장하여 미국, 유럽을 베이스로 꿈붕어빵을 곳곳에 전파했다는 내용들이었다.

국내뿐 아니라 해외에서의 열기가 더 뜨거웠다. CNN에서 공식적으로 함께 추가 제작을 요청하는 연락이 이때 시작되었다. 이번에는 계약서부터 확실히 쓰고 작업에 들어간 배두호였다. 배두호는 자신의 다큐가 이렇게 뜨거운 반응을 얻자 흥분되기도 하고 두렵기도 하였다. 허황옥이라는 인물을 가감 없이 보여 주려고 했지만, 혹시라도 사람들에게 오해와 편견을 일으키는 건 아닌지… 게다가 지금 허황옥은 전 세계가 주목하는 사람이고 모든 이슈의 중심에 서 있는 사람인데… 이 방송 이후 벌어질 일들이 배두호는 걱정스러웠다. 붕어공주의 다큐가 히트를 치자, 김 PD

에게서 수십 번 연락이 왔지만 배두호는 받지 않았다. 김 PD가 보낸 장문의 문자와 음성 녹음으로만 확인했다.

"삐- 야, 두호야, 형이야 형! 너, 내 허락도 없이 영상을 그렇게 내보내면 어쩌자는 거야? 이렇게 막 나갈 거야? 야, 이럴 거면 우리랑 같이했었어야지. 지금이라도 추가 분량은 우리랑 같이 하자. CNN 조건보다 두 배로 줄게~ 내가 위에다가 다 얘기해 놨어. 솔직히 말하면 지금 위에서 난리야. 왜 이걸 안 내보냈냐고… 그래서 내 입장이 많이 곤란하다. 우리가 계약서를 쓴 건 아니지만 같이 기획한 거나 마찬가지잖아? 우리 사이에 이러기야? 우리가 남이냐? 지내 온 세월이 얼만데… 지금이라도 우리랑 같이 하자! 내가 전적으로 지원해 줄게. 연락 좀 주라 두호야. 형 믿지?"

배두호는 방송 이후 트럭 앞에 늘어선 긴 줄과 방송국 차량들, 유튜버들, 경찰차와 수많은 인파를 보고 깜짝 놀랐다. 허황옥에게 인사를 할 짬도 없이, 그녀는 정신없이 붕어빵을 사람들에게 판매하고 있었다. 방송 이후 전국 각지에서 허황옥을 보러, 꿈붕어빵을 먹으러 온 사람들로 인산인해를 이루었다. 배두호는 허황옥이 자신으로 인해 부자가 될지도 모른다는 생각에 조금은 우쭐하며 카메라를 들고 촬영하기 시작했다.

모든 매체에서 허황옥을 취재하려 그녀를 포위하고 있었다. 다른 나라에서 온 방송국까지 진을 치고 있었고, 유튜버들은 모두 총출동한 듯했다. 경찰청에서 사고가 발생할까 봐 2개 대대를 보내서 현장을 정리 중이었다. 그녀 앞에서 서로를 밀치며 기자들이 질문을 마구 쏟아 냈다.

"허황옥 씨, 진짜 본인이 붕어공주라고 생각하십니까? 그렇다면 반인반어족이란 말씀인가요?"

"반인반어족을 주장하는 오생물 박사와 관계가 어떻게 되십니까?"

"브로큰스타와는 어떤 관계이십니까?"

"스타월드 그레이스를 처음부터 타깃으로 삼으신 건가요?"

"일부에서 꿈붕어빵 마약 의혹이 제기되고 있습니다."

"음악으로 사람들을 홀린다는 얘기도 나오고 있습니다. 집단 최면 같은 걸 거는 건 아닌가요? 사람들이 꿈을 꾸게 한다는 게 가능한 겁니까?"

"기득권에 대한 대항인가요? 사회를 혼란하게 만들려는 의도가 뭔가요?"

"오병이어의 기적 같은 예수님의 말씀을 많이 차용하시던데… 본인은 종교인입니까? 종교가 뭔가요?"

질문을 마구 쏟아 내는 것은 기자들만이 아니었다. 구경을 나온 시민들의 질문도 무차별적으로 쏟아지고 있었다.

"붕어공주님! 저도 저만의 꿈을 꿀 수 있을까요?"

"붕어공주님이시여, 저희를 인도하소서~ 붕어공주님을 따르겠습니다!"

"야이, 사이비 종교 년아. 어디서 예수님 말씀을 팔아먹고 다녀?"

"착한 애들 현혹시키는 마녀 년은 물러나라!"

"언니~ 혹시 방송에서 입고 계시던 티셔츠 어디 거예요? 저도 갖고 싶어요!"

"아 씨, 여기 붕어빵 너무 맛있어서 나만 알고 싶었는데, 손님이 너무 많아져서 개짜증 나! 이제 먹으려면 한참 걸리잖아~"

"누나 보려고 제주도에서 날아왔어요! 붕어빵 먹으면 진짜 배가 막 부를까요?"

허황옥은 아무 말도 하지 않고 꿈붕어빵만 굽고 있었다. 사람들의 물음에도, 사인을 해 달라는 요구에도, 사진을 찍자는 요청에도, 그저 말없이 미소만 짓는 허황옥이었다.

붕어공주의 인기와 대중의 관심은 날로 치솟았다. 붕어공주 상표권에 대한 가치가 천정부지로 올라가는 중이었다. 세간에서는 몇백 억, 아니 지금 추세라면 몇천 억의 가치가 생길 수도 있다는 말들이 떠돌아다녔다. 배두호에게 접근해서 허황옥과 자리를 만들어 달라는 사람들도 많았다. 허황옥이 언어 장애가 있고 거의 응답을 안 하기에 배두호에게 연락이 많이 오는 편이었다. 전문가들은 이런 식으로 브랜드 가치를 올려 대기업이나 다른 브랜드에 매각할 시 엄청난 이익이 생길 거라고 했다. 경제 전문가들, 평론가들, 증권가에서는 허황옥이 고도의 비지니스 마인드로 몸값을 부풀리고 있다고 말했다.

insert CNN 인터뷰, M&A 전문가 이경수

"보통 이런 수순이죠. 기업 합병에서는 기본입니다. 허황옥 씨 같은 경우는 개인 사업자이기는 하지만, 과연 얼마를 부를지가 관건이죠. 개인으로서는 아마 상상도 못 할 금액을 벌 겁니다. 듣자 하니 어린 시절에 엄청 가난했었다고 하던데… 완전 돈방석에 올라앉은 겁니다. 아니 뭐 거의 다이아몬드 방석이라고 봐야 할 거 같은데요."

과연 어디서 붕어공주를 인수할지에 따라 주식 시장은 요동을 칠 것이기에 모두들 예의 주시 중이었다. 특히 식음료업계 관계자들은 배두호에게 붕어공주의 정보를 얻고자 끊임없이 접촉을 해 왔다. 식음료계의 대형기업인 갓뚜기도 그중 하나였다.

"안녕하세요, 배두호 감독님~"

"네? 누구신지?"

"하하, 저는 식품전문제조회사 갓뚜기의 유재식 팀장입니다. 저희가 허 사장님에게 연락을 취했지만, 메시지를 읽으시고도 전혀 답이 없으셔서…. 배두호 씨가 허 사장님하고는 어릴 적부터 제일 가까운 친구 사이이셨다고… 그리고 지금 다큐도 제작 중이시니까, 허 사장님하고 늘 근접해 계시다 보니 이렇게 불쑥 찾아뵙게 되었습니다."

"아, 네… 갓뚜기같이 큰 회사에서 어쩐 일로…. 무슨 일 때문에 그러시는 건지?"

"여기 제안서… 허 사장님께 전달 좀 해 주시고, 설명 좀 한번 해 주시면 좋겠습니다. 아주 좋은 제안을 저희가 드리는 거거든요. 물론 계약이 잘 되면 저희가 배두호 감독님께도 따로 사례를 할 거구요. 일반적인 커미션보다 더 좋은 조건으로 해 드리겠습니다. 원하시면 저희 회사에 자리를 하나 만들어 드릴 수도 있구요."

"무슨 말씀인지는 알겠는데, 저는 이런 일을 하는 사람도 아니고, 허황옥 씨가 저랑 친구지만 이런 걸 제가 제안하고 할 만한 입장이 아닙니다."

갓뚜기 외에도 온갖 회사들, 심지어 해외의 회사들까지 배두호를 통해 붕어공주와 연결되고 싶어 했다.

"안녕하세요, 배 감독님! 저희는 '농부의 마음'에서 나왔습니다."

"안녕하세요, 배 PD님~ 저희는 'dj'에서 나왔습니다."

"헬로우, 미스터 배~ 우리는 미국 '돈킨'에서 나왔습니다."

배두호에게 이메일이 폭주하고 심지어 그들은 집으로, 기차 안에서, 길에서 불쑥불쑥 시도 때도 없이 나타나 허황옥에게 제안서를 전달해 달라는 부탁을 하며 제안이 성공하면 배두호에게도 상당한 금액을 보상해 주겠다는 식으로 접근했다. 배두호는 그들이 귀찮기도 했지만 다시 한번 새삼 붕어공주의 상품 가치와 위대함을 느꼈다. 그리고 이 정도 금액이면 허황옥은 이제 완전 평생 팔자 고치는 거고, 자신도 큰돈을 만질 수가 있게 될 거라는 생각도 들었다. 배두호는 상상할 수도 없는 금액에 마음이 흔들리기도 하고 허황옥에게도 좋은 일일지도 모른다는 생각에 용기를 내어 그동안의 제안을 전달해 주었다.

'황옥이도 어쩌면 원할지 몰라. 이 정도 금액이면 평생 부자로 살 수 있는 금액이야. 더 고생 안 해도 되고… 남들은 평생 벌어도 만져 보지 못할 돈이야.'

배두호가 허황옥에게 이러이러한 제안이 있다고 말해 줘도 허황옥은 말없이 붕어빵만 굽고 있었다. 배두호가 아무리 허황옥과 가까운 사이라지만 그녀의 속내를 알 수가 없었다.

「우와, 우리 그럼 부자 되는 거야? 하하. 우리 어릴 때 부자 되면 짜장면이랑 맛난 거 실컷 먹자고 했었잖아? 우리 실컷 먹으러 다니자~」라며 장난스럽게 대답하던 허황옥이 배두호를 바라보며 차분히 말했다.

「두호야, 나는 돈 때문에 이 일을 시작한 게 아니야. 나는 돈에는 관심이 없어. 난 말은 못 하지만… 사람들에게 내 말을 전달하고 싶은 거뿐이야. 사람들이 꿈을 꾸는 일을 돕고 싶을 뿐이야.」

아이러니했다. 이미 지금도 일반인은 꿈도 못 꿀 큰돈을 가지고 있고, 앞으로도 엄청난 가치가 있는 브랜드를 소유한 사람이 '돈에는 관심 없다고?' 만약에 허황옥에 대해 모르는 사람이 들었다면 되지도 않게 배부른 소리 한다고 했을 것이다. 배두호 역시 그런 생각이 들지 않은 건 아니었다. 얼핏 생각해도 그녀는 SNS에서 벌어들이는 수입이 상당했다. 그런데 그녀는 그 돈이 있는지 없는지 전혀 개의치 않아 했다. 자신의 돈이라고 생각을 안 하는 듯, 아니 그런 게 존재한다는 사실을 아예 망각하고 있는 듯 무심했다. 그 정도 돈이라면 굳이 이렇게 힘들게 안 살아도 되는데….

아니면 진짜 떠도는 소문처럼 더 큰 그림을 그리는 걸까? 자신의 몸값을 더 올려서 진짜 대기업처럼 되려는 걸까? 사실 붕어공주라는 브랜드 상표권을 가지고 있다는 사실을 알았을 때 조금 의심이 들었다. '그냥 길에서 푸드 트럭으로 붕어빵을 파는데 상표권을 등록한다고? 게다가 해외에까지? 라마와 민정, 오태식 등… 그들과 연합해서 거대한 기업 형태로 전환할 수도 있는 거 아니겠어? 허황옥뿐 아니라 그들 모두 엄청난 셀럽이자 상품 가치가 있는 사람들인데…' 의도든 아니든 그냥 이 일을 하고 있는 건 아닌 게 확실했다. 그녀만의 큰 그림이 있을 것이라 생각했다. '수경이가 나도 껴 주겠지? 어찌 보면 내가 제일 가까운 사람이잖아?' 이런 생각도 드는 배두호였다.

Scene6. 스타에어, 로버트 회장의 사무실

스타에어 로버트 회장의 광화문 사무실. 그의 방은 스타에어를 상징하는 거대한 황금 독수리가 천장에 매달려 있고 전반적으로 모던한 일본풍의 인테리어 느낌으로 고급스러우면서도 차가운 느낌이 들었다. 오래전부터 집안 대대로 내려오는 붉은색 사무라이 갑옷과 사무라이 칼이 강화유리로 된 박스 안에 전시되어 있다. 갑옷 곳곳에 패인 칼자국에는 수많은 이들의 피가 아직도 묻어 있는 듯했다. 한쪽 벽에는 섬뜩한 느낌을 주는 그림들이 걸려 있다. 그중 압권은 일본의 대표적인 요괴인 로쿠로쿠비[6] 그림이었다. 뱀처럼 긴 목을 가진 로쿠로쿠비 요괴는 온몸이 붉은 비늘로 덮여 있었다. 붉은색 사무라이 갑옷이 그림에 겹쳐 마치 로쿠로쿠비 요괴가 갑옷을 입고 있는 듯 무시무시한 느낌을 자아냈다.

6) 일본의 목이 긴 요괴

로버트 회장은 브로큰스타를 가장해 스타월드와 그레이스를 공격하는 댓글을 올리라고 사주했다. 그의 오른팔인 박 비서가 보고를 하고 있다.

"로버트 회장님, 말씀하신 대로 스타월드와 그레이스 해시태그를 달았습니다."

"요시! 문제없겠지? 러시아, 중국 쪽에서 올린 거라고 했던가? 미하엘 쪽이 총디렉팅 하는 거지?"

"네, 전혀 문제없습니다. 이미 저희하고는 여러 차례 호흡을 맞춰 온 팀입니다."

"그레이스 쪽 반응은 어때?"

"무척 당황하는 눈치입니다. 소피아 의장도 매우 역정을 내셨다는 거 같습니다."

"왜 그레이스가 이 방송을 막지 않은 건지 좀 의심스럽기는 해. 구글이라도 막으려면 얼마든지 그럴 수 있었을 텐데 말이야."

로버트는 손에 든 술잔을 들고 창밖에 보이는 스타월드 본사 건물을 바라보고 있었다.

Scene7. 첫 방송 이후 더욱 붕어공주 허황옥에게 집중되는 관심

대한민국에서 유튜버들이 관심을 갖는다는 것은, 곧 세상의 관심거리가 되고 있다는 것과 같은 의미였다. 허황옥의 붕어공주 트럭 앞에는 매일매일 장사진이 펼쳐졌고 줄은 끝도 보이지 않게 길게 늘어져 있었다. 배두호는 카메라 속에 진풍경을 담으면서도 자신의 방송이 세간의 중심이 되었다는 사실에 계속 당황스러웠다. 그런데 정작 허황옥은 세상의 반응에 크게 동요하지 않는 분위기였다. 늘 그렇듯 새벽부터 붕어빵 재료를 준비하고, 요가를 하고, 고등어와 다른 길고양이들과 강아지들, 붕어들에게 먹이를 주고 꿈붕어빵을 굽기 시작했다. 준비된 재료가 소진되면 곧바로 장사를 접었고, 손님이 많다고 해서 더 많이 팔아 볼 요량은 없어 보였다. 그리곤 저녁이 되고 노을이 지는 시간에 꼭 한 시간 정도 싯타르를 연주하고 늘 어울리던 사람들과 공터에서 요가를 하며 하루를 마무리했다.

그날 밤 배두호는 장사하고 난 주변을 치우는 허황옥 앞에서 또다시 카메라를 켰다. 매일 밤 진행하기로 한 공식 인터뷰 시간이었다.

"첫 방송 직후에 하는 장사였는데, 떨리진 않으셨어요?"

허황옥은 모든 대답을 수어로 했으며, 그것은 추후 방송에서 자막과 함께 송출되었다.

「그렇진 않았어요.」

"사람들의 반응이 아주 폭발적인데요. 그런 반응에 동요하지 않기 위해 특별히 하신 생각이라도 있으신가요?"

「저는 단지 꿈붕어빵을 파는 사람이고, 꿈붕어빵을 팔면 되는 단순한 문제니까요.」

"역시 늘 평정심을 유지하는 붕어공주다우십니다. 오늘따라 꿈붕어빵을 사려고 줄을 선 손님들이 끊이질 않았습니다. 재료가 일찍 소진되어 모든 사람들에게 꿈붕어빵을 팔지는 못했는데… 장사하는 사람으로서 아쉽지 않으신가요? 혹시 직원 충원이나 설비 보충 계획이 있으신가요?"

배두호의 질문에, 조리대를 닦던 허황옥이 평온하게 미소 지으며 대답했다.

「일단은 저에 주어진 몫만을 감당하려 합니다. 꿈붕어빵 수요가 높아지면 프랜차이즈 등을 통해서 꿈붕어빵을 보다 많은 분들에게 신속하고 효율적으로 전달하는 방안을 고민하겠습니다.」

"이번 기회에 직원이라도 더 구해서 꿈붕어빵을 더 많이 팔면, 더 큰 돈을 벌 수 있을 텐데요?"

「많은 양의 꿈보다는, 높은 질의 꿈이 사람들에게는 필요하니까요.」

"붕어빵 대신 꿈붕어빵이라는 단어를 사용하셨는데, 그 이유가 있으신가요?"

항간에 떠도는 '꿈붕어빵을 먹으면 꿈을 꾼다'는 논란에 직접 답변해달라는 배두호의 요청이기도 했다. 허황옥 역시 그 논란을 모르지 않았을 것이고, 일반인의 입장에서 세간의 주목을 받는다는 것은 꽤 버거운 일일 테지만, 허황옥은 끝내 눈동자 한 번 흔들리지 않고 차분히 배두호를 바라보았다. 그러고는 두 손을 들어 수어로 답했다.

「저의 꿈붕어빵은 곧 희망이고, 꿈입니다. 꿈을 꾸는 사람들이야말로 세상을 밝게 비출 수 있으며, 어두운 곳에 있는 사람들을 밝은 곳으로 인도할 수 있거든요.」

목소리 없이 손으로만 그리는 대답은 어쩐지 보는 사람으로 하여금 더 많은 생각을 하도록 하는 힘이 있었다. 배두호는 허황옥의 대답이 무엇을 뜻하는 것인지, 그날 밤 한참을 생각했다.

Scene8. 장녹수 의원, 허황옥에게 접근하다

다음 날, 장녹수 의원이 허황옥을 찾아왔다.

그녀의 보좌관들이 사람들에게 길을 내어 달라고 부탁하자 장녹수가 그들을 제지하며 다른 사람들과 똑같이 줄을 서서 기다렸다. 마침내 장녹수의 차례가 되었다.

"안녕하세요? 저, 붕어빵, 아니 꿈붕어빵? 10개만 주세요!"

"저기… 국회의원 장녹수 아니야? 와~ 국회의원이 여긴 웬일이지?"

주변 사람들이 웅성웅성했다. 허황옥은 장녹수를 알아보고 가볍게 목례를 했다. 그녀가 장녹수를 잘 몰라서 이런 반응일 것이라고 생각한 장녹수의 보좌관이 허황옥에게 그녀가 누군지 다시 상기시켰다.

"허 사장님, 이분은 장녹수 의원이십니다."

"아아, 보좌관, 국회의원이 무슨 대단한 감투라고…. 「안녕하세요? 녹색당 장녹수 의원입니다. 반가워요, 허황옥 씨? 아니 붕어공주님이라고 불러야 하나?」 하하."

장녹수가 수어로 허황옥에게 말을 걸자 허황옥이 잠시 놀라며 수어로 대답했다.

「안녕하세요~ 그런데 수어를 할 줄 아시네요?」

「이렇게 만나서 영광이에요~ 요즘 SNS에서 제일 핫한 분이고, 전 세계에서 가장 영향력 있는 분이신데… 저희 녹색당이 소외된 다양한 계층을 대변하는 당이다 보니 장애가 있는 분들과도 적극 소통하기 위해 몇 년 전부터 수어를 배우기 시작했습니다. 좀 어색하더라도 이해해 주세요. 제가 한번 뵙고 싶어서 이렇게 불쑥 찾아왔습니다. 제가 올린 해시태그로 본의 아니게 곤란한 상황을 만들어 드린 거 같아 죄송해요.」

허황옥은 아무런 대답 없이 긍정도 부정도 아닌 미소만 지었다. 그런 그녀에게 장녹수가 질문했다.

「붕어공주님의 꿈붕어빵은 다른 붕어빵과 어떤 차이가 있나요?」

「네, 저희 집안 대대로 내려오는, 할머니가 남겨 주신 붕어빵 틀로 굽습니다.」

「오, 그래요? 매우 역사가 깊은 붕어빵인가 봅니다? 하하하. 착한 가격에 가성비 좋은 꿈붕어빵이라니… 요즘같이 어려운 시기에 서민들에게 큰 도움이 되는군요. 게다가 사람들이 꿈을 꾼다고 하니… 매우 궁금합니다.」

「사람들에게 꿈과 희망을 나눠 주고 싶어요. 배고파서 꿈을 잃어버리게 하고 싶지 않아서요. '지속 가능한 꿈'을 꾸게 하는 게 저의 목표입니다.」

'지속 가능한? 뭐지? 정치적인 문법인데? 정치라도 하겠다는 속셈인가?'

장녹수는 속으로 흠칫했지만 태연한 척했다.

「하하, 설마 정치를 하시려는 건 아니시죠? 물론 이 정도의 유명세를 가진 분이라면 정치를 하셔도 될 듯합니다만… 정치를 하실 거라면 저, 장녹수가 적극 돕겠습니다! 저희 녹색당에서 진보의 깃발을 함께 들어 올리시죠!」

「말씀 감사합니다. 하지만 제가 해야 할 일은 정해져 있습니다.」

장녹수는 허황옥의 말에 어떤 의미가 있는지 머리가 복잡했다.

'흠… 해야 할 일? 그게 뭐지? 고도의 정치적인 계산인가? 속내를 모르겠네…'

「그나저나 이 꿈붕어빵을 먹으면 사람들이 진짜 꿈을 꾼다고 하던데… 어떻게 그게 가능할까요?」

허황옥은 빙긋 웃으며 꿈붕어빵 봉지를 건네주었다.

「그래요, 먹어 보면 알겠죠. 고마워요, 저도 멋진 꿈 꿔 보겠습니다. 잘 온 것 같습니다. 반가웠고요.」

장녹수는 뒤를 돌아 이미 대기해 놓은 기자들을 향해 말을 이었다. 사방에서 카메라 셔터가 터졌다.

"저희 녹색당은 붕어공주 허황옥과 함께 어려운 민생을 해결하고 기득권 수구 자본 세력과 함께 싸워 나갈 것입니다! 붕어공주 허황옥 같은 언더독이 잘될 수 있게 돕는 일이 저희 녹색당이 추구하는 바입니다."

장녹수와 허황옥이 악수를 하자, 기자들이 연신 사진을 찍어 대며 실시간으로 기사가 퍼져 나갔다.

insert 포털 뉴스, 헤드라인 1면

〈붕어공주 허황옥, 녹색당 장녹수와 연대 선언!〉

〈허황옥의 정치색은 진보? 각 당 셈법이 복잡해지다〉

〈지속 가능한 꿈? 정치적 언어 사용〉

〈허황옥 아무 말도 하지 않았다. 장녹수의 프레임에 말려들었다〉

여의도에서는 장녹수가 한발 먼저 허황옥에게 접근한 것을 두고 말들이 많았다. 바로 대한국당에서도 접촉을 시도했고, 다음 날 박정일 의원도 찾아와 같이 사진을 찍었다.

"아이고, 허황옥 사장님, 반갑습니데이~ 내 김해 출신 국회의원 박정일입니다. 기억나요? 나도 옛날에 허 할매 붕어빵 마~이 뭇다 아이가? 우리 딸 민지하고 허 사장님하고 친구라 카데? 얼매나 반갑어하든지… 둘이 억수로 친하다매? 우리 김해에서 이래 세계적인 기업인이 다 나오고… 참말로 영광스러운 일입니데이~ 김해가 낳은 청년 사업가, 세계적인 기업으로!"

박 의원은 기자들에게 자신이 어릴 적 허황옥과 할머니를 많이 도왔다고 주장하며, 허황옥을 김해가 낳은 세계적인 스타라고 추켜세우고 기업하기 좋은 도시 김해를 홍보했다.

insert 포털 뉴스, 헤드라인 1면

〈김해시가 낳은 허황옥! 세계적인 프랜차이즈로 거듭나는 붕어공주!〉

〈허황옥, 대를 이은 붕어빵 사업! 탁월한 비즈니스 마인드 가져!〉

〈박정일 의원, 알고 보니 꼬마 허황옥의 키다리 아저씨!〉

〈미녀 방송인 박민지 변호사와 붕어공주 허황옥 절친으로 밝혀져!〉

〈개천에서 용 났다! 김해의 딸, 허황옥〉

〈브랜드 가치 1조 원! 대기업들 눈독 들이는 중!〉

〈가난했던 김해의 벙어리 소녀, 세계적인 신데렐라로!〉

보수 성향의 경제지에서는 허황옥과 인터뷰를 한 적도 없으면서, 배두호가 만들어 낸 다큐와 카더라설을 섞어서 기사를 앞다투어 내보냈다.

insert 포털 뉴스 내일경제

"가난과 장애를 딛고 일어서서 세계적인 셀럽이 된 허황옥. 붕어공주의 브랜드 가치는 상장 회사로 전환 시 수조 원에 달할 것으로 예상되어 침체되어 있던 주식 시장을 뜨겁게 달구고 있다. 이미 몇몇 대기업에서 인수 합병 이야기가 나오는 중으로 알려져 허황옥의 몸값은 더욱 천정부지로 치솟고 있다. 허황옥의 타고난 마케팅 능력은 전문 회사에서도 따라가지 못할 만큼 탁월하다고 마케팅 전문가들은 입을 모은다. 그들에 따르면 붕어공주는 21세기 가장 성공한 마케팅 전략으로 꼽을 수 있으며, 향후 모든 마케팅 이론에서 성공 케이스로 다뤄질 주제라고 한다."

– 김재윤 기자

insert CNN 인터뷰, 제일기획 마케팅 정현기 팀장

"탁월한 마케팅 능력입니다. 이렇게 단기간 안에 브랜드를 홍보할 수 있는 사람은 아마도 없을 겁니다. 그것도 개인이 혼자서 말이죠. 마케팅 시장에 새로운 이정표가 되고 있는 중입니다. 저희 같은 전문가들도 혀를 내두를 정도예요. 요즘 모든 광고주들이 붕어공주처럼 해 달라고 요청해서 저희도 아주 애를 먹고 있습니다. 하하하."

Scene9. 장녹수 의원, 허황옥을 이용하다

장녹수가 돌아오는 카니발 안에서 꿈붕어빵을 먹으면서 보좌관에게 말한다.

"흠… 말도 잘하고, 얼굴도 이쁘장하고, 재밌는 친구네."

"그러니까요, 안 그래도 뭔가 이슈가 필요했는데 잘만 이용하면…."

"자기도 그렇게 생각했어? 그림이 딱 나오지? 어떻게든 우리 쪽으로 끌어들여야 되는 건 맞는데…."

"그렇긴 한데, 이게 처음 예상했던 거와는 다르게 붕어공주가 너무 이슈의 중심이 되고 있어서… 반인반어 음모론이야 대중도 그다지 신뢰하지 않으니 괜찮지만, 브로큰스타는 워낙 국제적인 이슈라…."

"그래, 까딱하다가는 거꾸로 먹히는 수가 있겠어. '지속 가능한…' 이런 말을 하는 거 보면 진짜 정치를 하려는 건가 싶은 느낌도 들고… 어떤 노림수를 가지고 있는 건지 잘 주시해 봐!"

장녹수 의원은 근처 스타월드에 가서 커피 한 잔을 들고 나와 붕어빵과 같이 사진을 찍었다. 그리고 본인의 인스타 계정에 두 장의 사진을 올렸

다. 스타월드의 인어공주 로고와 붕어공주 로고가 나란히 보이는… 잠잠하던 장녹수 의원의 인스타가 다시 활력을 찾기 시작했다. '좋아요'가 빠르게 올라가는 것을 보며 장녹수 의원의 입가에 미소가 번졌으나, 마음 속으로는 뭔가 알 수 없는 불안감이 엄습했다.

@jangrocksoo/장녹수

#붕어공주 #붕어빵 #꿈 #꿈붕어빵 #붕어공주허황옥 #허황옥 #붕어공주사장님 #붕어빵재테크 #자기계발 #장녹수의원 #녹색당 #녹색당장녹수의원 #붕어공주vs인어공주 #소상공인vs대기업 #소상공인흥해라

Scene10. 그날 저녁, 장녹수가 집에서 꿈붕어빵을 먹고 꿈을 꾼다

잠결에 신음 소리를 듣고 장녹수 의원의 남편이 그녀를 흔들어 깨웠다.
"당신 괜찮아? 무슨 꿈을 꿨나 보네?"
"아… 괜찮아요. 꿈을 꿨어. 아우~ 근데 너무 현실 같은 꿈이야…."

insert 꿈, 장녹수의 꿈
예수님이 십자가를 지고 골고다 언덕을 올라가고 있다. 장녹수도 사람들 사이에 껴서 골고다 언덕을 오르는 중이다. 안타까운 마음으로 바라보던 중, 예수님이 힘에 부쳐 쓰러진다.
"여기! 누가 가서 물 좀 떠와~ 거기 너! 가서 물을 떠다가 이 거지왕에게 물을 줘라~"

로마 병사들이 예수님을 조롱하며 장녹수에게 물을 떠 그의 목마름을 도우라고 했다. 겁에 질린 장녹수가 예수님의 입에 젖은 수건으로 물을 마시게 하려다가갔다. 고개를 숙이고 있던 예수님이 얼굴을 들어 장녹수를 바라본다. 그런데 그 얼굴은 예수님이 아니고 허황옥이다.

"너는 나를 믿느냐 녹수야?"라고 물어본다. 놀란 장녹수가 뒤로 자빠진다.

깜짝 놀라 주위를 둘러보는데 자기를 둘러싸고 측은하다는 듯이 보고 있는 로마 병사들은 서울대학교 동기들이었다. 그중 말에 탄 로마 병사 대장이 돌아본다. 어렵게 들어간 서울대를 자퇴하고 노동 운동을 한다고 하자 분노해서 절연했던 장녹수의 아버지였다.

그 순간 놀란 장녹수가 번쩍 눈을 뜨면서 꿈에서 깼다.

Scene11. 붕어공주 간판을 달고 싶다고 찾아오는 사람들

다큐가 방영된 후 붕어공주 브랜드를 사용하고 싶다며 많은 사람들이 허황옥을 찾아오기 시작했다. 그러나 허황옥은 브랜드를 인수 합병하겠다는 대기업은 거들떠보지도 않았다. 오직 순수하게 붕어빵 장사를 시작해 보려는 저소득층의 평범한 서민들에게만 응답했다. 허황옥은 자신을 찾아온 그들을 반갑게 맞이해 주고 상냥하게 자신의 비전을 설명해 주었다. 물론 배두호가 옆에서 수어를 해석해서 알려 주었고, 대단하지는 않지만 계약서 등을 작성하는 일도 배두호의 몫이었다. 오늘도 가맹점 문의를 위해 몰려온 서민들을 일일이 대응하고 있는 배두호였다.

"정말 프랜차이즈 가맹비가 없어요?"

"네, 붕어공주 꿈붕어빵은 일반적 프랜차이즈와 달리 가맹비, 라이센스 비 같은 초기 투자 비용을 받지 않습니다."

"그래도 요구하는 가맹 조건이 있을 거 아닙니까? 얼마 내라든지…."

"허황옥 씨가 원하는 조건은 딱 세 가지예요. 저희가 제공하는 붕어빵 틀을 사용해야 한다는 것, 그리고 붕어빵 가격을 올리지 않는다는 것, 마지막으로 붕어공주에서 시행 예정인 오병이어 프로젝트에 꼭 참여해 주셔야 한다는 것…."

"네? 정말로 이거 말고는 아무런 조건이 없다구요? 나중에 그만둔다 하면 위약금 대박 물리고 그런 거 아니야?"

"하하하, 그럴 리가요. 장사를 원치 않으실 때에는 아무런 조건 없이 탈퇴하실 수 있습니다. 붕어빵 틀만 반납해 주신다면요…."

붕어공주 프랜차이즈 조건은 이랬다.

1. 붕어공주 본사에서 제공하는 붕어빵 틀만 이용해야 한다.
2. 그 어떤 가맹비도, 라이센스 비용도 없다.
3. 재료비를 포함한 모든 창업 비용은 본사에서 지원한다.
4. 가격을 일정하게 유지해야 한다.
5. 본사가 시행 예정인 오병이어 프로젝트에 참여해야 한다. (일정과 내용은 추후 통보)

프랜차이즈 문의가 늘어나면서 원활한 재료 공급이 필수적인 일이 되었다. 이를 위해 허황옥은 홍 사장이라는 분이 운영하던 문 닫기 직전의 작은 재료 공장을 인수했다. 그러고는 모든 가맹점에 재료를 원가에 공급했다. 자본은 허황옥이 SNS로 매달 벌어들이는 비용으로 충당했다. 나중에는 라마의 게임 '사막의 여왕'의 수익금과, 민정의 'princess carp' 요가복 브랜드의 수익금, 오태식의 〈오토바이로 세계여행〉 콘텐츠에서 나오는 수익금 등이 정기적으로 도네이션 되면서 자금은 충분히 넘쳐 났다.

다시 CNN 스튜디오, 리처드가 배두호에게 믿기지 않는 듯 말을 건넨다.

"내 돈이 하나도 안 들어가는 프랜차이즈…. 이야~ 세상에 이런 기업이 있어요? 허황옥 씨는 도대체 무슨 생각으로 이 사업을 하는 겁니까?"

"허황옥이 프랜차이즈를 하겠다는 사람들에게 제일 먼저 물어보는 게 있었어요. '붕어빵 장사를 얼마나 오래 하려고 하십니까?'라고요."

"아니, 내 돈 드는 게 하나도 없는데 다들 오래 하려고 하는 거 아니에요? 오래 해야 돈 벌고 부자 되고…."

"붕어빵 장사라는 게 사실 그렇잖아요? 진입 장벽이 낮고, 가장 적은 자본으로도 시작할 수 있는 몇 안 되는 자영업 중 하나인데… 대부분 이거라도 해서 먹고살아 보겠다고 길거리로 내몰린 사람들이 하는, 가장 밑바닥의 자영업이라고 생각해요. 허황옥은 꿈을 잃은 채 길거리에 나선 그분들이 붕어빵 장사를 통해 작은 희망의 끈이라도 잡기를 바랐어요. 평생 길에서 붕어빵 장사를 하면서 사는 게 아니라, 잠시 한숨을 돌리고 다음 단계로 넘어가는 계단이 되어 주기를 바랐던 거죠. 다시 꿈을 꿀 수 있는 희망의 씨앗이 되기를요…."

국가의 지원이 충분히 미치지 못하는, 영세 자영업자들에게 허황옥은 모든 비용을 다 지원해 주었다. 이미 붕어빵 장사를 하던 사람들도 붕어공주 간판을 달고 싶다며 찾아오기 시작해, 한 달 사이에 전국에 300여 개의 가맹점이 생겨났다. 그 후 전국으로 확대된 붕어공주 프랜차이즈는 700개까지 늘어났고, 당시 스타월드 매장은 대한민국 기준으로 2,250개였다.

며칠 뒤 모든 언론에 붕어공주 프랜차이즈 선언 기사가 대서 특필되었다.

insert 포털 뉴스, 내일경제

〈마침내 붕어공주 프랜차이즈 확장 선언!〉

"… (전략) 기업 전문가들은 이미 예상 가능한 시나리오였다며 당연한 수순으로 여겼다. 몸값을 올리기 위한 전략으로 대부분 놀랄 일이 아니라는 반응이다. 붕어공주를 인수하려던 기업들은 몸값이 오르기 전에 한시바삐 인수 합병 작업에 들어가야 할 것이다. 프랜차이즈로 몸집이 더 커져 버리면 인수 금액이 올라가고, 인수가 되지 않더라도 붕어공주 브랜드가 자칫 경쟁 기업으로 자리 잡게 된다면, 기존의 대기업들은 시장 장악력을 상실하는 결과가 되어 큰 타격을 입게 될 것이라는 우울한 전망이 나오고 있다. 참고로 허황옥이 붕어공주 상표권을 전 세계에 등록해 놨다는 사실을 잊지 말아야 한다. 자칫 해외 기업에 넘어갈 경우 죽 쒀서 개 주는 꼴이 될 수도 있다. 김해에서 시작된 국내 토종 기업을 지켜야 한다. 하지만 아직 해결되어야 할 큰 문제들이 존재한다. 여전히 꿈붕어빵으로 꿈을 꾼다는 부분에 있어서는 일명 "마약 논쟁"이 남아 있고, 허황옥 대표가 반인반어족이라는 음모론과 브로큰스타와의 연계성 등의 오너 리스크는 기업들의 인수를 주저하게 만드는 요인들이기도 하다. 그러나 위험 요소를 감수하고서라도 먹지 않을 수 없는 '독이 든 성배'인 것도 여전하다."

– 이윤택 기자

Scene12. 3인방, 허황옥을 찾아오다

어느 날… 붕어빵을 건네던 허황옥의 두 눈이 전에 없이 흔들렸다. 어쩌면 조금은 당황하는 기색처럼 보이기도 했다. 화면 속 허황옥의 기분을 곧바로 알아차린 배두호는 카메라 밖으로 고개를 내밀어 붕어빵을 받고 있는 손님의 얼굴을 바라보았다. 박민지와 김선희, 그리고 강씨 아줌마의 딸 이주영이었다. 배두호가 이들을 곧바로 알아볼 수 있었던 이유는 박민지와 김선희, 이주영 모두 배두호와 한 동네에서 나고 자란 친구들이었기 때문이다. 이들을 보고 허황옥의 표정이 굳은 것도 이해가 됐다.

가난하고 부모도 없고 붕어빵 파는 할머니와 사는 말 못 하는 벙어리 소녀라는 것은, 철없는 아이들의 먹잇감이 되기 딱 쉬운 소재였다. 3인방은 어렸을 적 허수경을 징그럽게도 괴롭혔다. 딱히 특별한 이유도 없었다. 허수경이 할머니 대신 가판대를 지키고 있노라면 우두머리 박민지를 중심으로 오른팔 김선희와 왼팔 이주영이 가판대에 있는 붕어빵을 눈앞에서 훔쳐 달아났다. 그들에게 허수경은 틈만 나면 놀리고 무시하며 자신들의 우월감을 느끼기에 좋은 장난감이었다.

그나마 배두호가 같이 있을 때는 그들로부터 허수경을 보호해 줄 수 있었지만 매번 그들의 공격을 피해 나갈 수는 없었다. 가난한 걸로 치면 배두호라고 그들의 먹잇감이 되지 않으리란 법은 없었다. 목사님 아들이라 직접적인 괴롭힘은 없었다 해도 그들이 배두호를 바라보는 시선은 허수경과 별반 다르지 않았던 것을 배두호는 확실히 기억하고 있었다. 그리고 그들은 자신의 어머니도 벙어리라는 사실을 누구보다 잘 알았기에, 그들이 어머니와 허수경을 바라보며 초승달처럼 웃는 눈빛 속에 그들이 무슨 생각을 하는지 알고도 남았다. 어린 날의 악연은 어린 날에서 끝이 나야 할 텐데, 이 아이들이 무슨 심보로 다 큰 지금이 되어 다시 허황옥을 찾아온 걸까…. 심지어 그들의 눈빛과 얼굴은 미소 짓고 있지만 그때나 지금이나 달라 보이지 않았다. 배두호를 발견한 김선희가 얼굴 가득 미소 속에 깔보는 듯한 표정으로 다가왔다.

"어머~ 너, 두호 아니니? 카메라 들고 뭐 하는 거야? 전에도 수경이 하고 친했던 거 같은데 같이 일하는 거야? 홍보부장 같은 거? 호호호! 베프끼리 일하니까 보기 좋다 너희~"

이주영과 박민지도 배두호에게 인사를 했다.

"어머, 너희는 지금도 그렇게 붙어 다니는구나?"

"두호, 오랜만이다~ 배 목사님 안녕하시지? 넌 목사 준비 안 해? 맞다~ 다큐 감독 한다고 배 목사님한테 얼핏 듣기는 했다. 요즘 우리 아버지랑 배 목사님이랑 거의 매일 연락하셔."

그리고 박민지는 바로 허황옥에게 몸을 돌려 말을 걸었다.

"수경아, 나 기억하니? 같은 동네 살았던 박민지?"

"나는 선희고, 얘는 주영이잖아."

그러자 허황옥은 기억하고 있다는 듯 천천히 고개를 끄덕였다.

"수경이 너 요즘 방송에도 나오고 아주 핫하더라? 아, 허황옥이라고 이름을 바꿨지? 너무 잘됐다! 너 그렇게 갑자기 떠나고 우리 걱정 많이 했어. 그래도 이렇게 잘 살고 있어서 너무 다행이고 반갑다. 넌 그때나 지금이나 계속 붕어공주구나~ 진짜 붕어공주가 된 건가? 이렇게 유명해질 줄 알았으면 너랑 친하게 지낼 걸 그랬다. 우리 아버지 왔다 가셨다며? 아버지가 너 기억하더라. 우리 아버지 알지? 박정일 의원님~ 우리도 할머니 붕어빵 많이 먹고 자랐는데~ 그치 얘들아? 네가 만드는 붕어빵이 얼마나 맛있는지 궁금해서 와 봤어."

"우리가 어렸을 때 아주 친한 건 아니었지만, 다 옛날이야기잖아. 우리도 그때는 좀 어렸었고. 철이 없던 시절이 누구나 있으니까… 우리한테 조금 서운한 거 있더라도 네가 좀 넓은 마음으로 이해해 주라."

박민지가 허황옥에게 좀 더 가까이 다가가며 가식적인 미소를 지었다.

"우리 옛날에 생각나니? 주영이는 스노우 프린세스, 선희는 화이트 프린세스, 나는 리틀 머메이드 이러고 놀았잖니. 지금 생각하면 정말 유치했어~ 호호호. 그런데 너는 이제 진짜 붕어공주가 되었네! 너도 진짜 징하다~ 나이 들어서까지 공주 놀이 하기엔 낯간지럽지 않니? 호호호."

"그래도 네가 이렇게까지 제일 잘나가게 될 줄은 생각도 못 했어. 그러니까 사람 일은 모르는 거라잖아~ 혹시 알아? 나중에 스타윌드처럼 커질지~"

"주영아, 그건 좀 오바다. 스타윌드 마케팅팀 팀장인 내가 인정 못해! 호호호."

"어머어머, 얘들아, 우리끼리 너무 얘기했다. 수경이… 아니, 황옥이가 되었지? 붕어공주님이랑도 좀 대화해야지~ 그나저나 꿈붕어빵 맛 좀 보자. 너무 궁금해~"

"그러자 민지야, 서울서 여기까지 왔는데 맛없으면 실망이야! 호호호."

3인방은 허황옥이 말을 못 한다는 걸 알면서도 자기들끼리만 말하고 대답하며 정신없게 굴었다. 어린 날의 괴로운 기억이 떠올랐던 허황옥이었지만 이내 특유의 차분함과 늘 같은 미소로 돌아와 꿈붕어빵과 돈을 건네주었다. 허황옥이 아이패드에 글을 써서 보여 줬다.

「고향 친구들 오랜만에 만나니까 반가워서 주는 선물이야. 먼 데서 와줘서 고마워.」

그걸 본 박민지가 한쪽 입꼬리를 실룩거렸다.

"어머~ 고맙다. 맘 써 줘서… 대신 우리도 홍보 열심히 할게!"

그들은 한 손에는 스타웰드 텀블러를, 또 다른 손에는 붕어공주 붕어빵을 들고 가게 앞에서 사진을 찍기 시작했다. 허황옥에게도 같이 사진을 찍자고 난리를 부렸다. 허황옥이 무덤덤하게 같이 사진을 찍어 주었다. 붕어공주 간판 배경과 어항 속 물고기 배경, 각자 돌아가며 찍고, 먹는 척, 온갖 다양한 표정으로 수십 장을 촬영하며 줄 서 있는 다른 사람들은 아랑곳하지 않는 용맹함을 보여 줬다.

그렇게 사진을 다 찍고 나서야 손에 든 붕어빵을 들어 냄새를 맡아 보고, 먹지는 않고 다시 봉투에 넣으며 손에 묻은 기름을 냅킨으로 닦아냈다.

"수경아, 아는지 모르겠지만 민지랑 선희도 나름 팔로워 3만 넘는 인플루언서야!"

"주영아, 수경이… 아니, 붕어공주 팔로워가 1억 명이 넘어! 비교돼서 창피하다 얘~ 붕어공주가 우리를 얼마나 우습게 보겠니? 미천한 우리지만 그래도 홍보 열심히 할게. 붕어공주 파이팅! 어쨌든 만나서 반갑고 잘되길 바란다."

3인방은 돌아서서 가던 중, 이주영이 갑자기 돌아서서 오더니 차갑게 한마디 했다.

"요즘 우리 엄마 여기 자주 오니? 우리 엄마가 당뇨 있어서 단 거 먹으면 안 되거든~ 미안하지만 엄마한테 팔지 말아 줘~ 붕어빵 때문이라고 생각은 안 하지만… 평생 자다가 꿈도 한 번 안 꾸던 양반이 갑자기 자기 꿈이 어쩌니 하는 거, 좀 불편하기도 하고~ 부탁해! 붕어공주~"

"두호야, 우리 간다. 다음에 보자~"

박민지의 마지막 인사를 필두로 그렇게 한바탕 쇼를 하고 돌아서 가는 3인방의 뒷모습을 배두호는 찝찝한 얼굴로 바라보았지만, 허황옥은 이내 장사에 온 정신을 집중하려는 듯 다음 손님에게 꿈붕어빵을 팔았다.

insert CNN 인터뷰, 배두호 인터뷰

"사람 고쳐 쓰는 거 아니라 하잖아요. 그들 3인방… 민지, 선희, 주영이는 정말 하나도 안 변했더라구요. 씁쓸했어요. 그들이 수경이랑 우리 엄마 바라보던 그 눈빛이 아직도 잊히지 않아요. 제가 남자라서 그렇지, 아마 절 보는 눈빛도 다르지 않았을 겁니다."

Scene13. 3인방, 스타월드에 모여 허황옥에 대한 뒷담화

오랜만에 김해 스타월드에 자리 잡은 3인방은 커피를 시켜 놓고 앉았다.

"나는 길거리 음식 먹으면 배탈 나. 이거 순 밀가루에 뭐 별것도 없구만. 왜들 이 난리인지 모르겠네?"

붕어빵 봉투를 손으로 툭 치며 박민지가 말하자 이주영이 고개를 살짝 갸웃거리며 답했다.

"그래도 나름 좀 많이 변했던데? 뭐랄까, 좀 신비로운 느낌 같은 거?"

"뭐 인도에서 오랫동안 다니면서 요가하고 그러다 보니 그렇게 보일 수도… 나도 요가해 봤는데 나랑은 안 맞더라구. 난 골프가 너무 좋아."

김선희도 붕어빵이 든 봉투를 두 손가락으로 집어서 쓰레기통에 버리며 말했다.

"그런데 진짜 이 붕어빵을 먹으면 꿈을 꾼다는 거야?"

"주영이 네가 먹고 꿈꾸는지 좀 말해 줘! 난 꿈이라는 걸 꿔 본 적이 없어."

"아… 그래, 나도 당기지는 않는데… 내가 먹어 보고 알려 줄게."

김선희의 말에 이주영은 살짝 말을 흐리며 대답했다. 박민지 본인이 하기 싫은 일은 늘 이주영의 몫이었다. 박민지가 주변을 둘러본 후 손짓으로 가까이 오라고 하자 김선희, 이주영도 몸을 숙이며 다가온다.

"얘들아, 이건 비밀인데, 조만간 배 목사 쪽에서 허황옥 규탄 대회를 열 거야. 한국기독교총연맹이랑 몇 군데 대형 교회에서 같이 움직일 예정이야. 우리 아버지랑 배 목사님이랑 회의하는 거 들었어."

"어머, 그런데 배두호는 저기서 저러고 있는 거야?"

"배두호는 지가 허황옥의 첩자로 쓰이고 있는 거 모를걸? 크크. 배 목사님이 아버지랑 같이 움직이는 중이야. 이건 절대 비밀이니까 너희만 알고 있어야 해!"

"그나저나 그레이스랑 저녁 먹는다며? 그레이스랑 겸상도 하시고… 부럽다. 나도 회사에서 여러 번 봤어도 말 한마디 붙이기가 어려운데…"

"신 상무님이 자리 만들어 주신 거야~ 아버지랑 대학 동문이잖아. 미국서도 같이 공부하셨고. 아빠가 2년 선배일걸? 신 상무님이 아버지라면 아주 깜빡 죽어. 너희도 알지? 사실 아버지가 스타월드 쪽 일을 많이

봐주시거든~ 정치 자금도 꽤 많이 후원받는 걸로 알아. 서로 공생관계지. 여당에서 아버지 함부로 못 하는 이유가 뭐겠어? 스타그룹이 맘만 먹으면 대통령 바꾸는 건 일도 아니야. 이런 게 정치라는 거란다 얘들아~ 그레이스 만나면 선희 네 얘기도 잘해 줄게. 너도 임원 돼야지! 우리 아빠가 얘기하면 그레이스가 다 들어줄걸? 그레이스가 나 꼭 같이 나오라고 했다더라구. 이참에 편하게 언니 동생 해야지. 나랑 모임 하는 멤버들 있잖아? 나한테 그레이스랑 자리 한번 만들어 달라고 난리도 아니야! 호호호."

박민지와 김선희는 이주영의 반응은 신경 쓰지 않은 채 그레이스 얘기에 신날 뿐이었다. 그리고 그날 저녁 박민지의 SNS 계정에 게시글이 하나 올라왔다. 스타월드에 모인 3인방의 사진이었다. 그들은 허황옥의 붕어빵을 마치 더러운 걸 집어 올릴 때처럼 두 손가락으로 꼬리 부분만 살짝 잡아 들고, 스타월드의 인어공주 로고에는 입술을 동그랗게 갖다 대고 키스하는 사진을 찍어 올렸다. 테이블에는 새로 구입한 에르메스 백이 배경으로 걸려 있다. 해시태그는 다음과 같았다.

"어릴 적 친구 수경이 오랜만에 만나서 너무 반가웠어! 이제는 수경이가 아닌 붕어공주 허황옥!! 어릴 때도 붕어공주, 지금도 붕어공주~ 꿈붕어빵 맛은… 판단은 각자의 몫~"

@minji/민지

#스타월드 #인어공주 #프린세스 #머메이드 #붕어공주 #허황옥 #붕어빵

#길거리음식 #불량식품 #내돈내산 #솔직후기 #스타월드 #행복하자

#그레이스와저녁식사 #언니동생 #에르메스

박민지의 게시글은 순식간에 '좋아요'가 천 개를 넘어갔다.

댓글들도 유유상종이라고 딱 민지스러운 댓글들이 잔뜩 올라왔다.

"민지님 너무 아름다워요!! 스타월드 인어공주까지는 좋은데 붕어빵이 그림을 망쳤네."

"역시 붕어빵은 격이 안 맞아. 핫해 봐야 붕어빵이지… 붕어공주가 인어공주가 될 수는 없는 법."

"어머 언니, 이거 며칠 전 그레이스가 공항에서 찍힌 사진에 들고 있던 에르메스 아니에요? 한정판이라던데 역시~ 언니는 진정한 패피! 저는 1년 기다려야 한다고 했는데… ㅜㅜ 너무 부러워요!"

"와~ 그레이스랑 저녁 같이 먹는 거예요? 대박! 역시 민지님은 급이 다르네요!"

"선희님! 러브써니님! 스타월드 굿즈 또 기대돼요. 너무 고급져요! 역시 마케팅의 승리!"

"저번 골프장에서 찍은 사진 너무 예뻐요."

"주영 언니도 얼릉 행시 합격하세요~ 3총사 너무 멋져요!"

"미녀 변호사님의 친구가 허황옥이라니~ 허황옥은 운도 좋네요!"

Scene14. 꼬마 요리사의 트위터X 글이 화제다

한편, 붕어공주만큼이나 최근 트위터X라는 신미디어 플랫폼에서 화제가 된 인물이 있었다. 바로 기성세대 또는 대기업에 대해 신랄하게 비판하는 '꼬마 요리사'와 '심해어'가 그 주인공이었다.

트위터X

꼬마 요리사:

대한민국의 꿈에는 차등이 존재한다. 대기업의 꿈은 거창하게 포장해 주면서 평범한 사람들이 꾸는 꿈은 문제의 씨앗으로 치부하는 그들의 이중 잣대가 환멸 난다.

사람들은 꿈을 꾸지 못한다. 무슨 꿈을 꿔야 할지 알 수 없는 세상이 와 버렸기 때문이다. 그들에게 꿈을 빼앗은 사람들이 이제는 허황옥에게 빨갱이라며 그녀의 꿈까지 빼앗으려고 한다. 빨갱이든 뭐든 우리에게 다시 빼앗긴 꿈을 꾸게 만든 붕어공주의 행보를 누가 욕할 수 있을까?

심해어:

RT. 내가 그동안 꿈을 꾸지 못했던 이유가 여기 있었네.

꼬마 요리사는 붕어공주 이전에도 꾸준히 시대를 관통하는 글들로 많은 이들의 주목을 받아 왔었다.

꼬마 요리사:

공정과 정의를 중요시한다는 법원의 잔인한 판결. 자판기 커피 먹으려고 800원 꺼낸 버스 기사는 횡령죄로 해고하면서, 교수의 3억 횡령은 연구비라서 정당하다는 판결. 그들이 추구하는 건 공정과 정의가 아닌 불공정과 불의다.

꼬마 요리사:

최근 느낀 건 국정 운영이 참 쉬운 것 같다. 사회에 대한 모든 문제 제기는 정당한 것이 아닌 공산주의자의 선동일 뿐이라고 프레임 씌우면 되니까.

꼬마 요리사:

혐오의 시대. 근거를 살펴보면 조악하기 그지없다. “우리가 더 피해자다” 불행 배틀로 변해 버린 이 사회. 이러한 프레임으로 세대 갈등을 부추기며 자신들에게 유리한 정치적 지형을 만든다.

Scene15. JRBC <100분 토론>, 프랜차이즈를 선언한 붕어공주

“오늘의 주제는 최근 프랜차이즈를 선언한 붕어공주 이야기를 다루어 보겠습니다. 화제의 중심이다 보니 붕어공주에 대한 관심이 떨어지지 않고 있습니다. 사실 한 개인사업자가 프랜차이즈를 하고 안 하고의 문제라고 보기엔 붕어공주가 가지고 있는 상징성이 너무 크죠? 국내뿐 아니라 해외에서도 붕어공주 프랜차이즈가 확산되고 있는 시점이라, 과연 붕어공주의 의도는 무엇인지 파악이 필요한 상황입니다. 그러나 붕어공주 허황옥씨는 안타깝게도 언어 장애가 있고, 그 어떤 인터뷰에도 응하지 않고 있습니다. 당사자 없이 저희끼리 논의하는 게 어쩌면 무의미해 보이는 건 아닌가 싶으면서도 하지 않을 수 없는 그런 상황이네요.”

구손석 아나운서가 시작 멘트를 끝내자마자 대한국당 의원이 말을 시작했다.

“결국 프랜차이즈를 한다고 선언한 것은 사업이 목적이었다는 것을 드러낸 것입니다. 무슨 얼어 죽을 꿈이 어쩌구… 다 장삿속으로 만들어 낸 이야기들일 뿐이에요. 기업 전문가들은 이게 다 고도의 상술이라고 말하고 있어요. 브랜드 가치를 올려서 어딘가에 팔려는 거 아니겠습니까? 반인반어족 음모론에 브로큰스타까지 끌고 와서 자신의 이익만 챙기려는 아주 무책임하고 반사회적인 인물입니다. 당장 정부 차원에서 대책을 세워야 합니다."

"하지만 정부에서 나서기에는 명분이 없는 것도 사실 아닙니까? 무엇으로 붕어공주 허황옥을 제재할 수 있나요?"

"네, 그렇습니다. 지금으로서는 법적인 제재를 가할 수 있는 명분이 없는 건 사실입니다. 하지만 모를 일이죠. 세상에 완벽한 사람이 어디 있겠습니까? 작정하고 털면 다 나오는 거죠~"

구손석 아나운서에게 대답하는 대한국당 의원을 장녹수가 한심하다는 듯이 바라보다 말을 시작했다.

"공당의 대표로 나오신 분이 한 개인을 턴다는 표현이 맞는 말입니까? 검찰 출신 아니랄까 봐 그게 지금 국민을 상대로 하실 수 있는 말이에요? 당장 사과하세요!"

"결국 어그로 끌어서 비싼 값에 브랜드를 팔려는 속셈 아닙니까? 거기에 전 국민 전 세계가 놀아난 꼴입니다. 나도 꿈붕어빵 먹어 봤지만 꿈 같은 거 꾼 적이 없어요! 게다가 괜히 반인반어족 같은 음모론자들만 활개치고, 덩달아 브로큰스타까지 들쑤셔 놔서 지금 한국이 전 세계에서 주목받는 게 아니라 지탄의 대상이 되고 있습니다. K-Pop 아이돌, K-아티스트들은 다들 국위 선양을 하는데 붕어공주는 국위를 깎아 먹고 있는 겁니다. 다른 나라에서도 우리나라를 비난하고 있는 중인데 이걸 가만둬야 합니까?"

장녹수 의원이 격분하며 맞받아쳤다.

"이미 전 세계적인 양극화 문제가 붕어공주가 만든 문제입니까? 물론 시기적으로 붕어공주 허황옥의 등장과 공교롭게 들어맞은 부분이 있지만, 그렇다고 허황옥이 이 상황을 만든 건 아니라는 걸 분명히 해야 합니다. 이미 곪을 대로 곪은 우리 시대의 문제들이 터져 나온 거예요. 이참에 해결하지 않으면 더 큰 문제가 될 겁니다. 오히려 우리 스스로 자성하고 돌아보며 새로운 미래를 만들어 가야 해요. 해외에서도 우리나라를 지탄의 대상으로 보는 게 아니에요. 왜곡하지 마세요! 붕어공주 프랜차이즈 조건을 조금만 들여다보면 수익화가 목적이 아니라는 것을 알 수 있습니다. 우리 사회의 약자인 저소득층 사람들에게 꿈을 꾸게 해 줄 수 있는 최소한의 안전장치 역할을 붕어공주가 스스로 하고 있습니다. 정부도 하지 못하는 일을 한 개인이 해 내고 있는데 응원해 주지는 못할망정 비난하기 바쁜 기득권과 정부의 역할이 뭔지 궁금하네요."

두 사람 간의 대화가 점점 과열되자 구 아나운서가 화제를 돌렸다.

"최근에 '꼬마 요리사'라는 트위터X 계정이 또 화제의 중심입니다. 기성세대가 꿈이라는 주제를 바라보는 이중적인 잣대에 대해 써 놨어요. 해마다 기업들이 인재 채용 관련 홍보를 하면 '꿈에 도전하라!', '젊은이여, 꿈을 꾸어라!' 등등 젊은 층에게 꿈이 매우 좋은 것인 양 말하면서, 붕어공주가 꿈붕어빵으로 꿈을 꾸게 한다고 하니 기겁을 하고 반대하고 있다는 내용입니다. 어떻게들 보시는지요?"

장녹수가 먼저 말을 하기 시작했다.

"이중 잣대 같은 거죠. 대기업이 하는 꿈은 괜찮고 소상공인, 평범한 사람이 꿈을 꾸는 건 문제다? 기성세대는 실제로 꿈을 꾸는 걸 원하지 않는 거 아닌가 하는 강력한 의심이 드는 부분이죠! 꼬마 요리사는 지금 우리 시대를 관통하는 문제점들을 냉정하고 담담하게 써서 많은 이들이 공감하고 있습니다. 그의 글을 읽다 보면 일반인이 썼다는 느낌보다는 언론 쪽에 종사하는 사람 아닐까 하는 생각이 들 정도로 글솜씨가 훌륭하더군요. 물론 기득권이라 불리는 쪽에서는 불편해할 이야기들도 있지만….”

“그렇군요, 알겠습니다. 그럼 다시 허황옥 씨로 돌아와 보겠습니다. 허황옥 씨를 보면 종교적인 것을 내세운 적은 없지만… 어릴 때부터 교회를 다닌 것으로 알려져 있어, 아무래도 기본 베이스? 성향은 크리스천으로 보는 게 맞을까요?”

“아무래도 그렇게 생각하는 게 맞겠죠. 그녀가 쓴 글이나 초창기 인터뷰 내용을 잘 살펴보면 예수님의 말씀을 따라 하는 게 보이거든요. 허황옥이 하려는 게 현대판 오병이어 같은 거 아닐까요?”

장녹수의 말에 변호사협회에서 나온 패널이 거들었다.

“맞습니다. 붕어공주 다큐를 보면 거기서 허황옥이 어릴 적 배 목사의 만선교회에 대해서 언급하는 부분이 있어요. 배 목사의 와이프, 그러니까 지금은 돌아가신 고 마리아 여사가 오병이어의 기적을 설명해 줄 때 허황옥의 할머니가 붕어빵을 나눠 주는 것과 같은 거라고 설명해 줬다는 말이 나오더라구요. 아마 그걸 지금까지 믿고 있는 건 아닌가 싶습니다. 최근 바티칸에서도 불편한 기색을 감추지 못하고 있습니다. 종교적인 인물은 아닌데 오병이어라는 어젠다로 자신의 주장을 하고 있으니… 게다가 완벽하게 크리스천이라고 보기에도 애매한 게, 외형적인 거는 또 불교나 힌두교 쪽인 것 같고….”

변호사 패널의 말을 듣자마자 한국기독교총연합회 측 패널이 흥분한다.

“바티칸이 불편하든 말든 그건 난 잘 모르겠고… 허황옥이 하는 짓을 보면, 예수님 이름 팔아서 장사하는 이단들과 다를 게 없어요! 뭐 예수님이 붕어빵 장사라도 했단 말이야 뭐야? 우리 한기총은 지금 이 사태를 아주 심각하게 바라보고 있습니다. 그동안 예수 팔아 장사하는 사기꾼들이 얼마나 많이 등장하고 사라지고 했습니까? 조만간 우리는 허황옥 규탄 대회를 열 겁니다! 우리 대한민국이 어떤 나라입니까? 하나님의 성령으로 빨갱이들로부터 나라를 지켜 온 자유 민주주의 국가입니다. 하나님의 말씀을 따르는 선량한 어린 양들을 저 빨갱이 좌파 붕어공주라는 사탄으로부터 구해 내야 합니다. 오! 주여~"

Scene16. 배 목사, <100분 토론>을 심각하게 보다

배 목사는 저녁 예배를 마치고 만선교회 관사에서 휴식을 취하며 〈100분 토론〉을 보고 있었다. 가족이 없는 그에게 교회는 하나님의 성전이자 자신의 집이었다. 그의 삶 전체가 교회라고 봐도 무방했다.

"오병이어? 마리아가 허황옥에게 어릴 적 해 준 이야기를 아직도 믿고 저러는 건가?"

배 목사는 마리아에게 그 이야기를 들은 적이 있었다. 마리아가 어린 허수경에게 오병이어 기적을 설명해 주던 모습이 생각났다. 그때 박 의원의 전화가 걸려 왔다.

"어이, 배 목사~ 자네도 지금 〈100분 토론〉 보고 있나? 내 지금 스타월드 신 상무하고 같이 있데이~"

"안녕하세요. 배 목사님, 말씀 많이 들었습니다."

"그나저나 배 목사, 아니 지금 저것들 떠드는 거 봤제? 이기 무신 공산당 나라도 아이고… 더 이상 저런 좌파들이 활개 치게 둬서는 안 된다! 나라가 엉망이야. 주님의 나라에 이 무슨 해괴망측한 일들이고?"

"맞습니다 행님, 더 이상 허황옥이를 두고 보면 안 될 꺼 같십니다."

신 상무가 이어서 말했다.

"저도 같은 생각입니다. 그래서 말인데… 우선 가볍게 배 목사님이 좀 움직여 주시면 어떨까요? 일단은 분위기만 좀 잡아 주십쇼. 언론에서 마사지 좀 해 주고, 그 후에 한 번에 쾅 터뜨려야 강력한 파장이 일 겁니다. 모든 제반 사항은 제가 준비하겠습니다."

박 의원과 신 상무는 배 목사가 주체가 된 대규모 반 붕어공주 집회를 준비시켰다. 한국 사회에서 기득권들이 자신들의 정적을 제거할 때, 먼저 보수개신교가 총대를 메고 그 후 언론에서 여론을 형성해 주면, 이어서 검찰이 법의 심판이라는 이름의 칼을 휘둘러 왔다. 수십 년간 이 방법은 아주 잘 먹혀 온 방법이고, 그걸 가장 잘할 줄 아는 박 의원과 신 상무, 배 목사였다.

Scene17. 신 상무, 박 의원과 그레이스의 미팅을 주선하다

배 목사와 전화를 끊은 박 의원은 신 상무에게 그레이스와의 자리를 부탁했다.

"그나저나 신 상무, 전에 말한 거 우째 돼 가노? 그레이스하고 저녁 식사 한번…."

"안 그래도 그레이스 대표님께 말씀드렸습니다. 그레이스 대표가 워낙 사람들 만나는 걸 좋아하지 않아서 어렵게 잡았어요. 그동안 스타월드가 박 의원님 덕에 이만큼 한국에서 자리 잡은 거 그레이스 대표도 다 아는 사실인데 언제까지 피할 수 있겠습니까? 형님이 뵙고 싶어 한다고 하는데, 제가 당연히 자리 만들어야죠."

"하이고, 고맙다 신 상무야. 이번에 우리 딸 박 변도 같이 나갈끼다. 그레이스 대표도 우리 박 변 알고 지내믄 좋을 끼야. 같은 또래라서 서로 통하는 것도 많을 끼고…. 그레이스 대표가 아무래도 또래 친구들이 읎다 보이 더 샤이한 걸 수도 있데이. 그래 봐야 아직 얼라 아이가? 안 글나? 그나저나 그레이스 대표는 골프는 안 친다 캤나? 와 그 좋은 걸 안 하노? 우리 딸내미 하고 필드 쫙~ 나가믄 참 좋을 낀데…."

"그러게요, 이상하게 골프를 안 좋아하더라구요. 해외에 있을 때는 가족들과 치는 걸 봤는데 한국에서는 안 하더라구요. 한국식 골프 문화를 좀 안 좋아하는 거 같기도 하고… 공교롭게도 허황옥이처럼 요가를 좋아하더라고요. 거의 매일 요가와 명상을 하니까…"

"허허… 요가와 명상? 허황옥이하고 성향이 비슷한가?"

Scene18. 그레이스, 붕어공주 <100분 토론> 시청

신 상무와 박 의원이 같이 있던 그 시간, 그레이스는 자신의 사무실에서 대형 모니터를 통해 허황옥을 주시하고 있었다. 최근에 붕어공주 프랜차이즈가 시작되었다는 뉴스와 방송 프로그램을 모니터링하며 그레이스는 심란한 마음을 숨길 수 없었다.

"프랜차이즈라… 이제 본격적으로 싸움을 걸어오는 건가? 휴우…."

신제품 개발팀에서 올린 새로운 메뉴 개발 기획서는 너무 뻔해서 읽을 기분도 들지 않았다. 그때 핸드폰 알람이 울렸다. 신 상무가 말한 박 의원과의 저녁 식사가 내일이었다. 그레이스는 순간 짜증이 나 서류를 테이블에 집어 던졌다.

"하아~ 진짜 싫다…. 내가 그런 자리까지 가야 해? 신 상무가 하도 부탁해서 나가기는 하는데…."

짜증이 난 그레이스는 핸드폰으로 트위터X에 접속했다. 예전부터 팔로잉하던 계정에 들어가 최근 업데이트한 글들을 읽다가 피식하고 웃음을 터뜨렸다. 그레이스는 가끔씩 리트윗도 하고 댓글도 달고 있었다. 날카롭지만 재치 있는 글들을 읽으며 자신도 모르게 점점 기분이 좋아졌다.

트위터X

꼬마 요리사:

'좋은 것'과 '나쁜 것', '새로운 것'과 '낡은 것'. 지극히 이분법적인 이 개념들은 세대 갈등의 골이 깊은 한국의 진보와 보수를 대변하고 있다.

꼬마 요리사:

한국의 진보와 보수는 틀렸다. 아직도 이분법 사고에서 벗어나지 못하고 있는 현실. 본인이 어떤 가치관을 추구하는지에 따라 나뉘는 게 아니라 아직도 저소득층, 블루칼라, 임대 아파트에 살면 진보고 그에 반대되는 기득권층은 보수다.

심해어:

RT. 그래서 한국에 강남 좌파라는 단어가 있는 건가? 소득 단위에 따라서 나뉘는 게 아니라 가치관이 다른 건데. 편협한 생각에서 빨리 벗어나야 할 것 같아. 어쩌면 나도 강남 좌파일지도….

꼬마 요리사:
부의 재분배를 어린아이 사탕 뺏어 먹는 유치하고 치졸한 행동으로 비유하고 앉아 있으니까, 진짜 애들 손에 쥐어 줄 사탕값 하나 제대로 안 돌아가는 것 아닐까?

심해어:
RT. 양극화 문제는 계속 심각해지는데. 해결하려는 사람은 없고 다들 싸우기만 바쁘네. 지금 우리 세대에서 해결하지 않고 또 다음 세대로 부채를 떠넘기는 꼴.

Scene19. 스타월드 스카이 라운지, 그레이스, 박 의원, 박민지, 신 상무 식사 자리

스타월드의 스카이 라운지에서 박 의원과 그의 딸 박민지, 그리고 신 상무와 그레이스가 저녁 자리에 모였다.

"아이고 마, 방갑습니데이, 그레이스 대표님~ 이래 다 만나는구만요. 아, 여기는 제 딸 박민지 변호사입니더. 아시죠? 요즘 방송도 많이 나오고 나름 유명합니데이~!"

"아이 참 아버지도~ 대표님 앞에서 유명하다뇨? 대표님이 웃으시겠어요~ 안녕하세요, 그레이스 대표님! 뵙게 되어 영광입니다. 저 어릴 때부터 정말 팬이었어요. 20년 전 김해에서 뵙고 처음이네요~ 여기 제 명함입니다."

박민지는 에르메스 가방을 열고 명함을 꺼내 그레이스에게 건넸다. 그레이스는 자신과 똑같은 가방을 든 박민지에게 눈인사를 했다.

"안녕하세요 박 의원님, 박 변호사님도 말씀 많이 들었어요~"

그들은 저녁 식사를 하고 와인을 마시며 이야기를 이어 갔다. 그레이스는 와인 대신 그린티를 마셨다.

"전에 말씀하신 김해시 소녀가 아무래도 허황옥이 맞는 것 같습니다."

신 상무가 와인 잔을 내려놓으며 말했다.

"아, 허수경이요? 그때 대표님이 병원에 데려가셨던 그 아이가 허황옥 맞아요!"

박민지의 말에 그레이스는 자신의 짐작이 맞았다는 듯 가볍게 고개를 끄덕였다.

"그렇군요. 공교롭게도 우리가 그때 다 같은 장소에 있었네요."

"그러고 보니 참 희한한 인연이네요. 사실 걔가 저희 어릴 적 친구예요. 저희는 허수경이라고 불렀었는데… 지금은 허황옥이지만… 요즘 허황옥 때문에 머리 아프시죠? 괜히 제가 죄송하네요. 안 그래도 제가 한 번 찾아가서 따끔하게 얘기해 주려고요. 지금 때가 어느 땐데 이렇게 세상을 혼란스럽게 하고, 멀쩡히 사업 잘하는 사람들 나쁜 사람으로 만들고… 뭐 하는 짓인가 모르겠어요. 인어공주 대 붕어공주가 웬 말이에요? 안 그래요, 그레이스 대표님? 수준 낮은 것들이 자기 분수도 모르고…."

"제가 알기로는 허황옥은 그냥 꿈붕어빵을 파는 것뿐이고, 인어공주 대 붕어공주 프레임은 장녹수 의원이 처음 만들어 낸 걸로 아는데요?"

박 의원이 안주를 게걸스럽게 집어 먹으며 끼어들었다.

"아… 뭐 그렇키는 해도 결국 붕어공주라꼬 주장하민서 이 사달을 만들어 낸 거 보믄… 다 허황옥이가 꾸민 거 아이겠으요? 어릴 때부터 가난하게 살다보이… 가진 자들에 대한 복수심 같은 기 느~무 커서… 뭐 그런 거 아인가 싶은데? 무섭다 무서버~"

신 상무가 박 의원의 잔에 와인을 채우며 말했다.

"그러게 말입니다. 이러니 어디 건실한 기업들이 무서워서 맘 놓고 사업할 수 있겠습니까? 박 의원님같이 정의로운 분들이 나서서 해결해 주셔야죠. 안 그렇습니까, 박 의원님?"

"그래가 우리 대한국당이 대한민국의 정통 보수로 자리하고 있는 거 아입니까? 자유 민주주의, 따뜻한 보수… 이 나라가 누구 덕분에 이래 안전하이~ 잘 먹고 잘 살 수 있게 됐나 이 말입니더! 진보라 카는 것들은 부자들 피 빨아가 전부 나눠 줄라꼬만 하고… 이래가 나라 꼴 잘 돌아가겠습니꺼? 기업이 잘 돼야 고용도 늘고, 고용이 늘으야 밥 묵고 살고… 꿈도 꾸고~ 안 그렇습니까, 그레이스 대표님?"

그레이스는 묵묵히 그들의 이야기를 들으며 뭔가 골똘히 생각하고 있었다. 그때 박 의원이 슬그머니 자신의 딸 박민지에게 화제를 돌렸다.

"그나저나 전에 보이까 강백호 판사 딸 강 기자랑 억수로 친해 보이시던데… 우리 딸 민지 하고도 친구 하이소. 마, 야가 붙임성이 어억수로 좋은 압니다. 각계각층에 인맥도 넓고 친구도 많습니더. 삼오전자 둘째 딸하고도 친구라예. 국내 굴지의 재계 3, 4세들과 자주 만나서 서로 우애도 나누고 인맥도 쌓고 그러면 좋다 아입니까. 마~ 둘이 잘 어울릴 듯하네예. 두 분이 골프도 치고 자주 쫌 연락하고 지내믄 좋겠구만요. 전국에 웬만한 골프장 회원권은 다 제 손에 있다꼬 보시면 됩니데이. 예전에 검사 시절에 지가 전국에 골프장 한 번 탈탈 털어서, 지한테 마 다들 꼼짝 못합니더~ 하하하."

박민지가 그레이스 쪽으로 몸을 옮기며 친근감을 표시했다.

"네네, 대표님, 언제든지 편하실 때 연락 주세요. 제가 언제든지 시간 맞춰 나갈게요. 대표님 골프 좋아하시나요? 저희 멤버 중에 로얄 그린 필드 정 회장님 장남, 정경주 대표가 있어요. 안 그래도 정경주 대표가 그레이스 대표님이랑 자리 한 번 꼭 하고 싶다고 하셨었는데… 너무 잘 됐다! 그쵸? 제가 로얄 그린 필드 회원권 있으니까 언제든지 편하게 칠 수 있어요."

"죄송해요, 제가 골프는 안 치네요. 대신 요가를 하고 있어요."

그레이스가 짧게 대답하자 박민지가 당황하며 말을 이었다.

"아… 요가… 어머, 저도 요가 엄청 좋아해요. 다음에 같이 요가해요, 대표님~ 저희 멤버 중에 조일호텔에서 요가원 크게 하는 하이원 요가 대표님도 계세요. 저랑 거기 가서 요가하시면 좋겠네요. 조일호텔 큰딸이 저랑 대학 동문이라 엄청 친해요. 한 달에 한 번씩 스위트룸에서 저희 종종 모여서 파티하고 놀거든요. 대표님 한번 오셔서 자리 좀 빛내 주세요. 저희 멤버들이 다 집안이 좋아요."

그레이스는 박민지의 이야기를 들으며 입가에 옅은 미소가 번졌다. 그녀의 속물적인 대답 속에 진실성이 없다는 걸 누구보다도 잘 꿰뚫어 보고 있었다. 이미 그녀의 SNS와 주변 탐색을 통해 박민지가 어떤 부류인지 비서실을 통해 보고받은 그레이스였다. 그레이스가 철벽 방어를 하자 박민지는 무언가 스텝이 꼬이는 느낌이었다. 골똘히 무언가 생각하던 그레이스가 정적을 깨고 뜻밖의 질문을 던졌다.

"궁금해서 그런데, 한국에서는 보수와 진보를 어떻게 구분하나요?"

모처럼 그레이스가 질문을 던지자 박민지가 신나서 대답했다.

"호호호, 복잡하게 말하면 몇 날 며칠 걸릴 주제지만, 일반적으로 고소득층은 경제적 자유와 자율 시장을 선호하다 보니 보수 성향이 강하고, 저소득층일수록 복지를 바라고, 정부에 불만이 많으니까 진보 성향이 많은 거 아닐까요?"

박 의원이 딸 박민지의 말에 지원 사격을 했다.

"마, 그래가 보수캉 진보캉 같이 가는 기 힘든 기라~ 차원이 다르다 아이가? 양쪽 날개 날아야 한다꼬? 개가 웃겠네! 하하하, 안 그렇나, 신 상무? 요새 강남 좌파니 하는 것들, 즈그도 알고 보민 구린내 풀풀~ 풍기는 주제에 진보인 척하는 거 마카 짜증납니데이. 그 시키들 털면 먼지 더 나온다 카이!"

"그렇구 말구요, 되지도 않는 진보팔이들, 뭐든 공짜 바라는 거지 근성들하고 어떻게 저희가 함께 갑니까? 저는 차라리 옛날처럼 계급을 나누는 게 좋겠단 생각도 듭니다. 수준 떨어지는 인간들하고 같이 산다는 게 참 쉽지 않네요."

신 상무의 말이 끝나자마자 박민지가 아는 척 거들었다.

"엄밀히 말하면, 옛날엔 계급이 아니라 신분(身分)이라는 계층이 존재했죠. 숙명적으로 또는 세습적으로 타고나는 거였으니까요. 지금 우리가 사는 시대가 현대 사회라고 불리긴 하지만 여전히 계급은 있다고 봐야겠죠? 경제적 차등에 따른 계급? 호호호, 그렇게 따지면 신 상무님 말씀이 아주 틀린 건 아니네요~ 그죠, 그레이스 대표님?"

그들의 얘기를 듣던 그레이스가 헛웃음을 웃으며 다시 입을 떼며 말한다.

"후훗, 그러니까 결국… 쉽게 말하면, 돈이 있고 없고로 계급이 나뉜다? 보수와 진보도 그렇게 나뉜다는 얘긴가요?"

"아따~ 우리 그레이스 대표님 정리 빠르데이~ 바로 그거 아입니꺼? 역시 스타그룹 의장깜이다! 안 그렇나, 신 상무? 그래가 우리가 오늘 이래 만난 거 아입니까? 우리 박 변하고 대표님 하고 같은 보수끼리 서로 성향도 비슷하고, 수준도 비슷하고… 급이 같은 사람끼리 친구 묶으면 잘 맞을 끼라요. 그림 딱 나오네! 하하하"

"훗, 급이 같은 사람이라? 글쎄요… 아까 돈이 있고 없고로 급이 나뉘고 보수와 진보가 나뉜다면서요? 그럼 박 변호사님은 나보다는 가난하니까 진보 아니에요? 그런데 우리가 어떻게 친구가 되죠? 호호~"

농담인지 진담인지 알 수 없는 그레이스의 질문에 순간 모두가 당황했다. 특히 박민지는 당황하여 말까지 더듬으며 말했다.

"네? 아, 그건… 물론 대표님은 저희랑 비교할 수 없을 정도로 부자시지만… 저희 아버지도 국회의원이시고, 저희도 나름 대한민국에서 상류층에 속한다고 생각합니다. 저희 아버지 자산 순위가 대한민국 상위 1%…."

"후후, 여기 대한민국에서요? 이 작은 나라에서 부자라고 해 봐야 글로벌 수준에 맞을까요?"

그레이스의 말에 모두가 당황했다. 박 의원과 박민지의 얼굴은 수치심으로 붉게 달아올랐고, 그 사이에서 신 상무는 하얗게 질린 얼굴로 그들을 번갈아 보며 눈치를 살피기 급급했다.

"박 의원님, 박 변호사님, 저는 이만 먼저 일어날게요. 신 상무님, 마무리 부탁합니다."

심한 모멸감에도 아무 말도 못 하는 박 의원과 박민지… 그리고 그 자리에 얼어붙은 듯 서 있는 신 상무를 뒤에 두고 그레이스는 걸어 나갔다.

박민지가 급하게 그레이스를 따라가려고 나섰다. 경호원들이 박민지를 막아서고 그레이스는 엘리베이터를 타고 close 버튼을 눌렀다.

"대표님, 그레이스 대표님! 제가 뭐 잘못한 거라도… 이렇게 그냥 가시면 제 입장이…."

"박 변호사님, 저희는 어울리지 않아요. 박 변이랑 급이 같은 사람들을 찾아 보세요."

닫히는 엘리베이터 문 사이로 그레이스는 더 이상 그 어떤 대답도 하지 않았다. 문이 닫히고 박민지는 모멸감에 온몸이 떨렸다.

화가 난 박민지는 경호원들의 시선을 피해 화장실로 들어가 분노를 삭였다. 이때 김선희에게서 전화가 왔다. 상황을 전혀 모르는 김선희는 들뜬 목소리로 박민지에게 재차 물었다.

"민지야, 아직 인어공주와 만찬 중이니? 어땠어?"

박민지는 화장실 칸에 들어가 숨을 가라앉히고 전화를 이어 갔다. 자존심이 상했지만 김선희에게 들킬 수는 없었다.

"어떻긴. 나를 너무 좋아하시더라. 조만간 그레이스 집에 초대받을 거 같아."

"어머, 좋겠다 민지야~ 나도 데려갈 거지?"

"선희야, 선희야! 초대받은 사람은 네가 아니고 나라구. 네가 낄 수 있는 자리가 아니야, 알겠니? 어~ 그레이스 언니~ 가요. 야 야, 나 바빠서 끊을게."

박민지가 급하게 전화를 끊고 씩씩거리며 나와 파우더룸 거울 앞에 섰다.

"감히 나 박민지의 자존심을 건드려? 인어공주 년 두고 봐! 아가미를 확 찢어 버리겠어!"

박민지가 화를 참지 못하고 에르메스 핸드백을 세면대에 던졌다.

Scene20. 그레이스, 강 기자에게 문자를 보내다

식사 자리를 박차고 나온 그레이스는 운전기사를 보내고 자신이 직접

차를 몰았다. 다행히 아까 와인을 마시지는 않았다. 구역질 나는 그들의 이야기를 들으며 최대한 참으려고 했지만, 결국 마지막에 폭발했다. 그러나 한편으로는 '그냥 참았어야 하나?' 하는 후회도 들었다.

"그레이스야… 그냥 참지 그랬어…. 나도 아직 인간 되려면 멀었군…."

그레이스는 올림픽 도로를 달리다가 급하게 빠져나가 고수부지에 차를 세웠다. 도저히 이 기분으로 집에 못 갈 거 같았다. 어딘가로 전화를 거는 그레이스.

"안녕하세요, 강 기자님. 우리 얼굴 한번 볼까요?"

"네, 대표님 언제 뵐까요?"

"혹시 좀 늦었지만, 지금 바로 볼 수 있을까?"

"네, 바로 찾아뵐게요."

그레이스와 전화를 주고받은 난 강 기자는 잠시 생각에 잠겼다.

"그레이스 대표가 이렇게 밤늦게 연락하기는 처음이네…."

강 기자는 바로 차를 몰고 약속 장소로 향하면서 그레이스와 가까워진 인연을 생각했다.

Scene21. 과거 회상, 강 기자, 그레이스와의 인연을 회상하다

3년여 전, 스타월드가 주최하는 자선 파티 행사장이었다. 재계 순위 안에 드는 집안 사람들과 고위 공직자 가족들이 모두 모였다. 그레이스도 호스트로서 돌아다니며 사람들과 인사 중에 신 상무가 누군가를 소개했다.

"그레이스 대표님, 여기는 강백호 판사님이십니다. 그리고 따님이신 조중일보 강지영 기자님이십니다."

"네, 강 판사님~ 말씀 많이 들었습니다. 아~ 강 기자님! 강지영 기자님을 드디어 오늘 처음 뵙네요. 신문상에서만 뵙다가…."

"강 판사님이 이번에 스타그룹에 많은 도움을 주셨습니다. 강 기자님은 특히 스타월드에 좋은 기사 많이 써 주시고 있죠."

"하하, 무슨 말씀을… 다 법과 원칙에 따를 뿐입니다. 오히려 스타그룹에서 통 크게 양보하셔서 갈등 조정이 빨리 끝난 편이죠."

강 판사의 말을 건성으로 들으며 그레이스는 강 기자의 눈을 빤히 쳐다봤다. 무언가를 꿰뚫어 보는 듯한 그 눈길에 부담감을 느낀 강 기자는 살짝 어색한 미소를 지었다. 그레이스 역시 가볍게 웃어 주며 바로 다른 이들과의 인사를 위해 자리를 떠났다. 몇 걸음 걸어가던 그레이스가 다시 고개를 돌려 강 기자를 한 번 더 바라보며 묘한 미소로 여운을 남겼다.

'뭐야? 전부터 나를 안다는 듯한 저 표정? 오늘 처음 본 거 아닌가? 전에 어디서 만났었나? 왜 이렇게 사람을 빤히 쳐다봐? 부자면 다야? 그런데 눈이 참 맑네… 파란 눈… 깊은 바닷속 같아….'

강 판사를 따라 여기저기 인사를 다니던 강 기자는 누군가 계속 자신을 바라보는 듯한 느낌을 받았다. 그 시선을 찾아 따라가 보면 그레이스가 묘한 미소를 짓고 있었다. 그래서 눈이 마주칠 때마다 어색하게 눈인사를 할 수밖에 없었다.

강백호 판사는 다른 그룹에 인사하기 바빴다. 간신히 살짝 자리를 피해 떨어져 나온 강 기자는 조중일보 김구라 기자와 오세진 편집장이 인사를 하며 "여~ 강 기자! 여기, 여기!" 아는 척을 하자, 역시 가볍게 인사만 하고 사람들 속으로 숨어 버렸다. 답답한 기분이 든 강 기자는 차가운 공기를 느끼기 위해 테라스로 나왔다. 아버지 덕에 종종 이런 자리에 초대받아 오긴 하지만 늘 자신과 안 맞는 옷을 입은 느낌이 들었다. 심지어 요즘 살이 찐 건지 드레스도 작아서 답답했던 중이었다. 엄마가 드레스 하나 사라고 할 때 못 이기는 척하고 살 걸 그랬나 후회도 들었지만 '내가 드레스를 입을 일이 뭐가 있다고….' 싶던 강지영이었다.

시원한 저녁 바람을 맞으며 숨을 돌리던 중 뒤에서 누군가 인기척이 들렸다.

"강 기자님, 여기서 뭐 하세요?"

소리도 없이 그레이스가 뒤에 다가오자 강 기자는 흠칫 놀랐다.

"앗! 아, 그레이스 대표님! 잠깐 바람 좀 쐬러 나왔습니다. 대표님은…."

"나도 답답해서, 바람 쐬러 나왔네요."

"저는 사실 이런 파티 체질이 아니라서…."

"나도 그래요. 평생 이런 곳에 다녔지만… 늘 불편해요."

"의외네요…."

"하하하, 그렇게 보여요? 사람들 눈에 보이는 그레이스란 사람과 실제 그레이스는 좀 갭이 있어요."

"그런가요? 하긴… 누구나 다 겉으로 보이는 모습과 내면이 다를 수가 있죠…."

"어머, 강 기자도 그래요? 아니… 강 기자가 아니라 '꼬마 요리사'님이라 불러야 하나?"

"네…? 아니 무슨 말씀을… 뭔가 오해를…?"

침착하기로 소문난 강 기자가 말을 더듬으며 얼굴은 이미 빨갛게 달아오르고 동공은 커진 채 숨도 쉬지 못할 만큼 당황하고 있었다. 그레이스는 묘한 미소를 지으며 강 기자의 반응을 살짝 즐기는 눈치였다.

"허허허, 어머나, 강 기자님이 설마 진짜 꼬마 요리사라도 되는 거예요?"

강 기자는 너무 놀라서 어떤 말도 할 수가 없었다. 이미 모든 걸 알고 있는 듯한 그레이스의 표정에서 강지영은 이젠 다 끝나버렸다는 절망감이 들었다.

"죄… 죄송합니다. 어떻게 아셨는지…."

갑자기 정색을 하며 그레이스가 말했다.

"강 기자님이 나를 너무 쉽게 보셨나 봐? 나, 스타그룹 차기 의장이 될 사람이에요. 제가 그 정도도 못 알아낼 것 같아요? 우리 스타월드에 늘 쓴소리하는 꼬마 요리사를 제가 몰랐을까요?"

"죄송합니다. 제가… 주제넘게… 그럴 의도는 아니었고…."

당황하는 강 기자를 차가운 눈빛으로 바라보던 그레이스가 갑자기 크게 웃었다.

"하하하, 미안, 미안. 더는 나도 못 하겠다. 농담이에요, 강 기자님! 아니 꼬마 요리사님. 저도 꼬마 요리사 팬이에요. 당신이 계정에 쓴 글들, 다 잘 읽었고 좋았어요. 우리 스타월드에 냉정한 시선으로 쓴소리해 주는 건 당신… 꼬마 요리사밖에 없었어요."

"네?!"

"하하하, 내가 리트윗도 하고 댓글도 엄청 달았는데… 모르시네?"

"네, 댓글요?"

"그래요, 내 댓글에 엄청 답글도 달아 주고… 서운하네~"

"아니, 그럴 리가…."

"어제도 내 댓글에 오늘 너무 가기 싫은 파티장에 간다고 해 놓고선…."

“네? 그건 어제 제가 ‘심해어’ 님이랑… 앗! 설마?”

“하하하, 맞아요. 내가 그 심해어예요! 3년간 당신과 댓글로 이야기 나눈 사람….”

“맙소사… 당신이… 아니 대표님이… 아니 그레이스가 심해어?”

그랬다. 강 기자는 조중일보에 다니며 가명으로 꼬마 요리사라는 개인 계정을 운영 중이었다. 그녀의 유일한 취미이자 아무도 모르게 그녀만의 부캐 생활을 하고 있었던 것이다. 자신과는 결이 다른 보수적인 집안 환경, 그리고 직장… 그녀는 그들이 원하는 모습으로 살고 있었지만, 자신의 내면의 소리를 발산하지 못해 힘들어했다. 그러던 중 결혼해서 미국으로 간 대학 동창의 아이디를 빌려 꼬마 요리사라는 요리, 음식 블로그를 페이스북을 통해 쓰기 시작했고, 종종 정치·사회·경제 등 다양한 주제의 글 또한 업로드했다. 그러다 페이스북 계정이 점점 인기를 끌면서 현재는 트위터X라 불리는 신미디어에서 본격적으로 진보적 생각들을 던지며 이중생활을 즐기게 되었던 것이다. 그리고 점점 꼬마 요리사 계정에 같은 생각을 가진 사람들이 자연스럽게 모여 소통하기 시작했다. 그중 심해어라는 아이디를 쓰는 사람과는 세상을 바라보는 시선이나 가치관 등이 특히 잘 맞아서 비록 익명의 공간이었지만 돈독한 유대 관계를 맺어 왔다. 그런데 그 심해어가 그레이스라니….

트위터X

꼬마 요리사:

벌써 성수동에 폐업한 가게만 네 곳. 그중 두 곳에 스타월드 입점 예정이라고 한다. 상권을 만든다는 스타월드가 같은 도로, 상하행 방향으로 두 곳이 들어서는데 그런다고 죽은 상권이 살아날까?

꼬마 요리사:
'스타월드 직원 존중 안내문'이 갑자기 사라졌길래 문의해 보니 마케팅 담당자가 바뀌면서 보기 흉하다고 제거하라고 지시했다네? 스타월드가 말하는 '보호해야 할 소중한 자산'이 흉하다는 말인 건가?

꼬마 요리사:
무분별한 마케팅으로 전 세계 브랜드 선호도 1위 차지한 스타월드에게 박수를.

심해어:
RT. 짝짝짝. 스타월드 마케팅 요즘 무분별해진 건 인정한다. 근데 자본주의 사회에서 경쟁은 어쩔 수 없는 거 아닌가?

꼬마 요리사:
스타월드 확장 속도 이제는 무서울 지경이다. 해외에서 집 살 때 스타월드 근처에 사라는 말이 괜히 나온 게 아니다. 스타월드는 이제 그냥 부동산 회사 아닌가요?

심해어:
RT. 다들 인정하고 싶지 않겠지만, 이미 전 세계 사람들은 스타월드라는 부동산 기업에 공간 임대료를 지불하고 있다. 매일, 매주, 매달 스타월드 테이블에 커피 한 잔을 놓으며 암묵적으로 공간을 대여하는 거지.

그레이스도 어느 날 꼬마 요리사라는 트위터X 글을 읽게 되었다. 그녀의 주변에는 스타웰드에 대해 맹목적으로 칭찬하거나 찬양하는 사람들만 있어서 언론이란 것을 신뢰하지 않았다. 그러던 중 항상 스타웰드에 냉철한 쓴소리를 하는 글을 만나게 되었다. 처음에는 그레이스도 장난처럼 자신의 친구 아이디로 들어가서 글을 읽고 리트윗하며 댓글을 달고 놀았다. 그러나 시간이 갈수록 자신과 너무나 결이 맞는 꼬마 요리사가 궁금해졌다. 그가 누군지 비밀리에 알아보게 했다. 미국 시민권자의 아이디를 사용하는 조중일보 강 기자라는 사실을 알게 되기까지는 얼마 걸리지 않았다. 그녀가 강 기자라는 걸 알게 된 후 놀라면서도 더욱 궁금해진 그레이스였다.

"놀랍네요. 우리 둘 다 겉으로 보이는 모습과 다른 삶을 살고 있었다니…."

"강 기자랑 이야기 나누면서 너무 좋았어. 우리 진짜 친구해요, 꼬마 요리사님~"

"그럴까요? 심해어님? 하하하."

파티장의 사람들이 테라스에서 서로의 어깨를 두드리며 깔깔거리는 그레이스와 강 기자를 보며 신기해했다. 김구라 기자와 오세진 편집국장이 부러운 듯 바라본다.

"둘이 원래 아는 사이야?"

"그러게… 누가 보면 10년 지기 친구 오랜만에 만난 줄 알겠네."

"한쪽은 스타그룹 차기 의장, 다른 한쪽은 곧 대법원장으로 가는 판사 딸에 조중일보 기자…. 둘이 안 친해질 이유도 없지, 뭐. 역시 있는 사람들끼리는 뭔가 통하는 게 있나 봐!"

"졸라 부럽네~"

강백호 판사는 둘의 친한 모습을 흐뭇하게 바라보았다. 모두가 강 판사를 부러워하듯이 말했다. 박 의원과 박민지도 그 둘을 부러운 눈으로 바라보았다.

"강 판사님, 따님하고 그레이스 대표하고 억수로 친해 보이네예~ 정말 부럽습니더~"

"허허, 뭐 그런 말씀을… 같은 또래고 서로 바라보는 방향이 비슷하면 친구처럼 지내기도 하지요. 저희 여식이 부족한 게 많은데 그레이스 대표님이 좋게 봐 주시는가 봅니다. 하하하."

박 의원이 딸을 돌아보며 말했다.

"봐라, 박 변, 이 아부지가 조만간 그레이스캉 자리 한번 만들 끼다. 니도 그레이스하고 친해지야지. 우리 같은 사람들하고 차원이 다른 그들만의 리그 카는 기다. 거기에 껴야 한 계단 더 올라가는 기다. 니가 진짜 서야 되는 데는 저다. 단디 봐 둬라!"

"네, 아빠. 꼭 저 위로 올라가겠어요!"

일반인이 보기엔 파티장에 모인 모두가 사회 최고의 지도층, 기득권이지만 그들 사이에도 레벨은 엄연히 존재했다. 헌법에는 민주주의 사회에 사는 모두가 평등하다고 규정되어 있다. 하지만 21세기를 사는 지금도 중세 시대의 계급 사회와 다르지 않다. 신분이 아닌 돈이 계급을 나누는 것이다. 그리고 사람들은 끊임없이 더 높은 곳으로 올라가기 위해 욕망을 키워 나간다. 그들을 살아가게 하는 힘은 그 깊이를 알 수 없는 욕망이라는 심해였다.

Scene22. 강 기자를 만나 신세 한탄하는 그레이스

강 기자가 한강 고수부지에 도착하자, 그레이스는 손에 스타월드 로고가 새겨진 음료 2개를 들고 이미 강을 바라보며 서 있었다. 강 기자를 반기며 음료를 건네주는 그레이스.

"늦은 시간에 불러내서 미안~ 대신 내가 강 기자 좋아하는 그린티 프라프치노 사 놨어요~"

"고마워요, 대표님. 오늘 박 의원님, 따님이랑 식사하신다고 하시더니 벌써 끝나신 거예요?"

"박 의원 하고 식사? 안 그래도 방금 내가 사고 치고 나왔어. 휴… 내가 아직 인간이 덜된 듯해. 참았어야 하는데…."

"무슨 일 있으셨어요?"

"신 상무님 얼굴 봐서 억지로 나간 자린데… 내가 다 망쳐 놨네! 하하."

"요즘 많이 힘드시죠?"

"휴~ 뭐 늘 그렇지. 어릴 때 이후로 하루도 편한 적이 없었어. 어떤 면에서는 나름 일찍부터 조기 교육을 받은 셈이지. 후후."

"가끔 대표님 보면 어떻게 저 무게를 견딜까 싶어요. 대단하세요."

"호호, 고마워, 강 기자… 나한테 이런 얘기해 주는 건 강 기자밖에 없어. 다들 내 앞에서는 내게 잘 보이려고만 하지. 나와 친구가 되고 싶어 하고. 내 SNS에는 온통 칭찬 일색이야. 너무 이뻐요. 부러워요. 내가 뭔가 잘못해도 다들 내 편이야. 스타월드가 잘못한 거 아니에요. 다들 질투나서 그런 걸 거예요. 너무 웃기지 않아? 그런데 강 기자는 안 그랬어. 아니지, 꼬마 요리사가 안 그런 건가? 후후."

강 기자와 그레이스는 3년여 전 파티장에서 만났던 것을 회상하며 마주 보고 웃었다. 그날 이후 둘은 남들은 모르는 비밀스러운 우정을 유지하고 있었다.

"강 기자는 형제가 오빠하고 여동생 있댔지? 난 외동이다 보니까 가끔 형제가 있다면 언니 하나 있음 좋겠단 생각을 종종 해. 강 기자가 나보다 어리긴 하지만 만약 나에게 언니가 있다면 강 기자 같은 사람이면 좋겠다는 생각?"

"아이고~ 대표님도 참~"

"훗, 내 맘이 그렇다고. 강 기자도 붕어공주 허황옥 알지? 요즘 제일 핫한 인물이니까…. 허황옥… 참 대단해. 처음엔 뭐지? 싶었는데, 그녀에 대해 알면 알수록 대단하다고 느껴. 어떻게 그렇게 어려운 환경에서 꿋꿋하게 여기까지 올 수 있었을까? 고아에, 벙어리에, 남들보다 특별한 교육을 받은 것도 아니고… 근데 난 뭐지? 태어난 순간 이미 보장받은 자리에서 모든 걸 다 받아왔는데. 지금 이 순간 허황옥으로 인해 모든 걸 잃을지도 모르는 상황이 닥치다니. 왜 갑자기 나타나서 이렇게 나를 힘들게 하는지 원망스럽기도 하고… 하하, 내가 오늘 말이 좀 말이 많지, 강 기자? 미안!"

"붕어공주 등장 이후로 스타그룹 후계 구도가 좀 복잡해졌다는 얘기는 저도 들었습니다. 스타에어가 대표님을 대놓고 저격한단 소린 이미 공공연한 비밀이죠."

"평생 그놈의 의장 자리를 두고 싸워 왔는데… 이제 다 왔다고 생각했는데 이런 일이 생길 줄 누가 알았겠어? 세상일 아무도 모르는 거야."

"저로서는 상상도 못 하겠네요… 그 의장이라는 위치…."

"자기~ 꼬마 요리사가 한 말 기억나? 우리가 지금 서 있는 이 기득권이라는 바닥이 사실은 얼마나 얇은 살얼음판인지 그들은 알고 있을까? 알고 보면 이 사회를 움직인다고 생각했던 한 시대의 세계관이 보기 좋은 허울에 불과했다는 걸…. 나는 그 시작이 허황옥이라고 봐. 지금의 이 시대는 호흡기를 달고 마지막 숨을 힘겹게 내쉬는 시한부 인생 같아. 언젠가는 끝나겠지. 그다음은? 내가 그걸 물려받아. 근데 과연 다음 시대를 이끌어 나갈 수 있을지… 내가 그럴 자격이 있는지… 저 늙고 부패하고 욕심 많은 기득권들을 업고 그들의 질긴 욕망의 숨통을 유지해 줄 수 있을지… 아니, 그런 걸 하라고 나한테 물려주는 거겠지. 그럼 나도 늙으면 결국 저들처럼 되는 건가? 그럴지도 모른다는 자괴감이 들어. 훗, 내가 이런 말 하면 좀 웃긴가? 강 기자도 내가 이런 말 할 자격이 없다고 생각해? 강 기자나 나나 언젠가 다음 세대의 바통을 이어받을 사람이고, 책임감을 물려받을 사람들이잖아. 우리 아버지 세대가 만들어 온 오류를 그대로 되풀이하고 싶지 않아. 난 변화를 가져야 한다고 생각해. 물론 나도 두렵지. 하지만 지금 이대로 가면 우리 모두는 자멸하게 될 거야. 그때가 언제일지 모른 채 하루하루 버티는… 다들 답도 모르면서, 그렇다고 변화를 받아들이는 것도 두려운 늙은 노인들… 역사 속에서 지금 같은 시대를 우리는 수없이 경험해 왔는데… 스스로 변할 수 없는 운명인가 봐. 과연 우리는 다음 시대를 책임질 준비가 되어 있을지… 잘 모르겠어. 어쩌면 허황옥은 우리의 구세주일지도… 아님 파멸의 문을 여는 열쇠든지…."

그레이스의 속마음을 알게 된 강지영 기자는 그녀에게 연민이 들었다.

"강 기자, 꿈붕어빵 먹어 봤어? 여기 근처에 붕어공주 붕어빵 파는 곳 있던데 우리 하나 먹어 볼까?"

Scene23. 신 상무와 박 의원이 룸에서 술을 마신다

식사 도중 그레이스가 나가 버려 어색해진 자리가 일찍 끝났다. 박민지를 먼저 보내고 신 상무는 박 의원과 근처 룸살롱으로 자리를 옮겼다. 술이 몇 잔 돌자 신 상무는 서빙 보는 아가씨들을 내보내고 박 의원에게 은밀히 자신의 고민거리를 털어놓기 시작했다.

"형님, 오늘 너무 죄송합니다. 제가 대신 사과드리겠습니다."

"아이고, 또 뭔 말을 그래 하노? 괘안타, 괘안타 우리가 남이가? 동생이 잘못한 거도 아이고… 그나저나 그레이스 대표가 보기 하고는 마이 다르구마. 당신 고생 많겠어."

"사실… 안 그래도 요즘 고민이 많습니다. 형님이니까 말씀드리지만… 사실 오래전부터 스타에어 쪽에서 컨택이 있었어요. 그레이스를 버리고 자기들 쪽으로 오면 어떻겠냐고…."

"그래? 스타에어면 로버트 회장 아이가? 전에 나도 몇 번 본 적 있다. 그 양반 완전히 상남자더구만! 호탕하고 술도 잘 묵고 자기 사람 잘 챙기고… 듣자 하니 일본 야쿠자들과 밀접하다며? 그런 사람이 밀어준다 카면 안 괘않나? 니 생각은 어떤데?"

"지금 스타그룹에서 차기 의장 자리를 두고 전 계열사가 목숨을 건 싸움을 하고 있는 건 형님도 아시죠? 이게 일개 재벌들 승계 싸움 수준이 아니에요! 정말 그 안을 들여다보시면 상상을 초월할 정돕니다. 각 계열사마다 가지고 있는 파워들이 어마어마하니까… 까 놓고 맞짱 뜨면 사람 몇 죽어 나가는 건 일도 아닌 세계예요."

"야~ 스타그룹이 그 정도가? 역시 대단하데이~ 하긴 몇백 년을 그걸 이어 간다는 기 그래 안 하고 되겠나?"

"그죠… 명불허전이라 하잖아요. 사실 그레이스가 현재 소피아 의장의 외동딸이라 그 자리를 이어받는 건 기정사실이었지만, 붕어공주의 등장 이후 승계 작업은 다시 원점이 된 거나 마찬가지입니다."

"아이, 붕어공주 그기 머라꼬 의장 자리가 흔들리고 그라노? 그기 말이 되나?"

"스타그룹은 이게 단순히 붕어공주라는 새로운 프랜차이즈 하나 생긴 문제로 보고 있지 않아요. 100년이 넘게 지탱해 온 기득권이라는 시스템에 한계와 오류를 느끼고 있던 상황에서, 붕어공주의 등장이 그 오류의 치명적인 결정타라고 판단하는 거 같아요. 그로 인해 그동안 서로 쉬쉬하며 덮어 뒀던 문제점들이 다시 수면 위로 올라오고, 그 혼란 속에 차기 의장이라는 중요한 자리에 그레이스가 적절하냐는 의심이 다시 불거진 거죠. 그리고 꾸준히 그 자리를 호시탐탐 노려 온 스타에어 로버트 회장이 이번 기회에 판을 뒤집으려고 하는 거고요. 다음 한 세기를 이어받아야 할 중차대한 시기에 그레이스가 그 막중한 역할을 할 만한 깜냥의 인물인지? 현미경 보듯이 들여다보는 찰나에 스타에어가 그 빈틈을 집요하게 파고들고 있는 중이고요."

긴 이야기를 쉬지 않고 쏟아 내던 신 상무가 잠시 숨을 고르고 다시 조심스럽게 이야기를 이었다.

"로버트 회장이 정말 보통 사람이 아니에요. 형님 말씀하신 대로 일본 사무라이의 혈통을 이어받은 집안입니다. 현재는 일본 최대 야쿠자 조직을 거느리고 있고요. 미국인이지만 반은 일본인이죠. 백 년 전에도 이와 똑같은 권력 암투에서 소피아 가문에 로버트 회장 가문이 반기를 들었다가 거의 멸족 수준까지 갔었다고 하더라고요. 사실 소피아 가문의 잔혹함은 로버트 회장 가문을 훨씬 뛰어넘지만… 어쨌든 그 원한이 대를 이어서 지금 로버트 회장까지 내려온 거고, 이번 기회에 다시 가문의 영광을 찾아오는 것으로 설욕하려고 하는 듯합니다."

"야~ 그기 그 정도야? 우리나라 재벌들 승계 싸움, 형제의 난 뭐 그런 거 많잖아? 그런 거하고는 차원이 다르구마! 그래 따지믄, 오늘 그레이스 말하는 뽄새로 봐서는 세계적인 스타그룹을 이끌어 나갈 사람인지… 내는 솔직히 잘 모르겄다."

박 의원은 이참에 스타에어 쪽과도 연을 만들면 좋겠다는 의견을 말하며 언제든지 갈아탈 준비를 하라고 설득했다. 박 의원의 이야기를 들으며 신 상무 역시 여차하면 그레이스를 손절하고 스타에어 쪽으로 가려고 마음먹었다. 신 상무는 그 자리에서 스타에어 로버트에게 전화를 걸었다.

"안녕하십니까, 로버트 회장님! 저 신세철입니다. 전에 말씀하신 제안, 아직 유효한가요? 일간 한 번 뵙죠! 아, 참… 대한국당 박 의원님 아시죠? 같이 뵈면 더 좋을 거 같은데… 회장님이 그리시는 큰 그림에 도움이 될 분입니다."

전화를 마치고 박 의원과 신 상무는 술을 가득 부어 건배를 하였다.

"자, 신 상무… 인자 우리는 한 배를 탄 기다! 죽어도 같이 죽고, 살아도 같이 살고… 알제? 오늘 마, 묵고 죽자! 가시나들 다 들오라 캐라~ 뺀드 어데 갔노?"

"예, 형님! 오늘 뭐 갈 데까지 한 번 가 보시죠! 야야, 여기 의원님 술 한 잔 쭉 올려라~ 하하하."

Scene24. 그레이스, 꿈붕어빵을 먹고 꿈을 꾸다

강 기자와 헤어져 집에 도착한 그레이스는 가볍게 요가와 명상을 한 후에 침실로 들어가 잠을 청했다. 강 기자와 만나 속을 터놓아서 그런지 그레이스는 실로 오랜만에 편안함을 느꼈다. 평생 그녀를 괴롭혀 온 불면증 덕에 매일 먹는 약도 오늘은 왠지 필요 없을 것 같았다. 스타그룹의 의료사업-스타종합병원에서 처방되어 왔고, 어릴 때부터 먹어 온 수면제를 입안에 넣으려다 멈춘 그레이스는 손바닥에 놓인 하얗고 작은 알약을 바라보았다.

"이 약을 언제부터 먹었더라? 아… 그때 엄마한테 꿈 이야기를 한 다음부턴가 보다. 오늘은 약 없이 한 번 자 볼까? 왠지 오늘은 그럴 수 있을 것 같은 기분이 드네…."

그리고 침대에 누워 평소 하던 수면 안대도 없이 잠을 청하는 그레이스였다. 그리고 그녀는 꿈을 꾸었다.

insert 꿈, 그레이스의 꿈

그레이스는 거대한 사막 한가운데 모래로 지어진 성안에서 아래를 내려다보고 있었다. 성 밖에는 불의, 불평등, 타락한 권력에 성난 시민들과 붕어공주, 그리고 그녀를 따르는 기사들이 성을 향해 공격을 좁혀 오고 있었다.

탐욕과 위선이라는 화려한 옷과 보석을 걸쳐 입은 왕족과 귀족들이 겁에 질려 그레이스에게 성을 버리고 도망가자고 요청, 아니 애원하고 있었다.

"어서 도망갑시다! 저 천한 것들이 여기까지 들어오면 우리 모두 죽습니다. 이까짓 성, 버리고 잠잠해지면 다시 돌아오면 돼요! 저들의 성난 분노만 잠시 달래 주면 됩니다. 개, 돼지들은 또 금방 잊어요!"

하지만 그레이스는 끝까지 자리를 지키려 했다.

"여기서 도망가면 어디로 갈 수 있나요? 저들이 올 수 없는 안전한 곳, 누가 알고 계신가요? 여러분, 여기를 빼앗기면 더 이상 물러날 곳이 없습니다. 나는 끝까지 이 자리를 지킬 거예요. 여러분들은 모두 가셔도 좋습니다. 전 제게 주어진 의무를 다할 것입니다."

귀족들은 커다란 가방에 온갖 보물과 귀금속을 꾸역꾸역 찔러 넣고 하인들에게 들려서 도망을 가기 시작했다. 그런 그들을 바라보며 그레이스는 배신감보다 오히려 자조의 느낌이 들었다. 과연 저들 중 진정한 지도자라 불릴 사람들이 있긴 했을까 씁쓸했다.

성 아래를 내려다보자 허황옥과 그녀를 따르는 수많은 시민들이 자신의 병사들을 무찌르며 다가오고 있었다. 비록 적이지만 용맹하게 싸우며 맹렬하게 진군하는 허황옥과 그들의 친구들이 멋있게 느껴졌다. 그때 허황옥과 그레이스의 눈이 마주쳤다. 치열한 전투 속에서 둘은 서로의 눈을 응시하며 각자가 감당해야 할 운명의 대가를 알기에 둘의 눈빛은 적에게 보내는 분노와 경멸의 눈길이 아니었다. 서로 다르게 맡겨진 운명! 그것을 피하지 않고 온몸으로 받아들이며 투쟁하는 전사들일 뿐이었다.

"와라! 얼마든지 와라! 나는 이 자리에서 너를 맞이할 것이다!"

"기다리시오! 곧 그 앞에 당당히 설 것이오!"

꿈을 꾸었다. 그것도 붕어공주의 꿈붕어빵을 먹고… 그레이스는 이 신선한 감각에 자신도 모르게 전율했다.

"이런 게 꿈이었군…. 나의 꿈… 내가 되고자 하는 내 모습을 꿈에서 봤어. 난 내게 주어진 운명을 지키고 싶은 거야. 결코 누군가에게 그냥 빼앗기지 않을 거야. 허황옥 당신 덕에 꿈을 꾸게 될 줄이야… 사람들이 왜 꿈을 꾸기를 바랐는지 알 거 같아. 꿈이라는 현상을 통해서 자신의 과거와 현재, 미래를 다양한 방식으로 예측할 수 있었던 거야. 우리 같이 목표만 있는 사람들과는 다르게 그들은 형이상학적인 꿈을 통해 목표 이상을 바라볼 수 있었던 거였어….”

꿈에서 깬 그레이스는 복잡하면서도 알 수 없는 평안함에 그대로 자신을 내맡겼다.

제대로 된 적과 싸움을 하게 된 희열감도 느꼈다. 그동안 자신이 만난 수많은 경쟁자들, 온갖 술수와 협잡, 음모로 비열한 싸움을 걸어왔던 이들과는 차원이 다른, 진정한 적과 마주한 기분이었다. 그동안 알 수 없는 불안감 속에 지냈던 것과는 달리 실체와 당당히 맞서고 나니 오히려 제대로 싸울 수 있는 용기가 생기는 듯했다.

그레이스는 신 상무에게 메시지를 보낸다.

“우리도 반격을 해야죠! 모든 방법을 동원해서 허황옥과 당당하게 대결해 봅시다!”

Scene25. 강 기자, 꿈붕어빵을 먹고 꿈을 꾸다

그레이스와 만난 후 붕어공주 붕어빵을 사서 집에 돌아온 강 기자는 처음으로 꿈붕어빵을 마주하고 먹어야 할지 말지 잠시 고민했다.

“이게 무슨 대단한 거라고… 그냥 흔한 붕어빵 아니야? 흠… 그래 먹어보자. 별일이야, 있겠어?”

강 기자는 용기 내어 꿈붕어빵을 한입 베어 물고 천천히 음미하더니 이내 의심을 거두고 맛있게 먹기 시작했다. 그리고 강 기자는 불을 끄고 침대에 누워 배트맨 굿즈샵에서 산 무드등을 켰다. 그러자 천장에는 배트맨 로고가 은은하게 불빛으로 비췄다. 그리고 천천히 눈을 감았다. 벽에 붙은 배트맨 포스터가 창밖의 달빛에 어스름하게 보였다.

insert 꿈, 강 기자의 꿈

어둡고 침침한 동굴 안, 강지영이 검은색 요리사 복장에 요리사 모자를 쓰고 커다란 솥에 카레를 만들고 있었다. 그때 비밀의 문을 열고 들어오는 검은 고양이 한 마리. 고양이가 쑥 커지더니 허황옥으로 변했다.

"냐옹~ 꼬마 요리사님?"

"앗, 넌 누구야? 여기 어떻게 들어온 거야? 어? 당신은 붕어공주… 허황옥?"

"호호호~ 저를 단숨에 알아보시는군요~ 역시 예리한 강 기자님다워요. 여기가 당신의 비밀 공간이었군요. 낮에는 기자, 저녁에는 꼬마 요리사… 뭔가 배트맨 같고 멋져요!"

"아… 당신이 왜 여기에… 여긴 나만 아는 공간인데… 어떻게 비밀번호를?"

"호호호, 저도 낮에는 붕어빵을 팔지만… 밤에는 캣우먼이거든요…. 아, 죄송… 제가 웃기는 거 잘 못 해서…."

"정말 내가 붕어빵을 먹어서 내 꿈에 나온 건가요? 이게 진짜 꿈을 꾸게 하는 건가요?"

"음… 꿈을 안 꾸는 사람은 없죠. 강 기자님도 어릴 때부터 꿈을 꿔 왔지만 숨겨 둔 것뿐이고, 꿈에서 저를 만났다는 사람들이 진짜 제 꿈붕어빵을 먹고 꿈을 꾼 건지는 저도 몰라요. 제가 그럴 만한 능력이 있는 사람 같아 보이시나요? 하지만 저도 제 꿈붕어빵을 먹고 사람들이 꿈을 꾸기를 바라는 저만의 꿈을 꾸고 있답니다. 저는 저의 꿈을 꾸는 거고, 다른 이들도 각자 자신만의 꿈을 꾸는 거죠. 때로는 그 꿈이 한 방향으로 갈 때도 있는 거고… 강 기자님이 원하는 꿈을 이루기를 바라는 게 제 꿈입니다. 결정은 당신 스스로 하는 거고요."

"저의 꿈요? 제 꿈은…."

"낮에는 모두가 꿈을 꾸라고 말합니다. 꿈을 꾸는 사람들이 멋진 것처럼 말하죠. 하지만 현실은 밤이 되면 꿈을 꾸는 걸 두려워하고 꿈을 꾸는 걸 죄악시하고… 우리가 살고 있는 이 사회가 꿈을 바라보는 시선이 마치 배트맨 같다는 생각해 본 적 없으세요? 이중적인 삶….”

“저도 오랫동안 이중생활을 해 왔어요. 밤마다 이 어두운 동굴 안에서 저만의 카레를 만들면서….”

“강 기자님도 카레 좋아하시나 봐요?”

“네, 어릴 때 꼬마 요리사 흉내 내면서 카레 요리 만들어 먹곤 했어요.”

“아~ 그래서 아이디가 꼬마 요리사군요? 넘 재밌다. ‘꼬마 요리사’. 저도 기억나요. 꼬마 요리사가 카레 만들던 광고… 저도 어릴 때 카레 처음 먹어 봤던 기억이 나네요. 사실 형편상 그렇게 카레를 자주 먹지는 못했지만… 하지만 인도에서는 꽤 많이 먹었어요! 저도 그 카레 맛 좀 봐도 되나요?”

강 기자는 커다란 솥에서 카레를 떠 허황옥에게 건네주었다.

“음… 넘 맛있다. 저도 레시피 좀 알려 주세요. 저도 만들어 보고 싶어요. 나중에 제 붕어빵에 넣어도 될까요?”

“아~ 네네, 그럼요. 별거 아닌 레시피지만 입맛에 맞으신다면 드릴게요!”

강지영은 오래된 양피지에 새겨진 암호 같은 자신의 카레 레시피를 허황옥에게 보여 주었다. 허황옥은 자신의 노트에 레시피를 열심히 옮겨 적으며, 둘은 카레에 대해 많은 이야기를 나누었다.

새벽녘에 눈을 뜬 강 기자는 침대에 누워 멍하니 천장을 바라보았다. 그녀의 눈에 천장에서 빛을 내는 배트맨 로고가 들어왔다. 강 기자의 최애 캐릭터가 배트맨인 이유는 그녀 역시 밤에는 꼬마 요리사로 이중적인 삶을 살아왔기 때문일지도 모른다고 늘 생각했다. 혹시라도 자신의 정체가 들킬까 봐 조마조마한 두려움과 약간의 스릴도 느끼며 살아왔다. 붕어빵을 먹었기 때문에 진짜 꿈을 꾼 건지, 아니면 그냥 꿈에 허황옥이 나온 건지는 그녀도 알 수가 없었다. 그녀는 침대 옆 사이드 테이블 위에 놓인 노트북 화면에 떠 있는 꼬마 요리사 블로그와 조중일보 사원증을 동시에 바라보며 생각에 잠겼다.

"휴… 내 꿈을 기어코 허황옥에게 들키고 말았네…. 나도 이 이중생활을 언제까지 할 수 있을지 모르겠다. 강지영이냐, 꼬마 요리사냐…."

그때 얼른 꿈 깨고 출근이나 하라는 듯 핸드폰 알람이 울렸다.

Scene26. 그레이스, 붕어공주에 맞설 수 있는 새로운 전략을 수립한다

그레이스는 아침 일찍 스타월드 본사로 출근하며 전 부서장 회의를 소집했다. 그동안 허황옥으로 인한 그룹 내 승계 문제로 스트레스를 받던 때와는 분위기부터 달랐다. 그레이스는 예의 냉철하고 자신만만한 모습으로 돌아와 있었다.

대회의실 밖 복도에서는 이미 김선희를 포함한 팀장들 몇 명이 모여 사태를 파악하고자 대화를 나누고 있었다.

"뭐야, 왜 갑자기 아침부터 긴급 회의?"

김선희가 조용히 속삭이며 물었다. 그녀의 눈은 복도 끝에서 회의실로 들어가는 문을 힐끔거렸다. 조 팀장이 팔짱을 끼고는 고개를 끄덕이며 답했다.

"그러게. 나도 모르겠는데… 아침에 그레이스 대표 들어오는 거 봤는데, 옛날처럼 기세가 장난 아니던데?"

하 팀장은 눈을 찡그리며 낮은 목소리로 거들었다. "그러니까. 요즘은 완전 초췌한 얼굴로 다니더니. 갑자기 무슨 바람이 불었나?"

김선희는 신 상무를 힐끗 보며 물었다. "신 상무님, 무슨 일인지 혹시 아세요?"

신 상무는 잠시 침묵하더니 부서장들을 둘러보며 딱딱한 목소리로 말했다.

"다들 정신 바짝 차려."

그의 단호한 목소리에 모두들 긴장하며 작은 탄식을 내뱉었다.

"네…."

최근 브랜드 선호도 조사에서 붕어공주와 1위 자리를 두고 각축 중인 스타월드는 충격 그 자체였다. 30여 년간 한 번도 1위 자리를 빼앗긴 적이 없었는데… 자칫하면 붕어공주에게 1위 자리를 내줄지도 모르는 상황이었다. 단순히 한 기업의 선호도의 문제가 아니었다. 기득권에 대한 반발심이 응집된 대중의 분노가 표출되는 것이었다. 기득권과 수구 세력을 상징하는 스타그룹 내에서도 대표성을 띠는 스타월드다 보니 그 충격은 모든 계열사에도 영향을 주고 있었다. 붕어공주 등장 이후 아무도 내색은 안 했지만 모두 쉬쉬하며 눈치만 살피는 살얼음판이었다. 50여 명의 부서장들이 스타월드 안 가장 큰 대회의실에 모여서 잔뜩 긴장한 표정으로 그레이스가 들어오기를 기다리고 있었다. 문이 열리고 그레이스와 신 상무가 들어오자 모두 의자에서 일어섰다. 그레이스는 들어오자마자 모두 자리에 앉으라고 손짓하며 특유의 카리스마 넘치는 말투로 회의를 바로 진행했다.

"길게 얘기하지 않겠습니다. 우리 목표는 명확합니다."

그녀는 단호한 목소리로 말하며 회의실을 천천히 둘러보았다.

"우리의 타깃은 붕어공주입니다. 스타월드가 대중의 마음을 다시 찾아올 수 있는 전략을 세웁시다. 브랜드 선호도 1위를 지키는 것, 이것이 우리의 미션입니다! 새로운 메뉴의 개발이든, 판촉 마케팅 전략이든 모든 것을 원점에서 다시 시작하겠습니다."

그레이스는 짧은 침묵 후 신 상무를 바라보며 말했다.

"신 상무님, 한 달 후에 '인어빵'을 런칭합시다."

회의실이 순간 얼어붙었다. 신 상무는 눈을 크게 뜨며 되물었다.

"네? 인어빵이요? 한 달 안에요?"

신 상무조차 그레이스의 계획을 사전에 알지 못했다는 사실에 모두들 동요하기 시작했다. 당황한 기색을 감추지 못한 신 상무는 그레이스를 쳐다보며 말을 이어 갔다.

"대표님, 이건 너무 갑작스럽지 않습니까? 준비 시간이 턱없이 부족합니다."

하지만 그레이스는 조금도 흔들리지 않았다. 그녀는 강렬한 눈빛으로 신 상무를 마주 보며 단호히 말했다.

"신 상무님, 이건 준비가 아니라 결단의 문제입니다. 붕어공주를 상대하려면 기민하게 움직여야 합니다. 인어빵은 우리가 대중과 다시 연결될 수 있는 기회입니다."

어제 박 의원과의 저녁 자리에서 보이던 모습과는 전혀 다른 그레이스의 행동에 신 상무는 심기가 불편했다. 스타에어 로버트 회장과의 만남에 왠지 빨간불이 켜진 것 같은 기분이 들었다.

그레이스는 먼저 꿈과 관련된 뇌 과학자 및 수면 과학 연구자들을 불러 꿈을 꾸는 원리에 대한 연구를 지시했다. 경제학자와 사회학 교수들에게는 꿈붕어빵이 지역 경제 및 사회에 미치는 영향에 대한 분석을 시켰다. 그레이스는 붕어공주 꿈붕어빵에 대항할 수 있는 스타월드만의 인어공주 '꿈인어빵'을 가지고 싶었다.

insert CNN 인터뷰, 서울대 경영학과 김태현 교수 인터뷰
"이런 걸 일종의 맞불 작전, 속칭 물타기 작전이라고도 하는데요…. 대기업이 경쟁업체를 누르는 가장 고전적인 방식이기도 합니다. 교과서에도 나오는 아주 원론적인 거예요. 경쟁업체가 신제품을 내놓으면, 비슷한 경쟁력을 갖춘 자사 제품으로 맞대응하는 거죠. 선택은 소비자가 합리적으로 하면 되는 거거든요! 마케팅 전략에서 경쟁사와 비슷한 브랜드를 만들어서 시장을 혼란시키고 파이를 나눠 먹는 건 아주 기본적인 전략 중 하나입니다. 물론 일부에서는 치사한 방법 아니냐고 하실 수도 있지만, 냉엄한 정글 같은 죽고 사는 시장에서 그런 건 나이브한 얘기죠."

insert CNN 인터뷰, 스타월드 신제품 개발팀 인터뷰
"당시는 절박했어요. 그레이스가 어느 날 긴급회의를 소집하고 붕어공주에 적극적으로 대응하자는 얘기를 꺼냈습니다. 거의 한 달간 매일 야근하다시피 하면서 신메뉴 개발과 마케팅 전략 등을 만드느라 다들 엄청 고생했어요. 그레이스 대표도 퇴근 안 하고 우리하고 똑같이 일했으니까… 사실 저희도 좀 놀랐죠. 인어빵을 만들기로 했을 때 사실 반신반의했어요. 특히 그레이스는 붕어공주에게 빼앗긴 대중의 마음을 되찾아 오고 싶어 했어요. 자존심 대결 같은 거? 사실 그동안 스타월드에 대항할 수 있는 브랜드가 과연 있었을까요? 동등한 조건에서 대결하고 싶어 한 듯합니다. 인어빵 대 붕어빵. 그걸 시골 벙어리 소녀 붕어공주에게 빼앗겼으니 자존심에 큰 상처가 났을 거예요.

전 세계 자산 1위의 부자이자, 스타그룹의 차기 의장, 현 스타월드의 대표가 매일 밤 팀원들과 함께 밤새 가며 일하는 모습이 상상이 되시나요? 같이 야식으로 편의점 라면과 김밥 먹고… 사무실 소파에서 쪽잠 자고… 그레이스가 팀 막내 잠들었을 때 자기 외투 덮어 주더라구요. 솔직히 그동안 침체되었던 팀원들, 그리고 회사의 모든 직원들 사기가 엄청 올라갔어요. 그동안 그레이스에 대한 안티 세력들도 매우 호의적으로 돌아서기도 했어요. 정말 멋진 경험이었습니다."

Scene27. 허황옥, 꿈을 잃고 살아가는 다양한 사람을 만나며 성장

한편, 허황옥과 배두호는 세상이 붕어공주에 대해 뭐라 떠들든 간에 오로지 본업에만 충실했다. 매일 같은 시각에 장사를 시작했고, 배두호는 그런 허황옥의 모습을 카메라에 담았다. 때때로 붕어공주 트럭에는 일부 학부모 단체가 찾아와 계란을 던지기도, 기독교 신도들이 달려들어 사탄이라며 욕을 퍼붓기도 했지만 그럴 때마다 허황옥은 그들에게 자신이 만든 꿈붕어빵을 내밀 뿐이었다. 그녀의 꿈붕어빵을 받은 이들은 기다렸다는 듯이 허황옥에게 더 노발대발했다. 안에 뭐가 들었는지 모를 이 음식 때문에 지금 이 난리가 났는데, 누구 약 올리는 거냐며 소리치기도 했다.

허황옥의 꿈붕어빵을 없애 버리려는 사람들만 있는 것은 아니었다. 유명 디저트 프랜차이즈 대표가 직접 방문해 허황옥에게 명함을 내밀며, 자신의 브랜드에서 정식으로 판매할 수 있도록 판권을 요청하기도 했고, 장녹수를 포함한 각종 정치가들이 허황옥을 자신의 편으로 끌어들이기 위해 온갖 달콤한 말을 속삭이기도 했다. 그들에게도 허황옥은 답변 대신 그저 따뜻한 미소와 꿈붕어빵을 건네줄 뿐이었다. 그러고는 수어로 이렇게 말하는 허황옥이었다.

「끼니 거르지 마세요. 배가 불러야, 꿈도 꿀 수 있는 거니까요.」

배두호는 어느 날 허황옥에게 물었다. 왜 너를 이용하려는 사람들에게, 굳이 붕어빵을 나눠 주며 호의를 베푸는 거냐고… 허황옥은 이렇게 대답할 뿐이었다.

「이 세상 모든 사람들에게는, 꿈을 꿀 자격이 있어. 꿈은 공짜야. 가난한 자에게도, 부자에게도 모두 공평하게 주어지는 거지. 나는 모두가, 함께 꿈을 꾸며 살아갔으면 해.」

Scene28. 총선까지 1년 정도 남은 시점, 서울로 가자는 허황옥

다큐멘터리를 제작한 지 600여 일, 약 2년 정도가 되어 가는 시점이었다. 배두호의 다큐가 1회 나가고 총 5회 중 3회쯤 지났을 때 허황옥의 SNS 팔로워는 3억 명에 가까워지고 있었다.

「두호야, 이제 슬슬 서울로 올라가자!」

"서울로? 그게 무슨 말이야?"

「전국에 붕어공주 프랜차이즈도 돌아보고 서울로 올라가려구.」

"그럼 김해 원룸을 빨리 정리해야겠네."

처음 부산에서 붕어공주 리어카로 붕어빵을 팔기 시작했던 허황옥은 푸드 트럭으로 바꾼 후 전국을 돌아다니며 각 지역의 특산물 등을 이용해 붕어빵을 만들어 팔아 왔다. 그리고 최근에는 계속 김해에 머물고 있던 중이었다.

배두호가 김해 원룸을 정리하는 동안 허황옥은 소파에 앉아 TV를 보고 있었다. JRBC TV에서 1년여 남은 총선을 앞두고 구손석 아나운서가 진행하는 특집 프로그램이 방송되고 있었다.

"안녕하십니까, 구손석입니다. 특집 방송, 총선 1년을 예측한다! 바야흐로 총선이 정확히 1년 남았습니다. 이번 총선의 가장 큰 변수는 약 2년 전 등장한 붕어공주 허황옥이라고 봐야 할 것 같은데요. 그녀가 SNS에 D-1000이라고 올리면서 붕어공주가 정치판에 돌풍을 일으키지 않았습니까? 과연 앞으로 남은 1년간 그녀의 행보는 어떨지… 잠시 후 각 당을 대표해서 나오시는 패널들과 정치 평론가들을 모시고 총선 예측을 해 보겠습니다. 잠시 광고 듣고 오겠습니다."

화면이 광고로 전환되자, 익숙한 브랜드와 슬로건들이 연달아 쏟아져 나왔다.

"이제 세계는 국경 없는 무한 경쟁의 시대! 더 큰 세상에서 우리의 꿈을 찾자! 해외여행은 스타에어와 함께!"

화면 속에서 푸른 하늘 위로 날아오르는 비행기의 은빛 날개가 번쩍였다.

이어진 광고에서는 밝게 웃는 젊은이들이 캠퍼스에서 뛰어다니는 장면이 보였다.

"꿈꾸는 미래의 젊은 리더들, 그대의 이름은 청춘! 무한한 꿈과 도전을 응원합니다! 삼오전자."

다음은 푸른빛이 감도는 실험실에서 하얀 실험복을 입은 연구원이 핵융합 장비를 다루는 모습이었다.

"석유를 넘어 핵융합 에너지를 만들어 나가는 꿈의 에너지 기업. SKK."

마지막으로 고급스러운 커피숍에서 책을 읽는 한 남녀의 모습이 화면에 비쳤다. 따뜻한 갈색 톤의 배경에 "스타월드의 새로운 도약! 항상 여러분 곁에는 스타월드. 곧 여러분께 선보일 새로운 메뉴 기대해 주세요"라는 문구가 흐르며 광고가 끝났다.

허황옥은 방송에서 나오는 광고들을 바라보며 생각에 잠겼다. 1,000일의 약속이 다가올수록 그녀는 무언가를 준비하는 듯했다. 자신이 하고자 하는 일에 대해 자세히 말해 주지 않았기에 배두호 역시 그녀의 의중이 무엇인지 정확히 알 수는 없었다. 그러나 그녀가 1,000일을 올리고 그 날짜가 다음 총선 날짜인 것은 대한민국 사람 누구나 알고 있는 사실이었고, 이것은 그녀가 정치적인 인물이냐 아니냐를 떠나 이미 정치적 행위가 되고 있었다.

배두호는 속으로 생각했다.

'정말 정치를 하려는 걸까? 어느 시점에서 정당 정치를 하려는 걸지도 몰라. 자신을 따르는 엄청난 사람들과 자본력을 가지고 못 할 이유가 없지. 정당을 차리든, 아니면 기존 정당에 들어가든 충분히 가능한 시나리오니까. 수경아, 너의 목적은 뭐냐? 나한테만 좀 말해 주면 안 되는 거니? 그래, 어차피 본인 자유지. 국회의원을 하든, 어느 기업에 팔아서 진짜 부자가 되든… 그럼 나는 이용당하는 거 아닌가?'

배두호는 아무 말 안 해 주는 허황옥에게 야속함도 느꼈지만, 다큐라는 특성과 그리고 허황옥 스스로가 얘기해 주지 않는 이상 그녀에게 강제적으로 묻거나 들을 수 없는 상황이었다.

"서울로 올라가면 김해하고는 다를 거야. 화약을 지고 불구덩이로 들어

가는 거나 마찬가지인데… 괜찮겠어?"

배두호가 친구로서 걱정스러운 듯 혼잣말처럼 하는 말에 허황옥은 미소로 답할 뿐이었다. 배두호의 어깨를 툭 치면서 「왜? 걱정 돼? 내가 지켜 줄게. 이 누나 믿지?」 하며 어릴 때 장난치듯 말하는 허황옥이었다.

물론 다큐 PD의 입장에서는 허황옥이 서울로 가 주면 땡큐였다. 영상적으로 찍을 만한 볼거리들이 많아질 테니까… 아무래도 허황옥을 알아보는 시민들이 더 많을 것이고, 붕어빵을 먹기 위해 더 많은 줄이 생길 것이고, 조용한 김해시와는 대비되는 그림들이 많을 것이기 때문이었다. 하지만 이곳에서도 허황옥을 못 잡아먹어 안달인 이들이 잔뜩인데, 서울은 오죽할까? 그러나 허황옥은 늘 그렇듯, 모든 걸 다 예상하고 있다는 듯 차분한 얼굴로 미소를 지을 뿐이었다.

김해를 떠나는 날, 허황옥과 배두호를 배웅하기 위해 시장 사람들이 골목길을 가득 메웠다. 가판대에는 아침부터 사람들이 바쁘게 싸 온 물건들이 하나둘 쌓여 갔다. 고추장 든 단지, 직접 만든 떡, 그리고 소박한 과일 바구니들까지, 그들의 정성이 물씬 묻어났다.

강씨 아줌마가 허황옥에게 다가왔다. 그녀의 두 손을 꼭 잡은 강씨의 눈에는 걱정과 애정이 뒤섞여 있었다.

"하이고, 이래 가나 고마? 서울 가믄 힘든 일이 더 많을 낀데…."

그녀는 잠시 말을 멈추고 배두호를 돌아보며 눈길을 주었다.

"두호야, 니가 어릴 때부터 같이 컸는데, 니 수갱이 좀 잘 치다꺼리 해라. 수갱아, 내 니 덕분에 이 나이에 꿈이란 거 다시 찾았다! 고맙데이~"

허황옥은 그 말에 가만히 미소를 지으며 고개를 끄덕였다. 그때 옆에서 건어물 박씨가 큰 목소리로 거들었다.

"하모, 딴 사람들이 뭐라 카든 말든 우리는 니 믿는다! 여 시장 사람들 마카 다 니 편 아이가? 니 진짜 국회의원 나갈 끼면 여서 나가라! 우리가 싹 다 찍어 주꾸마!"

그의 말에 웃음이 터졌고, 누가 먼저랄 것도 없이 시장 사람들은 "허황옥! 허황옥!"을 외치기 시작했다. 밝은 웃음과 격려의 함성 사이로, 허황옥은 잠시 말을 잇지 못했다. 그녀의 가슴 속에는 이들의 진심이 선명히 새겨졌다.

갑자기 사람들 사이에서, 평소 구부정한 허리를 있는 힘껏 편 손씨 할아버지가 이제 막 떠나려는 붕어공주 트럭을 붙잡고 있었다. 그는 쭈뼛거리며 다가와 허황옥의 두 손을 잡았다. 할아버지는 떨리는 목소리로 말했다.

"내 이거를 말을 해야 할지 말아야 할지 고민하다가… 서울 간다 카이 언제 또 보까 싶어 말합니데이. 그동안 붕어빵 자알 얻어묵어서 고맙기도 하고…."

그의 목소리가 잠시 떨리더니, 이내 고개를 들었다. "실은 내도 붕어빵 묵고 꿈을 꿋다 아이가…."

사람들이 웅성거렸다. 손씨 할아버지는 잠시 말을 멈추고 숨을 고르며, 울먹이는 목소리로 이어 갔다.

"내 생전에 이런 거 안 믿고 살았는데… 꿈에 우리 아부지를 봤다 아입니꺼? 어릴 때 배고파가 돌아가신 우리 아부지가… 우째 꿈에 나타났으꼬?"

허황옥은 그의 두 손을 따뜻하게 토닥였다. 할아버지의 눈에는 이미 눈물이 글썽이고 있었다. 그는 다시 말을 이어 갔다.

"우리 아부지가 꿈에서 그카대. 내가 니 고생하는 거 다 안데이~ 근데 개똥밭에 굴러도 이승이 좋타꼬. 니 목숨 다할 때까지 서둘지 말고 천처

이 오라꼬… 그라고 이거는 붕어공주가 니한테 주라 카더라! 그카민서 손에 쪽지 하나를 주더만요. 거 보이 번호 6개가 있드라꼬!"

주변에 있던 사람들이 일제히 고개를 돌려 손 할배를 바라보며 난리가 났다.

"왐마, 로또 번호 구마이! 그래서 그 번호 산 겨? 할아바씨 을마 된 겨?"

청과물 김씨가 큰소리로 물었다.

"와따매, 손 할배 벼락부자 되겄다이! 울 아부지는 뭐슬 하고 계시당가? 냉게도 번호 좀 불러 주고 그라제."

정육점 육씨도 거들었다. 손씨 할아버지가 부스럭부스럭 복권을 꺼내 보이자 사람들이 일제히 핸드폰을 꺼내 QR코드를 찍었다. 모두 턱이 빠질 만큼 놀라 자빠질 정도로 소란이 일었다.

"뭐꼬 이거? 1… 1등? 참말로 일등이가? 세상에~ 이기 다 얼마고?"

강씨 아줌마가 외쳤다.

"할배요~ 동네 잔치 함 하입시더! 1등이라 안 카요, 1등!"

건어물 박씨도 환호했다.

허황옥은 소란 속에서도 그저 고개를 끄덕였다. 그녀는 이 모든 상황을 알고 있었다는 듯 할아버지의 손을 계속해서 토닥였다. 시장 사람들은 자기 일처럼 기뻐하며 눈물과 웃음이 섞인 축제의 장을 만들었다.

"마, 오늘은 내가 한턱 크게 쏘겠심더!" 할아버지는 울먹이며 말했다. "내 그동안 하도 얻어묵어가 면목이 없었는데… 오늘은 실컷 잡수이소!"

"아이고마, 우리 고마 다 샷다 내리뿌자!" 강씨 아줌마가 외쳤다.

"수갱아, 느그도 오늘 말고 내일 가그라! 이런 날 같이 놀아야 안 되긋나? 서울이 어디 가나? 안 글나, 두호야?"

허황옥도 배두호와 마주보며 고개를 끄덕이며 환하게 웃었다.

일본에서는 복권에 세금을 물리지 않는다고 한다. 서민의 꿈에 세금을 물릴 수는 없다는 뜻에서… 맞는 말이다. 꿈이란 가난한 자에게도 부자인 자에게도 똑같이 공짜고, 삶을 시작하려는 자에게도 끝내려는 자에게도 공평하게 주어지는 것이구나 하고 배두호는 생각했다. 처음으로 허황옥이 하려는 것이 무엇인지 어렴풋이 알 것 같았다.

"황옥아… 나도 복권 번호 좀 알려 주면 안 되냐?"

허황옥이 배두호를 바라보며 메롱 하며 놀렸다.

Scene29. 김해를 떠나는 붕어공주 트럭

허황옥과 배두호는 김해를 떠나 전국을 돌기 시작했다. 몇 개월 동안 전국에 700여 개의 다양한 형태의 붕어공주 프랜차이즈들이 등장했다. 프랜차이즈 시장에서 단연코 나오기 힘든 파워풀한 확장성이었다. 국내 스타월드 매장이 약 20년간 2,200여 개인 것을 감안하면 붕어공주의 브랜드 파워는 놀라운 숫자였다. 세계적인 그룹의 상징적인 브랜드도 아닌 한 개인이 만든 브랜드가 이 짧은 시간에 전 세계로 퍼져 나갈 줄은 아무도 상상 못 했고, 그 파장 역시 아무도 예측하지 못했다. 작은 리어카로, 푸드 트럭으로, 숍 인 숍으로… 해당 사업주가 원하는 형태로 다양하게 확장될 수 있었기 때문이었다. 대부분 이 사회의 밑바닥에서 마지막으로 한번 살아 보자 몸부림치는 사람들이었고, 그들은 붕어공주를 통해 다시 한번 삶의 기회를 갖고 꿈을 꾸기 시작했다. 모든 기본 비용은 허황옥의 사비로 지원되었고, 그들은 붕어공주 프랜차이즈를 발판으로 어느 정도 경제적 여유를 회복한 후 새로운 직장, 직업, 자신의 꿈을 실현하는 쪽으로 나아갔다. 그들이 하던 프랜차이즈는 또 다른 기회가 필요한 다음 사람에게 양도되었다. 붕어공주 프랜차이즈의 선순환이자, 새로운 출발이 필요한 이들에게는 기회의 선순환이었다.

insert CNN 인터뷰, 배두호 인터뷰

"허황옥은 평소에 이런 말을 자주 했습니다."

「사실 누가 평생 붕어빵 팔면서 살고 싶겠어? 지금 너무 힘들고 막막하니까 붕어빵이라도 팔아 보겠다고 길거리로 나오는 사람들이잖아. 그분들이 평생 붕어빵 팔면서 살지 않았으면 좋겠어. 사람이 살아가는 데 최소한의 의식주만 해결된다면, 그 후에는 각자 자신의 더 나은 비전과 꿈을 찾아 도전하기를 바래. 뭐… 그래도 꼭 붕어빵으로 뭔가를 해 보고 싶다면… 말릴 이유는 없겠지만? 하하하, 나보다 더 붕어빵을 사랑하고 더 큰 꿈을 꿀 수 있다면… 난 환영해!」

"허황옥은 전국 각지를 돌며 붕어공주 간판을 달고 싶다는 분들과 이미 하고 있는 분들… 모두와 만나 대화를 나누고, 그분들의 고민을 듣고 어떻게 해결하면 좋을지 이야기했어요. 잠자는 시간 말고는 거의 모든 시간을… 아, 어쩌면 자면서도 했는지 모르겠네요. 왜냐면 꿈에서도 그분들은 허황옥을 만났으니까요. 허황옥은 낮에는 붕어빵을 팔고, 밤에는 사람들의 꿈에 찾아가 그들의 꿈을 같이 이루어 주려고 노력했어요. 물론 믿거나 말거나 말이죠…."

김해를 떠난 허황옥과 배두호는 한 달여간 전국을 돌며 서울로 향하고 있었다. 그들이 가는 곳마다 마치 유세 현장처럼 사람들로 인산인해를 이루었다. 허황옥을 좋아하고 따르는 사람들과 그녀를 반대하는 무리들이 몰려들어 종종 주변이 마비가 되었다. 선거가 1년여 남은 시점에서 모두 예민한 상황이다 보니 그로 인해 잡음도 많았다. 여전히 허황옥의 입으로는 정치를 하겠다는 말은커녕 '정치'의 '정' 자도 꺼낸 적이 없었지만, 이미 그녀는 정치판 깊숙이 발을 디딘 것이나 마찬가지였다. 허황옥이 어떤 스탠스를 취하냐에 따라 선거를 앞둔 민심은 크게 요동칠 것이기 때문이었다. 그렇기에 모든 정당은 허황옥에게 구애를 하면서, 한편으로는 자신의 적이 되었을 경우를 대비해 언제든지 그녀를 무너뜨릴 준비를 하고 있었다. 허황옥이 가는 곳마다 경찰과 각 언론, 유튜버 그리고 전혀 일반인스럽지 않은 사람들이 따라다녔다. 귀에 리시버를 끼고 있는 사람들은 경찰 정보과 사람들로 보였다. 그들은 허황옥을 구경 나온 일반 대중들의 말을 몰래 녹음하며 민심 동향을 수집하고 있었다.

"허황옥이를 국회에 보내야겠어! 흐흐흐, 웬만한 국회의원보다 인기가 좋구만!"

"에잇, 말도 못하는 벙어리가 국회 가서 뭘 하겠어? 그리고 정치하는 놈들 다 똑같지, 뭐. 허황옥이도 정치권 가면 결국 똑같을걸?"

"우리같이 힘없고 가난한 사람들 위해서 정치한다고 떠들어 봐야 결국 제 놈들 뱃속이나 채우려고 하지."

"우리가 어떻게 되든 관심이나 있겠어? 브로큰스탄지 뭔지… 이참에 그냥 확 다 뒤집어엎고, 부자놈들 싹 다 망해 버리면 좋겠어. 다 갈아엎어 버려야 해!"

"허허! 입조심혀~ 그러다 남산에 끌려가면 어쩌려구 그랴?"

"요즘 시대에 무슨 남산인가? 검찰이나 경찰에 끌려가서 탈탈 털리면 인생 조지는 겨. 옛날엔 군인 놈들한테 맞아 죽고, 이젠 검찰 놈들한테 털려 죽는 세상이여!"

리시버를 끼고 녹음하는 정보과 경찰들은 상관에게 보고하였다.

"방금 오늘 장사가… 아니, 집회가 끝났습니다. 딱히 동요하는 상황은 아닙니다. 매일 조를 나누어서 감시하고 있습니다."

"일단 동선상 서울은 마지막에 찍으려는 것 같습니다. 전형적인 선거철 유세 상황과 유사합니다."

"웬만한 국회의원들보다 호응이 좋은 편입니다."

"붕어공주를 따르는 사람들, 규탄하는 사람들, 평가는 거의 반반인 듯합니다."

"계속 주시하고 수시로 보고해. 위에서는 문제가 심각하다고 생각하는 중이야. 아직 총선까지 1년이나 남았어. 하루에도 모든 상황이 변하는 게 정치판이야. 다들 정신들 바짝 차려! 장녹수 쪽도 계속 주시하고. 모든 정보를 다 모아 와. 쓰레기통이라도 뒤져서 뭐든 건져 와! 허황옥이랑 그 주변에 관련된 모든 정보가 필요해."

일부는 정치권도, 경찰도 아닌 스타그룹 쪽 사람들 같았다. 스타그룹 기획실은 웬만한 나라, 국가 정보국 수준이라는 말이 있는 곳이었다. 그들은 붕어공주 트럭의 이동을 실시간으로 확인하고 있었다.

"상무님, 보고드리겠습니다. 지금 천안입니다. 아마 다음 달 초면 서울로 입성할 듯합니다. 아직까지 특이 사항은 없습니다."

드디어 서울에 도착하는 시점에서 배두호는 허황옥에게 서울에서는 자신의 집에서 지내자고 제안했다. 지방에서야 어쩔 수 없이 차에서 지냈지만, 서울에는 비록 작아도 내 집이 있으니 거기서 지냈으면 좋겠다고. 신세 지는 것을 너무나 싫어하는 허황옥이었지만, 친구 배두호의 부탁을 거절할 만큼은 아니었다.

김해를 떠나 서울로 올라오는 동안 배두호는 종종 붕어공주 트럭을 운전했다. 조수석에서 잠든 허황옥을 바라보며 그는 마음이 애잔했다. 어릴 적 여리여리했던 아이가 이렇게 성장해 웬만한 사람들은 상상도 하기 힘든 커다란 일을 해내고 있다는 것이 대견하고 친구로서 자랑스럽기도 했다.

"잘 자네… 그래, 너도 좀 쉬어야지. 내가 너한테 도움이 되는지 모르겠지만, 가는 데까지 가 보자!"

서울로 들어서는 톨게이트가 보이기 시작했다. 사람들이 붕어공주 트럭을 알아보고 옆에서 경적을 울리며 손을 흔들었다. 그 소리에 잠에서 깬 허황옥이 사람들에게 손 인사로 답례했고, 톨게이트 수납원 역시 그녀에게 엄지척을 보이며 모두가 허황옥의 서울 입성을 환영했다.

"어서 오십시오. 여기는 대한민국의 수도, 서울입니다"라는 문구가 왠지 낯설게 느껴졌다. 서울… 배두호는 앞으로 그들에게 다가올 운명을 미리 알지 못하면서도 엄습해 오는 불안감에 휩싸였다.

"휴… 황옥아, 드디어 서울 왔다."

"…."

허황옥은 수어 대신 미소를 지으며 운전대를 잡은 배두호의 손을 살포시 잡았다. 순간 배두호는 멈칫했지만 그녀의 손길을 피하지는 않았다. 배두호는 이상하게 심장이 빨리 뛰는 걸 느꼈다. 또래의 여자들은 가지고 있지 않을 법한 굳은살이 박힌 손바닥이었지만 따뜻하면서도 힘이 있었다. 그런 그녀의 표정은 알 수 없는 미래에 대한 불안보다는 오히려 담담한 느낌이었다.

제7화

꿈붕어빵으로 변화하는 사람들

다시 CNN 스튜디오, 리처드의 목소리 톤이 조금씩 높아지기 시작했다.

"붕어공주 허황옥 씨의 본격적인 프랜차이즈 선언 이후, 전국적으로 가맹점이 무서운 속도로 늘어났습니다. 정말 놀라운 확장성이군요. 자, 그리고, 드디어 총선 1년을 앞두고 서울에 입성했습니다. 본격적인 붕어공주의 수난 시대가 열리는 시점이군요."

"그렇습니다. 허황옥은 한강 고수부지에 자리를 잡고 본격적으로 서울 생활을 시작했습니다. 그 당시의 허황옥은 사회 전반에 걸쳐 모든 이슈의 중심이었고, 총선을 앞둔 정국이라 온 나라가 유세 현장이었습니다. 누군가는 죽어야 내가 살고… 총성 없는 전쟁터라 할 수 있었죠. 허황옥도 거기서 자유롭지는 못했습니다. D-1000을 올린 후부터 예정된 수순이었죠. 스스로 불구덩이로 걸어 들어간 거나 마찬가지였으니까요."

붕어공주 가판대 국내 716개/스타월드 매장 수 2,280개

@the_princesscarp/붕어공주_허황옥(SNS 팔로워 3억 명)

#붕어공주 #꿈붕어빵 #D_365 #서울

Scene1. 오생물 박사, 허황옥의 과거를 파헤치다

5년간의 가택 연금이 풀리자마자 오생물 박사는 본격적으로 허황옥의 과거 행적을 뒤쫓기 시작했다. 김해시부터 출발해 인도, 그리고 현재 시점에 이르기까지 그녀의 일거수일투족을 샅샅이 들여다보며, 반인반어

족의 존재를 증명해 자신의 실추된 명예를 되찾겠다는 의지로 불타오르고 있었다. 전자 발찌를 풀기 전부터 자신을 믿고 따르는 사람들로 팀을 꾸렸는데, 그들은 오랫동안 반인반어족과 스타월드를 파헤치며 웬만한 기자들보다 취재력과 기동성이 더 좋았다.

그동안 반인반어족 음모론으로 사람들의 지탄만 받으며 살아온 오생물 박사였다. 인어공주에게 소금물을 뿌리면 사람이 아닌 인어의 모습으로 변한다는 전설을 믿은 나머지 그레이스에게 소금물 테러를 일으켰다. 그 결과 주거지 이탈 금지 명령을 받고 전자 발찌를 찬 채 5년이나 감옥 같은 삶을 살았다. 가택 연금을 당하면서 아내와 아이들마저 자신을 떠났고, 극심한 경제적 어려움 속에 그동안 걸어온 길을 되돌아보며 깊은 후회와 회한이 들기도 했다. 어쩌다 반인반어족에 꽂혀서 번듯한 대학교수이자 학자로서의 명예와 기득권을 다 잃고, 음모론자라는 낙인 속에 살게 된 것인지…. 그동안 음모론에 낚여서 자신의 신념인 양 믿고 살아온 인생이 모두 허망하고 개탄스러워, 그로서는 아무것도 남지 않은 상황 속에서 차라리 죽는 게 낫겠다는 심정으로 극단적인 선택까지 생각하고 있던 참이었다. 바로 그때! 운명처럼 나타난 붕어공주로 인해 다시 기사회생할 수 있는 일생일대의 기회가 온 것이었다.

"하늘은 나를 버리지 않았어. 그리고 학자로서 내 말이 틀리지 않았다는 걸 증명해 보이겠어. 그동안 나를 무시하던 것들… 다 두고 봐라! 이 오생물이가 반드시 다시 일어서서 너희들 면상을 똥물에 처박아 버릴 테니!"

그동안 사회적 비난으로 인해 숨어 지내던 오생물 박사의 찐 덕후들도 전의가 불타오르는 중이었다. 그리고 그들 중 일부는 브로큰스타 신봉자였다. 이번 기회에 기존의 사회 시스템을 무너뜨리고 자신들의 세상을 만들겠다는 위험한 생각을 가진 자들도 섞여 있었다.

드디어 오 박사와 그들이 5년 만에 연구실에 모여들었다. 그들은 감개무량하여 눈물이 쏟아질 것 같았지만, 그런 낭만적인 감성을 누릴 여유가 없었다. 아주 짧게 그동안의 소회를 풀어낸 그들은 바로 회의에 들어갔다.

팀원들의 보고 내용 중 오생물 박사의 눈길을 끄는 대목이 있었다.

"박사님, 보고드리겠습니다. 김해시에 살던 사람들 중에 어린 시절의 허황옥을 기억하는 사람들이 있었습니다. 예전에 할머니와 함께 붕어빵 파는 소녀 이야기가 방송에 잠깐 나간 적이 있었답니다. 허황옥의 과거를 알 수 있는 귀중한 자료일 겁니다. 김해 방송국을 통해서 어렵게 당시 자료 화면을 받았습니다."

아주 오래 전임을 알려 주듯 좋지 못한 화질의 방송에 허 할매와 당시는 허수경이던 어린 소녀가 있었다. 김해 지역 방송에서 지역 인물들을 소개하는 프로그램이었는데, 붕어공주라고 쓰여진 조악한 간판을 달고 붕어빵을 파는 허 할매가 피리 연주를 하고 사람들은 주변에서 붕어빵을 먹으며 연주를 듣는 모습이었다. 그 옆에 작은 소녀 허수경의 얼굴과 어깨의 물고기 점이 클로즈업으로 잡힐 때쯤, 갑자기 화면이 멈추며 방송 조정 화면으로 바뀐 채 끝나 버리는 영상이었다. 가장 중요한 순간에 화면이 끊어져서 아쉬웠지만 연구원이 가져온 인터뷰에는 흥미로운 내용이 담겨 있었다.

insert CNN 인터뷰, 과거 허 할매와 허수경을 목격한 노인들, 방송 관계자

화면에 당시 허 할매를 기억하는 동네 노인 두 명이 인터뷰를 하고 있다.

"허 할매가 가끔 대금같이 생긴 피리를 연주하곤 했지. 빤슨가 빤수리인가 무신 인도 악기라 카대. 할매가 연주를 시작하믄 사람들을 홀리는 뭣이 있는지

다들 멍하이 듣고 있었다 아이가… 온몸에 기운이 스르르 빠지믄서 뭔가 가슴속이 따뜻하고 편안한 그런 느낌? 다들 하루 벌어 하루 먹고 살기도 힘들때라서 팍팍~했는데 쪼매라도 사는 근심을 잊아뿌게 해 주는… 그런 연주였다 카이."

"방송국에서 생방송 취재를 나온다 캐가 우리 다 구깅 안 갔나? 마침 허 할매가 연주를 하던 중인데 갑자기 뭔 이유인지는 모르겠지만 방송이 잘 나가다가 뚝 끊깄다 아이가? 방송 사고라 카나 뭐라 카노? 하이튼 화면이 멈춘 채로 그 화면 조정한다는 거만 떠 가 10분도 넘게 가만 있는 기라~ 난중에 들으이 방송국 기계가 고장 난 기라 카대~ 그런 일은 마카 첨 본께 기억하는 사람들도 많지…"

당시 방송국 관계자가 이어서 인터뷰를 한다.

"그때 일 기억하지… 내가 방송 밥 30년 먹으면서 그런 일은 그전에도 후에도 없었으니까. 방송국 생방 중에 10분 동안 화면이 멈추는 방송 사고? 이건 거의 역대급 사건이죠. 1, 2초만 멈춰도 담당자들 시말서 쓰거나 해야 할 판에… 그런데 그 당시 옷 벗은 사람이 없어. 사실 장비가 고장 난 게 아니었거든. 갑자기 편집 국장이 미친놈처럼 내려와서 방송을 막무가내로 셧다운시킨 거야. 왜 그랬는지는 나도 모르지. 하여간 나중에 들은 얘기로는 아주아주 높은 곳에서 전화가 내려왔고, 어떤 방법을 동원해서라도 무조건 방송을 멈추게 하라고 했다는구만… 나도 들은 얘기니 뭐 증명할 방법은 없고…"

취재해 온 내용을 본 오생물 박사는 눈이 반짝거렸다. 동물적인 촉이 왔다.

"이거… 아주 흥미롭군… 우리 자료 중에 스타월드 음파 분석 자료 좀 찾아봐! 음향연구소 한 박사에게 자료 보내서 검토하라 하고! 내 느낌이 맞다면 그레이스의 노래와 같은 주파수대 음역이 있을 거야. 아~ 그리고 허황옥이 연주하는 싯타르라는 악기 주파수도 같이 비교하라고 해! 틀림없이 3개의 음역대에 공통점이 있을 거야…"

오생물 박사의 취재원들이 허황옥에 대해 알아 온 내용을 정리해 보면 이렇다.

허황옥은 인도에서 돌아온 후 2022년경 부산 고시촌에 자리를 잡으면서 약 2년간 다양한 일을 했던 것 같았다. 주변인들의 기억 속에 있는 그녀에 대한 단편적인 이야기들을 모아 보면, 독학으로 검정고시를 치르고 사이버 대학에서 게임 콘텐츠 개발을 수료한 것으로 공식 기록에 나와 있었다.

insert CNN 인터뷰, 과거 아르바이트를 했던 동료, 고시원 총무, 노래방 사장

"워낙 조용히 일만 해서… 딱히 기억나는 게 없는데… 눈썰미 좋고 손도 빠르고… 하여튼… 말을 못하는 줄은 몰랐어요."

"일 끝나면 바로 집으로 가고, 늘 유튜브로 뭘 보고 그러더만… 요즘 애들이라 그런지…."

당시 고시원 총무였던 K씨가 인터뷰를 한다.

"고시원 특성상 서로 잘 모르죠. 그냥 붕어빵 파는가 했죠! 여기가 공부만 하러 들어오는 덴 아니잖아요…. 그 게임 회사 라마 사장이랑 여기서 만난 건 사실이에요. 둘이 꽤 친하게 지냈어요. 그 라마 사장이 한국 와서 취업 사기당하고 거의 죽기 일보 직전이었어요. 저도 라마 저 인간 여기서 죽으면 어쩌나 늘 전전긍긍했거든요. 아휴~ 여기서 사람 죽어 나가 봐요…. 얼마나 피곤한 일인데…. 그런데 허황옥이라는 여자가 어느 날 붕어빵을 갖다주더니 그 후에 사

람이 다시 살아나더라구. 난 속으로 다행이다 싶었지. 나 대신 허황옥이라는 여자가 챙겨 주니… 둘 다 고시원에서 골칫거리였거든요. 나중에 이렇게 잘될 줄 모르고 내가 라마 사장 하고 허황옥을 쪼매 무시했는… 그때 허황옥이 갖다준 붕어빵 나도 쫌 먹어 볼걸…. 난 어디 거지들 먹는 거 갖다준다 싶어 안 먹고 버렸지. 진짜 사람 일 모르는 거야….”

노래방 사장 인터뷰.

“그래 알어~ 우리 가게에서 일한 거 맞다니까~~ 노래도 좀 하고… (인터뷰어: 말을 못 하는데 노래를 어떻게 하죠?) 이 양반아, 꼭 노래를 해야 일을 하나? 술도 따르고, 춤도 추고… (인터뷰어: 허황옥이라는 건 어떻게 증명하죠?) 아~ 거 모르는 소리하네. 내가 시력이 2.0이야. 한번 본 사람은 내가 잊지를 않아요~ 여기 술 팔고 서비스하는 애들이 시시콜콜 지 얘기 하나 어디? (인터뷰어: 그래서 얼마나 있었어요?) 한 반년 일했나? 돈 바짝 모아서 손 털고 가더라구… 나, 참! 확실하다니까. 아니 그걸 내가 어떻게 증명을 하나!?”

그녀의 유명세와 더불어 여기저기서 그녀를 봤고 알고 있다는 제보가 들어왔다. 사실도 있고 때로는 터무니없는 이야기도 있었다. 그녀가 증명해 주지 않는 이상 확인하기 힘든 일이다 보니 그녀의 재산을 노리는 수많은 사람들이 등장했고, 개중에는 심지어 허황옥의 친모라는 여자들도 있었다. 허황옥의 유명세와 돈을 바라는 사람들이었다. 넘치는 제보를 바탕으로 얻어 낸 결과는 그녀가 평범하지만 결코 평범하지는 않은 사람이 되어 간 듯했다. 잔잔한 시냇물 같은 그녀의 삶이 어느 순간 거친 계곡의 물줄기로 바뀌면서 시대의 격랑 속으로 빠져든 것이었다. 그녀가 언제부터 어떤 계기로 어떤 방식으로 지금 벌어지는 이 모든 일들을 계획했는지는 불분명했다.

Scene2. 허진, 허황옥의 소식을 접하다

충주의 호암동 한 식당에서는 가게 마감 시간에 맞춰 직원들이 분주하게 정리 중이었다. TV에서는 붕어공주 허황옥 관련 소식들이 매일 쏟아지고 있었다.

"요즘 틀었다 하면 온통 붕어공주 얘기뿐이구만, 뉘 집 딸인지 아주 난리여!"

"아니여, 고아라더만! 쟈 엄마가 핏덩이를 낳고 도망갔댜. 할머니 손에 자라다가 18살인가… 할머니 죽고 인도 가서 살다가 왔다던디?"

"워매, 엄마도 없이 워찌 저리 잘 컸다는겨? 용허네~"

"요즘 여기저기서 친엄마라고 나타난다잖여. 보나 마나 돈 뜯어내려고 하는 것들이겠지. 진짜 친엄마로 밝혀지면 완전 돈방석에 앉는 거 아니겠어? 나라도 엄마라고 하고 싶네! 안 그래? 수경 엄마? 크크크."

식당 아줌마들의 이야기를 들으며 테이블을 정리하던 허진은 차마 그 대화에 끼어들 엄두가 나지를 않았다. 얼마 전부터 다양한 매체를 통해 허황옥의 이야기를 접하면서, 그녀의 어깨 물고기 점을 보는 순간 바로 자신의 딸임을 알아챘다. 주방 최씨의 질문에 아무 대답도 못 하고 멍한 표정으로 테이블만 수십 번 닦고 있는 허진에게 식당 사장님이 말을 걸었다.

"수경 엄마~ 그만 하구 가아. 애기 아빠 온 거 같드만~"

식당 사장님의 말에 주방 이모가 개구진 얼굴로 말을 붙였다.

"아유 허 씨는 좋겠어! 어떻게 매일 그렇게 데리러 온대~? 우리가 늦게 끝내 주는 것도 아닌데 말이여. 오늘은 수경이도 같이 왔네~ 셋이 끝나고 어디 좋은 데라도 가는겨~?"

허진은 식당 사장을 향해 어색하게 싱긋 웃더니 식당 밖을 바라봤다. 그녀의 남편과 딸 수경이 손을 흔들고 있었다. 동네에서 애틋하고 사이 좋기로 소문난 부부였지만, 오늘은 쉬이 손을 흔들 수 없는 허진이었다.

Scene3. 오생물 박사, 레거시 언론과 허황옥을 검증하다

오생물 박사는 직접 인도에 가서 그녀의 행적을 추적하려 했다. 배두호의 다큐에 나온 이야기들을 바탕으로 인도에서의 그녀의 여정을 검증하려고 한 것이었다. 베일에 감춰진 인도에서의 10년 동안 과연 그녀가 어떤 시간을 보냈는지가 붕어공주 사건의 중요한 단서이자 열쇠가 될 것이기 때문이었다. 때마침 JRBC 탐사 보도팀 김재철 PD의 연락이 당도했다. KBC에 있다가 배두호의 붕어공주 다큐로 문책을 당한 후 얼마 전 JRBC로 이직한 김재철이었다.

"안녕하십니까, JRBC 김재철 PD입니다. 오 박사님 잘 지내셨죠? 사정이 급해서 바로 용건부터 말씀드릴게요. 저희랑 같이 인도 가서 허황옥의 베일에 가려진 10년을 추적해 보시면 어떨까요?"

"아니. 나더러 음모론자라고 손가락질할 때는 언제고, JRBC 같은 고~귀하신 분들이 저 같은 사람한테 동행 취재라니요? 허허허, 살다 보니 별일이 다 있구만요."

"아이고, 왜 이러십니까? 이 분야에서는 오 박사님이 최고 전문가 아니십니까? 저희가 모든 경비와 제작비… 그리고 박사님 출연료도 최고 A급으로 지원하겠습니다~"

덩달아 그동안 잠정 폐쇄되었던 오생물 박사의 유튜브 채널이 다시 살아났다. 근근이 명맥만 유지해 오던 채널은 본격적인 활동에 다시 구독자 수가 폭발적으로 늘어났고, 덩달아 기프티콘과 슈퍼챗, 후원금이 쇄도했다. 자극적인 제목과 검증되지 않은 메시지들을 쏟아 내 어그로를 끌수록 더욱 부자가 되는 유튜브 세상에서 오생물 박사는 그동안의 설움을 어느 정도 보상받고 있었지만, 그럴수록 그는 더욱 박차를 가했다.

"뭐든지 때가 있는 법~ 물 들어올 때 노 젓는 거야!"

인도 현지에서는 오생물 박사를 추종하는 그룹이 만반의 준비를 하고 기다리고 있었다. 지지자들이 구름처럼 몰려와서 기다리는 인천공항에 JRBC 방송국 사람들을 거느리고 오생물 박사가 도착했다. 퍼스트 클래스부터 입장시키는 승무원들의 극진한 안내를 받으며 그는 혼자 자신의 자리에 앉았다.

"오생물 박사님, 오늘 모시게 되어 영광입니다. 안전하고 편안하게 인도까지 모시겠습니다."

"오~ 그래요, 혹시 프랑스 와인 있나? 난 프랑스 와인 아니면 안 마시는데 말이야~"

굉음과 함께 비행기가 힘차게 지상을 벗어나자 오생물 박사는 작아지는 대한민국을 바라보며 기분 좋게 의자를 뒤로 젖혔다.

Scene4. 오생물 박사, 인도 검증 후 귀국

약 석 달간 인도에서 허황옥의 SNS에 기록된 10년의 여정을 쫓으며 검증의 시간을 보낸 오생물 박사와 JRBC팀이 귀국했다.

"아유타 왕국에 허황옥의 뿌리가 있다는 할머니의 유언에 따라 인도로 떠났던 붕어공주 허황옥. 그곳에서 그녀는 혼란스러웠던 자신의 정체성을 찾게 되었다."

허황옥의 숨겨진 10년을 검증하기 위해 3개월간 인도를 다녀온 오생물 박사와 JRBC 팀이 인천공항 로비에서 가장 먼저 만난 것은, 공교롭게도 붕어공주의 다큐멘터리 재방송이었다. 화면을 본 순간 김 PD가 이를 갈며 중얼거렸다. 허황옥 다큐로 KBC에서 징계를 받고 복수의 칼을 갈아 온 그였다.

"배두호 이 새끼, 네가 날 엿을 먹여? 붕어공주랑 넌 이제 끝났어!"

JRBC에서는 이들의 귀국 후 지체하지 않고 〈베일에 가린 허황옥의 인도 10년〉라는 제목으로 특집 프로그램을 편성해 내보냈다. 오생물 박사가 직접 내레이션을 하는 것으로 이 다큐멘터리는 구성되어 있었다.

"저희는 인도에 도착한 후, 인도의 지원팀과 합류하여 그들이 사전 조사한 내용을 바탕으로 허황옥이 걸어간 길을 따라가 봤습니다. 붕어공주 다큐에 나온 이야기들… 그녀의 SNS에 올라온 것들이 과연 사실인지? 믿을 수 있는 것인지? 저희는 그녀의 가려진 10년을 현지에서부터 추적했습니다. 저희는 인도의 역사학자, 지리학자들과 함께 아유타 왕국이 있었다는 지역으로 찾아가 봤습니다. 인도 역사에서 기원전부터 있었다는 아유타 왕국은 사실 정확하게 그 기록이 남아 있지는 않은 상황이었습니다. 남인도라고 하는 학자도 있고, 또 다른 학자들은 북인도라고 주장하기도 했습니다. 남인도가 그곳이라 믿는 학자들은 타밀어와 한국어의 유사성에서 그 근거를 찾습니다. 고대 타밀어 중 1,000여 가지 단어가 한국어에도 비슷하게 존재한다는 거죠. 역사적으로 수천 년 전부터 한반도와 밀접한 관계가 있었다는 증거입니다.

허황옥이 다녔다는 기록들을 근거로 아유타 왕국이 있었던 곳에 가 보았지만, 그곳에는 아무것도 남아 있지 않았습니다. 허황옥이 묘사한 신전과 고대 아유타 왕국의 왕궁터라는 지역은 그저 폐허로 밖에 남아 있지 않았습니다. 다시 말해 그곳에 정착해 살고 있다고 주장한 붕어족 또한 존재하지 않았습니다. 오래 전 허물어져 내린 왕궁터가 희미하게 남아 있었고, 그나마 보존된 몇몇 벽화에 물고기와 인간들의 그림이 보이는 정도였습니다. 한 가지 소득이라면, 몇몇 나이 많은 주민들이 동양에서 온 여자를 기억하고 있다는 것이었습니다. 어깨에 커다란 물고기 타투가 있었다고 증언하는 원주민의 이야기를 들어 보겠습니다."

insert JRBC 인터뷰, 인도 원주민 증언

화면 속에 원주민 폴라 나야크(여/97세)의 인터뷰가 나온다.

"동양인 여자가 이런 곳까지 온 건 처음 봤어요. 나도 어릴 때 할머니한테 아주 오랜 옛날에 여기 고대 아유타 왕국이 있었다는 전설은 들어서 알고 있지. 아유타 왕국의 상징인 쌍어 문양이 저 기둥에 남아 있기는 해. 그래 맞아! 그 동양인 여자 어깨에 아주 커다란 물고기 한 쌍이 있었어. 여기다 움막을 만들고 한 1년간 지냈다우. 저기 큰 보리수나무 아래서 가부좌를 틀고 명상을 하곤 했지. 여기 저수지? 수천 년 전부터 있던 저수지인데, 아주 오래전에 말라 비틀어져 아무것도 남아 있지 않은 지 오래야…."

아직 남아 있는 아유타 왕국의 고대 신전의 기둥 일부에서 희미하게 쌍어 물고기 모양의 그림이 남아 있었다. 오생물 박사의 내레이션이 계속 이어졌다.

"허황옥이 말했던 신전 속 벽화들과 그곳에서 만난 아유타 왕국의 후손들은 어디로 사라진 것일까? 이 모든 건 허황옥의 망상이란 말인가? 벽에 남아 있던 붕어공주 신화는 과연 정말로 허황옥이 반인반어족의 후예라는 것을 뜻하는 것이었을까? 학자의 입장에서 말씀드리면 확실한 과학적인 증거는 될 수 없다고 보입니다. 하지만… 인도로 가기 전 우리는 한 가지 흥미로운 연구 결과를 얻었습니다. 붕어공주가 연주하는 싯타르 음악과 그레이스의 노래, 그리고 스타그룹 계열사 스타엔터에서 배출한 음원들에 공통적으로 숨겨진 비밀을 제가, 이 오생물이가 발견했거든요….”

배두호는 새벽에 자신의 침대에서 JRBC 방송 유튜브를 보다가 깜짝 놀라며 몸을 일으켰다. 거실에서는 허황옥이 잠자고 있었다.

“이게 어떻게 된 거야…. 정말 아무것도 없다는 거야? 나도 솔직히 황옥이가 가서 겪었다는 일들을 다 믿은 건 아니지만… 이 정도면 거의 지어낸 이야기라고 봐야 하는 건가? 도대체 왜 이런 거짓말을 한 걸까?”

다음 날, 대한민국은 온통 JRBC 방송의 여파로 술렁거렸다. 뉴스 헤드라인은 물론이고, 거리의 사람들까지 붕어공주 허황옥에 대한 이야기를 나누느라 분주했다. 하지만 정작 허황옥은 새벽같이 붕어공주 트럭 앞에서 분주히 손을 움직이고 있었다. 붕어공주 간판에 불이 들어오고 따뜻한 향을 퍼뜨리는 꿈붕어빵 굽는 소리가 평소와 다름없이 흘러나왔다.

배두호는 허리를 숙여 테이블을 정리하는 척하며 슬쩍 그녀의 눈치를 살폈다. 손이 바쁘게 움직이는 허황옥은 마치 어젯밤 방송 따위는 머릿속에서 지워 버린 것처럼 보였다. 그러나 그녀의 무표정한 얼굴에는 왠지 모를 단단함이 느껴졌다.

배두호는 한 손으로 주머니에서 핸드폰을 꺼내더니, 어젯밤의 JRBC 방송을 재생했다. 화면 속에서는 단정한 얼굴의 앵커가 진지한 목소리로 뉴스를 전하고 있었다.

"붕어공주 허황옥을 검증하고 온 오생물 박사, 인도에서 아무런 증거 찾지 못했다."

허황옥이 아무 반응을 보이지 않자 두호가 어렵게 말을 꺼냈다.

"오생물 박사가 인도에 다녀왔대! 네가 갔다는 아유타 왕국이 있었다는 곳을… 물론 그곳이 정확히 네가 다녀온 곳인지는 확실하지 않지만…."

배두호의 말을 들으면서도 미동도 없는 허황옥이었다.

"그게 말이야…. 이건 그냥 내 생각인데… 네가 한 말이 사실이라면 무슨 반박이라도 해야 하는 거 아니야? 자칫하면 사람들의 오해를 살 수도 있는 일이고… 나도 좀 궁금하기도 하고…. 방송이라는 게… 내가 네 말만 듣고 검증 안 된 이야기를 여과 없이 내보낸 거면… 나도 좀 곤란해질 수도 있을 거 같고…."

주절주절 쭈뼛쭈뼛 배두호의 계속된 이야기에 허황옥은 잠시 손을 멈추고 얕은 한숨을 내쉬며 수어로 답했다.

「난 내가 겪고 본 것을 말한 것뿐이야…. 난 어느 누구에게도 내가 겪은 일을 믿어 달라고 한 적이 없어. 모두가 자신이 믿고 싶은 대로 믿어. 꿈붕어빵을 먹고 꿈을 꾼 사람들이 그 꿈을 믿으면 나도 같이 그들과 함께 믿고 응원하지만, 그 꿈을 믿지 않는 사람들에게는 난 아무런 답을 해 줄 수가 없어. 난 그냥 꿈붕어빵 파는 사람이야. 사람들이 꿈을 꾸고 그 꿈이 이뤄지길 바라는 것뿐이야.」

평소의 허황옥답지 않게 적극적으로 자신의 입장을 밝히는 모습에 배두호는 적잖이 당황했다. 그리고 아무런 반박도 할 수가 없었다. 사실 허황옥은 그동안 누구에게 자신의 의견이나 주장을 펼친 적이 없었다. 모두가 그녀를 둘러싼 주변 사람들이 자신들의 생각을 마치 허황옥의 생각처럼 유추해 말한 것들뿐이었기 때문이었다. 그녀의 곁에서 일상을 지켜본 사람으로서, 배두호만은 그것을 인정할 수밖에 없었다. 허황옥의 주장대로 그녀는 매일 붕어빵을 파는 본인의 일을 하고 있을 뿐이었다.

Scene5. JRBC <100분 토론>, 허황옥 과거 검증, 오생물 박사의 음파 이론 주장

JRBC의 〈100분 토론〉 스튜디오는 긴장감으로 가득했다. 대형 화면에는 굵직한 제목이 선명히 떠 있었다.

"허황옥! 그녀는 진짜 누구인가?"

스튜디오 중앙에 앉은 구 아나운서는 넥타이를 정돈하며 카메라를 향해 진지한 표정으로 말을 꺼냈다. 그의 목소리가 낮고 묵직하게 울려 퍼졌다.

"오생물 박사와 JRBC가 합동으로 취재한 허황옥의 인도 10년간을 추적한 내용이 어제 방영되었습니다. 많은 분들이 허황옥의 감춰진 10여 년이 지금의 그녀를 만들어 낸 열쇠일 거라고 보고 계신데요. 방송에서 담지 못한 이야기들을 직접 들어 보는 자리를 마련했습니다. 오생물 박사님과 JRBC 탐사 보도 팀장 김재철 PD를 이 자리에 모셨습니다."

오생물 박사는 살짝 미소를 지으며 고개를 끄덕였다. 그의 말투는 차분하면서도 어딘가 자부심으로 가득 차 있었다.

"안녕하십니까, 오생물입니다. 우선 이렇게 레거시 언론에서 저를 초대해 주셔서 감사하다는 말씀 먼저 드립니다. 그동안 저를 음모론자로 몰아 박해하던 언론에서 저를 인정해 주시는 것 같아서 저도 감개무량합니다."

옆에 앉아 있던 김재철 PD가 손에 쥔 서류를 정리하며 말을 받았다.

"저희는 약 3개월간 치밀하게 허황옥의 발자취를 따랐습니다. 그녀가 주장하는 아유타 왕국의 후손이라는 증거를 찾기 위해 오생물 박사님과 함께 그녀의 여정을 취재했습니다. 하지만 어느 정도 사실이라고 보이는 부분도 있었지만, 그녀의 말처럼 그녀가 붕어족이라고 주장할 만한 증거는 없었습니다. 전문가들의 말에 따르면 그녀는 일종의 망상을 본 것이 아닌가? 어떤 특정 약물로 인해 환상을 본 후에 그것을 실제라고 믿은 것은 아닌지 의심해 볼 만한 부분입니다."

오생물 박사는 가볍게 숨을 내쉬며 말을 이어 갔다. 그의 목소리에는 어느 정도 신중함이 묻어 있었다.

"저도 반인반어족을 평생 연구해 온 학자이자 이 분야의 권위자로서, 이번 인도 취재가 100퍼센트 반인반어족의 존재를 증명할 수 없다는 것을 인정합니다. 하지만 거기서 약 3-4천여 년 전 궁궐터와 신전들이 발견된 것은 사실이고, 인도 역사에서 그곳에 고대 아유타 왕국이 있었던 곳이라는 어느 정도 신뢰할 만한 근거들은 있었습니다. 그러나 일부 벽화에 남아 있는 붕어족의 상징인 쌍어 문양과 반인반어족의 신화를 말해주는 일부 고대 기록만으로는 정확한 학문적 증명이 힘들었습니다. 그런데 말입니다, 저희는 반인반어족의 존재를 밝힐 수 있는 또 다른 단서를 찾아냈습니다."

스튜디오 안의 조명이 살짝 어두워지고, 화면에는 허황옥이 연주하는 싯타르와 사람들이 함께 '옴~' 소리를 내는 장면이 나타났다. 음향연구소의 한호철 박사가 그래프와 함께 등장하며 말을 이어 갔다.

"허황옥의 싯타르 연주와, 그레이스의 노래, 스타엔터에서 제작된 아이돌 그룹의 음악에는 모두 공통적인 음파 영역대가 존재한다는 것입니다. 그리고 가장 강력한 것은 허황옥이 요가하면서 전 세계 사람들과 함께 소리를 내는 '옴~' 소리입니다."

심리학자로 참여한 패널이 팔짱을 끼며 고개를 끄덕였다. "이런 음파 영역대는 일부 사람들을 집단 최면 상태에 빠지게 할 수 있습니다."

보수 진영 패널이 흥분한 듯 손을 내저었다. 그의 목소리가 날카롭게 울렸다.

"이거 이러면 큰일 아닙니까? 사람들을 음파로 조종한다는 거 아냐! 당장 허황옥의 싯타르 연주를 못 하게 해야 합니다. 특정 음역대에 발견된 저 음파가 사람들을 홀린 것이 확실합니다."

그러자 진보 진영 쪽 패널이 여유롭게 미소를 지으며 말을 받았다.

"아니, 전에도 이런 일이 있었지 않습니까? 그때도 저기 오생물 박사님이 그레이스 노래와 스타엔터에서 만드는 음악에 문제가 있다 했을 때에, 아무 영향 없다고 하면서 오생물 박사 같은 일개 유튜버가 하는 말을 어떻게 믿느냐고 하셨잖아요? 그때는 틀리고 지금은 맞고… 도대체 그 기준이 뭡니까? 스타그룹 같은 대형 기획사는 되고 이름 없는 길거리 연주자는 안 된다는 겁니까? 일부 유튜버들이 만들어 낸 근거도 없는 얘기로 이렇게 일방적으로 매도하면 안 되죠."

보수 패널은 얼굴이 벌게져서 자리에서 몸을 앞으로 숙였다.

"에헤이… 그때는 그때고… 저렇게 짧은 시간 안에 사람들을 홀리는 거 보면 위험한 거죠! 길거리 음식이 위험하듯이, 길거리 음악도 위험한 겁니다! 대기업에서 만든 음식을 괜히 믿고 신뢰하면서 먹겠어요? 안 그래요? 대기업이 책임지고 만드니까 믿고, 먹고, 듣고 하는 거 아닙니까! 무슨 개나 소나 다 공주라고… 무슨 공주가 저렇게 품위 없이 행동합니까? 공주는 인어공주 하나로 족합니다."

"아니, 여기서 갑자기 공주 얘기는 왜 나오는 거예요? 누가 스타그룹 기획실 출신 아니랄까 봐… 아직도 거기서 월급 받으시나? 쯧! 우리 배울 만큼 배운 사람들입니다. 좀 격에 맞게 행동하세요!"

"이봐! 당신! 여기서 스타그룹 얘기를 왜 꺼내?"

보수와 진보 진영 패널 간의 대화가 격렬해지자 구손석이 두 사람을 말리려 나섰다.

"자자, 진정들 하시구요…. 종교계 쪽에서도 할 말이 있으실 것 같습니다만…."

개신교 측으로 참여한 패널이 자리에서 몸을 바로 세우며 말을 꺼냈다. 그의 목소리는 단호했다.

"저런 이교도적인 모습에 어디서 악기 같지도 않은 악기로 음악이라고 하면서 연주하는 그 자체가 위험입니다! 이단 종교들의 행태가 다 저래요! 헛된 망상을 주면서 사람들을 현혹시키고 사회를 혼란시키는 무리들… 이런 문제는 한기총에서도 절대 좌시하지 않을 겁니다. 이 나라가 어떤 나라입니까? 비극적인 전란 후에 하나님께서 이 땅에 은총을…."

이야기가 길어질 것으로 보이자 심리학자가 다시 한번 끼어들며 말했다.

"제가 전문가로서 허황옥 씨를 진단해 보면, 아주 전형적인 망상증 환자의 행태로 보입니다. 꿈붕어빵을 먹고 꿈을 꾸는 것도 일종의 최면 효과 같습니다. Mass hypnotism, 집단 최면이라고도 하죠. 역사적으로도 이런 일은 아주 흔한 현상입니다. 1917년 5월 13일, 인구 1만 명의 작은 마을 파티마에서 일어난 성모 마리아 발현 사건은 대표적인 집단 최면의 예입니다. 특정 신호나 상징에 사람들이 작용하는 거죠. 붕어빵을 먹고, 음악을 들으면, 꿈을 꾼다…. 이런 순서로 작동되는 겁니다. 마음이 여리고 기력이 약한 사람들에게 종종 이런 현상이 일어납니다. 아직

정서적으로나 이성적으로 판단력이 약한 학생들에게 쉽게 작용하는 거라고 봐야죠."

Scene6. 다인 엄마 카페, 청파동 학부모들

JRBC에서 〈베일에 가린 허황옥의 인도 10년〉이 방영된 이후 전국학부모총연합회에서는 다시 성토의 목소리가 커지기 시작했다. 이 협회는 매우 정치적이고 극우 성향의 학부모들이 주도하는 단체다 보니 일부 진보 성향의 학부모들은 그들의 지나친 정치적 편향에 불편함을 느끼고, 소규모로 자신들의 모임을 만들어 단독으로 활동하고 있었다. 방송 직후 청파동 학부모들도 다인 엄마가 하는 카페에 모였다. 다인 엄마가 운영하는 소박한 카페에는 따뜻한 커피 향이 감돌았지만, 학부모들의 표정은 냉랭한 긴장과 분노로 굳어 있었다. 다인 엄마는 테이블을 정리하며 무거운 분위기를 깨듯 입을 열었다.

"어제 JRBC 방송 보셨어요? 허황옥이 연주하는 소리에 사람을 홀리는 음파가 있다는 거? 〈100분 토론〉에서도 그 이야기 나왔잖아요." 그녀의 목소리에는 어딘가 믿기 어려운 황당함이 배어 있었다.

"방금 전국학부모총연합회 게시판 들어갔다 왔는데…." 한 학부모가 휴대폰을 내려놓으며 고개를 저었다. "거기 완전 난리예요. 입에 담기도 어려운 욕설에, 확인도 안 된 온갖 카더라에…. 아우, 그쪽은 너무 강성이라 솔직히 같이 이야기하기가 힘들겠어."

"그러게요." 다른 학부모가 한숨을 쉬며 동조했다. "저도 좀 불편하더라고요. 아무리 애들 문제라도 그런 극우 단체와 손잡는 건 전 반대예요.

저도 애들이 붕어빵 먹고 꿈꾼다고 하는 거 걱정되고 불안하긴 하지만, 그들과 같이 움직이는 건 아닌 것 같아요."

카운터 쪽에 있던 또 다른 학부모가 다가오며 말을 보탰다. 그녀의 얼굴에는 두려움이 짙게 드리워져 있었다.

"그런데 저는 너무 무서워요. 단순히 꿈붕어빵만 문제가 있는 게 아니라, 사람을 홀리는 연주를 한다는 게… 정말 무슨 마녀 같지 않아요? 아휴~ 세상이 어떻게 돌아가는 건지… 주여…."

"저희 집 애도 얼마 전에 동네 새로 생긴 붕어공주 가판대에서 꿈붕어빵을 먹고 꿈꿨다며 난리예요." 한 엄마가 격앙된 목소리로 말을 이었다. "그게 혼자 하는 것도 아니야. 그 붕어공주가 전국에 프랜차이즈를 한다며 돈을 끌어모으고, 게임 사장이라는 그 인도 놈이랑 미국서 활동한다는 모델 년이랑, 오토바이 타는 놈들이랑 다 한통속 아닌가 싶어요. 정부가 이렇게 손놓고 가만히 있어도 되는 거야?"

다인 엄마는 커피를 내리던 손을 멈추고 고개를 절레절레 흔들었다.

"기껏 쌔빠지게 벌어서 학원비로만 달에 백 넘게 썼는데, 이제 와서 학원을 그만 다니고 싶다네요! 공부는 자신이 원했던 길이 아니라나 뭐라나. 이것들이 배가 불러 가지고 아주… 부모 고마운 줄도 모르고."

"우리 애는 초등학교 1학년 미술 시간에 장래 희망으로 썼던 걸, 이제 와서 진짜로 해 보겠다지 뭐예요?"

또 다른 학부모가 헛웃음을 터뜨렸다. "무슨 말도 안 되는 아이돌을 하겠다고… 멀쩡하던 애들이 왜 갑자기 삐딱선을 타는지 모르겠어요. 이게 다 붕어공주 때문이야!"

"그렇지, 이 모든 게 붕어공주가 등장한 다음부터 일어났어요." 한 엄마가 고개를 끄덕이며 동조했다. 다인 엄마는 잠시 망설이더니 조심스레 입을 열었다.

"아니, 근데… 그게 진짜 말이 되는 소리이긴 할까요? 꿈붕어빵을 먹고 꿈을 꾼다는 게? 사실 저도 아이랑 같이 먹고 꿈에 허황옥을 보기는 했는데…."

"다인 엄마, 그게 말이 돼?" 한 학부모가 목소리를 높이며 답했다. "아니, 다인 엄마까지 왜 그래? 꿈에 누구 나오면 그걸 다 믿고 하냐고? 꿈이 꿈이지 무슨…."

"자, 자, 어른들까지 여기 휩쓸리면 안 됩니다." 또 다른 학부모가 손사래를 치며 말했다. "어쨌든 모르긴 몰라도 붕어빵에 뭐가 있는 건 확실한 것 같아요! 그렇지 않고서야…."

"근데 만약 유튜버들 얘기가 사실이면…." 한 엄마가 소름 돋은 듯 팔을 문지르며 말을 이어 갔다. "그 싯타르인가 뭔가 하는 악기에 주파수가 있다고 하질 않나, 붕어빵에 뭐가 들어 있다고 하질 않나… 설마 진짜 마약이라도 들어 있으면 어떡해요? 신종 마약 그런 거 말이에요. 우리 애들한테 이상한 음식 먹인 거면, 붕어공주 정말 용서 못 해요! 그리고 그 예진 카페… 아… 죄송해요, 예진 아빠…."

그 자리에 함께 있던 예진의 아빠가 고개를 푹 숙이며 말했다.

"휴… 저는 드릴 말씀이 없네요…."

잠시 카페 안이 적막에 잠겼다. 마침내 다인 엄마가 허탈한 웃음을 지으며 말했다.

"아유, 예진 아빠가 무슨 잘못이에요? 내가 예진이를 몰라요? 그 기집애 엄마 닮아서 똑 부러지지…."

"이거 붕어 트럭 가서 깽판이라도 쳐야 하는 거 아니에요?" 한 학부모가 자리에서 벌떡 일어나며 목소리를 높였다. "이거 계속 가만히 둬요?

우리끼리라도 가서 뭐라도 좀 해야….”

“맞아요! 이제 행동으로 나서야 할 때인 것 같아요.”

또 다른 학부모가 자리에서 일어서며 동의했다.

“더 이상 좌시는 못 해요!”

신종 마약이라는 말에 학부모들은 눈이 뒤집혔다. 만약 그 따위 것을 내 소중한 아이에게 먹였다면, 붕어공주는 절대로 용서할 수도 없고, 이대로 내버려둬서도 안 되는 일이었다. 청파동 학부모들은 기다렸다는 듯 자리에서 일어났다.

Scene7. 청파동 학생들의 움직임

한편 카페에서 어른들의 이야기를 들은 다인은 급하게 예진에게 전화를 했다.

“예진아, 큰일났어! 우리 엄마랑 니네 아빠랑 청파동 학부모협회 사람들이랑, 지금 붕어공주한테 난리 치러 갔어. 어떡해?”

“뭐라구? 그럼 우리도 가야지~ 가서 붕어공주를 지켜야 돼! 얼른 애들한테 연락해!”

자신들 때문에 허황옥이 곤경에 처하자 아이들도 집단으로 움직이기로 했다. 예진의 긴급 문자에 청파동 아이들은 학원이 아닌 붕어공주 트럭으로 발길을 돌렸다.

Scene8. 한강 고수부지, 청파동 학부모들, 붕어 트럭으로 가서 농성 시작

한강 고수부지에서 한차례 장사를 마치고 오후 장사를 준비 중이던 붕어공주 트럭 앞에 성난 청파동 학부모 40-50명이 몰려들었다.

"우와~ 단체로 붕어빵 사 먹으러 오신 건가요?"

카메라를 잡고 반갑게 인사하는 배두호에게 한 엄마가 그럴 리 있겠냐는 듯 날카롭게 쏘아붙였다.

"그 카메라 저리 치워요! 붕어공주 어딨어? 당장 나오라 그래요!"

"무슨 일이신지…?"

"안에 뭐가 들었는지도 모를 이런 걸 애들한테 먹여? 그러다 당신들 천벌 받아!!"

"그게 무슨… 뭐가 들었다니요?"

"뭐긴 뭐예요? 듣자 하니 무슨 애들 홀리는 이상한 거 들었다던데… 그거 무슨 마약 같은 거 아니에요? 그렇지 않고서야 애들이 갑자기 꿈을 꾼다고 하질 않나… 부모 말은 안 듣고… 우리 애가 얼마나 착하던 앤데… 아우, 속상해 진짜…."

"우린 붕어공준지 붕어빵인지 하는 여자한테 경고하러 온 겁니다! 앞으로 이딴 음식 우리 애들한테 팔면 가만 안 둘 거야!"

그의 말에 주변에 있던 어른들이 모두 '옳소! 옳소!'라며 수긍했다. 허황옥에 대한 방송 이후 그녀를 좋아하는 사람들도 생겼지만, 당연히 안티들도 그만큼 생겨서 붕어공주 트럭 앞은 늘 시끄러웠다. 배두호는 저녁 장사 준비를 위해 자리를 비운 허황옥에게 급하게 메시지를 보냈다.

"황옥아! '예진 카페' 하는 예진이 아빠랑 학부모들이 몰려와서 너 찾고 난리야. 이분들 곱게 가시지 않을 것 같은데 내가 분위기 봐서 연락해 줄게. 너 여기 오지 마!"

그러자 바로 허황옥의 답장이 왔다.

「내가 지금 피한다고 성난 그분들이 잠잠해질까? 나는 도망가지 않을 거야.」

"그럼 경찰에 신고라도 할까?"

「너는 네 일을 해. 이 모습도 카메라에 담아 줘.」

조금 후 담담한 모습의 허황옥이 걸어왔다. 그 모습을 본 한 학부모가 소리쳤다.

"어머, 저기 저 여자! 허황옥이네… 자, 자, 갑시다!"

그때였다. 반대편에서 예진이와 다인이를 선두로 한 50여 대의 따릉이 부대가 미친 듯이 달려오고 있었다. 다인을 본 다인 엄마가 깜짝 놀랐다.

"어머, 어머, 저거 예진이랑 다인이 아니야? 쟤들이 여길 어떻게 온 거야?"

자전거에서 번개처럼 뛰어내린 아이들은 붕어공주 트럭 앞에서 스크럼을 짜고 학부모들과 팽팽히 맞섰다. 한쪽은 붕어공주를 보호하려는 아이들이었고, 다른 쪽은 화가 잔뜩 난 학부모들이었다. 양쪽의 목소리는 점점 커졌고, 한강 변의 공기는 긴장으로 가득 찼다.

"얘들아, 모두 정신 바짝 차려! 붕어공주는 우리가 지켜야 해!"

예진의 목소리가 아이들 사이에서 선명하게 울렸다.

"이… 이것들이 여기가 어디라고?" 다인 엄마가 다급히 소리쳤다. "너희 지금 학원 갈 시간 아니야?"

다인은 그녀를 똑바로 쳐다보며 맞받아쳤다.

"엄마야말로 여기서 뭐 하시는 거예요?"

"니네가 지금 제 정신이야? 붕어공주 땜에 니네 아주 돌았구나? 이러니까 우리가 여기 온 거 아니야!"

아이들 중 한 명이 소리치며 앞으로 나섰다.

"붕어공주는 아무 잘못 없어요! 죄 없는 사람한테 이러면 경찰에 신고할 거예요!"

"아니, 이놈의 자식들이 제 부모한테 한다는 소리가~ 아이고, 내가 못 살아!"

다인은 분노를 참지 못하고 외쳤다.

"엄마! 여기서 뭐 하는 거야? 엄마도 장사하면서 남의 장사하는 데 와서 이러는 게 어딨어?"

"뭐라고? 이 기집애가?"

다인 엄마가 입술을 꽉 깨물며 다인을 노려보았다. 옆에서 예진 아빠도 거들었다.

"예진아, 너 아빠한테 이럴 수 있어? 죽은 네 엄마가 하늘에서 이거 보면 퍽도 좋아하겠다!"

예진은 지지 않고 아빠를 향해 외쳤다.

"뭐래? 엄마는 내 편이거든? 꿈에서 엄마가 나 응원한다고 했단 말이야!"

"뭐? 꿈에 네 엄마가?"

붕어공주 트럭을 둘러싸고 허황옥을 보호하려는 학생들과 격앙된 학부모들 사이에 고성이 오고 갔다. 부모 자식 간에 날을 세워 날카롭게 대치하는 모습을 바라보던 허황옥은 조용히 싯타르 악기를 꺼내 트럭 위로 올라가 천천히 연주하기 시작했다. 순간 시간이 멈춘 듯 그 소란 속에서 청명한 음악 소리만 대기를 갈랐다. 부모들도 아이들도 하나둘 그 소리를 듣고는 싸움을 멈추고 소강상태가 되었다. 허황옥의 연주에 사람들을 홀리는 음파가 있다고 믿고, 그녀를 타도하러 온 학부모들도 실제로 허황옥의 연주를 듣자 이상하게도 화난 감정이 사그라들며 음악 소리에 귀를 기울이기 시작했다.

"다인 엄마, 저 음악 들으니까 진짜 좀 묘하긴 하네?"

예진 아빠는 다인 엄마를 돌아보며 말했다. 다인 엄마는 예진 아빠를 쏘아보며 한숨을 내쉬었다.

"예진 아빠, 지금 그런 소리가 나와요? 어휴, 나도 모르겠다. 아이구, 내 팔자야…."

그녀는 다리에 힘이 풀린 듯 바닥에 주저앉아 흐느끼기 시작했다. 다인은 놀라서 엄마 곁으로 다가갔다.

"엄마, 왜 그래~ 울지 마…. 자, 자, 부모님들~ 얘들아~ 모두 앉아 보세요. 우리 지성인답게 얘기로 풉시다, 네?"

부모들은 서서히 자리에 앉았고, 학생들도 함께 허황옥의 연주를 들었다. 붉은 노을이 한강 위를 물들이며 하루가 저물어 갔다. 사람들은 음악의 위로를 받으며 마음을 차분히 가라앉혔다. 배두호는 허황옥을 바라보며 수어로 물었다.

「내가 붕어빵 좀 구워서 나눠 줄까?」

허황옥은 가볍게 웃으며 고개를 끄덕였다. 배두호를 도와 예진과 다인이 같이 붕어빵을 만들기 시작했다. 붕어공주 허황옥을 따라다니며 몇 개월간 어깨너머 배운 눈썰미로 배두호는 익숙하게 붕어빵을 만들었다.

"와~ 아저씨도 붕어빵 만들 줄 알았어요?"

다인이 감탄했다. 배두호가 억울하다는 듯 말했다.

"야! 아저씨라니~ 허황옥은 언니고 왜 난 아저씨냐?"

"크크, 왠지 아저씨 같아서요!" 예진이 웃으며 대답했다. "저도 한번 해 볼래요~"

아이들은 만든 붕어빵을 부모들에게 나누어 주었다. 처음에는 주저하던 부모들도 붕어빵을 한입 물며 그동안 나누지 못했던 속내를 조심스럽게 털어놓기 시작했다. 아이들의 진지한 모습에 부모들은 조금씩 마음을 열고 이야기를 나누었다.

배두호가 다인 엄마에게 붕어빵을 내밀었다.

"어머님, 드셔도 괜찮아요! 여기 이상한 거 든 거 없습니다."

"에휴, 그래요. 먹고 죽기야 하겠어? 먹어 봅시다."

다인 엄마는 한숨을 내쉬며 붕어빵을 받아 들었다.

연주를 마친 허황옥은 트럭 위에서 잔디밭에 앉아 이야기를 나누는 부모님들과 자신을 구하겠다고 달려온 학생들을 고마운 마음으로 바라보았다. 그리고 예진에게 메시지를 보냈다.

「부모님들이 저렇게 달려오신 건 다 너희를 위한 마음이 앞서서 그런 건 알지? 낳고 길러 주신 분들이니 얼마나 그 사랑이 지극하겠어? 최종적인 결정은 너희가 하는 것이겠지만, 부모님과 같이 상의해서 결정하면 좋겠어. 어떤 부모도 자식이 불행한 것은 바라지 않을 테니까…. 언니는 할머니밖에 안 계셔서 부모님이 어떤 건지 잘 몰라. 나도 부모님이 계셨다면 같이 상의하고 그분들의 의견도 들었을 거야. 언젠가 너희가 더 커서 성인이 되고, 부모님 곁을 떠날 날이 오겠지. 한 사람의 개인으로 독립하기 전까지는 부모님들이 너희를 대신해서 비도 맞아 주고, 뜨거운 태양도 가려 주고, 차갑고 매서운 바람도 대신 맞아 주시는 거야. 부모님께 항상 감사하고, 너희도 부모님이 안심할 수 있게 노력해 줘!」

허황옥의 메시지를 같이 본 부모들은 성난 마음이 조금씩 누그러지기 시작했다. 다인 엄마는 다인의 손을 잡으며 진심을 다해 말했다.

"다인아, 제발 고등학교는 마치자, 응? 그다음에는 네가 하고 싶은 거 해. 그때는 너도 성인이니까 너의 결정을 존중할게."

다인이 잠시 머뭇거리더니 미소를 지으며 말했다.

"알았어, 엄마! 나 그럼 자퇴 안 하고 학교는 마칠게. 그리고 앞으로는 엄마 아빠랑 같이 얘기한 뒤에 최종 결정은 내가 하는 걸로… 내 인생이니까 내가 제일 큰 책임감을 갖고 생각하려고. 엄마 아빠는 뒤에서 나를 응원해 주세요! 나도 무섭고 두렵거든요. 그래도 처음으로 내가 하고 싶다고 느낀 거 해 보고 싶어! 내 마음이 하라는 거 따르고 싶어, 응? 엄마 아빠, 도와주세요. 열심히 할게요!"

다인의 진지한 말에 다인 엄마는 눈시울을 붉혔다. 그녀는 고개를 끄덕이며 딸의 손을 꼭 잡았다.

"그래, 다인아. 엄마도 앞으로 네 이야기를 더 많이 듣도록 할게. 대신 고등학교까지는 꼭 마치자."

아이들은 졸업까지 학교생활을 열심히 하기로 약속했고, 이후 자신들이 가고자 하는 길을 부모들에게 프레젠테이션으로 보고하며 설득과 협의를 통해 결정하기로 했다. 다인 엄마는 다인의 손을 잡고 붕어공주 트럭 앞으로 다가갔다.

"엄마, 뭐 해? 언니한테 사과한다며?"

다인이 엄마를 살짝 당기며 말했다. 다인 엄마는 멋쩍은 표정을 지으며 입을 열었다.

“흠… 음… 아까는 미안했어요. 나도 장사하는 사람인데, 이러면 안 되는 거 아는데… 답답한 마음에… 미안해요. 그리고 우리 다인이 잘 설득해 줘서 고마워요.”

허황옥은 다인 엄마를 향해 조용히 미소를 지으며 고개를 끄덕였다. 다른 학부모들도 하나둘씩 허황옥에게 다가와 오해했던 점에 대해 사과하고, 각자의 아이들과 함께 자리를 떠났다.

일촉즉발의 위기가 훈훈한 해피엔딩이 되었다. 배두호는 이 모든 순간을 카메라에 담은 후 트럭에 기대어 마치 자신이 큰일을 해낸 듯 우쭐거리며 허황옥을 바라보았다. 그런 배두호의 모습에 허황옥이 웃으며 말했다.

「오~ 배두호! 붕어빵 잘 굽던데? 자식~ 키운 보람이 있어!」

배두호도 웃음을 터뜨리며 답했다.

“야~ 이 정도는 껌이지. 할머니가 붕어빵 팔 때도 내가 만들었던 거 기억 안 나? 할머니가 나 보고 타고났다고 했었어!”

붉은 노을이 지고, 한강 변에는 하나둘 가로등이 켜지기 시작했다. 소란스러웠던 도시의 하루가 잔잔하게 저물어 갔다.

Scene9. 모준과 예진, 옛날 엄마가 하던 예진제과 가게 앞에 가다

예진 아빠와 예진도 버스를 타고 집으로 돌아가고 있었다. 좀 전의 일로 아직 서먹해 둘 다 내심 누군가 먼저 말을 걸어 주기를 바랐다. 버스에서 내린 그들은 오래전 '예진 제과'가 있었던 자리에 멈춰 섰다. 예진 아빠와 예진 엄마가 운영했던, 지금은 대기업 프랜차이즈 제과점이 들어선 곳이었다. 먼저 입을 뗀 것은 아빠였다.

"여기 기억나지? 엄마랑 아빠가 하던 예진 제과가 있던 곳… 엄마가 널 낳고 네 이름을 따서 가게 이름도 '예진제과'라고 지었지. 여기는 너와 엄마, 아빠, 우리 셋의 꿈이 담긴 곳이었어. 하지만 결과적으로 그 꿈은 실패였지. 아니 우리는 실패했지만 예진이 너만은 실패하지 않기를 바랐어. 엄마 아빠와 다른 길을 가길 원했는데…."

"아빠, 나 잘할게! 엄마 아빠가 이루고 싶었던 꿈, 내가 이루어 볼게! 꿈에서 엄마가 나 잘할 거라고, 항상 응원한다고 그랬어."

"그래, 네 엄마라면 틀림없이 그렇게 말했을 거야. 하지만 힘들 거다. 살아 보니 세상에 쉬운 일이 없더라고… 아빠도 예진이 믿어. 지금도 봐! 이렇게 붕어공주 팬 카페를 만들어서 세상을 움직이는 대단한 일을 해내는 거… 엄마도 엄청 기뻐할 거야!"

예진이 슬그머니 아빠에게 팔짱을 끼고 걷기 시작했다. 가로등 아래 늘어진 부녀의 검은 그림자가 따뜻하게 빛났다.

Scene10. 그레이스, 청문회에 출석하다

다음 날, 국회의사당 앞은 청문회에 참석하는 그레이스를 취재하러 온 기자들로 인산인해를 이루고 있었다. 국내뿐 아니라 해외 언론까지 그레이스의 청문회 출석과 붕어공주로 인해 이슈의 중심이 된 스타그룹 그리고 브로큰스타 등으로 열띤 취재 경쟁이 펼쳐졌다. 표면적으로는 스타월드의 노사 문제로 열린 청문회였지만 사람들의 더 큰 관심사는 다른 곳에 있었다. 그레이스 개인으로서는 붕어공주의 등장으로 스타그룹 경영권 승계에 빨간불이 들어온 상황이었고, 전 세계적인 양극화 구도에서 약자와 피지배층을 상징하는 붕어공주 허황옥과 초기득권의 대표 격인 스타그룹의 상징인 인어공주 그레이스의 대결에 집중되었다. 대중들은 100여 년 만에 스타그룹 최대의 위기라고 공공연하게 떠들어 대고 있었다.

눈을 뜨지 못할 정도로 곳곳에서 터지는 카메라 플래시 속에서 심플하면서도 고급스러운 느낌의 화이트 재킷과 바지를 입은 그레이스가 일어나 선서를 했다. 그녀가 자리에 앉자마자, 장녹수 의원의 질의가 바로 이어졌다.

"그레이스 대표님, 이렇게 시간 내 주셔서 감사합니다."

"성실하게 답변하도록 하겠습니다."

"그레이스 허, 한국 이름을 가지고 계시죠? 허인해? 사람 人 바다 海… 바다의 사람, 그런 뜻인가요? 미국 국적이라고 알고 있습니다만…."

"네, 맞습니다. 어머니가 소피아 허, 허 자 성을 갖고 계십니다. 어머니는 한국계 프랑스인이시고 아버지는 미국인이십니다. 오랫동안 한국 이름은 쓰지 않고 있습니다."

"허 씨라… 어머니 성을 따르시는 건가?"

그레이스는 잠시 당황하는 표정을 짓다가 대답한다.

"네, 저희 가문은 오랫동안 모계 쪽 성을 따르고 있습니다."

"뭐, 그건 그쪽 집안일이니까… 어쨌든 한국인의 피가 흐르고 있는 건 맞는 거네요. 세계적인 그룹의 대표가 한국계라는 사실에 매우 자랑스럽습니다."

"감사합니다."

"최근 국내외에서 스타윌드 노사 문제로 시끄러운 상황인데요, 회사 측 입장은 어떤 건가요?"

"저희는 노조와 원만하게 협의를 이끌어 내기 위해 최선을 다할 것입니다."

"노조 측에서는 사측에서 매우 소극적으로 대처한다고 하던데요. 대표님과 실무진들 간에 의견이 다른 건가요? 여기 국회에서 뻔한 답 내놓으려고 오신 건 아니죠?"

"그럴 리가요. 저희는 전 세계에 3만 3천여 개 업장을 운영하는 거대 프랜차이즈입니다. 각 나라마다 다양한 법률 상황에 맞춰서 지금까지 효율적으로 기업을 운영해 왔습니다. 이번 한국에서의 노조 문제도 기존과 마찬가지로 저희는 대응할 것입니다."

"그러시겠죠~ 뭐 그런 모범 답안 준비해 오시리라 생각했습니다. 그건 그렇고, 그레이스 대표님도 SNS 하시죠? 최근에 붕어공주라는 계정을 보신 적이 있으신가요? 요즘 젊은 친구들 사이에 굉장히 빠르게 퍼져 나가는 붕어빵 파는 허황옥이라는 여자, 아시나요? 그러고 보니 공교롭게도 허황옥 씨랑 같은 허 씨네요"

그레이스가 담담하게 고개를 끄덕였다.

"네, 들어 봤습니다."

"약 2년 전, 붕어공주 붕어빵이 젊은 직장인들 사이에 처음 등장해 엄청난 인기를 끌고 있는 거 아시죠? 착한 가격, 가성비 좋은 맛, 미친 고물가에 한 끼 점심으로 만 원 이상을 써야 하는 직장인들의 얇은 지갑을 도와주는 착한 붕어빵! 요즘 애들 말로 핫하다는 붕어공주요…. 그런데 희한하죠? 제가 발견한 거지만 스타윌드의 로고가 인어공주더라구요? 묘하게 붕어공주와 인어공주의 대결 구도 같이 느껴지지 않으시나요? 붕어공주의 SNS 팔로워 증가 수와 붕어공주 가판대가 늘어나는 숫자가 가히 상상을 초월하는 수준입니다. 업계에서 하는 말로는 이 정도의 속도라면 스타월드를 능가할 수도 있다고 하던데요. 스타월드의 아성에 도전하는 거라고 보시나요?"

"기업하는 입장에서 경쟁업체는 늘 등장하는 거고, 저희는 자유 시장경제 안에서 당당하게 서로 경쟁해 나가는 거라고 생각합니다."

잠시의 틈도 주지 않고 대기업 저격수로 불리는 노동당 노영길 의원이 또 다른 질문을 던졌다.

"질문 하나 하죠! 스타월드는 무슨 회사입니까? 일반 대중들은 스타월드가 커피 파는 회사라고 생각하지만, 사실 부동산 개발 회사인 거 알 만한 사람들은 다 알고 있습니다. 그렇게 벌어들인 돈으로는 전 세계 노른자 땅을 쓸어 모으고 있고요…. 단순히 도심뿐만 아니라 커피 농장, 공장, 창고… 명목은 커피 사업이라고 하면서 스타월드 이름으로 안 산 땅이 없어요! 소위 스타월드 땅 안 밟고는 걸어 다닐 수 없다 할 정도로 부동산 점유율이 심각한 수준이다~ 이 말입니다! 스타에어는 하늘을 다 차지하고, 스타해운은 바다를 다 가지고… 스타월드는 전 지구 땅을 다 가지려 하는 겁니까? 이건 뭐 국가라는 경계선도 의미가 없을 정도입니다. 이러니 스타그룹이 전 기득권을 대표하는 집단이라고 말할 수밖에 없는 거고, 그 저항이 지금 일어나고 있는 겁니다. 전 세계에 있는 스타월드 프랜차이즈 가맹점 3만 개 중에 대한민국 내 프랜차이즈 수가 무려 약 2,300여 개입니다. 인구 대비로 따질 때 대한민국이 스타월드 영업점 비율에서 전 세계 최고를 달리고 있어요. 대한민국도 다 잡수시려고 하는 겁니까? 봉건시대 왕국이라도 세우려고 하는 거냐고요!"

그레이스는 곤혹스러워하며 답변했다.

"스타월드가 프랜차이즈를 통해 부동산 개발을 같이 하는 건 사실이지만… 저희는 모든 사업을 합법적으로 하고 있습니다…. 저희 법무법인에 의하면…."

"그레이스 대표! 지금 그렇게 한가로운 소리 듣자고 우리가 여기 나와 있는 건 줄 알아요? 뻔한 대답 집어치워요!"

장녹수가 마치 기다렸다는 듯이 버럭 화를 내며 그레이스를 공격하기 시작했다. 그레이스는 장녹수의 높아진 목소리에 흠칫 놀라 당황하는 기색이 역력했고, 기자들은 그 순간을 놓치지 않고 카메라 셔터를 누르느라 바빴다.

장녹수가 폭풍 질문을 이어 가기 시작했다.

"지금 이 상황이 새로운 프랜차이즈 하나 생겨서 기업 간에 경쟁하고, 부동산 끌어모으고 하는 게 본질이 아니에요! 핵심은 오랫동안 지속돼 곪아 터지기 일보 직전인 세계적인 양극화와 분배의 불균형 문제인 겁니다! 지난 100여 년간 지금의 기득권들이 자신들의 부와 권력을 유지하기 위해 만들어 놓은 세계가 얼마나 불완전하고 심각한 오류가 있는지를 붕어공주 허황옥이라는 인물의 등장으로 알게 된 거라고요! 그동안 다들 모른 척하고 쉬쉬하며 덮어 뒀던 것들이 여기저기서 다 터져 나오고 있는 거라고! 아시겠어요, 그레이스 대표님?"

장녹수는 자신의 계획대로 그레이스를 가차 없이 몰아붙여 그녀의 당황하고 어쩔 줄 몰라 하는 모습을 전 국민이 보는 앞에서 이끌어 냈고, 내심 그것을 즐기며 쾌재를 불렀다. 다른 의원들도 여기저기서 소리 지르며 그레이스를 공격하기 시작했다. 그녀의 동공이 흔들리고 바짝 마른 입술이 카메라에 잡히며 수세에 몰린 그레이스의 모습은 가여울 정도였다.

'좋았어! 생각대로 착착 진행되는구만. 이대로 카운터펀치 몇 번 더 날리면 그냥 쓰러지겠는걸? 흐흐흐, 내일 자 신문 1면에 내 얼굴이랑 당황한 그레이스 얼굴이 동시에 뜨겠구만!'

그때, 그레이스가 좀 전까지의 당황스러운 표정을 거두고 침착한 얼굴로 돌아왔다. 그녀가 물을 한 잔 마시고 잠시 숨을 고르더니 생각을 정리해 천천히 자신의 의견을 말하는 순간 장내의 공기 흐름이 바뀌기 시작했다.

"음… 평소 존경하던 장녹수 의원님을 비롯한 여러 의원님들의 예리한 지적… 겸허히 받아들이겠습니다. 지금까지는 스타그룹과 스타월드를 대표하는 입장에서 말씀드렸습니다만, 이제 지극히 제 개인적인 입장으로 한 말씀 올리겠습니다. 저 역시 의원님들이 지금까지 말씀하신 부분에 대해 깊게 공감합니다. 특히 장녹수 의원님께서 말씀하신 심각한 양극화 문제를 지금 우리 세대에서 해결하지 않고 또다시 덮어 둔다면, 그건 다음 세대에 큰 부채를 물려주는 게 되지 않을까…. 그래서 저 역시 이것에 대해 많은 문제의식을 갖고 해결책을 찾기 위해 고민하고 있습니다. 그리고 지금은 진영 논리를 떠나 기득권들이 스스로 성찰하고 내려놓아야 할 때라고 봅니다. 우리 모두가 함께 이 문제를 해결하기 위해 노력을…."

"그레이스 대표!" 장녹수가 테이블을 쾅 때리며 큰 목소리로 그레이스의 말을 끊었다.

사진 기자들은 이 순간을 놓치지 않았다. 장녹수는 예상치 못한 그레이스의 대답에 당황하면서, 다시 주도권을 되찾기 위해 말을 더듬으며 질문을 이어 나갔다.

"어허… 나 원 참… 뭐 요즘 핫하다는 '꼬마 요리사'나 '심해어'가 쓴 글 어디서 몇 줄 읽어 보셨나 봐요? 지금 고양이가 쥐 생각해 주는 겁니까?

태어날 때부터 이미 다 가지고 태어난 사람이, 그런 입에 발린 소리 한다고 다른 사람이 돼요? 그레이스 대표, 가식 떨지 마세요! 삼척동자도 다 아는, 전 세계 초 기득권을 상징하는 스타그룹의 차기 의장이 될 사람이… 그렇게 마치 진보인 척, 약자들을 위하는 척 말하면… 그게 진정성이 있다고 생각하세요? 네? 어디 내 앞에서 그딴 소리를 지껄여요? 나, 장녹수예요, 장녹수! 평생 약자와 노동자, 서민들의 권익을 위해 싸워 온 선봉장은 진보의 잔다르크! 나, 장녹수란 말입니다!”

그레이스는 장녹수의 격앙된 모습에 더 이상 답을 안 하고 입을 굳게 닫았다. 내심 본인도 괜한 말을 한 건 아닌지 후회도 되는 상황이었다.

“그건 그렇고, 요즘 스타그룹 승계 문제 때문에 전 세계가 시끄럽죠? 얼마 전까지만 해도 그레이스 대표가 의장이 되는 건 거의 기정사실이었는데… 붕어공주 등장 이후 다시 원점으로 돌아갔다고 말들이 많아요? 이건 뭐 지나가는 개도 아는 이야기니… 비밀도 아니죠? 심정적으로 많이 복잡하시겠어요. 스타에어 쪽에서 그레이스 대표님을 표적으로 꽤 공격적으로 나오는 거 같던데요…. 세상에 제일 쓸데없는 걱정이 재벌 걱정, 연예인 걱정이라는데 온 지구 사람이 다 그걸 알고 궁금해해야 하다니 참… 쯧, 쯧….”

“본의 아니게 그룹 내부의 문제로 불편을 드려 죄송합니다. 이것은 저희 그룹 내부의 문제이며, 당연히 제가 감당해야 할 일이라 생각하고 있습니다. 저는 제게 주어진 권한과 책임을 다하기 위해 최선의 노력을 기울일 것입니다.”

그레이스의 명철한 답변에 장녹수는 쉽게 주도권을 가져오지 못하고 있었다. 장녹수가 비아냥대며 다시 그레이스를 공격했다.

“최근에 스타월드에서 인어빵을 출시한다는 기사가 나왔던데… 붕어공주 붕어빵을 의식한 건가요? 대기업에서 소상공인들 밥줄까지 가져가려는 액션처럼 보여서 많이 아쉽네요. 좀 잘 나간다 싶으면 대기업 자본으로 후딱 만들어서 물량 공세로 죽여 버리고… 뭐 대기업에서 그동안 비일비재하게 해 온 일들이니 놀랍지도 않네요, 흣."

"자유 시장 경제 체제에서 최대 이윤 추구는 기업의 당연한 목표입니다. 법의 테두리 안에서 경쟁업체와 정당한 경쟁을 하는 건 문제가 된다고 생각하지 않습니다. 물론 의원님 말씀처럼 일부 대기업에서 골목 상권까지 위협하는 상황들이 있고, 그것은 저 역시 지양되어야 한다고 생각합니다. 인어빵 출시는 지금 떠오르는 붕어공주 꿈붕어빵에 대응해 저희 나름 오랫동안 고민해 온 결과물입니다. 소비자의 사랑을 받기 위해 저희도 최선을 다해 노력한 산물이니까, 무조건 비난하지 마시고 정정당당하게 비교받고 싶습니다. 선택은 소비자들이 하시는 거니까요."

"정정당당하게 하시겠다?! 그래요, 똑똑한 양반이라 말씀도 잘하시네! 그럼 이참에 스타월드도 상생의 의미로 노조와 원활하게 협상하시고, 커피값도 좀 내려 주시면 어떨까요? 흐흐흐."

"그건 또 다른 문제입니다. 스타월드 커피는 세계 최고의 원두를 사용하여 프리미엄한 맛을 유지하기 위해 노력 중입니다. 가격 이슈는…."

"네네, 잘 알겠습니다. 저도 스타월드 커피 좋아합니다."

같이 참석했던 대한국당 간사 최일두 의원이 끼어들며 서둘러 수습에 나섰다.

"자, 자, 이제 장 의원님, 그만들 하시고… 그래도 여러 법률적으로 명확하지 않은 부분이 있음에도 글로벌 기업의 대표께서 대한민국 국회에서 성실하게 답변해 주셔서 감사합니다. 노력하겠다는 말씀하고 계시니 스타월드를 믿고 이 정도에서 청문회를 정리했으면 합니다."

어차피 출석 자체의 의무가 있는지부터 논란의 여지가 있던 터라 위원장인 대한국당 최일두 의원은 청문회 종료를 선언하였고, 그레이스 대표는 예를 갖춰 90도로 인사를 하고 청문회장을 나섰다. 퇴장하는 그레이스의 뒷모습을 바라보는 장녹수의 입맛이 매우 썼다. 공격적인 질문으로 그녀의 숨통을 조여서 허둥대고 쩔쩔매는 모습이 온 나라의 조롱거리가 되길 바랐는데, 예상치 못한 그녀의 답변으로 청문회 스타로 등극하기 위해 오랫동안 준비한 것들이 다 물거품이 되었기 때문이었다.

"젠장, 이거 완전 꼬여 버렸는걸! 그나저나 좀 의외네? 그레이스 대표… 대체 어떤 캐릭터지?" 장녹수의 중얼거림에 보좌관도 바로 반응했다.

"그러게요. 세계 최고 부잣집에, 아무것도 모르는 맹탕인 줄 알았더니… 그런 대답을 할 줄이야…."

"제법 그럴듯했어~ 하하. 내가 한 방 맞았네? 근데 문맥이 거의 심해어랑 비슷했단 말이야? 안 그래?"

트위터X

심해어:

RT. 양극화 문제는 계속 심각해지는데. 해결하려는 사람은 없고 다들 싸우기만 바쁘네. 지금 우리 세대에서 해결하지 않고 또 다음 세대로 부채를 떠넘기는 꼴.

"흠… 여기 글을 보세요… 의원님 말씀대로 전반적으로 같은 사람이 말한 느낌이 확실히 듭니다."

"그레이스가 꼬마 요리사와 심해어를 읽는 건가? 입진보라더니… 진보인 척하는 것도 요즘 유행인가? 쳇~ 붕어공주에 인어공주까지 다 진보인 척들을 하시고… 공주님들한테 다 빼앗겨서 나 같은 무수리는 자리가 남아 있으려나 모르겠구만….”

Scene11. 그레이스, 청문회 밖 시위대를 바라보다

청문회장에서 나온 그레이스는 경호원과 비서들 틈에 둘러싸인 채로 자신의 차에 올라탔다. 그러고는 비서가 내민 자신의 텀블러에 그려진 인어공주 로고를 바라보며 잠시 생각에 잠겼다. 이내 시끄러운 소리에 고개를 들어 창밖을 바라보았다. 반인반어족 음모론자들과 부의 재분배를 요구하는 브로큰스타 시위대가 그레이스의 차를 막아서며 계란과 소금물을 투척했다.

“노조 말살 시도하는 스타월드는 각성하라!”

“정치권은 양극화 문제 해결하라!”

“부의 재분배! 부의 재분배!”

“공정한 분배! 스타왕국을 무너뜨리자!”

“99프로를 가진 1프로, 스타그룹은 해체하라!”

“반인반어족은 바닷속으로 돌아가라! 인간을 해방하라!”

“커피 향 뒤에 숨은 악랄한 부동산 왕국, 스타월드는 물러나라!”

“서민들의 꿈을 짓밟는 스타그룹은 반성하라!”

“브로큰스타! 브로큰스타! 브로큰스타!”

소피아와 그레이스의 인형을 매달아 놓고 화형식을 거행하는 사람들이 보였다. 흡사 프랑스 대혁명 때의 분노한 민중들처럼 광기에 사로잡힌 그들의 모습을 그레이스는 착잡한 기분으로 바라보다가 신 상무에게 말했다.

"신 상무님, 지금 붕어공주 팔로워가 얼마나 되죠?"

"지금 3억 명을 넘어서고 있습니다. 팔로워 유입 상승률 수치가 전 세계 1위라고 합니다. 그리고… 저번 주 브랜드 선호도 조사에서 붕어공주가 스타월드를 누르고 처음으로 1위를 차지했습니다."

그레이스는 깊은 한숨을 내쉬며 다시 물었다.

"흠… 인어빵 출시, 언제쯤 될까요?"

"최대한 앞당겨 보겠습니다."

그레이스가 탄 차량이 경찰의 호위 속에 시위대를 뚫고 국회의사당을 나왔다. 시내를 달리는 차량 안에서 그레이스는 창밖을 멍하게 바라보았다. 시내에 들어서면서 도심 곳곳 대기업들의 사옥들이 눈에 들어왔다. 건물에는 거대한 옥외 현수막과 전광판이 달려 있었고, 거기에는 각 기업들의 브랜드명과 기업 슬로건들이 걸려 있었다. 전광판에서는 화려한 영상이 계속해서 나오고 있었다.

"LK. 꿈에 도전하는 젊은이들이여!"

"현기 자동차. 드림카를 타고 미래로, 젊음이여 도전하라!"

"도전! 열정! 조중일보와 함께 꿈꿀 청년들을 모십니다!"

창밖을 보며 그레이스가 중얼거렸다.

"아이러니하군…. 세상 모두가 꿈을 꾸라고 하는데… 젊은 시골 여자 하나가 꿈 좀 꾸게 했다고 온 세상이 난리라니…."

그레이스의 혼잣말을 듣고 신 상무의 표정이 살짝 일그러졌다.

'어라? 장녹수 말이 일리가 있어. 심해어가 한 말을 그대로 하네?'

그레이스는 핸드폰을 꺼내 방금 올라온 꼬마 요리사의 트위터X 글을 리트윗해서 답변을 달기 시작했다.

트위터X

꼬마 요리사:

해마다 기업이나 정부들은 하나 같이 '꿈에 도전하라!', '젊은이여 꿈을 꾸어라!'라고 강요했으면서, 허황옥의 꿈은 기성세대들에 반기를 드는 모습이다? 한 가지만 하세요. 제발.

심해어:

RT. 세상 모두가 꿈을 외치면서 젊은 시골 여자 한 명이 꿈 좀 꾸게 했다고 온 세상이 난리인 아이러니. 도대체 뭐가 무서운 걸까?

청문회에서 한 그레이스의 답변은 지극히 개인적인 생각이라고 언급했음에도 불구하고 스타그룹과 그들을 추종하는 기득권 집단에게 껄끄러운 빌미를 던져 준 셈이 되었다. 그들은 스타그룹 의장, 소피아 허에게 그레이스의 입장이 뭔지 명확히 밝히라는 거센 요청을 해 왔다. 소피아에게 우호적인 세력들까지도 우려의 목소리로 대책을 요구했다.

소피아 의장의 절친이자 그레이스가 어릴 때부터 이모처럼 가장 따랐던 엘리자가 소피아를 찾아와 진지하게 말했다. 그녀는 세계에서 가장 유명하고 한 해에 수조 원의 그림을 사고파는 뉴욕 스타갤러리를 운영하고 있었다. 돈과 명예보다는 고귀한 신념을 더 높이 두는 사람이었다.

"소피아 의장, 그레이스가 이런 식으로 나이브하게 굴면 아주 곤란해! 다들 지금 우려하고 있어. 자신들의 입장과 다른 거면 소피아와 그레이스를 끝까지 지지할 수 없다고…. 어제 청문회장 밖에서 벌어진 화형식…

봤지? 모두가 프랑스 대혁명을 떠올렸을 거야. 겉으로야 냉정한 척, 우아한 척들 하지만… 다들 기겁했을 거야. 그 인간들 지금 속으로는 똥줄 타고 있을걸? 또다시 누군가의 목이 잘려 나가고 피비린내 진동하는 그때처럼 될까 봐…. 이러니 당장 스타에어 로버트 회장으로 갈아 타자는 얘기가 나올 수밖에…. 나도 가식적이고 허영만 좇는 그들이 싫지만, 자신들의 기득권을 지키기 위해 강력한 힘으로 민중들을 제압해 줄 로버트 회장에게 붙는 걸 뭐라 할 수는 없어."

소피아는 엘리자의 이야기를 들으면서 깊은 고민에 빠졌다. 소피아는 그레이스에게 문자를 보냈다.

'그레이스, 얘기 좀 해야겠다.'

Scene12. 조중일보 사무실, 그레이스 청문회를 바라보는 기자들

청문회 다음 날 조중일보 사무실, 기자들이 어제 그레이스의 청문회에 대해 떠들고 있었다.

"어제 청문회 반응이 좋네. 킬포가 몇 개야?"

"장녹수가 오랫동안 준비한 회심의 한 방을 날렸는데… 그걸 그레이스가 받고 역으로 카운터를 날린 셈이지. 지금까지 청문회 중에 제일 재밌었던 것 같애. 아니, 대한민국 청문회가 전 세계에서 순간 시청률이 가장 높았다는 게 말이 돼? 장녹수가 원하는 그림이 나온 건 아니지만 나름 얻은 게 많지! 노련한 정치가야. 이 시국을 자신의 판으로 끌고 가잖아. 얼마 만에 진보가 주목을 받는 거야? 그동안 사실 진보가 유명무실해진 상황이었는데….”

“것보다 난 그레이스가 청문회에 왜 나갔는지가 더 궁금해. 사실 안 나가도 그만인데… 그동안 보수당에서 친스타그룹 의원들이 불러도 안 나갔던 그레이스가 왜 자신에게 적대적인 녹색당 장녹수가 불렀을 때는 나간 걸까? 그동안 사실 유명세에 비하면 거의 언론에 노출이 안 되어서 어떤 캐릭터인지 잘 몰랐단 말이야? 그런데 어제 청문회 나와서 한 답변을 보면 완전 예상을 뒤집었어.”

“그러게요. 저도 어릴 때 그레이스 노래하는 거만 보고, 커서는 몇 개 인터뷰 말고는 거의 직접 말하는 걸 본 적이 없는데…. 사실 안 나와도 되는 청문회를 나온다고 할 때부터 믿기지 않았어요.”

“중요한 건 그레이스가 답변한 내용이야. 그레이스가 지극히 자신의 개인적인 생각이라고 하고, 스타그룹과 선을 긋고 한 말이 완전 예상을 벗어난 거지. 그래서 장녹수가 스텝이 엉키고 막판에 폼 안 나게 끝난 거고….”

“그레이스 말마따나 본인의 개인적인 생각이라고 말한 거 보면… 아, 모르겠다. 진짜 어디서 주워듣고 하는 말 아니겠어? 심해어랑 맥이 같더만….”

“요즘 세상이 어수선하긴 한가 보다. 붕어공주 대 인어공주도 모자라서… 꼬마 요리사에 심해어에….”

“어쨌든 흥미로워! 지금 선거 초반인데, 장녹수가 확실히 대중에 각인되는 효과를 준 거지. 장녹수가 올린 해시태그에서 시작된 이 대결 구도가 여기저기서 온갖 밈, 쇼츠, 틱톡에 도배 중이더만.”

“그러게 말이야. 대기업 인어공주 대 소상공인 붕어공주! 선명하잖아. 그래도 너무 일이 커지긴 했어. 장녹수가 브로큰스타까지 깨어나게 했으니… 다른 나라에서는 우리나라가 이 사달을 일으킨 거라고 비난도 만만치 않아."

"오생물 박사 유튜브 계정이 1억이 넘는 거 알아? 의외로 많은 사람들이 반인반어족 설을 믿는다는 거야. 이렇게 되면 오생물 박사 말에 힘이 실리는 거지. 21세기에 반인반어족이라니… 재밌잖아?"

"허황옥, 대단해~ SNS 4억 명… 한 개인이 해낼 수 있는 범위를 넘어서는 거 같아. 시골 소녀에서 신데렐라가 되었어…."

"총선이 이제 1년 남았잖아? 이제 본격적인 선거 시즌인데 허황옥이 정당을 만들든, 아니면 어느 정당 손을 들어주냐에 따라 완전 선거판이 뒤집어질 거야. 다른 나라에도 영향을 안 줄 수가 없을 거고. 어느 한쪽은 자멸하게 되어 있어."

"그럼 정당을 만드는 쪽일까요? 아니면 장녹수랑 같이할까요?"

"직접 정당을 만들어도 지금 정도 인지도에, 사람들 호응이면 가능하지 않을까? 인기가 없어? 돈이 없어? 어차피 선거판은 인기와 돈이 다인데~ 미국 대선에 나가도 될 판이야! 흐흐."

"흠, 충분히 가능하지. 그렇게 되면 장녹수 쪽에서 많이 곤란할 거야! 제대로 물먹는 거니까~ 장녹수 입장에서는 자신을 지지한다는 선언을 해주는 게 제일 유리해."

"보수 쪽에서도 엄청 예민하더라구요. 혹시라도 장녹수 쪽에 손을 들어 줄까 봐. 박정일 의원이 뭔가 꾸민다는 찌라시도 많이 돌고… 스타에어 로버트 회장이랑 박 의원이 자주 회동한다는 소문이 여의도에 파다해요."

"야~ 이번 총선 결과가 궁금해지는구만. 역시 다이나믹 코리아야!"

청문회 이후 정국은 자연스레 총선과 맞물려 분위기가 고조되는 것이 역력했다. 그 흐름에 자동으로 등장한 것이 붕어공주… 허황옥이었다. 허황옥의 의사와는 전혀 상관없이, 대중들은 허황옥을 시대적인 변화의 아이콘으로 여기기 시작했다. 자신의 이익보다는 붕어빵 트럭으로 무너진 서민의 삶을 일으켜 세우는 그녀의 일관된 행보를 정치적 희망으로 받아들인 것이다. 그리고 마침내, 허황옥을 총선으로 데리고 가자는 각종 밈이 등장하기 시작했다.

Scene13. 소피아, 그레이스를 호출하다

그레이스를 마주한 소피아가 뭔가 마음에 들지 않는다는 듯이 미간을 살짝 찌푸리며 말을 시작했다.

"그레이스, 너 어제 청문회에서 대체 왜 그런 거니? 안 나가도 되는 청문회에 나가질 않나, 이미 조율된 질문에 정해진 대답만 하면 되는 자리에… 굳이 스타그룹과 선을 긋고 네 입장을 강조하며 대답한 이유를 알고 싶다. 지금 상황이 좋지 않아. 그룹에서 모두 우려하고 있어."

"죄송합니다, 의장님."

"아니, 오늘은 의장이 아닌 엄마로서 물어보는 거야. 네가 어떤 생각을 가지고 있는지. 사실… 난 오래전부터 네가 '심해어'로 활동하는 거 알고 있었다. 25년 전 김해 스타월드 오픈식 날 네가 구해 줬다는 그 아이가 허황옥이라는 사실도…."

"다 알고 계실 줄 알았어요. 그 아이… 아니 허황옥을 꿈에서 만났습니다. 그녀를 통해서 저의 미래를 보고 있어요."

"뭐라고… 꿈? 다시 꿈을 꾼단 말이니? 약은?"

"어릴 적 그 애 할머니가 만든 붕어빵을 먹고 나서 처음으로 꿈을 꾸었죠. 당시에는 기억하지 못했지만 꿈에서 처음 허황옥을 만났던 게 기억나요. 그때 제가 어머니께 꿈 얘기를 했을 때, 어머니는 '우리는 꿈 같은 건 꿀 필요가 없다' 그러셨죠. 그리고 약을 주셨구요."

"그래, 난 네가 꿈을 꾸기보다는 목표를 정해서 살기 바랐으니까."

"맞아요. 저는 어머니 말씀대로 평생 목표만 쫓으며 살았어요. 얼마 전 허황옥의 꿈붕어빵을 먹기 전까지는요. 그리고 이제 저는 다시 꿈을 꾸기로 했습니다."

"실망스럽구나! 난 네가 그런 나이브한 꿈 같은 걸 믿지 않기를 바랐는데… 이렇게 되면 네 결혼 문제를 서둘러야겠다. 로버트 회장의 장남 다니엘과 결혼하거라! 우리가 살아남을 방법을 찾아야 해. 로버트 회장 쪽에서 오래전부터 제안했던 일이야. 생판 모르는 사람과 정략결혼 하라는 것도 아니고, 두 사람 어려서부터 잘 알던 사이잖니. 다니엘은 로버트 회장과 달라서 엄마로서도 나쁜 선택지는 아니라고 본다. 두 가문의 복수극을 끝낼 유일한 방법이야. 지금 상황에서는 네 의장 자리를 지킬 방법이 없어. 하지만 다니엘과 결혼하고 그 집안의 아이를 낳는다면 얘기는 달라지지. 지금 나는 가문의 수장으로서 우리 가문을 지키는 일이 더 중요해! 그게 너를 지키는 길이고… 그걸 위해서라면 적과의 동침도 마다할 수 없어."

"어머니, 제발… 그것만은…."

"나 역시도 그랬고, 우리의 조상님들도 모두 가문과 권력을 지키기 위해서 집안에서 정해 준 결혼을 했다. 사랑 같은 감정의 문제가 아니야. 너라고 결코 예외일 수는 없어. 자식과 가문 중에 하나만 선택해야 한다면… 나는… 가문을 선택할 거다."

"의장님! 아니, 어머니. 저에게 조금만 시간을 주세요!"

"딸아, 나도 엄마야. 네가 행복하기를 바라는 마음은 누구보다 클 거다. 하지만 지금의 문제는 가문의 존폐와 직결된 일이야. 곧 새 의장 선출 일정이 잡힐 거다. 너에게 많은 시간을 줄 수는 없어."

Scene14. 스타월드, 인어빵 출시하다

얼마 뒤 스타월드에서도 인어빵을 출시했다. 붕어공주 붕어빵을 먹은 그레이스가 자신의 진정한 꿈이 무엇인지 깨닫고 나서 직접 기획한 야심작이었다. 그동안 스타월드가 명실상부한 업계 넘버원을 고수해 온 이유는 그레이스가 경영의 모든 부분을 치밀하게 챙겨 왔기 때문이었다. 그녀의 병적인 완벽주의는 스타월드의 경영 시스템으로 자리 잡아, 그 결과 어떤 경쟁업체도 스타월드의 아성에 도전할 엄두를 내지 못했기에 그간 그녀가 직접 나설 일도 거의 없었다. 그레이스가 얼굴마담이나 바지 사장 노릇을 하는 여느 재벌 2, 3세들과 다르다는 재계의 평가를 받는 이유였다. 거기에는 스타그룹 의장이자 어머니인 소피아의 지독할 정도로 냉혹한 경영 수업이 한몫했다. 그래서 스타월드는 스타그룹 내에 다른 거대 계열사에 지지 않는 그룹의 상징으로 독보적인 존재감을 과시할 수 있었다. 그런 그레이스가 붕어공주가 몰고 온 격랑에 휘말려 헤매자 스타월드마저 위기를 맞게 되었지만, 이제 그레이스가 각성하고 선봉에 서자 전투의 양상이 달라지기 시작했다. 스타월드 내부는 비상 전투 모드로 전환되었다. 그레이스에게 이번 싸움은 목숨을 건 진검승부였다. 스타월드 마케팅팀이 총출동하여 친기업 언론사들과 미리 작전을 세웠다. 마케팅팀 팀장은 아예 조중일보국장을 직접 만나 대놓고 부탁을 했다.

"국장님! 저희 이번에 광고비 진짜 때려 부을 거니까 다른 거 다~ 빼고 스타월드로 도배해 주세요."

"걱정하지 마세요, 팀장님! 제가 지금 다른 거 다 홀드시키고, 전 직원 24시간 대기 중입니다. 눈이든 귀든 입구녕이든 똥구녕이든 틀면 다 스타월드가 쏟아져 나오게 도배해 드릴게~"

드디어 출시일, 스타월드 인어빵 런칭 광고는 융단 폭격처럼 온 세상을 뒤덮었다. 뉴스에도 매일 등장했다. 천문학적인 비용을 들인 결과였다. 반면, 레거시 언론은 이쯤부터 붕어공주 꿈붕어빵을 길거리 음식 취급하며 불량식품처럼 매도하기 시작했다.

insert 포털 뉴스, 내일경제

〈스타월드 인어빵 출시! 붕어빵과 전면 대결. 믿고 먹을 수 있는 안전한 빵〉

스타월드가 야심 차게 내놓은 인어빵이 화제다. 붕어공주 붕어빵에 전면 대응하겠다는 의지로 읽힌다. 그동안 수세에 몰렸던 스타월드 입장에서는 피하기보다 당당하게 정면 승부를 택함으로써 지금의 사태에 맞서겠다는 전략이다. 스타월드가 20여 년간 전 세계와 대한민국에서 쌓아 올린 인지도와 고객 충성도는 반석 같은 것이다. 소비자들이 다시 빠르게 인어빵으로 몰려들고 있는 데에는 뭐니 뭐니 해도 믿고 먹을 수 있는 대기업이라는 점이 작용한 것으로 보인다. 대중은 사회적 메시지보다는 믿고 편하게 즐길 수 있는 것이 필요하다. 붕어공주라는 브랜드로 단시간에 인지도를 올린 허황옥 입장에서는 스타월드의 반격에 어떻게 대응할지 궁금하다.

– 이윤택 기자

〈길거리 음식, 붕어공주 안전한가?〉

붕어빵을 먹고 사람들이 기성 시스템에 반기를 드는 모습은 매우 위험한 상황이다. 오랫동안 잠잠했던 브로큰스타라는 반사회적인 집단까지 튀어나온 작금은 안정과 평화를 바라는 중도층을 불안하게 하는 요소다. 언제까지 이 근본을 알 수 없는 붕어공주 붕어빵을 내버려두어야 할지 정부는 신중히 생각해야 할 때가 왔다.

허황옥 자신은 단순히 붕어빵을 파는 것뿐이라고 변명하겠지만, 물론 그녀가 직접적인 원인 제공을 한 것은 아니라고 십분 이해한다 해도 그로 인해 파생된 사회적 갈등과 사회 안정을 위협하는 집단들의 움직임에 책임이 없다고 말할 수는 없을 것이라 보인다. 신중치 못한 국내 정치인의 댓글 하나로 전 세계가 골머리를 앓는 상황이 왔다. 진보의 수장이라 주장하는 장녹수 의원 역시 이 상황에 책임을 져야 할 것이다. 동일한 가치와 이념을 가지고 세계를 유지시켜 온 우리의 동맹 이웃 국가들도 한국에서 벌어진 이 사태로 곤란한 입장이다. 국제 사회의 한 일원으로서 책임감과 통탄을 느낀다. 이렇게 붕어공주를 지켜봐야만 할지 대한민국 정부는 엄중한 판단으로 국격에 걸맞은 대응책을 내놔야 할 것이다.

허황옥은 여전히 세상의 잇속과는 동떨어진 인물처럼 행동하고 있지만, 사람이 어떻게 자신의 영달을 추구하는 본능에서 자유로울 수 있겠는가? 그녀 역시 자신의 영달을 위해 움직이고 있다는 전제하에 아직 그녀의 숨겨진 욕망이 드러나지 않은 것일 뿐이지 조만간 그녀의 흑심이 드러날 것으로 보인다. 모든 전문가들은, 백이면 백, 결국 그녀는 자신의 브랜드를 매각하는 것이 목적이 아니겠는가 점치고 있다. 허황옥이라는 인물이 과연 어느 시점에서 자신의 몸값을 얼마나 요구할지, 타고난 경영 감각을 가진 그녀의 블러핑에 과연 누가 넘어갈지가 관전 포인트다.

– 조중일보 김구라 기자

"이런 말씀드리기 조심스럽습니다만, 오랫동안 권력화된 한국 언론의 특이한 지형이 보인다 할까요? 스타월드의 사주를 받은 언론들의 집중포화를 받는 상황, 허황옥의 반응은 어떠했습니까?"

"정확하게 말씀드리자면, 그건 스타월드의 사주라고 볼 수는 없을 것 같습니다. 아니, 그레이스의 오더는 아니었다고 말씀드려야겠네요. 말씀하셨듯이 친정부, 친기업 성향의 언론사들이 스타월드 인어빵 출시를 기점으로 붕어공주의 위해성을 부각하기 시작한 것이죠. 그들에게 애시당초 붕어공주 허황옥은 매우 불편한 존재였습니다. 허황옥은 기사를 보고 많이 속상한 눈치였어요. 아시다시피 속 얘기를 잘 안 꺼내다 보니 어쩌면 그냥 본인이 감내해야 한다고 생각하는 것도 같았어요. 지나가듯이 이런 말을 한 적은 있습니다. '붕어빵 파는 게 이렇게 힘든 일일지는 몰랐어. 내가 만든 꿈붕어빵을 먹고 사람들이 꿈을 꾸는 게 그렇게 큰 문제가 되는 거야? 내가 원하는 건 그냥 배고픔을 조금만 덜어 주고, 최소한의 꿈을 꾸기를 바라는 것뿐인데… 내가 그렇게 나쁜 걸까?' 하길래 저는 '차라리 인터뷰든 뭐든 네 생각을 직접 밝히면 어때?' 하고 조심스레 말한 적도 있었습니다. 하지만 그 부분에 대해서는 아무 말도 하지 않더군요.

그레이스도 그 기사를 보고 매우 화를 냈다고 들었습니다. 본인은 붕어공주와 정정당당한 대결을 펼치고 싶었는데, 민심 이반으로 고민하던 정부 여당과 보수 성향 언론사들이 붕어공주를 정치적으로 음해하는 일에 스타월드를 이용한다며 큰 불쾌감을 드러냈다고 하더라구요."

언론사들과 별개로 스타월드 충성도가 있는 기존 소비자들은 인어빵을 먹으며 자발적으로 사진을 올리는 등 적극적인 홍보가 시작되었다.

@star_world 스타월드

#스타월드 #인어빵 #스타월드_신제품 #인어빵출시! #꿈 #꿈은이루어진다 #소원성취

"삼오전자 입사! 이번엔 꼭 꿈을 이루고 싶어요!"
"우리 아들 대기업 취직하게 해 주세요!"
"올해는 공무원 시험 반드시 합격!"
"저는 의사가 되고 싶어요!"
"로스쿨 꼭 붙게 해 주세요!"
"대장 아파트 당첨되게 해 주세요."
"비트코인 떡상하게 해 주세요."
"로또 1등 되게 해 주세요."
"돈 많이 버는 '사' 자 남자랑 결혼하게 해 주세요."
"연봉 5억 주는 회사에 다니고 싶어요."

인어빵을 먹은 사람들도 꿈을 꾸기는 했다. 그렇지만 붕어공주 붕어빵을 먹고 꾸는 꿈과는 결이 달랐다. 인어빵을 먹고 꿈을 이야기하는 사람들은 대체적으로 꿈이 아니라 무언가에 대한 욕망들이었다. 직업이거나 세속적인 바람. 물론 그들의 꿈이 잘못되었다고 질타할 수는 없었다. 사람이라면 누구나 추구할 법한 욕망을 문제라고 할 수는 없는 것 아니겠는가? 그럼에도 불구하고 그레이스는 이러한 댓글들을 보며 착잡함을 느꼈다. 그레이스가 바란 것은 스타월드 인어빵을 먹은 사람들도 붕어공주 꿈붕어빵을 먹은 사람들처럼 꿈꾸기를 바랐다. 자신이 그랬던 것처럼. 하지만 사람들이 그런 꿈을 꾼다는 이야기는 없었다. 그레이스는 이 부분에서 적잖이 실망하였다. 자신의 인어빵을 통해서도 사람들이 꿈과 희망을 갖기를 바랐는데….

그러거나 말거나 스타월드의 인기는 하늘 높은 줄 모르고 올라갔다. 일부에서는 붕어공주 붕어빵을 의식한 물타기 전략 아니냐는 비판도 있었지만, 마케팅 전문가라는 자들이 나와 대부분의 기업들이 경쟁 제품과 맞서는 일반적인 마케팅 전략일 뿐이라고 실드를 쳐 주자 대부분의 사람들은 또 그러려니 하고 넘어갔다.

insert CNN 인터뷰, 시민 인터뷰

"뭐 안 그런 기업 어딨어? 어디서 비빔면 나오면 다른 회사서도 비빔면 비슷하게 나오잖아? 소비자 입장에서는 선택의 폭이 넓어져서 좋은 면도 있지."

"사실 난 사람들이 하도 난리를 쳐서 붕어공주 꿈붕어빵 한번 먹어 보기는 했는데, 뭐 별거 없더만. 꿈은 무슨 개뿔… 그게 말이 되는 소리야? 붕어빵 먹고 꿈을 꾼다는 게? 다들 장삿속으로 하는 소리들이지. 괜히 멀쩡한 애들이 거기 현혹돼서 무슨 교육 시스템이 어쩌고 떠들고…."

"전 사실 스타월드 열혈 팬인데, 그동안 여기저기서 스타월드를 악마화 하니까 분위기상 가서 먹기가 좀 그랬거든요? 그런데 인어빵 나왔다고 해서 먹어 보니까 역시 괜히 대기업이 하는 게 아니구나 싶어요! 훨 고급스럽고 맛도 좋던데요. 스타월드 파이팅!"

"저는 인어빵 먹고 꿈에 그레이스가 나왔어요! 그레이스가 저 이번에 삼오전자 꼭 붙을 거라고 응원도 해 줬어요! 그러고 나서 진짜 삼오전자 합격한 거 있죠? 대박!"

Scene15. 배두호, 붕어공주 다큐 성공

붕어공주 다큐의 첫 방송 이후 배두호의 유튜브 채널은 엄청난 이슈가 되었다. 특히 허황옥과 어릴 때부터 친구였단 사실이 알려지면서 그를 허황옥의 최측근으로 여긴 사람들이 그를 통해 허황옥에게 해야 할 말들이나 부탁을 전달했다.

배두호는 처음으로 맛보는 성공에 휩싸였다. 그동안 뿌리 없는 연잎처럼 떠돌아다닌다는 자괴감 때문에 어딘가 소속되고 싶어 발버둥 치던 그였다. 그리고 이제야 스스로 뿌리를 내릴 수 있을 것 같은 자존감이 생겨났다.

예전에는 누군가의 오더와 기획에 의존해 제작하고 납품을 해 왔지만, 지금은 자신의 이름을 걸고 자체적으로 콘텐츠를 만들어 걸다 보니 스스로 많은 책임감을 갖고 결단을 내려야 했다. 과연 이 붕어공주 다큐를 몇 회까지 끌고 가야 할지… 배두호는 우선은 매일매일 대략 허황옥의 모습과 일상을 숏츠로 업데이트하면서 5회 정도의 분량으로 만들겠다고 생각하고 있었다. 그러나 불현듯 과연 이 다큐가 끝나면 나는 무엇을 해야 하나 하는 고민이 배두호의 머릿속을 엄습했다.

insert 꿈, 배두호의 꿈

광활한 모래 해변에 박혀 있는 유리병 안 도시. 유리병을 두드리며 밖으로 나가려고 하는 배두호. 유리병 밖의 허황옥이 배두호를 애타게 찾는다.

"두호야! 어딨어?~"

파도가 들이쳐 유리병이 휩쓸려 바다로 떠내려간다. 유리 벽을 두드리며 허황옥의 이름을 외치는 배두호….

"수경아! 황옥아! 여기야 여기~"

점점 깊은 바다로 빠져드는 유리병. 커다란 물고기들이 다가와 유리병을 둘러싸고 배두호를 바라본다.

insert CNN 인터뷰, 배두호

"이때 저 자신에 대한 불안과 불신이 굉장히 컸었어요. 태어나면서부터 그런 감정에 취약한 존재인 건지, 아니면 살아오면서 이 사회가 주입한 학습 효과인지 당시엔 알 수가 없었죠."

다행인 것은 친구인 허황옥이 자신의 촬영에 대해 아무런 불평이나 불만이 없다는 것이었다. 자신의 다큐로 더욱 사람들의 관심을 받게 되어 불편할 수도 있는데, 허황옥은 배두호가 잘 되는 일에 무척 기뻐하며 항상 응원해 주었다. 어린 시절부터 쌓아 온 둘만의 끈끈한 우정이 있다지만, 성인이 되면 모두가 자신의 이익만 생각하게 되는데… 그런 면에서 허황옥은 어릴 적 허수경과 다르지 않았다. 허황옥은 1,000일이 되면 자신은 새로운 길을 갈 것이라고 말했었다. 어쩌면 거기까지가 붕어공주 다큐의 마지막이겠다는 생각은 하고 있었다. 다큐의 최종회는 CNN에서 방영될 것이다. 무명의 다큐 감독이 세계적인 방송사와 단독 계약을 하고, 단숨에 유명 감독이 될 수 있었다니… 배두호는 아직도 믿기지 않는다. 그럼에도 불구하고 이 모든 것을 가능케 한 허황옥은 정작 아무런 일도 없다는 듯이 평상심으로 매일 자신의 일을 반복하고만 있을 뿐이다.

그녀를 보며 배두호는 신기하다는 생각을 지울 수 없었다.

Scene16. 그레이스와 강 기자의 대화

인어빵 출시 이후 다시 스타월드가 브랜드 선호도 1위의 명성을 되찾았지만, 그레이스의 얼굴은 밝지 않았다.

"강 기자, 저녁에 시간 돼? 우리 술 한잔 할까?"

그레이스는 그녀가 혼자 종종 가는 조용한 와인 바에서 강지영 기자를 만났다.

"인어빵이 대성공을 거뒀다는데… 그다지 기뻐 보이지 않으시네요?"

"하하, 티 나? 역시 자기는 못 속이겠다. 인어빵 잘되는 건 기쁜 일이지만 사실은 나도 꿈붕어빵처럼 사람들을 꿈꾸게 하고 싶었어. 정말 하고 싶은 것, 할 수 없었던 것에 도전하는 기쁜 얼굴을 보고 싶었다고…. 그런데 인어빵 먹은 사람들은 그렇지 않았어. 뭐가 달랐던 걸까? 그 비밀이 뭘까? 난 너무 궁금해. 알고 싶다구!"

"사실 그날 대표님이랑 붕어빵 먹고 저도 꿈을 꿨어요!"

"강 기자도? 무슨 꿈?"

"저만의 비밀 공간에 허황옥이 찾아와 꼬마 요리사인 저와 이야기를 나누는 그런…. 그런데 저도 이런 말 하기가 참 그런 게, 꿈을 꾼 건 팩트인데… 제가 붕어빵을 먹고 허황옥이 꿈에 나왔다고 믿는 건 또 다른 문제라서…."

"그럼 자기는 안 믿는 거야?"

"글쎄요… 설마, 대표님도 꿈에서 허황옥을 만나신 거예요?"

"응, 사실은 나도 그날 허황옥을 만났어. 그래서 나는 믿어…. 붕어빵의 꿈을…."

"…."

그레이스의 확신에 찬 대답에도 강 기자는 쉽게 수긍할 수는 없었다. 그레이스같이 이성적이고 합리적인 사람이 꿈을 믿는다고? 그녀도 꿈을 꾸긴 했지만, 기자라는 직업상 그것이 붕어빵 때문이라는 마법 같은 이야기를 마냥 믿을 수는 없었다. 그런데 누구보다 냉철하고 현명한 기업가로 알려진 그레이스가 그 소문을 순순히 믿는다는 것이 오히려 의외였다. 강 기자는 이제 허황옥을 직접 만날 때가 되었다고 생각했다.

Scene17. 강지영, 허황옥을 만나 취재하다

다음 날, 강 기자는 허황옥을 만나러 갔다. 그 꿈이 자신의 내면에서 나온 무의식의 한 부분이 꿈으로 나온 건지 아니면 진짜 꿈붕어빵을 먹고 꿈을 꾼 건지 확인할 수는 없지만, 그날 이후 계속 떠오르는 꿈 생각을 지울 수가 없었다. 더군다나 그레이스의 확신에 찬 표정에서 기자의 호기심이 발동했다. 물론 허황옥을 만난다고 해결될 것도 아닐 수 있지만, 직접 만나는 보고 싶었다. 강 기자가 허황옥의 붕어공주 푸드 트럭으로 다가왔다.

"안녕하세요? 허황옥 씨 되시죠? 조중일보의 강지영 기자입니다. 꿈꾸는 붕어빵에 대해서 취재가 가능할까요?"

허황옥은 반가운 얼굴로 강 기자를 맞이하면서, 아이패드를 찾아 펜으로 글을 썼다.

「어떤 얘기를 해 드리면 될까요? 제가 말을 못 해서 전 글로 써 드려야 될 것 같네요.」

"허황옥 씨 본인과 붕어빵에 대한 이야기를 편하게 해 주시면 될 것 같습니다."

허황옥은 웃으며 일단 붕어빵 하나 먹으라고 손으로 먹는 시늉을 하였다. 그리고 능숙한 솜씨로 따끈따끈한 붕어빵을 구워 강지영 기자에게 건넸다. 강 기자가 인터뷰를 하려고 분주해하자, 허황옥은 늘 그렇듯이 '우선 먹고 해요! 다 먹고 살자고 하는 일인데~' 하는 표정으로 붕어빵을 건네주었다. 마지못해 붕어빵을 한입 먹은 강 기자가 깜짝 놀라며 붕어빵 속을 바라보았다. 카레가 들어 있었다.

「카레 좋아하세요?」

"아… 네네… 어릴 때 좋아했어요, 지금은 아니지만…"

「아… 꼬마 때 좋아하셨구나… 내 친구 꼬마 요리사가 알려 준 레시피로 만든 카레 맛 붕어빵이에요. 오늘 처음 만들어 봤는데… 어떠세요?」

"꼬마… 요리사요?"

「네, 꼬마 요리사라고 꿈에서 만난 친구가 알려 줬어요!」

꼬마 요리사라는 말에 놀란 강 기자는 그레이스한테 걸렸을 때처럼 가슴이 터질 듯 쿵쾅거렸다. 그리고 이 맛은 자신이 꿈에서 알려 준 자신만의 카레 레시피와 똑같았다. 눈앞에서 조용히 웃기만 하는 이 허황옥이라는 여자를 어떻게 생각해야 할지 강지영은 혼란스러웠다.

"이런 질문 어떨지 모르겠지만… 당신… 정말로 제 꿈에 나온 그분이에요? 제 꿈에 찾아온 거 맞아요?"

「강 기자님의 꿈에 제가 나왔나요? 글쎄요…. 저는 꼬마 요리사를 만난 적은 있지만….」

강 기자는 더 이상 아무것도 물을 수 없었다. 여전히 허황옥은 자신을 바라보며 미소만 짓고 있었다.

Scene18. 강지영, 붕어빵을 먹고 꿈을 꾸다

허황옥을 만나고 집으로 돌아온 강 기자는 어떻게 돌아왔는지도 모를 정도로 정신이 아득했다. 날카로운 기자의 감으로 허황옥의 비밀을 파헤쳐 보겠다고 호기롭게 갔던 것이 무색하게 오히려 혼란만 더 키운 셈이었다. TV를 틀자 JRBC에서 허황옥 신드롬에 대한 긴급 토론이 진행되고 있었다.

"온 나라가 붕어공주 때문에 시끄럽군…."

그때 갑자기 진행자인 구손석의 입에서 나온 꼬마 요리사라는 단어가 강 기자의 귓속을 파고들었다. 〈100분 토론〉 중에 꼬마 요리사가 언급될 줄이야….

"자, 최근 붕어공주와 더불어 '꼬마 요리사'라는 블로거가 또 화제입니다. 미국에 IP를 둔 인물로 추정되는데… 요즘 심해어라는 인물과 함께 붕어공주를 가장 잘 이해하고 있는 인물들이라죠? 진보의 최전선에서 싸우는 이들이 누군지 모두 궁금해하고 있습니다. 어떤 글인지 한번 같이 보시죠."

트위터X

꼬마 요리사:

한국의 진보와 보수는 틀렸다. 아직도 이분법 사고에서 벗어나지 못하고 있는 현실. 본인이 어떤 가치관을 추구하는지에 따라 나뉘는 게 아니라 아직도 저소득층, 블루칼라, 임대 아파트에 살면 진보고 그에 반대되는 기득권층은 보수다.

심해어:
RT. 그래서 한국에 강남 좌파라는 단어가 있는 건가? 소득 단위에 따라서 나뉘는 게 아니라 가치관이 다른 건데. 편협한 생각에서 빨리 벗어나야 할 것 같아.

자신이 쓴 꼬마 요리사의 글을 방송으로 듣는 생경한 느낌에 강지영은 고민에 빠졌다. 그리고 벽에 비친 배트맨 그림자를 바라보며 혼잣말을 중얼거렸다.

"지영아, 언제까지 이런 이중생활을 할 수 있을 것 같니? 생각보다 일이 너무 커져 버렸어…. 뭐든지 꼬리가 길면 잡히는 법… 나야 상관없지만 아빠, 엄마, 오빠, 동생은 어쩔 거니? 그 사람들 얼굴 어떻게 보려고… 그들이 나를 용서할 수 있을까?"

강 기자의 내면은 자신과 어울리지 않는 옷을 평생 입을 수는 없다고 이미 오랫동안 생각하고 있는 중이었다. 스스로 커밍아웃을 할 것이냐? 아니면 누군가에 의해 밝혀질 것이냐? 그 무엇도 그녀가 피할 수 있는 길은 없었다. 그리고 일어날 일은 일어났다.

insert 꿈, 강 기자의 꿈

강 기자는 다시 허황옥을 만났다. 넓은 초원에 서 있는 허황옥과 강 기자. 하늘에 둥실둥실 구름과 붕어들이 떠 있다. 꿈붕어빵을 들고 강 기자를 맞이하는 허황옥.

"어서 와요~ 강 기자님! 자 여기 꿈붕어빵 하나 드세요!"

허황옥이 주는 꿈붕어빵을 받아 든 강 기자는 허황옥의 먹으라는 시늉에 한입 먹으며 말한다. 역시나 카레 맛이었다.

"여기는 어디죠?"

"제가 종종 오는 곳이에요. 봐요~ 저 하늘에 붕어들… 너무 아름답죠?"

"정말 꿈에 나온 거였군요. 제가 준 레시피와 똑같은 카레 맛…. 어떻게 이런 일이 가능한 거죠?"

허황옥은 웃으며 대답했다.

"불가능해야 하는 이유라도 있나요? 뭐든지 논리적으로 설명되어야 하는 건가요? 강 기자님이 평생 알고 있는 상식과 지식 중에 얼만큼 논리적으로 이성적으로 설명이 가능한가요?"

"마음이 가는 곳에 몸이 가는 걸 과학적으로 설명이 가능한가요?"

"저도 정확히 모릅니다. 제가 강 기자님의 꿈을 꾸는 건지… 강 기자님이 제 꿈을 꾸는 건지…. 우리가 진짜 꿈속에 있는 건지, 꿈이 현실이 되기도 하고, 현실 같은 꿈을 꾸기도 하고…. 어쩌면 신(God)만이 아시겠죠. 어쨌든, 꼬마 요리사님의 카레 맛은 정말 좋았어요! 손님들 반응이 넘 좋아요~ 다른 카레 맛도 좀 알려 주세요, 네? 아잉, 어서요~"

강 기자는 자신의 답답한 마음과는 전혀 상관없이 해맑게 웃으며 또 다른 카레 레시피를 달라고 조르는 허황옥을 바라보며 웃음이 나올 수밖에 없었다. 둘은 초원에 누워 하늘을 바라보며 이런저런 이야기를 나누었다. 각자가 서로 살아온 이야기들… 강 기자는 자신이 왜 꼬마 요리사가 되었는지 허황옥에게 고백했다. 자신의 이야기를 열심히 경청해 주며 자기 일처럼 기뻐하고, 속상해하는 허황옥을 보며 강 기자는 마음의 편안함을 느꼈다. 넘치지 않는 따듯한 햇살과 시원한 바람… 강 기자는 왠지 달디단 잠에 빠져 들 것 같았다.

Scene19. 강 기자의 가정사

낮에는 조중일보 강지영 기자, 그리고 밤에는 베일에 쌓인 꼬마 요리사… 강지영이 철저한 이중생활을 고수한 데에는 그녀의 집안 내력과 관련이 있었다.

그녀는 처음 숙명여대 미디어 학부에 입학했지만 반수 후에 다시 고려대 미디어학부에 편입했다. 그리고 서울대 대학원을 나와 조중일보에 입사한 재원이었다. 다른 이들이 보기에는 어릴 적부터 똑소리 나게 공부 좀 했겠다 싶은 인물이었다.

하지만 서울대 법대를 나온 이름난 판사인 아버지, 이대 출신으로 모교에서 제자들을 가르치고 있는 교수 어머니 사이에 태어난 그녀였다. 형제들은 또 어떤가? 서울대 경영학과를 수석으로 졸업하고 삼오전자 최연소 상무 타이틀을 달고 있는 오빠와 연세대 음대에서 첼로를 전공한 여동생에 비해 공부가 좀 딸렸다. 학교 다니면서 한 번도 딴짓한 적 없이 오로지 공부만 했다. 부모님이 딱히 강압적으로 공부를 시킨 건 아니지만 본인이 무엇을 해야 할지 그녀 스스로도 잘 알고 있었다. 하지만 아무리 공부를 해도 그 이상 올라가지 않았다. 오빠도 그런 강지영이 딱해서 너무 공부 스트레스 받지 말고 본인이 하고 싶은 일을 하라고 따뜻한 충고를 해주었지만, 넘사벽인 오빠의 말은 그녀에게 연민과 동정으로밖에 비치지 않았다. 차라리 "넌 왜 이리 공부를 못 해? 이렇게 잠만 자서 서울대 갈 수 있겠어?" 하는 소리가 났다 싶었다. 부모님과 형제자매의 안타까운 눈길을 그녀는 더 견딜 수가 없었다.

강지영의 어릴 적 꿈은 요리사였다. 주말이면 곧잘 가족들을 위한 음식을 만들었다. 그녀가 제일 잘하는 요리는 카레라이스였다. 당시 꼬마 요리사가 주말에 카레라이스를 만드는 광고가 유행했는데, 그녀는 그 광고를 좋아라 했고, 엄마가 사다 준 요리사 모자를 쓰고 주말에 엄마와 함께 요리를 만들었다. 나름 엄마의 도움을 받기는 했어도 거의 어린 그녀가 다 만들다 싶은 요리였다. 테이블에 둘러앉은 가족들이 자신이 만든 카레라이스를 맛있게 먹으며 '꼬마 요리사 최고!'라고 인정해 줄 때 행복했다. 하지만 크면서 점점 가족끼리 같이 밥 먹는 시간이 줄어들었다. 강지영 또한 여느 중고등학생들처럼 입시에 내몰리며 요리를 만드는 일은 계속될 수 없었다. 사실 그녀는 어릴 적 꿈인 요리사가 되고 싶었지만, 그 생각을 머릿속으로 생각하는 것조차 금기인 집안 분위기에서 그녀 역시 공부해서 좋은 대학 가고 부모님이 원하는 딸이 되는 게 목표였다.

누가 봐도 엄친딸인 그녀는 집안의 성향처럼 보수적인 정치색을 가지고 있었다. 그녀가 조중일보에 들어갔을 때 부모님은 매우 기뻐하셨다. 아마 딸이 서울대를 가지 못한 것을 조중일보에 입사한 것으로 보상받은 듯했다. 그런 부모님의 모습에 강지영 본인도 만족스러웠다. 이제야 사람 구실을 좀 한 듯해서 안도감이 들었다. 형제들도 모두 그녀를 대단하다고 인정해 주었다. 이제야 조금은 강씨 집안에서 동등한 위치에 선 듯한 느낌. 그들이 자신을 진짜 가족으로 받아 준 듯한 안도감이 들었다.

그녀의 정치적 성향은 중도 보수이고 스스로는 진보적이라고 말했지만, 남들은 다 그녀를 정통 보수라고 보았다. 대학에 들어가서 자신이 알고 있던 세상과 현실 세상은 다르다는 걸 실감하고 충격도 받기는 했지만, 자신이 속한 세상에 안주하기를 선택했다.

대학 때 가장 친했던 친구였던 선미는 학교 공부보다는 학생 운동에 열심이었고, 반미와 부의 재분배를 부르짖던 진보적인 성향의 친구였다. 친구와 종종 정치적 성향으로 대립을 하기는 했지만 늘 친구의 열정적이고 세상의 부조리와 싸우는 모습이 멋있다고 생각했다. 어느 날 그녀는 훌쩍 미국으로 유학을 갔고, 몇 년 후 모건 스탠리 다니는 미국 남자와 결혼해 평범한 주부가 되었다. 얼마 전 전화로 통화하던 선미는 대학 때와 완전히 달라져 있었다.

"야~ 사회 운동? 그건 젊었을 때 잠깐 하는 거지 뭐! 내가 한때 반미주의자였기는 한데… 내가 미국 와서 살아 보니까… 미국이 그나마 제일 나아~ 내가 보기엔 지영이 넌 진짜 리버럴이야. 네가 아무리 너희 집안 분위기 맞춰 살려고 해도 넌 언젠가 스스로 깨닫게 될걸? 그래, 내 아이디너 하나 빌려줄게! 음식 블로그 한다는 거지? 다른 거 이상한 거 하지 마라! 호호호. 너, 다음 휴가 때 미국 한번 안 올래? 우리 신랑 동료들 중에 돈 잘 벌고, 집안 좋은 놈들 많아~ 너도 여기 와서 나랑 살자! 지영이 너도 한국은 안 어울려~"

강 기자가 붕어공주를 처음 본 것은 인스타그램이었다. 어느 날부터 인스타에 올라오는 붕어공주 해시태그와 붕어빵 인증 사진을 보며 그저 새로 생긴 길거리 음식 맛집이라고 생각했다. 인도풍의 이국적인 느낌의 여자가 푸드 트럭으로 장사하는 모습이 조금 특이하다고 생각은 했었다. 거기다 심지어 벙어리라니? 인도 악기로 연주하고 요가와 명상하는 모습은 '나름 드라마틱하군~' 이 정도? 매일 새로 생기고 사라지는 수많은 길거리 음식 중 하나려니… '붕어빵이 거기서 거기지 왜들 호들갑이야?' 라고 생각했다.

하지만 얼마 후 허황옥의 유튜브와 사람들의 댓글을 보면서 이것이 단순히 붕어빵 장사를 하는 누군가의 이야기가 아니라는 것을 알게 되었다. 그때부터 허황옥에 대해 조사하기 시작했다. 자신의 삶과는 정반대에 서 있는 인간. 본인과 비슷한 나이대지만 그녀는 본인이 걸어온 삶과는 완전 반대의 길을 걸어왔다. 그럼에도 불구하고 그녀가 이루어 낸 성과들을 보고 있자니, 무언가 알 수 없는 패배감이 몰려왔다. 심지어 이유 없는 적대감까지… 현실에서 이러한 일들이 일어난다는 것은 자신이 속한 세상의 시점에서는 인정하기 힘든 일들이었다. 종종 개천에서 용 난 케이스를 볼 때면 그들의 성공 스토리가 감동적이기도 하고, 그간의 고난에 대한 대가로 충분하다 이해되는 경우가 있다. 하지만 허황옥의 성공은 그녀에게 쉽게 납득이 가지 않았다. 어떻게 시골 무지렁이가 붕어빵 하나로 세계 최고의 신진 경영자 소리를 듣는 상황이 되지? 그리고 게다가 진보적이다? 본인의 가치관에서는 무언가 서로 안 맞는 투피스를 입은 느낌이었다. 그녀가 속한 집단에서도 붕어공주의 성공을 바라보는 느낌은 같았다. 시간이 지날수록 누군가는 허황옥을 그대로 둬서는 안 되겠다고, 사회의 안정을 해치는 존재는 바닥까지 끌어내려야 한다고 생각하게 되었다. 그들은 그 역할에 강 기자가 딱이라고 여겼다.

그러한 그녀의 선입견은 꿈붕어빵을 먹고 붕어공주 허황옥을 직접 만나고 밀착 취재를 시작하면서부터 서서히 변해 갔다. 허황옥에게서 느꼈던 알 수 없는 적개심이 자신의 내부에서 나오는 부끄러움이었다는 걸 깨닫기 시작한 것이었다. 오롯이 자신이 속한 집단이 원하는 모습으로 살지 못하면서 꼬마 요리사라는 부캐에 숨어 이중적인 삶을 살아온 자신에 대한 부끄러움이었다. 어릴 때부터 그녀는 자신이 태어난 환경에 속하지 못하는 것은 아닐까 불안했고 환영받지 못할까 봐 두려웠다. 그저 시험 운이 나빴을 뿐인데 큰 실망을 하는 부모님의 모습이 보기 싫어서 다시 반수 후 고대에 들어갔고, 서울대 대학원을 졸업하며 학력 세탁을 어느 정도 했다고 생각했지만, 학부 졸업장은 늘 그녀의 꼬리표처럼 따라다녔다. 졸업 후 조중일보에 입사했을 때에야 비로소 자신의 몫을 다한 것 같아 안심이 되었다. 부모님과 형제들, 주변 사람들의 기뻐하는 모습을 보며 그동안 자신이 느꼈던 불안감을 조중일보 합격통지서로 퉁친 것이었다.

그 후에는 낮에는 철저하게 부모님과 자신이 속한 사회가 원하는 모습으로만 살아갔다. 한동안 그녀는 잘 살았다. 하지만 어느 날 그녀의 내면에 가두어 뒀던 꼬마 요리사가 스물스물 기어 나와 다시 그녀와 갈등이 시작되었다. 결국 미국으로 시집간 친구의 아이디로 '꼬마 요리사 요리 블로그'를 만들어 밤에는 자신만의 이중생활을 시작했다. 처음에는 요리 관련 글만 쓰다가, 어느 날부터 조금씩 사회, 시사 관련 이야기를 쓰게 되었다. 몇 번을 지우고 쓰고 하면서, 아주 최소한으로만, 문제가 되지 않을 정도로만 썼다. 그럴 때마다 강 기자의 마음속에서는 꼬마 요리사로서의 자신과 강지영 기자로서의 의견이 항상 충돌했다.

'강 기자, 왜 이렇게 소극적이야? 네가 그러고도 기자라고 할 수 있어? 이거 어차피 미국 아이디라 아무도 모를 거야. 네가 쓰고 싶은 얘기 더 써!'

'지영아, 정신 차려! 그러다가 누가 알기라도 하면 어쩌려구… 너뿐 아니라 주변 사람들 생각도 해야지. 요리 관련된 것만 하기로 했었잖아! 이건 위험해~'

'조용히 해! 이 겁쟁이 기집애야. 처음부터 네 관심은 정치, 사회가 주제였잖아. 이럴 거면 꼬마 요리사가 왜 필요해? 아무도 모를 거야! 아이디도 미국 거고~ 그리고 누가 이걸 읽겠어? 이 정도 일탈은 누구나 하는 거라고! 어서 써!'

강 기자는 내면에 숨어 있는 꼬마 요리사가 자신을 부추기는 걸 느꼈다. 강 기자는 핸드폰 자판을 만지작거리며 몇 번을 쓰다 지우다 하다가 결국 쓰고 만다.

트위터X

꼬마 요리사:

"최근에 가장 잔인한 판결. 800원 횡령한 버스 기사의 해고. 교수가 연구비 2억, 3억 해 먹은 건 봐주면서, 동료들과 자판기 커피 먹으려고 800원 횡령한 버스 기사는 해고가 정당하다는 판결… 과연 우리 사회는 공정하다고 말할 수 있는가…."

자신의 아버지의 판결을 비난하면서 꼬마 요리사는 더욱 적극적으로 사회, 정치 이야기를 다루기 시작했다. 강지영은 죄책감과 두려움에 떨었지만, 그동안 꽁꽁 숨겼다 튀어나온 이 꼬마 요리사는 더 이상 숨을 생각이 없어 보였다. 어두운 밤, 검은 요리사 복장을 하고 가면을 쓴 꼬마 요리사가 자신을 대신해 하고 싶은 말들을 시원하게 쏟아 놓는 모습에 강지영은 알 수 없는 쾌감에 휩싸였다. 언젠간 파국으로 갈지도 모른다는 알싸한 느낌은 가슴속에 품은 사직서라는 날카로운 칼 한 자루로 견뎌 냈다.

Scene20. 강 기자, 오랜만에 친오빠랑 통화하다

운전 중인 강 기자의 핸드폰이 울리자 그녀는 스피커폰으로 전환해 전화를 받았다.

"강 기자, 요즘 왜 이렇게 바뻐? 도통 집에도 안 오고 말이야…."

"어머나~ 이게 누구십니까? 삼오그룹 강 상무님이 어쩐 일로 저같이 미천한 기자 따위에게 전화를 다 주십니까?"

"아, 왜 이러십니까~ 조중일보에서 삼오전자 전면 광고 싹 걸어 드리면 오빠 대접을 해 주시려나? 흐흐."

"아이고? 조간 1면에 상무님 얼굴 대문짝만하게 나와야 여동생 귀한 줄 아시려나?"

"아이고, 네네~ 강 기자님! 잘 알아 모시겠습니다~ 너, 이번 주에는 집에 올 거지? 아버지가 너 꼭 오라고 하셨어."

"갈 겁니다~ 가야죠. 못난 딸년이지만 가서 재롱 좀 떨어 드려야죠~"

"하하, 그래~ 너 와서 카레 좀 만들어 주라 오랜만에. 오빠는 네가 만든 카레 먹고 싶다."

"호호, 그래~ 오랜만에 오늘은 내가 요리사 한번 해 줄게~"

"그래, 수고하고 집에서 보자."

오빠와 전화를 끊고 흐릿하게 미소 짓는 강지영이 어릴 적 추억을 떠올렸다.

Scene21. 과거 회상, 강지영의 어릴 적 추억

주말 아침, 부엌에서는 꼬마 요리사 복장을 한 강지영이 엄마와 함께 카레를 만들고 있었다. 하얀 요리사 모자 아래로 땋아 내린 머리가 그녀의 앙증맞은 모습을 더욱 돋보이게 했다. 작은 손으로 주걱을 돌리는 모습이 익숙하지는 않았지만, 그녀의 표정은 진지했다. 테이블에 둘러앉은 가족들이 그녀가 나눠 준 카레를 맛보며 웃음꽃을 피웠다.

"난 커서 요리사 할 거야!" 강지영이 당차게 말했다.

아빠는 숟가락을 내려놓으며 고개를 저었다. "요리사 해서 밥 먹고 못 살아~ 아빠는 지영이 의사하면 좋겠다!"

지영이는 아빠의 말에 반박하고 싶었지만, 그저 입을 앙다물고 주방으로 다시 돌아갔다.

시간이 흘러 고등학생이 된 강지영. 그녀의 책상 위에는 시험지와 참고서가 산더미처럼 쌓여 있었다. 성적표를 보는 아빠의 목소리는 점점 날카로워졌다.

"너 이렇게 성적 떨어지면 의대 못 가! 네 오빠 좀 본받아! 오빠는 서울대 경영학과 쉽게 갔잖아!" 아빠의 목소리에 실망이 가득했다.

엄마는 팔짱을 끼고 혀를 찼다. "이러다 너 진짜 대학은 가겠니? 진짜 요리사 되려고 그래? 요리사 해서 먹고살기나 하겠어?"

오빠까지 대화에 끼어들었다. 그는 동생을 바라보며 무겁게 입을 열었다. "그만하세요. 지영이도 할 만큼 한 거예요. 지영아, 더 열심히 할 거지? 너 지금 그 정도 공부해서는 안 돼. 잠 더 줄여. 지금 공부 안 하면 네 미래가 불투명해지는 거야. 어느 학교 가느냐가 네 미래를 결정한다고! 알겠어?"

여동생은 자신의 방에서 첼로 연습을 하다가, 열린 문틈 사이로 들리는 부모님과 오빠의 불같은 역정이 자신에게로 불똥이 떨어질까 전전긍긍하고 있었다. 강지영은 아무 말도 하지 못했다. 책상에 고개를 떨군 채, 닭똥 같은 눈물이 뚝뚝 떨어졌다. 그녀의 마음속에 무언가 무너지는 소리가 울려 퍼졌다.

시간이 흘러 강지영은 조중일보 기자가 되었다. 어느 날 저녁, 집에 들어온 그녀를 엄마가 반갑게 맞았다.

"얘, 지영아~ 소식 들었지? 오빠 이번에 삼오그룹 사위 될 것 같다. 니네 오빠 너무 대단하지 않니?" 엄마는 눈을 반짝이며 말했다.

강지영은 애써 웃으며 대꾸했다.

"우리 엄마 소원 이루시네~ 축하드려요."

엄마는 미소를 지으며 말을 이었다.

"너도 아버지 판사로 계실 때 얼른 시집 가야 해. 아빠가 검사 사위 보고 싶다고 하는데, 엄마가 자리 만들어 볼게. 검사랑 결혼하면 조중일보에서 너도 더 자리 잡기 좋을 거야. 사모님 소리 들어야지."

강지영은 참다못해 웃음을 거두며 날카롭게 반박했다.

"엄마! 아빠가 아니라 엄마가 검사 사위 원하는 거겠죠. 결혼이 쇼핑도 아니고, 무슨 포트폴리오 만드세요? 저는 관심 없어요!"

옆에서 여동생이 장난스레 끼어들었다.

"엄마, 그럼 내가 나갈게. 나는 검사 좋아!"

엄마는 고개를 돌려 여동생을 바라보며 한숨을 내쉬었다.

"으이그, 넌 의사랑 결혼해! 집안에 의사 하나는 있어야지. 엄마가 자리 잡아 뒀어. 강남에서 큰 성형외과 하는 사람이라더라."

여동생은 장난기 어린 미소를 지으며 말했다.

"그래~ 난 의사도 좋아. 대신 잘생겨야 해! 난 못생겼는데 공부만 잘하는 애들은 싫어."

엄마는 혀를 끌끌 차며 대꾸했다.

"이런 철딱서니하곤… 얼굴이 밥 먹여 주니? 너 전에 사귀던 바이올린 한다던 애. 얼굴만 잘생기면 뭐 해? 집안 환경이 좋아야지. 그나마 재능 있어서 서울대 음대 간 거 말고 뭐가 있니? 진작 헤어지라니까 질질 끌다가… 쯧~"

여동생은 고개를 홱 돌리며 볼멘소리로 답했다.

"왜 또 그 얘기를 꺼내? 그래도 걔 지금 학원 해서 돈 잘 벌어~ 아직도 나 못 잊어서 결혼도 안 하고 있다고 하더라구…."

엄마는 손을 휘저으며 단호히 말했다.

"돈만 잘 번다고 다인 줄 알아? 그 집안을 봐야 하는 거야. 정신 차리세요, 강 첼리스트님~"

자동차 안, 강지영은 잠시 어린 시절을 회상하던 것을 멈추고 핸들을 고쳐 잡았다. 방금까지 그녀의 입가에 머물던 옅은 미소는 사라졌다. 창밖으로 스치는 도시의 풍경과 함께 그녀의 머릿속에는 과거의 대화들이 끊임없이 맴돌고 있었다. 그녀는 씁쓸하게 한숨을 내쉬며 고개를 살짝 숙였다. 회상의 여운이 깊게 남은 듯, 그녀의 표정에는 복잡한 감정이 드리워져 있었다.

Scene22. 강지영의 어머니, 강 판사의 생일 준비를 하다

강백호 판사의 생일 아침, 일하는 사람들로 주방은 매우 분주했다. 일하러 온 사람들은 강판사 가족에 대해 저마다 알고 있는 이야기들을 앞다퉈 꺼내 놓고 있었다.

"남편 판사에, 아들 삼오전자 다녀, 첫째 딸은 조중일보 기자, 막내딸은 음대 나와서 의사랑 곧 결혼… 아이고, 저 사모님은 무슨 복을 타고 나서… 진짜 부러울 게 없는 여자야~"

"판사님은 조만간 대법원장 된다고 하던데? 집안이 장난 아니구만~"

"둘째가 조금 기대에 못 미쳐서 사모님이 속상해했었는데, 다행히 조중일보 들어가서 얼마나 좋아하시던지~"

"막내 시집보낼 때도 집안에 의사는 하나 있어야 한다고 하시더니… 결국 의사 사위 보시네. 대단하다 대단해~"

"에휴~ 그러게, 우리들은 상상도 못 할 일이지 뭐. 집안에 의사 있으면 얼마나 좋은지 몰라. 병원 가서 아무리 아파도 순서대로 하면 기다리다 죽어. 오래 살아 봐야 뭐 하나… 이렇게 살 거면…."

Scene23. 가족이라는 이름의 낯섦

그날 저녁, 강지영의 가족은 오랜만에 모두 모여 식사 중이었다. 식탁에는 갓 지은 밥과 정성스레 차려진 반찬이 가득했지만, 대화는 꽤나 무겁게 느껴졌다. 강 판사는 숟가락을 들며 낮고 단호한 목소리로 입을 열었다.

“얼마 전에 버스 기사가 800원씩 횡령한 사건이 있었어. 바늘 도둑이 소도둑 된다더니… 그 몇 푼 한다고 자판기 커피를 마시려고 그 짓을 하다니… 쯧쯧.”

엄마도 고개를 끄덕이며 맞장구쳤다.

“그러게요. 왜들 그러는지 몰라요. 버스 회사 사장이 화날 만도 하네요. 월급을 안 주는 것도 아닌데 왜 남의 돈으로 커피를 마시려고 해? 무슨 심보야?”

여동생은 밥을 먹다 말고 고개를 흔들며 한마디 거들었다.

“의외로 그런 사람들 많아요. 대부분 사람들이 염치가 없어~”

여동생의 약혼자 박 원장이 가세하며 웃음을 지었다.

“병원에 오는 환자들도 염치없는 사람들이 많습니다. 환자들 눈치 보느라 의사 일도 힘들어 죽겠어요.”

엄마는 탄식하며 그를 위로했다.

“아휴, 어렵게 의사 돼서 그런 대접이나 받고… 부모님이 아시면 얼마나 속상하겠어?”

식탁 분위기가 가라앉으려던 찰나, 강 판사가 고개를 들어 말했다.

“참, 아까 삼오그룹 회장님께서 전화 주셨다. 조만간 결혼식 날짜를 잡아서 알려 준다고 하시더구나.”

오빠는 숟가락을 내려놓고 미소를 지었다.

“네, 안 그래도 낮에 회장님하고 점심 했습니다. 이번에 판결 신경 써 주셔서 감사하다고 말씀 전해 달라 하시더라고요.”

“뭘 그런 걸, 사돈 일인데 당연히 도와야지.” 강 판사는 담담하게 대답하며 한숨을 내쉬었다. “삼오그룹 같은 큰 기업이 움직이다 보면 여기저기 돈이 한두 푼 들어가겠어? 그걸 가지고 언론에서 비자금이네 불법이

네, 횡령이네 물고 뜯고 난리들이라니… 지영이 다니는 조중일보같이 정통성 있는 신문들만 남기고 다 없애 버려야 해."

엄마는 웃으며 박 원장을 향해 고개를 돌렸다.

"이 양반이 박 원장도 있는데 험한 소리를 하시고 그래요~ 미안해요, 박 원장. 우리 판사님이 종종 욱하신답니다. 호호호."

박 원장은 손을 흔들며 공손하게 웃었다.

"아닙니다, 어머님. 그리고 아버님, 지당하신 말씀입니다. 저희 집도 조중일보, TV조중 아니면 안 봅니다. 처형이 조중일보 다닌다고 저희 부모님이 얼마나 좋아하시는지 모릅니다. 요즘 나라가 점점 좌경화되어 간다고 부모님이 걱정이 많으세요. 얼마 전 광주 사태 진상 조사를 보시면서 홍어 빨갱이들이 나라 망친다고 얼마나 걱정을 하셨는지…."

순간 강 판사의 표정이 굳었다. 그의 눈매가 서늘하게 변했지만, 그는 아무 말도 하지 않았다. 엄마도 살짝 당황한 기색이었고, 이를 눈치챈 여동생이 화제를 바꾸려고 서둘러 입을 열었다.

"어머, 뭐야? 그럼 나보다 우리 언니가 더 좋으신 거 아냐? 흥!"

여동생은 장난스러운 표정을 지으며 약혼자를 쳐다봤다.

"아이고, 무슨 그런 서운한 말씀을… 저는 공주님만 바라볼 뿐입니다~ 노여움을 푸소서~ 흐흐흐."

박 원장이 웃으며 대답했다.

"뭐, 공주? 설마 붕어공주 허황옥 말하는 거야?"

여동생이 히죽거리며 물었다. 박 원장은 말문이 막힌 듯 쩔쩔맸다.

엄마는 눈을 가늘게 뜨며 화제를 다시 돌렸다.

"그나저나 요즘 붕어공주인가 뭔가가 시끄럽던데… 지영아, 뭐 아는 거 있니?"

강지영은 잠시 생각에 잠겼다가 천천히 대답했다.

"글쎄요, 알려진 것처럼 이상한 사람은 아닌 것 같던데요."

강 판사가 퉁명스럽게 한마디 했다.

"아니긴 뭐가 아니야? 꼴뚜기가 뛰니까 망둥이도 뛴다고… 공주라 말하면 다 같은 공주인가? 어디서 근본도 없는 것들이 혹세무민하면서…."

여동생은 아빠의 말에 고개를 갸웃하며 말했다.

"엄청 부자라던데? SNS가 거의 해외 셀럽이더라구!"

"붕어빵 그거 몇천 원짜리 팔아서 어떻게 부자가 되니?"

엄마가 콧방귀를 뀌며 말했다.

박 원장이 차분히 설명했다.

"어머님, 요즘에는 SNS만 잘해도 엄청 돈을 많이 벌기는 합니다."

여동생은 짐짓 심각한 표정을 지으며 농담했다.

"나도 첼로 하지 말고 붕어빵이나 팔 걸 그랬나 봐? 나 정도 미모면 붕어공주보다 더 유명해졌을 것 같은데? 안 그래?"

엄마는 손을 휘저으며 한숨을 쉬었다.

"기껏 첼로 가르쳐 놨더니… 박 원장, 재가 저렇게 철이 없어요~ 난 이제 몰라요. 박 원장만 믿어요!"

"어머님, 걱정하지 마십쇼. 제가 공주처럼 잘 모시겠습니다! 하하하."

박 원장은 능청스레 대답하며 웃었다.

식탁에는 웃음소리가 퍼졌다. 강지영은 어색하게 따라 웃으며 식탁 건너편에 앉은 아버지 강 판사를 조심스럽게 바라보았다. 그의 입은 웃고 있는 듯 보였지만 표정에는 어두운 그림자가 어른거렸다. 가족들 대부분은 그 어색한 웃음 속에서 그의 아킬레스건 버튼이 눌렸음을 알아차렸지만, 누구도 그것을 입 밖으로 내지는 않았다.

Scene24. 3인방, 다시 허황옥을 찾아오다

허황옥의 서울 입성 이후 선거도 슬슬 불이 붙고 있었다. 그녀의 행적은 가는 곳마다 언론에 보도가 되었고, 박민지는 싫어도 뉴스를 통해 허황옥의 일거수일투족을 알게 되어 심히 불편했다.

"진짜 징글징글하게 나오네… 저게 뭐라고…."

"네? 뭐가요? 아~ 붕어공주 허황옥요? 아, 맞다, 박 변이랑 친구라고 하셨죠? 우와~ 넘 부러워요. 저런 셀럽이랑 친구시라니~ 역시 박 변은 타고난 운이 좋은 거 같아~"

박민지는 남의 속도 모르고 자신이 붕어공주를 알고 있는 것이 행운이라고 말하는 동료 변호사의 말에 짜증이 일었다.

박민지는 김선희, 이주영과 함께하는 프린세스 단톡방으로 들어갔다.

[박민지] "허황옥, 서울 입성하셨네? 이제 제대로 일을 꾸미려나 보다. 난 얘가 정말 이런 애인 줄 몰랐어."

[김선희] "그러게 말야. 진짜 국회의원이라도 하겠다는 거야? 아니면 어디다가 엄청 비싸게 팔고 외국으로 튀던가?"

[박민지] "흥, 뭐든 간에 그렇게 쉽지는 않을 거야. 지금 분위기 장난 아니야. 지켜봐 봐! 아주 깜짝 놀랄 일들이 벌어질 거니까!"

[이주영] "어휴, 저년 때매 우리 엄마는 이제 거의 장사 접을 분위기야. 아, 짜증 나! 어떻게 좀 해 봐. 감방에라도 보낼 방법 없어?"

[김선희] "헐, 주영아, 지금 니네 엄마가 문제가 아니야. 시장 아줌마 가수 된다고 하는 그런 차원의 문제가 아니라구."

[이주영] "아니… 그래, 맞아, 우리 엄마야… 뭐, 개인적인 거니까… 미안."

[박민지] "서울에 올라왔으니 우리가 신고식 한번 해 주러 가야지~"

그렇게 찾아온 주말, 박민지와 이주영, 김선희는 붕어빵 트럭 앞에 서 있었다. 그러나 그들은 조금도 즐거워 보이지 않았다. 트럭 앞에는 수많은 사람들이 길게 줄지어 서 있었고, 분위기는 마치 연예인 팬미팅 현장처럼 흥분과 기대감으로 가득 차 있었다. 고향 친구라는 이유만으로도 특별 대우를 받을 줄 알았던 그들이었지만, 현실은 그들도 긴 줄을 기다려야 했다. 박민지의 얼굴은 이미 불쾌감으로 굳어 있었다.

"아, 짜증 나! 이렇게까지 기다려야 하는 거야?"

이주영이 투덜거렸다.

"그러게. 다음부터는 그냥 메시지로 하면 안 되니?"

김선희가 맞장구쳤다.

"야, 장난해?" 박민지가 눈을 흘기며 대꾸했다. "얼굴 마주보고 얘기를 해야지. 좀만 기다려 봐! 붕어빵이나 빨리 좀 만들지, 젠장."

그들은 한 시간 넘게 기다려 간신히 차례를 맞았다. 붕어공주 트럭 앞에 도착한 박민지는 기다렸다는 듯 비꼬는 어투로 말을 꺼냈다.

"안녕, 붕어공주야~ 잘 지냈니? 붕어빵 또 먹고 싶어서 다시 왔어. 줄이 제법 길구나? 이럴 거면 사람 좀 두고 쓰던가… 회전율이 넘 느리다 얘~ 두호도 여전히 같이 있네?"

옆에서 김선희가 장난스러운 미소를 지으며 말을 보탰다.

"그나저나 너희 정분나는 거 아니야? 하하. 그래, 그러다 결혼도 하고 그럼 좋지~ 근데 둘이 결혼하면 축의금 어느 쪽에 내야 하는 거니? 호호."

"이렇게 서울에서 보니까 좋다. 김해까지 가려니까 넘 힘들었어."

이주영이 한숨을 쉬며 말을 이었다.

허황옥은 여전히 태연한 표정으로 그들을 바라보았다. 옅은 미소와 함께 붕어빵을 몇 개 먹을 거냐는 듯 손짓했다. 그녀의 무덤덤한 반응에 김선희와 이주영은 어리둥절해하며 박민지를 쳐다보았다. 박민지는 눈을 가늘게 뜨며 한 걸음 더 다가갔다.

"결국 서울로 올라왔구나? 딱 1년 놔두고 절묘한 시기에… 그런 거 보면 네가 뭔가를 꾸미는 거 같기는 하네?"

박민지가 허황옥의 반응을 살피며 의미심장하게 말했다.

그러나 허황옥은 여전히 표정 하나 바뀌지 않았다. 그녀는 조용히 붕어빵을 담아 건넸고, 이주영은 그 붕어빵을 받아 들고 난감한 표정으로 박민지를 바라봤다. 박민지가 다시 한 걸음 다가가자, 김선희는 핸드폰을 꺼내 그 모습을 카메라에 담기 시작했다. 멀리서 그 장면을 촬영하던 배두호도 카메라 렌즈를 조정하며 상황을 지켜보고 있었다.

"그런데 말이야…" 박민지가 조용히 입을 열었다. "외모도, 말 못 하는 것도 똑같은데, 왜 이름까지 바꿔 가면서 활동하는 거야? 뭐, 네 과거를 숨기고 싶고 그런 거야? 아니면 뭐 다른 거라도 숨길 일이 있어? 아니, 그렇잖아? 자기 본명 두고 이렇게 하는 이유가?"

허황옥의 얼굴에 미묘한 변화가 일었다. 그녀의 평온했던 표정이 잠시 흔들렸고, 박민지와 함께 있던 이주영과 김선희는 그 순간을 놓치지 않고 추궁하기 시작했다.

"그래, 뭔가를 숨기거나, 앞으로 숨길 일이 있거나… 좀 의심스럽기는 하네."

김선희가 빈정거리듯 말하고, 박민지가 날카롭게 말을 이어 갔다.

“네가 예전과는 다르게 완전히 새로운 사람이 된 듯 보여도 우리는 너를 알잖아? 아무리 지금 전 세계적으로 유명세를 탔다지만 사실 네 의중은 알 수 없고… 우려하는 사람들도 많아. 이렇게 해서 결국 비싼 값에 팔려는 거 모를 줄 아니? 붕어빵에 약까지 타 가면서 사람들 홀리는 게, 정상이라고 생각하니?”

이주영도 거들었다.

“인도에서 무슨 마약 같은 거 가져와서 넣은 거 아니야? 요즘 세상 흉흉한데, 먹는 거 가지고 장난하면 안 되는 거야!”

그들의 말이 도를 넘기 시작하자 배두호가 결국 카메라를 내려놓고 큰 소리로 말했다.

“야, 너희 정말! 내가 듣다 듣다… 안 나서려고 했는데…. 아니, 사람 앞에다 두고 무슨 짓이야? 너희들 너무 하는 거 아냐?”

그러나 허황옥은 배두호의 팔을 잡아 진정시켰다. 그녀는 차분하게 수어로 자신의 의사를 전했다.

「나한테 과거의 내가 아닌, 새로운 시작을 위한 변화가 필요했던 건 사실이야. 그렇다고 남들에게 해를 입히진 않았어. 사람들이 붕어빵을 맛있게 먹고 잠시라도 꿈을 꾸고 행복해지길 바랐을 뿐이니까.」

허황옥의 수어를 본 박민지는 비웃으며 말했다.

“얘 도대체 뭐라는 거니? 두호 너는 알아듣지? 통역해 봐!”

그 순간, 박민지가 갑자기 비명을 질렀다. 어디선가 나타난 고양이 한 마리가 박민지의 스타킹을 뚫고 다리에 상처를 냈다. 허황옥이 키우는 고양이 ‘고등어’였다. 고양이는 박민지에게 하악질을 하며 그녀를 위협했다. 언제 나타났는지 길고양이 무리 수십 마리가 트럭 주변을 에워싸며 붕어공주를 보호하려는 듯 위협적인 자세를 취했다. 배두호는 그 장면을 카메라로 담으며 속으로 통쾌함을 느꼈다.

'저 미물들도 꿈붕어빵 매일 얻어먹더니 은혜를 갚는구만! 어떨 때는 사람보다 낫다니까~'

"민지야, 괜찮니? 안 되겠다, 빨리 가자!"

김선희가 박민지를 부축하며 말했다.

"지저분하게 어디서 길고양이가… 수어도 도통 알아들을 수가 없고. 가자, 가!"

이주영이 투덜거렸다.

"어쨌든 너 조심해! 두호 너도 정신 차리고!" 박민지는 절뚝거리며 말했다.

3인방은 그렇게 자리를 떠났다. 고등어는 마치 아무 일도 없었다는 듯 하품을 하며 허황옥 곁에 자리를 잡았다. 나른한 고등어의 표정이 마치 이렇게 말하고 있는 것 같았다.

"냐옹~ 무슨 일 있었냥?"

Scene25. 3인방, 다시 스타월드에 모여 허황옥에 대한 뒷담화

약국에서 소독약과 반창고를 사 들고 나온 박민지와 친구들은 근처 스타월드로 자리를 옮겼다. 커피를 받아 들고 자리에 앉은 그들은 주변에 들릴까 조심스레 목소리를 낮추었다. 카페의 잔잔한 음악과 사람들의 웃음소리와는 다르게 세 사람의 대화는 서늘했다.

"아, 짜증 나! 미친 고양이 새끼들까지 지랄이야~"

박민지가 스타킹이 찢어진 다리를 쓸어내리며 씩씩댔다.

김선희는 박민지의 다리를 힐끗 보며 물었다.

"병원 안 가 봐도 될까?"

"이따 가 봐야지…" 박민지가 한숨을 내쉬며 대답했다. "아, 씨발, 이게 얼마짜리 스타킹인데! 아우, 짜증 나~"

그녀는 잠시 말을 멈추고 머리를 정리하듯 손가락으로 머리카락을 쓸어올렸다. 그러더니 마치 중요한 비밀이라도 말하듯 몸을 앞으로 기울이며 낮은 목소리로 속삭였다.

"그나저나 내가 아빠한테 들었는데… 조만간 검찰 조사가 시작될 거래."

이주영이 깜짝 놀라 눈을 크게 뜨며 묻는다.

"뭐야, 뭐야? 진짜 마약이라도 넣은 거야?"

박민지는 코웃음을 치며 대꾸했다.

"주영아~ 꼭 마약이 들어가야 문제가 되니? 문제를 삼으면 문제가 되는 거야. 검찰이 맘먹고 달려들면 절대 못 벗어나. 작정하고 털 거야. 사돈의 팔촌까지."

박민지는 잠시 말을 멈추더니 의미심장한 미소를 지었다.

"아, 맞다! 허황옥은 고아지? 그나마 그건 좀 피해 가겠네? 어쨌든 이미 검찰에서는 마약으로 몰아가기로 그림을 그려 놨어. 지금쯤 엄청 자료를 모으고 있을 거야. 우리나라 검찰이 어떤지 한번 당해 봐야 정신을 차리지."

김선희가 고개를 끄덕이며 맞장구쳤다.

"말이 언더독이지, 저렇게 자꾸 사회를 혼란시키는 개인과 단체들이 기어오르고 변화를 주장하면 세상이 어떻게 되겠어? 하여간 문제야. 혼 좀 나야 해!"

박민지는 찻잔을 천천히 들고 입가에 가져가며 부드럽게 말을 이었다. 하지만 그 안에 담긴 악의는 감출 수 없었다.

"맞아, 이참에 다 정리해야 해. 이래서야 어디 우리 같은 선량한 사람들이 맘 편하게 살 수가 있겠어?"

박민지가 이주영에게 눈길을 돌리며 핀잔하듯이 말했다.

"주영이 너도 너희 엄마 간수 잘해! 괜히 저런 데 휩쓸려서 검찰 조사받고 그러지 말고! 내가 이런 것까지 신경 써야겠니?"

그 말에 이주영의 얼굴이 굳었다. 그녀는 어깨를 움츠리며 힘없이 대답했다.

"우리 엄마가 뭘 잘못했다구 그래… 알았어. 미안해… 내가 조심시킬게…."

하지만 그녀의 말투는 점점 작아졌다. 커피잔을 만지작거리는 손끝이 떨리는 것을 박민지와 김선희는 알아채지 못했다. 이주영은 속으로 생각했다.

'엄마까지 조사를? 민지 정도면 우리 엄마는 조사 안 받게 빼 줄 수 있는 거 아니야?'

그녀는 이 말을 입 밖으로 꺼내지는 못했다. 박민지가 과연 들어줄까? 아니, 어쩌면 그 말이 더 큰 문제를 만들지 않을까 두려웠다. 이주영은 입술을 깨물며 생각을 접고 말았다. 세 사람 사이에 흐르는 공기는 더 차갑게 식어만 갔다.

그날 저녁 장사가 모두 끝난 트럭 안, 뒷정리를 하고 있는 허황옥 옆에서 배두호는 박민지가 올린 SNS 게시글을 보고 있었다. 허황옥과 대화를 나누는 모습, 새로 산 붕어빵 사진 등과 함께 해시태그가 달려 있었다.

@minji/민지

#허황옥_사실은허수경 #가난한어린시절 #돈에환장 #돈에눈멀었다 #거짓예언자 #음흉한 #꿍꿍이 #붕어공주 #짭공주 #길고양이 #고양이습격 #상처 #속상

배두호가 씁쓸한 얼굴로 박민지의 게시글을 읽으며 허황옥에게 물었다.

"어렸을 때 내내 괴롭히던 애들이, 지금까지 널 못 잡아먹어서 안달이네."

허황옥은 배두호의 말에 아무 답도 하지 않은 채 자신의 일만 하고 있었다.

"그런 애들이 찾아오면 붕어빵 안 팔고 그냥 내쫓으면 안 돼? 나쁜 마음 먹고 찾아온 게 뻔하잖아. 이제는 네가 키우는 고등어 가지고 난리야. 여기 사진 봐."

허황옥은 쥐고 있던 마른걸레를 두고 배두호에게 답했다.

「꿈붕어빵은 모두에게 먹을 기회가 있어.」

"아니, 그렇게까지 할 필요가 있어? 그냥 붕어빵일 뿐이잖아!"

「그냥 붕어빵이 아니야. 꿈을 꿀 기회지.」

허황옥의 대답에 배두호는 답답해졌다. 그래서 참지 못하고 한숨을 푹 내쉬었다. 그간의 갑갑했던 심정을 토로할 작정이었다.

"황옥아, 붕어빵은 그냥 붕어빵일 뿐이야! 대체 붕어빵으로 어떻게 꿈을 꾼다는 거니?"

그러자 허황옥의 두 눈이 전에 없이 날카롭게 빛났다. 허황옥이 배두호에게 물었다.

「두호 너는 어땠는데?」

배두호의 두 눈이 흔들렸다. 그걸 어떻게 알았지? 꿈붕어빵을 먹고 난 후로 늘 꾸던 꿈의 내용이 조금 이상해졌다는 걸 아직 말하지 않았는데…. 당황한 배두호가 아무런 대답을 못 하고 있자 허황옥의 얼굴에 다시 미소가 돌아왔다.

「너에게 일어나고 있는 일을 그저 받아들여. 믿어야, 네 세상이 달라질 수 있어.」

"그래…. 나한테도 이상한 일이 일어나고 있는 건 사실이야. 그럼 정말로 붕어빵에 뭔가 넣기라도 한 거야?"

허황옥은 어이가 없다는 듯이 크게 웃었다.

「하하, 그럴 리가 없잖아!」

"그럼 대체 어떻게 그런 일들이 일어날 수 있는 건데? 황옥아, 내가 널 믿게 해 줘. 우린 누구보다 가까운 친구잖아!"

배두호가 애원하며 말했다. 그간의 스트레스가 배두호를 꽤 괴롭혀 왔던 듯했다. 허황옥은 그런 배두호를 여전히 차분하게 바라보며 두 손을 다시 들었다.

「믿음은, 아무에게나 찾아오지 않아. 노력하는 자에게만 찾아오지. 노력은 네 스스로 해야 해. 네 스스로를 믿어 봐!」

그럼에도 불구하고 배두호의 마음속에는 의심의 씨앗이 싹텄다.

제8화

붕어공주의 수난

Scene1. 배두호, 허황옥의 뒤를 밟다, 장군차 군락지로 가는 허황옥

아직 새벽이라 하기에도 너무 이른 아침, 허황옥이 집을 나섰다. 평소와는 다른 어두운 컬러의 추리닝에 모자를 깊게 눌러써서 얼핏 봐서는 허황옥이라고 알아볼 수 없을 차림이었다. 품에는 아직 졸린지 몸을 웅크리고 있는 고등어도 함께였다. 전날 예약한 공유 차량을 타고 출발한 허황옥의 뒤를 배두호가 차로 몰래 쫓고 있었다. 한 달에 한 번 정도 허황옥은 새벽에 어딘가를 다녀오곤 했다. 자신이 같이 가 준다고 해도 허황옥은 늘 혼자 가야 한다고 했다. 그 당시에는 혼자 어디 명상이나 가는 건가 싶었는데, 최근에 여러 의심들이 들기 시작하며 배두호는 그녀의 뒤를 밟기로 결심했다.

insert CNN 인터뷰, 배두호

"처음 허황옥과 다큐를 찍을 때, 그녀의 반죽 안에 들어가는 찻잎을 본 적이 있어요. 그때는 그게 뭔지 딱히 궁금하지는 않았어요. 허황옥에게 물어봐도 '이거? 그냥 찻잎이야. 자세한 건 영업 비밀!'이라고만 대답해서 저도 그냥 그런 줄 알았죠. 그런데 시간이 지나고 붕어빵을 먹은 사람들이 꿈을 꾼다는 얘기가 돌면서… 사람들이 붕어공주 붕어빵에 뭔가 환각 작용을 일으키는 물질이 들어 있는 거 아니냐 의심하기 시작했어요. 그때 제일 먼저 저는 허황옥이 반죽에 넣는 그 찻잎이 떠올랐어요!"

어느덧 안개가 걷히고 해가 나기 시작할 때, 김해에 도착한 허황옥이 차를 세운 곳은 분성산 기슭이었다. 차 안에서 잠들어 있는 고등어를 뒤로하고 깊은 산속으로 걸음을 재촉하는 그녀의 뒤를 배두호 역시 부지런히 좇아갔다. 한 번도 사람 손이 닿지 않았을 법한 깊은 숲을 헤치고 들어가자 갑자기 숲이 뚝 끊어지며 드넓은 야생의 군락지가 펼쳐졌다. 허황옥은 마치 자기 집에 돌아온 듯 편안한 모습으로 익숙하게 식물들의 한가운데로 나아갔다. 그녀는 잎사귀들을 하나하나 살피며 애정 어린 손길로 싱싱한 잎을 따기 시작했다. 배두호의 궁금증은 더 커져 갔다.

'저게 도대체 뭘까? 이런 산속에 저런 걸 키우고 있었다니… 저게 진짜 환각제 같은 거면 어쩌지? 아냐, 수경이가 그럴 아이가 아닌데….'

허황옥은 배낭 하나 가득 잎사귀를 딴 후 다시 돌아서 내려가기 시작했다. 배두호도 급히 잎사귀 몇 개를 따서 자신의 주머니에 넣고 허황옥의 뒤를 좇았다. 허황옥의 차는 꿈붕어빵의 재료 공장으로 향했다. 공장에 도착하자 홍 사장과 관리직 샛별이가 허황옥을 맞이했다. 그녀는 차 안에서 자고 있던 고등어를 샛별이에게 건넸다. 그러고는 아이패드에 무언가 써서 보여 줬다.

「요즘 너무 바쁘다 보니 고등어를 제대로 돌볼 시간이 없네요. 당분간 고등어를 잘 부탁해요.」

"허 사장님, 저만 믿으세요! 다시 찾으러 오실 때는 포동포동 살찌워 놓을게요."

허황옥은 웃으면서 샛별의 어깨를 한 번 토닥였고, 샛별은 조심스럽게 고양이를 받아 들어 공장으로 들어갔다. 허황옥은 배낭을 꺼내 자신이 채집해 온 잎사귀를 홍 사장에게 넘겨주었다. 홍 사장은 익숙한 것처럼 잎사귀를 들고 온 작은 통에 담기 시작했다. 그 모습을 지켜보던 배두호는 깜짝 놀랐다.

"뭐야? 홍 사장도 저게 뭔지 이미 알고 있었단 얘기네? 식품안전청 허가는 받은 걸까?"

배두호는 식약청에 자신이 가져온 잎사귀의 성분 분석을 의뢰하기로 결심했다.

insert CNN 인터뷰, 배두호

"식약청 의뢰요? 제가 직접 했습니다! 당시엔 허황옥을 의심하는 마음도 조금은 있었고요…. 그러나 아닐 거라는 믿음이 더 강했기 때문에, 객관적인 증명이 필요했습니다. 식약청 분석 결과, 그 식물은 인도에 서식하는 찻잎인 것으로 밝혀졌어요. 제가 처음 푸드 트럭에서 사진을 찍었던 성분표에 있던 바로 그거였죠. 나중에 알게 된 사실이지만 그것은 삼국유사 기록에만 존재하고 그동안 멸종된 줄 알았던 장군차였습니다. 아미노산, 비타민류, 미네랄 등 무기성분 함량이 높다고 하더라구요. 예전에 허 할매가 어린 수경이를 데리고 야생 장군차를 따러 숲으로 다녔답니다. 그래서 인도에서 돌아온 후 할머니와 함께 갔던 숲을 뒤져 야생 군락지를 찾아내고 꾸준히 관리를 해 왔대요. 그런데 왜 비밀로 했었냐구요? 후후, 그게 좀 엉뚱한 이유인데요…. 그냥 영업 비밀로 해 놓고 싶었답니다. 붕어빵이라는 게 뭐 특별할 게 없잖아요? 자신만의 특별한 레시피라고 생각한 듯합니다. 실제로 장군차의 효능에는 몸에 좋은 성분도 많이 있었고요. 물론 그 성분이 꿈을 꾸게 하는 것과는 아무런 상관이 없었지만요. 아마… 나름 상술 같은 게 아니었나 싶어요. 과연 수경이답다 했죠. 훗~"

다시 CNN 스튜디오, 리처드가 재밌다는 듯이 입술을 실룩거리며 말을 시작했다.

"허황옥 씨, 참 재밌는 분이네요! 어쨌든 그 장군차라는 건 신체에 아무런 위해성이 없는 것이었구요…. 그럼 배두호 씨는 그 후에 의심이 사라졌나요?"

"그건 아니었습니다. 여전히 꿈을 꾸게 하는 뭔가가 더 있는 건 아닐까? 의심이 완전히 사라지지는 않았어요. 바로 이어서 언론에서 마약일지도 모른다는 의혹을 제기했고, 저뿐만 아니라 전 국민이 의심하기 시작했습니다. 어쩌면 결국 그 영업 비밀로 인해 엄청난 곤욕을 치르게 된 셈이죠."

배두호는 자신의 스마트폰으로 허황옥이 갔던 곳의 위도, 경도를 확인해 저장해 두었다. 다음 날, 식약청에 자신이 가져온 잎사귀와 붕어공주 푸드 트럭에서 빼 둔 반죽의 일부에 대한 성분 분석을 의뢰했다. 약 1주일 정도 걸린다는 답변을 들은 배두호는 아무 일 없다는 듯 다시 붕어공주 트럭으로 돌아왔지만 그의 표정은 어둡기만 했다. 친구의 뒤를 몰래 밟았다는 사실과 마음 한편에 자리 잡은 그녀에 대한 불신으로 허황옥과 눈이 마주치는 것이 편치 않았다. 그런 배두호를 바라보던 허황옥이 걱정스러운 표정으로 물었다.

「두호야, 어디 아파? 안색이 안 좋아 보여. 힘들면 오늘은 좀 쉬어!」

"아니야, 그냥 잠을 좀 못 자서 피곤한가 봐. 괜찮아질 거야~"

허황옥이 힘내라고 꿈붕어빵 하나를 건네줬지만, 배두호는 평소처럼 쉽게 그것을 받아먹을 수가 없었다. 한입 베어 먹은 붕어빵을 삼키지 못하고, 배두호는 그것을 허황옥 몰래 바닥에 웅크리고 있던 길고양이에게 던져 주었다. 고양이가 낼름 받아먹으며 배두호를 째려보았다. '웬일이냥? 평소에는 잘만 먹던 놈이 오늘은 왜 안 먹고 저러냥?' 하는 표정이었다. 고양이가 앞발로 배두호의 발을 퍽퍽! 때렸다.

"어휴~ 니들까지… 하긴 니들은 죄다 붕어공주 편이지?"

Scene2. 스타월드, 인어빵 실적 보고 회의

이른 아침, 스타월드 전사 팀장 회의가 열리는 회의실. 인어빵 출시 이후 매주 그레이스가 주재하는 회의에서 다시 스타월드가 브랜드 선호도 1위를 탈환했다는 보고가 올라왔다. 인어빵 프로젝트는 그레이스의 최대 관심사였던 만큼 그레이스는 하나하나 본인이 직접 진두지휘하고 있었다.

"여러분들의 노고 덕분에 스타월드 1위 탈환의 목표는 이뤘네요! 모두 고생하셨습니다. 특히 마케팅 1팀이 큰 활약을 했다고 들었어요. 김선희 프로가 잘 이끌어 줘서 든든하네요. 그런데… 음… 우리는 소비자 댓글에 꿈 관련된 댓글이… 별로 없네요? 그 부분이 조금 아쉽네…. 아, 너무 신경 쓰지 마세요. 그냥 저 혼자 하는 소리니까…."

전사 팀장 회의에서 칭찬을 받은 김선희였지만 그레이스가 흘리듯 말한 마지막 한 마디가 마음에 걸렸다. 회의가 끝나고 엘리베이터 앞에서 만난 마케팅 2팀의 조 팀장이 다가와 말을 보탰다.

"아이고~ 우리 선희 팀장 고생 많았는데… 아쉽다~ 그치? 댓글이 발목을 잡네? 솔직히 꿈 댓글이 뭐라고? 안 그래? 그래도 대표가 한마디 했으니… 신경이 좀 쓰이긴 하네, 그치? 나라면 미리 좀 손을 썼을 텐데… 그거 댓글 몇 개 올려놓으면 모양새 있고 좋잖아, 안 그래? 보면 말이야 자기는 늘 뒷심이 약하더라? 그치?"

김선희는 끓어오르는 분노를 애써 참으며 자신의 팀으로 돌아와 그 분노를 와락 쏟아 냈다. 책상에 보고서를 집어 던지며 김선희는 외쳤다.

"아, 씨발! 조 팀장 좆밥 새끼! 말끝마다 그치~ 그치~ 그치~ 그지 같은 새끼! 야, 막내! 우리 꿈 관련 댓글이 얼마나 돼?"

"어어… 잠시만요. 전체 댓글에서 7-8프로 미만입니다."

"젠장, 그레이스가 댓글까지 싹 다 챙겨 봤더라고… 아무래도 꿈에 대한 댓글이 좀 있어야 할 거 같아. 우리 쓰던 업체… 박 사장 들어오라고 해!"

"팀장님, 인어빵은 그레이스 대표 직보인데 보고는 어떻게 하시려고요?"

"야! 제 정신이야? 이걸 보고를 하게? 어쨌든 지금 꿈 관련 댓글이 올라가야 돼. 책임은 내가 질 테니까 당장 박 사장 불러서 오늘부터 작업 들어가! 1주일 안에 꿈으로 다 도배돼야 돼!"

김선희는 회사 내 자신의 입지를 공고히 하기 위해 수단과 방법을 가리지 않기로 했다. 곧 인사이동 시즌이었다. 이번엔 반드시 눈엣가시 같던 2팀 조 팀장을 누르고 마케팅 본부장이 되어야 했다.

"조 팀장 이 새끼! 두고 봐! 내가 본부장 되면 야금야금 널 씹어 먹어 줄 테니까!"

Scene3. 스타월드 인어빵 댓글 논란

insert 포털뉴스, 조중일보 헤드라인

〈스타월드 인어빵 댓글 논란〉

한편 인어빵 출시 이후 다시 시장에서 안정적인 순항을 하던 스타월드에 문제가 발생했다. 특히 최근 한 달여간 올라온 '인어빵 꿈' 관련 댓글이 외부 댓글 매크로 팀을 조직적으로 운영해 가짜로 생성한 것임을 〈시민사회 공정댓글 운동본부〉가 밝혀낸 것이다. 심지어 이번 대대적인 댓글 공작은 스타월드 마케팅 팀 A 팀장이 전면적으로 관여했다고 알려져 세간에 충격을 주고 있다. 스타월드에서는 일부 구성원들의 과욕이 부른 독단적인 행동으로 선을 긋는 모양새다.

– 조중일보 김구라 기자

Scene4. 스타월드, 이 상황을 매우 심각하게 바라보다

그레이스가 긴급 중역 회의를 소집했다. 법적으로나 도덕적으로나 스타월드의 이미지가 훼손되는 큰 문제인지라 그레이스에게는 심각한 내상을 입히는 일이었다. 반격의 기회로 삼았던 인어빵의 약진으로 반스타월드의 정서가 조금 수그러들었고, 심지어 그동안 우려했던 '브로큰스타'도 일시적으로 소강상태가 되었다. 내심 스타그룹과 그들을 추종하는 기득권 집단에서는 이렇게 조용히 이 사태가 끝나기를 막연히 기대하고 있었다. 늘 그렇듯 대중은 양은 냄비처럼 금방 끓어올랐다 또 금방 식어 버리니까… 이번에도 적당히 넘어갈 거라 쉽게 생각했다. 하지만 그건 오판이었다.

그레이스는 누가 댓글을 달라고 지시했는지 진상 파악을 시켰고, 얼마 지나지 않아 마케팅 1팀장 김선희의 작품이라는 것이 밝혀졌다. 회사 내에서는 1팀에 숨어 있는 조 팀장의 끄나풀이 당시 상황을 녹음해 놓았고, 조 팀장이 그걸 제보했다는 것이 거의 정설이었다. 물론 조 팀장은 펄

쩍 뛰며 아니라고 부정했지만…. 김선희 팀장이 직접 지시하고 그걸 작업하는 전문 업자들의 작업장과 댓글 다는 현장이 모두 녹화되어 있었기에 그 어떤 반박도 불가한 상황이었다. 김선희는 이사회에 불려 와 소명을 하도록 요구받았다.

"이 일이 단순히 이번에만 있었던 게 아닌 거, 다 아시면서 왜 이러세요? 이미 예전부터 댓글 팀은 존재해 왔어요. 제가 댓글 팀을 처음 만든 것도 아니잖아요? 대중들의 마음을 움직이는 일이 뭐가 잘못된 건가요? 어차피 자신의 주관이 뚜렷한 사람들한테는 안 먹혀요. 누군가는 방향을 잡아 주고 깃발을 흔들어 주기를 바라는 대중이 있는 것뿐이라구요."

이사회에 참석한 임원들은 무표정하게 김선희의 말을 듣고 있었다. 자신의 상황을 회복할 방법이 없음을 직감적으로 느낀 그녀는 폭주하기 시작했다.

"그레이스가 원하는 꿈? 이제 와서 자신이 그런 꿈을 꾸고 원할 자격이 있나요? 처음부터 모든 걸 가지고 태어난 주제에? 허허, 어이가 없네! 가식적인 인간들 같으니라고! 어디 잘 먹고 잘 살아 봐! 더러워서 내가 관둔다!"

인어빵으로 잠시 회복세를 보이던 브랜드가 다시 나락으로 떨어지고, 반스타월드 정서가 끓어오르며, 브로큰스타들은 더욱 과격해지기 시작했다.

그레이스는 이 사건으로 한동안 힘들어했다. 인어빵의 실패와 브로큰스타의 문제를 떠나서, 자신이 스치듯 건넨 한마디 때문에 벌어진 일들이란 사실에 대표로서, 한 개인으로서 이 모든 일들에 대해 자괴감이 들었다. 그레이스는 자신의 사무실에서 무거운 마음으로 김선희 팀장의 사직서를 수리했다. 그리고 문제의 댓글들을 다시 읽어 보았다.

'저는 인어빵 먹고 꿈에 그레이스가 나왔어요! 그레이스가 저 이번에 삼오전자 꼭 붙을 거라고 응원도 해 줬고요! 그러고 나서 진짜 삼오전자 합격한 거 있죠? 대박!'

'꿈에서 그레이스님을 만났어요. 같이 파리 샹젤리제 거리를 걸으며 쇼핑하면서… 영화 〈프리티 우먼〉 같은 거 아시죠? 양손 가득 쇼핑백과 손에는 금으로 된 스타월드 텀블러를 들고… 파파라치들이 우리 사진을 찍고… 마치 영화배우가 된 기분이었어요! 이번 휴가는 꼭 파리로 갈 거예요.'

'의사랑 결혼하는 꿈을 꿨어요! 정말 화려한 결혼식이었어요. 그레이스가 축가를 불러 주는 거 있죠? 아, 너무 감동! 다들 넋을 놓고 바라보았어요. 부케는 그레이스가 받아 주고요. 저 진짜 의사랑 결혼하는 게 꿈이에요!'

'아~ 저는 그레이스랑 결혼하는 꿈이었는데… 스타그룹의 사위가 되다니… 그레이스가 저를 닮은 애들을 낳아 주고… 저는 스타그룹의 의장에 오르고… 금고에는 이 세상 모든 금은보화가 가득했어요. 와, 상상만 해도 진짜… 그레이스가 물론 저랑 결혼할 일은 없겠지만… 꿈이라도 어디예요? 현실은 건물주 딸이라도 사귀면 좋겠는데….'

'제 드림카 부가티를 타고 달리는 꿈이었어요. 당연히 제 옆에는 그레이스가 타고 있었죠. 손목에는 세계에서 제일 비싼 제이콥&코에서 만든 시계를 차고 있었어요. 호날두가 차는 시계예요. 부가티 엔진을 본떠서 만든 시계거든요. 애들이 졸라 부러워하는 모습 보면서… 아, 생각만 해도 진짜 기분 날아갈 듯.'

한편 이런 댓글도 있었다.

'꿈붕어빵 먹고 꿈꾸는 거나 인어빵 먹고 꿈꾸는 거나 뭐가 다릅니까? 꼭 꿈붕어빵 먹고 자신의 숨겨진 꿈을 찾는 것만 좋은 거고, 인어빵 먹고 욕망을 이루고 싶은 꿈을 꾸는 건 잘못된 건가요? 꿈이 다 같은 꿈이지…. 더 소중한 꿈이 있고 아닌 꿈이 있냐구요? 그렇게 치면 라마, 민정, 오태식 그런 사람들은 지금 엄청 부자에 유명해지고 셀럽인데… 그들도 자신의 욕망을 따른 거잖아요? 괜히 자기네들은 엄청 고귀한 척 위선 부리고… 아, 꼴 보기 싫어! 개짜증! 재수 없어요!'

'자기네가 무슨 진보인 척하는 위선자들! 진보는 선이고 보수는 악인가요?'

'삼오전자 들어가고 싶은 게 왜 나쁜 꿈인가요? 무슨 아무 생각 없는 사람인 것처럼 매도하는 언론이 문제예요!'

그레이스는 그들의 말도 일리가 있다 생각했다. 꿈에 차등이 있다고 볼 수 없다. 각자 자신이 원하는 방향으로 꿈을 이루면 다행인 것이다. 부자가 되고 싶은 꿈… 그 욕망을 질책할 수는 없다. 김선희 팀장이 한 말이 귀에 맴돌았다.

"그레이스가 원하는 꿈? 이제 와서 자신이 그런 꿈을 꾸고 원할 자격이 있나요? 처음부터 모든 걸 가지고 태어난 주제에?"

그레이스는 혼란스러웠다. 자신이 과연 이러한 고민을 할 자격이 있는지….

insert CNN 인터뷰, 스타월드 마케팅 2팀 조 팀장 인터뷰

"아니~ 제가 1팀 김선희 팀장이랑 경쟁 관계다 보니까 사이가 안 좋았던 건 사실이에요! 아이, 그렇다고 무슨 부모 죽인 원수 사이도 아니고, 그쵸? 회사

에서 선의의 경쟁은 당연한 거잖아요, 그죠? 김선희 팀장이 인어빵 프로젝트에 올인한 거는 결국 그레이스 눈에 들어서 다음 인사이동 때 나를 제치고 먼저 본부장 되고 싶어서 무리한 거잖아! 내가 그래도 지보다 선밴데…. 날 제친다는 게 말이 돼요? 걔가 욕심부린 거지? 그래서 결국 넘어선 안 될 선을 넘은 거고. 제가 댓글 조작을 제보했다고 하는데… 저, 그런 사람 아닙니다! 김선희 팀장이 애쓴 건 사실이에요. 그 덕에 브랜드 선호도 1위도 다시 탈환했구요. 오랜만에 회사 분위기가 다시 살아나서 모두 업된 기분이었다구요. 근데 그레이스 대표만 표정이 밝지 않은 거예요! 그러니 김선희 팀장 입장에서는 얼마나 속이 탔겠어요, 그죠? 직장 다니는 분들은 그런 기분 다 아시잖아요? 대표 표정 하나에 천국과 지옥을 왔다 갔다 하는 거…. 아마 그레이스 대표는 인어빵만이 할 수 있는 그 무언가를 원했던 것 같아요. 붕어빵을 먹고 사람들이 작지만 자신만의 꿈을 꾸기 시작했다는 것에 그레이스가 너무 집착한 것 같아요. 그까짓 게 뭐가 중요하다고… 그죠? 꿈하고 현실하고 어떻게 같아요? 꿈만 꾼다고 먹고 사나요? 안정적인 직장에 들어가는 게 꿈일 수도 있잖아요, 그죠? 솔직히 김선희 팀장이 모든 책임을 지고 나가고… 저도 기분이 좋지는 않아요. 어쩌겠습니까? 우리 같이 조직에 속한 사람들 운명이 다 그런 거죠."

insert CNN 인터뷰, 스타월드 마케팅 팀 팀원들 인터뷰

"저도 어릴 때 꿈이 있었지만… 그렇다고 현실과 타협한 지금이 불행하냐? 아니요, 저는 만족스럽거든요! 꿈만 좇다가 이도 저도 아닌 사람들 많이 봤어요."

"김선희 팀장이 저희 쪽 댓글들을 외부 댓글 부대 이용해 다 가짜로 올렸더라고요. 그 사실이 들통나서 결국 김선희 팀장은 잘리고…. 근데 사실 저도 댓글 읽으면서 좀 창피했거든요? 아, 우리 회사 수준이 이렇구나… 그레이스

기분도 그랬을 것 같아요. 댓글 읽어 보세요. 완전 오글거려서 읽기 힘들걸요? 하하하."

댓글 사태와는 상관없이 스타월드 인어빵 출시 이후 그동안 붕어공주 붕어빵으로 빼앗겼던 브랜드 선호도가 돌아오기 시작했다. 역시 수십 년간 이어진 브랜드 선호도라는 건 무시할 수 없는 거였다. 가진 자에 대한 반발심으로 붕어공주로 넘어갔던 사람들이 다시 스타월드 인어빵으로 돌아왔다. 일부에서는 아예 꿈을 꾸는 것에 대한 거부 심리도 있었다. 현실적인 것을 고려하는 대중들에게는 꿈을 꾼다는 것이 배부른 소리처럼 들리기도 했다. 이 세상에는 좀 더 안정적인, 보장된 꿈을 꾸기를 원하는 사람들이 더 많았다. 공장에서 일률적으로 생산되는 맞춤형 상품(적당한 가격! 검증된 행복!)을 선택함으로써 실패할 확률이 적어진다고 믿는다. 누가 더 행복하거나, 덜 행복하거나… 차등에서 오는 스트레스를 피하기 위해 누구나 누릴 수 있는 '검증된 행복'을 선호하는 것이다. 우리 사회는 삼오전자에 들어가거나, 의사가 되거나, 공무원이 되는 꿈을 꾸는 게 더 안전한 방법이라고 말하고 있다. 사회가 선호하는 안정된 길을 포기하고 남들이 선택하지 않는 자신의 꿈을 좇는 일이 얼마나 무모하고 불안한 일인지 대중은 잘 알고 있었다.

유대인들은 아이들에게 1등이 되라고 가르친다고 한다. 우리나라 부모와 다른 것은 그들은 다양한 영역에서 아무도 하지 않은 새로운 도전을 통해 1등이 되라고 가르친다. 그러기에 수많은 영역에서 유대인들이 1등을 하고 있는 것일지도 모른다. 역설적으로 이러한 방식은 경쟁이 치열한 집단에서 1등을 하는 것보다 훨씬 더 1등이 되기 쉽다. 이 세상에서 내가 유일한 도전자라면 그 도전은 떼 놓은 당상 같은 거다. 도전하는 순간 1등인 것이다. 이것은 대한민국에서 학교에서 1등, 시험에서 1등, 점수로만 1등이 되기를 바라는 것과 많은 차이가 있다.

그레이스는 인어빵을 먹고 사람들이 꿈을 꾸기를 바랐다. 하지만 붕어공주 꿈붕어빵처럼 꿈을 꾼다는 이야기는 없었다. 여전히 사람들은 고급스러운 느낌의 스타월드에서 인어빵을 먹고 거기서 얻을 수 있는 기득권에 들어와 있다는 만족감을 즐기는 듯했다. 스스로가 기득권이라고 믿고 싶어 하는 사람들이 많았다. 이케아 매장에서 모두가 똑같은 가구를 사고, 공장 컨베이어 벨트처럼 되어 있는 레스토랑에서 줄을 서서 같은 음식을 먹어야만 안정감을 느끼는 현대인들의 모습에 우리는 아이러니함을 느낄 수밖에 없다. 세계적인 팝 아티스트 앤디 워홀은 말했다. "모두가 같아짐으로써 우리는 유일무이한 존재가 될 수 있다"라고…. 이 말은 현대 자본주의 시스템을 찬양하면서도 비꼬는 것임을 알지만, 대중은 그의 〈캠벨 수프 캔〉 그림에 열광한다.

Scene5. 한국의 댓글 사태 이후 다시 불붙는 브로큰스타

한편 잠시 소강상태를 보이던 반사회 집단 브로큰스타는 사실 그동안의 산발적인 시위를 벌이던 것에서 이제는 강력한 대정부 시위로 전환하기 위해 분노를 응집하고 있었다. 반인반어족을 믿는 집단과는 별개로 그동안 양극화로 인해 분노에 가득 찬 대다수의 시민들이 들고 일어나기 시작했다. 최근 전 세계적 공분을 산 '미국판 송파 모녀 사건'이 계기였다. 자본주의의 그늘에 가려진 저소득층 모녀 3명이 극단적인 선택을 하였고, 브로큰스타의 등장 이후 온 세상이 가진 자에 대한 분노로 불길이 솟는 가운데, 휘발유를 붓는 사건이 일어난 것이었다. 스타에어 로버트 회장은 이 호재를 놓치지 않았다. 그의 명령하에 미하엘을 중심으로 한 러시아, 중국 쪽 댓글 부대가 사건을 더욱 자극적으로 조작하여 SNS에 빠르게 퍼뜨렸고, 그로 인해 브로큰스타를 추종하는 사람들뿐만 아니라 일반 시민들까지 합세하며 대중의 분노가 폭발했다. 그동안 이런 수법으로 그레이스에게 불리한 가짜 뉴스를 생산해 여론을 호도하고 있던 로버트 회장도 일이 이 정도로 커질 줄은 미처 예상하지 못했다. 그는 급하게 댓글 조작 팀의 활동을 중지시키고 지하로 숨게 해 자신이 저지른 일에서 한 발짝 발을 빼며 추이를 살폈다. 그러나 반 스타그룹의 불길은 꺼질 줄 몰랐고, 인어빵 댓글 조작 문제로 곤란하게 된 그레이스는 더욱 수세에 몰리는 상황이 되었다. 로버트 회장은 이런 상황을 매우 흡족해했다.

Scene6. 스타그룹 전략실, 전 세계에서 화상으로 스타그룹 임원 회의를 하다

스타타워 지하 10층에 자리한 스타그룹 전략실에서 긴급회의가 소집되었다. 이곳은 전쟁 같은 비상시 웬만한 국가의 지하 벙커보다 더 철통 같은 보안과 안전을 자랑했다. 외부와 완벽하게 차단된 채 전 세계의 모든 상황을 실시간으로 모니터링할 수 있는 곳이었다. 첨단 장비로 둘러싸인 대형 모니터 속에는 각 나라의 수장들 및 오피니언 리더들이 자리하고 있었다. 스타그룹의 주요 계열사 대표들도 굳은 얼굴로 회의실에 앉아 있었다. 스타에어 로버트 회장은 테이블 맨 끝에 앉아 그레이스의 곤란한 표정을 즐기는 듯했다. 각국의 대표들이 자국의 상황을 공유했다. 제일 먼저 입을 연 것은 미국이었다.

"현재 '미국판 송파 모녀 사건'과 인어빵 댓글 조작 사태로 인해 현재 상황이 매우 심각합니다. 한국은 괜찮을지 몰라도 미국에서는 일부 과격한 시민들이 부의 불평등이라는 슬로건을 내세우며 시위가 일어나고 있습니다. 2011년 '월가 시위' 이후 미국 전역에서 빠르게 확산되는 중입니다. '99%를 가진 1%! 1%를 가진 99%!' 이 구호가 다시 거리에 걸리고 있습니다. 한국 언론에서는 이런 걸 전혀 다루지 않던데… 신기하네요? 전 세계 언론 자유 지수가 62위인 것을 보면, 한국 정부가 매우 효율적으로 통제하고 있다는 얘기겠죠? 미국은 아직까지는 산발적이지만, 붕어공주 깃발을 들고 새로운 시대에 걸맞은 정책을 요구하며 거리 행진을 하는 시위대가 점점 전국으로 확산되는 모양새입니다. 디즈니에서는 당분간 인어공주 관련된 모든 걸 잠정적으로 종료했습니다. 미국도 곧 선거가 있어요. 자칫하면 정치 지형 자체가 흔들릴 판입니다."

프랑스 대표는 깊은 한숨을 내쉬고 발언하기 시작했다.

"휴~ 프랑스도 마찬가지입니다. 아시다시피 프랑스는 언론 자유 지수가 매우 높은 나라입니다. 저희는 언론을 통제할 방법이 없습니다. 프랑스 혁명 이후 가장 뜨겁게 시민들이 동참해 혁명을 요구하고 있어요. 말씀드리기 민망하지만 거리에서 붕어공주 깃발을 든 시위대가 소피아 의장과 그레이스로 분장시킨 인형을 참수하고 거기에 사람들이 열광하는 사건도 있었어요. 마리 앙투아네트 사건을 연상시키는 퍼포먼스를 보면서 많은 중도층이 불안해하고 있습니다. 스타그룹에서는 이 상황을 너무 안일하게 보고 있는 거 아닙니까?"

“영국에서는 왕정 종식 문제와 같이 엮여 버렸습니다. 잠잠했던 군주제 폐지론자들이 합류했어요. 모두가 이 사태에 올라타면서 자신들의 목소리를 높이고 있는 중입니다. 왕실이 존재하는 유럽의 다른 나라들도 마찬가지예요. 왕을 끌어내리자고 난리입니다.”

프랑스, 영국에 이어 덴마크 대표도 나섰다.

“아시다시피 인어공주 동상이 훼손된 이후 덴마크에서는 그걸 아예 없애자는 얘기가 나옵니다. 인어공주는 기득권의 상징이라고 등식화돼 버렸어요. 사람들이 반인반어족을 실제로 믿기 시작했다구요. 아니, 믿고 안 믿고의 문제가 아니라, 그들에게 동화되어, 가진 자와 못 가진 자의 계급 간 갈등이 폭발하기 시작했다는 겁니다. 유럽에서 3차 대전이 일어날지도 몰라요. 시민들에 의해서요.”

다른 국가의 대표들도 모두 스타그룹 내 내부 고발자들에 의해 지배 구조 시스템 문제 등이 연일 터져 나온다며 하소연을 하였다. 가장 나이 많고, 가장 회원들의 신뢰를 많이 받고 있는 알버트 고문(남/87세)이 어느덧 소란스러워진 사람들을 진정시키며 말했다.

“모든 나라가 몸살을 앓고 있는 듯하군요. 소피아 의장님, 결단을 내리셔야 합니다. 그레이스가 이 문제를 해결해 내지 못한다면 저희들 자체적으로 움직일 수밖에 없어요. 한국에서 시작된 문제니 한국에서 해결해야 합니다. 이것이 지금 우리가 소피아 의장과 그레이스에게 줄 수 있는 마지막 기회입니다.”

화상 회의가 끝나고 커다란 회의실에 덩그러니 앉아 있는 그레이스는 머리를 움켜잡고 괴로워했다. 다른 계열사 대표들도 무거운 표정으로 아무 말 없이 자리를 뜨기 시작했다. 마지막까지 자리를 지키던 로버트 회장이 그레이스 옆으로 지나가며 한마디 던졌다.

"그레이스… 이런 문제는 너같이 어린 여자가 해결할 수 없는 일이야. 그냥 내 며느리 되는 것이 더 쉬운 일 아니겠어? 우리 다니엘과 결혼하면 너희 소피아 가문과 우리 가문의 이 질긴 악연을 끝낼 수 있어. 잘 생각해 보기 바란다. 너희 집안은 원래부터 정략결혼이 집안 내력이잖아? 내 아들 다니엘이 좀 물렁하긴 하지. 그 녀석이 맘에 안 들면 나도 얼마든지 가능하니까~ 다니엘의 늦둥이 동생이 생기는 것도 나쁘진 않지~ 하하하! 만약에 내가 자력으로 의장 자리에 앉으면, 너희 소피아 가문의 미래는 어떻게 될지 알지? 너희가 우리 가문에 100년 전 저질렀던 만행을 몇 곱절로 갚아 줄 거야! 기대하라구~ 난 한다면 하는 사람이니까."

회의장 밖으로 나가면서 로버트 회장이 신 상무와 악수하며 귀에다 무언가 긴밀하게 속삭였다. 유리창에 비친 둘의 모습을 그레이스가 바라보고 있었다.

신 상무는 그레이스의 나약한 모습에 실망했다. 그동안 그레이스를 보필하며 당연히 차기 스타월드 사장 자리를 기대하고 있었지만, 그레이스가 의장이 되지 못할 경우 자신의 야망은 휴지 조각이 되기 때문이었다.

그는 얼마 전 스타에어 로버트 회장이 자신에게 한 제안이 떠올랐다.

"신 상무, 그레이스가 차기 의장이 될 자격이 있다고 보나? 이 정글 같은 세상에서… 자네가 그레이스를 얼마나 오랫동안 따르고 모셔 온지 알아. 하지만 모든 건 변하는 거야. 스타월드 사장 자리는 내가 보장하겠네. 언제까지 그레이스 뒤치다꺼리만 할 건가? 저런 약해 빠진 멘탈로 우리 스타그룹과 그를 따르는 모든 기득권을 지켜 낼 수 있을 거 같아? 박 의원과 나는 다 준비가 되었어. 붕어공주? 나는 진흙 속의 붕어 따위는 관심 없어. 두고 보게나~ 앞으로 지금보다 더 큰 혼란이 벌어질 거야. 그렇게 되면 그레이스는 지지를 못 받을 거고. 구정물이 많이 튈수록 그레이스를 주저앉히기 좋거든. 붕어를 미끼로 인어를 잡아야지! 안 그래?"

굳은 얼굴로 묵묵히 듣고 있던 신 상무가 로버트 회장에게 결심한 듯 말했다.

"그럼 제게 서면으로 약속을 해 주십쇼. 저도 보험 하나 정도는 가지고 있어야죠."

그동안 신 상무는 오랫동안 모셔 온 그레이스를 배신하고 로버트 회장에게 간다는 것이 선뜻 내키지 않았으나, 오늘 회의 때의 그레이스의 모습을 보고 마음을 확실히 굳혔다. 가슴을 무겁게 누르던 짐이 가벼워진 기분도 들었다. 그러고는 박정일 의원에게 전화를 했다.

"박 의원님, '외식 작전' 실행하시죠!"

"아이고~ 인자 결심이 섰나? 그라마 당장 시작하꾸마~"

신 상무의 전화를 받은 박정일 의원이 흡족해하면서 검찰 후배에게 연락했다. 식사 자리에서 그레이스에게 받은 모욕을 이제 몇 배로 돌려줄 셈이었다.

그레이스는 유리창에 비친 자신의 모습을 보며 세차게 고개를 저었다. 자신의 나약한 모습을 보고 좋아할 사람들이 있을 거라는 걸 누구보다 잘 아는 그녀였다. 머리와 옷매무새를 다시 다듬고 일어나 회의실을 나섰다. 복도에서 코너를 도는데 누군가와 마주쳤다. 로버트 회장의 아들 다니엘이었다. 매스컴을 통해 서로를 자주 봐 왔지만, 직접 마주하는 건 오랜만이었다. 더구나 두 사람 사이에 결혼 이야기가 오가면서 더욱 어색해질 법도 한데… 그렇지 않았다. 어려서부터 어른들의 세계에서 쉽게 물들지 않으려고 애써 온 두 사람이었다. 다니엘이 먼저 말을 건넸다. 집안 간의 악연만 아니었다면 둘은 매우 친한 친구 사이였을 거다.

"여~ 그레이스 오랫만! 화면발 잘 받던데?"

"훗~ 너는 살 좀 빼야겠더라?"

두 사람은 짧은 농담을 주고받고는 가던 방향으로 각자 걸어갔다. 갑자기 다니엘이 그레이스를 불러 세웠다. 그레이스가 돌아보자 작은 젤리 봉지 하나가 날아왔다. 반사적으로 그것을 잡아들자 그런 그레이스의 손을 가리키며 다니엘이 말했다.

"아직도 이런 거 좋아하나 모르겠네? 그리고 너 그거 알아?"

그레이스가 당황해서 쳐다보자 그가 말을 이었다.

"요즘 방송 보니까… 너 오른쪽 눈썹을 자주 만지던데? 봐, 지금도… 너 어릴 때부터 불안하면 그랬잖아? 다 보이니까 조심해! 그러다 우리 아버지한테 읽히면 안 되잖아? 왜냐? 그럼 우리 결혼 가능성이 커져 버리니까. 그래서 선심 쓰는 거야, 오해하면 곤란해! 그거 한입에 털어 넣으면 기분 좀 나아지더라."

"뭐래? 난 너랑 결혼할 생각 1도 없거든!"

"하하하, 너도 내 스타일 아니야!"

"됐고! 돈도 많은 애가 꼴랑 젤리가 뭐냐?"

"난 아직도 이게 제일 맛있어! 사요나라!"

말을 마친 다니엘은 등을 보이며 가던 방향으로 걸어갔다. 한 손을 장난스레 흔드며 멀어지는 다니엘이었다. 그레이스는 물고기 모양 젤리가 든 봉지를 내려다보며, 어릴 적 다니엘과 커튼 뒤에 숨어 몰래 먹던 추억을 떠올렸다. 집안끼리의 문제만 아니라면 아마도 가장 가깝게 지냈을 사이… 그레이스가 한입에 젤리를 털어 넣고 우물우물 씹으며 말했다.

"バカじゃないの?(바보 아니야?) 훗~ 아직 친구 맞네."

회의장 밖에서는 경호원 제이슨이 그레이스를 기다리고 있었다. 그때 박 비서가 회의장을 빠져나오며 제이슨에게 말을 걸었다.

"제이슨, 너는 그림자가 너무 길어. 그림자가 길면 꼬리가 잡히는 법… 그렇게 경호해서 그림자 팀이라 불릴 수 있겠어?"

"흐흐, 박 비서님, 제 일은 제가 알아서 하겠습니다. 박 비서님 그림자보다야 제 그림자가 더 젊고 민첩하지 않겠습니까?"

"젊다고 방심하다가 큰코다치는 수가 있어~ 조심해. 자네 정도는 내가 한 손 안 쓰고도 얼마든지 상대해 줄 수 있지."

"하하, 또 도전하시게요? 언제든지 받아들이죠! 아마 그 나머지 손도 다시는 못 쓰게 될지도 모르니까."

"건방진 자식…."

그 장면을 보던 경호팀 신입이 선배에게 물어봤다.

"아니 저 두 분은 왜 이렇게 앙숙이에요?"

"원래 박 비서가 그레이스 어릴 때부터 경호 팀장이었어. 그런데 젊은 제이슨이 들어오면서 밀려난 거야. 그때 분위기 장난 아니었지. 둘이서 진짜 한판 붙었다는 소문도 파다해. 김해 사건 이후 결국 박 비서가 옷을 벗고 나오면서 마무리가 됐어. 자존심이 엄청 센 양반이거든. 박 비서 입장에서는 그레이스가 자신을 끝까지 붙잡아 주기를 은근 기대했을지 모르지만…. 그레이스가 또 얼마나 냉정해? 바로 제이슨으로 갈아탔지. 박 비서가 그 후 몇 년간 안 보였어. 한동안 고생했다고 하더라구. 그런데 어느 날 로버트 회장이랑 스타그룹 총회에 떡~ 하고 나타난 거야. 로버트 회장이 파격적인 조건으로 박 비서를 스카우트해 갔다고 하더라구. 그것도 말이 많았지. 사실 그레이스의 사적인 걸 가장 많이 아는 박 비서가 그레이스가 가장 싫어하는… 뭐, 둘이 서로 싫어하지만…. 어쨌든 그런 로버트 회장 쪽으로 갔으니, 그레이스가 길길이 날뛰고 법적 조치를 취하고 난리도 아니었어. 그런데 로버트 회장이 어디 만만한 사람인가? 박 비서를 어떻게든 지켜 냈지. 한동안 그레이스가 엄청 고전을 면치 못했어. 꽤 위험한 고비도 넘기고 말이야, 알지? 그레이스 암살 시도 사건! 몇 년간 알 수 없는 차량 사고에, 독극물 사고에, 비행기 사고에… 말도 마. 그 배후에 로버트 회장이 있고, 박 비서가 크게 역할을 했다는 소문이 파다해. 제이슨도 그때 몇 번 죽을 고비를 넘겼지. 그러니 제이슨이랑 박 비서랑 앙숙이 아니면 뭐겠어?"

Scene7. 룸살롱 지하 주차장, 박 의원, 황상범 국무총리의 전화를 받다

박 의원이 약속 장소인 룸살롱 지하 주차장에 도착해 내리려는데 전화가 왔다. 황상범 국무총리에게서 걸려 온 전화였다. 박 의원은 발신인을 확인하고는 운전기사를 밖으로 내보냈다.

"아이고~ 이게 누구십니꺼? 총리님 아니십니꺼? 안 그래도 마 전화할라 캤는데 우째 아시고 또 이리 딱~ 전화를 먼저 주시고…!"

황상범 국무총리는 박 의원이 말을 끝내기도 전에 황급하게 말을 더했다.

"그때 말한 '외식 작전'은 어떻게 되고 있어? 그대로 가는 거지?"

"아따~ 걱정하지 마이소 행님! 제가 다 세팅 완료해 놨습니더."

박 의원의 대답에 잠시 정적이 흐르더니 황상범 국무총리가 목소리를 낮추며 말을 이었다.

"명심해. 이거 나랑, 대통령… 아니 그분은 모르는 일이야. 그리고 김해 공천은 말이야…. 앗, 네네, 잠시만…."

누군가 황 총리의 전화를 대신 바꿨다. 박 의원은 그 목소리를 듣자마자 차에서 벌떡 내려 두 손으로 전화기를 공손하게 받았다. 허리를 90도로 숙이며 연신 허공에 인사를 했다. 박 의원의 이마와 등에 식은땀이 흘러내렸다.

"아이고마~ 각하, 걱정 붙들어 매이소. 다 잘~ 알아들었습니데이. 김해 자리만 보장해 주시믄 단도리 단디 하겠습니더. 로버트 회장한테도 말씀 잘 전달하겠습니다. 이 은혜 평생 잊지 않겠습니더! 예예~ 들어가이소~"

전화를 끊고 그제야 허리를 편 박 의원은 깊은 한숨을 내쉬었다.

"휴~~~"

주변을 두리번거리다 사람이 없는 것을 확인하고 룸살롱 문을 열고 들어갔다.

Scene8. 고급 룸살롱, 로버트 회장, 박 의원, 신 상무, 배 목사, 양 검사가 함께하다

강남의 한 고급 일본식 룸살롱. 어두운 조명이 아른거리는 실내에는 값비싼 양주와 고급스러운 안주가 준비되어 있었다. 박 의원은 신 상무의 지시에 따라 일명 [외식 작전]을 개시하며, 주요 인사들을 불러 모았다. 테이블에는 스타에어의 로버트 회장, 신 상무, 김해 만선교회의 배 목사,

그리고 새로 합류한 양 검사가 자리를 함께했다. 박 의원은 특유의 카리스마로 분위기를 주도하며 모두를 소개했다.

"자자, 인사들 나누이소~" 박 의원이 웃음 섞인 목소리로 말했다. "여는 서울지검 특수부에 계시는 양지훈 검사님~ 내가 가~아~장 아끼는 후배고, 차기 검찰총장감인 분입니데이! 그리고 여는 스타에어의 로버트 회장님, 다들 알지요? 그리고 여는 스타월드의 실세! 차기 스타월드 대표가 되실 신세철 상무님! 그라고 천국 갈라카면 이분을 안 통하믄 안 돼! 김해 만선교회 배 목사님! 야~ 이리 모이기도 쉽지 않다카이! 하하하~"

양 검사는 자리에서 몸을 숙이며 인사를 건넸다.

"아이고, 말씀 많이 들었습니다. 잘 부탁드립니다."

"아이, 무슨 그런 말씀을." 신 상무가 공손하게 맞받았다. "제가 잘 부탁드려야죠~"

"아휴, 박 의원님이 너무 띄워 주셔서 몸 둘 바를 모르겠네요."

양 검사가 머쓱한 듯 웃었다. 박 의원은 큰소리로 웃으며 잔을 들어 올렸다.

"머라카노? 내 양 검사 꼭 검찰총장 만들고 말끼데이! 하하하~ 자자, 이제 우리가 한배를 탄 이상 허심탄회하게 행님 동생 하고 지내입시더!"

"아니지~ 한배가 아니라 한 비행기를 탄 거지~ 배는 멀미 나! 하하하~"

로버트 회장이 농담을 던졌다. 배 목사도 유쾌한 웃음소리로 분위기를 더했다.

"지당한 말씀입니더. 우리 주님의 하늘나라에 더 가깝게 가실라믄 배보다는 비행기가 더 가깝다 아입니꺼? 하하하~"

양 검사가 잔을 들며 외쳤다.

"하하~ 말씀만 들어도 벌써 천국에 간 기분입니다! 할렐루야!"

각자 잔을 들어 조니워커 블루를 가득 따른 뒤 건배하며 술을 들이켰다. 술기운에 분위기가 무르익자 로버트 회장이 입을 열었다.

"자자, 주목! 내가 아주 좋은 정보 하나 알려 드릴게! 우리 해커 팀이 뭘 알아냈는지 알어? 크크크."

그의 눈이 장난기로 반짝였다.

"뭔데 그래 뜸 들입니꺼? 궁금하데이~ 도대체 뭔데요?"

"최근에 트위터X에서 꼬마 요리사가 우리 스타에어를 어찌나 씹어 대든지… 내가 어떤 새낀지 알아보라 했거든? 근데… 그 꼬마 요리사가 누군지 알아?"

트위터X

꼬마 요리사:

스타에어의 피해자 죽이기! 고객, 직원 가리지 않고 갑질하는 로버트 회장은 집행 유예 끝나기도 전에 바로 복귀하는데, 피해자는 갑자기 팀장에서 팀원으로 강등하는 말도 안 되는 상황이 펼쳐지고 있다.

꼬마 요리사:

스타에어는 불만 의견을 쓰면 그에 합당한 피드백 대신에 블라인드 처리를 한다. 단순하고 무식한 일 처리 방식. 로버트 회장이 직접 계정 관리하는 걸까?

꼬마 요리사:

왜 스타에어 합병에 대한 반대 목소리가 크지 않은 걸까? 지금도 오만불손한 행동을 일삼는 스타에어 독과점 횡포는 더욱 심해질 전망으로 보인다. 조만간 스타에어도 승계 작업을 한다던데. 아들 다니엘은 그나마 아버지처럼 막장 이미지는 아니지만, 경영 능력은? 그 아버지에 그 아들?

심해어:

RT. 내가 알기로는 다니엘은 그런 사람은 아닌 듯. 로버트 회장같이 여자 좋아하고 노는 거 좋아하지만… 인간성은 좋다고 알려짐. 경영 능력은 글쎄….

양 검사는 고개를 갸우뚱하며 대답했다.

"아, 저희도 알아보던 중인데 미국 계정이라는 거 말고는…"

"흐흐흐, 한국 검찰 아직 멀었구만! 자, 다들 이 자료를 보고 말하라구!"

비웃음과 함께 로버트 회장이 넘겨준 A4 자료를 본 순간, 테이블의 모든 이들이 경악했다. 신 상무는 자료를 붙든 손이 떨릴 정도로 충격을 받은 듯했다.

"꼬마 요리사가 바로 조중일보 강 기자다! 강백호 판사 딸, 강지영이! 그리고 더 놀라운 건… 이건 나도 진짜 진짜 놀랐다. 크크크."

신 상무는 말을 더듬으며 물었다.

"맙소사… 심해어가… 그레이스라고요?"

"크크크, 확실하니까 의심은 하지들 마시라고. 우리 해커 팀은 전 세계 최고의 팀이니까! 그레이스가 심해어였다니… 왓 더 뻑! 이년이 우리를 배신한 년이였어."

크나큰 배신감에 신 상무는 손으로 이마를 짚으며 중얼거렸다.

"그레이스가 심해어라니… 평생 모셔 온 내가 몰랐다니 어떻게 이럴 수가…"

로버트 회장이 의기양양하게 덧붙였다.

"흐흐흐, 나도 놀랐어. 어차피 잘 된 거야. 우리에겐 더 확실한 명분이 생긴 거니까. 신 상무도 이제 마음의 짐이 좀 덜어질걸? 안 그래?"

각자 이 충격적인 정보 속에서 어떻게 상황을 풀어 나갈지 빠르게 계산하고 있었다. 로버트 회장이 정신 줄 나간 사람들의 표정을 둘러보며 손바닥을 쳐서 주의를 돌렸다.

"자~ 자~ 일단은 허황옥부터 끄집어 내리자고. 그레이스는 그다음이야!"

"제가 검찰은 책임지고 움직이겠습니더. 맞제, 양 검사?"

박 의원이 거들었다.

"아, 지당하신 말씀이죠! 저만 믿으십쇼~ 제 별명이 다이슨입니다. 먼지 하나 안 남기고 다 털어 오겠습니다!"

배 목사도 맞장구쳤다.

"지는 한기총 하고 대규모 규탄 대회 준비 중입니더! 우리 주님의 나라에서 어디 그지 같은 년이 구세주 행세를 다 하고…."

로버트 회장은 크게 웃으며 잔을 들어 올렸다.

"하하하, 여러분, 돈 걱정은 하지 마시고 풀 스윙으로 해 주십쇼~ 내가 태어나서 돈 걱정을 해 본 적이 없는 사람이야! 돈으로 할 수 있는 일은 내가 뒤에서 다 지원할 테니 걱정 붙들어 매시라 이겁니다! 이 세상에 돈으로 안 되는 일 봤습니까? 하하하~ 자자, 한 잔 더 쭉~ 합시다! 도원결의가 바로 이런 거지!"

모두가 술잔을 높이 들어 마시면서 앞으로의 거사를 통해 도달할 자신들의 욕망을 꿈꿨다. 하지만 노련한 박 의원은 이 모든 걸 녹음하고 있었다. 그리고 신 상무도, 로버트 회장도 각자 녹음을 하고 있는 것은 마찬가지였다. 룸살롱의 은밀한 공기가 방을 채운 가운데, 박 의원은 술잔을 내려놓으며 고개를 들었다. 그의 얼굴에는 고민의 흔적이 역력했다.

"그런데 우째 시작을 하면 좋으까? 트리거가 하나 필요한데…."

그는 중얼거리듯 말했다. 양 검사가 기다렸다는 듯 앞으로 몸을 기울이며 입을 열었다. 그의 목소리에는 자신감이 묻어 있었다.

"그건 걱정 마십쇼. 제가 그림을 좀 그려 놨습니다. 간단히 말씀드리면, 먼저 아이 하나가 붕어빵을 먹고 응급실에 입원을 하고, 아이 엄마가 저한테 고소장을 내고, 법원에서 압수 수색 영장을 받고…"

"그림 좋네~ 그라고?"

양 검사는 말을 잠시 멈추고 박 의원을 쳐다보았다.

"영장 심사하는 송 판사가 1년 선배입니다. 박 의원님도 아시죠? 그리고, 예전 부산 국제나이트 사건 때 영춘이파 아시죠? 부산에서 영춘이가 애들 몇 명 올려 보낸다고 했습니다. 그리고 오늘 알게 된 정보인데, 이게 아주 재밌어요."

그는 비열한 미소를 띠며 말을 이었다.

"하늘이 우리를 돕는 것 같아요. 붕어빵 재료 공장 홍 사장 아들이 알고 보니…."

그 순간, 노크 소리가 방 안의 긴장을 끊었다. 문이 열리며 건장한 남자들이 커다란 은제 테이블을 밀고 들어왔다.

"자자, 일 얘기는 이제 그만들 하시고."

로버트 회장이 벌떡 일어나며 손뼉을 쳤다.

"오늘 같은 날을 기념하기 위해 내가 특별히 준비한 겁니다! 하야쿠 못테 하잇테키테(早く持って入って来て)! 어서 가지고 들어와!"

테이블 위에는 나신의 금발 미녀가 누워 있었다. 그녀의 하체는 특수 제작된 인어공주의 꼬리 모양으로 장식되어 있었는데, 그 정교함은 마치 진짜 인어공주를 보는 듯한 착각을 불러일으켰다. 일명 '뇨타이모리' 일본 에도 시대에 행해졌던 사무라이들의 문화로 알려진 누드 스시였다. 그녀의 몸에는 갓 잡은 싱싱한 회가 올려져 있었고, 몇몇 생선은 아직도 꿈틀대고 있었다.

"요시~ 스바라시~ 왔다~ 진짜 놀라 자빠지겠네!"

박 의원이 박수를 치며 감탄했다.

"오~~ 주여!"

배 목사도 황홀한 표정을 지으며 맞장구쳤다.

그러나 신 상무는 인어공주처럼 꾸며진 여인의 얼굴을 바라보다가 얼굴이 굳었다. 그는 낮게 중얼거렸다.

"아니, 이 여자분은 얼굴이… 그레이스랑 닮았는데요?"

"흐흐흐, 스고이!"

로버트 회장은 만족스러운 미소를 지으며 대답했다.

"내가 특별히 그레이스 닮은 여자로 준비하라 했지! 어떤가? 많이 닮지 않았나? 언젠가 그레이스가 내 눈앞에 이렇게 누워 있게 될 거야!"

그는 테이블을 가리키며 웃음을 터뜨렸다.

"자자, 저기 저건 아주 싱싱한 붕어회야! 그리고 저건 붕어빵 크크크. 자, 붕어로 인어를 잡아 보자구!"

신 상무는 로버트 회장의 집착과 비열함에 속이 뒤틀리는 기분이었다. 자신이 평생 모셔 온 그레이스를 닮은 여인이 이런 방식으로 조롱당하는 것을 보고도 아무 말도 하지 못하는 자신이 씁쓸했다. 하지만 이제 돌이킬 수는 없었다.

"흐흐흐, 신 상무는 조금 불편한가 보군?"

로버트 회장이 조롱 섞인 목소리로 말했다.

"자, 여기 깻잎으로 눈이라도 가리겠나? 횟집에서 생선 눈이 꿈틀거리면 그러더만?"

방 안의 다른 이들은 로버트 회장의 농담에 큰소리로 웃으며 잔을 들었다. 신 상무 역시 억지로 웃으며 술을 털어 넣었다.

로버트 회장이 잔을 내려놓으며 눈을 번뜩였다. 그의 얼굴에는 이상한 흥분이 서려 있었다.

"크크크, 그레이스, 넌 내 것이 될 거야! 너를 내 밑에 깔아뭉개 주마! ちくしょう(직쇼)! 100년 전 우리 가문이 당한 모욕을 모두 돌려줄 거야! 내 아들이든, 나든…."

그는 말을 끝내며 웃옷을 벗어 던졌다. 모두가 놀라 그의 몸을 쳐다봤다. 70이 넘은 노인의 몸이라곤 믿기 힘들 정도로 근육질이었다. 하지만 더 놀라운 것은 그의 등에 새겨진 거대한 이레즈미 타투였다. 잉어 두 마리가 살아 있는 듯이 몸의 움직임에 따라 꿈틀댔다.

"자자, 오늘 다 벗고 놀아 봅시다!"

로버트 회장이 큰 소리로 외치며 술잔을 들었다.

양 검사의 술잔을 쥔 손이 떨렸다. 자신이 예상했던 것보다 훨씬 큰 판에 들어왔음을 깨달았다. 그의 뒤로 박 의원이 다가와 조용히 귓속말로 속삭였다.

"양 검사~ 인자 니도 인너서클에 들어온 기라! 인자 마 빠져나갈라 캐도 빠져나갈 수 없는 거 알제? 내하고 같이 저 폭포를 거슬러 쭉~ 올라가등가… 아이믄 저 밑바닥에서 진흙이나 퍼 먹등가…."

양 검사는 침을 꿀꺽 삼키며 나신의 여인 위에 올려진 꿈틀대는 회 한 점을 집어먹었다. 그는 자신이 이미 너무 멀리 와 버렸음을, 그리고 여기서 빠져나갈 길이 없음을 깨달았다.

"자, 여러분~ 그레이스만 끌고 내려와 주쇼!"

로버트 회장이 다시 잔을 들며 외쳤다.

"내 앞에 떡하니 무릎 꿇려 주면, 모두 나와 함께 천국의 문으로 들어가는 겁니다. 할렐루야!"

Scene9. 꿈붕어빵 재료 공장, 홍 사장을 협박하는 비리 검사와 건달들

늦은 시각, 재료 공장의 불은 꺼지지 않고 있었다. 홍 사장 혼자 공장에 남아 꼼꼼하게 마무리 작업을 하던 중이었다. 집중해서 일하다 보니 창밖이 어느덧 캄캄해졌고 그제야 홍 사장은 서둘러 퇴근 준비를 했다. 그때 핸드폰이 울렸다. 이렇게 늦은 시각에, 모르는 번호로 온 전화라니. 의아해하던 홍 사장은 전화를 받았다.

"홍 사장님 되시죠? 아드님이 홍성환 맞으시고요? 아드님이 대마를 하시던데…."

"다… 당신 누구요?"

얼마 후 완전히 주변이 어두워지고 인기척도 없는 새벽 시간, 공장에 두 대의 차량이 들어오고 홍 사장이 칠흑 같은 밤만큼 어두운 얼굴로 그들을 맞이했다. 차에서 커다란 덩치의 남자들이 내려서 홍 사장의 팔을 양쪽으로 붙잡고 사무실로 끌고 갔다. 차 안에는 양복을 입은 남자 하나와 고개를 푹 숙인 젊은 남자 한 명이 대기하고 있었다. 먼저 사무실에 들어간 덩치들이 홍 사장을 겁박하여 사무실 안 CCTV 카메라를 모두 꺼버렸다. 5명의 직원이 일하는 아담한 사무실 한가운데에 작은 원형 테이블이 있었다. 홍 사장은 의자에 앉아 고개를 푹 숙이고 있었다. 카메라가 모두 꺼진 걸 확인한 덩치들은 밖으로 나가 차 안에 있는 남자에게 보고했다.

"영감님, 이제 들어가셔도 됩니다. CCTV는 모두 껐고, 홍 사장 핸드폰도 저희가 가지고 있습니다. 안전합니다."

차에서 내린 의문의 남자는 덩치들과 함께 사무실로 들어가고 원형 테이블에 앉아 있는 홍 사장에게 다가갔다. 그때 사무실에서 있던 고등어가 낯선 이들을 경계하듯 하악질을 했다. 호기롭게 들어가던 남자가 깜짝 놀랐다.

"아이 씨, 깜짝이야! 야, 절루 안 가? 저놈의 도둑고양이 시키~"

"고등어, 저리 가! 훠이~"

"홍 사장님? 반갑습니다. 나, 마약 사건 전담 조형석 검사요. 내가 오늘 여기 온 건 아무도 몰라야 됩니다. 아시죠? 그나저나 아들이 홍성환 맞죠? 아드님이 또 대마를 하셨어? 이번이 벌써 세 번째야! 도대체 아들 교육을 어떻게 하셨길래 이 모양이야? 응?"

"아들놈이랑 부자 간의 연을 끊고 산 지 10년이 넘었수다. 난 그런 놈 모릅니다."

"아무리 그래도 홍 사장님 하나밖에 없는 혈육인데… 마음이 좋으실 리가 있나? 사모님은 아들 살려 달라고 울고불고하시던데~ 아드님 이번에 감옥 가면 10년은 못 나올지도 몰라요. 야, 나가서 그 시키 데리고 들어와!"

그때 사무실 문이 열리고 아들 홍성환이 포승줄에 묶인 채로 들어왔다. 놀라는 홍 사장 앞에 덩치들이 그를 거칠게 앉혔다. 아무리 연을 끊고 없는 셈 쳤던 아들이라고는 하나, 수갑 찬 죄인으로 끌려온 아들을 본 홍 사장은 마음이 흔들릴 수밖에 없었다.

"아버지… 저 좀 도와주세요. 하나밖에 없는 아들, 이렇게 감옥 가게 할 거예요?"

"으이구, 이놈의 자식아~ 차라리 같이 죽자, 이놈아…. 흑흑흑… 검사 양반, 내가 뭘 하면 됩니까? 원하는 게 뭐요? 차라리 날 잡아가셔~ 제발!"

검사가 홍 사장 아들을 데리고 나가라고 눈짓을 한 후, 울고 있는 홍 사장의 어깨를 툭툭 치며 위로했다.

"홍 사장님, 아드님 살리셔야죠. 건강도 안 좋은 사모님 생각하셔서라도… 저희가 뭐 어려운 부탁을 드리는 것도 아니고, 그냥 조금만 협조하시면 됩니다."

조 검사는 덩치가 넘겨준 비닐 봉투 하나를 홍 사장에게 내밀었다.

"이게 뭐요?"

"허황옥이 두세 달에 한 번 가져오는 약초 있죠? 김해에서 가져오는… 거기다 이걸 섞어 넣기만 해요. 나머지는 우리가 다 알아서 할 거니까. 홍 사장님은 그냥 '허황옥이 가져다준 거다!'라고 증언만 하시면 됩니다. 어려운 일도 아니잖아? 안 그래?"

"지금 나보고 허 사장을 배신하라는 거요? 내가 우리 마누라랑 죽을 만큼 힘들 때 유일하게 도와주신 분인데…. 제발… 우리 허 사장님 그런 분 아닙니다…."

"아 씨! 말귀 못 알아듣네? 그러면 아드님은 그대로 감옥으로 가야지~ 씨발 아주 늙어 죽을 때까지 못 나오게 할 거야. 당신 와이프 충격 받아 또 쓰러지면 홍 사장님 좋으시겠어? 혼자 천년만년 정의롭게 사시든가!"

조 검사의 잔인한 말에 홍 사장은 결국 무너지고 말았다. 그는 어린아이처럼 어깨를 들썩이며 울었다. 다시 검사가 홍 사장을 위로하는 척 따뜻하게 말했다.

"아이고, 홍 사장님 왜케 우셔? 야, 거기 휴지 좀 가져 와! 아이고, 노인네가 얼마나 속상하면… 자, 자, 홍 사장님, 우리 같이 삽시다. 네?"

"어흐흑… 검사님…. 흑흑흑… 이거만 넣으면 되는 겁니까?"

"그래! 이제 말이 좀 통하네! 그거만 살짝 넣으면 되는 거라니까! 나머진 다 알 필요도 없어. 잘 생각하셨어! 아드님도 살고, 사모님도 살고, 홍 사장님도 사는 길이라니까~"

허황옥이 인수한 재료 공장 홍 사장은 한때 건달 생활을 하다가 지금의 아내를 만나 마음잡고 안 해 본 일 없이 성실하게 살던 사람이었다. 아들을 낳은 후 그동안 모은 돈으로 붕어빵에 재료를 공급하는 반죽 공장을 시작했고, 세 식구가 오손도손 살 수 있게 되었다. 그런데 그 아들이 문제였다. 자신의 어두운 과거처럼 살지 않기를 바랐지만, 그 아버지에 그 아들이라고 어릴 때부터 나쁜 길로 빠지더니 대마초 혐의로 처음 구속된 이후 홍 사장은 아들 없는 셈 치고 살아왔다. 아들 문제에, 병약한 아내와 코로나로 인한 경제 불황으로 죽을 만큼 힘들어하고 있을 때 허황옥을 만났고, 허황옥은 망해 가던 재료 공장을 인수한 후 홍 사장에게 계속 맡아 달라고 했다. 삶의 끝자락에서 그는 다시 희망을 봤고, 열심히 공장을 재건하고 있었는데… 아들이 또 사고를 친 것이다. 그리고 그 아들을 때문에 자신에게 생명의 은인 같은 허황옥을 배신해야 하는 상황에 처했다. 검찰은 며칠 뒤에 압수 수색 영장을 가지고 들이닥칠 것이고, 재료 창고에서 인도산 대마가 나오는 그림을 원하고 있었다. 허황옥이 김해에서 채취해 온 약초 사이에 인도산 대마초를 찔러 넣는 게 홍 사장이 해야 할 일이었다.

차 안에 들어온 조 검사는 어딘가로 전화를 걸었다.

"네, 양 검사님! 세팅 다 끝났습니다. 네 네, CCTV도 다 확인했고요. 영장 나오는 대로 치고 들어오면 될 듯합니다."

Scene10. 양검사, 김구라 기자에게 전화를 하다

기사를 작성 중이던 김구라 기자는 테이블에 놓인 전화기가 울리자 타이핑을 하면서 슬쩍 바라본다. '누구야? 바빠 죽겠는데~' 액정에 뜬 발신인 이름을 보자 급하게 타이핑을 멈추고 전화를 받아 든다.

"아이고, 양 검사님~ 어쩐 일이십니까? 전화를 다 주시고…."

"김구라 기자, 요즘 바빠? 내가 좋은 정보 하나 주려고 하는데…."

"어이쿠, 웬일로 저한테 이런 떡고물을? 뭡니까? 저야 양 검사님이 까라면 까고 물라면 무는 사냥개 아닙니까?"

"하하하~ 역시~ 내가 이래서 김구라 기자 좋아하는 거야~ 잘 들어! 오늘 저녁에 한양병원 응급실로 아이 하나가 입원할 거야. 붕어공주 붕어빵을 먹고…."

"오~ 이거 벌써 느낌 팍 오는데요? 이거 나만 주는 소스에요?"

"일단 김구라 기자가 군불만 좀 피워 줘. 나머지는 알아서 활활 타오를 테니까. 곧 큰 거 하나 터질 거야. 그건 김구라 기자 단독으로 줄게~ 오케이?"

"오케이! 그나저나 스타에어 쪽하고는 자리하셨어요?"

"흐흐흐, 당근이지. 김구라 기자! 그동안 스타월드 전담 못 해서 속상했지? 스타에어에 당신 자리 만들어 줄게~ 이거 단순히 붕어빵 문제가 아니야. 큰 그림을 그려야 해. 우리 인생이 달라지는 문제야!"

"역시 형님! 저는 형님만 믿고 갑니다!"

전화를 끊자, 옆에 있던 후배가 착 달라붙어 물어보았다.

"선배님, 뭔 얘기에요? 특종?"

"야~ 이제 나도 스타그룹에 줄 하나 생길 거 같다! 강지영이 두고 봐라~"

Scene11. 한양병원 응급실, 학생 하나가 꿈붕어빵을 먹고 실려 오다

그날 저녁 늦은 시간, 한양병원 응급실 앞에는 일단의 사람들이 몰려와 있었다. 그들은 각 신문사 기자들이었고, 그 중심에는 조중일보 김구라 기자가 있었다.

"김구라 기자, 오늘 내용 확실한 거지? 나중에 나 몰라라 하기 없기야?"

"걱정 마, 확실한 소스니까. 오늘 나 도와주면 내가 거하게 술 한잔 살게, 아니지, 당신이 나한테 술을 사야 할 일이 생길 거야~ 오케이?"

그때 요란한 사이렌 소리와 함께 구급차가 응급실 앞으로 들어왔다. 차문이 열리고 구급 대원들이 침대에 누운 아이를 빠르게 내렸고, 아이의 엄마로 보이는 여자가 다급한 얼굴로 함께 내렸다. 김구라 기자를 포함한 기자들이 우르르 달려가 취재를 시작했다. 아이가 의료진들에 실려 가고, 아이 엄마는 김구라 기자와 눈을 마주치며 서로 신호를 주고받았다. 다른 방송 기자의 카메라에 이 장면이 찍혔다. 생각보다 많은 기자들이 몰려들자 아이 엄마는 적잖이 당황한 눈치였다. 김구라 기자가 다가오자 아이 엄마가 당황스러운 표정으로 속삭였다.

"기자들이 이렇게 많다고는 얘기 안 하셨잖아요? 어떡해~"

"어머니, 어머니! 긴장하지 마시고 편하게 말씀하시면 됩니다. 제가 어제 드린 거 보셨죠? 붕어공주, 붕어빵 이거 위주로 말하시면 됩니다~ 아시겠죠?"

아이 엄마가 기자들 앞에 서서 인터뷰를 시작했다.

"음, 음…. 저… 저… 그… 아까 저녁에 아이가 붕어빵을… 아니 붕어공주를… 아… 아니 붕어공주 붕어빵을 먹고 나서, 갑자기 어지럽고 배가 아프다고 하더니 경기를 일으키는 거예요. 그래서 급하게 119에 전화하고… 응급실로 온 겁니다. 아니, 붕어공주에… 아니, 아니 붕어빵에 뭘 넣었길래 애가 저렇게 되냐구요. 도대체 정부는 저런 길거리 음식을 단속도 안 하고 뭐 하는 겁니까? 이래서 믿을 만한 대기업에서 만든 것만 먹어야지…. 저는 붕어빵을 고소할 거예요! 아니… 네? 아, 붕어공주라 하라고요? 네, 맞네요, 붕어공주… 네? 아, 허? 화? 허황… 옥? 네네, 허황옥을 고소할 거예요. 4대 독자 우리 아들한테 무슨 일 생기면 가만두지 않을 거예요!" 더듬더듬 말을 겨우 끝마친 그녀는 다시 김구라 기자를 보며 말했다. "저기… 김구라 기자님, 이렇게 하면 되는 거죠?"

늦은 시간, 모든 포털에 내용도 없이 제목만 달린 기사들이 일제히 속보로 쏟아져 나왔다.

insert 포털 뉴스, 속보

〈붕어공주 꿈붕어빵 먹은 초등학생 한밤중 응급실로 입원〉

〈붕어공주 꿈붕어빵 먹은 초등학생 생명 위험〉

〈붕어공주 꿈붕어빵 먹은 초등학생 뇌사 상태〉

자극적인 제목으로 대서특필된 기사들에 클릭 수가 올라가고 이어서 확인되지 않은 카더라 뉴스, 유튜브와 찌라시가 후속으로 SNS를 뒤덮었다. '아이가 위급하다', '뇌사 상태다', 엄마가 응급실 앞에서 오열하는 사진이 돌다가 본인이 그 아이 엄마가 아니라고 정정하는 글이 올라왔다가, 다시 엄마가 맞다고 뜨다가… 밤새도록 가짜 뉴스가 양산되어 퍼져나갔다.

Scene12. 강 기자, 그레이스 집에 방문

박 의원의 지시에 양 검사와 검찰이 기민하게 움직이던 그 시간, 그레이스는 집으로 돌아가고 있었다. 전략 회의 이후 착잡한 심정으로 퇴근한 그레이스는 혼자서는 도저히 이 답답한 마음을 풀 길이 없어 강 기자를 집으로 초대했다. 강남 최고의 요지에 자리한 최고급 주거 시설, 스타팰리스의 꼭대기에 그레이스의 자택이 있었다. 강 기자는 미리 연락받은 안전 요원들과 경호원의 극진한 안내를 받으며 그레이스 전용 엘리베이터를 타고 집으로 올라갔다. 일반인은 들어갈 수도 없는 곳이었고 출입자들 검문검색이 철저한 곳이지만, 강 기자는 프리 패스로 통과되었다. 강지영은 그레이스의 세심한 배려를 느끼고 있었다. 거친 파도처럼 흔들리는 마음을 가라앉히기 위해 테라스에서 요가를 마치고 명상을 하던 그레이스는 강 기자의 인기척에 눈을 뜨고 그녀를 반갑게 맞이했다.

"아, 죄송해요. 제가 방해가 되었나요?"

"무슨 말씀을… 집에까지 오라고 해서 미안…. 식사는?"

"괜찮습니다, 대표님은?"

"나도 괜찮아요. 그럼 가볍게 와인 한잔할까? 나 금방 샤워만 하고 나올게요. 편히 쉬고 있어요."

그레이스가 자리를 비운 사이, 강 기자는 그레이스의 집을 둘러보고 있었다. 세계에서 제일 부자인 사람의 집을 보게 될 줄이야! 사생활을 공개하지 않는 그레이스가 집으로 외부 사람을 들인 것은 강 기자가 처음이었다. 과연 일반인은 상상도 하지 못할 만큼 고급스러운 집이었지만 뭔가 절제된 미니멀한 느낌이 있었다. 그레이스는 목욕 가운을 입고 나왔다. 얼핏 보아도 눈부시게 아름다운 그녀의 모습은 같은 여자인 강 기자도 똑바로 바라보지 못할 만큼 아름다웠다.

도심의 야경이 파노라마로 펼쳐진 테라스에 앉아 둘은 와인을 마시기 시작했다.

“인어빵 댓글 조작 기사 봤죠?”

“네, 일이 이상하게 꼬이네요…. 심란하시겠어요.”

“후후, 그러게 맘처럼 되는 게 없네. 댓글뿐만이 아니야… 더 큰 문제가 생겼어. 브로큰스타가 전 세계에서 본격적으로 움직이고 있어서….”

“그렇게 되면….”

“내가 앉을 차기 의장 자리가 매우 위태롭다는 얘기지… 훗.”

씁쓸한 미소를 지으며 애써 태연하게 말하는 그레이스였다. 둘은 조용히 와인을 마시며 생각에 빠진 듯했다. 서로가 아무 말 없이 와인만 마시면서 창밖을 바라보았지만 최근 일어난 여러 일들로 인해 둘 다 마음속이 편하지는 않았다. 그레이스가 그 고요 속의 정적을 먼저 깼다.

“솔직히… 나도 내가 지금 뭘 원하는지, 뭘 바꾸고 싶은 건지 잘 모르겠어. 처음엔 내가 의장이라는 자리를 물려받는 게 당연한 거라 생각했어. 나는 소피아 의장의 딸이니까… 이미 태어난 순간 보장된 자리…. 그런데 커 가면서 이런 생각이 들기도 하더라구. 세상에 당연한 거라는 게 있나? 근데 어떨 때는 내가 왜 이 고민을 하고 있지? 굳이 안 해도 되는데? 당연히 다 내 거잖아. 남들도 그렇다 하고….”

그레이스는 잠시 말을 멈췄다가 다시 이어 갔다.

“모든 걸 다 가진 1%, 그리고 가지지 못한 99%… 아이러니하지? 주변 사람들은 내가 당연히 보수라고 말하는데… 또 내 안의 나는 진보적인 성향을 가진 것 같고… 나도 내가 보수인지 진보인지 모르겠어. 사람들은 보수와 진보를 가진 자와 못 가진 자로 너무 쉽게 구분하는 것 같아.

난 1%인데 이런 생각을 한다는 것이… 그냥 흔히 말하는 재수 없는 '강남 좌파' 같은 걸까?"

새삼 그레이스는 자신이 왜 이런 생각을 하는지에 대한 근원적인 이유가 궁금해졌다. 그러면서 순간 어릴 적 김해에서 허수경과 만났던 사건이 스쳐 지나갔다.

"난 이방인이라는 느낌이 들 때가 있어. 우리 사회에도 많은 이방인이 있지. 남성 위주 세계관 속의 여성, 이성애자 속의 동성애자, 백인들 시각 속의 유색 인종들, 보수주의 안에 진보적 성향을 가진 나…."

그레이스의 이야기를 듣던 강 기자도 그녀의 말에 공감한다는 듯이 고개를 끄덕였다.

"저도 이방인이라는 기분으로 평생 살았어요. 알 수 없는 죄책감, 죄의식, 스스로를 숨기고 살아야 하는 숨 막힘… 언제까지 지금의 이중생활을 할 수 있을지 불안하고…."

"그러게, 우리 둘 다 본의 아니게 이중생활을 하고 있네…. 꼬마 요리사와 심해어… 그 덕에 우리가 이렇게 친해지긴 했지만? 훗~"

"대표님은 붕어공주한테 무엇을 얻고 싶은 거예요? 분명히 적대적인 관계는 아닌 것 같고…. 대표님이 붕어공주에게 느끼는 감정이 무엇인지 궁금해요."

잠시 생각을 정리한 그레이스가 말을 이었다.

"음… 난 붕어공주 허황옥에게서 작은 질서를 본 것 같애. 이 세상 모든 물질은 엔트로피적 계수가 높아져요. 열역학 제2법칙. 모든 물질과 에너지는 오직 한 방향으로만 바뀌며, 질서화한 것에서 무질서화한 것으로 변화한다. 세상 모든 것이 결국은 카오스를 향해 간다는 것! 그래서 인생이 예측이 불가한 것이고…" 그레이스의 눈이 조금 전보다 더 반짝이기 시작했다. "하지만 난 허황옥에게서 엔트로피 안의 질서를 찾아 줄 작은 공식을 본 거 같아요. 물론 절대 모든 걸 바꾸지는 못하겠죠. 그리고 그렇게 될 수도 없고. 너무 과격한 변화는 오히려 더 큰 혼란을 일으키니까요. 지금의 기득권 사회는 허황옥을 혼란의 씨앗이라고 보지만, 나는 달라요. 저 씨앗을 잘만 심어 준다면 오히려 새로운 세상을 창조하는…."

"아, 어쩌면 희망의 열매가 될 수도 있겠네요. 무질서한 세상을 바로 잡는…."

"우리 사회는 거대한 기계 같은 거예요. 수 세기 동안 잘 돌아갔지만 지금은 낡고 병들어 언제 멈춰도 이상하지 않죠. 그런데 허황옥이라는 새로운 부품을 장착한다면 처음엔 삐그덕거릴지도 모르지만, 안정이 되고 나면 다시 이 거대한 기계가 순조롭게 돌아갈 거라고 난 믿어요. 너무 추상적인가요? 미안… 논리적으로 설명하긴 어렵지만…."

짧은 한숨을 내쉬며 그레이스는 계속 말을 이어 갔다.

"강 기자도 알다시피 내가 속한 곳은 정해져 있어요. 나는 거기서 벗어날 수도 없고 벗어나고 싶지도 않아요. 내가 가지고 태어난 권리를 지키고 싶은 건 제 솔직한 마음이에요. 내가 지켜야 할, 또 지켜 줘야 할 내 주변의 사람들을 거부하고 배척할 수도 없어요. 그들 역시 당연한 권리를 주장할 수 있는 사람들이고요. 그러나 그 사이에 있는 작은 틈, 어딘가에는 존재할 그 틈에 허황옥이 있고 그걸 우리 시스템 안으로 들여올 수 있다면… 어쩌면 실마리가 생기지 않을까요? 하하하, 내가 오늘 많이 마셨나 보네. 말이 좀 길죠?"

"하하하, 저도 취한 걸요. …저도 다 이해하진 못하겠지만 뭔지 알 것 같아요. 정치하는 놈들은 다음 세대를 위한, 미래를 위한 고민은커녕 자신들의 권력을 지키는 데만 혈안이 돼 있고… 이러니 다들 정치 혐오만 생겨요. 어떨 땐 정치인들이 오히려 대중이 정치에 무관심해지기를 바라는 건 아닐까 하는 생각도 들어요. 그래야 자기네 입맛에 맞게 할 수 있으니까…. 그런데 오늘 대표님의 말씀을 들으니 어쩌면 조금은 변화가 올 수 있지 않을까 하는 기대가 생겨요. 아래로부터 변화를 일으키면 사회가 치러야 할 희생이 너무 크겠죠. 하지만 위로부터의 변화는 속도는 느릴지 몰라도 안정적으로 진행될 수 있다고 봐요. 물론 그 속도에 대한 체감은 모두가 다르겠지만…."

insert 인터뷰, 강 기자 CNN 인터뷰

"그레이스가 어떤 사람이냐고요? 부자들이라고 엄청 다르게 살 거 같지만… 그녀도 평범한 사람이었어요. 어머, 지금 질문이 설마 진짜 반인반어족이냐고 물어보시는 건 아니죠? 그레이스가 속한 세상에서는 그녀 안에 진보적인 성향이 있다고 해서 갑자기 그녀가 다른 사람이 될 순 없죠. **솔직히 저도 보수와 진보를 어떻게 구분하는지 잘 모르겠습니다. 둘이 서로 다른 걸까요? 아니, 우리 사회가 이걸 계속 다르게 둬야 하는 걸까요?** 지금의 정치권이 자신들의 편의를 위해, 그리고 이익 집단의 자리를 지키기 위해 그어 놓은 선이 아닌가 싶어요. 그레이스는 여전히 자신이 속한 집단에서 자신이 당연히 누려야 할 권리를 누리면서 살 겁니다. 그녀 역시 모든 걸 한 번에 바꾸려고도, 또 한 번에 바꿀 수 있다고도 생각하지 않았어요. 하지만 아무런 변화도 시도하지 않고 오류투성이 과거라는 바통을 현재에 이어받고 싶지 않은 거죠. 작은 변화라도 일으켜서 새로운 미래를 도모하는 것… 그게 그녀의 의지였다고 봅니다. 아, 아까 그레이스가 어떤 사람이냐고 물으셨죠? 매우 복잡한 사람입니다! 그리고 매우 인간적인 사람이고요. 설령 반인반어족이라고 해도… 매우 매력적인 인어공주? 그런 공주라면 전 얼마든지 환영입니다!"

그레이스도 강 기자와 마찬가지로 취기가 올라 살짝 얼굴이 붉어진 채로 화제를 바꿨다.

"강 기자도 혹시 반인반어족이 있을 거라고 믿어?"

"반인반어족이든 인간이든 그게 뭐가 문제예요? 동양인이든, 백인이든, 흑인이든, 우리가 이 지구라는 둥근 별에 살고 있는 이상 다 같이 이 별을 지키고 아끼고 만들어 가야 하는 거 아닐까요? 다른 생물체에 대한 예의와 존경, 사랑을 가지고 서로 공생하는 법을 찾는 게 중요하겠죠. 인간도 자연계에서는 포유류의 한 종일 뿐이에요."

강 기자는 평소에 자신이 가지고 있던 생각을 진지하게 풀어놓기 시작했다.

"물론 인간의 관점에서 보면 인간이 모든 생물체의 최상위에 존재한다고 믿고 실제로 일정 부분 그렇기도 하지만, 여전히 생물학적인 분류로 보면 인간은 다른 포유류와 크게 다르지 않아요. 인류 역사에서 과학 기술은 발전했지만 생물학적인 진화는 크게 바뀌지 않았잖아요? 5천 년 전 인류 문명이 시작했을 때와 지금 현대의 인간이 생물학적, 진화적 차원에서는 변화가 없다구요. 그런데 유일하게 진화한 건… 인간의 내면에 숨겨진 욕망만큼은 끊임없이 진화한 것 같아요."

이야기를 듣고 있던 그레이스가 웃음기 빠진 표정으로 강 기자를 바라보며 물어보았다.

"만약에 말이야… 내가 사람들이 말하는 진짜 반인반어족이라면… 강 기자, 나 싫어할 거야?"

강 기자 역시 매우 진지한 표정으로 그레이스를 잠시 응시하다가 대답했다.

"대표님이 만약에… 진짜 반인반어족이면… 저는… 외계인 할게요~

하하하."

"꺄악! 하하하~ 자기 같은 외계인이라면 난 얼마든지 환영이야! 우리 반인반어족과 외계인이 도킹한 기념사진 하나 찍자!"

둘은 서로 얼굴을 맞대고 셀카를 찍었다. 마치 사이좋은 자매처럼, 죽고 못 사는 친구처럼 웃으며 잠시 세상에 대한 고민을 내려놓았다. 둘 다 적당히 취한 기분에….

"강 기자! 아니, 지영아! 오늘 자고 가! 여기 한 번도 외부 사람을 들인 적이 없는 곳이야. 내가 특별히 강 기자, 너한테 내 침대를 허락할게!"

"오~ 영광인데요? 그럼 어디 세상에서 제일 찐부자 언니의 침대에서 한번 자 볼까요?"

한 번도 자신의 집에 누군가를 들여 재운 적이 없었던 그레이스였다. 강 기자 역시 남의 집에서 쉽게 자는 스타일이 아니었지만, 언니 같은 느낌의 그레이스가 자고 가라고 했을 때 흔쾌히 그러겠노라고 대답했다. 뭐, 조금은 세계 최고 부자의 침대에서 자는 기분이 어떨지 궁금하기도 했다.

다음 날 아침, 어젯밤의 숙취로 몽롱한 상태에서 강하게 울리는 핸드폰 알람에 강 기자는 번쩍 눈을 떴다.

insert 포털 뉴스, 긴급 속보

〈붕어공주 붕어빵 먹은 초등학생 응급실 입원〉

그리고 역시 놀라서 깨어난 그레이스가 자신의 핸드폰을 주시했다. 서로를 바라보는 둘의 얼굴에 심각한 표정이 번져 갔다.

Scene13. 아이 엄마,
다음 날 검찰에 허황옥을 고소하다

아이 엄마는 검찰에 직접 고소를 했고, 양 검사는 기다렸다는 듯 압수 수색 영장을 받아 냈다. 아니, 이미 손에 쥐고 있었다. 법원에서도 박 의원과 결을 같이 하는 판사들이 존재하고 있었던 덕분이었다. 속전속결로 검찰 발 압수 수색이 동시다발로 이루어졌다. 먼저 아이가 먹었다는 성수동 붕어공주 가판대를 압수 수색하였고, 바로 이어서 재료 공장에 수사관들이 들이닥쳤다. 영문도 모른 채 가게를 운영하던 점주는 멍하니 눈만 껌뻑이며 상황을 지켜볼 수밖에 없었다. 이례적으로 대규모로 조직된 검경 합동 수사팀이 공장을 압수 수색하였다. 허황옥이 2년 전 인수해서 전국에 재료를 공급하던 공장은 경찰과 검찰 그리고 수많은 방송국 기자들로 북새통이었다. 압수 수색 장면 모두가 실시간으로 생중계되었고, 뒤늦게 도착한 유튜버들도 라방으로 현장 상황을 여과 없이 내보냈다. 검찰이라고 박힌 파란색 박스에 공장의 모든 재료와 서류, 프랜차이즈 관련 자료들이 담겨 줄줄이 차에 실렸다. 현장에 나간 기자들의 입을 통해 '뭔가 위해한 것이 발견된 듯하다', '허황옥과의 관련성을 배제할 수 없다'는 식으로 확인도 안 된 내용이 마구 흘러나왔다.

그러나 검찰의 최종 목표인 허황옥의 푸드 트럭에는 아직 아무도 나타나지 않았다. 모든 증거를 모은 후 맨 마지막에 치고 들어오는 작전이었다. 주변부터 압박을 해서 증인들의 증언을 바탕으로 상대방의 숨통을 서서히 조여 오는, 웬만한 사람들은 모두 무너지게 되어 있는 검찰 특유의 압박 수사 방식이었다. 검찰보다 먼저 몰려온 것은 이미 검찰에서 흘린 정보를 받은 친검찰 기자들과 보수 성향의 유튜버들이었다.

"허황옥 씨! 지금 상황 설명 좀 해 주시죠!"

"인도산 약초는 무엇인가요? 정말 인도산 대마초가 들어간 건가요?"

"허황옥 구속 각! 시청자 여러분, 이렇게 먹는 거 갖고 장난치는 말종한 테는 콩밥이 답이죠? 콩밥 붕어빵 가즈아~!"

트럭 앞에 몰려와 있는 수많은 사람들을 보던 배두호가 허황옥을 돌아보며 다급하게 말했다.

"황옥아, 이거 봐! 붕어공주 붕어빵을 먹고 초등학생이 응급실에 입원을 했다는 기사야… 엇! 검찰이 재료 공장을 압수 수색 중이래~"

"…."

허황옥 역시 평소의 부드러운 미소 대신 걱정스러운 표정으로 기사를 응시했다.

"뭔가 느낌이 안 좋다…. 왜 갑자기 이런 일이…."

그리고 허황옥에게 메시지 하나가 도착했다. 재료 공장 홍 사장이었다.

"대표님, 지금 공장으로 압수 수색 영장을 들고 와서 재료랑 레시피랑 다 가져가고 있습니다. 대표님이 가지고 오신 그 찻잎까지…"

동시다발적으로 다른 프랜차이즈에서도 계속 문자가 쇄도했다. 모두 압수 수색으로 인해 재료를 빼앗겼다는 연락이었다. 전국의 거의 모든 매장이 임시 폐업 상태가 되었다. 겁먹은 점주들은 붕어공주 꿈붕어빵에서 마약 성분이 나왔다는 방송 보도를 보고 스스로 프랜차이즈를 접었다. 일부 점주들은 동네에서 쫓겨나기도 했다. 평소 붕어공주에 반감을 가지고 있던 과격한 사람들이 붕어공주 리어카를 부수거나 심지어 불태우는 일도 벌어졌다. 불타는 붕어공주 가판대를 바라보며 업주들은 망연자실했다.

배두호는 지금의 상황이 심상치 않음을 느끼고 어디서부터 이 일이 시작됐을까 짚어 보았다. 아버지 배 목사가 떠올랐다. 설마 하며 배 목사에게 연락을 하자 바로 답장이 왔다.

"니는 모르는 기다. 니가 나설 일이 아니야. 그리고 니는 아무 문제 없을 끼다. 내가 검찰에 다 손써 놨다. 그라이 내가 그딴 년이랑 어울리지 말라칸 기다! 두고 봐라! 그 요상한 년을 내가 어떻게 바닥으로 끌어내리는지!"

Scene14. 그레이스, 검찰의 움직임을 주시하다

뉴스를 접한 그레이스가 급하게 출근하면서 신 상무에게 연락했지만, 그는 연락이 닿지 않았다. 신 상무와 연락이 안 된 적은 처음이었다. 그의 전화기는 총 3개로 그레이스하고만 연락하는 폰이 따로 있었다. 그레이스가 그 전화를 안 받는 경우는 있어도 신 상무가 그레이스의 연락을 안 받은 적은 한 번도 없던 일이다. 비서실에 연락을 해서 신 상무를 찾았다. 하지만 회사 내에서도 그의 행적을 아는 사람은 없었다.

"한 비서, 신 상무님 어디 계시죠?"

"죄송합니다…. 아직… 연락이 안 되고 있습니다."

"흠… 그럼 붕어빵 먹고 입원한 아이 상태가 어떤지? 한 비서, 이거 자세히 좀 알아봐 주세요."

그레이스는 알 수 없는 불안감에 휩싸였다. 전에도 이런 식으로 경쟁업체들이 스타웰드를 악의적으로 공격했던 일이 있었기 때문이었다. 스타웰드 음료나 푸드를 먹고 갑자기 입원하고, 경찰 조사가 들어오고… 늘 같은 패턴으로 일어나는 사건들. 누군가 개입한 느낌이 들었다. 그레이스는 강 기자에게 전화를 걸었다.

"강 기자님, 새로운 소식 있나요?"

"아니요, 대표님. 아직까지는…. 저도 계속 알아보고 있습니다. 조중일보 김구라 기자가 단독 보도했다는 것 자체가 뭔가 냄새가 나요. 잘 짜인 각본대로 움직이는 느낌입니다."

"저도 그런 느낌이 듭니다. 저희 쪽도 따로 알아보고 있어요. 같이 정보를 공유하시죠."

"네, 대표님, 전체적으로 느낌이 안 좋습니다. 여러 소문과 찌라시가 돌고 있어요. 대표님도 조심하셔야 할 것 같아요. 박 의원과 로버트 회장이 손잡고 긴밀히 움직인다는 소문이 파다해요. 박 의원의 직속 후배였던 양 검사가 담당인 거 보면 이미 모두 한배를 탄 듯합니다. 김해 만선교회 배 목사까지…. 언론도 같이 움직이고 있고요. 사실 저희 조중일보가…."

"저도 알고 있어요. 예상은 했던 일입니다. 어쩌면 우리 둘 다 타깃이 될 수도… 어차피 닥칠 일이었어요."

"그리고… 조심스러운 일이라 말씀드리기 좀 그런데…."

"괜찮아요, 편하게 말해요."

"스타월드 신 상무님이요…. 신 상무님이 박 의원과 로버트 회장과 함께 움직인다는 믿을 만한 정보가 있습니다. 얼마 전 강남 고급 일식 룸살롱에서 그들이 같이 나오는 사진도 이미 찌라시에 돌고 있어요…. 여보세요, 대표님? 듣고 계세요?"

"네, 잘 알겠습니다. 강 기자 무슨 일이 생기면 언제든지 내게 전화해요. 내 전용 폰 번호 보내 줄게요. 시간 가리지 말고요…."

그레이스는 자신의 핸드폰에 신 상무에게 건 수십 통의 기록을 보면서 좀 전에 강 기자가 보내 준 사진을 확인했다. 고급 일식 룸살롱에서 나오면서 어깨동무하고 웃고 있는 신 상무와 박 의원, 그리고 로버트 회장의 모습이 찍힌 여러 장의 사진들이었다.

Scene15. 3인방, 박민지를 통해 검찰의 움직임을 알게 되다.

박민지의 변호사 사무실. 널찍한 유리창을 통해 비치는 도시의 야경이 사무실 안의 어둠을 희미하게 밝히고 있었다. 3인방은 소파에 둘러앉아 각자 휴대폰을 손에 쥔 채, 뉴스 기사를 공유하며 이야기를 나누고 있었다.

"어머, 진짜 검찰에서 나섰네?"

이주영이 놀란 듯 말했다. 그녀의 시선은 방금 휴대폰 화면에 떠오른 뉴스 기사에 고정되어 있었다.

"내가 말했지?" 박민지가 의기양양한 표정으로 대꾸했다. "조만간 검찰에서 움직일 거라고. 아주 먼지까지 탈탈 털 거야. 허황옥 주변 인물, 그 게임 만든다는 인도 놈, 패션모델 한다는 민정이 오태식이… 그리고 예진인지 뭔지 하는 그 고등학생 년이랑 그 가족들까지 다 털면 누구도 못 버텨."

박민지는 소파에 등을 기댄 채 다리를 꼬았다. 그녀의 표정에는 확신이 서려 있었다.

"아빠 후배 양 검사가 담당 검사야. 그 사람이 얼마나 지독한데. 이거 너희만 알고 있어. 스타에어 로버트 회장이 스타그룹 차기 의장 자리를 노리는 중이야. 이거 보통 큰 그림이 아닌 거지. 단순히 허황옥 하나 끌어

내리는 문제가 아닌 거야. 다음 100년간 스타그룹의 차기 의장 자리를 놓고 벌이는 어마어마한 전쟁이야. 전 세계에서 모든 기득권의 판도가 바뀌는 일이라서 누군가 하난 죽어야 끝나는 거라구."

"어머… 그럼 그레이스는 어떻게 되는 거야?" 김선희가 조심스럽게 물었다. 그녀의 얼굴에 호기심과 불안이 뒤섞여 있었다. "차기 의장 자리에서 밀리면… 신 상무가 진짜 갈아탄 거야? 아우~ 좀만 더 버틸 걸… 좋은 구경할 수 있었는데 괜히 욱하는 마음에 사표 쓰고 나왔네…"

박민지가 코웃음을 치며 말했다.

"넌 걱정 마. 어차피 이번 왕권 쟁탈전이 끝나면 스타에어가 의장 자리 차지할 거고, 그럼 스타그룹의 중요한 자리는 다 그쪽 사람들로 바뀔 거야. 그 동안이야 스타월드가 스타그룹의 상징적인 얼굴마담을 담당했지만, 이젠 스타에어가 그 자리를 차지하는 거지." 그녀는 고개를 저으며 말을 이었다. "사실 커피 파는 걸로 스타그룹의 얼굴마담 이 정도 해 먹었으면 오래 한 거야. 그리고 신 상무가 스타월드 대표가 될 건데… 그러면 선희 너는 다시 복직하면 돼. 내가 너 부사장 만들어 줄게. 그레이스 그년은 이제 끝이야!"

김선희는 안도의 한숨을 내쉬며 미소를 지었다. 박민지의 말 한마디가 그녀의 마음을 조금씩 진정시키는 듯했다.

"주영아!" 민지가 이번엔 주영을 바라보며 말했다. "니네 엄마도 조사할 수 있어. 하지만 너무 걱정 마! 어차피 형식적인 거니까. 내가 아빠한테 다 말해 놨어. 배두호도 조사받겠지만 다 짜고 치는 거야. 배 목사님 아들이니까. 배 목사님도 같은 편이라서 전반적으로 구색 맞추기야."

박민지의 태도는 자신감으로 가득 차 있었지만, 반대로 이주영의 마음 속에는 불편한 감정이 차올랐다. 그녀는 가만히 친구들의 얼굴을 바라보았다. 자신과 같은 고향에서 나고 자란 사람들이지만, 이젠 완전히 다른 세계에 살고 있는 듯한 느낌이었다.

'이들이 과연 내 친구일까?' 이주영은 속으로 생각했다.

이주영의 손이 자신도 모르게 핸드백 안으로 들어갔다. 그녀는 자신의 핸드폰을 보는 척하며 녹음 어플을 확인했다. 녹음은 잘되고 있었다. 언제부터였을까? 그녀는 이들의 대화를 몰래 녹음하고 있었다. 박민지와 김선희 그리고 자신이 이렇게 다르다는 것을 처음 깨달았을 때부터….

"자, 그럼 다들 이거 절대 밖으로는 새어 나가면 안 돼. 알지?"

"알겠어."

김선희가 고개를 끄덕였다.

"응, 알았어."

이주영도 대답했지만, 목소리는 희미했다. 그녀는 손에 쥔 핸드폰의 무게가 그 어느 때보다 무겁게 느껴졌다. 이주영은 이들 사이에서 점점 더 이방인이 되어 가는 자신을 느꼈다. 그녀는 속으로 중얼거렸다.

'나는 이들을 배신하는 걸까, 아니면 스스로를 지키는 걸까?'

얼마 전부터 3인방의 대화를 녹음하고 문자를 캡처해 모으고 있는 자신이 과연 이들의 친구라고 말할 수 있을지 괴로웠다.

Scene16. 허황옥, 마약 관련 의심을 받다

박정일 의원을 중심으로 양 검사, 양 검사의 친위대를 자청하는 검사들, 경찰 그리고 언론들이 일사천리로 빠르게 움직이고 있었다. 그들 역시 이 판에 자신들의 목숨을 걸었다. 그들은 박 의원 뒤에 스타에어 로버트 회장이 있다는 사실을 잘 알고 있었다. 이 쿠데타가 성공하면 향후

100년간 막대한 부와 권력을 손에 움켜잡을 수 있다는 것도…. 동물적인 감각으로 그들은 이 약육강식의 세상에서 어디다 줄을 대면 될지 알고 있었다. 물론 항상 그 판단이 옳은 것은 아니지만… 어차피 50:50 복불복이다. 승부의 세계에서는 마지막까지 카드를 뒤집어 봐야 아는 것이다. 압수 수색이 끝나자마자 언론에서는 검찰 발 뉴스를 쏟아 냈다. 법조 기자들은 자신들의 검찰 쪽 라인을 통해 흘러나오는 뉴스를 확인도 하지 않고 받아쓰기 시작했다.

insert 포털 뉴스, 조중일보 헤드라인

〈붕어공주 재료 공장 전격 압수 수색!〉

붕어빵을 먹고 응급실로 실려 간 초등생의 부모로부터 촉발된 붕어공주 붕어빵 사건은 검찰 고소와 함께 전격적인 압수 수색이 이루어졌다.

insert 포털 뉴스, 동화일보 헤드라인

〈꿈붕어빵 재료에서 미확인 약초 성분 발견〉

국내에는 없는 성분. 동아시아 쪽 해외 밀반입으로 추정. 인도산 유력.

insert 포털 뉴스, 연합일보 헤드라인

〈식약청 조사 결과 발표 임박. 인도산 마약 의심〉

익명을 요구하는 관계자에 따르면 세간의 우려처럼 인도산 대마초로 추정되고 있다. 인도산 대마초는 매우 강력한 환각 작용을 일으키는 것으로 알려져 있어, 반입 경로 및 불법 유통 추적에 검경 합동 수사단이 함께 나섰다. 허황옥이 인도에서 오랫동안 지내 왔다는 것에 따라 관련성이 있는지 집중적으로 파고들고 있다.

insert 포털 뉴스, 코리아타임 헤드라인

〈브로큰스타와 연계점 발견. 단순 국내 문제가 아닌 국제적인 문제로… 미국 FBI와 공조 수사〉

허황옥의 SNS에 꾸준히 접속해 '좋아요'를 눌러 온 미국 국적의 사이먼 윌리스가 '브로큰스타'로 활동 중이었다는 사실이 밝혀졌다. FBI는 오랫동안 사이먼 윌리스를 추적, 감시하고 있었던 것으로 알려졌다. 허황옥 역시 사이먼의 댓글에 답글을 꾸준히 달아 준 것으로 미루어, 그들 간에 사적인 메시지도 주고받았을 것으로 예상된다. 실제로 브로큰스타와의 연관성이 드러날 경우 매우 심각한 외교 문제로도 비화될 것으로 보인다. 검경은 미국 측 사법 당국과 긴밀히 공조 수사 중이다.

〈붕어공주 꿈붕어빵 추락! 세간에 떠돌던 인도산 마약 사실로!〉

검찰은 오늘 전격 기자 회견을 열어 붕어공주 꿈붕어빵에 인도산 대마가 들어간 것으로 결론짓고 공식적으로 발표했다. 이제 검찰의 마지막 칼날은 허황옥을 향하고 있다.

〈붕어공주 허황옥 전격 구속 예정! 사정 기관의 그물망에 걸려든 붕어공주!〉

검찰은 그동안 입수한 증거 자료를 바탕으로 허황옥의 구속 영장을 신청할 예정이다. 국내외로 많은 관심을 받는 셀럽인 것을 감안해 검찰은 신중히, 신속하게 처리할 것으로 보인다.

한편, 허황옥 사건이라는 불길이 전국을 휘몰아 가며 모든 이슈를 블랙홀처럼 빨아들이고 있을 때, 일부 중도 성향의 언론에서는 이번 사건에 대해 의혹을 제기했다.

insert 포털 뉴스, 한결일보 헤드라인

〈식약청 발표 어디까지 사실인가?〉

이미 1년여 전부터 붕어빵 인수에 관심을 기울였던 기업들이 붕어공주 붕어빵에 대한 식약청 조사를 의뢰한 바 있다. 인수 관련 기업 관계자들에 따르면 아무런 위해 성분이 검출되지 않았다고 전언했다. 그러나 붕어빵에서 마약 성분이 나왔다는 검찰의 공식 발표 이후, 기존 식약청 조사 결과를 토대로 인수 의향을 비치던 기업들에서는 관계자들에게 함구령을 내린 상태다. 자칫 붕어공주 사건으로 불똥이 튈 것을 우려해 예방하려는 모양새다. 그리고 해외에서 판매되는 붕어공주 붕어빵에는 아무런 문제가 없다는 것도 의심해 볼 문제다.

insert 포털 뉴스, 데일리 인터내셔널 헤드라인

〈인도 정부, 붕어공주 사건 신중 관망. 아유타 왕국 출신 허황옥에 관심〉

인도 정부가 주인도 한국 대사관을 통해 허황옥 사건을 매우 자세한 내용까지 알려 달라고 요청했다. 아유타 왕국의 후손이라 주장하는 붕어공주 허황옥이 인도산 대마초를 불법적으로 사용했다는 사실에 자칫 인도에 대한 부정적인 이미지를 남기게 될까 우려하는 눈치다.

각 언론사의 기사에 엄청난 양의 댓글이 달리기 시작했다. 몇몇 언론사는 과도한 댓글로 서버가 다운되었고, 주식 시장 역시 곤두박질쳤다.

Scene17. 뉴스를 보는 그레이스

허황옥 사건에 대한 기사를 계속 모니터링하던 그레이스의 눈에 최근 기사 하나가 들어왔다.

"붕어공주 구속 위기? 인도산 대마라고? 붕어빵에서 뭐가 나왔다니… 그럴 리가?"

사실 그레이스도 오래전에 붕어공주 꿈붕어빵 성분 분석을 식약청에 의뢰한 적이 있었다. 그래서 꿈붕어빵에는 아무 문제가 없음을 누구보다 잘 알고 있었다. 그런데 이렇게 갑자기 검찰과 언론이 빠르게 움직이다니… 이런 전형적인 행태를 익히 알고 있는 그레이스로서는 뭔가 외부적인 힘이 조직적으로 작동하고 있음을 감지했다. 그레이스는 신 상무를 대표실로 불렀다. 처음 기사가 터졌던 날 이후로 태도가 조금 달라짐을 느끼긴 했지만 이와 관련된 일을 제일 많이, 자세하게 알고 있는 사람이 신 상무라서 아직은 계속 의지할 수밖에 없는 노릇이었다.

"신 상무님, 허황옥이 구속 위기라는데 어떻게 돌아가는 건지 저희 쪽 검찰 라인 통해 자세히 좀 알아봐 주세요!"

"보시는 대로 붕어빵에서 인도산 대마초 성분이 나온 거 같다고 하는데요. 저희로서는 좋은 거 아니겠습니까? 이참에 붕어공주를 치워 버려야죠."

"하지만… 붕어빵에 아무 문제가 없는 건 우리도 아는 사실인데…."

"지금 대표님이 붕어공주 걱정할 때입니까? 정신 좀 차리십쇼! 지금 당신이 서 있는 곳이 어딘지 아시냐구요?"

"신 상무님…."

"좋든 싫든 당신이 지켜야 할 것들이 뭔지 고민해 보시기 바랍니다. 그레이스 대표님!"

그레이스에게 차갑게 말을 던진 신 상무가 문을 박차고 나갔다. 그레이스는 그의 돌변한 모습에 적잖이 당황했다.

Scene18. 허황옥 타도를 외치는 학부모협회와 한기총

경찰이 붕어공주 트럭을 둘러싸고 보호하는 가운데 보수 성향 학부모 협회와 한기총이 대규모 집회를 열었다. 당연히 그 중심에는 배두호의 아버지 배 목사가 있었다.

"결국 우려하던 일이 벌어졌십니더. 지가 붕어공주라꼬 주장하던 허황옥이는 마치 세상을 구하려고 나온 메시아인 양 오병이어의 기적을 일으키겠다 캐사미, 그동안 사람들을 현혹하고 속카 온 깁니더. 생긴 꼬라지부터 근본도 없는 외래 이단 사이비 종교 지도자 흉내를 내민서 천사같이 순수한 우리 아~들을 유혹하고 꿈에 나온다는 거짓말을 밥 묵듯이 하드이만… 결국 다~ 인도산 마약으로 사람들을 집단 최면을 시키가 노예로 만들라꼬 한 깁니다!" 배 목사는 톤을 더 높이며 외쳤다. "지는 공교롭게도 저 허황옥이라 카는 천인공노할 인간을 알라 때부터 봐 왔십니더. 우리 아들 역시, 저 가짜 메시아한테 속아가 하나님의 길이 아닌 딴길을 가고 있십니다. 오~ 주여! 지한테서 와 제 아들과 우리의 소중한 자식들을 빼앗아 가십니꺼? 이제 저 악마의 죄가 명명백백 밝혀졌으니까네, 어서 저년을 구속하고 저년과 함께 들러붙어 묵던 악의 무리를 뽑아뿌립시다!"

"허황옥을 구속해라!"

"경찰은 왜 범죄자를 보호하는 거냐? 당장 나와!"

"마약 붕어빵 물러나라!"

이 장면을 멀리서 바라보던 예진, 다인 그리고 아이들 무리는 속상한 마음에 눈물을 흘렸다.

"예진아, 이거 진짜야? 우리가 먹은 꿈붕어빵에 정말 마약이 든 거야?"

"아직 속단하기는 일러. 조금만 지켜보자. 나도 모르겠어…. 흑흑… 그게 사실이라면… 아빠한테 너무 미안하고… 너희들한테도… 모두에게 너무 미안해…."

Scene19. 허황옥, 구속이 가까워지자 신변 정리를 준비하다

insert 포털뉴스, 조중일보 헤드라인

〈내일쯤 허황옥 구속 예정!〉

허황옥과 배두호는 집회로 인해 도저히 영업을 할 수 없어 집으로 돌아와 뉴스를 봤다. 모든 매체에서 붕어공주 구속 이야기만 나오는 상황에서 허황옥의 표정은 슬프고 허망했다. 배두호는 그런 허황옥을 위해 가능하면 TV와 핸드폰을 모두 꺼 버렸다. 일반인이라면 이러한 상황에서 변호사를 선임하고 어떤 대응을 하겠지만 허황옥은 아무런 저항도 하지 않고 순순히 이 사실들을 받아들이고 있었다. 배두호 역시 지금의 상황이 믿기지 않아 혼란스러웠다. 어디까지가 사실인지? 어디까지가 거짓인지? 다큐 감독으로서 그녀를 따라다니며 가장 지척에서 지켜본 그로서도 자신의 오랜 친구이자 전 세계에서 가장 영향력 있는 사람이 된 허황옥이 누구인지 모르겠다는 심정이었다. 집 앞에도 수많은 기자들과 유튜버들이 진을 치고 일부 시위자들과 허황옥을 믿고 따르는 이들 사이에 고성이 오가고 있었다.

「고등어 다시 데려오려고 했는데 아무래도 당분간 샛별 씨랑 있어야겠다.」

“그건 너무 걱정하지 마. 샛별 씨가 잘 돌보고 있다고 했으니까.”

「응. 나한테도 사진 많이 보내 주더라.」

굳은 표정에도 괜찮은 척 힘없이 미소를 짓는 허황옥의 모습을 보며 배두호는 그녀가 걱정되었다.

새벽이 되자 시위대들도 하나둘 물러나고 기자들도 지쳐 잠들었다. 허황옥은 조용히 일어나 옷을 갈아입고 배두호가 잠든 것을 확인한 후 문을 열고 밖으로 나왔다. 그녀는 어둠 속에 따릉이를 타고 집 근처 북한산으로 향했다.

허황옥은 종종 깊은 산속에 들어가 며칠씩 명상을 하고 내려왔다. 그녀의 이러한 행동은 허황옥을 의심하고 깎아내리고자 하는 사람들의 좋은 먹잇감이 되었다. 그녀가 이단 종교를 믿는다는 것부터 시작해 신내림을 받았다는 말까지 온갖 억측이 무성했다. 마음이 심란했던 허황옥은 곧 자신에게 일어날 일을 다 안다는 듯이 마지막 명상을 하러 산을 찾았다.

Scene20. 허황옥, 새벽에 산에서 명상을 하다

일반인들은 길을 찾기도 힘든 어둠 속을 허황옥은 능숙하게 올랐다. 한참을 들어가자 깊은 산속에 널찍한 바위가 있는 장소가 나타났다. 허황옥은 익숙한 듯 그 바위에 자리를 잡고 명상에 들어갔다. 멀리서 누군가 그녀를 촬영하는 카메라가 보였다. 허황옥은 잠시 그쪽을 바라보다가 이내 신경 쓰지 않고 다시 명상에 전념했다. 그녀를 몰래 촬영하던 사람은 허황옥을 계속 미행하며 자신의 영상 조회수를 올릴 궁리만 하던 어느 유튜버였다.

“와 이거 특종인데….”

그때였다. 산에 사는 길고양이들과 유기견들 수십여 마리가 어디선가 나타났다. 어둠 속에서 그들의 눈동자가 하얗게 빛났다. 그리고 낮지만 매우 위협적으로 그들은 소리를 내며 어둠 속 유튜버에게 다가왔다.

“그르릉… 그으으… 하악~”

“어, 씨발. 깜짝이야…”

유튜버는 놀라 핸드폰을 떨어뜨리고 뒷걸음질하며 도망가기 시작했다. 길고양이와 유기견들은 허황옥 주변으로 다가가 조용히 자리를 잡고 허황옥이 명상에 집중할 수 있게 해 주었다. 달빛을 받으며 바위에 가부좌를 하고 앉은 허황옥과 그녀를 보호하듯 둘러앉아 있는 고양이들과 유기견의 모습이 신비로워 보였다. 그 장면은 방금 떨어진 핸드폰을 통해 계속 SNS 생방송으로 나가고 있었다. 그러나 누군가는 칠흑에 쌓인 숲속에서 빛나는 허황옥의 눈동자와 동물들의 하얀 눈빛이 괴기스럽다고 했고, 그로 인해 사람들은 더욱 허황옥을 악마화했다.

배두호는 잠에서 깨어나 방금 올라온 허황옥의 명상 장면을 보면서 그녀를 걱정했다. 잠든 사이에 포털을 도배한 수많은 언론 기사와 찌라시들의 수위가 점점 높아지고 있었다. 자신의 이름까지 거론되는 것을 보면서 배두호는 덜컥 본인도 연루되어 복잡해지는 것은 아닌지 불안했다. 아버지에게서 “너는 조사를 받지만 특별한 일은 없을 거다”라는 문자가 왔지만 허황옥에게는 털어놓을 수 없었다.

‘배후에 우리 아버지가 있다는 사실을 어떻게 황옥이한테 말해…. 그리고 나는 아무런 문제가 없을 거라는 말도….’

이 상황에서도 평점심을 유지하는 허황옥이 대단하다고 느껴지면서도, 속은 결코 편하지 않을 거라는 걸 배두호도 내심 느낄 수 있었다. 자신이 어떤 도움도 주지 못한다는 사실에 배두호는 자괴감에 빠졌다. 허황옥은 밤새 돌아오지 않았다. 기다리던 배두호는 얼핏 잠이 들었다.

insert 꿈, 배두호의 꿈

허황옥이 포승줄에 묶여 거리로 끌려가고 있었다. 성난 군중이 허황옥에게 온갖 욕설과 조롱과 비난을 쏟아부으며 오물들을 집어던졌다. 허황옥에게 싸구려 왕관과 천박한 공주 드레스를 입히고 가슴에 '붕어공주'라고 쓰인 휘장을 둘러놓았다. 사람들의 비난과 조롱에도 허황옥은 아무 말 없이 대항도 하지 못하며 그저 끌려가고 있었다.

"야, 이 거지 붕어공주야! 어디 꿈 한번 꾸게 해 봐라! 하하하~"

"네가 공주라며? 그럼 너를 지키는 호위무사는 없느냐?"

"어디서 거지 같은 게 공주 행세야? 거지 주제에 사람들 돕네 어쩌네 주제 파악도 못 하고!"

그녀가 군중 속에서 배두호를 발견하고 슬프게 미소 지었다. 그때 성난 시민 중 누군가가 배두호를 발견하고 외치기 시작했다.

"앗! 저놈 배두호 아냐?"

"그래, 붕어공주 년하고 한 패거리잖아?"

"맞아, 그 배두호인가 뭔가 하는 놈이야! 친구라고 했던 놈!"

"아… 아뇨, 아뇨, 사람 잘못 보셨어요. 저는 배두호가 아닙니다. 저는 저 허황옥을 몰라요! 제 친구 아니에요."

배두호가 숨을 헐떡이며 꿈에서 깨어났다.

“맙소사… 왜 이런 꿈을….”

배두호가 거실로 나와 소파에서 잠들어 있는 허황옥을 바라보았다.

“언제 들어온 거야? 새벽까지 없었는데….”

그녀의 얼굴은 피곤에 지쳐 매우 안쓰러웠다. 무슨 꿈을 꾸는지 이마에 작은 땀방울들이 그녀의 머리카락에 엉켜 있었다. 허황옥 역시 꿈을 꾸고 있는 것일까? 그녀는 말을 못 하지만 꿈에서는 대화를 한다고 했다. 아니 허황옥 꿈을 꾼 사람들이 그렇게 증언했다. 배두호 역시 꿈에서 허황옥이랑 대화를 했으니까. 뭔가 말을 하듯이 그녀의 입술이 움직였다. 무언가를 어루만지는 손짓도 했다. 허황옥은 대체 배두호가 어떤 해답을 찾기를 바라는 것일까? 배두호는 알 수 없었다.

제9화

허황옥 구속

CNN 스튜디오, 리처드와 배두호가 조금은 낮고 가라앉은 목소리로 당시 상황에 대한 이야기를 나눈다.

“허황옥이 수감되고 나서 양 진영 간의 싸움이 더욱 극대화되어 갑니다. 사실 한국 사회에서 마약이라는 주제가 엄청난 파급력을 가지다 보니 붕어공주 가판대가 전국 700여 개 이상 생겼다가 정말 거짓말처럼 모두 사라져 버렸습니다. 거의 하루 사이에 사라졌다고 해도 과언이 아닐 정도입니다. 자발적으로 폐업을 하기도 하고, 일부는 성난 시민들에 의해 파괴되고, 불태워지고, 심지어 가맹자를 폭행하는 사건도 있었습니다. 붕어빵이라도 팔아서 먹고살고 꿈을 꿔 보자고 했던 사람들인데… 엄청난 핍박을 받았죠. 양극화가 더욱 극렬하게 진행돼 갔습니다. 그리고 한국 언론은 이 모든 원인을 허황옥 쪽으로 몰아갑니다. 그렇죠?”

“그렇습니다. 이렇게 허황옥은 끝나는가 싶었을 때, JRBC 구손석 아나운서의 폭탄 발언이 나왔죠. 대한민국에서 가장 공신력 있고 신뢰도가 높다고 평가받던 구 아나운서의 발언은 매우 큰 파장을 일으켰습니다.”

붕어공주 가판대 국내 0개/스타월드 매장 수 2,392개

@the_princesscarp/붕어공주_허황옥(SNS 팔로워 5억 명)

#붕어공주 #꿈붕어빵

Scene1. 배두호의 집, 허황옥 구속

다음 날 아침 일찍 배두호의 우이동 집 앞은 허황옥을 구속하러 온 검경들과 언론들, 또 그것을 구경하러 몰려든 인파로 인해 아수라장이었다. 젊은 여자 하나 잡겠다고 어마어마한 병력을 끌고 온 검경이었다. 그녀를 포토 라인에 세우기 위해 검경은 모든 걸 철저히 준비해 놓았다. 허황옥을 지지하던 사람들도 언론에서 인도산 대마가 들어 있다는 얘기를 듣고부터는 허황옥을 대놓고 지지하기 힘든 상황이었다. 아무리 마음속으로는 그녀의 결백을 믿더라도 분위기상 선뜻 앞으로 나설 수가 없었다. 예진과 다인 그리고 다른 아이들도 지금의 상황에서는 아무것도 할 수가 없었다. 발만 동동거리며 눈물을 흘리는 수밖에… 일부 극렬한 사람들은 허황옥을 지지하던 사람들에게 폭언과 폭력을 가하기도 했다.

허황옥은 밖으로 나가기 전 배두호의 손을 잡고 자신의 허리춤에 늘 차고 다니던 주머니를 건네줬다. 주머니를 열자 그 안에는 청동으로 만든 붕어 모양 원형이 있었다.

허황옥이 다급하게 두호에게 수어로 말을 전했다.

「두호야, 이거… 이거 좀 맡아 줘. 이 세상에서 나한테 제일 소중한 거야.」

"이건… 할머니가 물려주셨다는 청동으로 만든 붕어…."

「응, 할머니가 남겨 주신… 우리 집안에 대대로 내려오는 소중한 유산… 내게 유일한 가장 소중한 보물 같은 거야. 이거만은 그들에게 뺏기고 싶지 않아. 만약에 내게 무슨 일이 생긴다면… 네가 잘 간직해 준다고 약속해 줘. 그래 줄 거지? 이건 우리가 꿈을 꾸게 해 주는 거야….」

허황옥의 간절한 눈빛과 요청에 배두호는 그러겠노라고 대답했다. 그리고 진심으로 친구의 부탁을 자신의 목숨처럼 지키겠다고 스스로 결심했다. 배두호는 허황옥이 준 주머니를 자신의 허리에 찼다. 청동으로 만들긴 했지만 안은 비어 있어서 그렇게 무겁지는 않았다. 배두호는 나름 결의에 찬 기분이 들었다.

"걱정 마! 내가 세상이 두 쪽이 나더라도 이건 꼭 지킬게. 그리고 네가 돌아오면 다시 너에게 돌려줄 거니까 걱정하지 마. 고등어도 내가 틈틈이 보러 갈게. 그리고… 내가 너 꼭 구해 낼 거야. 나 믿지? 나, 배두호야 배두호. 허수경이랑 어릴 때부터 친구인 배두호!"

「믿어. 내 소꿉놀이 신랑님이잖아!」

배두호와 허황옥은 포옹을 했다. 둘 다 눈물이 나려는 걸 억지로 참았다. 둘이 손을 잡고 현관문을 열고 나왔다. 현관문이 열리자마자 기자들의 카메라 플래시가 터지면서 눈을 뜰 수가 없을 정도였다. 그리고 경찰이 허황옥에게 수갑을 채우며 말했다.

"허황옥 씨, 당신을 향정신성의약품 관리법 위반으로 긴급 체포합니다. 당신은 묵비권을 행사할 수 있으며, 당신이 한 발언은 법정에서 불리하게 사용될 수 있습니다. 당신은 변호인을 선임할 수 있으며, 질문을 받을 때 변호인에게 대신 발언하게 할 수 있습니다. 변호인을 선임하지 못할 경우, 국선 변호인이 선임될 것입니다. 이 권리가 있음을 인지했습니까? 인지하셨으면 고개를 끄덕이십쇼. 허황옥 씨? 인지하셨죠? 인지하신 겁니다. 네?"

허황옥은 경찰이 성의 없이 읊어 대는 미란다 원칙을 아무런 동요 없이 듣기만 했다. 그리고 마지막에 알아들으면 고개를 끄덕이라는 말에도, 그녀는 그 어떤 의사 표현도 하지 않았다. 허황옥이 구속되는 상황을 지켜보던 사람들이 웅성거리며 말했다.

"아니… 말을 못 하는데 당연히 묵비권이고 증언도 못 하는 거 아니여?"

여전히 허황옥을 지지하는 사람들의 구호와 그녀의 구속을 환영하는 집단 간의 언성이 높아지며 검찰은 수사관에게 눈짓으로 빨리 처리하라고 지시했다. 그들은 일단 허황옥에게 수갑을 채우고 기자들 앞에서 사진을 찍는 시간까지 친절히 내 주면서 그녀의 구속을 일사천리로 진행했다. 국내뿐 아니라 해외 방송사들까지 모여 붕어공주 허황옥의 구속 장면이 전 세계로 퍼져 나갔다.

허황옥을 반대하는 세력들, 학부모협회, 한국 기독교 총연합회, 대한불교 연합회, 어버이 연합회, 배 목사가 이끄는 사이비 종교 규탄 협회들과 붕어공주를 지지하는 세력들 간에 물리적인 마찰을 빚으며 이러한 장면은 다음 날 모든 신문의 1면을 차지했다. 양쪽으로 선명히 나뉜 집단 속에 허황옥의 굳게 다문 입 그리고 누군가가 던진 계란에 맞고, 누군가의 손에 휘어잡혀 헝클어진 머리카락 사이로 보이는 그녀의 슬픈 눈동자가 사진에 박혀 있었다. 허황옥이라는 한 여자의 몰락을 보여 주는 것뿐 아니라, 지금 전 세계가 처해 있는 양극화의 한 장면을 여과 없이 보여 주는 사진 한 장이었다.

그동안 한국의 레거시 언론들은 가능하면 붕어공주 소식을 최소한으로 내보내려 애써 왔다. 그녀의 유명세에 비하면 말도 안 되는 양이었다. 그런데 그녀가 구속되는 순간만큼은 거의 모든 언론들이 기사로 도배를 했다. 종일 붕어공주 구속과 그 정당성, 위험성 등을 부각시켰다. 유튜브에서는 검증되지 않은 하더라, 카더라 기사까지 쏟아져 나왔다. 다들 짬짜미를 한 듯이. 오생물 박사도 그동안 자신을 음모론자라 치부하던 방송, 신문 인터뷰 등에 출연해 자신의 뇌피셜을 무작위로 뱉었다.

한편, 한국에서 인도산 대마 성분이 나왔다는 이야기와는 상관없이 다른 나라에서 판매되는 꿈붕어빵에는 아무런 위해 성분도 검출되지 않았다. 심지어 인도산 약초 비슷한 성분도 나오지 않았다. 왜냐하면 그들 나라에서는 그냥 흔한 밀가루와 팥이 재료의 전부였기 때문이었다. 해외에서는 어떻게 유독 한국에서만 인도산 대마 성분이 나왔는지 궁금해하기 시작했다.

배두호는 허황옥이 구속된 이후 텅 빈 집으로 돌아왔다. 자신의 허리에 찬 청동 붕어를 손으로 꼭 쥐면서 그는 혼잣말을 했다.

"수경아, 내가 꼭 구해 줄게. 기다려…."

Scene2. 허진, 뉴스를 통해 허황옥의 구속을 보다

가족들과 함께 거실에서 TV를 보고 있던 허진은 순간 놀라서 들고 있던 커피잔을 떨어뜨렸다.

"붕어공주 허황옥, 검찰에 의해 구속."

뜨거운 커피가 허진의 발등으로, 바닥으로 쏟아져 내렸지만 허진은 아무것도 느껴지지 않는 듯 멍하게 TV 화면만 바라보았다.

"엄마! 괜찮아?!"

딸 수경의 걱정 어린 목소리에도 허진은 가슴이 쿵 하고 내려앉으며 온몸이 굳는 것을 느꼈다. 화면 속 허황옥은 고개를 숙인 채 수갑을 차고 경찰들에게 이끌려 가고 있었다. 어릴 적, 자신의 품에 안겨 울던 딸의 모습이 그 장면 위로 겹쳤다. 허진은 자신도 모르게 허수경의 이름을 부르고 있었다.

"수경아…."

"응? 엄마 왜 나 부른 거야?"

그녀는 그저 화면을 멍하니 바라볼 뿐이었다. 손과 입술이 부들부들 떨리고 있었지만 전혀 인식하지 못하는 듯했다. 그날 밤 허진은 잠을 전혀 이루지 못했다. 구속되던 허황옥의 모습이 머릿속을 떠나지 않았다.

"수경아, 엄마가 널 그렇게 내버려둔 게 잘못이었어."

그녀는 조용히 속삭이며 눈물을 흘렸다.

Scene3. 압수된 허황옥의 붕어공주 트럭

검찰로 압수된 붕어공주 트럭은 검찰청 주차장에 초라하게 서 있었다. 증거 보전 결정문과 노란색 접근 금지 테이프로 얼기설기 둘러싸여 있는 모습이었다. 어떻게 여기까지 따라왔는지 붕어공주 트럭 근처에 살던 길고양이 10여 마리가 그 주변에 포진을 하고 다가오는 사람들에게 하악질을 하고 있었다. 마치 붕어공주 트럭을 보호하려는 것처럼 경계하는 고양이들의 모습에 경찰들은 의아함을 느꼈다.

"뭐야? 저 고양이들은?"

"저것들도 지 밥 주는 주인 잡혀갔다고 저러는 거구만. 거 참~"

Scene4. 허황옥, 검찰에서 조사받는다

다음 날 아침 일찍부터 허황옥에 대한 강도 높은 수사가 진행되었다. 죄수복을 입고 구치소에서 불려 나온 허황옥은 초췌한 모습이었다. 그녀는 변호사를 선임하지 않았다. 물론 국선 변호사가 그녀에게 배당되었지만, 그녀가 아무런 진술도 하려 하지 않았기에 변호사가 할 수 있는 일은 없었다.

그녀에 대한 수사는 쉽지 않았다. 그녀에게는 가족도 존재하지 않았고, 그녀의 계좌는 오직 하나뿐이었기에 아무리 차명 계좌를 찾으려 해도 나오지 않았다. 개인 사업자다 보니 그녀가 개인의 돈을 사용하는 것에서 잡아낼 만한 꼬투리도 없었다. 아무리 털어도 특별한 것이 없었다. 재료 공장에서 압수한 증거물에서 나온 인도산 대마초가 유일한 그녀의 구속 사유였다. 최종적으로는 그녀가 직접 자신의 입으로 인도산 대마초에 대한 자백을 하고 시인하게 해야 했다. 하지만 그녀는 아무런 부인도 하지 않고 마치 부처처럼 눈을 감고 굳게 입을 다물고만 있었다. 검찰은 이제 그 주변을 털기 시작했다. 공고히 쌓인 그녀의 팬덤을 무너뜨리고 그녀를 무릎 꿇릴 작정이었다. 사람인 이상, 주변 사람들이 자신 때문에 힘들어지면 심리적으로 무너져 자백하는 것이 공식이었다. 아무리 허황옥이라도 다르지 않을 것이라 자신했다.

검찰은 제일 먼저 라마의 게임 회사를 덮쳤다. 오랜 기간 그녀의 최측근 중 하나였고, 그녀의 계좌에 가장 많은 돈이 들어간지라 세무 조사도 같이 시행되었다. 라마와 허황옥이 무슨 관계인지 집중적으로 밝히려 했다. 이를 위한 첫 번째 단계는 라마의 소환이었다. 그의 비서가 검찰 소환장을 들고 라마에게 왔다.

"대표님, 검찰에서 소환 명령이 내려졌습니다."

"흠… 법무 팀에 준비시켜 주세요. 허황옥 님은 지금 상황이 어떤가요? 우리 쪽 법무 팀을 계속 거절 중이신가요?"

"네, 그렇습니다. 국선 변호사가 붙어 있긴 한데… 계속 묵비권을 행사 중이라 들었습니다."

"언제든 허황옥 님을 도울 수 있게 준비 철저히 하라고 해 주십쇼. 그리고 인도 대사관에 미팅도 잡아 주시고요."

"네, 안 그래도 인도 대사관 쪽에서 도울 일이 있으면 돕고 싶다고 연락이 왔습니다. 빠른 시간 내에 미팅을 잡겠습니다."

민정에게도 소환 명령이 내려졌으나, 그녀는 미국에서 체류 중이라 직접적인 검찰의 조사를 받지는 않았다. 대신 민정의 부모 쪽으로 검찰 조사가 들어왔다.

민정의 아버지는 부산에서 제법 큰 내과 병원을 운영하고 있었다. 검찰은 기습적으로 병원과 자택을 동시에 압수 수색했다. 명분은 민정 역시 허황옥의 최측근으로 둘 사이에 돈이 오간 정황을 밝힌다는 것이었다. 심지어 아버지의 개인 계좌, 병원, 슈퍼 모델 대회까지도 조사 대상이 되었다. 그녀가 아빠 찬스로 상을 탄 것이 아니냐는 의혹이었다. 민정의 어머니 역시 음대 교수였는데, 붕어공주와 전혀 상관없는 입시 비리로 조사를 받게 되었다. 전방위적으로 민정이네를 털기 시작한 것이었다. 민정의 엄마는 겁에 질려서 남편에게 말했다.

"여보, 우리 이제 어떻게 해요? 당신 친구들 있는 대형 법무 법인에서도 우리 변호를 안 맡겠다고 하고… 그나마 붕어공주를 지키는 시민단체와 민변에서만 도와주겠다고 하는데… 우리가 살면서 이런 일을 겪게 될 줄이야…. 미안해요, 여보… 내가 민정이를 끝까지 말렸어야 했는데…."

"그게 왜 당신 잘못이야? 그리고 우리 민정이가 무슨 잘못을 했어? 아무도 잘못한 거 없어. 우리도 살면서 때로는 죄도 짓고 누군가를 아프게 한 적도 있겠지만… 나름 올바르게 이 사회에서 어느 한쪽에도 편협되지 않도록 공평과 정의에 대한 신념을 지키면서 살아온 사람들이야."

"어떻게 우리가 이렇게 당할 수가 있나요? 평생 살아오면서 우리는 안전하다고 생각했는데…"

"나도 평생 기득권이라 생각하고 살았는데… 이번 사건을 겪으면서 나도 얼마든지 내쳐질 수 있다는 걸 깨달았어. 우리 정도 사회적 지위가 있는 사람도 이러니, 우리보다 더 어려운 사람들은 어떻게 대응을 할 수가 있겠어?"

"당신 친구들도 모두 등 돌리고… 자기들한테 혹시라도 불똥이 튈까 봐… 너무 서운해요! 기득권이자 상류층이라는 게 얼마나 의미 없는 건지…."

오태식과 친구들은 보안법 위반 혐의였다. 그들 역시 아직 해외에서 오토바이 여행 중이라 직접적인 검찰의 조사를 받지는 않고 있었으나, 대신 그들의 여권을 정지시키고 빨리 국내로 돌아오게 하려고 모든 방법을 강구했다.

마찬가지로 오태식과 친구들의 가족들이 조사를 받았다. 평범한 집안의 오태식과 친구들의 가족은 이 날벼락에 어찌 대처할 방법도 모른 채 검찰의 조사에 응할 수밖에 없었다. 오태식 일행의 여행 책자를 만든 출판사도 예외는 없었다. 세무 조사와 함께 붕어공주와의 관련성을 조사받아야 했다.

Scene5. 뉴월드 백화점, 이주영, 박민지와 김선희의 실체를 알게 되다

허황옥이 구속되고 기분이 업된 3인방은 오랜만에 실컷 놀기로 하고 약속을 잡았다. 3인방이 명동 뉴월드 백화점에서 만나기로 한 날이었다. 평소처럼 제일 먼저 도착한 이주영은 화장실부터 들렀다. 그때 밖에서 익숙한 목소리가 들렸다. 박민지와 김선희가 화장실에 들어온 것이다. 이주영은 반가운 마음에 빨리 나가려다가 멈칫했다. 박민지가 거울 앞에 서서 화장을 고치며 말했다.

"주영이 벌써 와 있겠네? 걘 미련하게 맨날 일찍 오더라?"

"그렇겠지 뭐, 걔가 부지런이라도 해야지~"

김선희가 웃음 섞인 목소리로 맞장구쳤다. 이어지는 대화는 이주영의 귀를 의심하게 만들었다. 박민지가 혀를 차며 말했다.

"쯧쯧쯧, 걔는 진짜 노답이야! 난 그렇게 살 거면 벌써 포기했어. 공부 머리도 없는 애가 무슨 공시니? 한다고 그게 아무나 다 돼? 그냥 지 엄마 생선 가게나 하라지…."

김선희도 비웃음을 섞어 대답했다.

"그러게 말이야. 어릴 때야 그런 거 모르고 다들 같이 놀았지만, 나이 들고 보니까 우리랑 수준이 안 맞아. 진짜 생선 가게 딸이랑 놀아 주기도 힘들다. 그치?"

이주영은 숨을 죽인 채 문 뒤에 서 있었다. 심장이 빠르게 뛰었다. 두 사람이 평소와는 전혀 다른 얼굴로 자신을 헐뜯고 있었다. 그녀는 혹시라도 소리가 날까 봐 손으로 자신의 입을 틀어막았다. 그때 김선희가 조심스레 물었다.

"그나저나 주영이가 자기 엄마는 조사에서 빼 달라고 하던데… 그때 너희 아빠한테 말해 놓기로 한 거 아니었어?"

"야, 내가 미쳤니? 그걸 어떻게 빼 줘? 그리고 그 아줌마도 혼 좀 나 봐야 돼! 어디서 듣보잡 거지 같은 것들이랑 어울리면서 꿈을 꾸네 마네… 그 난리를 쳐 놓고 뭘 빼 줘?"

박민지는 잠시 말을 멈추고 비웃듯 코웃음을 쳤다.

"뭐, 사실 우리 아빠한테 빼 주라고 할 수도 있는데… 말 안 했어. 어차피 배두호야 배 목사가 빼 줄 거고. 내가 총 맞았어? 주영이 엄마가 뭐라고 그런 걸 해 주니? 하여간 그 에미나 주영이나… 수준들 하고는…."

"그래, 다들 중요한 일하는데 생선 가게 아줌마가 뭐라고 빼 달라고 하니? 괜히 너만 웃겨지지. 잘했어~"

김선희가 박민지를 옹호하며 웃었다.

"다들 각자 수준이 있는 거야." 박민지가 단호하게 말했다. "이번 일 정리되면 우리도 주영이 그만 정리하자. 이제 그만 놀아 주는 게 걔를 위해서 더 좋은 거야. 적당히 지네 수준 맞는 사람끼리 놀면서 사는 게… 그 왜 앞집 건어물집 아들 영철이가 주영이 좋아한다며? 둘이 결혼하면 되겠네. 생선도 팔고 건어물도 팔고~ 아, 웃겨! 완전 비린내 장난 아니겠다. 크크크."

"그러니까." 김선희도 웃음을 터뜨렸다. "난 주영이 만나면 가끔 생선 냄새 나는 거 같던데… 넌 못 느꼈어? 그래서 난 주영이 나오면 회 안 먹잖아. 이미 코로 회를 먹은 기분이 들어서."

"으이구, 미친 년…" 박민지도 웃으며 맞받아쳤다. "나도 그래. 그나저나 오늘은 뭘 먹을까? 나가자, 주영이 기다리겠다."

이주영은 화장실 안에서 이 모든 이야기를 듣고 있었다. 어느 순간부터 박민지와 김선희에게 알 수 없는 거리감을 느꼈던 것이 단순히 기분 탓이 아니었다는 사실을 확연히 깨닫는 순간이었다. 이주영의 자존심이 눈물과 함께 바닥으로 툭 하고 떨어졌다. 어딘가 누수된 수도꼭지처럼 계속해서 눈물이 흘러내렸다. 이렇게 몇 분만 운다면 아마 몸 안의 수분이 다 빠져나가고 말린 생선처럼 될지도 모르겠다는 생각이 들었다. 건어물… 내 수준에 맞는… 그때 3인방의 단톡방에 박민지, 김선희의 카톡이 올라왔다.

[박민지] "주영아, 어디니? 웬일로 네가 다 늦네? 빨리 와~ 우리 배고파. 오늘 뭐 먹을까?"

[김선희] "우리 주영이 공부하느라 고생하는데, 주영이 좋아하는 거 먹자."

[박민지] "그래, 주영아! 너 먹고 싶은 거 먹어. 회만 빼고."

[김선희] "ㅎㅎㅎ 그래, 생선은 나도 별로. 여기 잘하는 한우 오마카세 갈까?"

[박민지] "오! 좋지. 그래, 한우 오마카세 먹자! 주영아, 괜찮지? 왜케 대답이 없어? 지하철 안이라 안 터지나? 빨리 대답해! 선희랑 나는 백화점에서 쇼핑 좀 하고 있을게."

이주영은 눈물을 흘리며 단톡방에 답을 어떻게 써야 할지 고민했지만 손가락 하나 들 힘이 나지 않았다. 과연 이들을 친구라고 만나야 할지….

[이주영] "미안! 나 오늘 못 갈 거 같아. 갑자기 몸이 좀 안 좋네. 미안해."

[김선희] "뭐야? 이제 와서? 많이 아파? 아직 고시원?"

[박민지] "그럼 어쩔 수 없지. 그래, 그럼 몸조리 잘하고~ 그리고 니네 엄마는

너무 걱정 마. 내가 아빠한테 얘기했으니까. 지금 다들 정신없어서 시간은 좀 걸릴 거야."

이주영은 화장실에서 간신히 나왔다. 어떻게 백화점을 빠져나왔는지 모를 정도였다. 그리고 자신도 모르게 발길이 서울역으로 향했다. 오늘따라 하늘이 청명하기 그지없었다. 원래 화장을 잘 안 해서 다행히 눈물에 화장이 뭉개진 못난이 얼굴은 피했다. 지나가는 사람들이 흘깃 쳐다보기는 하지만 아마도 눈이 퉁퉁 부어서 보는 거겠지. 생선 눈처럼 튀어나온 걸로 보일지도 모르겠다. 이주영은 엄마에게 전화를 걸었다.

"엄마, 나 주영이. 가게야? 나 지금 내려간다고. 응, 오늘 걔들이 바빠서 다음에 보기로 했어. 엄마… 아냐… 엄마… 미안해… 흑흑흑…."

"주영아, 니 우나? 와 그라노? 먼 일 있나? 짐 어데고?"

"엉엉엉… 엄마 미안해… 내가 미안해…."

"야가 와 이카노? 니 거 어데고? 내 당장 올라가꾸마! 어떤 시키가 내 딸을 울리노?"

"아니야… 나 지금 집에 갈게… 엄마."

Scene6. 김해, 이주영 엄마를 만나다

강씨 아줌마가 집에 도착한 이주영을 걱정스럽게 맞이했다.

"니 먼 일 있나? 울었나? 먼데?"

"아니야… 엄마 검찰 조사 언제라 그랬지? 우리도 변호사 같은 거 알아봐야 되는 거 아니야? 내가 민지한테 부탁했는데… 아무래도 안 되는

가 봐. 엄마 미안해."

"하하하, 난 또 머라꼬… 니가 와 미안하노? 그라고 내가 멀 잘못했다꼬? 내는 꿀릴 거 한 개도 없다. 가서 있는 고대로 다 말하고 올끼다. 괘안타, 내는 그딴 거 한 개도 안 무섭다!"

남들은 검찰 소리만 들어도 심장이 벌벌 떨린다는데, 아랑곳없이 씩씩한 엄마의 모습에 이주영은 마음이 풀리기 시작했다.

"엄마, 요즘 노래하는 거 재밌어?"

"암만, 잼나지~ 내 어릴 적 꿈을 이루는 긴데 와 안 즐겁겠노?"

"엄마… 그동안 나 땜에 엄마는 꿈도 못 꿔 보고… 미안타."

강씨 아줌마는 부드러운 눈길로 딸을 바라보았다.

"내 꿈은 노래도 있지만, 니도 내 꿈인기라. 니가 진짜 내 꿈 중에 제일인기라."

"엄마… 흑흑흑…"

"오늘 야가 와 이카노? 친구들하고 싸웠나?"

"아니야… 엄마… 나 이제 공부 그만하고 싶어. 그래도 돼?"

"와? 공부가 마이 힘드나? 그래, 머 꼭 공부가 인생의 정답은 아이다 아이가? 내도 공부 마이 안 했으도 이만큼 먹고 산다 아이가? 비 안 새고 등따시고 삼시 세끼 다 묵고, 우리 딸내미 공부도 시키고, 내 좋아하는 노래도 부리고… 뭐 부러울 게 있노? 내사 마 부러운 거 엄따! 안 그릏나? 니 그동안 그만큼 했시므 할 만큼 했따. 니도 인자 니 하고 싶은 거 하고 살으라. 그래, 뭐 하고 싶노?"

"나, 엄마 가게 일 배워 볼까 봐!"

"머라꼬? 니가 생슨을 판다꼬? 하하하, 아이고 얄구지라~~ 니가 세상에서 젤 싫어하는 기 생선 냄새 아이가? 이기 뭔 일이고? 야, 야, 느그 아부지 알았시믄 관짝에서 벌떡 일나겠다!"

"그동안 엄마는 내 꿈 이뤄 주려고 평생 엄마 꿈 못 꾸고 살았는데… 이젠 내가 엄마 꿈 이루게 도와주고 싶어. 물론 가게 일도 쉬운 건 아니겠지만… 엄마 딸인데 내가 못 하겠어? 강순옥 씨랑 이철수 씨 딸, 주영이 아이가?"

"하하하, 말이라꼬! 니가 누 딸인데~ 하하하~ 니가 엄마 일 돕는다 카믄 나는 좋지. 내도 인자 내 가게 물리줄 사람도 있꼬! 건어물 박 사장이 즈그 아들이 물리받는다꼬 하도 캐사서 내가 을마나 배알이 꼴렸게? 아따~ 어제 꿈에 우리 조상님 나오싰나? 주영아, 오늘 우리 맛있는 거 묵자. 니 뭐 묵고 싶노? 한우 먹으까?"

"내 칼치 꿉어 묵고 싶따!"

"뭐? 칼치? 아이고~ 고마 오늘 같은 날은 한우 묵지 와 맨날 묵는 생선이고?"

"아이다, 사실은 내 생선 젤 좋아한다!"

딸내미 밥 차려 주려고 주방에서 부지런히 움직이는 엄마를 보며 이주영은 만감이 교차했다.

'그래, 이제 엄마 꿈을 위해 내가 나설 때가 된 거야. 희생? 희생이라고 생각하고 싶지 않아. 엄마도 나를 위해 희생한 건 아닐 거야. 당연히… 난 엄마의 딸이니까….'

평생 자신만 바라보고 자신의 꿈을 접어 두었던 엄마… 흥얼흥얼 노래 부르며 신나서 음식을 만드는 엄마의 등 뒤로 이주영이 다가가 품에 꼭 안았다.

"엄마! 같이 하자."

"아이고, 좋지!"

Scene7. 검찰 조사실, 허황옥과 관련된 사람들이 각자 조사를 받다

오생물 박사의 조사실, 오생물 박사는 검찰 조사실의 딱딱한 의자에 앉아 있었다. 그의 이마에는 식은땀이 맺혀 있었고, 맞은편에 앉은 검사가 능청스러운 미소를 띠며 질문을 던졌다.

"오 박사님," 검사가 서류를 들춰 보며 오생물 박사에게 "박사님, 솔직히 다 말하세요. 허황옥 씨랑 언제부터 교감한 겁니까? 털어서 먼지 안 나오는 사람 없는 거 아시죠?"

"이거 왜 이러십니까?" 오 박사가 억울하다는 듯 목소리를 높였다. "저는 학자적 관점에서 연구만 했습니다. 제가 허황옥한테 돈을 받은 것도 아니고 뭐 땜에 이러시는 건지 모르겠네요."

허황옥의 조사실. 아무 말도 하지 않으려는 그녀를 검사가 압박했다.

"허황옥 씨, 그렇게 계속 묵비권 행사할 겁니까? 오생물 박사랑 사전에 논의한 거 있으시죠? 반인반어족협회랑 돈 주고받았죠? 브로큰스타와의 관계는 어떻게 됩니까?"

라마 또한 검사로부터 강하게 추궁을 당하고 있었다.

"라마 씨, 당신 추방당할 수도 있어~ 당신 계좌에서 허황옥 계좌로 정기적으로 송금되는 거, 이거 명목이 뭡니까? 무슨 돈이냐고? 인도산 마약 사라고 돈 준 거잖아! 아니야? 당신, 인도에서 있을 때 당신 형이 대마초 피우다가 걸린 적이 있더만? 당신도 대마초 피웠지? 인도산 대마초, 당신이 허황옥에게 공급하는 겁니까?"

라마 측 변호사가 정색하며 라마 대신 대답했다.

"저희 의뢰인은 인도산 대마와 아무런 연관성이 없습니다. 단지 인도 출신이라는 이유만으로 이렇게 아무런 증거 없이 몰아가는 건 온당치 않습니다."

다시 허황옥의 조사실, 여전히 말이 없는 허황옥을 검사가 다그쳤다.

"허황옥 씨, 당신 계속 이렇게 나오면 주변 사람들이 다치는 수가 있어! 당신 인도산 대마초 어디서 나온 건지 말해요! 라마가 인도산 대마초 공급자입니까?"

또 다른 조사실에서는 민정의 부모님도 검사에게 추궁을 당하고 있었다.

"아버님이 슈퍼 모델 대회 심사위원이랑 친구시죠? 대학 동창이시던데? 두 분이 친하시잖아요? 아버님이 '우리 딸 잘 좀 부탁한다'라고 카톡을 하셨네?"

검사의 말에 민정의 아빠가 단호한 표정으로 대답했다.

"그냥 인사차 한 겁니다."

"얼마 후 같이 술 드셨다고 하던데? 그날 술값 원장님이 계산하셨고… 친구분들 증언에 의하면 '야, 1등은 안 바래~ 그냥 포토제닉상… 뭐 그런 거라도 되면 좋겠다!' 그런 말 하셨죠? 그리고 바로 포토제닉상 탔네? 이게 우연이다?"

"병원 자료를 보니까 세금 누락하시고… 탈세 정황도 있으시네? 야~ 우리 원장님 뭐 할 건 다 하셨어?"

"따님이 해외에서 허황옥에게 정기적으로 송금한 내용, 뭔지 아시나요?

원장님 따님이 자칫하면 브로큰스타랑 엮일 수도 있어요. 따님 애인, 농구 선수 카림… 어릴 적에 브로큰스타 멤버들이랑 벽에다 스프레이로 브로큰스타 그리다가 구속된 적이 있는 거 모르셨죠? 그 남친도 허황옥 계좌에 돈을 송금했고요. 이 돈이 만약에 마약을 사거나 반사회적인 활동에 쓰인 게 나오면 어떻게 될 거 같습니까? 그 길로 따님 인생 조지는 겁니다!"

민정 아빠의 표정이 걱정스러워하며 굳어 갔다. 검사들은 민정의 엄마에게도 따져 물었다.

"어머니, 작년에 교수님 과에 입학한 조희진 학생 아시죠? 중학생 때 교수님이 입시 지도를 해 주셨던데? 그 후에도 계속 연락하고 지내셨고? 학부모들한테 명절 때마다 정기적으로 선물을 받아 오셨고…. 교수님, 저희가 어디까지 알고 있을 거 같으세요? 교수님 동창, 한 교수님 남편분이 창원 지검 박 검사시죠? 사실 박 검사님이 살살하라고 해서 저희도 이 정도 하는 겁니다. 아시겠지만, 저희도 교수님 내외를 잡으려고 이러는 게 아니에요. 협조 잘해 주시면 저희도 적당히 넘어갈 거 넘어가고 해 드립니다."

허황옥도 똑같이 검사에게 반협박성 조사를 당했다.

"당신 친구들 대단한 사람들이 많은 거 같던데… 그들이라고 다를 거 같아? 여기 와서 털리면 빠져나갈 방법 없어."

한편 오태식과 친구들도 검찰로부터 소환되어 급하게 귀국해야만 했다.

"이야~ 그동안 여행 금지 국가에 위해 지역, 많이도 다니셨네? 이거 여권법 위반인 거 아시죠?"

"시가 BMW 3천만 원짜리 바이크 두 대를 친구들에게 그냥 줬다? 저 비싼 바이크를? 탈세하시려고 한 건가?"

"두 분은 3천만 원 넘는 바이크를 그냥 선물로 받았다? 돈도 안 내고? 세금도 한 푼 안 내고… 그걸 다시 해외로 반출했다 다시 반입하셨네?"

"당신들이 파키스탄에서 만난 사람들이 국제적인 테러리스트라는 거 몰랐어요?"

"그동안 당신들한테 여행 경비 후원한 사람들, 오토바이에, 옷에, 붙이고 다닌 회사들… 전부 다 조사 대상이야! 당신들 책 출판한 회사도 내일부터 조사할 거고… 무슨 말인지 아시죠?"

오태식과 친구들은 검사들의 무차별적인 파상 공세에 답변할 타이밍조차 잡기 어려웠다.

허황옥을 향한 검사의 협박은 점점 그 강도를 더해 갔다.

"허황옥 씨, 당신 친구들… 라마는 국외 추방될 거예요. 그리고 민정이 부모님네는 병원 문 닫아야 할지도 몰라! 그 의사 양반 구속될 수도 있어. 오태식이네도 보안법 위반으로 구속 심사 중이고… 당신이 어떻게 하느냐에 따라… 당신이 깔끔하게 자백만 하면 다른 사람들은 살 수 있어요. 아시겠어요? 아, 뭐라고 대답이라도 좀 해 봐요!"

배두호 역시 검찰 조사를 받았다. 아버지 덕분인가, 조사의 방식이 다른 사람들과 다르게 굉장히 너그러웠다. 오히려 검사는 그를 회유하고자 했다.

"배 목사님 아드님이시죠? 배 감독님은 저희 쪽에 적극 협조해 주시면 됩니다. 어차피 이건 참고인 조사니까 너무 긴장하지 마시고요. 어릴 때 친구고… 지금도 친구고… 언제부터 허황옥이 이걸 구상해 왔나요? 계속 연락을 취해 왔나요? 옆에서 지켜보니까 허황옥이 어떤 사람인지 제일 잘 아실 거 같은데….”

“저는 아무것도 모릅니다. 제가 아는 건 다큐에 담긴 내용뿐입니다.”

강씨 아줌마나 손할배 역시 검찰로부터 소환되었는데 그저 보고들은 바를 솔직하게 말할 수 있을 뿐이었다.

“뭐라카노? 내 평생 생선만 팔던 사람입니더. 붕어빵 먹은 기 죕니꺼? 내 나이에 꿈을 이루는 기 죄냐 이 말입니더. 내 딸 친구가 박민집니더. 우리 바깥양반 살아 있을 때 박 의원캉 얼매나 친하게 지냈는데… 우리 수경이가 그랄 아가 아닙니더.”

“내가 꿈에 복권 번호를 받은 건 사실입니더. 우리 아부지가 알리 준 깁니더. 허황옥이가 우리 아부지한테 알리 줬다 카민서… 아, 낸들 알겠십니꺼? 허황옥이가 내한테 알리 준 기 아이라꼬요. 내 꿈에 울 아부지가 나와서 알리 줬다니까!!! 둘이 꿈에서 만났는지 안 만났는지 내가 우예 아노? 내가 그날 시장 사람들한테 한턱낸 게 전부라카이. 내가 무신 허황옥이한테 돈을 줬다 카노오~~ 내 참 미치겠네!”

주변 사람들에 대한 조사가 늘어날수록 허황옥에 대한 조사 역시 더욱 거칠어져 갔다.

“이야 허황옥, 당신 무서운 사람이네~ 복권 번호는 어떻게 알아낸 거야? 도대체 어디까지 손이 뻗는 거지? 이거 복권 번호 알려 주고 돈 얼마 받았어요? 지금 당신 땜에 복권위원회까지 죄다 조사 중이야. 하나라도 걸리면 당신 평생 감옥에서 썩어야 될 수도 있어!”

허황옥과 조금이라도 관련 있는 모든 사람들이 소환되다 보니 예진과 그 아빠까지 조사를 받게 되었다.

"예진 학생, 여기서 거짓말하면 평생 범죄자로 낙인찍혀 살 수도 있어요. 아빠도 감옥 갈지도 모르고!"

"엉엉… 우리 아빠는 아무 잘못 없어요…."

"아니, 애한테 이렇게 심한 말을 하셔도 되는 겁니까? 우리 애가 뭘 잘못한 건지 모르겠네요."

"이건 그냥 참고인 조사입니다. 하지만 불법적인 게 나오면 벌을 받을 수도 있는 거죠~ 아버님, 지금 상황이 이해 안 되세요?"

하지만 어떤 회유와 협박에도 허황옥은 계속 침묵을 지킬 뿐이었다.

"…."

보다 못한 검사가 혀를 내두르며 말했다.

"이야~ 질기다 질겨! 이렇게 계속 묵비권을 행사하시겠다는 겁니까?"

또 다른 검사들이 조사실의 거울 유리 너머 허황옥을 바라보고 있었다. 묵묵히 자리에 앉아 있는 그녀의 고요한 모습은 조사관들조차 긴장하게 만들었다.

선배인 조형석 검사가 커피잔을 내려놓으며 짧게 한숨을 내쉬었다.

"이거야 원, 말을 못 하니 계속 묵비권이네. 수어 통역사를 불러와도 소용없고… 야, 진우야, 너 혹시 꿈붕어빵인가 뭔가 먹어 봤어?"

옆에 서 있던 후배 이진우 검사가 고개를 끄덕였다.

"네, 선배님. 먹어 봤습니다. 조사하기 전에 왜 그렇게 난리인지 궁금해서요."

조형석은 코웃음을 치며 말을 이었다.

"진짜? 꿈에 허황옥이라도 나왔냐? 나는 먹어 봤는데 그냥 밀가루 빵이던데. 꿈이라… 무슨 환각제라도 들어 있었으면 모르겠지만."

이진우는 애써 미소를 지으며 대꾸했다.

"그렇죠… 그냥 평범했습니다."

그러나 그의 얼굴엔 어딘가 불안한 기색이 감돌았다. 조형석이 그를 흘끗 쳐다보며 물었다.

"그런데, 너 왜 이렇게 뚱해? 뭐, 양심에 걸려?"

"아니요, 그런 건 아니고…"

이진우가 말을 흐리자, 조형석은 의자에 깊게 기대앉으며 눈을 좁혔다.

"야, 진우야. 정신 똑바로 차려. 너도 알다시피 이거 보통 판이 아니야. 누군가는 죽어야 끝난다고. 걔네 대신 네가 죽을래?"

이진우는 고개를 숙였다. 조형석은 잔을 들어 한 모금 마시며 말을 이었다.

"우리도 이 기회 잡아서 올라가야 하는 거야. 여기서 한자리 못 받고 나간다고 생각해 봐. 요즘 같은 세상에 변호사 해서 입에 풀칠이나 하겠냐? 너, 양 검사 라인 타고 싶어 하는 애들 줄 선 거 안 보여? 이번에 박 의원 재선하면, 대권도 도전할 거야. 양 검사 총장 되고 나면, 그다음은 우리 차례라고."

이진우는 아무 말 없이 고개를 끄덕였다. 조형석은 갑자기 전화벨이 울리자 핸드폰을 들어 통화를 시작했다.

"아, 네, 여보세요? 네, 양 검사님. 네, 아직 허황옥이 입을 열지 않고 있습니다. 네, 더 강하게 밀어붙여 보겠습니다."

그는 서둘러 방을 나갔다. 이진우는 남겨진 조사실의 유리 너머를 바라봤다. 유리 반대편의 허황옥은 여전히 침묵 속에 앉아 있었다.

"허황옥 씨…" 이진우는 중얼거리듯 말을 꺼냈다. 아무도 그의 말을 듣지 못했다. "저도 꿈에 당신이 나왔습니다. 그때는 말도 잘하시던데… 왜 이렇게 힘들게 버티십니까?"

그는 깊은 한숨을 내쉬며 혼잣말을 이었다.

"저도 모르겠네요. 지금 내가 뭘 하고 있는 건지. 자기네들 권력 싸움에 우리가 왜 이렇게 머슴 노릇을 하고 있는지…. 내가 이러려고 죽을 고생하며 검사됐나 싶습니다."

그는 무심코 주머니에서 핸드폰을 꺼냈다. 화면 속 가족사진이 눈에 들어왔다. 환하게 웃고 있는 아내와 두 딸이었다. 그는 잠시 시선을 고정하다가 문득 입사 초기에 읊었던 검사 선언문이 머릿속에 떠올랐다.

검사 선언문

나는 이 순간 국가와 국민의 부름을 받고 영광스러운 대한민국 검사의 직에 나섭니다. 공익의 대표자로서 정의와 인권을 바로 세우고 범죄로부터 내 이웃과 공동체를 지키라는 막중한 사명을 부여받은 것입니다. 나는 불의의 어둠을 걷어 내는 용기 있는 검사, 힘없고 소외된 사람들을 돌보는 따뜻한 검사, 오로지 진실만을 따라가는 공평한 검사, 스스로에게 더 엄격한 바른 검사로서, 처음부터 끝까지 혼신의 힘을 다해 국민을 섬기고 국가에 봉사할 것을 나의 명예를 걸고 굳게 다짐합니다.

회유와 협박을 하며 허황옥을 괴롭히는 것은 검찰만이 아니었다. 보수와 진보 측 정치인들도 허황옥에게 찾아와 자기들 편이 되어 줄 것을 종용했다.

"허 사장님, 지금 많이 곤란하시죠? 우리 당으로 들어오시죠. 김해 지역구 우리가 책임지고 허 의원님 만들어 드리겠습니다. 허황옥 사장님 이렇게 만든 게 박정일 의원이라는 거 아시죠? 우리도 박 의원이 독단으로 움직이고 있어서 골치 아픈 상황입니다. 김해가 워낙 텃밭이라 우리도 쉽게 건들지 못해요. 게다가 스타에어 로버트 회장까지 엮여 있고… 그 사람들 보통 사람들 아닙니다. 개인이 해결할 수 없는 일이에요. 결코 혼자서 이 난관을 헤쳐 가실 수 없다 이 말입니다. 좋든 싫든 허황옥 씨도 어느 편에 서야 할지 가부간에 결정을 하셔야 합니다."

"허황옥 씨, 우리가 도울 수 있어요. 우리 당으로 오십시오! 지금 검찰 움직이는 걸로 봐서는 절대 개인이 해결할 수 없는 일이에요. 잘 아시잖아요? 우리나라 검찰! 게다가 박 의원이 목숨 걸고 지금 움직이고 있어요. 박 의원도 지금 사면초가예요. 본인이 죽거나 허황옥을 죽이거나. 허황옥 씨도 기본적으로는 진보적인 가치를 가지고 계시잖습니까? 우리랑 힘을 합치시죠! 녹색당 같은 소수당은 당신을 보호하지 못해요! 자칫하면 당신뿐 아니라 당신 주변의 모든 사람들의 인생이 다 끝장날 수가 있어요~ 빨리 결정하셔야 합니다. 공천 날짜가 얼마 안 남았어요."

하루 종일 조사를 받고 돌아와 구치소 독방에 갇혀서 작은 창으로 밤하늘을 바라보는 허황옥… 그녀의 눈에 눈물이 흘렀다. 오랫동안 세상을 돌아다니며 풍파에 그을린 그녀의 구릿빛 피부가 하얗게 말라 가며 피부가 벗겨지고 있었다.

insert 꿈, 허황옥의 꿈

모래성 종탑 위 감옥 안에 갇힌 채 쇠사슬에 묶여 있는 허황옥. 천장에서 뜨거운 태양이 내려와 그녀에게 날카롭게 꽂힌다. 갈증과 탈수로 기절할 것 같은 상황이다. 낡은 그녀의 청동 갑옷은 태양 아래 뜨겁게 달궈진다. 그녀를 심문

하는 괴수들과 그리고 박 의원, 검찰들… 그리고 어둠 속에 붉은 사무라이 갑옷과 투구를 쓴 남자. 투구 안의 눈동자에서 잔인함이 뿜어져 나온다. 허황옥을 따르던 라마, 민정, 오태식 모두 붙잡혀 잔인한 고문을 당하고 있다. 그런 모습을 허황옥에게 보여 주는 괴수들. 허황옥은 괴로워하며 말한다.

"으… 제발… 저들은 아무 죄가 없는 사람들이야. 저들을 풀어 줘!"

"죄가 없다고? 너와 함께 한 모든 게 다 죄야. 네가 어떻게 하느냐에 따라 저들은 살 수도, 아니면 너와 함께 죽을 수도 있다는 거 명심해!"

Scene8. 그레이스와 강 기자의 의심

허황옥이 구속됐다. 잘 짜인 한 편의 각본인 양 모든 비난의 화살이 그녀에게 꽂혔다. 너무나 자주 보아 온 익숙한 전개였다. 그레이스는 강 기자에게 전화를 걸었다.

"누군가 일을 벌이고 있는 거 같아요. 저희는 이미 오래전에 식약청에 꿈붕어빵 성분 조사를 의뢰했었어요. 근데 아무런 문제가 없었다구요. 이건 우리 스타월드뿐만 아니라 붕어공주를 인수하려던 모든 기업들이 이미 처음부터 조사를 해서 자료를 다 갖고 있단 말이죠. 그런데 그 기업들이 하나같이 입을 닫고, 식약청도 확인해 줄 수 없다고 하네요? 모두 검찰의 눈치를 살피는 듯합니다. 괜한 불똥이 자신들에게 튈까 봐… 그런데 갑자기 인도산 대마 성분이 나왔다는 사실이 이상하잖아요? 인도산 대마초라니… 꼭 집어 인도산이라고 밝힌 것도 그렇고… 그리고 우리 쪽 정보원에 의하면 응급실에 입원한 아이는 단순 배탈이더라고요. 그 아이 위에서 나왔다는 성분에는 붕어빵 성분이 전혀 없었답니다. 게다가 그 아이 엄마, 양 검사 와이프 친구예요. 뭔가 냄새가 나지 않아요? 강 기자가 조사 좀 해 주세요!"

트위터X

꼬마 요리사:

붕어공주 사태의 시발점은 검증된 것인가?

현재 검찰은 허황옥(붕어공주)의 주변 인물을 수사 중이다. 관계망을 넓혀 허황옥의 측근뿐 아니라 측근의 가족까지 수사 중인데 그만큼 일리 있는 수사인지 짚어 볼 필요가 있다. 현 붕어공주 사태는 허황옥이 판매하는 붕어빵에서 이상 물질이 검출되었다는 이유 때문인데, 지난달 붕어빵을 먹고 응급실에 실려 간 한 어린이 기사가 시발점이다. 이후 국내 붕어빵 재료를 조달하는 한 공장에서 마약 성분이 검출되어 검찰 조사로 이어진 상황이다. 그렇다면 응급실 어린이는 붕어빵을 먹고 응급실에 간 것인지 전후 조사가 제대로 이뤄졌는가? 어디에도 일명 '붕어빵 응급실 어린이'에 대한 사후 기사는 없다. 둘째로 국내 재료 공장에서만 마약 성분이 검출되었다. 꿈붕어빵의 효력은 전 세계적으로 동일한데 왜 국내에서만 허황옥은 마약 성분을 사용하는지, 이득 없는 위험을 감수할 이유가 없다. 이를 왜 주변인 검찰 조사를 통해 알아내려 하는가? 해외 꿈붕어빵 재료와 비교하는 것이 우선 아닌가? 검찰은 세금으로 왜 애먼 국민을 소환하는가?

Scene9. 강 기자, 아이 엄마를 취재하다

강 기자는 그레이스가 준 정보를 가지고 아이 엄마가 사는 동네에 가서 기다렸다. 사진 속의 그 아이 엄마가 마트에서 나오는 걸 보고 강 기자가 다가가 말을 걸었다. 아이 엄마는 강 기자를 보며 소스라치게 놀랐다.

"어머! 저는 정말 모르는 일이에요. 왜 저한테 와서 이러세요? 난 붕어빵 먹고 그랬다고 한 적 없어요. 붕어빵을 먹은 건 아닌가? 했지. 애가 하도 붕어빵, 붕어빵 하길래 먹은 줄 알았지… 내가 양 검사 와이프랑 친구라고요? 아니, 같은 학교 나오면 다 친구입니까? 자꾸 이러시면 저도 법적으로 대응하겠어요! 여기요, 경찰 좀 불러줘요! 여보세요? 김구라 기자님? 지금 웬 조중일보 기자가 와서 꼬치꼬치 물어보고 그러는데 어떡해요? 강 뭐시기라고 하던데…."

결국 강 기자는 아무 소득 없이 회사로 돌아왔다. 그때, 편집 국장 오세진이 자신의 방으로 강 기자를 불렀다.

"야! 강지영! 왜 시키지도 않은 짓을 하고 다녀? 지금 어디서 전화가 온 줄 알아? 박 의원이 나한테 직접 전화를 했어! 못 알아들어? 더 이상 선 넘고 들어오지 말라는 얘기야! 스타에어는 광고 빼겠다고 난리지…. 네가 지금 무슨 짓 하고 다니는 줄 아냐고? 이게 이쁘다, 이쁘다 하니까 아주 막 나가는 거야 뭐야? 응?"

강 기자가 혼나는 걸 처음 본 다른 기자들이 다 놀라서 국장실을 쳐다보았다. 김구라 기자만 비웃듯이 그 상황을 즐기고 있었다.

"강지영이 네가 정신 줄을 놓았구나. 어이가 없네~"

"그니까요. 아직 판을 못 읽는 거 아니에요?"

"이제 얼마 안 남았어. 실컷 까불라고 해!"

Scene10. 강 기자, 배두호를 찾아가다

한편 다음 날 아침, 배두호는 홀로 검찰을 빠져나왔다. 밤샘 조사를 받은 그의 얼굴에는 피로가 가득했다. 집으로 향하던 배두호는 집 앞에 못 보던 검정색 제네시스 차량이 자신의 차 앞에 서 있는 걸 봤다. 왜 남의 차 앞에 차를 세웠나 생각하면서 현관 쪽으로 다가가자 차 문이 열리며 한 여자가 내렸다. 강 기자였다.

"안녕하세요, 배 감독님. 전에 뵌 적 있죠? 얼마 전에 제가 취재하러 간 적이 있었는데…."

"아, 안녕하세요. 강 기자님~ 제가 먼저 연락드린다는 걸 그만…."

"안 그래도 계속 연락드렸는데 답이 없으셔서 이렇게 불쑥 찾아오게 됐습니다."

"죄송합니다. 아시다시피 지금 너무 경황이 없고, 지금도 검찰에서 계속 조사를 받는 중이라 바로 연락을 못 드렸네요."

"네, 이해합니다. 괜찮으시면 잠시… 이번 사건 관련해서 얘기 좀 나누고 싶습니다."

둘은 강 기자의 차를 타고 한강 변 한적한 곳으로 이동했다. 배두호는 조심스럽게 강 기자에게 허황옥에 대해 얘기하기 시작했다.

"제가 장담하건대, 황옥이는 절대 그럴 사람이 아닙니다. 물론 저 역시 의심을 한 적이 있지만… 이건 기존 붕어빵 원재료 성분 분석 후 제출했던 식품 품목 제조 보고서와 자가 품질 검사서입니다. 모든 항목이… 아아, 그리고 이건 붕어공주 트럭에 붙어 있었던 식약청 성분 의뢰 결과이구요. 국내에서 희귀한 재료라 허황옥이 직접 원재료 코드까지 신청했고 승인까지 받았더라고요. 여기 보시면 장군차라는 찻잎입니다. 용도부터 식용 근거까지 싹 다 나와 있고요. 여기 식약청 홈페이지 보시면 신청 연도가… 2024년… 처음 장사할 때부터 허황옥은 식약청에 안전성을 확인하고 시작했다고 했어요. 저도 사진으로 찍어 놨었구요. 장군차는 인도 지역에서만 나는 찻잎이라고 합니다. 약 2천 년 전에 국내에 유입되었다가 여러 사정으로 지금은 멸종된 것으로 알려져 있었다 합니다. 주요 성분 보시면 아미노산, 비타민류, 미네랄같이 해로울 게 없는 성분들로 구성되어 있고, 이미 식약청에 제출한 품목 제조 보고서에서 문제가 없다고 확인해 줬기 때문에 그동안 재료에 혼합할 수 있었던 거고요. 사실 저도 황옥이를 의심해서 몰래 그 뒤를 밟은 적이 있고, 김해 쪽 야생지에서 그 장군차 서식지를 본 적이 있습니다. 그리고 그 현장에서 제가 직접 찻잎을 수거해서 식약청에 성분 분석을 의뢰했고, 식용 가능한 찻잎이라는 결과지를 저도 가지고 있습니다. 허황옥이 가지고 있던 기존 내용과 같은 결과입니다. 그런데 왜 갑자기 거기서 인도대마 성분이 나왔다는 건지… 어느 시점에 그 인도대마 성분이 들어갔는지가 이 사건의 실마리라고 봅니다."

배두호의 긴 설명을 듣고 있던 강 기자가 야생지라는 말에 두 눈을 반짝였다.

"그럼, 그 야생지라는 곳을 알고 계시단 얘긴가요?"

"네, 제가 알고 있긴 합니다만… 왜 그러시죠?"

"그 야생 군락지가 허황옥 씨 누명을 벗겨 줄 중요한 단서일 수 있습니다. 검찰이나 경찰이 알기 전에 우리가 먼저 그곳을 사수해야 할 것 같아서요!"

"아~ 그렇군요. 강 기자님 말씀이 맞는 거 같아요. 같이 가 보시죠!"

배두호와 강 기자는 바로 차를 타고 함께 김해로 이동했다.

"그런데 기자님, 이상한 것이 한 가지 있습니다. 왜 하필 인도산 대마일까요?"

"허황옥 씨가 인도에서 오래 지내왔다는 것 때문에 인도랑 엮으려는 거겠죠. 기존 약초 재료에는 대마 성분이 안 나왔는데, 검찰이 조사한 재료에서만 대마 성분이 나왔어요. 그러고 나서 인도산 대마라고 특정을 했고요."

"허황옥은 군락지에서 싱싱한 생잎을 채취했습니다. 공장에서는 찻잎을 우려낸 후 그 물을 정화시켜 밀가루 반죽을 만들어 왔고요. 어느 시점에서 대마 성분이 들어갔는지 모르겠습니다. 그리고 검찰이 언론을 통해 증거라고 제시한 대마는 다 마른 잎 가루였어요. 검찰 발표에 의하면 재료 공장에서만 인도산 대마 성분이 나왔고, 전국의 붕어공주 매대에서 수거한 재료에는 전혀 검출되지 않았다고 합니다. 이상하지 않습니까? 그리고 해외에는 전혀 재료를 공급한 적이 없습니다. 모두 해당 지역에서 자체적으로 재료를 수급했으니까요."

그때, 검은 승용차 한 대가 김해로 향하는 강 기자와 배두호의 차를 조용히 뒤쫓고 있었다.

Scene11. 강 기자와 배두호, 김해 장군차 군락지에 도착하다

김해 군락지에 도착한 강 기자와 배두호는 핸드폰에 저장해 놓은 위치정보를 가지고 숲을 헤치며 들어갔다. 허황옥 뒤를 쫓아갈 때는 몰랐지만 생각보다 훨씬 숲이 깊고 험했다. 드디어 숲을 벗어나니 축구장보다 조금 작은 군락지가 나왔다.

"헉헉… 다 왔다! 기자님, 보세요, 여기가 모두 장군차 군락지입니다."

"아후… 세상에! 깊은 숲속에 이런 곳이 있을 줄이야!"

"경찰에 알리고 여기를 증거 보존 신청을 할까요?"

"경찰은 절대 안 돼요! 지금은 아무도 믿을 수가 없어요! 우리, 그레이스 대표님께 도움을 청하죠. 경찰보다 거기가 더 믿을 수 있어요. 아무리 그들이라 해도 그레이스를 직접적으로 치지는 못할 테니까요."

"네? 그레이스 대표요? 스타월드 그레이스 대표 말하시는 겁니까? 왜… 왜 그레이스 대표가 여기를 보호하죠?"

"지금 길게 설명드릴 시간이 없어요. 저를 믿고… 배 감독님이 생각하는 것처럼 그레이스 대표가 허황옥 씨와 꼭 대척점에 있는 사람은 아닙니다. 오히려 그분은 허황옥 씨를 도우려 하고 있습니다."

강 기자는 바로 그레이스의 개인 번호로 전화를 걸었다. 하지만 통화가 잘 잡히지 않았다. 그들은 일단 산 아래로 내려가기로 했다. 해도 뉘엿뉘엿 지려 하고 있었고 자칫 너무 늦어 내려가는 길을 찾지 못하면 더욱 낭패였다.

그들이 떠난 숲에 두 명의 검은 그림자가 나타났다. 양 검사의 사주를 받고 배두호와 강 기자를 쫓던 사람들이었다.

"여기구만… 양 검사한테 전화해라!"

"전화가 안 터집니다. 형님~"

"젠장… 그럼 우리도 일단 철수했다가 다시 올라오자. 자칫 우리도 숲에서 길을 잃을 수 있어."

산 아래에 도착한 강 기자는 바로 그레이스에게 전화를 넣었다.

"그레이스 대표님, 저 강 기잡니다. 지금 허황옥 씨가 채취하던 장군차 야생 군락지에 배두호 씨와 같이 와 있습니다. 여기를 검경이 알기 전에 보호해야 할 듯합니다."

"위치를 알려 주시면 제가 당장 그 지역을 보존하겠습니다."

배두호와 강 기자는 내일 아침에 야생 군락지를 한 번 더 확인하기 위해 김해에서 숙박을 하게 되었다.

Scene12. 불타는 장군차 군락지

그레이스는 자신의 그림자 팀을 움직여서 그 지역을 매입하는 절차를 서둘렀다. 그리고 사설 경비 팀을 보내 보호하려 했다. 하지만 강 기자와 배두호를 뒤쫓던 검은 승용차의 정체는 양 검사 쪽 정보원들이었고, 그들은 숲에서 이 상황을 모두 지켜보았다. 그들은 바로 홍 사장의 공장에 같이 갔던 건달들이었다. 휘발유 한 통을 다 뿌린 그들이 피우던 담배를 숲에 던졌다. 순식간에 장군차 군락지는 불길에 휩싸였다. 부산 영철이 파 보스, 영철이가 양 검사에게 전화를 걸었다. 자동 녹음 기능이 있어서 모든 대화가 녹음되었다.

"영감님, 접니다. 말씀하신 대로 싹 다 불태우고 있습니다. 네, 네, 들어가십쇼~"

전화를 끊은 그는 옆의 부하에게 물었다.

"녹음 확인해 봐라."

"예, 형님! 잘 녹음 됐습니다. 근데 나중에 검사님이 우리가 녹음한 걸 알면…."

“당연히 알아야지. 우리도 보험 하나 정도는 있어야지, 안 그래? 그리고 떨어지는 떡고물은 우리도 좀 먹어야 하는 거 아니냐? 안 그럼 내가 미쳤다고 이 아사리 판에 들어왔겠어? 그래? 안 그래? 야~ 근데 살다 살다 나도 이런 놈들은 처음이다. 나도 세상에 나쁜 짓이란 나쁜 짓은 다 해봤지만… 에잇, 퉤!”

Scene13. 장군차 군락지 원인 모를 화재

강 기자와 배두호는 김해 모텔에 방을 잡고 1박을 하는 중이었다. 강 기자가 샤워를 마치고 침대에 올라가 TV를 켜자 뉴스에서 특종이 나오고 있었다.

“속보입니다! 김해시 분성산 일대에 원인을 알 수 없는 산불이 발생했습니다. 제법 깊은 산속이라 소방차의 접근이 어려워 화재 진압에 애를 먹고 있는 중입니다. 소방 헬기 역시 한밤중이라 움직이지 못하고 있습니다. 소방대원들이 소화기를 들고 산으로 올라가는 중이지만 불길이 거세어 어려움을 겪고 있다고 합니다.”

강 기자가 튕기듯이 뛰쳐나갔다. 옆방 배두호의 문을 미친 듯이 두드렸다.

“배두호 씨! 배두호 씨! 큰일났어요!”

“강 기자님… 무슨 일로?”

강 기자가 배두호 방으로 뛰어 들어와 TV를 켰다. 뉴스를 보고 배두호 역시 놀라서 강 기자를 바라보고 둘은 각자의 방으로 뛰어가 옷을 급하게 입고 화재 현장으로 출발했다.

Scene14. 허진, 뉴스를 통해 장군차 군락지 화재 소식을 듣다

허진은 주방에서 저녁 식사를 준비하며 하루를 마무리하고 있었다. 거실에 틀어 놓았던 TV에서 뉴스 속보가 흘러나오는 소리가 희미하게 들렸다.

"김해 장군차 군락지 전소. 희귀 식물 보호 구역 방화 의심."

허진은 순간 손이 멈췄다. 익숙한 이름, 장군차. 그녀는 흘깃 TV 쪽을 바라보다가 조용히 걸어 나가 화면 앞에 섰다. 화면에는 불길 속에서 재만 남은 군락지의 처참한 모습이 보이고 있었다.

"설마… 이렇게 될 줄이야."

그녀는 주저앉으며 두 손으로 얼굴을 감쌌다. 어릴 적, 어머니인 허 할매가 자신을 데리고 군락지로 갔던 기억이 떠올랐다. 허 할매는 언제나 말했다.

"진아~ 이 장군차 군락지는 니만 알고 있어야 한데이~ 우리 가문에 억수로 중요한 기라. 붕어공주가 될 자격을 갖춘 사람만이 만질 수 있는 기다. 그리고 진짜, 진짜배기는 아주 깊은 저수지에 있다. 나중에 니한테만 알려줄 끼다. 언젠가 니도 그 공주가 될지도 모르니까네."

허진은 그 말이 좋으면서도 두려웠다. 가난하고 벗어날 길 없는 삶 속에서 엄마가 그녀에게 거는 붕어공주라는 기대는, 그녀가 극복할 수 없는 벽처럼 느껴졌고 결국 허진은 어머니와 딸, 그리고 그 이름에서 벗어나기 위해 도망치는 삶을 택했다. 하지만 이제 그 압박은 딸 허황옥에게 넘어갔고, 자신은 아무것도 해 준 것이 없다는 죄책감이 가슴을 짓눌렀다.

"내가 그 애를 이 길로 몰아넣은 거야… 이게 다 내 잘못이야."

허진은 한숨을 내쉬며 조용히 TV를 껐다. 그러고는 그렇게 한참을 자리에 앉아 있었다.

Scene15. 샛별의 증거

분성산 아래에 도착했지만 이미 경찰들과 소방차로 주위는 혼란스러웠고, 동네 사람들에 기자들까지 북새통을 이루었다. 경찰이 나서서 사람들의 출입을 강력하게 통제하고 있었다.

"자자, 물러나이소~, 여서부터는 들어가실 수 없씸니데이~"

"저기요, 저는 조중일보 강지영 기자입니다. 어떻게 화재가 난 건가요?"

"조중일보 기자요? 아… 저도 자세히는 모르겠는데, 누가 방화를 한 거 같다꼬… 소방대 말로는 휘발유 냄새가 진동했다 카데예… 근데 지도 잘 모릅니더. 어이, 거기 할배요, 들어가시믄 안 된다니까…."

화재 현장은 아수라장이었다. 새벽녘이 돼서야 화재는 진압이 되었고 강 기자와 배두호는 현장으로 올라갈 수 있었다. 장군차 군락지에 도착한 그들은 잿더미가 된 현장을 보며 패닉에 빠졌다. 증거로 삼을 만한 것들은 하나도 남지 않았다. 소방관이 전화로 그 상황을 상부에 보고했다.

"방화로 보입니더. 휘발유로 고마 여만 싹~ 태아뿟네! 그나마 불길이 산 전체로 안 옮기서 다행입니더."

망연자실한 그들은 모텔 로비에 앉아 차분히 지금의 상황을 정리해 보려 애썼다. 배두호는 이렇게 무서운 판에 자신이 껴 있다는 사실에 등골이 오싹해졌다. 그런데 의외로 강 기자는 마치 예상이나 한 듯 오히려 담담했다. 그녀는 배두호가 말 붙이기도 힘들 정도로 뭔가를 골똘히 생각하며 경찰과 소방관의 이야기를 토대로 사건을 노트북에 기록하고 있었다.

머릿속이 하얗게 되어 버려 어찌해야 하나 헤매던 그때, 배두호에게 모르는 번호로 전화가 걸려 왔다.

"안녕하세요, 배두호 감독님? 저, 관리 팀 직원, 샛별이요!"

"아, 네, 샛별 씨~ 웬일로 전화를? 무슨 일 있어요? 혹시 고등어가 무슨 사고라도…."

"아니요. 그 반대인데… 자세한 건 직접 뵙고 말씀드려야 할 것 같아요. 음… 음… 감독님, 저 지금 너무 무서워요."

배두호는 평소 해맑았던 샛별의 겁에 질린 목소리를 듣고 공장에 무슨 일이 일어났음을 직감했다. 샛별에게 허황옥이 키우던 고등어를 맡긴 후에는 특별한 일 아니고는 직접 연락을 해 오는 일이 없었는데… 울음을 터뜨리는 샛별을 진정시키고 배두호는 곧장 강 기자와 서울로 향했다. 그레이스가 보낸 경호원 제이슨도 그들과 함께였다. 누군가 그들의 뒤를 밟아 군락지에 불까지 지르는 상황이니 강 기자와 배두호의 안전을 위해서였다.

샛별은 무언가에 쫓기는 사람처럼 두려움에 떨며 잔뜩 긴장한 표정으로 남자 친구와 고등어를 품에 안고 약속한 카페로 나왔다.

"감독님도 아시겠지만 제가 고등어를 허 사장님 대신 공장에서 돌봐주고 있었거든요. 워낙 얌전한 애라서 홍 사장님도 허락해 주셨고요. 재료실에는 절대 못 들어가게 주의시키면 어찌나 똑똑한지 재료실은 쳐다도 안 봤어요! 털은 어찌나 윤기가 나는지… 허 사장님이 키워서 그런가 붕어빵도 엄청 잘 먹어요. 요즘 살이 쪄서 다이어트 좀 시켜야지 하고 있던 중인데…."

"자기야, 그런 얘기 말고 본론부터 빨리 말씀드려! 여기 다 바쁜 분들이신데…."

"아, 그렇지! 죄송해요. 빨리 말씀드릴게요. 제가 집에 가서도 고등어 잘 있나 보려고 사무실에 펫 카메라를 설치해 놨었거든요? 그런데 거기에 이런 게 찍혀서…."

고등어는 자신의 이야기를 하는 줄 알고 냐옹냐옹거리며 사람들을 쳐다봤다.

"냐옹, 내 얘기 하는 거냥?"

insert CNN 인터뷰, 샛별

"제가 사무실에서 키우는 고등어라는 고양이예요. 원래 허황옥 사장님이 키우던 고양이였는데, 허 사장님이 구속되기 며칠 전에 고등어를 데려오셨어요. 당분간 고등어 좀 돌봐 달라고. 예전에 공장에 데려 오셨을 때 제가 고등어 이뻐하는 거 보고 저한테 잠깐 맡기신 거예요. 홍 사장님도 흔쾌히 허락해 주셔서 공장에서 데리고 있었어요.

원래는 집에 데려가려고 했는데, 저희 집에 스타라는 반려견이 있거든요. 스타도 유기견인데 제가 입양했어요. 근데 둘이 처음 만나자마자 엄청 싸우는 거예요. 어쩔 수 없이 고등어는 다시 사무실로 데려왔죠. 그래서 펫 카메라를 설치해 퇴근 후에도 잠깐씩 살펴보곤 했는데… 그날 퇴근 후에 핸드폰으로 고등어를 보고 있는데, 치킨 배달이 온 거예요! 그래서 제가 현관으로 나갔는데… 그사이에 스타가… 제 반려견요. 스타가 제 핸드폰에 다가와 화면에 나온 고등어를 보고 둘이서 냐옹냐옹, 멍멍 하면서 뭐 대화를 나누는 것처럼 그러더라구요? 근데 갑자기 스타가 누른 거예요. 펫 카메라의 녹화 버튼요! 그리고 고등어가 카메라를 발로 툭툭 치더니 화면에 테이블에 앉은 홍 사장님하고 그 검사라는 사람이 잡힌 거예요. 깡패 같은 남자들도 막 있고… 치킨을 다 먹고 나서 핸드폰을 보는데… 무슨 녹화가 되고 있길래 이게 뭔가 했죠? 근데 세상에 맙소사… 제가 얼마나 놀랐는지….

어휴, 다들 저 보고 큰일 했다고 하시는데, 진짜 제가 한 거는 아무것도 없어요. 고등어랑 스타랑 둘이 힘을 합쳐서 한 거예요! 다음에 고등어를 다시 집에 데려왔는데, 이번엔 첨부터 친했던 것처럼 하나도 안 싸우는 거 있죠? 사실 얘네가 허 사장님 석방의 일등 공신들이잖아요? 마치 둘이 이런 일이 일어날 줄 알고 일부러 작전을 짠 것 같더라구요. 둘이 서로를 그루밍해 주면서 고생했다고 하는 거처럼… 참 희한하죠? 요즘은 둘이 죽고 못 살아요~ 뭐, 제 생각에 그렇다구요."

샛별이 고양이를 관찰하기 위해 설치한 카메라였다. 그런데 고양이가 발로 카메라를 툭 치자 카메라가 테이블을 향했다. 그리고 샛별의 집에서는 반려견 스타가 녹화 버튼을 눌렀다. 그 영상에는 검사가 홍 사장을 겁박하고 회유하는 장면과 붕어빵 재료에 넣을 대마를 주는 장면이 고스란히 찍혀 있었다. 목소리까지 정확하게 녹음된 영상을 보며 배두호와 강 기자는 경악을 금치 못했다.

"맙소사… 샛별 씨… 샛별 씨가 정말 큰일을 했네요!"

"흑흑… 근데 저 너무 무서워요…. 이제 어떻게 되는 거죠? 허황옥 사장님이 저한테 얼마나 잘해 주셨는데… 너무 무서워서 바로 못 드렸어요. 죄송합니다!"

"아니에요. 샛별 씨가 허황옥 씨를 구한 겁니다."

"대표님, 제이슨입니다. 증거를 찾았습니다. 지금 모두 같이 있습니다. 안전한 곳으로 대피시켜야 할 듯합니다."

"지금 가장 안전한 곳은 바로 우리 집입니다. 그들을 여기로 데려와요!"

샛별을 태운 그들은 바로 그레이스를 만나러 갔다. 김해 군락지 화재 사고 이후 그레이스의 경호팀 제이슨이 내내 그들과 함께 움직이고 있었다. 그레이스는 그들을 반갑게 맞이했다. 배두호와 샛별은 눈이 휘둥그레졌다. 그런 그들을 바라본 강 기자가 미소 지으며 한마디 했다. 고등어는 마치 제 집인 양 벌써 거실 소파로 가서 자리를 잡고 앉았다.

"모두 편하게 내 집처럼 생각하세요! 그렇죠, 그레이스 대표님?"

"그럼요~ 이제 여러분은 세상에서 가장 안전한 곳에 있으니까 맘 놓으셔도 됩니다!"

그레이스는 강 기자를 장난스럽게 흘기면서 부드러운 웃음으로 배두호와 샛별의 긴장을 풀어 주려고 애썼다. 아무도 오지 않던 자신의 집에 사람들이 모이고, 그들은 누군가를 구하기 위해 하나가 될 준비를 하고 있었다. 이들을 한참 바라보던 그레이스는 전에는 느껴 보지 못한 '함께'라는 감정에 상기되었다. 그때 평화로운 분위기를 깨며 배두호가 그레이스에게 말했다.

"빨리 이 영상을 경찰에 알리시죠!"

"아니요, 아직은 안 됩니다! 지금 경찰은 믿을 수가 없어요. 지금은 누가 적이고 아군인지 피아 식별부터 해야 할 때입니다."

"맞아요, 허황옥 씨에게는 미안하지만 지금 이걸 바로 공개할 수는 없어요. 그리고 어떤 방식으로 어떻게 공개해야 할지도 고민해야 합니다."

"강 기자 말이 맞아요. 붕어공주가 조금 더 버텨 줘야 해요. 우리는 홍 사장의 신병을 확보하는 게 더 우선입니다. 우리 쪽 사람들을 최대한 모아서 반격을 해야 돼요. 틀림없이 그들 내부에도 균열이 있을 거예요. 자, 모두 빨리 움직이세요! 제이슨, 홍 사장부터 빨리 찾아 줘!"

"네, 대표님."

배두호는 그레이스와 강 기자의 대화를 들으며 상황이 얼마나 심각한지 새삼 느끼고 있었다. 그리고 한편으로 의아함을 느꼈다. 왜 그레이스가 이렇게 허황옥을 구하려고 하는 거지? 강 기자도… 허황옥의 반대편 진영에 속한 사람들 아닌가? 갑자기 지금 자신이 있는 곳이 그레이스의 저택이라는 사실에 현타가 왔다. 하지만 불안한 마음은 이곳에 온 이후로 조금씩 안정이 되고 있었다. 배두호는 '그래, 강 기자 말대로 세상에서 여기가 제일 안전할 거야'라고 생각했다. 혼자가 아닌 누군가와 함께 한다는 것만으로도 큰 위안이 되는 밤이었다.

Scene16. 배두호, 당분간 그레이스 집에 머물다

배두호도 염치 불고하고 그레이스의 집에 머물게 되었다. 김해 방화 사건 이후 이 사건의 주모자들이 무슨 짓을 저지를지 모른다는 두려움에 배두호 역시 불안한 것이 사실이었다. 그레이스는 상황이 안정될 때까지 자신의 집에 머물러도 된다고 했다. 세계에서 제일 부자에다 강력한 파워를 가진 사람의 집에서 며칠이고 묵는다는 사실에 배두호는 흥분되었다.

다음 날 아침, 일찍 눈을 뜬 배두호가 테라스에 앉아 스타월드 커피를 마시고 있었다. '황옥이는 지금 차가운 유치장에서 고생하는데, 나는 세상에서 제일 부자인 사람의 집에서 서울 시내 한복판을 바라보며 모닝 커피를 마시고 있다니…' 내심 마음이 불편했다. 배두호는 자신의 허리에 찬 주머니를 풀러 허황옥이 맡긴 청동 붕어를 꺼내 보았다. 배두호는 울먹이며 말했다. 마치 청동 붕어가 허황옥에게 메시지라도 전해 줄 거라고 상상이라도 하듯이.

"수경아… 미안해. 넌 지금 차가운 구치소에서 있는데… 난 여기서 이렇게 호의호식하고 있으니… 좀만 기다려. 내가 빨리 구해 줄게~"

그때 그레이스도 커피 한 잔을 들고 테라스로 나와 배두호 옆으로 다가왔다.

"일찍 일어나셨네요, 배두호 씨… 그런데 손에 든 그 붕어 모양은 뭐예요?"

"아, 이거는… 이건 수경이… 아니, 황옥이가 제게 맡아 달라고 한 겁니다."

"뭔지 봐도 되나요? 궁금한데…."

그레이스가 다가가 손으로 만지려 하자, 배두호가 흠칫 몸을 뒤로 빼며 청동 붕어를 손으로 감쌌다.

"어어어… 만지지 마세요. 이건… 예전에 황옥이 할머니가 남겨 준 유품이라 했어요. 매우 중요한 거라 해서 제가 무슨 일이 있어도 지킨다고 한 건데…."

그레이스는 자신을 의심하는 배두호를 서운한 듯 잠시 바라보며 가볍게 미소 지었다.

"배두호 씨가 저를 의심하시는 거 이해해요. 어쩌면 허황옥 씨의 최대의 적처럼 보일 수도… 하지만 지금 허황옥 씨를 구하기 위해 우리가 한 팀으로 움직인다는 것도 기억해 주세요."

"죄송해요. 그런 뜻으로 말씀드린 건 아닌데… 알겠습니다. 여기요~ 조심히 보세요. 그리고 저도, 그레이스 대표님 믿습니다."

청동 붕어를 받아 든 그레이스는 조심스럽게 요모조모 자세히 살펴보았다.

"감사해요. 오~ 신기하네요. 아주 오래된 물건 같아요."

"네, 황옥이 말로도 오래전부터 집안 대대로 내려오는 물건이래요. 저도 어릴 때 본 기억이 어렴풋이 나구요. 오래됐다곤 하지만 그래 봐야 뭐 100년 정도 된 거 아닐까 싶은데… 저도 궁금한 게… 옛날엔 뭐에 쓰던 물건이었을지… 풍경같이 처마에 매다는 건가? 안이 비어서 소리가 좀 나긴 하는데… 아, 맞다! 저 청동 붕어로 붕어빵 거푸집을 만들 수 있다고 하더라구요."

그 순간 그레이스이 눈이 반짝였다. 그리고 더 자세히 청동 붕어를 살폈다.

"이 청동 붕어로 거푸집을 만든다고요? 흠… 어쩌면 설마…."

"그레이스 대표님, 이제 돌려주시죠. 그거 제가 잘 지킨다고 한 거라서… 자꾸 눈독 들이시는 거 같아서 불편하네요…."

그레이스는 순간 청동 붕어가 매우 궁금해졌다. 허황옥 가문에 대대로 내려오는 유품이라니… 어쩌면….

Scene17. 그레이스, 청동 붕어를 분석하다

그날 저녁, 식사 자리에서 제이슨은 배두호의 음식에 수면제를 조금 넣었다. 식사 후 모두가 모여서 와인을 한 잔씩 하면서 대책 회의를 하던 중 배두호는 적당히 취기가 올랐는지 횡설수설하기 시작했다.

"아~ 어쨌든 허황옥은 내가 지킬 거예요! 난 다 안 믿어! 끅~ 우리 수경이 내 친구 괴롭히는 놈들! 다 죽었어~ 검찰 이 시키들! 내가 가만 안 둘 거야~ 끅~ 그죠, 강 기자님? 그레이스 대표님! 당신 진짜 우리 편 맞아요? 난 왜 자꾸 의심이 가지? 응? 그렇죠? 강 기자님도 뭔가 수상하다는 생각 안 들어요? 아니, 왜 인어공주가 붕어공주를 돕냐구? 둘이 적대적 관계 아냐? 적의 친구는 나의 친구 뭐 그런 거? 그런데 누가 적이고 누가 친구야? 아, 모르겠다. 어쨌든 우리 수경이 괴롭히면 인어공주도 안 봐줄 거야! 나, 배두호야 배두호! 아이 씨, 왜케 취하지? 나 취했어여? 푸~"

그레이스는 제이슨에게 눈짓으로 배두호를 침실로 보내려 했다. 끝까지 안 가겠다고 버티던 배두호는 결국 소파에 쓰러지듯이 잠이 들었다. 제이슨이 배두호를 번쩍 들어 그의 침대에 눕혀 주었다. 배두호가 완전히 잠든 걸 확인한 제이슨이 그의 허리춤에서 주머니를 풀어 냈다. 잠든 걸 확인하기 위해 배두호의 뺨을 찰싹 때렸지만 그는 곤히 자기만 했다.

"완전 곯아떨어졌군. 답답한 친구 같으니, 이래서 어떻게 자신의 소중한 사람을 지키겠다고, 쯧쯧쯧…."

제이슨은 배두호 방을 조용히 빠져나와 그레이스 방으로 갔다.

"가져왔어? 배두호는?"

"네, 여기. 완전 곯아떨어졌습니다. 아침까지 못 일어날 겁니다."

그레이스는 청동 붕어를 가지고 스타월드 지하 10층으로 내려갔다. 미리 대기하고 있던 분석 팀이 그것을 받아 자세히 살펴보기 시작했다. 청동 붕어를 레이저로 스캐닝하면서 분석에 들어갔다. 분석 팀장이 눈을 반짝이며 말했다.

"흠, 매우 흥미롭군요. 정말 귀한 물건입니다. 대표님이 예상하신 것처럼 비밀은 이 청동 붕어에 있을지도 모르겠습니다. 탄소 연대 측정기로 대략 계산해도 약 2천 년도 더 된 물건으로 보입니다. 아니 어쩌면 그 이상, 3천 년, 4천 년일지도 모르겠습니다."

그레이스도 모니터 안의 분석표를 보며 매우 놀라워했다.

"세상에~ 이런 물건이 아직도 존재하고 있었다니… 이건 어디서도 본 적 없는 거예요."

"그렇습니다. 좀 더 자세히 알아봐야겠지만, 전 세계 모든 데이터베이스를 뒤져서 몇 개의 단서가 될 만한 정보를 찾아냈습니다. 꽤 오래전에 사라진 것으로 알고 있습니다. 그런데 이렇게 직접 보게 될 줄은 상상도 못 했습니다."

"그렇군요…. 최대한 아침까지 모든 분석을 해 주셔야 합니다. 그리고 매우 조심히 다뤄 주세요. 누군가에게 목숨만큼 소중한 물건입니다. 그리고 어쩌면 우리에게도 소중하구요. 배두호는 아마 늦은 아침까지는 안 일어날 겁니다."

옆에서 그 말을 듣고 있던 제이슨이 진지한 표정으로 말했다.

"필요하면 한 번 더 재우겠습니다."

다음 날, 점심때가 다 지나 일어난 배두호는 정신이 몽롱한 와중에도 허리에 찬 청동 붕어부터 확인했다.

"아 씨, 머리야… 어제 왜케 술을 마신 거야. 넙죽넙죽 받아먹더니만… 비싼 술이라 실컷 먹으려다가… 으이구, 이 화상아! 그나저나 몇 시야? 빨리 움직여야겠다~ 가만 청동 붕어가… 흠, 역시! 잘 지키고 있었군. 황옥아, 걱정 마! 나만 믿고 있어~"

CNN 스튜디오, 리처드가 흥미진진한 표정으로 배두호에게 신나서 이야기한다.

"야~ 이런 드라마 같은 일이!! 샛별 씨를 통해 결정적인 증거를 찾았군요. 아니, 실은 그 고등어라는 길고양이와 스타라는 유기견이 엄청난 일을 한 거죠! 하하하."

"네, 저도 그 심각한 상황에서 이걸 웃어야 하나 고민했던 생각이 납니다. 저희는 결정적 증거를 찾았지만, 그럴수록 더욱 신중해야 했습니다."

Scene18. 구 아나운서, 내부 고발자를 만나다

늦은 밤, JRBC 방송국 주차장. 홀로 퇴근하는 구 아나운서를 검은 그림자가 뒤따랐다. 조심스럽게 구 아나운서에게 접근한 검은 그림자의 남자는 재빨리 그의 팔짱을 끼고 황급히 차 안으로 그를 밀어 넣었다.

"뭐, 뭐야, 당신!"

"구 아나운서님… 잠시만 시간 좀 내주시죠… 당신을 해치려는 게 아닙니다. 여기부터 빨리 빠져나가시죠! 어서요!"

갑작스러운 남자의 등장에 자신이 납치되는 줄 알고 놀란 구 아나운서는 그의 말에 서서히 냉정을 되찾았다. 자신에게 위험한 상황이 아님을 깨달은 그는 침착함을 유지한 채 그의 말대로 차를 운전하기 시작했다. 한적한 한강 주차장에 차를 세운 구 아나운서는 오히려 당황하고 긴장해 있는 검은 그림자의 남자를 안정시켰다.

"자, 여기는 안전할 것 같습니다. 도대체 무슨 일입니까? 그리고 당신은 누굽니까?"

"놀라게 해 드려 죄송합니다. 아직은 제 신분을 말씀드리기 어렵습니다. 일단 이 자료를 한번 보시죠! 저도 더 이상 자세한 말씀은 드리지 못합니다. 자료를 보시면 아마 어떤 내용인지 금방 아실 겁니다. 이건… 이미 오래전에 식약청에서 아무런 이상이 없다고 나온 결과집니다."

"그럼 붕어빵 재료에서 나왔다는 그 인도산 약초라는 성분은…?"

"저희가 조사한 바로는 그건 약초가 아니라 장군차라는 찻잎입니다. 약 2천 년 전 인도에서 유입된 차라고 합니다. 고려 후기까지는 재배 기록이 있는데, 그 후에 여러 전란을 거치면서 거의 멸종된 것으로 학계에는 알려져 있었습니다. 아마 김해 쪽에서 아주 조금씩 야생으로 자라고 있던 것을 허황옥 씨가 찾은 거 같고, 땅을 개간하고 보존하며 군락지로 키우고 있었던 것 같습니다. 일반적인 찻잎보다 잎사귀가 크고 몸에 전혀 해롭지 않은 겁니다."

"그럼, 그 성분은 그냥 장군차라는 찻잎이란 말이군요. 그럼 인도산 대마는 어떻게 나온 겁니까?"

"현재 이 사건을 담당하고 있는 검사 중 한 명이 증거를 조작했습니다. 재료 공장장 홍 사장이 거짓 자백을 한 겁니다. 홍씨 아들이 대마초 사고를 쳤는데… 그걸 무마해 주는 조건으로… 압수 수색 전에 재료에 대마 성분을 넣은 겁니다."

"맙소사… 놀랍군요! 그럼 혹시 재료 공장 홍 사장의 거짓 증언을 증명할 수 있는 증거는 있습니까?"

"안타깝지만 없습니다. 방금 말씀드린 그 검사가 공장에서 홍 사장을 만나 회유했는데, 그 당시 CCTV 카메라를 모두 끄고 심지어 하드도 모두 지워 버렸습니다. 홍 사장은 지금 행방이 묘연한 상태고요. 자칫 홍 사장도 위험해질 수 있어요."

"그럼 그 응급실에 입원한 초등학생은…?"

"그건 그냥 이 사건을 시작하기 위한 트리거였습니다. 그 아이의 엄마가 양 검사 와이프의 동창입니다. 자료에 보시면 아이의 위에서는 붕어빵 관련해서 아무것도 나온 게 없습니다. 조중일보 김구라 기자 단독 뉴스였습니다. 김구라 기자는 양 검사와 매우 친분이 두터운 사이고요. 검찰이 움직이는 명분이 필요했던 거죠."

"이런 정보를 다 안다는 건… 당신은 검찰 쪽 사람입니까?"

잠시 고민하던 남자는 구 아나운서의 눈을 똑바로 바라보며 진중하게 얘기했다.

"지금은 말씀 못 드립니다. 그래도 하나만 말씀드린다면… 저도 붕어공주 꿈붕어빵을 먹고 제가 가야 할 길을 깨닫게 된 사람이라는 거 정도?"

Scene19. JRBC 긴급뉴스

다음 날 오후부터 JRBC에서 특종이 나올 거라는 소식이 여의도와 방송국 근처에 파다하게 퍼졌다. JRBC 방송 타이틀 음악과 함께 메인 아나운서 구손석이 나왔다.

"안녕하십니까? 구손석입니다. 첫 시작은 JRBC 단독 보도입니다. 붕어공주 허황옥과 관련된 내용을 단독 입수했습니다. 약 2주 전, 한 초등학생의 응급실 입원으로 촉발된 일명 '마약 붕어빵' 사건을 아실 겁니다. 저희는 한양병원에서 소년의 병원 기록 자료를 확보했습니다. 이것은 소년의 위 세척 후 받은 검사 결과지입니다. 결과 어디에도 붕어빵을 먹은 흔적이 없습니다. 여기서 주목할 것은 아이가 입원하기 이전에 이미 수많은 기관 및 기업에서 꿈붕어빵 성분 조사를 진행했고, 그 결과 마약이

나 향정신성의약품과 관련된 그 어떤 것도 나온 적이 없다는 식약청의 인증서입니다. 허황옥 씨는 처음 장사를 시작하던 시점부터 식약청으로부터 신체에 아무런 위해가 없다는 인증을 받았고, 붕어공주 트럭에도 바로 이 증서가 걸려 있었습니다. 그렇다면 검찰에 압수 수색된 그 시점에서 공교롭게도 마약이 검출되었다는 사실은 어떻게 설명해야 할까요? 왜 그동안 검찰과 언론은 이러한 사실을 알고 있으면서도 의도적으로 숨기고, 여론을 호도하여 한 개인을 파렴치한 범죄자로 몰아간 것일까요? 그래서 결국 구속까지 시켰습니다. 박상태 기자가 지금 상황을 정확하게 한 번 짚어 주시죠!"

"다시 정리를 하자면 이렇습니다. 애초에 압수 수색 이전의 재료에 찻잎 성분이 있었죠. 인도에서만 자란다는 장군차라는 찻잎이라고 식약청 성분 조사에 나와 있습니다. 식물학계에서는 약 2천여 년 전 한반도 땅으로 유입된 장군차라는 찻잎 종이고, 여러 전란을 거치면서 멸종 상태로 알려져 있다고 합니다. 그런데 아마도 일부가 김해 쪽에서 야생으로 살아남았던 것 같습니다. 그 군락지를 허황옥 씨가 찾아내어 보존하고 있었던 것으로 알려져 있고요. 허황옥 씨는 붕어공주 꿈붕어빵을 처음 시작할 때부터 식약청을 통해 아무 이상이 없다는 결과지를 받아 두었습니다. 그 후 붕어공주가 인기를 끌자 이를 인수하려던 대기업들도 식약청에 성분 분석을 의뢰했고, 여기에도 아무런 이상이 없는 것으로 나옵니다. 그런데 한 초등학생이 입원을 하고, 그 아이 엄마의 고소 이후 전격 압수 수색이 이루어졌고, 바로 그 증거품에서 인도산 대마초 성분이 처음 등장합니다."

"그러니까 검찰이 압수한 증거품에서만, 대마 성분이 나왔다는 얘기죠? 우연의 일치치고는 참 이상하군요!"

구손석 아나운서가 사건의 개연성에 의문을 갖고 말했다.

"그렇습니다. 그리고 공교롭게도 얼마 전, 김해 분성산에서 일어난 방화 피해 지역이 바로 그 야생 장군차 군락지인 것으로 밝혀졌습니다. 매우 귀한 생물학적 유산이 유실된 것에 학계에서도 상당히 안타까워하고 있습니다. 이 역시 우연의 일치라고 보기엔 뭔가 석연치 않은 점이 많습니다."

"허황옥 씨가 혐의를 벗을 수 있는 유일한 증거가 이렇게 사라졌다는 얘기군요."

Scene20. 그레이스, JRBC 뉴스를 보면서 결정하다

그 시각, 그레이스는 JRBC의 뉴스를 보고 있었다. 무언가 생각난 듯 급하게 강 기자에게 전화를 걸었다.

"강 기자, 지금 JRBC 보고 있어요? 구 아나운서가 어쩌면…."

"네, 저도 같은 생각을 했습니다."

"우리, 반전의 기회를 만들어 봅시다!"

JRBC 단독 뉴스가 나가고 판세가 뒤집어지기 시작했다. 그동안 의문스러운 부분이 많았지만 검찰의 눈치를 보면서 아무런 반론도 제기하지 않던 언론들부터 움직이기 시작했다. 양 검사는 긴급 기자 회견을 열었다. 그는 아직 수사 중인 사안에 대한 억측을 삼가 달라고 하며, 일부 좌경화된 언론이 검찰을 깎아내리려 하는 공작에 대해서는 단호히 대처하겠다고 엄포를 놓았다. 기자 회견을 본 심정한 검찰 총장은 양 검사를 급하게 호출했다. 심 총장은 양 검사를 자신의 방에 세워 놓고, 차갑고 냉정하고 싸늘하게 말하기 시작했다.

"양 검사, 너 지금 무슨 짓을 하고 다니는 거야? 내가 지금 이 상황을 모른다고 생각해? 네가 박 의원이랑 스타에어 로버트 회장이랑 붙어 다니는 건 지나가는 개도 다 아는 사실이야. 내 허락도 없이 네가 이렇게 막 나가겠다고? 다음 총장 자리라도 약속받은 모양인가 본데… 그렇게 쉽지는 않을 거야. 지금 이 상황을 매우 심각하게 바라보는 사람들이 많다는 것만 알아 둬! 네가 등에 칼을 꽂아야 할 사람들이 몇 명인지 생각해 봐! 그리고 그들이 어떤 위치에 있는 사람들인지도… 만약에, 이 일이 삐꾸가 나면, 박 의원이 너 따위 지켜 줄 거 같애? 너도 그 정도로 멍청하진 않지? 너도 네 살 궁리가 있을 거라는 건 알겠는데 말이야… 잘 생각해 봐! 내가 마지막으로 너한테 충고 한마디 해 줄게. 절대… 아무도… 믿지 마! 박 의원도, 로버트 회장도 모두 자기가 타고 탈출할 배가 있어. 근데, 과연 그 탈출선에 네 자리가 있을까?"

양 검사는 하얗게 질린 얼굴로 대답했다.

"… 무슨 말씀이신지 잘 알아들었습니다, 지금 수사가 진행 중이니 조금만 기다려 주십쇼!"

Scene21. 로버트 회장 사무실, 신 상무와 박 의원, 배 목사, 양 검사, 로버트 회장

그날 저녁, 스타에어 본사의 고급스러운 사무실. 커다란 창문 밖으로는 도심의 화려한 야경이 펼쳐져 있었지만, 방 안의 분위기는 얼어붙어 있었다. 로버트 회장의 사무실 테이블 주위에는 이 사건의 배후에 있는 네 사람이 모여 있었다. 박 의원, 신 상무, 로버트 회장, 그리고 배 목사. 그들의 시선은 JRBC 뉴스를 비추는 대형 TV 화면에 고정돼 있었다.

한쪽 구석에서는 양 검사가 잔뜩 겁을 먹은 채 서 있었다. 그의 이마에는 땀이 맺혔고, 손은 불안하게 서류를 쥐락펴락했다.

"박 의원님, 큰일입니다."

양 검사가 떨리는 목소리로 말을 꺼냈다.

"언론이 뭔가 냄새를 맡은 것 같습니다. 내부에 쥐새끼가 있는 게 확실해 보입니다. 허황옥도 계속 버티고 있고요. 말을 못 하니 이 정도면 무너질 때도 됐는데, 독한 년입니다." 그는 서류를 테이블에 내려놓으며 한숨을 내쉬었다. "게다가 낮에 심 총장님이 저를 불러서 박 의원님을 언급하시더라구요. 이미 판을 다 읽고 계신 것 같습니다. 이렇게 가다간…."

"하하, 니 쫄았나, 양 검사?" 박 의원이 냉소를 띤 채 양 검사를 노려보며 말했다. "니답지 않게 와 이래 허둥대노? 심 총장이 뭐라 카든 간에 그기 뭔 상관이고? 그 작자가 알아봤자 우짤 낀데? 이미 늦었어, 내가 손 내밀 때 잡았어야지."

양 검사가 고개를 떨구자, 이번엔 신 상무가 걱정스러운 표정으로 말을 꺼냈다.

"이러다 허황옥 그냥 풀려나는 거 아닙니까? JRBC까지 나서면 상황이 더 복잡해질 것 같은데요."

"하~ 거, 참! 허황옥이 풀려난다꼬 달라질 게 뭐 있노?" 박 의원이 테이블을 툭 치며 말했다. "우리가 첨부터 허황옥이를 감옥에 가두는 기 목적이라꼬 생각했나? 아니지. 우린 바닥까지 끌어내리는 게 목표라꼬!"

로버트 회장이 웃음을 터뜨렸다.

"맞습니다. 허황옥을 바닥으로 끌어내리고, 그다음은 그레이스 차례죠. 심해어라는 사실이 드러나면 스타그룹의 차기 의장 자리는 제 것이

나 다름없습니다. 박 의원님도 공천받으실 거고요."

박 의원이 로버트를 향해 고개를 끄덕였다.

"맞심더, 회장님. 그라마 내가 또 나설 때가 됐네. 내일 조중일보 편집 국장 만나가 꼬마 요리사 하고 심해어, 도마에 딱~ 올려놓겠심미더."

로버트 회장이 손을 들어 그를 막았다.

"마다 토키데와 나이(まだ時ではない). 아직은 아니야. 심해어는 마지막에 회를 치자고. 지금은 꼬마 요리사부터 옷을 벗겨야지. 오케이?"

"오케바리." 박 의원이 비열한 미소를 지으며 고개를 끄덕였다. "회장님 뜻대로 다~ 이루소 마!"

양 검사는 박 의원과 로버트 회장의 대화를 들으면서 그들의 머릿속에 자신의 안전 따위는 안중에도 없다는 것을 확인했다. 그냥 쓰고 버리는 사냥개… 자신이 그 정도에 불과하다는 사실이 적잖이 당황스러웠다. 이 판에 들어와 목숨 걸고 가담했는데, 과연 "저들의 탈출선에 네 자리가 있을까?"라고 쏘아붙이던 심 총장의 질문에 대한 답이 여기 있었다. 옆을 돌아보니 신 상무의 표정도 그다지 밝아 보이지는 않았다. 둘의 눈이 마주쳤다. 말을 주고받지는 않았지만, 무언가 똥을 제대로 밟았다는 기분을 둘 다 공감했다.

Scene22. 여의도 고급 일식집, 박 의원이 꼬마 요리사의 정체를 언론사에 뿌리다

박 의원과 조중일보 오세진 편집 국장이 여의도에 위치한 고급 일식집에서 저녁 약속을 잡고 만나는 중이었다. 술이 거하게 몇 잔 돌고 있었다.

"의원님, 지금 판이 어찌 돌아가는 겁니까? 허황옥이가 보통 아닌 거 같던데… 저희는 박 의원님만 보고 가는 거 아시죠?"

"와, 쫄리나? 극정 마라~ 우리가 이 장사 하루이틀 하나? 다 복안이 있데이~ 쫄지 말고 잘 따라오기나 해라! 스타그룹 차기 의장은 로버트 회장이 될 끼다. 모든 일에는 욕망이 중요하데이~ 그 욕망의 크기가 을매나 크나 작나 하는 기, 그 일이 되고 안 되고 변곡점이 된다~ 이 말이다, 알긋나? 로버트 회장이 이거 어느 날 갑자기 맘먹고 하는 일이 아이거등. 100년, 무려 100년 전부터 준비해 온 일이다."

"예, 잘 알겠습니다. 저는 의원님만 믿고 쭉 갑니다. 하하하. 의원님 이번에 재선하시고 그다음엔 대권 가셔야죠? 저희가 도와드리겠습니다."

박 의원이 만면에 미소를 띠며 손가락으로 입조심하라는 시늉을 했다.

"어허, 이 사람 말조심해라! 누가 들으믄 우짤라 카노? 내도 이거 하루이틀 준비했겠나? 안 그릏나? 당신 내 성격 알제? 내도 한다면 하는 사람이야. 내가 저 위에 앉으믄… 고마 게임 끝이다. 지금 내한테 칼 들이댄 시키들, 다~ 그날로 밥숟가락 놓는 기다. 두고 봐라!"

"예예~ 의원님! 아니, 각하! 제가 충성을 다해서 모시겠습니다. 오늘 저랑 천당 한번 가시죠!"

"어허~ 각하라니? 입조심하라카이! 내사 좋지만. 그란데, 오 국장! 당신 오늘은 시간이 안 될끼다."

"예? 왜요? 오늘 의원님 모시고 간만에 달려 보려고 나왔는데요."

"이 사람, 이~래 한가하다! 곧 느그 회사에 큰 폭탄 하나 터질 낀데…"

오 국장이 술잔을 비우고 내리며 의아한 표정으로 물었다.

"예? 저희 회사요? 그게 무슨…?"

"쯧, 당신네 회사에, 그라니까 조중일보에 말이다, 박쥐 한 마리가 숨어 있었드만…."

"아니, 그게 무슨 말씀이신지…."

"그 '꼬마 요리사'라 카는 가… 당신도 알지? 그기 눈지 알리주까?"

"…."

"강지영이… 조중일보 강지영 기자! 강백호 판사 딸내미 말이다! 가가 꼬마 요리사다!"

"네???"

"와? 내 못 믿겠나? 지금 카톡으로 증거 자료 보냈으니까 함 봐라."

박 의원이 보내 준 파일을 열어 본 편집 국장은 눈이 튀어나올 정도로 놀랐다.

"아니, 이… 이게 진짜 사실입니까?"

"참~ 조중일보도 이제 별거 없구마. 세상의 정보는 다 거기로 모인다 카디마 이래 허술해 가꼬 되겠나? 지금 이 판이 우째 돌아가는지 모르나? 붕어는 인어 잡는 미끼다, 미끼! 당신도 그 자리 계속 지킬라카믄 줄 잘 서라카이."

오세진 편집 국장은 급하게 조중일보 긴급 회신 전화를 돌렸다.

"나, 오 국장이야, 1급 긴급 상황이야. 1시간 안에 사무실로 모두 집합시켜. 야, 이 새끼야! 지금 네가 술을 처먹든, 네 마누라가 아프든, 네 자식 새끼가 죽든 말든 당장 다 집합시켜! 강지영이만 빼고!"

그렇게 조중일보에 모여든 핵심 인물들은 박 의원이 넘겨준 꼬마 요리사 자료를 분석하며 놀라고 있었다. 김구라 기자 역시 놀라는 표정 속에 환희의 표정이 역력했다.

"강지영… 난 네가 제정신이 아닐 줄 알았어~"

"잘 들어! 해 뜨기 전에 이 기사 올라가야 해. 다들 정신 바짝 차려!"

그날 조중일보 편집실은 밤새 불이 꺼지지 않았다.

Scene23. 조중일보 1면에 꼬마 요리사 정체가 밝혀지다

다음 날 아침, 출근을 준비하던 강 기자는 핸드폰에 뜬 속보를 보고 깜짝 놀라 폰을 떨어뜨렸다. 그리고 멍한 듯 한동안 허공을 바라보며 서 있었다. 거울에 비친 강 기자의 얼굴 뒤로 벽에 붙은 배트맨 포스터가 보였다. 바닥에 떨어진 핸드폰에는 쉴 새 없이 메시지 도착을 알리는 진동과 함께 뉴스 속보 알람이 울렸다.

"결국… 이렇게 되는군…."

insert 포털뉴스, 조중일보, 동화일보 헤드라인

〈꼬마 요리사, 알고 보니 강백호 판사 딸〉

〈조중일보 강지영 기자, 꼬마 요리사로 밝혀져!〉

그동안 '꼬마 요리사'라는 요리 계정을 운영하다 최근 몇 년간 트위터X(구트위터) 플랫폼을 통해 다양한 사회적 메시지를 전하던 꼬마 요리사의 정체가 강백호 판사의 장녀이자, 현 조중일보 사회부 기자인 강지영인 것으로 밝혀졌다. 사회 전반에 반정부적인 성향을 보이며 활동하던 꼬마 요리사는 그간 한국계 미국인으로만 알려져 있었으나, 강지영 기자가 친구 아이디를 도용해 활동해 온 것으로 드러났다. 이로 인해 곧 있을 강백호 판사의 대법관 임명에 빨간불이 들어왔다.

강백호 판사의 형은 광주 사태 때 시위 현장에서 사망한 강기백 씨인 것으로 밝혀졌다. 또한 강지영 기자의 오빠인 삼오전자 강지태 상무도 삼오전자 차녀와의 결혼식을 앞두고 벌어진 이번 사건으로 인해 결혼식이 미루어질 수도 있다는 이야기가 나오고 있다. 삼오전자는 아직 공식적인 입장을 밝히지 않고 있으나 상당히 곤혹스러워하고 있다는 전언이다. 아울러 강지영 기자의 여동생이자 첼리스트 강지수 씨의 남편인 강남 유명 성형외과 원장, 박두식 씨는 최근 프로포폴 과잉 처방과 연예인 오혜원 씨와의 불륜 사진이 파파라치에 의해 공개돼 곤욕을 치르는 중이다.

가장 보수적인 성향의 강백호 판사의 딸이자, 정통 보수 신문의 간판인 조중일보에서 가장 보수적인 성향의 기사를 써 오던 강지영 기자가 왜 그동안 숨어서 꼬마 요리사라는 이중생활을 해 왔는지 알 수 없다. 그동안 본인의 기사에는 친정부, 친기업적인 기사를 쓰고, 꼬마 요리사로는 반정부적이고 반기업적인 발언을 일삼아 온 것은 대중을 기만하고 속여 온 가증스러운 모습이다. 그녀가 평소 배트맨 캐릭터를 좋아한다고 지인들에게 말했던 것으로 유추해 볼 때 그녀가 반사회적이고 이중적인 성향의 범죄형 인물일 것으로 충분히 생각해 볼 만하다고 아니 할 수 없을 것이다.

– 조중일보 김구라 기자

전날 강지영만 빼고 긴급으로 소집된 팀은 밤새 기사를 만들어 새벽에 올렸다. 곧이어 강 기자는 사방에서 몰려드는 문자와 전화를 받아야 했다. 강 기자는 부모님의 전화를 먼저 받았다.

“네, 지금 바로 갈게요!”

제10화

허황옥 석방

Scene1. 강 기자, 아버지 호출로 집으로 가다

부모님의 호출을 받고 집으로 온 강 기자는 큰 죄인이 된 기분이었다. 출근 시간은 이미 지났지만 지금 상황에서 출근 시간이 뭐가 중요하겠는가? 그리고 부모님께 제일 먼저 가는 게 도리라고 생각했다. 문자, 카톡, 텔레그램, 전화, 이메일, SNS 등등 사방에서 강 기자를 찾고 있었다. '아이돌이 되면 이런 기분이려나?' 하는 생각이 들어 이 와중에도 피식 웃음이 났다. 하지만 부모님 앞에 서자 좀 전의 기분이 싹 사라졌다. 더 이상 자식이 아닌 죄인… 정말 죄인이었다. 결국 부모님과 형제들을 모두 배신하고 기만한 죄인… 집에 들어서자마자 엄마가 강 기자를 마구 다그쳤다.

"지영이 네가 어떻게 이럴 수가 있어? 지금 아빠랑 오빠가 얼마나 곤란한지 알아?"

강 판사는 의외로 침착했다. 그가 조용히 물었다.

"왜 그랬니? 이유라도 들어 보자!"

"이유요? 흠… 글쎄요… 애초부터 저는 이 집에 어울리는 사람이 아니었던 것 같아요. 어머니가 원하는, 아버지와 오빠 같은 모습으로 살려고 노력했는데… 사실 이런 성향은 타고나는 거라 생각해서, 저도 시간이 지나면 바뀔 거라고 믿었는데 아닌가 봐요. 이 집에서 저는 평생 이방인이었어요! 결국 저는 바뀌지 않는가 봅니다…."

굳은 표정으로 강 기자의 이야기를 듣던 강 판사는 무겁게 입을 열었다.

"네 큰아버지가 그러셨지. 젊은 시절 군사 독재에 대항해 싸우다가… 결국 광주 사태 때 돌아가셨다. 내가 너무나 사랑하고 따르던 형님이었는데… 그 바람에 너희 할아버지도 충격에 쓰러지시고… 빨갱이 집안 꼬리표를 떼 내기 위해 내 모든 걸 지우고 살았다. 그래서 더 형님을 부정하고, 더 보수적인 성향을 보이려고 노력했어. 그런데 너를 볼 때마다 형님 생각이 나더구나. 그래서 너에게 더 모질게 대한 걸지도… 결국 이렇게 피하지 못할 것을… 이 또한 운명이겠지… 미안하구나."

부모님 댁을 나온 강 기자는 일단 회사로 가서 상황부터 정리해야 했다. 늘 가슴속에 지니고 다녔던 사표를 오늘 드디어 '개봉박두' 하게 되었다는 생각에 이 와중에 또 웃음이 나왔다.

"내가 미쳤나 보네, 이렇게 헛웃음이 나오는 거 보면… 휴…. 미치기라도 해야지 차라리. 그래야 내가 저지른 이 일을 견딜 수 있을 거 같네…."

Scene2. 강 기자와 그레이스의 통화

그때 그레이스의 전화가 왔다. 강 기자는 바로 핸즈프리로 전화를 받았다.

"대표님, 결국 이렇게 되네요."

"그러게, 자기도 이미 예상은 했잖아. 다음 순번은 내 차례고… 아마 마지막에 나를 폭로하려는 작전이겠지."

"앞으로 어떻게 하실 건가요?"

"강 기자는?"

"저야 어차피 언제든 관두려고 했던 회사, 관두면 그만이죠. 이제부터 진짜 꼬마 요리사로 살면 되니까요. 당분간 대표님께 밥이나 좀 얻어먹어야겠네요."

"훗, 그래도 아직 여유 있어 보이네? 역시 강 기자다워! 평생 밥 굶을 일은 없게 해 줄게 걱정 마요. 응? 나는 어떻게 할 거냐고? 나 역시 정면 승부로 돌파하는 수밖에… 내가 도울 일 있으면 언제든지 요청해요."

"네, 말씀만으로도 감사해요. 그들은 붕어공주를 타고 계속 들어올 겁니다. 붕어공주로 인어공주를 잡겠다는 계획으로 보여요. 그들의 행태는 늘 정해진 방식이 있었으니까…. 대표님이 많이 곤란해질지도 몰라요."

"알아요. 그래도 나, 아직 스타월드 대표, 그레이스입니다. 그리고 아직은 스타그룹의 차기 의장 예정자구요. 나도 이제 본격적으로 반격하려구… 어쩜 강 기자가 놀랄지도 몰라. 내가 얼마나 무서운 사람인지 알게 되면. 나 미워하지 않겠다고 했던 거 내가 다 박제해 놨으니까 배신하면 안 돼요, 알았죠?"

"네, 절대 안 미워합니다. 그리고 저도 만만치 않은 어둠의 꼬마 요리사라는 거!"

Scene3. 강 기자 사표를 내다

강 기자는 출근하자마자 바로 사표를 냈다. 늘 가슴에 품고 다니던 사표라서 쓸 시간이 필요하지는 않았다. 날짜만 오늘로 적어 넣으면 되었을 뿐이다. 위에서는 강지영과 눈도 마주치지 않고 일사천리로 사표를 수리했다. 사무실 분위기는 어수선했다. 한참 바쁠 오전 시간이지만 모두가 손을 멈춘 채 강 기자가 자신의 짐을 챙기는 걸 묵묵히 지켜봤다. 모두가 강 기자와 거리를 두고 바라보고만 있을 때, 학교 후배인 정현선 기자만이 옆에서 도와주고 있었다. 다른 기자들은 멀찍이 서서 그저 수군거릴 뿐이었다.

"햐, 드라마틱하네…. '꼬마 요리사'가 강 기자였다니…."

"아니, 왜 그런 거랍니까? 강 기자 집안 배경 봐서는 그럴 이유가 없잖아요?"

"낸들 아니? 사람 속 모른다더니… 그럴 거면 왜 조중일보에 들어온 거야? 진보 신문들 많이 있잖아. 왜 안 맞는 옷을 입고 여기서 분탕질을 한 거냐구. 미꾸라지 한 마리가 온통 흙탕물을 만들고 말았네. 붕어 새끼랑 미꾸라지랑 난리다, 난리!"

과거와 다르게 요즘은 대부분의 언론사 기자들이 강남 8학군, 중산층 이상의 좋은 집안, 좋은 대학 출신들로 구성되어 어릴 때부터 그들은 이미 매우 보수화된 성향이 있었다. 그들의 아버지, 어머니는 대부분 대기업, 공기업, 공무원, 교수, 의사 등 사회의 기득권으로 자리 잡고 있었고, 그들의 친척 중 한두 명은 변호사, 검사, 의사 등이 존재했다. 그들의 가치관에 과연 대중과 소외된 계층이 들어갈 여지가 있을까? 그들이 살아오고 속해 있는 집단에서 강 기자의 돌발 행위? 돌출 행위? 이적 행위? 뭐라 불리든 자신들과 결이 다르게 생각하고 행동한 그녀를 이해하기가 쉽지 않았을 것이다.

강 기자는 자신을 도와주는 후배인 정현선 기자를 보며 가볍게 미소 지어 주었다. 그리고 정 기자가 엄청 가지고 싶어 했던 자신의 키보드와 마우스를 건네주며 말했다.

"정 기자, 아니 현선아! 그동안 내 밑에서 고생했어. 난 자기가 내 후배인 거 떠나서 늘 기자로서, 언론인으로서 잘할 것 같아 보였어. 난 여기까지야. 이제는 정 기자가 자신만의 길을 찾아가야 해. 이 잔인하고 무도 한 집단에서 살아남길 바래. 언제든지 내 시답잖은 조언이 필요하면 24시간 상담 가능! 그리고 이건 내가 정말 좋아하던 선배가 내게 물려준 키보드야. 엄청 내공이 들어간 키보드지…. 이젠 현선이 네가 가질 차례야~ 파이팅!"

강 기자가 자신의 짐을 박스에 들고 나가는 모습을 모든 기자들이 무거운 표정으로 바라보고 있었다. 그 와중에도 김구라 기자는 승기를 쥔 양 의기양양했다.

"강 기자, 이거 아쉬워서 어떡해? 나도 꼬마 요리사랑 친구 하고 싶었는데 말이야. 그런데 도대체 어쩌자고 그런 거야? 그냥 자기 자리 잘 지키면 중간이나 가지. 뭘 믿고 설친 거야? 아빠 백 믿고? 그레이스랑 친해서? 미국 아이디면 안 걸릴 줄 안 거야? 그렇게 진보적인 척하고 싶었으면 처음부터 꼬마 요리사로 살지, 왜 어렵게 공부해서 여기까지 와? 무슨 진보인 척하는 것도 유행 같은 건가? 하여간 요즘 젊은 애들이란…."

"김 선배, 그동안 감사했어요. 이제 스타월드는 김 선배가 맡겠네요. 그동안 그렇게 담당하고 싶어 했는데 축하드려요."

"스타월드? 웬 스타월드? 그건 너 정도 되는 사이즈에 맞는 거지. 난 조만간 스타에어 담당할 거야. 로버트 회장이 나를 지목했어. 어디 커피 따위 팔면서 대스타그룹의 간판 노릇을 하나? 안 그래? 스타에어 정도는 돼야 그룹의 얼굴이 될 만하지."

"아… 그렇네요. 스타에어가 김 선배하고는 궁합이 잘 맞는 거 같네요. 축하드려요. 김 선배 보면서 늘 '저렇게 살지 말아야지' 하는 제 삶의 기준이 되어 주셨어요. 정말 큰 도움 주셨네요! 맞아요, 제가 그동안 저에게 안 맞는 옷을 억지로 입고 지냈어요. 이제야 숨통이 좀 트입니다. 제가 지금 무슨 말 할 자격이 있겠어요? 다들 그동안 감사했습니다."

강 기자의 전격적인 퇴사 소식에 하루 종일 무거웠던 사무실 공기는 강 기자가 인사를 마치고 사무실 문을 열고 나간 직후 바로 아무 일 없다는 듯이 평소처럼 돌아가기 시작했다. 오 편집국장도 더 열을 올리며 말했다.

"야, 다들 정신 안 차려? 뭐 해? 밥값들 안 할 거야? 김구라 기자, 기사 언제 넘길 거야?"

Scene4. 오히려 해외 언론에서는 이 상황을 매우 이상하게 바라본다

한편, 해외 언론은 한국의 붕어공주 사건에 관해 의혹을 제기했다. 한국에서 인도산 대마 성분이 나왔다고 하는데, 왜 해외에서는 아무런 성분이 안 나온 것인지? 그 인도산 대마초 성분 때문에 사람들이 꿈을 꾼 게 아니라 환각 작용을 경험한 것이라는 한국 정부 측 주장에 모든 언론이 받아쓰기만 하는지? 그에 대한 반론 보도 하나 나오지 않는지? 해외에서도 붕어공주에 반대하는 집단들이 붕어빵에 대마 성분이 나왔다고 주장하며 신고하는 해프닝이 있었으나 이는 모두 자작극인 것으로 판명 났다. 한국 정부와 기득권층이 자국에서 시작되어 전 세계적인 유명세를 가지게 된 붕어공주를 되레 불편해하고 사회적으로 매장시키려는 모습에 해외 언론은 의아함을 보였다.

특히 인도는 매우 우려하는 시선으로 이 사건을 주목하고 있었다. 수천 년 전 아유타 왕국의 후손이라고 주장하는 허황옥을 오히려 보호하려는 눈치였다. 인도 주재 한국 대사관을 통해 우려의 메시지가 전달되었다.

정부에서도 이 부분은 예상치 못한 일이었다. 인도는 대한민국의 매우 중요한 경제 파트너다. 굴지의 한국 기업들이 인도에 진출해 있고 그 시장 규모가 어마어마하다 보니 대기업들도 우려를 하기 시작했다. 현지에서 한국 브랜드 불매 운동이 일어날 조짐도 보였다. 인도산 대마초라는 워딩이 인도에 대한 부정적인 이미지를 확산시킨다고 우려했고, 라마의 영향도 컸다. 인도 출신의 게임 회사 대표, 라마가 지원하는 붕어공주를 박해한다고 하자, 전 세계 게임 유저들이 들고 일어났다. 그리고 여전히 인도산 대마의 수수께끼는 사람들의 의심을 사고 있었다.

Scene5. 민정의 응원

허황옥이 구속된 후 그녀의 최측근으로 알려진 민정이 처음으로 먼저 허황옥을 지지하는 선언을 했다.

〈나의 붕어 공주〉

SNS에 1억 5천만 이상의 팔로워를 보유한 세계적인 톱 모델 민정이 라이브 방송을 켰다. '붕어공주'라는 타이틀과 그녀의 입장이 궁금한 이들로 인해 순식간에 10만 명의 라방 시청자들이 몰렸다. 라이브 방송에는 그녀 연인인 NBA 농구 선수 카림과 미국 붕어공주재단의 이사장 조도 함께였다.

"지금 한국에서 벌어지고 있는 상황을 지켜보는 제 심정은 찢어질 듯이 고통스럽습니다. 구속된 허황옥과 저로 인해 부모님이 겪고 있는 고충을 생각하면… 저도 빨리 한국으로 들어가 제가 직접 소명해야 할 것 같아요. 그래서 기존에 잡혀 있던 일정을 최대한 서둘러서 진행하고 나머지는 모두 취소 중입니다.

인도산 대마 성분이 나왔다는 기사를 보고 저도 많이 놀랐습니다. 하지만 저는 절대 믿지 않습니다. 저희 아버지가 의사신데요…. 제가 한참 붕어공주 꿈붕어빵을 먹고 꿈을 꾼다고 했더니 아버지도 붕어빵에 혹시 뭐가 들어 있는 거 아닌가? 의심하셔서 직접 식약청에 의뢰를 한 적이 있어요. 그리고 이거… 당시 저희 아버지가 식약청에서 받은 검사 결과지예요. 보시다시피 아무런 위해 성분이 없다는 내용입니다.

저는 꿈붕어빵을 먹고 꿈을 꾸었고, 그리고 꿈에서 허황옥을 만났습니다. 그것의 인과 관계를 과학적으로 설명할 방법은 없어요. 이곳 미국에서도 저는 꿈붕어빵을 만들어 사람들에게 나눠 주고 있습니다. 재료는 어디서나 쉽게 구할 수 있는 미국산 밀가루와 팥, 이거도 역시 캔에 들어 있는 미국산을 사용합니다. 하지만 제가 만든 꿈붕어빵을 먹은 사람들도 붕어공주 허황옥을 꿈에서 만나고 있습니다. 물론 모든 사람이 허황옥을 꿈에서 만난 것은 아닙니다. 제 남자 친구 카림과 미국 붕어공주재단 미스터 조 역시 꿈을 꾸었습니다. 어떻게 한국에서만 인도산 대마 성분이 나올 수 있는지 제 상식으로는 이해가 되지 않습니다."

"하이, 나는 카림입니다. 나는 민정이 만들어 준 꿈붕어빵을 먹고 꿈에 허황옥을 만났어요. 그녀가 제 어릴 적 꿈에 나타났습니다. 정말 신기한 경험이었어요! 심지어 꿈에서 저는 한국어로 그녀와 대화를 나눴답니다. 그 후 저는 지금 한국어를 열심히 공부 중입니다."

"안녕하세요, 조입니다. 나도 붕어공주 꿈붕어빵을 먹고 허황옥 씨를 꿈에서 만났습니다. 내 아버지는 6.25 전쟁 때 한국에서 전사하셨고, 유해를 찾지 못했습니다. 나는 꿈에서 허황옥 씨와 아버지를 만났습니다. 꿈에서 아버지가 묻혀 계신 곳을 보고 한국 정부의 도움으로 아버지의 유해를 찾아냈습니다. 허황옥 씨는 꿈에서 한국을 위해 희생해 주신 제 아버지께 무한 감사를 드린다고 말했고, 아버지는 자유민주주의를 지키기 위해 자신을 희생한 것에 대해 자랑스럽다고 답하셨습니다. 그리고 제가 여전히 한국을 사랑하기를 바란다고 부탁하셨죠."

민정, 카림, 조는 한 목소리로 다시 외쳤다.

"우리는 붕어공주 허황옥을 믿고 그녀를 응원합니다! 우리는 끝까지 허황옥을 지지합니다. 여러분들도 그녀를 응원해 주시기 바랍니다."

Scene6. 오태식의 응원

"안녕하세요, 저는 오태식입니다. 저희도 역시 꿈붕어빵을 먹고 꿈에서 허황옥 씨를 만났습니다. 저희는 중학생 시절 〈모터사이클 다이어리〉라는 영화를 보고 오토바이로 세계여행 하는 꿈을 함께 꿨습니다. 그러나 각자 입시와 취업이라는 상황에 처하며 저희는 꿈을 잊거나 지워 버렸죠. 그때 꿈에서 허황옥 씨를 통해 우리들의 꿈을 다시 기억해 내고, 이렇게 셋이 용기를 내 오토바이로 전 세계를 돌아다녔습니다. 여행 중에 저희는 꿈붕어빵을 만들어 많은 이들에게 나눠 줬고, 그들 역시 꿈을 꾸었다고 했습니다. 저희가 무슨 힘이 있거나 대단한 사람들도 아닌데, 그들이 저희를 위해 꿈에 허황옥이 나왔다고 말할 이유가 있나요? 그리고 꿈꾼 사람들 모두가 지극히 각자 개인사와 관련된 꿈이었다고 합니다. 신기한 현상이지만 저도 이 일을 초현실적인, 초자연 현상으로 해석하고 싶지는 않습니다. 그러기엔 그냥 단순한 꿈일 뿐이니까요. 그 꿈을 통해 각자 스스로의 꿈을 발현시키는 거죠. 여전히 꿈은 자신의 몫이고, 그 책임도 스스로에게 있다고 생각합니다. 우리는 붕어공주 허황옥을 믿습니다. 여러분, 허황옥을 믿어 주십시오! 그리고 지켜 주십시오!"

Scene7. JRBC <100분 토론>, 오태식 성토

밤늦은 시간, 〈100분 토론〉 프로그램 스튜디오. 화려한 조명 아래 각 패널들이 자리에 앉아 있고, 사회자는 이미 열띤 논쟁으로 가열된 분위기를 중재하려 애쓰고 있었다. 프로그램 제목은 굵은 글씨로 적혀 있었다 〈100분 토론: 허황옥과 오태식, 그들의 꿈은 무엇인가? 붕어공주 깃발의 상징성!〉

한국 자유총연맹 대표가 먼저 발언권을 얻어 마이크를 잡았다. 얼굴에는 단호한 표정이 서려 있었다.

"아니, 왜 하필 영화 〈모터사이클 다이어리〉가 꿈이냐~ 이겁니다!" 그가 손을 들어 강조하며 말했다. "거기 주인공이 누군지 아시죠? 체 게바라예요, 체 게바라! 쿠바 공산당의 괴수, 체 게바라요! 이건 허황옥이 빨갱이라는 증거입니다. 아주 위험한 인물이에요!"

이에 질세라 영화 평론가가 허리를 펴고 반박에 나섰다.

"아이고, 답답해라~ 여보세요!" 그는 고개를 저으며 맞받아쳤다. "그 영화가 체 게바라의 전기 영화인 건 사실이지만, 거기서 공산주의를 표방하는 게 아닙니다. 방황하는 동시대 젊은이들이 큰 꿈과 희망을 찾아가는 로드 무비라구요! 뭘 좀 알고 말하세요! 아니, 뭐만 하면 빨갱이, 빨갱이 하는데… 21세기에 언제까지 빨갱이 놀음을 하실 겁니까? 그리고 그 꿈이 허황옥의 꿈인가요? 오태식과 친구들의 꿈이잖습니까? 그럼 그 젊은 친구들이 빨갱이라는 건가요? 그렇게 위험하다면 그 친구들 당장 국가보안법 위반으로 체포하세요!"

일부 관객석에서 실소가 터져 나왔다. 자유총연맹 대표가 얼굴이 벌겋게 달아오른 채 반박하려 몸을 기울일 때, 정치학 박사이자 군사학 전문가인 임상범 교수가 먼저 입을 열었다.

"후후훗~ 아무래도 영화 평론가시니까 영화에 대해서는 저보다는 잘 아시겠죠. 어쨌든 저는 영화는 잘 모르겠고… 제가 우려하는 부분은 오태식 일행들이 가는 곳마다 붕어공주 깃발을 꽂고 다닌다는 겁니다! 깃발을 든다는 행위가 뭡니까? 뜻을 같이하고 행동하는 사람들의 상징 아니겠습니까? 단순히 그들이 다니는 오지에만 깃발이 서는 게 아니라 지금 전 세계 곳곳에 붕어공주 가판대가 생기고 어김없이 깃발이 함께 걸리고 있어요. 군사적 의미에서 깃발은 그 지역의 영유권을 나타냅니다. 이러한 행위가 각 나라의 법률과 국가라는 시스템을 무시하고 자신들만의 세상을 만들고자 하는 의도가 아닌가? 의심이 듭니다."

영화 평론가 또한 은근 자신을 무시하듯 말하는 임 교수를 향해 반박을 하였다.

"호호홋~ 아무래도 정치학 박사시고 군사학 전문가시니까 군대에 관해서는 저보다 잘 아시겠죠. 어쨌든 저도 군사학은 잘 모르겠고요…. 깃발이 가지는 상징성은 저도 충분히 알고 있습니다. 그런데 마치 붕어공주 깃발이 무슨 군대라도 모으는 것처럼 호도하시는 건 너무 많이 나가신 거 아닌가 싶네요. 여차하면 허황옥 씨가 군대라도 모아서 국가를 상대로 전쟁이라도 일으킬지도 모른다고 우려하시는 거잖아요? 저보다 상상력이 더 좋으신 듯하니 영화 시나리오 하나 쓰셔도 되겠어요. 저 깃발 아래 모인 사람들… 모두 힘없고 평범한 시민들이에요. 저 역시도 그들과 함께 깃발 아래 서 있고요. 교수님처럼 스스로가 기득권이라고 생각하는 사람들은 저 깃발이 불편하겠죠."

"말씀 잘하시네요. 그 시민들이 무기를 들면 시민군이 되는 겁니다."

영화 평론가는 깊은 한숨을 쉰다.

"휴… 오태식 씨는 자신의 꿈을 실현하고 다른 사람들이 꿈을 꾸도록 돕는 사람입니다. 자유 민주국가에서 꿈을 꾸면 빨갱이 취급을 당해야 합니까? 내가 내 꿈 꾸고, 사람들이 꿈꾸는 것을 돕는 게 국가 안보를 위협하는 건가요?"

"허허, 그렇게 꿈 타령이나 하고 있을 때가 아니에요. 지금 우리가 북한 괴수들과 철책을 앞두고 대치 중인데 이런 안일한 반공정신으로 북한을 상대할 수 있겠습니까?"

상황을 진정시키려는 사회자의 손짓을 무시하고 자유총연맹 대표가 벌떡 일어나며 말했다.

두 패널들이 각자의 토론석을 벗어나자 카메라가 급하게 사회자 쪽으로 화면을 돌렸다. 사회자가 다급하게 마무리 멘트를 하고 뒤에서는 두 사람이 싸우는 소리가 들린다.

"죄송합니다. 생방송이다 보니 예측하지 못하는 일이 종종 발생하기도 합니다. 토론을 하다 보면 서로 다른 의견이 충돌하기도 하죠. 서로의 다름을 인정하고 그 접점을 찾아가는 길이 저희가 지향해야 하는 사회가 아닐까 싶습니다. 저희는 다음 시간에 뵙겠습니다. 이상 〈100분 토론〉이었습니다."

Scene8. 구치소, 허황옥 쓰러지다

허황옥 구속 10일째….

구치소에 아침이 찾아왔다. 허황옥은 독방에 있었다. 허황옥에 대한 배려라기보다는 허황옥이 수감자들에게 영향을 미칠지도 모른다는 이유였다.

"자자, 어서들 일어나시고… 저기, 허황옥 씨 일어나… 엇? 허황옥 씨? 저기요? 야, 여기 빨리 문 열어 봐! 헉… 맙소사…. 의료진… 의료진 불러!"

허황옥은 창가 아래 쓰러져 있었다. 미동도 하지 않고 있던 그녀의 온몸은 하얗게 말라 있었다. 만지면 먼지처럼 후드득 무너져 내릴 것 같아 보였다. 간수는 그녀가 순간 죽은 줄 알았다. 하지만 자세히 보니 작은 숨결이 남아 있었다. 다가가기 겁이 났다. 만약에 진짜 죽기라도 하면 자신의 인생은 완전 종 친다고 생각하며 허황옥을 좀 더 강하게 흔들어 깨웠다.

"허황옥 씨, 내 말 들려요? 휴, 다행히 숨은 붙어 있네…. 젠장… 좆 될 뻔했어… 여기! 여기로 빨리~"

허황옥이 쓰러졌다는 소식은 곧바로 '허황옥, 병원으로 이송 중'이라는 타이틀을 달고 전국에 속보로 전해졌다.

"구치소에 있던 허황옥 씨가 쓰러진 채 발견되어 현재 병원으로 호송 중에 있습니다. 관계자들의 증언에 의하면 밤새 가부좌 자세로 앉아 있었으나, 새벽에 바닥에 쓰러져 기절한 것으로 추정된다고 합니다. 아침 점호에 미동이 없자 뒤늦게 의료진을 불러 응급실로 이송된 걸로 알려졌는데요, 인근 수용자 지정 병원이 아닌 스타종합병원으로 간 것은 다소 이례적입니다."

언론들은 허황옥이 구치소에서 병원으로 이송되어 가는 장면을 실시간으로 내보냈다. 그녀의 유명세만큼 이는 모든 사람들에게 충격을 주었다. 특히 아무리 가린다고 했지만 피부가 하얗게 말라 버린 허황옥의 모습은 일반 시민들로 하여금 역시 그녀가 뭔가 마법 같은 것을 쓰는 요물이라고 생각하게 만들었다. 그레이스 역시 그 모습을 보면서 충격에 휩싸였다.

"한 비서, 당장 스타종합병원에 연락하고 검찰 라인 컨택하세요. 긴급이에요!"

그레이스가 재빨리 손을 쓴 덕분에 지정 병원으로 이송되던 허황옥은 스타종합병원으로 향하게 되었다. 전례가 없던 일에 응급 대원들도 의아해했다.

"야, 스타종합병원으로 옮기라는데? 거기다 VIP 병동? 이야~"

"지정 병원 아니고? 다 와 가는데 갑자기 왜? 나 원 참, 차 돌려!"

스타종합병원에 도착한 허황옥은 응급실을 통해 스타그룹 최고위 경영진만 사용 가능한 VIP 특실로 옮겨졌다. 기자와 경찰도 거기까지는 들어갈 수가 없었다.

의사들에게 인계된 허황옥은 정밀 조사를 받았다. 다행히 목숨에 지장은 없었지만 자칫 조금만 늦었어도 위험할 뻔했다. 영양실조와 극심한 탈수, 스트레스로 인한 쇼크였다. 피부가 하얗게 말라 가는 증상은 단순 탈수로만 보기에는 매우 특이한 것이어서 의료진들은 허황옥을 예의 주시하며 어떻게 대응할지 심각하게 논의했다.

"선생님, 이런 건 처음 보는 거 같아요…."

"수액만으로는 부족해. 피부로도 수분이 공급될 수 있게 방법을 찾아보시죠."

병원에서는 화상 환자 치료 때 사용하는 특수 욕조를 가져 와 그 안을 탈수를 막는 젤로 가득 채웠다. 욕조 안에 허황옥을 담가 피부 탈수를 막기 위해서였다.

"선생님, 이게 가능한가요? 환자에게 젤이 부담이 가면 어떡하죠?"

"탈수를 막지 못하면 수액 공급을 해도 의미가 없어. 근데 피부로 이만큼의 탈수가 가능하다니… 검사 결과상 특이 사항이 없다고?"

"네, 영양 실조가 심한 것 말고는…. 혹시 정말 그걸까요?"

"그거, 뭐? … 아, 이 사람이… 요즘이 어떤 시댄데 검찰에서…."

"그거 말고, 반인반어족이라는…."

응급 처치를 하던 두 의사가 놀란 눈으로 천천히 서로를 바라보았다. 두 사람 모두 같은 생각이 스쳐 지나갔다.

"아니, 의사 맞어? 그런 걸 믿어?"

"그게 아니면 설명할 방법이 없잖아요!"

"암튼 오늘 우린 아무것도 못 본 거야. 알지?"

언론들은 이번에는 과잉 수사로 인한 것은 아닌지 의심하는 기사들을 쏟아 냈다. JRBC의 단독 보도 이후 검찰에 대한 비난 여론이 형성되고 정부에서도 곤란한 상황이 되었다. 병원 밖은 취재진으로 장사진을 이뤄 시장통만큼 시끄러웠다. 허황옥은 그런 사정을 아는지 모르는지 병실에서 위험한 고비를 넘기며 안정을 취하고 잠이 들었다.

경찰들과 취재진들이 병원 밖에 장사진을 이루고 있는 동안 그레이스는 경호원 제이슨의 안내를 받으며 병원 안으로 향했다. VIP들만 다닐 수 있는 지하 비밀 통로를 통해 아무도 모르게 조용히 병실로 들어갔다. 제이슨이 병실 밖을 지키고 그레이스가 혼자 병실로 들어갔다. 그레이스는 죽은 듯 잠들어 있는 허황옥의 처참한 상태를 보며 터져 나오는 탄식을 자신의 손으로 막아야 했다.

방송 화면에서 볼 때보다는 좀 안정되어 보이지만, 지금 그녀의 피부는 여전히 하얗게 말라 있었다. 그레이스의 눈에서 자신도 모르게 눈물이 흘러내렸다. 그 눈물이 허황옥 어깨의 물고기 점에 떨어졌고, 순간 그녀의 말라 버린 피부가 눈물을 빠르게 흡수했다. 그레이스는 그녀의 물고기 점을 손으로 천천히 만져 봤다. 어릴 적 김해에서 자신의 품에 안겨 병원으로 실려 갈 때처럼 그녀는 가녀린 몸으로 떨고 있었다.

자신의 최대의 적이지만 그레이스는 허황옥에게 알 수 없는 연민과 애정을 느꼈다. 그리고 또 다른 자신의 모습이 투영된 것처럼 느껴졌다.

insert 꿈, 허황옥의 꿈

황금빛 모래가 끝없이 펼쳐지는 사막의 성. 강렬한 태양 빛을 머금어 반짝이는 황금 갑옷의 인어공주와 낡은 청동 갑옷을 입은 허황옥, 두 명의 전사가 서로 마주 보며 전투를 준비하고 있다. 투구를 통해 서로의 눈을 마주한다. 뜨거운 태양 아래 비 오듯 땀이 흐르는 투구를 쓰고 둘은 거친 숨을 들이쉬며 상대의 움직임을 읽고 있었다. 땀이 눈에 들어간 허황옥이 잠시 눈을 감은 순간! 인어공주는 그 순간을 놓치지 않고 “야앗!” 강렬한 외침과 함께 선제공격을 했다. 허황옥은 갑작스러운 그레이스의 공격에 순간 몸을 휘청이며 칼로 막아섰다. 곧이어 성안은 격렬한 전투 소리로 가득 찼다. 칼과 검이 부딪히는 소리, 갑옷이 서로 긁히는 소리, 숨 막히는 전투의 긴장감이 하늘을 뒤덮었다. 황금 갑옷을 입은 인어공주, 그 존재감은 상상할 수 없을 정도로 압도적이었다. 갑옷은 태양 빛을 반사하며 눈부시게 빛나고, 그녀는 마치 물속에서 자유롭게 헤엄치듯 재빠르게 움직이며 허황옥에게 다가오기 시작했다. 허황옥은 인어공주의 맹렬한 기세에 점점 뒷걸음질하며 힘겹게 그녀의 공격을 받아 냈다. 잠시 숨을 돌린 허황옥은 정신을 차리고 반격을 시도하였고 "챙" 하고 두 개의 칼날이 맞닿으며 불꽃이 일어났다. 동시에 투구 안에서 허황옥과 인어공주의 빛나는 두 눈 또한 서로 마주쳤다. 그 순간 성안의 소음이 모두 사라진 듯한 기묘한 정적이 흐르기 시작했다. 오로지 둘의 거친 숨소리만 들렸다.

"하아… 하아… 하아…."

"헉… 헉… 헉…."

잠시 후 둘 다 숨이 끊어질 것같이 거친 호흡을 쉬며 다시 전투를 시작했다. 한 합, 두 합, 허공에서 두 공주의 칼날이 부딪치는 소리와 불꽃이 성안과 사막에 울려 퍼졌다. 더 이상 버티기도 힘들 정도로 지친 두 공주는 이제 마지막 힘을 쥐어짜 서로의 칼날을 상대방에게 휘둘렀다. 그레이스의 날카로운 칼날이 허황옥의 청동 투구를 스쳐 지나갔다. 그리고 동시에 허황옥의 칼날 역시 그레이스의 투구를 갈랐다.

둘 다 기진맥진하여 칼끝을 바닥에 대고 마주하고 있을 때, 허황옥의 투구가 반으로 갈라지며 바닥으로 떨어졌다. 순간 그레이스는 동공이 커지고 숨이 멈출 듯이 놀랐다. 청동 투구 안에 드러난 모습은 허황옥이 아닌 바로 자신이었다.

바로 이어 그레이스의 투구도 반으로 갈라지며 바닥으로 떨어졌다. 그레이스는 검을 들어 칼날에 비추어진 자신의 얼굴을 바라보았다. 그것은 허황옥이었다.

둘 다 서로의 얼굴을 보며 놀라서 아무 말도 할 수가 없었다. 서로가 목숨을 걸고 싸운 상대가 바로 자신이었다니….

누가 먼저라고 할 것도 없이 둘은 천천히 서로에게 다가갔다. 좀 전의 살의는 더 이상 느껴지지 않았다. 그들은 서로를 뚜렷이 바라보며 천천히 손을 들어 상대의 얼굴로 가져갔다.
"너는… 바로 나였어…."
"내가 너였다니…."
"내 꿈이… 너의 꿈이 나의 꿈이었어…."
허황옥과 그레이스는 손을 뻗어 서로의 얼굴을 쓰다듬었다.

허황옥이 손을 허공에 들고 입술을 움찔거리는 것을 본 그레이스는 그녀에게 다가갔다. 허황옥의 손이 그레이스의 얼굴을 더듬었다. 그레이스 역시 손을 뻗어 허황옥의 얼굴을 감쌌다.

들리지는 않지만 허황옥의 입술이 그레이스라고 말하는 것이 들렸다. 그레이스는 허황옥이 자신에 대한 꿈을 꾸는 것이 아닐까 싶은 생각이 스쳐 갔다.

"허황옥 씨, 당신도 내 꿈을 꾸나요?"

그레이스는 가만히 땀에 젖은 허황옥의 머리를 조심스럽게 쓰다듬었다. 그레이스의 손길이 닿자 힘들어하던 허황옥의 떨림이 잠시 멈췄다.

"오늘만은 꿈꾸지 말고 쉬기를 바라요, 붕어공주님…."

그레이스는 더 이상 시간을 미룰 수 없다고 판단했다. 강 기자에게 전화를 걸었다.

"강 기자님, 서둘러야겠어요. 허황옥 씨가 위험합니다."

"네, 제가 바로 연락을 취해 보겠습니다."

CNN 스튜디오, 리처드도 허황옥의 힘겨운 상황에 몰입했다가 빠져나

오기 위해 큰 숨을 내쉬며 말했다.

"샛별 양이 확보한 동영상을 드디어 언론에 발표하는군요. 그리고 허황옥 씨가 드디어 누명을 벗고 석방되었습니다. 사실 구속 기한을 끝까지 채운 거나 마찬가진데요. 한국 검찰에서는 그렇게 해서라도 명분을 만들려고 한 것 아닌가 싶습니다."

"네, 허황옥 씨는 심신이 거의 바닥에 이른 상태로 석방되었습니다. 워낙 힘든 일을 겪은 나머지 한동안은 아무것도 할 수가 없었죠."

붕어공주 가판대 국내 0개/스타월드 매장 수 2,431개

@the_princesscarp/붕어공주_허황옥(SNS 팔로워 6억 명)

#붕어공주 #꿈붕어빵

Scene9. 강 기자, 구손석 아나운서를 만나다.

그레이스와 강 기자는 위험에 빠진 허황옥을 구하기 위해 지금이 바로 움직여야 할 순간이라는 걸 직감했다. 강 기자는 다급히 구 아나운서의 연락처를 수배해 그에게 연락했다.

"안녕하세요? 저는 전 조중일보 기자, 강지영이라고 합니다. 시간 좀 내주실 수 있을까요? 매우 긴급한 일입니다."

'강지영 기자? 꼬마 요리사? 어쩐 일로…?'

구 아나운서는 본능적으로 무언가 있다는 걸 느꼈다. 30년 넘게 기자

생활을 하며 방송국에서 평생 살다시피 한 그는 강 기자의 전화에서 강렬한 특종의 냄새를 맡았다.

"어디서 뵈면 좋을까요?"

"한강 제6 주차장으로 새벽 1시에 오시면 저희가 차량을 준비하겠습니다."

강 기자의 '저희'라는 말에 그는 의아했다.

'강 기자 혼자가 아니라는 말인가? 그럼 누군가 함께 움직인다는 건가?'

"네, 알겠습니다."

새벽 12시 반, 한강 제6 주차장에 도착한 구 아나운서는 인적이 드문 벤치에 앉아 한강에 떠 있는 하얀색 유선장[7]을 멍하니 바라보고 있었다. 그 유선장은 최근에 스타월드가 야심 차게 한강에 입점시킨, 요즘 말로 가장 핫한 곳이었다. 영업은 끝났지만 여전히 스타월드 로고가 환한 녹색 빛을 뽐내고 있었다. 그때 강물 아래에서 무언가 검은 물체가 움직이더니 커다란 붕어 한 마리가 머리를 물 밖으로 내밀고, 꿈뻑꿈뻑 눈과 입을 꿈뻑이며 물에 비치는 녹색 스타월드 로고를 바라보고 있었다. 인어 공주 모양의 스타월드 로고와 강물에 사는 붕어의 모습에 구 아나운서는 지금의 현 사태를 보는 것 같아 신기한 생각이 들었다.

"흠, 아이러니하군… 신기하네. 붕어 입장에서는 같은 물고기인데 스타월드 인어는 엄청 출세하고 자신들은 여전히 강바닥에서 살고 있다고 생각할 수도 있겠군. 맙소사… 아이고, 내가 지금 뭔 생각을 하는 거야? 혹시 너도 반인반어족이라도 믿는 거냐? 휴… 세상이 혼란스러우니 내가 별생각을 다 하는구만… 앗?"

그때 구 아나운서를 향해 검은색 차가 상향등을 반짝였다. 문이 열리고

7) 물 위에 떠 있는 부유식 수상 건물

차 안에서 내린 건 강지영이었다. 그녀는 조심스럽게 주위를 살피며 구 아나운서를 차로 안내했다.

"이렇게 와 주셔서 감사합니다. 사람들 눈을 피하려다 보니 번거롭게 해 드렸네요. 차에 타시죠!"

"강 기자님, 오랜만입니다. 안전한 곳으로 이동하는 건가요?"

"네, 그렇습니다."

구 아나운서는 고급 승용차의 뒷자리에 올라탔다. 입이 무거워 보이는 남자가 운전석에 앉아 있었고, 강지영은 조수석에 앉았다. 차는 조용히 출발했다. 시내로 진입한 차는 같은 자리를 몇 바퀴 돌기 시작했다. 아무래도 누군가가 쫓아오는지 확인하는 것 같았다. 누구도 말을 꺼내지 않는 고요한 차 안은 긴장감만 감돌았고, 구 아나운서는 알 수 없는 표정의 강지영을 보며 생각했다.

'강 기자는 도대체 무슨 일에 관련되어 있는 거지?'

드디어 차가 어느 건물의 지하 주차장으로 들어갔다. 순간 여기가 어딘지 알아챈 구 아나운서는 놀란 눈으로 강 기자를 바라봤다.

"앗, 여기는… 스타팰리스?"

지하 주차장에 도착한 차 앞으로 검은 양복의 경호원들이 등장했다. 차에서 내린 구 아나운서와 강 기자를 보호하며 둘러싸고, 그들의 앞에 그레이스의 경호원 제이슨이 나타났다. 그의 안내를 받으며 구 아나운서와 강 기자는 전용 엘리베이터를 타고 올라갔다.

엘리베이터 문이 열리자 그레이스가 구 아나운서를 반갑게 맞이했다.

"반갑습니다, 구손석 아나운서님. 스타월드 대표, 그레이스입니다. 전에 몇 번 뵌 적 있죠?"

"아… 네, 반갑습니다. 구손석입니다."

구손석은 깜짝 놀랐다. 빠른 찰나에 그는 이 낯선 공간에 있는 사람들을 살피며 상황을 파악하려 애썼다.

'맙소사! 지금 내가 와 있는 곳이… 그레이스의 자택? 행사 때 몇 번 가볍게 인사치레한 적은 있었지만… 일반인은 들어온 적도 없다는 이곳에 내가 오다니… 그리고 저들은 누구지? 아, 저 사람은 배두호 감독? 허황옥 다큐 만드는… 그리고 저 여자분은 누군지 모르겠고… 이게 도대체 무슨 상황인지….'

구 아나운서가 지금의 상황에 얼떨떨해하며 당황하고 있을 때, 한 명씩 그에게 다가와 인사를 하기 시작했다. 고등어도 구 아나운서 다리 사이를 왔다 갔다 하면서 아는 척을 했다.

"시간이 없어서 본론부터 말씀드리겠습니다. 지금부터 보여 드릴 자료는 허황옥의 무죄를 밝힐 명백한 증거 자료입니다. 저희가 어렵게 구 아나운서님을 모시고 온 이유는 지금 가장 믿을 수 있는 언론인은 당신밖에 없기 때문입니다."

강 기자가 간단히 브리핑을 하며 샛별이 가져온 증거 영상을 구 아나운서에게 보여 줬다. 그는 놀라서 입을 다물지 못했다.

"아니… 이걸 어떻게 확보하신 거죠?"

"저기 샛별이라는 공장 직원이 사무실에서 펫 카메라에 담은 영상입니다. 이걸 방송에 내보내 주실 수 있을까요? 허황옥의 무죄를 밝혀 주십시오! 붕어공주를 구할 수 있는 결정적인 증거입니다."

"네, 제가 책임지고 내보내겠습니다! 단, 조건이 있어요. 그레이스 대표님께 드릴 말씀이…."

"뭐든지 말씀하세요. 제가 뭘 도와드리면 될까요?"

구 아나운서는 처음의 긴장했던 표정을 지우고 어느새 노련한 방송인의 모습으로 돌아와 그레이스를 바라보며 이 방에 들어오자마자 머릿속에 떠올랐던 제안을 했다.

Scene10. 홍 사장의 행방

다음 날부터 그레이스와 강 기자, 구 아나운서 모두 전날 서로 작전을 짠 그대로 충실하게 움직였다. 샛별이 가져온 동영상은 판세를 뒤집을 만큼 강력한 무기였지만, 좀 더 확실한 증거가 필요했다. 바로 홍 사장의 거취를 확보하는 일이었다. 게다가 자칫 홍 사장의 목숨도 위태로울 수 있는 상황이었다. 그레이스는 제이슨을 시켜 동원 가능한 한 모든 인력과 정보력으로 홍 사장의 거취 확보를 명했다. 스타월드는 웬만한 국가 수준의 정보력을 갖고 있었기에 경찰보다 더 빨리 홍 사장의 신원을 확보할 수 있었다.

사건 이후 홍 사장은 전라도 여수 쪽 시골 요양원에 아픈 아내의 이름을 바꿔 입원시킨 후 함께 숨어 있었다. 제이슨과 배두호는 바로 그곳으로 내려가 홍 사장을 만났다. 배두호를 보고 깜짝 놀라 도망치려던 홍 사장은 제이슨에게 쉽게 제압되었고, 자신은 아무것도 모른다고 부정하던 그는 샛별에게서 확보한 영상을 보여 주자 무너져 내렸다. 배두호가 그에게 따지듯이 물었다.

"홍 사장님, 황옥이가 홍 사장님을 얼마나 믿고 따랐는데 어떻게 이러실 수 있습니까?"

"흑흑흑… 내가 그만… 그 못난 아들 녀석 살려 보겠다고… 아픈 애 엄마가 울면서 아들 살려 달라고 하는데, 내가 그만 이성을 잃고 말았소….

우리 가족 생명의 은인을… 내가 미안하오…. 올라갑시다. 내가 다 이실직고하고, 아들놈이랑 같이 벌받겠수다. 배 감독, 미안하고 염치없지만… 우리 마누라 좀 잘 부탁하오!"

제이슨과 배두호는 홍 사장을 확보해서 서울로 이동했다. 그레이스는 홍 사장의 와이프를 스타종합병원으로 이송해 치료를 받게 해 주었다.

Scene11. JRBC 긴급뉴스

JRBC 방송 타이틀 음악과 함께 메인 아나운서 구손석이 평소보다 긴장되고 단호한 표정으로 등장했다.

"안녕하십니까? 구손석입니다. 첫 시작은 JRBC 단독 뉴스입니다. 지난번에 이어 붕어공주 허황옥과 관련된 내용을 단독 입수했습니다. 매우 충격적인 내용이라 시청자 여러분들께서 많이 놀라실 수 있습니다. 붕어공주 꿈붕어빵 재료에 인도산 마약 성분이 들어갔다는 검찰의 말은 모두 거짓이었습니다! 그동안 저희가 제기했던 의혹들을 보시면 알겠지만, 검찰의 조사 전까지는 아무런 문제가 없었던 재료에 압수 수색 직후 인도산 대마초 성분이 나왔다는 수사 결과는 완벽히 날조된 것이었음을 밝혀 주는 증거를 저희가 입수했습니다."

화면에 펫 카메라에 찍힌 영상이 나왔다. 검사가 홍 사장을 회유하는 장면이 목소리와 함께 그대로 전파를 탔다.

"지금 보신 것처럼 검찰에서는 재료 공장 홍 사장을 회유, 협박해 재료 안에 인도산 대마 성분을 넣은 것입니다. 정부 당국과 검찰은 이 상황에 대해 한 점 의혹 없는 해명을 해야 할 것입니다. 그리고 저희는 행방이 묘연했던 홍 사장을 만날 수 있었습니다. 저희 취재진과의 인터뷰를 들어 보시죠!"

insert JRBC 인터뷰, 홍 사장

"못난 아들놈 살리자고 제가 붕어빵 재료에 검사가 준 인도산 대마초를 넣었습니다. 허 사장님, 정말 죄송합니다. 이 자리를 빌려 말씀드리지만, 저희 허 사장님은 절대 그런 나쁜 일을 할 분이 아닙니다. 제가 죽을 만큼 힘든 시절에 다시 살 수 있는 기회를 주신 분인데… 그 은혜를 제가 이렇게 원수로 갚았습니다요. 저는 지금 당장 혀를 깨물고 죽어도 시원찮은 놈입니다. 모든 죗값을 달게 받겠습니다."

화면은 다시 구 아나운서에게로 돌아왔다.

"과연 누가 사주를 했는지 명백히 밝혀져야 할 것입니다."

방송이 나가고 정부 여당과 야당, 검찰, 경찰 그리고 대한민국은 완전히 뒤집어졌다.

다음 날 검찰에서는 아침 일찍 긴급 기자 회견을 열었다. 심정한 검찰총장이 나와 불미스러운 일에 대해 신속하게 사과했고, 이 사태를 엄중히 받아들인다고 천명하며 머리를 숙였다.

"저희 검찰은 이번 일을 계기로 책임자 문책을 비롯, 관련된 자 모두에게 지위 고하를 막론하고 엄중히 수사하도록 하겠습니다. 이 자리를 빌려 허황옥 씨에게 깊은 사과의 말씀을 드립니다."

황상범 국무총리도 대국민 성명을 통해 허황옥에 대한 사과를 발표했다.

"이번 일로 고초를 겪은 허황옥 씨에게 정부를 대표해 심심한 사죄의 말씀을 드립니다. 이번 사건을 계기로 국민과 더욱 소통하며 다시는 이런 일이 일어나지 않도록 최선을 다하겠습니다."

Scene12. 허황옥, 출소하다

현직 검사의 충격적인 증거 조작 사건으로 민심은 완전히 돌아서고 말았다. 검찰과 현 정부를 규탄하는 목소리가 사회 곳곳에서 쏟아져 나왔고, 정부 여당에서는 자칫 선거를 앞두고 여론전에서 일찍부터 패배할까 봐 전전긍긍하는 모습이었다. 반대로 야당은 이 사건을 대정부 공격의 빌미로 삼아 선거의 승부를 가르는 분수령으로 삼으려 했다. 정부는 검찰의 대대적인 시정과 변화를 약속하며 검찰 개혁을 선수를 치고 나왔다. 그리고 신속하게 혐의 없음으로 발표하며 허황옥을 석방함으로써 여론을 돌려 보려 하였지만, 분노한 민심은 쉽게 가라앉지 않았다. 그동안 검찰의 발표를 검증 없이 받아쓰며 허황옥을 마녀사냥 하는 데 일등 공신 노릇을 했던 언론들은, 이번엔 재빨리 선을 긋고 마치 참된 언론인 양 검찰을 호되게 질타했다. 검찰은 이례적으로 검찰 총장이 직접 석방된 허황옥에게 다가가 악수를 청하고 사과하는 장면을 연출했다. 그리고 심 총장이 몸을 숙여 허황옥의 귀에 대고 무언가를 속삭이는 장면이 카메라에 잡혔지만 그 내용은 밝혀지지 않았다.

CNN 스튜디오, 리처드가 의문을 풀기 위해 배두호에게 질문을 던진다.

"당시 검찰 총장이 무슨 말을 했다고 하던가요?"

"뭐, 대단한 얘기는 아니었습니다. 나중에 허황옥 씨에게 들은 바로는… '자신도 붕어빵을 먹었고, 꿈에서 허황옥 씨를 만났다고 고백했답니다. 그녀가 자신을 용서한다 했다고…' 그 사람이 정말 꿈붕어빵을 먹었는지, 꿈에 허황옥 씨가 나왔는지, 자신을 용서한다고 했다는데… 그동안 검찰의 행태를 봐서는… 글쎄요, 믿거나 말거나죠!"

"저도 꿈에서 허황옥 씨를 만났다고 했을 때, 제 아내 역시 믿지 못하는 눈치였습니다. 이 부분은 사실 검증할 방법이 없으니 각자의 믿음에 관한 문제가 아닐까 싶네요. 그리고 그 사람의 진정성이 어떻게 발현될 것인가의 문제이기도 하겠습니다."

Scene13. 허황옥, 석방 후 첫 공식적인 인터뷰

수많은 기자들과 지지자들이 스타종합병원으로 몰려든 가운데 경찰들의 보호를 받으며 허황옥이 모습을 드러냈다. 배두호가 옆에서 그녀를 부축하고 있었다. 허황옥은 배두호의 팔에 의지한 채 최대한 똑바로 걸으려 애썼다. 이런 상황에서는 흔히 휠체어라도 타서 피해자의 모습을 보여 주는 것이 그녀에게 더 유리한 여론을 형성할 수 있겠지만, 허황옥은 그런 걸 계산하는 사람이 아니었다. 공주로서의 품위와 격식을 당당히 갖추려 한 것은 아닌가 하고 배두호는 생각했다. 기자들의 폭풍 질문에 허황옥이 숨을 고르며 천천히 수어로 대답했다. 배두호는 수어를 통역해 기자들에게 전달했다. 그 난리법석이었던 기자들도 허황옥의 첫 공식 인터뷰에 숨을 죽이고 순간 조용해졌다.

「저는 오병이어의 기적을 이루려 합니다. 배고픔을 벗어나 먹고사는 문제로, 가난하다는 이유로, 꿈을 꿀 권리마저 잃어버린 사람들에게… 지속 가능한 빈곤 구제 시스템을 만들 겁니다. 모두가 꿈을 꿀 권리가 있습니다. 강요되지 않은 자신만의 꿈을요! 제가 하려는 일은 단지 그것뿐입니다.」

곧이어 기자들의 질문이 속사포처럼 쏟아졌다.

“지속 가능한 빈곤 구제라는 건, 사회주의식 발상인가요? 일부에서 공산주의를 지향하는 거 아니냐? 지적과 우려를 하고 있습니다.”

“기득권을 무너뜨리려는 겁니까? 일종의 혁명을 일으키시려는 겁니까?”

“오병이어는 예수님의 대표적인 기적 중 하나인데, 그럼 본인이 메시아라고 주장하시는 겁니까? 종교계에서는 이단, 심지어 사탄이라고 강력하게 비난하고 있습니다.”

“브로큰스타와는 어떤 연관성이 있습니까?”

“허황옥 씨 본인은 진짜 반인반어족인가요? 반인반어족의 붕어공주인가요? 한말씀 해 주시죠?”

그에 대해 허황옥은 아무런 대답을 하지 않았다.

다시 주변이 시끄러워지면서 붕어공주 깃발을 든 수백 명의 지지자들의 환호 속에 허황옥은 배두호의 낡은 레이를 타고 집으로 돌아왔다. 기자들과 유튜버들이 앞다퉈 그 뒤를 쫓았다.

배두호의 부축을 받으며 집으로 들어온 허황옥은 여전히 많이 지쳐 있었지만 집이라는 공간이 주는 편안함에 마음이 조금씩 풀어졌다. 천천히 그녀는 숨을 들이켰다. 익숙한 집 냄새… 사람들이 사는 곳… 한때는 그녀에게도 집이 있었다. 작고 보잘것없었지만 할머니와 살던 집. 할머니의 냄새와 붕어빵 냄새가 섞여 있던, 그 어떤 보호도 받을 수 없었던 가난한 어린 허수경에게 그래도 작은 안식을 주던 집이었다. 허황옥은 천천히 걸어서 거실 소파로 가려 했다. 그러자 배두호가 그녀를 막아서며 완강히 고개를 저었다. 그리고 자신의 방 침대로 안내했다. 허황옥도 가볍게 미소로 고개를 끄덕이며 배두호의 말을 따랐다. 배두호는 새로 깨끗하게 세탁한 이불로 미리 침대를 정리해 두었다. 좋은 침대도 새 침구도 아니지만 허황옥을 위해 그녀가 편히 쉴 수 있게 해 주고 싶었다. 그리고 배두호는 자신의 허리에 차고 있던 주머니를 풀어서 허황옥의 손에 쥐여 주었다. 구속 전 허황옥이 맡겨 둔 청동 붕어였다. 두 사람은 오랜만에 어렸을 때처럼 농담을 하며 편한 시간을 보냈다.

"자, 다시 돌려줄게. 그동안 제가 목숨 걸고 지켰습니다, 붕어공주님~! 그런데… 장군차 군락지는 못 지켰어… 미안해. 내가 다 망쳐 버렸어."

「아니야, 왜 네가 미안해? 이렇게 내 곁에 있어 주는 것만으로도 넘 고마워. 고맙소, 배두호 장군~ 후후.」

"이제부터는 내가 널 지켜 줄게. 걱정 말고 쉬어. 아무리 공주라도 앞으로 내 말 안 들으면 혼내 줄 거야! 알았지?"

배두호는 허황옥의 출소와 함께 샛별에게 맡겼던 고등어를 데려왔다. 마침 고등어가 방에서 나와 울음소리를 냈다. 허황옥이 고등어를 반갑게 안아 올렸다.

「고등어 네가 아주 큰 일을 했다며? 언니가 정말 정말 고마워.」

배두호는 허황옥이 편히 쉴 수 있도록 조용히 방문을 닫고 나가 주었다. 허황옥은 주머니에서 청동 붕어를 꺼내 이마에 가져다 대며 감사함을 표시했다. 고등어 역시 허황옥의 품으로 들어오며 그녀를 위로했다. 할머니가 남겨 준 유일한 유산이자 자신이 누구인지 상기시켜 주는 그녀의 보물이었다. 허황옥은 침대에 누워 청동 붕어를 손에 꼭 쥐었다. 석방된 후 몸은 편해졌지만 여전히 마음은 편치 않았다. 장군차를 잃었다. 이제 어떻게 해야 하지? 그녀는 가슴속 한 부분이 불탄 듯 상실감에 눈물을 흘리며 잠이 들었다.

insert 꿈, 허황옥의 꿈

허황옥이 푸른 언덕 위 풀밭에 엎드려 울고 있었다. 그때 허 할매가 나타났다. 허 할매가 허황옥의 등을 어루만져 주었다.

"할머니!"

"수깅아, 할매다! 우리 똥강아지 고생이 많타~ 이 할매가 미안타."

"엉엉, 할머니… 나 넘 힘들어…. 다 그만두고 싶어…. 난 가족도 없고… 혼자 너무 외롭고 힘들어…."

"내가 니 맴 다 안데이~ 그래도 여까지 잘 왔다 아이가? 쪼매만 더 참고 견디믄 니가 꾸던 꿈이 이루어질 끼다. 꿈을 실현한다 카는 기 어데 쉽겠나? 꿈이라 카는 기 걍 주어지는 기 아이다. 저 봐라~ 저~ 하늘에 떠 댕기는 알록달록한 붕어들~ 안 이쁘나? 저짜 니를 기다리는 사람들, 우리 꿈붕어빵을 기다리는 사람들… 인자 저 사람들이 마카 다~ 니 가족인기라. 마리아 사모님이 머라켔노? 우리가 꿈붕어빵 나나 주는 일이 오병이어 기적이라 안 카드나? 니가 젤 좋아하는 성경 구절 아이가? 예수님이 하신 거. 그치, 니도 사람들한테 꿈붕어빵도 나나 주고 꿈도 꾸게 해 주고… 할매는 니가 자랑스럽데이~ 우리 집안에서 니가 제일이다. 니는 진짜로 붕어공준기라~"

"할머니, 그런데 장군차를 다 잃었어… 이제 어떻게 해야 해?"

"아이다~ 장군차는 사라지지 않았데이. 걱정 말거레이! 이 할매만 믿으라~"

Scene14. 허황옥, 엄마 허진의 메시지를 받게 되다

잠에서 깬 허황옥은 아직 한밤중인 창가를 바라보았다. 좀 전에 꿈에 할머니가 자신의 머리를 쓰다듬어 준 느낌이 진짜같이 남아 있었다. 그때, 허황옥의 핸드폰 알람이 울렸다. 이 늦은 시간에 누굴까. 인스타 메시지로 음성 녹음이 와 있었다.

"수경아…."

그 순간 허황옥의 볼을 타고 눈물이 흘러내렸다. 누군지 자신을 밝히지 않았는데도 허황옥은 그녀가 누군지 알 것 같았다. 자신을 수경이라 따뜻하게 부를 수 있는 사람은 죽은 할머니와 밖에 있는 배두호 말고 한 사람밖에 없었다. 그동안 꿈속에서 상상으로만 들어 왔던 엄마의 목소리….

"내가… 네 엄마야. 네 소식은 뉴스로 전해 들었어. 이런 때, 이런 식으로밖에 연락 못 해서 미안해. 엄마라고 말하기도 너무 죄스러워서… 이 못난 엄마를 원망해라. 나는 그때 떠날 수밖에 없었어. 너 태어났을 때 어깨에 생긴 물고기 점 보고 참 많이 울었다. 나한테 없는 게 너한테 생긴 게 좋기도 하고, 한편으로는 나는 없는 걸 가지고 태어난 네가 부럽기도 했어. 근데 그 어린 나이에 커다란 물고기 점을 가진 수경이 널 혼자 키울 자신이 없었어. 그래서 떠난 거야. 우리 엄마라면 수경이 널 진짜 붕어공주로 키워 줄 수 있을 거라고 생각했어."

허황옥은 처음 듣는 엄마의 목소리에 소리 없는 울음을 삼켰다.

"솔직히 가난도 너무 지겨웠어. 맨날 붕어공주, 붕어공주 하는데 하나도 바뀌는 건 없고… 맨날 거지처럼 사는 집구석이 버거웠다. 그리고 난 붕어공주도 될 수 없는데 다 무슨 소용인가 싶더라. 미안해. 그래서 널 떠났다. TV에 나온 널 보고 놀라면서도 기쁘더라~ 할머니가 말하던 진짜 붕어공주가 돼서… 그런데 네가 구속되고 그런 고초를 겪으니 도저히 가만히 있을 수가 없었어. 장군차 군락지가 불탔다는 걸 보고 용기를 냈다.”

장군차? 엄마도 붕어빵의 비밀을 알고 있었던 걸까? 허황옥은 다시 음성 메시지를 이어서 재생했다.

“장군차가 다 사라진 줄 알고 많이 놀랐지? 근데 군락지 말고도 진짜 장군차가 있는 곳은 따로 있어! 어릴 때 너희 할머니 따라서 가끔 따러 간 기억이 있어. 자세한 장소를 지금 알려 줄게. 네가 얼마나 힘들지 알면서 해 줄 수 있는 게 이런 거밖에 없어서 정말 미안해! 마지막으로… 너무너무 염치없지만… 사랑해, 수경아!”

곧이어 메시지 하나가 도착했다. 김해 군락지 근처의 한 저수지 주소였다.

Scene15. 허진, 허황옥에게 장군차 서식지의 위치를 알려 주다

가족들이 모두 잠든 시간, 거실에 앉은 허진은 한참 동안 핸드폰을 손에 쥔 채 멍하니 거실 한곳을 바라보았다. 다시는 허황옥에게 닿을 수 없을지도 모른다는 생각이 그녀의 마음을 짓눌렀다. 하지만 이제는 딸이 스스로 길을 찾기를 바랄 뿐이었다. 30년 동안 했어야 할 일… 그녀의 가슴에 묵직한 돌처럼 들어앉았던 일을 하고 나니 마음의 짐이 가벼워진 느낌도 들었다. 허진은 손으로 뺨에 흐른 눈물을 닦았다. 그리고 딸의 방에 조심스럽게 들어가 새근거리며 잠든 딸, 수경의 머리를 쓰다듬었다. 김해를 떠나 새로 정착한 곳에서 새로운 가족을 만들고 딸을 낳았다. 남편이 딸 이름을 뭐라 짓고 싶으냐 했을 때, 허진은 잠시의 망설임도 없이 수경이라 짓고 싶다고 했다.

"수경아, 네 언니 이름을 너한테 붙인 건 내가 네 언니를 못 잊어서 그랬어. 미안해. 그래도 진짜 내 딸은 너뿐이야!"

좋은 꿈을 꾸는지 수경이 기분 좋은 표정으로 뒤척였다. 허진은 그런 수경을 보며 미소 지었다. 그리고 창밖의 달을 바라보며 마지막으로 작게 속삭였다.

"수경아… 아니, 허황옥 씨…. 당신은 진정한 붕어공주가 될 거예요. 엄마가 늘 기도할게!"

Scene16. 배두호 집, 허황옥, 배두호 옆에서 함께 잠들다

엄마의 메시지를 받고 잠시 멍하던 허황혹은 손으로 뺨에 흐른 눈물을 닦았다. 이내 정신을 차리고 창밖을 보았다. 구름 사이로 보름달이 얼굴을 드러냈다. 그녀는 천천히 배두호의 방을 둘러보았다. 한사코 자신의 방을 내준 배두호의 마음이 너무나 고마웠다. 늘 어릴 때부터 자신을 위해 한껏 나서 주었던 배두호… 친구지만 가족이나 다름없던 배두호였다. 그녀가 할머니 말고 유일하게 믿고 의지하는 사람…. 그녀가 천천히 일어나 방문을 열고 나가자 배두호가 소파에서 자고 있는 모습이 보였다. 허황옥이 배두호 곁으로 다가가 조심스럽게 그의 옆에 누웠다.

"어어… 수경아! 아, 아니 황옥아 어쩐 일이야?"

「오늘은 네 곁에 있고 싶어… 같이 자도 돼?」

"… 어…."

허황옥은 배두호의 팔을 베고 누웠다. 어릴 적 하루 종일 둘이 손잡고 다니고, 벌거벗고 수영도 하고, 한 이불 덮고 잔 적도 있지만, 성인이 된 두 남녀가 좁은 소파에 얇은 옷만 입고 몸을 딱 붙인 채 누워 있게 될 거라고는 생각해 본 적이 없었다. 어릴 때처럼 아무런 느낌이 없다고 하기엔 배두호와 허황옥은 너무나 혈기 왕성한 남자고 여자였다. 둘은 한동안 아무 말 없이 서로 바라보기만 했다. 허황옥이 배두호의 얼굴을 손으로 쓰다듬으며 조용히 그리고 천천히 배두호에게 입을 맞추었다.

「고마워… 그 말이 하고 싶었어….」

그렇게 허황옥은 배두호를 끌어안고 다시 눈을 감았다. 배두호의 심장은 터질 듯했지만 그녀에게 들키고 싶지 않았다. 그냥 그녀가 불편하지 않게 최대한 편히 잘 수 있게 해 주고 싶단 생각만 했다. 배두호는 계속 다른 생각을 하려고 노력했다. 그날 밤 배두호는 뜬눈으로 밤을 지새웠다.

Scene17. 깨져 버린 3인방의 우정

수사는 빠르게 진행되었다. 야당과 시민 단체, 성난 시민들이 검찰청 앞에 모여 대규모 규탄 대회를 열었다. 조형석 검사는 자신도 양 검사가 시켜서 한 거라고 변명하며 빠져나가려 했지만 소용없었다. 구 아나운서에게 내부 고발을 한 것은 이진우 검사였다. 그는 공익 제보자로 보호를 받게 되었지만, 일정 부분 법적 책임을 지지 않을 수 없었다. 양 검사는 박 의원에게 도움을 요청했지만, 박 의원은 냉정하게 선을 그었다. 양 검사는 자신이 모든 죄를 뒤집어쓸 수도 있다는 생각에 분노가 치밀어 올랐다. 그렇다고 자폭을 하기에도 애매한 상황이었다. 자신도 그들과의 대화를 녹음한 파일이 있었지만, 그 카드를 쓰기엔 여전히 그들의 파워가 강했고, 그런 걸 두려워할 사람들도 아니었다.

샛별의 제보 영상이 언론에 공개되자, 박 의원은 잽싸게 선수를 치고 나서 허황옥 사건에 분노한다며, 검찰을 부정한 집단으로 몰아갔다. 박민지 역시 언론과의 인터뷰에서 일부 검찰 집단이 권력욕을 앞세워 저지른 일인 듯하다며 선량한 붕어공주가 오해를 받아 너무 속상하다고 했다. 자신은 허황옥의 어릴 적 친구로서, 그녀는 절대 그런 일을 할 사람이 아니란 걸 믿고 있었다고 말했다.

"저 역시 이번 검찰의 행보에 너무나 놀랐습니다. 저와 제 아버지, 박정일 의원은 검찰이 도를 넘어선 권력욕에 취해, 죄 없는 서민을 범죄자로 몰아세워 파멸로 이르게 한 죗값을 치러야 한다고 생각합니다. 제 친구… 흑… 죄송해요, 제가 감정이 너무 울컥해서… 제 고향 친구 수경이… 저는 어릴 때부터 수경이라는 이름이 좋았습니다. 어서 수경이가 다시 기운을 차리고 붕어공주로 일어서기를 기원합니다. 수경아, 얼른 힘내고 일어나! 우리 행복하자~ 감사합니다."

생선 가게에 앉아서 박민지의 인터뷰를 보던 이주영은 어처구니가 없어서 실소가 나왔다. 그리고 곧 가증스러운 그녀의 모습에 분노를 넘어 허탈함을 느꼈다. 자신의 핸드폰에 저장된 녹음 파일과 카톡 캡처를 보았다. 어제 보내온 카톡 내용은 이랬다.

[박민지] "너희, 카톡 다 폭파하고 조용히 지내! 나도 당분간 해외에 나가 있을 거야. 진짜 사람 일 모른다더니… 이렇게 될 줄이야… 젠장, 붕어공주 년!"
[김선희] "그럼 난 어떻게 해야 하니? 신 상무는 또 어떻게 되는 거야? 나 다시 스타월드로 못 돌아가는 거니? 아빠 회사도 지금 세무 조사 나와서 난리야. 오빠는 완전 패닉 와서 매일 술만 처먹고. 우리 아빠도 너희 아빠랑 연락이 안 된다고 하시고… 너희 아빠한테 말 좀 해 줘…."
[박민지] "네 일을 왜 나한테 물어? 네 일은 이제 네가 알아서 해야지! 언제까지 내가 네 뒤치다꺼리를 해 줘야 하니? 우리 아버지 아니었음 니네 아빠도 오빠도 예전에 감옥 갔어~ 고마운 줄 알아야지. 차라리 주영이처럼 너도 너한테 어울리는 일 해. 주제넘게 스타월드만 고집하지 말고."
[김선희] "야, 박민지! 너 말이 너무 심한 거 아니니? 니네 아버지 정치 자금이 다 어디서 나온 건데 그따위 소리를 해? 너희 김해에 자리 잡을 때까지 우리 아빠가 니네한테 얼마를 갖다 바친지 알아? 우리 덕에 니네가 호의호식하면서 사는 거야, 이 그지 같은 년아! 쥐뿔도 없던 주제에… 나한테 뭐가 있을 거 같애? 아빠가 그동안 니네 집에 갖다준 비자금 장부랑 녹음이랑 다 있어, 이년아! 너 유학 간 돈이 어디서 나왔겠니? 니 유학, 내가 보내 준 거야! 이 은혜도 모르는 개같은 년아! 네가 그러고도 사람이니? 썅년, 지금까지 지 눈치 보면서 우리가 우쭈쭈 해 주니까 네가 뭐라도 되는 줄 알아? 너 혼자 잘 살아남는지 두고 보자!"

그렇게 말하고 김선희는 톡방에서 나가 버렸다.

[박민지] "헐~ 미친년! 썅년이 아주 죽을려구. 이따구로 지 말만 하고 먼저 나가 버려? 어이가 없네? 그래, 어차피 너희 집이랑 이제 볼 일도 없어. 개같은

년! 스타웜드에 꽂아 준 게 누군데 어디서 지랄이야. 아!!!! 열받아… 주영아, 넌 지금이라도 고시 그만둔 거 잘한 거야. 그동안 되지도 않는 고시 치른다고 시간만 낭비하고… 내가 보기에 너는 공부 머리는 없어. 차라리 엄마 가게나 물려받는 게 나아. 선희 저년처럼 허세만 잔뜩 부리며 사는 인간보다 네가 백배 더 나아. 아, 씨발 선희 저년 땜에 짜증 나. 하여간 난 당분간 해외 나갈 거야. 내가 연락할 때까지 연락하지 마!"

그리고 박민지마저 단톡방을 나갔다. 아주영은 안중에도 없이 늘 둘이서 폭풍 톡을 날리더니 자신들 할 말만 하고 나가 버렸다. 그들에게 하고 싶은 말을 늘 혼자 가슴속에 담아 둬야 했던 이주영… 단톡방에 혼자 덜렁 남은 이주영은 오늘도 자신의 마지막 답장을 쓰던 중 멈췄다. 그녀가 쓰려던 답장은 이랬다.

[이주영] "그동안 너희들한테 짐만 됐던 거 같아 미안해! 그동안 고맙고, 민지, 선희 모두 행복하기ㄹ…"

이주영은 마지막으로 그들에게 남기려던 카톡을 결국 보내지 못했다. 이주영은 씁쓸하게 웃을 수밖에 없었다. 자신의 30년 인생이 허망했다. 그때 가게로 손님이 들어왔다.

"이 사장, 오늘은 무신 생선이 물이 좋노?"

"아이고, 영숙이 아지매~ 오늘은 칼치가 진짜 물이 좋습니더~ 보소, 마, 눈까리가 싱싱하다 아입니꺼? 호호호, 내가 싸게 드릴 테이 후딱 들여가이소! 시장 한 바퀴 돌고 오마 그땐 없심더~"

"아따, 시원하다~ 장사 30년 한 느그 엄마보다 손님 후리는 솜씨가 장난 아이데이~"

"오데예, 우리 음마 따라 갈라카만 아즉 멀었습니데이!"

길 건너 건어물집 아들, 영철이 이주영을 보며 웃었다. 이주영도 그런 영철을 보면서 눈웃음으로 답했다. 요즘 장사 끝나면 둘이 생선회랑 건어물에 소주 한잔하는 게 그녀의 일상이 되었다.

"요새 느그 아빠도 우리 엄마캉 노래 부르러 댕긴다매?"

"허허, 어, 인자 내한테 가게 맡기고 맨날 놀러 댕긴다."

"그카다 두 분 정분나는 거 아이가?"

"야! 그거는 아이지! 그라마 안 돼!! 그카믄 니하고 내하고…."

"흐흐흐, 그래, 그건 나도 반대다! 니하고 내하고 남매가 될 순 엄따! 맞나, 아이가?"

서로 바라보던 둘 사이에 묘한 기분이 돌았다. 어색한 분위기를 깨려고 이주영이 얼른 술 한 잔을 들이켰다. 술자리가 파하고 어두워진 시장을 나와 둘이 함께 집으로 걸어가고 있었다. 둘의 손이 닿았다 말았다 하면서 서로 눈치를 보던 중, 이주영이 먼저 영철의 손을 잡았다.

"우리 어릴 때 이래 손잡고 마이 놀았는데… 한 20년 만에 잡아보네?"

"그… 그라네… 내가 니 마이 좋아했다 아이가?"

"내도 니 좋아했다! 그라고 지금도…."

영철이 이주영의 손에 깍지를 꼈다.

Scene18. 이주영, 배두호를 찾아가 사과하다

며칠 후 이주영이 배두호를 찾아왔다. 집 앞 카페에서 마주한 둘은 어색하게 커피잔만 만지작거렸다.

"두호야, 그동안 미안했어. 나도 어릴 때는 너랑 꽤 친했었는데… 그치? 수경이랑도 같이 놀고… 민지랑 선희랑 친해지면서… 쯧, 왜 이렇게 된 건지…."

"뭐가 미안해? 미안할 거면 나 말고 수경이한테 미안해야지. 커 가면서 각자 다른 삶을 선택하고 살아온 거잖아? 나한테 미안할 이유는 없어."

"수경이는 좀 어때?"

"응, 아직은… 그래도 많이 좋아지고 있어. 너도 알다시피 큰일을 겪었잖아."

"두호야, 이거 내가 너랑 수경이한테 주는 선물이야. 선물이라고 하기에도 좀 민망하지만… 네가 알아서 판단해 줘. 그리고… 그냥 내가 많이 미안해한다고 좀 전해 주고. 그리고 우리 엄마 꿈 찾아 줘서 고맙다고…."

이주영이 가져온 USB를 건네며 말했다. 그 속에는 이주영이 그동안 모아 온 박민지와 김선희와 나눴던 대화 녹음, 카톡이 들어 있었다. 배두호는 집에서 파일 내용을 들여다보며 착잡한 심경이었다.

다음 날, 모든 언론에 단독으로 박민지 변호사의 카톡과 음성 전문이 공개되었다.

박 의원의 딸이자 현직 변호사인 인플루언서 박민지의 대화는 가히 충격적이었다. 이 모든 배후에 박 의원이 있었다는 사실이 밝혀졌다. 하지만 박 의원은 모두 날조된 내용이라며 자신은 아무런 관련이 없고 철딱서니 없는 딸이 허세를 부리려 한 거라고 선을 그었다.

박민지가 전날 했던 악어의 눈물 인터뷰와 폭로를 짜깁기한 수많은 짤이 SNS에 퍼져 나갔다. 그녀는 로펌에서 해고되었고, 그녀가 출연하던 모든 방송에서도 하차했다. 광고 모델로 나섰던 몇 개의 브랜드도 계약이 해지되며 그녀는 수억 원의 위약금 청구서를 받았다. SNS 계정을 정지시키고 해외로 나가려다 공항에서 기자들에 발각된 박민지는 구속은 면했지만 검찰 조사까지 피할 수는 없었다. 기자들이 박민지를 붙잡고 질문을 쏟아 냈다.

"박민지 변호사님! 지금 심정 한말씀 해 주시죠~"

"어릴 때부터 허황옥 씨를 괴롭혔다는 제보가 여기저기서 들어오고 있습니다. 허황옥 씨에게 거지 공주라고 놀렸다고 하던데 사실인가요? 학폭 논란에 대해 해명해 주십쇼!"

"박 변호사님 유학비가 김해 토건 세력인 선일건설 비자금으로 이루어진 게 사실인가요? 스타월드 전 마케팀 팀장 김선희 씨 증언이 사실입니까? 두 분이 막역한 친구 사이라 들었는데 갈라선 이유가 뭐죠?"

"허황옥 씨를 유독 싫어하고 괴롭히신 이유가 뭡니까?"

박민지는 기자들의 파상적인 질문 공세를 어떻게든 버텨 보려 했지만, 마지막 질문에 그만 폭발하고 말았다.

"하, 허황옥을 왜 싫어했냐고? 근본도 없는 것들이 설치는 게 싫었어, 됐어? 너희 기자들은 다른 거 같애? 너희가 그러고도 언론이야? 너희도 검찰들 말만 받아쓰며 크로스 체크도 없이 허황옥 범죄자 만들었잖아?! 어디서 기레기 새끼들이 더러운 마이크를 들이대? 너희 싹 다 고소할 거야! 이 근본도 없는 그지 같은 것들! 나, 박민지야~ 박정일 의원 딸 박민지라고. 너희 기레기들이 감당할 수 있겠어?"

김해시 대표 건설 업체인 선일건설은 부도 처리되었고, 선일건설 회장과 사장이었던 선희의 아버지와 오빠는 토건 비리로 구속되었다. 이주영의 USB 속 박민지와 김선희가 나눈 대화는 선일건설 대표와 박 의원이 빼돌린 비자금의 연관성을 입증하는 큰 역할을 했다. 그렇지만 이번에도 박 의원은 자신과는 무관한 일이라며 선을 그었다. 김선희 역시 아버지의 회사에 임원으로 등재되어 부당하게 월급을 받아 온 것이 밝혀졌다. 검찰 조사에서 드러난 비자금 장부와 여러 정황상 박 의원도 혐의가 짙었지만, 국회의원 면책 특권 덕에 아직까지는 무사할 수 있었다.

검찰은 매우 신속하게 내부 정리를 했다. 양 검사는 자신은 모르는 일이라며 꼬리를 잘랐고, 조형석 검사 또한 자신이 아니라고 끝까지 우겼다. 그러자 검찰은 화면 속 인물이 조형석이라고 특정할 수 없다는 이유로 그를 보호하며 불기소하였고, 대신 그가 자진해서 물러나는 모양새로 마무리했다. 그리고 얼마 후 그는 대형 로펌으로 스카우트되었다.

같이 움직인 건달들 역시 무슨 거래를 했는지 모르지만 조형석이 아니라고 주장했다. 홍 사장만 조형석이라고 일관되게 주장했으나, 그의 주장은 언론 어디에서도 다뤄지지 않았다. 신기하게도 이 사건은 아무도 기소가 이루어지지 않았다. 오히려 피해자인 홍 사장만 위증죄로 기소가 이루어졌다. 언론 역시 홍 사장의 위증 문제만 보도했다. 언론은 처음에만 검찰과 각을 세웠지 결국 자신들도 자유롭지 않자 다시 검찰과 결을 맞추었다.

박민지는 자신도 들은 이야기고 과장된 부분이 있다며 회피했고, 박 의원도 딸 문제는 자신과는 무관하다고 주장했다.

허황옥은 재료 공장 홍 사장을 위한 탄원서를 제출했다. 다행히도 협박에 의한 거짓 자백임을 인정받아 구속 수감을 면한 홍 사장은 다시 재료 공장으로 돌아왔다. 샛별은 총괄 책임자로 승진했다. 그리고 이제 고등어와 스타는 그녀와 함께 출퇴근하게 되었다.

Scene19. 검찰 조사를 받게 된 신 상무

박민지의 카톡 내용으로 인해 스타월드 역시 검찰 조사가 불가피했다. 검경 합동 조사단이 스타월드 본사에 들이닥쳤다. 그들은 곧장 신 상무를 연행했다. 그레이스에게도 소환 명령이 떨어지며 회사는 발칵 뒤집어졌다. 착잡한 얼굴의 신 상무가 검경에 붙들려 사무실을 빠져나가던 순간 그레이스가 복잡한 표정으로 나타났다.

"신 상무님, 어째서… 왜…."

"왜…? 나는 30년간 평생 당신의 뒤치다꺼리만 하면서 살아왔어. 나라고 스타월드 대표가 되지 말라는 법 있어? 나는 그런 꿈을 꾸면 안 되는 거야? 처음부터 모든 걸 가지고 태어난 당신은 알 수 없겠지. 우리 같이 쟁취해서 얻어 내야 하는 사람들은 목숨 걸고 이 정글에서 싸우면서 올라가는 거야. 그런데 그레이스 당신은 그 자리에 앉아서 진보가 어떻고 꿈이 어떻고… 배부른 소리만 하고 있더구만. 당신은 그 자리에 앉을 자격이 없어! 당신처럼 나약한 사람이 이 야생의 전쟁터에서 살아남을 수 있을 거 같아? 여긴 정글이야. 죽거나 살거나 둘 중 하나라고."

끌려 나가는 신 상무를 바라보는 그레이스의 마음이 너무도 착잡했다. 김선희 팀장이 회사를 그만둘 때 했던 말과 지금 신 상무가 하는 말… "처음부터 모든 걸 가지고 태어난 주제에…"라는 말이 그레이스의 귓가에 내내 맴돌았다. 가슴이 답답했다.

스타월드 압수 수색을 통해 스타월드의 불법적인 비자금이 보수 성향의 학부모협회와 배 목사의 반붕어공주 집회에 흘러 들어간 사실들이 드러났다. 또한 신 상무와 박 의원의 카톡 내용이 만천하에 공개되며, 사람들은 경악을 금치 못했다.

Scene20. 로버트 회장의 분노

스타에어 본사, 집무실에서 분노에 찬 로버트 회장의 목소리가 들려왔다. 상황이 자신에게 불리하게 돌아간다고 느낀 로버트 회장이 불같이 화를 내고 있었다.

"멍청한 코리안 새끼들! 직쇼! 야메로! 왜 일을 이따위로 하는 거야? 하여간 이 코리안 조센징 새끼들은 믿을 수가 없어. 젠장, 이렇게 되면 내가 직접 나서는 수밖에. 멍청이들이랑 일한 내가 잘못이지. 아이 돈 케어! 어차피 내 최종 목표는 그레이스니까. 그년만 끄집어 내리면 되는 거야!"

"회장님, 박 의원님 전화입니다."

"어, 박 의원, 당신은 어떻게 할 거야? 차라리 이참에 한 타임 쉬는 거 어때? 내가 미국이나 일본에 자리를 만들어 줄 테니 연구원으로 가서 좀 지내다 오라구. 잠잠해지면 다시 돌아와서 자리 하나 해야지? 그래, 자네 딸 민지도 같이 나가 있어. 어차피 조금만 지나면 다 기억 못 할 거야. 우리는 쭉 같이 가야 할 사인데, 안 그래? 양 검사나 신 상무, 배 목사는 당신 선에서 잘 마무리하시고…."

로버트 회장은 박 의원의 답을 듣지도 않고 전화를 끊었다. 마치 무언가에 홀린 사람처럼 시뻘겋게 핏줄이 선 눈에 동공은 풀려 있었고 입가에 거품을 문 채 불같이 화를 내며 그는 쉴 새 없이 박 비서에게 지시를 내렸다.

“박 비서, 당장 중국, 러시아 그리고 동유럽 쪽에도 가능한 모든 자원을 동원해! 돈은 달라는 대로 다 준다고 해! 얼마가 돼도 상관없어! 댓글들 그냥 쏟아부으라고! 스타그룹, 스타월드 전부 공격하라고! 모두가 벌벌 떨게 돼야 멍청한 겁쟁이 새끼들이 내 밑에 줄을 서게 될 거야. 그리고 실제 활동하는 브로큰스타 팀에게 더 크게 시위를 일으키라고 해. 약속한 돈의 두 배로 준다고 해! 온 도시가 브로큰스타로 활활 타오르게 해야 돼! 대도시 스타월드 매장 몇 개는 아주 잿더미로 만들어 버리라고! 아, 그래 스타월드 1호점! 거기가 상징적일 거 같은데… 덴마크 팀한테는 인어공주상을 아주 박살을 내 버리라 하고. 그래, 목을 잘라 버려! 생선 피도 뿌리고… 그리고… 음… 필요하면 말이야…. 우리 비행기 하나 정도 추락해도 괜찮아. 스타에어 비행기도 추락했다…. 사람들이 좀 죽고… 이 정도 기사는 나와야 소피아 눈치 보는 그룹사 놈들이 다들 쫄지. 어차피 난 보험으로 처리하면 되니까. 최대한 노이즈가 일어나야 한다구. 러시아에 미하엘 연결해! 내가 직접 말해야겠어.”

한참 지시 사항을 쏟아 내던 로버트 회장은 미하엘을 호출했다. 특별히 그에게 맡길 것이 생각난 모양이었다.

“회장님, 오랜만입니다. 이렇게 직접 전화까지 주신 거 보니 회장님도 급하긴 하셨나 보군요.”

“미하엘, 내가 지금 아주 마음이 급해. 어딘가? 중요한 이야기야. 만나서 얘기하지!”

로버트 회장은 이성을 잃어 가고 있었다. 아무런 표정의 변화 없이 박 비서는 로버트 회장의 말을 모두 받아 적은 뒤 사무실을 나왔다. 그는 자신의 핸드폰의 녹음 버튼을 끄고, 녹음이 잘됐는지 다시 한번 확인했다. 그날 저녁, 박 비서는 한밤중에 조용히 누군가를 만났고, 차 안에서 자신이 녹음한 파일을 건네주었다. 어둠 속에서 파일을 받은 사람은 다름 아닌 제이슨이었다.

"수고하셨습니다. 파일 말고 다른 전달할 말씀은 없으십니까?"

"그레이스님… 요즘 얼굴 많이 수척해 보이시던데, 식사 잘 챙기시라고 전해 줘. 그리고… 너도 잘 챙겨 먹고. 이게 다 먹고 살자고 하는 일이다, 알지?"

"네, 선배님! 이제 거의 끝나 가네요."

"그러게… 언더 커버 넘 힘들어. 다음엔 네가 해, 자식아!"

"저는 제가 한다고 했습니다. 선배님이 '이런 건 내가 더 잘해!' 하면서 지원하신 거구요."

"당연히 내가 해야지. 그분의 진정한 오른팔은 나니까."

"어? 그레이스 대표님, 양손잡이 아니십니까?"

"까불면 죽는다~"

Scene21. 붕어공주 매장은 여전히 0개

붕어공주가 석방되었지만 사람들의 마음은 쉽게 돌아오지 않았다. 두 달여간 언론이 허황옥과 대마초를 연관 지어 써 댄 기사의 양은 가히 상상을 초월할 정도였다. 인도산 대마초라는 이미지가 덧씌워진 상황에서 한국의 붕어공주 가판대는 다시 돌아올 생각은 꿈도 꾸지 못했다. 그렇게 사람들은 붕어공주를 조금씩 잊어 가고 지워 가고 있었다. 한국의 상황과 다르게 그나마 해외에서는 라마, 민정, 오태식이 여전히 붕어공주 앰배서더로 활동 중이었고, 해외의 12명의 붕어공주도 다시 활동을 시작해 간신히 명맥을 유지하고 있었다. 붕어공주와 꿈붕어빵은 회복이 사실상 불가능해 보였다. 붕어공주 게임이 등장하기 전까지는….

제11화

붕어공주 게임 출시

CNN 스튜디오, 허황옥의 석방 이후에도 꿈붕어빵 사업이 회복되지 못하는 상황을 리처드가 한 번 더 정리한다.

"허황옥 씨가 누명을 벗고 석방된 이후 상황이 변합니다. 그동안 박 의원이 중심이 되어 저지른 일들이 만천하에 공개가 되었군요. 하지만 한국의 기득권과 언론들의 융단 폭격으로 사람들의 뇌리에 인도산 마약이라는 단어가 깊숙이 박혔고, 그로 인해 허황옥의 붕어공주는 거의 사망선언이 이루어졌습니다."

"하지만 붕어공주 게임 출시로 상황은 다시 반전되기 시작합니다."

"그렇군요. 그런데 '붕어공주 게임'은 어떤 게임인가요?"

"음… 붕어공주 게임 설명을 하기 전에 먼저 '거지 게임'부터 말씀드려야 할 것 같네요."

"거지 게임? 그건 또 뭐죠?"

"어릴 때 저하고 허황옥 씨가 즐겨하던 게임인데요…. 아마 거기서 아이디어를 얻은 거 같습니다."

Scene1. 배두호의 거지 게임 회상

insert CNN 인터뷰, 배두호

"거지 게임… 저희 나이대 분들은 어릴 적에 한 번씩은 다 해 보셨을 거예요. 요즘 나오는 게임처럼 그래픽이 화려하거나 엄청난 서사가 있는 게임은 절대 아니구요. 지금 생각하면 너무 허접하다 싶지만 어느새 중독되는 마성의 게임인데요, 후훗… 게임 내용도 단순합니다. 거지가 돈을 모으면서 부자가 되어 가는 이야긴데 해 보면 그냥 빠져들어요. 실제 돈도 아니고, 가상의 돈일 뿐인데… 게임 속 거지가 부자가 된다고 나한테 득이 되는 것도 아닌데… 그 거지가 나라고 생각했을까요? 나 대신 그 거지라도 부자가 되면 좋겠다고 생각한 걸까요? 우리는 막연하게 자본주의 시스템을 그 거지 게임을 통해 배웠던 것 같습니다.
거지 한 명이 돈을 구걸하고, 화면을 터치하면 돈을 버는 구조입니다. 터치를 많이 할수록 점점 더 많은 돈을 버는 거죠. 일명 방치형 클리커 게임이라고 합니다. 그 거지는 돈이 모이면 아르바이트로 다른 거지를 채용할 수 있어요. 그렇게 허황옥과 둘이서 화면을 쉬지 않고 두드리면서 거지 친구들을 모으기 시작했습니다. 한동안 둘이서 무슨 마법에 빠진 것처럼 미친 듯이 화면을 두드리며 게임 속 가짜 돈을 모았어요. 우리가 채용한 거지 알바들이 더 많은 돈을 모아 주고, 그다음에는 부동산을 사고, 주식을 사고… 어느 순간 우리가 화면을 터치하는 노동의 대가보다 자산 증식으로 버는 돈이 더 커지기 시작했어요. 그때부터 허황옥과 저는 화면을 두드리지 않게 되었습니다. 거대한 자본에서 파생되는 또 다른 부의 창출은 인간의 노동력으로 벌어들이는 재화와 비교할 수 없는 수준이었으니까요. 그 후 우리는 흥미를 잃고 한동안 거지 게임을 잊고 지냈습니다. 그런데 어느 날, 우연히 생각이 나서 거지 게임에 들어가 봤더니… 그동안 거지가 쉬지 않고 돈을 벌어서 모아 둔 자산이 경을 넘어서고 있었습니다. 우리는 놀랐어요. 맙소사, 경이라니! 그때 우리는 자본주의가 어떤 건지 막연하게 알게 된 느낌이었어요. 게임 속의 거지는 몇 경의 재산을 가진 부자가 되었지만, 우리는 여전히 가난했으니까요."

붕어공주 가판대 국내 0개/스타월드 매장 수 2,447개

@the_princesscarp 붕어공주_허황옥(SNS 팔로워 7억 명)

#붕어공주 #꿈붕어빵 #붕어공주게임 #D-100 #지속가능한빈곤구제 #오병이어기적

insert 꿈, 라마의 꿈

허황옥이 괴수들에게 포위된 채 끌려간다. 라마가 허황옥을 구하기 위해 괴수들을 처치하며 앞으로 나아가지만 역부족이다. 자칫하면 라마 역시 죽을지도 모르는 상황이었다.

허황옥은 라마에게 눈짓으로 더 이상 다가오지 말라고 한다. 괴수들이 라마와 민정, 오태식을 가로막는 가운데 허황옥이 끌려가는 모습을 보며 분노하지만 어쩔 도리가 없는 상황이다. 라마가 허황옥을 울부짖으며 부른다.

"붕어공주님!"

Scene2. 차를 타고 출근 중인 라마

라마는 차 안에서 태블릿으로 붕어공주 관련 기사를 보고 있었다. 조중일보 기사를 보는 라마의 표정이 걱정스러워 보인다.

insert 포털뉴스, 조중일보 헤드라인

〈붕어공주 재기 가능할까?〉

허황옥이 다시 살아났다. 극적으로 살아났지만 내상은 심각하다. 거의 국내 모든 붕어공주 가판대가 일부 극렬 시위대에 의해 파괴되어 자의 반 타의 반 폐업한 상황이다. 검찰에 압수되었던 허황옥의 붕어공주 푸드 트럭만 파손된 채 간신히 남아 있고, 허황옥 구속 전 전국 700여 개에 이르던 매장은 현재 0개가 된 상황이다. 허황옥은 억울한 누명은 벗었지만, 그동안 사람들의 뇌리에 박힌 마약이라는 단어는 쉽게 지워지지 않을 것으로 보인다. 과연 지금 상황에서 허황옥이 다시 살아날 수 있을지, 붕어공주가 다시 재기할 수 있을지 대중의 관심이 고조되고 있다.

– 정현선 기자

라마는 기사를 읽어 내려가다 걱정스러운 표정으로 화면을 꺼 버렸다. 이러다 한국에서는 붕어공주가 소멸될지도 모른다는 두려움이 엄습했다. 마음을 다잡으려고 입술을 잠시 깨물었던 라마는 비서에게 무언가를 확인했다.

"준비는 다 되었죠?"

"네, 모든 테스트 완료 후 스탠바이 중입니다. 대표님께서 결정하시면 바로 진행 가능합니다."

"실수 없이 만반의 준비를 해야 합니다. 붕어공주를 구하고, 세상을 바꿀 게임이니까요!"

4년 전 허황옥이 자신에게 했던 부탁을 이제야 들어줄 수 있게 된 라마는 지금의 이 상황을 미리 예측한 듯했던 허황옥과 몇 달 전 주고받았던 메시지가 생각났다. 먼저 메시지를 보냈던 것은 라마였다.

"붕어공주님, 게임이 이제 완성되었습니다. 말씀하신 그때 진행하라 하셨는데…."

그러자 곧바로 허황옥에게서 답장이 왔다.

"네, 라마님~ **그날**에 맞춰 진행해 주세요!"

라마는 허황옥이 말하는 그때가 언제인지 당시로는 알 수 없었지만, 이제야 그때가 바로 지금이라는 사실을 확신할 수 있었다.

Scene3. 마지막 다큐를 준비하며 붕어공주 게임 생각을 하는 배두호

배두호의 작업실, 그는 허황옥의 석방 이후 그동안 손대지 못했던 편집 4회차를 작업했다. 허황옥은 죽은 듯이 잠들어 있었다. 혹시나 싶어 조심스럽게 손을 대 보았다. 아주 약한 숨결이 느껴졌다. 그녀를 바라보는 배두호의 마음이 아팠다.

영상 속에서 허황옥이 구속되는 현장과 사람들에게 손가락질당하는 모습을 다시 돌려 보며 배두호는 착잡한 심정이었다. 허황옥이 구속 전에 자신에게 부탁한 영상 파일을 꺼내 편집본에 삽입하며, 배두호는 그녀가 이 모든 걸 다 예상하고 계획한 건 아닌가 다시 의구심이 들었다. 배두호가 다큐멘터리를 제안했던 당시 그것을 수락하며 허황옥이 제시했던 조건은 딱 하나였다. 신제품 홍보 영상을 4회 에필로그에 넣어 달라는 것이었다. 4회를 앞두고 배두호는 허황옥에게 영상을 달라고 요청했고, 허황옥은 그것을 이메일로 보내왔다. 데스크탑으로 그녀가 보낸 영상을 확인한 배두호는 놀라지 않을 수 없었다. 기껏해야 붕어빵 신제품 출시겠거니 했는데, 그녀가 홍보하려던 제품은 음식이 아닌 모바일 게임이었기 때문이었다.

“뭐야? 붕어빵이 아니고 붕어공주 게임? 이게 뭐야? 도대체 이걸 언제부터 준비한 거야?!”

그러자 어깨를 으쓱이며 장난스럽게 미소 짓는 허황옥이었다.

「글쎄? 20년 전? 너랑 거지 게임 할 때부터~」

도대체 이 방대한 일들을 어디까지 계획하에 둔 건지, 허황옥의 머릿속을 가늠도 할 수 없는 배두호였다. 열두 살의 허수경이 붕어공주 게임을 만들겠다고 했던 그때, 이미 머릿속에 큰 그림이 그려져 있었던 모양이다. 배두호는 그날 허수경과 주고받던 대화가 어렴풋이 떠올랐다.

「두호야, 우리 옛날에 하던 거지 게임 기억나나? 나도 낸중에 께임 하나 만들라꼬!」

"아~ 거지 게임? 안다! 지금은 돈 억수로 벌리 있을껄? 그란데 갑자기 먼 게임을 만든다는 기고?"

「붕어공주 게임!」

"붕어공주 게임? 니가 주인공인 게임이가?"

「아이다, 우리 모두가 주인공인 게임이다. 전부 다 배부를 수 있는 게임! 배가 부르믄 우리는 꿈꿀 수 안 있겠나?」

그때는 그냥 어릴 적 허황된 꿈이라고 생각하고 웃으며 넘어갔다. 그러나 30대를 막 넘긴 이 시점에, 그 꿈을 정말로 이루어 버린 허황옥을 보며 배두호는 전율을 느꼈다. 그녀에게 꿈이란 뭘까? 남들은 자신의 영달을 위해서 꿈을 꾸고 계획하거나, 무엇이 되고 싶다는 직업을 꿈꾸는데… 허황옥은 남들에겐 허황되고 철없고 아득하기만 한 '꿈'이라는 존재를 현실로 끌어온 것이었다.

배두호가 허황옥이 준 베타 게임을 직접 해 봤다.

"아니, 그러니까 신제품이란 게 음식이 아니고 게임이라는 거지? 이걸 다 너 혼자 기획하고, 라마가 만들고? 헐…."

허황옥이 조심스럽게 반응을 살폈다.

「… 해 보니까 어때?」

"글쎄, 첫인상은 단순하지만 재밌어! 연령대 상관없이 모두 다 즐길 수 있는 게임 같은데? 근데… 게임 속 붕어들이 귀여우면서도 좀 불쌍해 보이기도 해. 잡히면 우는 모습이라든지, 죽으면 눈을 스르르 감으면서 연기처럼 사라지는 것도 그렇고… 안 그래? 막 총 쏘고 죽이는 그런 게임이 아닌데도 뭔가 기분이 영 그래~ 나만 그런 건가? 일부러 붕어들에게 저런 표정을 짓게 한 거야? 어떤 의도가 있는 건가 싶어서…"

허황옥이 살짝 슬픈 표정으로 넋두리하듯 답했다.

「인간들은 자기 먹고 살려고 물고기를 잡아먹잖아? 가족이 먹으려고 잡기도 하고, 잡아서 팔아먹기도 하고…. 근데 붕어 입장에선 자기들도 생명체고, 가족도 있고 그럴 거잖아? 하지만 붕어들은 기꺼이 자신의 숙명을 받아들여 누군가의 양식이 되고, 팔려 가서 돈도 되고 한다는 거지…. 그래서 게임 속 붕어들의 표정과 행동을 보고 사람들이 알게 모르게 조금이라도 붕어에게 미안함과 고마움을 느끼기를 바랐어.」

Scene4. 붕어공주 게임 출시, 라마가 나와서 프레젠테이션을 하다

허황옥의 석방 이후 라마는 붕어공주 게임 출시에 만반의 준비를 하고 있었다. 자신이 허황옥을 만난 것은 어쩌면 이 일을 하기 위해 정해져 있는 운명이라고 생각했다.

사막의 여왕 게임의 대박 이후 전 세계의 모든 이목이 라마가 출시할 후속 게임에 집중될 수밖에 없었다. 전작을 뛰어넘는 화려한 그래픽과 더 다이내믹하고 액티브한 게임이 나올 거라고 모두 기대하고 있었다.

D-30.

허황옥이 예고한 D-day 30일을 남긴 상황이었다. 언론에서도 D-day

가 얼마 안 남은 상황에서 허황옥의 최측근이자 브레인인 라마가 새로운 게임을 출시한다는 사실에 예의 주시 하고 있었다. 뭔가 여전히 붕어공주의 계획이 진행되고 있다는 사실을 느낌으로 알 수 있었다.

삼성동 코엑스에 준비된 게임 출시 행사장. 전 세계 생방송이었다. 그리고 옥외 대형 LED 전광판에 10, 9, 8, 7 … 3, 2, 1, 0. 카운트다운과 함께 신작 게임 프레젠테이션이 시작되었다.

조금은 귀여운 음악에 맞춰 화면 가득 '붕어공주' 타이틀이 크게 나왔다.

사람들은 "우와" 하고 환호를 질렀다가 화면 속 내용을 보더니 이내 잠잠해지며 웅성거렸다. 붕어공주 게임? 다들 놀라는 모습이었다. 게임 이름만 봐서는 상상이 가지 않았다. 기존의 사막의 여왕이라는 타이틀에서 주는 웅장하고 스펙터클한 느낌이 아니었다. 게임 타이틀은 그 게임의 전체적인 톤 앤 매너를 결정한다. 전반적으로 롤플레잉 게임을 지향하는 게임 유저들은 특성상 전투적이고 공격적인 성향을 좋아하는 부류들이다. 붕어공주 게임은 그런 마초적인 낌새가 하나도 없었기에 사람들이 동요하는 모양새였다.

"뭐야, '붕어공주 게임'? 이거 전에 라마가 사막의 여왕 때 언급한 그 붕어빵 파는 여자 이름 아냐? 그걸로 게임을 만들었다고?"

"전혀 스펙터클한 느낌이 안 드는걸? 가족용 게임 그런 건가? 좀 실망스럽네…."

"일단 라마의 설명을 들어 보자구. 의외의 반전이 있을 수 있잖아?"

사람들의 실망스러운 반응을 어느 정도 예측했다는 듯 라마가 연단으로 걸어 나와 붕어공주 게임에 대해 설명하기 시작했다. 자신과 붕어공주 허황옥이 왜 이 게임을 만들었는지….

"안녕하세요, 라마입니다. 저는 인도 바이샤 계급 출신입니다. 가난한 부모님 밑에서 태어나 어릴 때부터 돈을 벌어야 했죠. 매일 먹고사는 걱정이 인생의 전부였습니다. 지금 제가 이 자리에 서 있다는 건 상상도 할 수 없는 꿈이었죠… 그런데 제가 붕어공주를 처음 만나고, 그녀와 함께 이 꿈을 꾸기로 결심한 이유는 '우리가 살고 있는 세상을 좀 더 살 만하게 만들고 싶다'라는 꿈을 실현하고 싶어섭니다."

대형 화면에 게임 화면이 뜨고, 게임 속 장면과 게임하는 방법이 보였다.

"이것은 AR 기반의 게임입니다. 게임 유저가 스마트폰 카메라로 자기 주변에 출몰하는 붕어를 잡는 단순한 방식이죠. 붕어를 잡는 과정은 1부터 10까지 조금씩 난도가 높아져 쉽게 잡을 수 있는 게임은 아니에요! 생각보다 쉽지 않을 거니까 각오들 하십쇼~"

라마는 게임 화면을 확대하며 계속해서 설명을 이어 갔다.

"먼저 게임 유저의 반경 10km 내에 하루 1,000마리의 붕어가 공급됩니다. 부지런히 2시간 정도 돌아다녀야 잡을 수 있을 거예요~ 어떤 분들은 아침에 조깅하면서 잡을 수도 있고, 점심시간이나 퇴근할 때 걸어가면서 게임을 하는 분들도 있을 겁니다. 저희가 테스트해 본 결과, 최소 1만 보 이상의 칼로리 소모가 필요한 게임입니다. 다이어트가 필요한 분들에게는 정말 도움되는 게임이죠?"

라마의 어이없는 농담에 인상을 찌푸리고 있던 일부 사람들의 표정이 풀어졌다.

"도심 속에 출현하는 붕어를 10마리 잡아서 가까운 붕어공주 매장으로 가시면 갓 구운 꿈붕어빵 하나를 공짜로 먹을 수 있습니다! 그런데 여기서 중요한 포인트는 그 공짜 꿈붕어빵을 자신이 먹을 수도 있고, 다른 사람을 위해 기부할 수도 있다는 겁니다. 반대로 배고픈 사람이 공짜 붕어빵을 먹고 싶을 때, 가까운 붕어공주 매장에 가면 기부된 꿈붕어빵을 먹을 수 있는 거죠! 매대 앞 전광판에는 전 세계에서 기부된 꿈붕어빵 숫자가 실시간으로 표시됩니다. 각 매장마다 네트워크로 연결돼 있어서 A 매장에 기부 붕어빵이 없으면 B, C, D 등 다른 매장에서 기부 붕어빵을 받아 올 수도 있어요."

사람들은 열심히 들으면서 고개를 갸우뚱했다. 그걸 눈치챈 라마가 바로 이어서 설명을 시작한다.

"자, 그러면 점주님들이 아우성을 치죠? 우리는 뭐 먹고 사냐? 땅 파서 장사하냐? 그러나 붕어공주 꿈붕어빵 점주님들은 손해 보실 일이 없습니다. 왜냐? 기부 꿈붕어빵을 공짜로 주고 나면, 그 붕어빵의 가격만큼 붕어공주 게임에서 발생한 수익으로 보상해 드리기 때문이죠!"

아직까지 사람들은 믿기지 않는다는 표정으로 계속 라마의 말에 귀를 기울였다.

"이 게임은 한 사람당 하루에 딱 한 번만 가능합니다. 하루에 잡을 수 있는 붕어의 양을 10마리로 정했습니다. 전 세계적으로 매일 10억 마리의 붕어가 동시에 공급되고, 각 나라마다 인구 비율을 고려해 배분됩니다. 왜 이렇게 붕어의 양을 제한했을까요? 저와 게임을 개발한 허황옥 씨의 말씀을 빌리면 '붕어도 한정 자산'이기 때문입니다. 마구잡이로 잡다 보면 언젠가 모든 게 고갈될 수도 있다는 생각을 게임에 적용했습니다."

붕어공주 게임의 핵심 개념이 마치 설교와 같이 참석자들에게 서서히 전달되고 있었다.

"그리고 낚시하는 분들이 물고기 잡아서 모두 잡아먹지는 않죠? 손맛만 보고 다시 놓아주기도 한다는 점에 착안해, 자신이 잡은 10마리의 물고기를 방생하는 기능도 넣었습니다. 잡힌 붕어들이 그물 안에서 우는 표정으로 바뀝니다. 그리고 붕어공주 매장에 가져가 큐알 코드를 찍으면 붕어들은 눈을 감고 편안히 잠들게 됩니다. 연기처럼 하얗게 사라지면서 그들의 숙명을 받아들이는 거죠. 그런데 만약 붕어들을 풀어 주면, 그들은 다시 웃는 얼굴로 바뀌어 자신을 놓아준 게임 유저에게 감사의 인사를 하고 도심 속으로 풍덩 되돌아갑니다."

라마의 설명이 슬슬 마무리를 향해 가고 있었다.

"붕어 10마리를 잡는 데 대략 2시간 정도의 시간이 걸리고, 이 시간 동안 게임 속에 노출된 광고비가 수익원이 되어 주는 구조입니다. 이 광고비는 다시 공짜 붕어빵에 대한 비용으로 사용되는 선순환 시스템이라고 할 수 있죠!"

일반적인 게임과는 많이 달랐다. 처음에는 낯설어하던 사람들도 천천히 이해해 가는 모습이었다.

"마지막으로 말씀드리면, '붕어공주 게임'의 핵심은 단순한 AR 기반의 낚시 게임이 아니라, 사회적 실험을 통해 **지속 가능한 빈곤 구제**라는 메시지를 전달하고자 합니다! **'붕어 10마리로 자신의 배부름을 해결할 것인가?' 아니면 '어딘가에서 도움이 필요한 누군가에게 배부름을 줄 것인가?'** 이것 또한 게임의 일부입니다."

insert CNN 인터뷰, 라마

"음… 붕어공주님은 이 게임을 통해서 생명의 소중함이 인간에게만 국한된 게 아니라는 걸 말하고 싶었던 것 같습니다. 인간이 '자신이나 가족의 생명'

을 유지하기 위해 붕어를 잡아 온 이면에는 붕어들 또한 '자신이나 가족의 생명'을 인간에게 내주는 것을 숙명처럼 받아들인 희생도 있었던 게 아닐까요? 어쩌면 인간이란 존재는 자연의 모든 생명체가 바친 희생을 바탕으로 생명을 유지해 온 게 아닐까… 사람들이 게임 속 붕어를 잡으면서 뭔가 알 수는 없지만 자연에게, 붕어에게 조금이라도 고마움을 느낄 수 있으면 좋겠다…. 뭐 그런 걸 바란 듯했어요."

사람들은 그제야 하나둘 고개를 끄덕였다. 자기가 살기 위해 누군가의 것을 빼앗고 죽이는 것은 우리가 살고 있는 세상이나 게임 속 세상이나 똑같았다. 기존의 액션 게임을 기대한 일부는 매우 실망했지만, 여과 없이 반복되는 약육강식의 삶에 지쳐 있었던 대다수의 사람들은 공감하고 박수를 쳤다. 그리고 모두가 이 무료 게임을 다운받기 시작했다. 아직은 베타 버전이고 실제 게임이 시작되는 건 허황옥이 말한 D-day 당일이었다. 동시 접속으로 한때 서버가 다운되기도 했지만, 사람들은 그다지 화를 내지 않았다. 베타 버전에 대한 유저들의 평가는 나쁘지 않았다. 그리고 다행인 것은 무척 단순한 게임이지만 등장하는 붕어 캐릭터들이 매우 귀엽고, 그 붕어들을 잡기 위해 돌아다니게 되는 제법 흥미롭고 재밌는 게임이라는 평이었다. 특히 부모와 아이들이 함께할 수 있는 건전한 게임이라는 칭찬이 많았고, 부모들은 아이들에게 사회에서 사람들과 함께 살아가는 가치와 공존에 대한 이야기들을 자연스럽게 나눌 수 있는 기회가 되었다. 생각보다 게임은 단계별로 꽤 난도가 있어서, 흔히 낚시에서 추구하는 '손맛'도 충분히 느낄 수 있었다. 전 세계 낚시협회(미국 기준 4천9백만 명, 전 세계 기준 3억 명으로 추정)에서 이 게임의 취지를 알고 후원사로 들어오고, 그 후 다른 여러 기업에서도 광고 및 지원을 하겠다고 나서기 시작했다. 여러 게임 회사들도 붕어공주 게임 서버를 지원하고 콜라보 형태로 다른 게임 안에서 붕어들이 등장하고 잡을 수 있도록 하는 시스템을 개발했다.

국내 기업은 오히려 붕어공주의 석방 이후에도 정부와 대중의 눈치를 보느라 참여하지 않는 반면, 글로벌 기업인 애플, BMW, 코카콜라, 루이뷔통, 샤넬, 나이키 등이 적극적으로 동참했다. 그 배경에는 뉴욕서 활동하는 슈퍼 모델 민정과 그녀의 남자 친구인 NBA 스타 카림의 영향이 컸다. 그들의 친구인 세계적인 셀럽들이 앞다투어 참여하며 많은 브랜드들이 동참하게 된 것이었다. 사실 큰돈이 들어가는 것도 아니었다. 붕어빵 원료라 해 봐야 얼마 되지도 않을 텐데 그 결과는 매우 선했다. 기업들 입장에서는 적은 비용으로 좋은 브랜드 이미지를 얻을 수 있어 꿩 먹고 알 먹는 일이었다.

붕어공주 게임 출시와 더불어 붕어공주가 다시 기사회생하는 상황을 해외 언론에서 먼저 적극적으로 관심을 가지자, 한국 정부는 입장이 곤란한 상황이 되었다. 없던 죄까지 뒤집어씌워서 붕어공주 허황옥을 구속 수사까지 했기 때문이었다. 붕어공주 게임 안에는 붕어공주 가판대가 표시되는 세계 지도가 있었다. 일명 **'월드 붕세권'** 지도 속 많은 나라에서 그 숫자가 계속 늘어나고 있었지만, 국내는 전멸이었다.

허황옥은 석방 이후 아직 회복을 못 하고 있어 라마와 민정, 오태식이 중심이 되어 붕어빵 틀을 만들어 계속 공급하고, 가판대에 전광판, 와이파이 설치를 해 나갔다. 비용은 허황옥과 라마, 민정, 오태식이 만든 붕어공주재단을 통해 이루어지고 있었다. 이미 오래전부터 준비하던 일이라 일사천리로 진행되었다.

정식 게임은 허황옥이 말한 D-day 한국 시간 낮 12시를 기해 시작될 예정이었다. 시차가 있지만 붕어공주 푸드 트럭 1호차에서 본격적으로 게시를 알릴 예정이었다. 하지만 안타깝게도 베타 버전 게임의 시작에도 불구, 대한민국 지도에는 0개의 숫자가 떠 있을 뿐이었다. 여전히 허황옥은 건강 상태가 호전되지 않고 있었다. 세간의 호사가들은 한국에 붕어공주 매장이 하나도 없는 상황에서 과연 D-day에 맞추어 약속된 게임이 시작될 수 있을지 의심의 눈초리로 보는 시선이 많았다. 사람들이 2시간의 노동력을 들여 쟁취한 재화를 자신을 위해 쓸지 아니면 다른 누군가를 위해 자발적으로 기부할 것인지, 그것이 제일 중요한 포인트였다. 붕어공주 게임은 여전히 미지수를 가지고 출발하게 되었다.

Scene5. 붕어공주 게임 출시 프레젠테이션을 보는 장녹수

"붕어공주 게임이라… 지속 가능한 빈곤 구제 같은 말을 할 때부터 수상하다 했는데… 허무맹랑하군. 정말로 오병이어의 기적이라도 일으키려는 거야, 뭐야?"

장녹수는 게임을 깔고 직접 해 보기로 결심했다. 아직은 베타 버전이라 실제 게임은 D-day 한국 기준 낮 12시에 시작이었다. 나이 60이 넘어 게임을 하게 될 줄이야…. 이 상황이 어이가 없었지만 그녀는 핸드폰을 손에 들고 여의도 일대를 돌아다니며 게임 속 붕어를 잡기 시작했다. 점심시간에 맞춰 젊은 친구들이 게임하는 모습이 심심찮게 보였다. 모두 웃으며 재미나게 하는 모습을 보고 장녹수 의원은 다가가서 인사를 하고 잡는 요령을 물어보았다.

“와~ 장녹수 의원님도 이런 거 하세요? 하하. 아, 여기서 이렇게 하면 더 잡기 쉬워요! 자, 보세요~ 그렇죠, 그렇게! 오~ 잡으셨네요.”

“호호, 고마워요. 내 나이 60이 넘어서 게임을 다 하네요. 여러분들 보기에 붕어공주 게임이 어떤 거 같아요?”

“게임 자체도 재밌고, 일단 취지가 좋아 보여요. 허황옥이라는 사람, 신비롭잖아요. D-day 때 진짜 뭐라도 말하려나…. 설마 알고 보니 벙어리가 아니었어…. 진짜 말하는 거 아니야? 크크크, 그럼 대박!”

“저는 진짜 붕어빵 테크 많이 했어요. 계속한 건 아니고, 뭐 필요한 거 사고 싶어지면 붕어빵으로 한 달 정도 버티고 해서 사기도 하고, 학원도 다니고 해 봤어요. 저희 같은 월급쟁이들한테는 가뭄의 단비 같은 거죠! 뭐, 이제는 가판대가 없어서 못하지만….”

“솔직히 진영을 떠나서 정치가 이런 걸 해야 하는 거 아니에요? 붕어빵을 팔고 안 팔고의 문제가 아니라… 우리를 위해 누군가 고민하고 행동하고… 그래야 되는데 맨날 모여서 싸움질이나 하고… 이럴 거면 정치가 왜 필요합니까?”

“야, 꼭 그렇게 말해야 되냐? 의원님, 죄송합니다.”

“아닙니다. 맞는 말씀이세요. 반성하고 더 노력하겠습니다.”

장녹수 의원은 방금 젊은 친구가 한 말에 계속 마음이 편치 않았다. “이럴 거면 정치가 왜 필요하냐?”라는 말이 정치가 아니라 “진보가 왜 필요하냐?”라는 말로 들렸기 때문이다.

그녀는 직장인들과 헤어진 후 계속 붕어를 잡으러 돌아다녔다. 쉽게 잡히지는 않았다. 그러나 몇 번을 시도하면서 요령이 생기고 재미가 붙었다. 결국 2시간 만에 붕어 10마리를 잡는 데 성공했다. 근래에 이렇게 성취욕을 느낀 적이 있었나 싶을 정도로 뿌듯해진 마음으로 가까운 붕어공주 가판대를 검색해 봤다. 게임 안 붕세권을 알려 주는 세계 지도 속에는 다른 나라 붕어공주 가판대가 여럿 불이 들어와 있지만, 한국에는 단 한 곳도 불빛이 없었다. 장녹수는 안타까운 마음으로 붕어 10마리를 놓아줬다. 놓아준 붕어들은 감사의 인사를 하고 다시 도심 속으로 사라졌다. 갑자기 10여 년 전 한동안 공짜 학교 급식으로 대한민국이 시끄러웠던 때가 생각났다. 전국이 공짜 점심으로 두 개의 진영으로 나뉘어 싸웠던 그때, 대한민국도 두 개로 나뉘어 얼마나 시끄러웠던가? 하지만 결국 진보에서 시작된 무상 급식의 어젠다는 보수 진영으로 넘어가 복지라는 이름으로 자리 잡았다. 허황옥… 시골에서 태어나 배운 것도 없는 벙어리 여자가 지금 무슨 일을 벌이고 있는 걸까? 정말 세상을 바꾸려고 이러는 걸까? 어떤 욕망이 숨어 있는 걸까? 장녹수는 혼란스러웠다.

insert 꿈, 장녹수의 꿈

언덕에 모인 5천 명의 사람들. 광주리에 꿈붕어빵을 담아 사람들에게 나눠 주는 허황옥이 보였다. 사람들이 몰려들어 허황옥이 매우 힘들어 보였다. 그때 허황옥이 장녹수를 발견하고 도움을 요청했다.

"장녹수 씨, 저를 좀 도와주세요!"

"내가 뭘 도울 수 있나요? 내게는 광주리도, 꿈붕어빵도 그리고 당신 같은 재주도 가지고 있지 않아요…."

"저도 마찬가지입니다. 하지만 누군가가 도움의 손길을 바라면 제가 할 수 있는 만큼 하려고 하는 것뿐이에요. 보세요, 당신에게도 이제 광주리가 생겼네요."

장녹수가 자신을 돌아보자 어느새 손에 광주리가 쥐어져 있었다. 그리고 그 안에는 꿈붕어빵들이 있었다. 장녹수는 천천히 꿈붕어빵을 하나 꺼내 옆에 서 있는 소녀에게 나눠 줬다. '몇 개 안 되는 꿈붕어빵을 다 나눠 주고 나면 그다음엔 어쩌지?' 하는 불안감이 들었다. 그런데 희한하게 꿈붕어빵을 나눠 줘도 계속 꿈붕어빵이 광주리에서 나왔다. 사람들이 허황옥에게서 장녹수에게로 몰려들었다. 같이 꿈붕어빵을 광주리에서 꺼내 사람들에 나눠 주었다. 광주리는 작은데 끊임없이 꿈붕어빵이 나왔다. 배고프고 헐벗은 사람들이 장녹수의 손을 잡고 감사의 표시를 했다.

"나에게 감사할 게 아니라 저기 붕어공주 허황옥에게 감사하세요. 어? 어디 갔지? 좀 전에 여기 같이 있던 여자분…."

"여기 당신 말고 누가 있단 말이오? 처음부터 당신밖에 없었습니다."

장녹수는 무언가 얻어맞은 느낌이었다. 아무리 둘러봐도 허황옥은 보이지 않았다. 광주리를 들고 있는 자신밖에 없었다. 5천 명의 사람이 모두 자신을 바라보고 있었다.

Scene6. 꿈에서 깬 장녹수 의원은 눈물을 흘린다

꿈에서 깬 장녹수 의원은 놀랄 수밖에 없었다. 꿈을 꿨다는 사실 때문이 아니라, 자신의 두 볼에 흐르고 있는 눈물 때문이었다. 정치인으로서의 욕심, 돈과 명예가 아니라 그동안 잊고 있었던, 오로지 국민들의 권리를 위해서라면 무엇이든 할 자신이 있었던 젊은 날의 패기가 떠올랐다. 그때는 아무것도 가진 것이 없어도 꿈 하나만으로 행복했고, 어딜 가든 모든 걸 가진 사람이라도 되는 듯 당당했다. 장녹수는 그날 동이 틀 때까지 생각에 잠겼다.

Scene7. 붕어공주 게임 출시를 바라보는 박정일 의원

이른 새벽, 박 의원은 택시를 타고 공항으로 향했다. 올림픽 대로를 달리던 중 창밖으로 여의도 국회의사당이 보이자 그는 깊은 한숨을 내쉬었다. 백미러를 통해 택시 기사와 눈이 마주친 그는 혹여나 자신을 알아볼까 눈길을 피했다. 남의 눈에 띄지 않으려고 최대한 평범한 옷에 선글라스와 모자를 깊게 눌러썼다. 보좌관의 도움도 없이 도망치듯이 출국 심사를 마치고 들어갔다. 그는 허황옥을 함정에 빠뜨린 주요 배후로 지목되었을 뿐 아니라 그 과정에서 증거 인멸, 위증 등의 위법한 죄목이 계속 늘어났다. 국회의원 면책 특권 덕에 아직 구속되지는 않았으나 검찰의 칼날이 자신을 향한다는 것을 본능적으로 알았다. 검찰에 있는 후배로부터 곧 자신의 출국 금지가 떨어질 거라는 긴급 연락을 받았다. 한시도 지체할 시간이 없었다.

그는 로버트 회장이 반협박으로 제안했던 미국행을 결심했다. 로버트 회장은 단호했다. "박 의원, 한동안 쉬어야지? 여기 남아 봤자 물어뜯기기만 할 거야. 미국에서 연구원으로 지내며 조용히 있자고. 자네 딸 민지랑 같이 나가 있으면 돼! 시간이 지나면 사람들 기억은 희미해지기 마련이니까." 그의 말은 마치 마지막 통보 같았다. 반박할 힘도, 명분도 없었다.

비행기가 활주로를 벗어나며 고요한 하늘로 떠오르자, 박정일은 기내 테이블에 올려 둔 태블릿을 집어 들었다. 몇 번의 터치를 거쳐 뉴스를 확인했다. 정치 관련 기사를 피하려 했지만, 가장 눈에 띈 제목이 그의 시선을 잡아끌었다.

"검찰 박정일 의원 출국 금지 신청 예정!"

"대한민국이 열광하는 붕어공주 게임, 전 세계 다운로드 5천만 돌파!"

그가 뉴스를 클릭하자 붕어공주 게임 내용과 시민들의 반응이 소개됐다.

"허황옥… 이슈 선점하는 능력 하나는 기가 막히다!"

박정일은 입꼬리를 올리며 씁쓸하게 웃었다.

"지속 가능한 빈곤 구제 시스템…? 붕어빵 쪼가리 가지고 대~~단한 시스템이나 만든 거같이 난리들 피워 쌌는 이놈의 대한민국이란 나라도 참…."

Scene8. 스타월드도 붕어공주 게임을 논의한다

스타타워 지하 10층 벙커 전략 회의실. 온라인으로 전 세계 스타그룹 계열사와 오피니언 리더들이 모여서 화상 회의를 열고 있었다. 화면에는 허황옥의 석방과 붕어공주 게임 출시 이후 세계 곳곳에서 벌어지고 있는 브로큰스타들의 과격한 시위 모습이 보였다. 브로큰스타를 상징하는 갈라진 별 모양 깃발을 든 시위대가 경찰들과 물리적 충돌을 일으키며 길거리에 화염병을 던지고, 상가들을 불태우고 있었다. 붕어공주 깃발을 든 시위대도 여럿 있었다. 그중 하나는 붕어공주가 별을 반으로 갈라 버리는 모양이었다. 세계 주요 도시의 스타월드 매장들 또한 매서운 불길에 휩싸여 있었고, 스타그룹 계열사들을 점령한 시위대가 로비 안으로 쳐들어와 불을 지르고 사무실을 부수는 장면들이 화면 가득 채우고 있었다. 스타에어 비행기에도 브로큰스타가 스프레이로 낙서를 한 사건이 일어났다. 공항이라는 국가 보안 시설에 브로큰스타가 들어갔다는 사실에 안보에 구멍이 뚫렸다는 야당과 언론의 호된 질책에 정부 당국은 곤란해졌다. 이러한 폭력 시위를 바라보는 일반 시민들의 표정에 두려움이 역력했다. 스타그룹의 관계자들과 오피니언 리더들은 우려에 찬 표정으로 이를 지켜보고 있었다. 소피아 의장과 그레이스 역시 마찬가지였다. 마지막 자료 영상에는 스타월드 1호점이 브로큰스타들에 의해 불태워지고 붕어공주 깃발을 들고 복면을 쓴 이들이 등장해 다음 순서는 그레이스라고 소리 지르며 환호하는 모습까지 보였다. 광기에 휩싸인 그들은 인어공주 모양의 대형 인형에 그레이스 사진을 붙여 화형식을 거행했다. 시위대가 인형에 휘발유를 뿌리고 불을 붙이자 인어공주 인형이 훨훨 타오르기 시작했다. 그레이스의 얼굴에 화면 속 불길의 뜨거움이 비치며 그녀의 눈동자가 흔들리는 모습이 역력했다. 로버트 회장은 그 장면을 놓치지 않고 바라보며 회심의 미소를 지었다. 그러나 모두들 화면을 주시하느라 로버트 회장이 웃고 있는 것을 보지 못했다.

스타케미컬 대표는 불안한 얼굴로 테이블 위에 놓인 서류를 툭 치며 말을 꺼냈다.

"골칫거리였던 붕어공주를 간신히 처치하나 싶었는데… 이렇게 일이 틀어질 줄이야! 이제 어떻게 해야 합니까? 그나마 한국 정부가 그 일이라도 잘할 줄 알았는데… 쳇! 붕어공주가 석방된 이후 더 불길이 거세지는 상황입니다. 지금 손을 쓸 수가 없는 형국이에요. 모든 국가마다 공권력들이 더 이상 버티기 힘들다고 합니다. 그 와중에… 붕어공주 게임이라니… 이건 우리가 전혀 예측할 수가 없는 상황이에요. 소피아 의장, 그레이스 대표, 이제 어떻게 할 겁니까?"

스타일렉트릭 대표가 손에 들고 있던 펜을 만지작거리며 덧붙였다.

"붕어공주 게임이라니… 상상도 못 한 일입니다. 이미 오래전부터 구상해 온 일인 듯합니다. 우리가 허황옥을 너무 만만하게 봤어요. 사람들이 다시 허황옥을 주목하고 있습니다. 단순 팬덤 현상을 넘어 그녀가 이루고자 하는 지속 가능한 빈곤 구제라는 화두를 함께 생각하기 시작했어요."

스타엔터 대표가 미간을 찌푸리며 머리를 저었다.

"지속 가능한 빈곤 구제라… 허황옥이 원하는 게 뭘까요?"

스타건설 대표는 한숨을 쉬며 다른 그룹사들의 표정을 살피며 심각한 얼굴로 말했다.

"붕어공주 게임으로 수익화하려는 것도 아니고…. 하지만 게임의 가치는 이미 수조 원을 넘기고 있습니다. 라마의 회사도 그렇고 민정의 Princess Carp도 그렇고… 어떤 속내인지 알 수가 없네요. 그래서 더욱 불안합니다. 만약에 저들이 모두 힘을 합쳐서 거대한 기업으로 전환한다면 우리 쪽에 절대 불리합니다. 사전에 저들의 야욕을 부셔야 해요. 오태식 일행도 전 세계를 다니며 붕어공주 깃발을 꽂고 있어요. 마치 개척 시대에 황무지에 깃발을 꽂고 자신들의 땅이라고 주장하는 모습입니다. 물론 법적인 효과는 없지만, 그 상징성이 문제라고요! 모두가 자신들도 붕어공주의 땅이라고 깃발을 만들어 꽂는 퍼포먼스를 하고 이것이 밈처럼 퍼지고 있어요. 붕어공주 게임 출시 이후 다시 붕어공주 열풍이 불고 있습니다. 단순히 붕어빵 파는 역세권, 붕세권 그런 놀이 개념이 아닙니다. 그들은 자신들만의 국가를 만들려는 생각을 갖기 시작한 듯합니다. 브로큰스타와는 다르다고요!"

스타IT 대표가 손을 들어 모두를 진정시키려 했다.

"자, 자, 진정들 하십쇼. 붕어공주와 브로큰스타와의 접점은 여전히 없어 보입니다. 작용-반작용처럼 브로큰스타가 그들의 목적을 위해 붕어공주 이슈를 이용하는 것뿐이지…. 그 둘을 구분하는 것이 좋을 듯합니다.

붕어공주가 브로큰스타의 배후라고 생각한 건 전략적 미스였습니다."

스타일렉트릭 대표는 고개를 저으며 자신의 의견을 덧붙였다.

"솔직히 우리가 너무 과잉 대응한 건 아닌가 싶기도 하네요. 이슈에 이슈를 얹어 키운 면이 없지 않아 있어요. 허황옥을 주적화시킨 것이 오히려 우리 쪽에 반감을 가진 자들을 자극한 것 같아요. 적당히 포용했어야 하는 것 아닌가 싶네요. 미국 FBI에서도 둘 사이에 상관관계는 없다고 공식 보고서를 냈습니다. 누군가 브로큰스타로 이익을 보는 집단이 존재하는 거 아니겠어요?"

스타미디어 대표가 이번엔 몸을 앞으로 기울이며 날카롭게 지적했다.

"허황옥은 지금 우리한테 강력한 메시지를 보내고 있는 겁니다. 그녀는 단순히 이익을 위해 움직이는 사람이 아니에요. 영화 〈배트맨〉에서 조커가 말한 것처럼. **'난 돈에 관심 없어. 중요한 건 사람들에게 메시지를 전달하는 일이야!'** 그녀는 일종의 혁명가입니다. 그녀 스스로는 과격하지 않지만, 그녀를 추종하고 따르는 무리들이 세상을 바꾸려고 한다는 점에서, 그리고 우리의 세계를 전복시키려 한다는 의미에서는 브로큰스타와 다를 게 없습니다. 설령 브로큰스타와 접점이 없다 해도 우리 모두를 위험에 빠트리는 존재란 말입니다."

스타해운 대표가 강하게 손을 내리치며 흥분한 목소리로 말을 끊었다.

"지금 그렇게 나이브한 소리들 하니까 이 지경까지 온 거 아닙니까? 애초에 싹을 잘랐어야 하는데…. 붕어공주고 브로큰스타고 깡그리 잡아 족쳤어야죠! 로버트 회장이 주장하는 것처럼 강력하게 대응했어야 합니다. 처음부터 공권력을 동원해 강력하게 제압하고 처벌했으면 애당초 이런 일이 일어나지도 않았어요. 인권이니, 협의니 하면서 그동안 이 반동 세력들을 너무 인간적으로 대해 준 결과가 이거란 말입니까? 소피아 의장,

말해 봐요! 그레이스도 마찬가지고요."

그레이스는 대답하지 않고 눈을 감았다. 그때까지 말을 아끼던 스타홀딩스의 원로 대표가 천천히 말을 꺼냈다.

"이쯤 되니 허황옥이 짠 판에 우리가 실험실 쥐처럼 테스트당하는 건 아닌가 하는 생각이 드네요. 보기 좋게 우리가 걸려든 것일지도… 그녀의 운동장에 우리가 서 있는 것 같은 느낌이 든단 말입니다. 우리가 모르던, 전혀 가늠할 수 없는 전장에…."

모두가 그의 말을 곱씹으며 침묵에 빠졌다. 스타그룹 내부에서도 이렇게 의견이 극명하게 양분화되어 버렸다. 모두가 패닉 상태였다.

양극화의 정점에서 대중들은 처음에는 그저 가진 자들에게 분노했다. 그러나 이제는 무시하거나 잊어버린 듯 행동했다. 마치 **'어차피 너희들은 바뀌지 않을 테니까 그냥 그렇게들 살아. 우리는 우리 방식을 찾아 볼 테니까'**라는 식으로… 악플보다 더 무섭다는 무플과 같은 상황이었다. 아주 큰 낙폭은 아니지만 전체적으로 스타그룹과 관련된 모든 주가가 연일 제자리거나 천천히 내려가는 중이었다. 노쇠한 환자의 가늘고 긴 호흡이 천천히 멈춰 가는 모습처럼… 허황옥같이 가난한 사람도 자신을 버리고 모든 걸 나눠 주려 하는데, 왜 가진 자들은 더욱 가지려 하느냐? 99를 가진 1에게 대중은 분노, 아니 이젠 체념하고 있었다. 차라리 그들을 자신들의 세상에서 없는 셈 치자는 의견들이 나왔다. 안 사고 안 먹고… 과연 우리에게 그들이 필요한 건지 아니면 그들이 우리를 필요로 하는 건지… 그 해답을 찾기 시작했다.

대중은 브로큰스타처럼 가진 자들을 과격하게 배척하지 않았다. 그래서 브로큰스타도 점점 지지받지 못하는 상황이 도래했다. 처음에는 자신들의 분노를 대신해 주는 브로큰스타를 지지하던 사람들도 그들의 과격한 행동과 폭력성, 그리고 특정 집단 스타월드를 향한 분노의 표출에 의심을 갖기 시작했고, 그들과 다른 노선을 갖게 되었다. 처음부터 구심점 없이 사회에 분노하는 일부 극렬주의자들의 집단행동일 뿐이었다. 대중의 지지를 받지 못한 결과, 브로큰스타 역시 기세가 줄어들기 시작했다. 이제 대중들의 분노는 단순히 스타월드, 스타그룹을 향하고 있지 않았다. 그리고 스타그룹으로 대변되는 기득권과 대적하려 하지 않고 자신들만의 새로운 무언가를 만들려는 욕망에 사로잡히게 되었다. 이제 대중들의 마음속 그 욕망의 중심에 붕어공주 허황옥이 자리 잡고 있었다. 그렇게 그들은 그들만의 깃발-붕어공주 깃발 아래 모여들었다.

그동안 눌려 왔던 불만이 올라오고, 여기저기서 균열이 커져만 가는 걸 그레이스는 지켜봤다. 스타그룹 전 계열사의 주가가 하락하기 시작했다. 그동안 스타그룹에게 늘 1위 자리를 양보할 수밖에 없었던 경쟁업체들이 발 빠르게 시장을 점령해 나갔다. 그동안 다양한 이슈 속에 스타월드의 가치는 오르기도 내리기도 했지만 지금의 낙폭은 역대 최대치다. 전체 계열사에 비상이 걸리고 한때 주식 시장이 멈추기도 했다. 반전의 기회를 잡지 않으면 정말로 심각한 상황이 올 수 있었다. 그레이스의 머릿속에 스타미디어 대표의 말이 계속해서 맴돌았다.

"허황옥은 지금 우리한테 강력한 메시지를 보내고 있는 겁니다. 그녀는 단순히 이익을 위해 움직이는 사람이 아니에요."

그레이스 또한 허황옥이 단순히 스타그룹을 무너뜨리고자 하는 게 아니라는 생각이 들었다. 이 세계를 파멸시키려 하는 것도 아니라고…. 그녀의 최종 목표는 어디일까? 그녀가 던지고자 하는 메시지는 과연 무엇일까?

Scene9. 그레이스는 붕어공주 게임을 바라본다

총회를 끝내고 집으로 돌아온 그레이스는 그대로 침대에 쓰러졌다. 그리고 천장을 멍하니 바라보고 있었다.

"말 못 하는 허황옥이 하고 싶은 말이 뭘까…?"

그러다 벌떡 일어나 붕어공주 게임을 다운받고 조용히 밖으로 나왔다. 태어나면서부터 늘 언론의 표적으로 살아온 그레이스는 대인 기피증이 있었다. 사람들이 알아보지 못하게 가발과 모자를 눌러쓰고 평범한 또래처럼 입고서 자유롭게 혼자 거리를 거닐었다. 오늘은 경호팀에게도 알리지 않고 비밀리에 거리로 나섰지만, 제이슨만은 그 뒤를 조용히 뒤따르고 있었다. 그레이스는 오랜만에 해방감을 느끼며 붕어공주 게임을 하기 시작했다.

단순하고 심플한 게임이었다. 요즘처럼 화려한 3D 그래픽이 난무하는 세상에 이런 게임이 경쟁력이 있을까 싶을 정도였다. 게임 자체는 그렇게 쉬운 편은 아니었다. 그러나 집중해서 하다 보니 게임 같은 것과 거리가 멀었던 그레이스도 금방 익숙하게 게임을 할 수 있었다. 거리를 다니며 도심에 출현하는 붕어들을 잡기 시작했다. 붕어 5마리를 잡을 때쯤 되니 약 1시간이 지나 있었다. 게임 속에는 유저의 걸음 수와 소모된 칼로리양도 표시되었다. 길에서 만난 초등학생들도 열심히 붕어를 잡고 있었다. 아이들이 그레이스를 보더니 말을 걸어왔다.

"누나도 붕어 잡는 거예요?"

"응, 너희는 얼마나 잡았니? 누나는 이제 5마리 잡았어."

"저희는 이제 한 마리만 잡으면 돼요."

"우와! 그럼 나중에 공짜 꿈붕어빵 먹을 수 있겠네?"

"아니요. 저희 이거는 다시 놔 줄 거예요. 어차피 지금 베타 버전이라 D-day 날부터 가능하거든요."

"우리나라는 붕어빵 가판대가 없어서 못 먹어요. 아빠가 그러는데 나쁜 어른들이 죄 없는 붕어공주를 막 잡아가고, 그래서 꿈붕어빵 장사 못하게 하고 그랬대요. 힝… 나빴어. 그치? 나중에 다시 생기면 그때 붕어 잡아서 붕어빵 먹어야죠. 붕어도 불쌍하잖아요. 자기들 가족도 있을 텐데… 오늘은 놔 주고 필요한 날 다시 잡을 거예요."

남자아이들이 해맑게 웃으며 지나가는 모습을 그레이스는 조용히 지켜봤다.

"필요할 때만 잡는다…. 미리 잡아 둘 필요가 없다…. 인간들만이 필요 없어도 잡아서 보관하려 하지…."

그때 누군가 그레이스의 옷을 잡아당겼다. 어린 소녀가 그레이스를 올려다보고 있었다.

"언니는 인어공주인데 인어빵 안 먹고 붕어공주 꿈붕어빵 먹으려구요? 내 공짜 꿈붕어빵 하나 주고 싶은데… 우리나라에는 붕어공주 꿈붕어빵 파는 곳이 없어요."

그레이스는 몸을 숙여 여자아이의 머리를 쓰다듬어 줬다.

"어른들이 미안해. 빨리 붕어공주 돌아오게 우리 기도하자."

그레이스는 자신이 잡은 10마리의 붕어를 바라보았다. 그물 안에 잡혀 있던 붕어들이 커다란 눈에 그렁그렁한 슬픔을 머금고 그레이스를 보고 있었다. 풀어 주기 버튼을 눌러 그물에서 풀어 주자, 붕어들이 웃는 얼굴로 바뀌며 인사를 하고 도심 속으로 풍덩 빠져들었다. 그중 한 마리는 잠시 머뭇하더니 그레이스에게 다시 다가와 뭔가 하고 싶은 말이 있는 듯 입을 뻐끔뻐끔했다. 그레이스는 놀랐다. '뭐지? 원래 게임에는 이런 게 없다고 들었는데… 버그인가?' 그리고 그 붕어가 하는 말을 알아듣기라도 하는 듯 자신도 따라서 입으로 뻐끔뻐끔했다. 그리고 알 수 없는 감정이 복받쳐 올라와 눈물을 흘리기 시작했다. 게임 속 월드 붕세권 한국 지도에는 여전히 붕어공주 가판대가 0으로 표시되어 있었다.

"이제야 알 것 같아. 붕어공주 당신이 뭘 하려는지… 당신이 꾸는 꿈이 우리 모두를 살릴 수 있을 것 같애. 우리 모두의 오랜 갈증을 해결해 줄 꿈일지도…."

그레이스는 구 아나운서에게 문자를 보냈다.

"안녕하세요, 그레이스입니다. 전에 제게 부탁하신 거… 저는 준비되었습니다. 아니, 어쩌면 제 부탁일지도 모르겠네요."

어디선가 나타난 길고양이 한 마리가 그레이스의 다리에 몸통 꼬리를 비비며 지나갔다.

Scene10. JRBC <100분 토론>, 붕어공주 게임

붕어공주 게임 출시 이후 허황옥이 하려는 지속 가능한 빈곤 구제 시스템에 대한 온갖 난상 토론이 진행되었다.

구 아나운서가 토론의 문을 열었다.

"붕어공주 게임이 출시됐습니다. 허황옥이라는 사람이 어디까지 계획하고 이 일을 시작했는지 도무지 감이 잡히지 않는 상황이네요."

사회학자는 고개를 끄덕이며 말했다.

"그렇습니다. 단순 게임 출시의 문제가 아닙니다. 사실 저도 허황옥이란 사람이 이렇게까지 큰 그림을 그리고 있었다는 사실에 소름이 돋을 정도로 놀랐습니다. 처음에는 그냥 속된 말로 장사치들의 마케팅이라 여겨 나중에 브랜드를 비싸게 팔려는 작전이라 생각했는데…. 지금 그녀가 하는 행위들을 보면 매우 거시적인 어젠다를 가지고 움직이는 사람 같습니다. 전 지구인을 상대로 거대한 게임을 하는 걸로 보입니다. 얼마 전 〈오징어 게임〉이라는 드라마도 있었지만, 이건 그런 것과 차원이 다르죠. 특정 공간에 갇힌 사람들의 게임이 아니라, 전 지구를 상대로 벌어지는 게임이라고 보입니다. 모두가 죽고 한 사람이 살아나는 게임이 아니라, 한 사람이 죽고 모두가 사는 게임입니다."

구 아나운서는 사회학자의 말을 이어받으며 물었다.

"어떤 생각을 가지고 있는 걸까요? 안타깝게도 허황옥 씨가 언어 장애가 있고, 워낙 말을 아끼다 보니, 속 시원하게 이 모든 상황에 대해 얘기해 주면 좋겠지만 그러지 못하는 상황 아닙니까? 배두호씨의 다큐와 그녀의 SNS, 주변인들의 인터뷰 내용만으로 판단해야 하는 상황이다 보니 많은 오해가 있는 것도 사실입니다. 이 사회가 허황옥이라는 인물을 너무 단편적으로 바라보고 깎아내리려고만 했던 건 아닌지 저는 좀 반성하고 있습니다."

경제학자가 차분하게 말했다.

"그동안의 행적으로 보면 허황옥 씨는 이 붕어공주 게임으로 지속 가능한 빈곤 구제 시스템을 완성하려는 것 같습니다. 처음에 그 말을 들었을 때는 허무맹랑하다고 생각했는데… 정말로 이걸 시작했다는 게 상당히 놀랍기는 합니다. 물론 얼마나 오래 지속될지는 의구심이 듭니다. 여러 기업들이 눈독을 들일 만큼 매력적인 브랜드인 것은 분명하지만, 여전히 이면에 어떤 의도가 숨겨져 있을지 알 수 없어 쉽사리 접근하지 못하는 상황입니다. 그리고 붕어공주 대 인어공주라는 거대 담론이 작동하면서 지금 우리에게 가장 심각한 문제인 양극화에 대한 고민이 여전히 내재해 있죠. 자칫 붕어공주 게임으로 양극화 문제가 더욱 불거져 더 큰 사회 문제로 비화될지 모른다는 우려도 듭니다."

구 아나운서는 고개를 끄덕이며 경제학자의 의견에 동의했다.

"순수한 의도인지… 아니면 숨겨진 또 다른 뭔가가 있는 건지… 그동안 인수 작업에 열을 올리던 국내 기업들은 허황옥의 구속과 석방으로 인해 사실상 백지화한 상태입니다."

사회학자는 안경을 올리며 말을 이었다.

"이 게임의 관건은 '과연 사람들이 이타적으로 자신의 욕망을 내려놓고 타인을 위해 기부를 할 것인가?'입니다. 2시간이라는 노동의 대가를 자신이 아닌 타인에게 돌려줄 것인지? 일종의 거대한 사회적 실험이라고 봐야 할 듯합니다. 세계 인구가 약 80억 명이라는 전제하에, 80억 인구가 모두 게임을 해서 모두 기부한다면 80억 개의 붕어빵이겠죠. 하지만 그중 게임이 가능한 인구를 그냥 절반인 40억이라고 하고, 그중에 또 스마트폰이 있고 게임 환경이 되는 20억, 또 그중 절반이 게임을 한다면 10억 명, 그리고 실제로 그중에 반 정도가 기부를 한다면 5억 명… 7-8억 명… 10억이면 더 좋고… 뭐 정확한 기준과 수치는 아니겠지만 대략 이 정도의 숫자가 기부가 돼야 '지속 가능하다'는 어젠다가 아닐까… 저는 조심스럽게 예측해 봅니다."

구 아나운서는 깜짝 놀라며 답했다.

"와~ 5-10억 명요? 어마어마한 숫자군요. 중국, 인도로 치면 거의 인구의 절반인데… 교수님의 말씀처럼 사회적 실험이라는 것에는 저도 공감합니다. 사실 숫자에 너무 큰 의미를 둘 필요는 없겠지만, 아주 무시할 수도 없는 애매한 상황이네요…."

사회학자는 마지막으로 의미심장한 말을 던졌다.

"어쩌면 전 지구인에게 던져진 이 사회적 실험이 붕어공주 허황옥이 우리 사회에 주는 마지막 숙제라는 생각이 듭니다. 앞으로 30일… 붕어공주 허황옥이 말한 D-day 날 어떤 일들이 벌어질지… 그것에 따라 앞으로의 우리 삶은 큰 전환점을 맞을 듯합니다."

구 아나운서는 카메라를 바라보며 마무리했다.

"시청자 여러분의 생각은 어떠십니까? 지금 붕어공주 게임으로 인해 여론이 바뀌고 있는 중이죠? 인도산 마약으로 인해 거의 악마화되었던 붕어공주라는 인물이 다시 회복되고 있는 것 같습니다. 그녀의 진정성이 대중에게 전달되고 있다고 봐야겠죠. 특히 해외에서는 허황옥 씨나 붕어공주 게임에 대해 매우 긍정적인 평가를 하는 반면에 한국 언론들은 여전히 소극적으로 대응하고 있어 안타깝습니다. 마치 기득권의 눈치를 보고 있다고 해야 할까요? 대한민국이 다른 나라에 비해 매우 보수화된 노쇠한 국가의 이미지가 강해지고 있는 것 같아 유감입니다. 앞으로 대한민국이 풀어 가야 할 숙제들이 많습니다. 정치권은 이번 사건을 계기로 국가가 국민을 위해 존재해야 하는 이유가 무엇인지 가슴에 손을 얹고 반성과 성찰의 계기가 되기 바랍니다. 그리고 허황옥 씨, 저도 기성인으로서, 기득권에 속한 한 사람으로서, 죄송하다는 말씀드립니다. 부디 빨리 쾌유하시고, 붕어공주 푸드 트럭 1호가 다시 힘찬 시동을 거는 모습을 보고 싶습니다."

Scene11. 다시 시작하는 허황옥

허황옥은 침대에 누워 이 방송을 보고 있었다. 눈물이 났다. 누군가가 자신을 믿고 이렇게 응원해 준다는 사실이 고마울 뿐이었다. 아무것도 아닌, 그냥 김해 촌뜨기 벙어리 여자일 뿐인데…. 그녀는 할머니가 남겨 준 청동 붕어를 어루만졌다. 청동 붕어를 바라보며 허황옥은 입을 뻐끔뻐끔했다. 그녀는 천천히 몸을 일으켰다. 청동 붕어를 다시 주머니에 넣고 자신의 허리춤에 꽉 묶었다. 푸석푸석한 머리도 빗어서 질끈 묶었다. 단벌 신사라는 말처럼 옷이라고는 몇 벌 되지 않는 그녀였다. 배두호가 깨끗이 세탁해서 침대 앞에 둔 자신의 옷을 들어 냄새를 맡았다. 잘 마른 햇볕의 냄새가 풍겨 왔다. 깔끔하게 단장을 마친 그녀가 천천히 방문을 열고 나와 테이블에서 편집하던 배두호와 눈을 마주쳤다. 둘은 아무 말 없이 미소를 지으며 마주 보았다. 둘 사이에 어떤 말도 필요하지 않았다. 허황옥은 현관문을 열고 다시 세상으로 나갔다. 먼지 쌓인 채로 세워져 있는 붕어공주 푸드 트럭으로 다가가 천천히 차의 먼지를 걷어 내기 시작했다. 배두호도 조용히 다가와 허황옥을 거들었고, 동네 사람들도 하나둘 모여들었다. 그들은 아무 말 없이 자신들의 할 일을 알아서 찾아냈다. 양동이에 물을 받아와 조용히 차를 닦기도 하고, 일부는 음식들을 가지고 와서 같이 나눠 먹기도 하고, 음료수를 사 오는 사람도 있었다. 라마가 허황옥을 찾아왔다. 그리고 둘은 아무 말 없이 뜨겁게 포옹했다. 라마가 허황옥의 이마에 키스를 하자 그걸 본 배두호의 눈빛이 순간 질투로 이글거렸다.

'앗! 라마 저 자식, 왜 이마에 뽀뽀까지 하는 거야? 둘이 아무리 가까워도 그렇지…. 수경이도 너무하네…. 그럼 나한테 한 키스는? 그것도 그냥 라마처럼 가벼운 인사 같은 키스인가? 우씨… 내가 왜 이러는 거지? 하…

그날부터 내가 이상해진 것 같아!'

라마는 허황옥의 이마에서 입술을 떼며 울먹이는 목소리로 말했다.

"공주님··· 다시 돌아와 주셔서 감사합니다."

"···."

둘은 서로 마주 보며 눈빛으로 충분히 이야기를 나누었다.

라마는 붕어공주 트럭에 게임과 연동되는 시스템을 설치했다. 배두호의 연락으로 예진과 다인도 찾아와 붕어공주 트럭 복구를 돕기 시작했다. 새로 칠도 하고, 떨어진 간판도 바로 세우고, 물걸레로 몇 번을 닦았는지 새것처럼 눈이 부셨다.

얼마 전 D-day에 맞춰 국내로 복귀한 오태식과 친구들이 와서 차량을 손봐 주었다. 시동을 걸자 차가 힘차게 부르릉하며 시동이 걸렸다.

"제가 싹 손봤으니까 이제 걱정 마십쇼. 길이든 아니든 가시고 싶은 곳 어디든 갈 수 있습니다. 하하하!"

"동석이가 오토바이만 잘 고치는 게 아니었구나? 우와~ 멋져 부러!"

며칠 후 민정이와 카림, 조 역시 D-day에 맞춰 미국에서 건너왔다. 오랜만에 완성체가 된 기분으로 그들은 함께 사진을 찍었다. 그때 같이 찍은 사진이 후에 조가 자신의 푸드 트럭에 붙여 두고 보는 사진이 되었다.
허황옥이 전광판 스위치를 켜자 간판에 불이 들어왔다. 게임 속 '월드 붕세권' 대한민국 지도에 붕어공주 1호차가 다시 불을 밝히기 시작한 것이었다.

insert 포털뉴스, 조중일보 헤드라인

〈허황옥 활동 재개〉

석방된 후 두문불출하던 붕어공주 허황옥 씨가 다시 활동을 재개했습니다. 최근 SNS에 그녀의 최측근인 배두호, 라마, 예진 양이 모여 함께 붕어공주 푸드 트럭을 고치는 장면이 올라온 것입니다. D-day에 맞춰 오태식 씨 일행과 미국에서 활동 중이던 민정, 그리고 NBA 농구 선수 카림, 미국 붕어공주 재단을 운영하는 조까지 한국에 와서 허황옥 씨를 응원하고 있습니다. 붕어공주 게임 속 '월드 붕세권' 한국 지도에 그동안 계속 0이라는 숫자가 있었지만 허황옥 씨 푸드 트럭이 활동을 재개함으로써 한국 1번이 시작되었습니다. 이제 한국에도 붕어공주 가판대가 다시 더 생겨나기를 기대합니다. 그동안 허황옥 씨의 구속으로 주변에서 같이 검찰 조사를 받던 분들도 모두 무혐의 또는 가벼운 벌금형으로 처리가 되었습니다.

\- 정현선 기자

Scene12. 붕어공주 가판대가 다시 생겨나다

전국에 있는 붕어공주 붕어빵 가판대가 다시 하나둘 나오기 시작했다. 동네 사람들이 십시일반 돈을 모아서 기존에 장사하던 사람들에게 새로운 가판대를 선물하기도 했다. 송 씨도 그런 사람들 중 하나였다.

"송 씨, 미안하우…. 우리가 그때 너무 흥분해서 그만…. 아, 마약이 들었다고 언론에서 그렇게 떠들어 대니 우리야 그런가 보다 했지, 뭐. 에이, 나쁜 놈들 같으니…. 송 씨, 우리 가게 앞에서 장사 다시 해요. 그리고 이거 우리 상인회에서 조금씩 모은 겁니다. 이걸로 다시 붕어공주 가판대 시작해요. 우리가 도와줄게~"

다행히 무쇠로 만든 붕어빵 틀은 멀쩡했다. 그들은 다시 시작하기 위해 일어난 것이다. 라마는 바로 사람들을 투입해 가판대를 보수하고 와이파이 시스템과 붕어공주 게임 연동 장치를 설치했다. 월드 붕세권 한국 지도에 작은 불들이 전국으로 퍼져 나가고 있었다.

앞으로 D-25.

Scene13. JRBC 특집, 그레이스 편

구손석 아나운서가 진행하는 JRBC의 간판 프로그램인 9시 뉴스는 종종 화제의 인물을 초대해 생방송으로 인터뷰를 해 왔다. 그리고 오늘, 가히 압도적으로 대중의 관심을 끌 만한 인물이 출연했다. 아무런 사전 예고도 없었다. 평소처럼 뉴스를 보던 많은 이들의 입이 벌어질 만큼 놀랄 일이었다.

"시청자 여러분, 오늘은 정말 모시기 힘든 분이 이 스튜디오에 나오셨습니다. 사실 전혀 예고를 안 했고, 긴급하게 모시다 보니 시청자분들이 많이 놀라실지도 모르겠습니다. 안녕하십니까? 그레이스 대표님."

"안녕하세요, 구 아나운서님, 이렇게 초대해 주셔서 감사합니다. 저는 스타월드 대표, 그레이스입니다. 그리고 오늘 이 자리는 스타월드의 대표가 아닌 자연인 그레이스 개인 자격으로 이 자리에 나왔다는 것을 먼저 밝힙니다. 제가 여러분께 고백할 것이 있습니다. 얼마 전 '꼬마 요리사'가 강지영 기자로 밝혀져 많은 분들이 놀라셨던 것으로 압니다. 그리고 거기에 꾸준히 댓글을 달아 온 '심해어'가 누군지 모두 궁금해하셨었구요. 제가 바로 그 심해어입니다. 그동안 제가 왜 심해어로 활동을 했는지, 오늘 여러분께 말씀드리고 싶습니다."

생방송으로 진행된 그레이스의 인터뷰는 순간 시청률 1위를 찍었다.

대한민국뿐 아니라 전 세계에 라이브로 송출되어 전 세계 순위로도 1등이었다. 전 세계인이 그레이스의 심해어 커밍아웃을 보면서 경악했고, 그녀의 한 개인의 이야기를 담담히 들으며 많은 이들이 공감했다.

방송을 보던 로버트 회장은 손에 든 술잔을 TV에 집어 던지며 불같이 분노했다.

"으아아아~ 젠장! 저년이 먼저 선수 치고 나올 줄이야! 쎗 더 뻑! 고노야로! 야, 차 대기시켜! 야, 박 마담! 지금 가니까 술 준비해 놔! 전에 그 그레이스 닮은 년 있지? 그년 들어오라 해! 그리고 오늘 손님 받지 마! 오늘 완전 퍼마셔야 잘 수 있을 거 같으니까! 박 비서, 박 비서 어딨어?"

"네, 회장님."

"고노야로! 저년을 어떻게 하면 좋을까? 이번엔 완전히 골로 보내야 할 거 같아. 방법 좀 찾아봐! 복어 독이든, 비행기 사고든, 뭐든 간에 저년을 황천길로 보낼 방법 말이야! 당장 미하엘하고 작전 짜서 알려 줘!"

박 비서는 로버트 회장의 명을 받고 조용히 문을 닫고 나갔다.

insert CNN 인터뷰, 구 아나운서

"그레이스의 자택에서 샛별 씨의 결정적인 증거를 본 후 저는 그레이스 대표에게 조건을 걸었습니다. 방송인으로서 그 순간에도 그레이스 대표를 인터뷰하고 싶다는 욕심이 생기더군요. 아마 모든 방송인이라면 그레이스 대표와의 단독 인터뷰가 얼마나 가치 있는 일인지 잘 아실 겁니다. 한 번도, 전 세계 어느 언론과도 단독 인터뷰를 한 적이 없기 때문이죠. 사실 이 사건이 모두 끝나고 나서 조금 조용해지면 그레이스 대표 단독 인터뷰 카드를 하나 확보하자는 차원이 컸습니다. 그런데… 붕어공주 게임이 출시되고 얼마 후 그레이스 대표에게서 먼저 전화가 걸려 왔습니다. 그리고 그녀는 제가 생각한 것보다 더 빨리 인터뷰 자리를 원했고요. 모두가 아시다시피 그날 생방송 인터뷰에서 그레이스 대표는 자신이 '심해어'라는 사실을 밝혔죠. 그레이스 단독 인터뷰도 전 세계 언론인으로서 처음이지만, 그레이스가 바로 그 심해어라니…. 아마 다시 보기 영상 보시면 제 표정이 얼마나 당황하고 말까지 더듬는지 보이실 겁니다. 아직도 그 짤이 돌아다녀서 많은 분들께 본의 아니게 웃음을 드리고 있습니다. 신입 때도 당차다는 소리 들으며 방송 생활을 시작했는데… 제 생에 그렇게 당황해 본 적은 처음이었습니다."

Scene14. 스타그룹 총회의

그레이스의 JRBC 인터뷰 이후 스타그룹과 그들을 따르는 전 세계 오피니언 리더 그룹은 그녀의 심해어 커밍아웃에 놀라고 분노하며 패닉 상태가 되었다. 혼란과 혼돈 그 자체였다.

인터뷰 다음 날, 스타월드 지하 10층 벙커에 모두가 모였다. 로버트 회장이 목소리를 높이며 그레이스를 규탄하기 시작했다.

"고노 야로! 이게 말이 됩니까? 어떻게 그레이스가 심해어로 활동을 할 수가 있습니까? 이것은 우리 모두를 기만하고 배신한 행위입니다. 저런 사람을 어떻게 우리 의장으로 모시고 향후 100년을 맡길 수가 있습니까? 당장 소피아 의장은 이 사태를 책임지고 물러나시고, 그레이스도 모든 직책에서 물러나야 합니다!"

스타해운의 대표도 로버트를 거들었다.

"결국 브로큰스타를 도발하고 우리의 가치를 무너뜨리려 한 게 심해어… 아니, 그레이스 당신이란 말입니까? 이건 우리와 우리가 지켜 온 시스템을 무너뜨리려 한 이적 행위, 옛날 같았으면 당신을 이 자리에서 죽여도 아무 말 못 했을 겁니다. 당장 스타월드에서 물러나시오! 소피아 가문을 멸문시키는 데 저는 찬성합니다. 그리고 차기 의장 자리에 로버트 회장을 추대합니다. 우리에게 지금 필요한 건, 진흙탕을 만드는 피라미 같은 심해어가 아니라, 강력한 힘으로 우리의 시스템을 보호하고 유지하며, 무지한 대중과 우리에게 대항하는 폭도들을 단번에 진압할 수 있는 황금 날개 콘도르가 필요합니다."

다른 그룹사들도 모두 동요하기 시작했다. 마지막까지 소피아와 그레이스를 지지하던 그룹들도 그레이스가 심해어라는 사실에 더 이상 지지하기 힘든 상황이 되었다. 로버트 회장 쪽으로 넘어간 표에 소피아 쪽에서 넘어오는 표까지 합쳐지면 의결권은 이미 과반수가 넘었다. 대세는 로버트 회장으로 기울기 시작했다. 스타일렉트릭 대표가 걱정스러운 표정으로 말했다.

"이러다 브로큰스타에 다시 불길이 번지면 이번에는 손쓸 방법이 없어요. 우리 모두 불타 버릴 겁니다."

로버트 회장은 분위기를 탔다고 생각하고 더 강경한 목소리를 냈다.

"소피아 가문은 이 모든 일에 책임을 지고 물러나시오! 안일한 생각으로 이 사달을 만들어 내다니… 내가 의장이 되면 그 어떤 불법 시위도 가만두지 않을 겁니다. 스타그룹과 우리를 지지하고 따르는 전 세계의 모든 오피니언 리더들이 마음 놓고 안전하게 살 수 있게 될 겁니다. 저 우매한 개돼지 같은 대중들에게 자꾸 약한 모습을 보이니까 지금 같은 일들이 벌어진 겁니다!"

스타해운 대표도 로버트를 거들었다.

“오늘 이 자리에서 의장 선출을 바로 해 버립시다! 더 이상 이런 혼란을 질질 끌어서는 안 됩니다!”

모두가 서로 목소리를 높이며 아수라장이 되어 갈 무렵, 그레이스가 천천히 일어나 말하기 시작했다.

“맞습니다. 저는 어제 방송에서 말씀드렸듯이 여러분들이 그렇게 비난하고 혐오하는 심해어로 활동해 왔습니다. 브로큰스타를 제가 도발했다고요? 과연 그럴까요? 제이슨, 들어오시라고 해.”

회의장 문이 열리고 로버트 회장의 심복인 박 비서가 들어왔다. 그는 로버트 회장을 지나 곧장 제이슨에게 다가가 USB 하나를 건네주었다. 로버트 회장은 갑작스러운 박 비서의 등장에 깜짝 놀라 소리쳤다.

“어, 어… 야, 박 비서! 너 뭐 하는 짓이야?”

제이슨이 그것을 컴퓨터에 연결하자 엄청난 증거들이 터져 나왔다. 로버트 회장이 그동안 비밀리에 중국, 러시아, 동유럽 댓글 팀을 운영하면서 여론을 움직여 왔고, 특히 브로큰스타들을 자극하는 댓글로 그들을 부추겨 왔다는 내용이었다. 그곳에 모인 계열사 대표들은 아연실색할 수밖에 없었다.

“아, 아니… 저럴 수가! 저게 진짜란 말이야? 로버트 회장, 진짜 당신이 저지른 일이오?”

그리고 마지막 결정타는, 브로큰스타의 수장으로 알려진 국제적인 테러리스트로 악명 높은 러시아인 미하엘과 나눈 통화 내용이었다. 회의실 안 스피커로 그들의 파렴치한 공모가 철저히 까발려졌다.

“미하엘, 전처럼 비행기 한 번 더 떨어뜨려 주게나. 빠가야로! 이 멍청한 스타그룹 계열사 놈들이 웬만해선 자극을 받지 않아!”

“하하, 로버트 회장님, 비행기는 돈이 더 비싼 거 아시죠? 손도 많이 가고, 사람도 많이 죽는 일이다 보니… 우리 애들도 돈을 아주 많이 주지 않으면 내켜들 안 한단 말이오."

"하하하, 사람 죽이는 일에도 양심이 있다? 요시! 좋았어~ 그래, 내가 돈을 더 주지. 대신 전에 그레이스 비행기 사고처럼 실수하면, 알지? 그 일로 스타에어 주가만 떨어지고 말이야."

"흠… 그땐… 그레이스 대표가 운이 좋아서 그런 거죠. 다른 사람이었으면 100% 죽었을 겁니다. 완벽한 작전이었는데… 누군가 일을 방해한 느낌이…."

"됐어. 이미 지난 일. 대신 이번엔 절대 실수하지 마! 이게 마지막 기회니까. 그레이스 그년이 죽으면 모두 해결되는 거야. 그년이 내 앞에 무릎 꿇는 꼴을 반드시 보고 싶었지만… 깔끔하게 죽어 없어지는 것도 나쁘지 않아! 돈은 작전 개시되면 바로 쏘지!"

회의실 안, 모니터로 이 내용을 듣던 모든 사람들이 로버트 회장의 목소리를 듣고 경악을 금치 못했다. 특히 소피아 의장의 분노에 찬 표정을 본 사람들은 공포를 느낄 수밖에 없었다. 평소 온화한 것으로 알려져 있지만, 소피아 가문은 모든 그룹사들이 두려워할 만큼 잔인하고 냉혹하기로 소문난 집안이기 때문이었다. 소피아 가문이 100년 전 로버트 가문에 한 일들은 차마 입으로 옮기기도 힘들 만큼 무서운 일들이었다. 로버트 회장이 저렇게 소파아 가문에 피의 복수를 천명하는 이유가 없는 게 아니었고, 내심 로버트 회장을 어느 정도 이해하고 동정하는 집단도 있었다. 하지만 그렇다 해도, 이렇게 중대한 상황에 브로큰스타까지 건들면서 그룹 전체를 위험에 빠뜨린 것을 그냥 넘어갈 수는 없는 문제였다. 참석자들 대다수가 분노를 감추지 못하고 있었다.

"그럼 그동안 브로큰스타가 로버트 회장의 사주를 받아 왔다는 말입니까? 어떻게 당신이 이럴 수가?"

그때까지 침묵을 지키던 그레이스가 차분히 말했다.

"보신 것처럼 로버트 회장은 우리 내부를 분열시키고, 사회 혼란을 야기시켜 자신이 스타그룹의 의장 자리에 앉으려고 했습니다. 화면 속 댓글을 보면 심해어라는 이름으로 브로큰스타에게 조작된 메시지를 전하기도 했습니다. 중국, 러시아 쪽 댓글 팀들의 증언도 여기 다 들어 있습니다. 그들은 돈만 주면 어디든 붙는 사람들이니까요. 그동안 로버트 회장과 직접 나눈 대화 메시지가 모두 있습니다. 그들이 스타에어 내부의 모든 자료를 해킹한 자료도 있습니다. 로버트 회장이 엄청난 비자금으로 스타그룹 전체를 위험에 빠뜨리고 자신의 욕망을 이루려 한 증거! 이래도 당신이 아니라고 말할 수 있습니까? 로버트 회장!"

로버트 회장은 분노로 벌겋게 달아오른 얼굴로 벌떡 일어나 씩씩거리며 부인했다.

"이거 모두 조작된 거야! 난 그런 적이 없어! 박 비서, 네가 어떻게 나한테… 널 특별히 거둬 줬건만…! 어이쿠, 심장이… 내 약! 약! 약!"

조금의 동요도 없이 그레이스가 차가운 목소리로 말했다.

"박 비서는 이미 20년 전부터 저희 쪽 사람으로 활동한 사람입니다. 소피아 의장님과 저는 20년 전 제게 일어난 의문의 교통사고로 시작해, 수많은 암살 시도의 배후에 로버트 회장이 있다는 의혹을 가졌습니다. 하지만 결정적인 증거를 찾지는 못 했었죠. 그래서 당시 박 비서, 본인이 자진해서 스타에어 쪽으로 들어간 겁니다. 회장님이 스타월드 신 상무에게 오래전부터 접근해 오신 것처럼요."

소피아 의장의 서늘한 목소리가 그레이스의 뒤를 이었다.

"로버트 회장! 당신만 용인술을 쓰는 건 아니죠. 박 비서가 그동안 로버트 회장 밑에서 많은 내용을 정리해 놓았더군요. 박 비서, 수고했어요! 꽤 오랫동안 고생하셨습니다."

"감사합니다, 의장님. 저는 그레이스 대표님의 사람입니다. 이런 일을 대비해서 오랫동안 준비해 왔습니다. 이제야 제 역할을 마칠 수 있게 되었습니다. 그동안 죄송하고 감사했습니다, 로버트 회장님."

소피아 의장은 더 이상 참지 않았다. 끓어오르는 분노로 인해 상기된 눈동자로 로버트 회장을 노려보는 모습이 그걸 말해 주고 있었다.

"로버트, 이쯤에서 인정해요! 안 그러면 100년 전 당신네들이 겪은 고통보다 더 무서운 결과가 뒤따를 겁니다! 내 기분 같아서는 지금 당장이라도 당신을…."

여자라고 느껴지지 않는 그녀의 포효에 모든 그룹사들이 공포감을 느꼈다. 그때 누군가 소피아 의장의 어깨에 손을 올리며 그녀의 말을 막았다. '어떤 놈이 감히 나, 소피아가 말하는 중에…!' 생각하며 고개를 돌리자 그레이스가 소피아를 내려다보며 절도 있게 무언의 제지를 하였다. 소피아는 평소 자신에게 이런 모습을 보인 적이 없었던 그레이스에게 당황했다. 한 번도 자신에게 대적한 적이 없던 딸이었다. 소피아는 그레이스를 올려다보면서 그녀의 파란 눈동자에서 그동안 본 적 없는 강력한 기운을 느꼈다. 흠칫 그 기운에 눌려 기세가 꺾였다. 소피아가 하던 말을 중지하고 차분해지자, 그레이스는 분노와 공포로 일그러진 로버트 회장에게 고개를 숙이고 인사를 한 후 예의를 갖추어 말하기 시작했다.

"로버트 회장님… 여기서 조용히 물러나신다면 100년 전처럼 당신의 가문이 멸문지화 되는 일은 없을 겁니다. 이젠 시대가 바뀌었습니다. 저희 선조가 회장님의 가문에 저지른 가슴 아픈 일들은 지금 이 자리를 빌려 사죄드립니다. 그 헤아릴 수 없는 아픔과 분노가 오늘의 이 사태를 만들어 낸 것에 저희 모두 책임을 통감하고 있습니다. 아드님 다니엘은 스타에어 대표 자리를 유지시켜 드리겠습니다. 하지만 로버트 회장님은 지금 즉시 물러나 주시기 바랍니다."

스타에어의 로버트 회장만 물러난다면 이 사건은 여기서 덮일 것이다. 스타그룹 관련된 모든 이들도 이번 사건이 외부로 노출되는 걸 원치 않았다. 브로큰스타가 스타에어와 관련됐다는 사실이 밝혀지면 그룹 전체에 엄청난 악영향을 줄 것은 자명한 사실이었다. 로버트 회장은 그레이스의 말을 듣고 자리를 박차고 일어나다 심장을 쥐어 잡고 다시 주저앉았다. 그때 그의 아들 다니엘이 들어와 그레이스에게 깍듯이 목례를 하였다.

"그레이스 대표님… 죄송합니다. 그리고… 고맙다."

"젤리로 갚아!"

다니엘은 성난 로버트를 진정시키며 함께 밖으로 나갔다. 그가 나간 이후 모두가 패닉 상태에 빠졌다. 로버트 회장의 만행에 분노하면서도 그동안 그에게 철저히 속아 왔다는 사실에 아무 말도 못 하고 허공만 바라보고 있었다. 그레이스가 그 침묵을 깨뜨렸다.

"여러분, 우리는 지금 어디로 가고 있는 걸까요? 우리가 받들고 있는 이 시스템이 얼마나 유지될 수 있을까요? 이미 사망 선고를 받은 거나 마찬가지인 구시대의 시스템을 다음 세대에게 그대로 물려준다고요? 그게 우리가 할 수 있는 최선인가요? 제게는 늙고 병든 구시대의 망령이 온갖 의료 시스템에 의지해 긴 긴 목숨을 유지하려고 하는 모습처럼 보입니다. 지금 이 자리에 계신 소피아 의장님, 그리고 여러 그룹사의 대표님들… 제게는 부모님이자 삼촌, 고모 같은 분들이죠. 제가 드리는 말씀에 불쾌감을 느끼시는 분들도 많으실 겁니다. 정말로 지금의 이 갈등의 원인이 붕어공주 때문일까요? 그럼 붕어공주가 없어지면 이 문제가 사라질까요? 저는 아니라고 생각합니다. 터져도 벌써 터졌어야 할 문제였습니다. 붕어공주 허황옥은 단지 그 시점에, 안 좋은 때에, 그 자리에 있었을 뿐입니다.

브로큰스타는 허황옥과 별개의 문제입니다. 그들은 이미 오래전부터 이 지구상에 존재해 왔습니다. 어쩌면 우리들과 같이 생겨났다 해도 틀린 말이 아니죠. 그들은 우리의 또 다른 자아일지도 모릅니다. 우리가 수백 년간 그들을 추적했지만 그들의 실체를 찾지 못했던 것은, 그들은 무형의 존재로서, 우리들이 더럽다고 생각하고, 우리 몸에 걸치고 싶지 않은 모든 수치스러운 것들의 총체적인 집합이었기 때문입니다. 브로큰스타는 차마 보고 싶지 않았던 우리의 일그러진 자화상이지, 붕어공주를 따르는 이들이 아닙니다.

그리고 장녹수 의원이 쏘아 올린 인어공주 대 붕어공주라는 대결 구도는, 이제 전 지구적인 양극화를 상징하는 게 되어 버렸습니다. 우리가 우리 것만 지키려는 탐욕에 빠져 우리끼리 싸우는 동안, 붕어공주는 대중과 호흡하며 그들과 함께 꿈을 만들어 가고 있었어요. 붕어공주는 이제 단순히 허황옥 하나만을 말하는 게 아니라, 우리 기득권을 제외한 모든 대중들을 상징하는 단어입니다. 대중이 붕어공주를 따르는 이유는, 그들 스스로가 진흙 속의 붕어라는 동질감을 느꼈기 때문일 겁니다. 붕어들은 우리에게 새로운 변화를 요구했지만, 우리는 거기에 답을 주지 못했습니다. 이제 그들은 우리들과 싸우기보다는 스스로 자신들의 왕국을 만들 준비를 하고 있습니다. 그럼 우린 어떻게 되는 걸까요? 그들이 없는데 우리가 존재할 수 있을까요? 우리는 서로가 필요한 존재입니다. 그렇기에 공생해야 하는 것이고요.

이제는 우리 스스로 변화해야 할 시기입니다. 밖으로부터의 변화가 아니라 우리 안의 내재적 성찰을 통한 변화를 적극 도모해야 합니다. 지금 이 변화의 물결을 놓치게 된다면 우리는 탈출구가 없는 깊은 물 속으로 가라앉게 될 것입니다. 이 문제의 봉합을 위해 제안합니다! 스타월드가 붕어공주를 인수하겠습니다!"

회의장 안의 그룹사 대표들과 전 세계 오피니언 리더들이 크게 술렁거렸다. 믿었던 로버트 회장의 배신으로 인해 받은 충격을 수습할 새도 없이 그레이스의 조용하면서도 단단한 내면의 솔직함을 담은 연설에 반박할 근거를 찾을 수 없었다.

"저는 얼마 전 붕어공주 게임을 내려받아 직접 해 봤습니다. 우리가 그동안 적으로 여겼던 붕어공주 허황옥은 사람들의 더 나은 미래를 만들기 위해 기꺼이 자신을 희생시켰습니다. 이제 갈등을 끝내야 합니다. 제게 시간을 조금만 주세요! 이 세상과 우리 모두를 더욱 건강하게 살려 낼 수 있습니다."

모두가 그레이스의 연설에 수긍했다. 그들 역시 알고 있었다. 익숙하고 편안한 시스템을 버리고 새로운 변화를 갖는 것이 두려웠을 뿐… 한때 그들도 그레이스 나이 때 새로운 변화를 적극 받아들이며 지금의 시스템을 구축해 온 영광의 노병들이었다. 그들은 로버트 회장의 만행에 스스로를 돌아보며 반성했고 그레이스에게 마지막 기회를 주기로 했다. 그레이스도 이것이 자신에게 주어진 마지막 기회라는 것과 이 오래된 시스템에게도 마지막일 거라는 걸 누구보다 잘 알았다.

Scene15. 그레이스, 붕어공주 인수를 결심하다

회의를 마치고 그레이스는 스타월드 타워 옥상에서 도심을 내려다보았다. 노을이 지면서 도시는 금세 어두워졌지만 수많은 불빛들이 다시 도시를 깨워 나갔다.

"이 도시는 여전히 잠들지 않는군…. 누군가의 눈물로 빛나는 불빛들, 그 불빛 아래 그림자들… 수많은 이들의 꿈과 욕망, 기쁨과 슬픔이 도시를 움직이고 있어!"

그레이스는 자신의 핸드폰에서 붕어공주의 인스타를 찾아 DM을 보냈다.

'안녕하세요 허황옥 씨, 저 그레이스입니다.'

얼마 지나지 않아 허황옥에게서 답이 왔다.

「네, 그레이스 대표님… 얼마 전 병원에서 당신을 본 기억이 납니다. 꿈이라고 생각했는데, 깨어나서 보니 꿈이 아니라 현실이었다는 것도… 고마워요! 또 신세를 졌군요. 어릴 적 기억이 생생합니다. 당신을 처음 김해에서 봤을 때, 그리고 저를 안고 병원에 데려다주던 차 안, 병실 문이 닫히면서 마지막까지 마주쳤던 당신의 눈동자… 모두 기억합니다. 고맙습니다.」

'저도 또렷이 기억합니다. 그게 우리의 첫 만남이었어요. 몇 년 전, 당신 어깨의 물고기 점을 본 순간, 어릴 적 내 품에 안겨 있었던 그 아이가 당신이란 걸 바로 알았어요.'

「운명이란 게 참 애꿎어요. 어떤 식으로든 우리는 만날 운명이었나 봅니다.」

'맞아요. 우리 삶에 일어날 일들은 어떻게든 일어나는 걸지도요…. 그래서 이렇게 용기를 내서 허황옥 씨에게 연락드렸어요. 운명 같은 일이라 생각합니다. 제 제안을 들어봐 주세요. 허황옥 씨 당신의 붕어공주를 인수하고 싶습니다.'

허황옥의 답장은 빨리 오지 않았다. 그녀가 답을 생각하고 있을 그리 길지 않은 시간이 그레이스에게는 시간이 멈춘 듯 영원처럼 느껴졌다. 허황옥으로부터 답장이 도착했다. 그레이스는 떨리는 마음으로 메시지를 확인했다.

「그레이스 씨, 당신은 꿈붕어빵을 원합니까? 진짜 꿈을 꾸기를 원하십니까?」

'네, 저는 꿈꾸기를 원합니다. 당신의 꿈을 사고 싶습니다.'

갑자기 어디선가 바람이 불어와 그레이스의 머리카락이 휘날렸다. 그 바람은 세상을 바꿀 변화의 바람, 그레이스가 진정 바라던 바람이었다.

제12화

D-day 오병이어의 기적

CNN 스튜디오, 리처드가 가장 중요한 그날에 대해 말을 시작한다. D-Day였다.

"드디어 D-day가 다가왔습니다. 이를테면 약속의 날인데요…. 허황옥이 약속한 D-day에 과연 어떤 선언을 할 것인지? 선거 전날, 허황옥의 스탠스에 따라 한국의 정치 지형은 완전히 달라질 수도 있었어요. 일촉즉발! 불씨 하나만 던져도 폭발하기 직전의 분위기라고 해야겠죠. 한국의 선거 결과에 따라 다른 여러 나라의 정치 지형에도 큰 변화가 있을 거라는 예측에 모두가 촉각을 세우고 지켜봤습니다."

"그렇습니다. 그리고 그 결과는 아무도 예측하지 못했던 일이었죠."

붕어공주 가판대 국내 307개/스타월드 매장 수 2,465개

@the_princesscarp/붕어공주_허황옥(SNS 팔로워 8억 명)

#붕어공주 #꿈붕어빵 #D-5 #붕어공주게임 #지속가능한빈곤구제

#지속가능한꿈 #오병이어기적

Scene1. 허황옥에게 메시지를 보내는 그레이스

그레이스는 바로 인수 작업에 돌입했다. 허황옥과 수시로 메시지를 주고받으며 협약서를 작성해 갔다. 어떤 내용이 오갔는지는 여전히 베일에 가려져 수많은 가설과 예측이 난무했다. 그러다 보니 유튜버들의 단골 메뉴가 되기도 했다.

허황옥은 라마, 민정, 오태식과도 이 부분을 진지하게 논의했다. 그러나 그들 모두가 같은 의견을 낸 것은 아니었다고 했다. 그들은 꽤 오랜 시간 토론했고, 결국 허황옥의 뜻에 모두 공감하고 찬성하게 되었다. 여기에 라마는 법률적인 부분에서 많은 조언을 해 주었다고 했다.

허황옥은 장문의 메시지를 그레이스에게 보냈다. 그녀의 답을 받은 그레이스는 깜짝 놀라 몇 번을 읽어 내렸다. 뭐? 겨우 이런 조건이라고? 수많은 기업들이 내걸었던 인수 조건을 기준으로 생각하고 있던 그레이스는 당황하지 않을 수 없었다. 허황옥이 얼마를 요구하든 그에 응할 준비가 되어 있었고, 필요하면 스타월드 안에 그녀의 자리도 만들어 줄 생각이었다. 하지만 그녀의 예상과 180도 다른 허황옥의 답장에 그레이스는 적잖이 놀랐다.

'당신이 원하는 게… 정말 이게 다인가요? 정말? 이해할 수가 없군요…. 전혀 예상치 못한 일이네요.'

「그렇습니다. 제 꿈은 이것으로 이루어지는 겁니다. 그 이상도 그 이하도 없습니다. 제가 보내 드린 내용을 법무 팀과 검토해 주십시오. 그 어떤 숨어 있는 추가 요구 사항도 없습니다.」

'좋습니다. 그럼 제가 요구하는 사항도 보낼게요. 이 부분은 사실 인수 계약과는 직접적인 관련은 없을지도 모릅니다. 저 역시 많은 고민 속에 내린 지극히 제 개인적인 부탁이자 요청입니다. 이 비밀 조항(Confidential Clause)은 허황옥 씨가 거절하셔도 괜찮습니다. 하지만 부디 허황옥 씨도 신중하게 생각해 주세요.'

Scene2. 얼마 후 그레이스가 보낸 메시지를 보고 놀라는 허황옥

그레이스에게서 장문의 메시지가 왔다. 스타그룹의 차기 의장이 될 사람으로서, 스타월드의 대표로서가 아닌, 자연인 그레이스의 이야기들이었다.

소피아 가문의 역사와 어머니 소피아 의장, 그리고 자신의 어린 시절 이야기, 그녀가 자라면서 이 세상을 바라보고 느낀 점들 그리고 김해에서 허황옥을 처음 만났을 때의 느낌, 기억…. 운명같이 연결된 두 사람의 인연들 그리고 지금 스타그룹이 처한 현실적인, 외부에서는 결코 알 수 없는 민감한 이야기들…. 전 세계적으로 당면해 있는 문제들…. 그녀가 짊어지고 감당해야 할 무게들….

자신과 같은 나이대의 한 여자가 어떻게 그 많은 것을 감당하고 지금까지 버텨 왔는지…. 자신과는 다른 세상에 태어나 서로 다른 삶을 살았다고 생각했지만 어쩌면 이렇게도 같은 고민을 했을까…. 김해에서 시작된 인연이 결코 우연이 아님을 허황옥은 절실히 느끼고 있었다.

그리고 마지막 부분의 그녀의 제안… 허황옥에게 부탁한 내용은 가히 충격적이었다. 충분히 그 의도와 뜻은 알지만, 한 인간이자 여자로서 그레이스와 허황옥, 둘 다에게 쉽지 않은 요구 사항이었고 부탁이었다. 하지만 그레이스의 내면 깊숙이 숨겨 둔 그동안 절대 아무에게도 하지 못한 이야기를 들은 허황옥은 충분히 그녀를 이해할 수 있었다. 어릴 적 김해에서 한 번, 그리고 성인이 된 지금 또 한 번… 두 번이나 위험을 감수하면서까지 자신을 도와준 그레이스를 허황옥도 돕고 싶었다.

그레이스는 허황옥에게 보낸 비밀 조항에 대한 답을 기다리며 그녀의 기억 속에서 언제나 잊히지 않는 어린 시절의 한 장면이 다시 떠올랐다. 그레이스가 허 할매의 붕어빵을 먹고 꿈을 꾼다고 한 후 소피아가 처방해 온 약을 먹기 시작했을 때였다. 저녁 식사 후 부모님은 거실에서 나지막한 목소리로 이야기를 나누고 있었다. 거실로 들어서려던 그레이스의 귀에는 부모님이 자신의 이야기를 나누는 소리가 들렸다.

"처방된 약은 잘 먹고 있더군. 불면증 치료제라고 알고 있는 거 같아."

"조지, 그레이스가 정말 스타그룹 의장이 될 수 있을까? 너무 유약한 거 아니야?"

"당신은 왜 그렇게 애를 몰아세워? 아직 어린데…."

"어리다구? 이제 곧 모든 걸 책임져야 하는 나이야. 그렇게 꿈만 꾸면서 이 자리를 이어받을 수는 없어."

그레이스는 거실 입구 벽에 붙어서 숨을 죽이고 이야기를 계속 들었다.

"소피아 가문의 직계라고는 하지만… 그레이스가 감당할 수 있을지 모르겠어. 리더로서의 자질은 노력으로 되는 게 아니잖아. 앞으로 수많은 도전과 위협을 견뎌 내야 할 거야. 목숨을 걸고서라도 지켜내야 해. 가문을 위해서라면 난 그레이스를 버릴 수도…."

그 순간, 그레이스는 자신이 태어날 때부터 따라다니던 소피아 가문의 핏줄이라는 사실이 얼마나 잔인한지 새삼 깨달았다. 그것은 축복이자 저주였고, 동시에 사람들의 시선과 기대를 감당해야 하는 가시 달린 면류관이었다.

그레이스는 머릿속에서 수없이 자신에게 던졌던 질문을 또다시 되뇌었다. '나는 정말 이 자리에 어울리는 사람일까?' 평생 이 질문에 대한 답을 찾아왔다. 이제 그 끝을 보기로 한 그레이스였다.

허황옥은 그레이스가 보낸 메시지를 몇 번을 읽고 또 읽었다. 한동안 멍하니 생각에 잠겼다. 그리고 할머니가 남겨 준 청동 붕어를 꺼내 바라보았다. 그리고 천천히 웃옷을 벗고 거울 앞에 서서 자신의 어깨에 있는 쌍붕어 점을 바라보았다. 다른 나라에서도 물고기 모양 점을 가진 이들이 많이 발견되었지만, 그녀가 봐도 자신의 물고기 점이 제일 크고 살아 있는 듯한 느낌이 들었다. 얼마 전 온몸의 허물이 벗겨지는 고통 속에서 물고기 점은 전보다 더 커진 것 같았다.

'할머니가 어릴 때부터 늘 말씀하셨지. 내 물고기 점이 세상에서 제일 크다고… 어쩌면 정말일지도 모르겠어….'

Scene3. 한강 6주차장, 생각에 잠기는 허황옥

저녁노을이 붉게 물드는 한강, 허황옥은 떠오르는 생각들을 정리하며 걷고 있었다.

지는 해가 드리워진 한강 유선장 위에 스타월드의 녹색 로고가 비쳐 마치 강물에 떠 있는 것처럼 보였다. 그 자리에 커다란 붕어 한 마리가 헤엄을 치고 있었다. 그 모습이 얼핏 붕어와 인어가 함께 헤엄을 치는 것 같았다. 허황옥은 이 모습을 가만히 지켜보다가 그레이스의 메시지에 드디어 답을 했다.

「그레이스 대표님, 당신의 생각과 의중… 모두 잘 알겠습니다. 어느 누구에게도 말하지 못했을 깊숙이 숨겨 뒀던 이야기들… 솔직한 심정 보내주셔서 감사합니다. 당신의 요구 사항에 응하겠습니다. 그리고 당신의 마지막 제안… 오히려 제가 감사합니다.」

insert 꿈, 허황옥과 그레이스의 꿈

투구를 벗고 서로를 알아본 두 공주. 지금까지 싸워 온 대상이… 적이 아닌 스스로임을 인지한다.

"네가 나였어."

"처음부터 알았어. 이 대결은 너와의 싸움이 아니라 나와의 싸움이었다는 걸…."

"어릴 적 김해에서 너를 처음 본 순간 이미 정해져 있었던 걸지도…"

그때였다. 그들 앞에 로버트 회장이 집안 대대로 내려오는 붉은 사무라이 갑옷을 입고 그들 앞에 나타난다.

"흐흐흐… 고노야로! 귀찮은 것들 같으니… 요시! 둘 다 한꺼번에 죽여 주마!"

그가 일본말로 주문을 외자 거대한 로쿠로쿠비(저자 주: 일본의 목이 긴 요괴)로 변신한다. 뱀처럼 긴 목은 붉은 비늘로 덮여 있고 머리는 인도의 피샤차의 모습이었다. 피처럼 붉은 눈동자는 툭 튀어나와 있었고, 입에서는 멧돼지의 이빨처럼 날카로운 송곳니가 위아래로 뻗어 나와 불을 내뿜었다. 지옥의 불로 만든 왕관을 쓰고 목과 팔을 길게 한없이 늘어뜨린 로버트 회장의 괴기스러운 웃음소리가 주위를 흔들었다, 두 팔에 쥔 일본 사무라이 칼이 붕어공주와 인어공주를 향해 뻗어 나갔다.

허황옥은 검을 쥔 손에 힘을 주며 그레이스를 흘끗 돌아봤다. 그레이스의 눈에는 두려움이 아닌 결단이 서려 있었다.

"결국 우리가 싸워야 할 적은 너와 내가 아니었어."

"여기서 멈추면 다시 세상은 저들, 야차의 손아귀에 들어갈 거야!"

"허황옥, 너는 피해! 이 전쟁은 내가 끝낼 거야. 저 괴물은 내가 끝내야 해. 너라도 꼭 살아남아 꿈을 이루기 바래!"

"아니, 그레이스~ 나도 도망가지 않을 거야! 나 역시 더 이상 피할 곳도 없어.

나의 꿈이 곧 너의 꿈이야. 만약 우리의 꿈이 여기까지라면… 여기서 오늘 같이 죽는다!"

결연한 표정의 허황옥을 본 그레이스는 새삼 그녀의 강단에 놀란다. 그리고 그레이스 역시 굳은 결심을 한다.

"그래, 좋아! 여기서 같이 싸우자. 여기가 우리의 무덤이 되더라도 결코 피하지 않을 거야!"

"이제야 적극적으로 죽을 명분이 생기는군~"

"허황옥! 함께해서 영광이었어. 다음 세상에서는 친구로 만나기를~"

"나도 영광이었어, 그레이스!"

"가자! 너와 나 함께!"

"함께!" 허황옥도 대답했다.

둘은 힘을 합쳐 괴물에게 달려들었다. 허황옥의 검은 괴물의 오른팔을 노리고, 그레이스의 검은 괴물의 왼팔을 겨냥했다. 로쿠로쿠비는 분노에 차서 포효했지만, 두 공주의 협력은 점점 강해졌다. 두 공주의 날카로운 검이 괴물의 목을 베고 지나가자 검은 피가 사방으로 뿜어져 나왔다. 거대한 불의 왕관이 땅에 떨어지며 재가 되어 공중에 흩날렸다.

허황옥과 그레이스는 동시에 괴물의 심장에 마지막 일격을 가했다. 괴물은 끔찍한 비명을 지르며 무너져 내렸다. 괴물이 다시 로버트 회장으로 변했다.

"흐흐흐, 너희가 이겼다고 생각하겠지? 비록 지금은 내가 죽는 것처럼 보이겠지만, 난 죽지 않아. 인간의 욕망이 사라지지 않는 한 언젠가 다시 이 땅에 돌아올 것이다. 기대해도 좋아~ 난 한다면 하는 사람이니까!"

마지막 저주의 말을 남기고 로버트 회장은 불길에 휩싸여 사라졌다. 성벽 너머 사막에 붉은 노을이 지고 있었다.

허황옥과 그레이스는 지친 숨을 몰아쉬며 서로를 바라보았다. 그리고 아무 말 없이 웃음을 나눴다. 대립을 넘어선 순간, 그들은 더 큰 적과 싸워 이겼음을 깨닫고 있었다.

CNN 스튜디오, 리처드가 시계를 힐끔 보고 말을 시작한다.

"드디어 마지막으로 가고 있습니다. 이제 허황옥 씨가 그레이스를 만나 빅딜을 성사시키는군요!"

"네, 여전히 그 둘 간의 대화와 계약 내용은 모두 극비 사항이었기 때문에 여전히 정확한 것은 알 수 없습니다. 그로 인해 현재까지도 여전히 많은 유언비어가 돌고 있죠."

붕어공주 가판대 국내 307개/스타월드 매장 수 2,601개

@the_princesscarp/붕어공주_허황옥(SNS 팔로워 8억 5천 명)

#붕어공주 #꿈붕어빵 #D-day #기부붕어빵 #붕어공주게임 #지속가능한빈곤구제

#오병이어의기적

Scene4. 그레이스에게 메시지를 보내는 허황옥

그레이스는 허황옥과의 빅딜을 위해 회사 내 비밀 TF팀을 만들어 일사천리로 진행시켰다. 완전히 외부와 차단된 지하 10층 벙커, 특수하게 제

작된 방이었다. 보안을 위해 핸드폰 반입은 절대 불가, 외부로의 통신도 모두 차단된 완전 밀실 공간이었다. 그레이스가 최정예로 구성한 실무진과 법률 팀이 며칠 밤을 새우며 작업을 마쳤고, 모든 관계자들은 비밀 유지 각서를 작성했다. 모든 준비를 끝낸 그레이스가 허황옥에게 연락했다.

"허황옥 씨, 다시 한번 확인하겠습니다. 저희 쪽의 제안, 모두 받아들이시는 겁니까?"

「그레이스 대표님, 당신의 요구 사항 모두를 받아들이겠습니다.」

"좋습니다. 시간과 장소는 제가 보내 드릴게요. 당연히 혼자 오시겠지만, 이번에 저와 만나는 건 철저히 비밀에 부쳐 주셔야 합니다. 이 내용은 저와 당신, 우리 둘만의 영원한 비밀로요…."

「알겠습니다.」

Scene5. D-10 총선 전날

그레이스와 허황옥이 이러한 메시지를 주고받는 걸 아는 이는 아무도 없었다. 허황옥과 항상 함께하던 배두호 역시 마찬가지였다. 한동안 허황옥은 혼자서 어딘가를 다녀온다고 나가는 일이 잦았다. 배두호는 자신이 보호자라고 우기며 같이 가 주겠다고 했으나, 허황옥은 때로는 부드럽게, 때로는 단호히 그의 배려를 정중히 거절했다. 그는 내심 서운하고 걱정됐지만 딱히 어쩔 도리가 없었다. 저번처럼 몰래 뒤따라가기엔 친구로서 할 일은 아니다 싶었다. 단지 그녀에게 무슨 일이라도 생길까 봐 걱정되는 마음이 제일 컸다. 허황옥은 D-day가 다가오는데도 특별히 무언가를 하겠다는 생각도 의도도 전혀 내비치지 않았다. 그래서 오히려 배두호와 주변 사람들은 답답해하고 있었다. D-day가 다가오자 허황옥을 따르는 사람들이 모두 배두호 집에 모였다. 코딱지만 한 집은 대합실처럼 사람들로 북새통을 이뤘다. 그중에는 멀리 김해에서 올라와 자기 집처럼 자리 잡은 강씨 아줌마도 있었다.

"앗, 주영이 어머니, 어쩐 일로?"

"아이고~ 두호야! 우짠 일은 우짠 일이라, 내가 뭐 도울 끼 없나 싶어 왔다 아이가? 그라고 내 앨범 나올지도 모른데이~ 전에 전국 노래 자랑 나갔다가 거서 1등 묵고 나서 그 담에 전화가 온기라~ 물고기 엔터라꼬 니 아나? 거 막 임영웅이 있고 그란 데 아이가? 얄구지라~ 거서 내 보고 노래 테스트하러 오라 캐서 갔는데… 바로 앨범 하나 내 보자 안 카나? 아이고마~ 내 인자 진짜 가수 되는 갑다. 꿈을 이루는 기라! 니 내 앨범 제목 뭔지 아나? '물고기의 꿈'이다. 제목 죽이제? 우리 수갱이 덕에 내가 이리 꿈을 다 이랐는데, 뭐라도 내가 도와야 안 되겠나? 내 앨범 녹음도 해야 되고… 고마 당분간 신세 좀 지자! 아이고~~ 난 여 거실에서 자야 쓰겠다!"

"아니, 그럼 가게는요?"

"니 몰랐나? 요새 주영이가 내 대신 장사한다 아이가? 가가 장수 억수로 잘한데이~ 내보다 낫따꼬 동네서 소문이 자자하다."

"아…."

예진과 다인도 수시로 들러 숙제도 하고 놀다 가곤 했고, 그들의 활기찬 웃음소리와 떠들썩한 대화로 집 안은 언제나 북적였다. 배두호는 내심 귀찮기도 했지만 은근히 함께 있는 시간이 나쁘지 않다고 생각했다. 게다가 예진 아빠와 다인 엄마도 언제든 도움이 필요하면 알려 달라고 했고, 구 아나운서조차 종종 연락을 해서 도울 일이 있으면 말하라고 했다. 모두가 허황옥에게 마음의 빚이 있다고 느끼는 사람들이었다.

강씨 아줌마가 들뜬 목소리로 물었다.

"아이, 두호야! D-day인가 뭔가 날이 점점 가까바 오는데… 우리가 뭐 준비하거나 해야 하는 거 아이가? 수갱이가 뭐 암말도 안 하드나?"

배두호는 대답 대신 깊은숨을 내쉬었다.

"글쎄요, 저도 전혀 의중을 모르겠어요. 아시잖아요. 황옥이가 자세히 말해 주는 사람도 아니고… 라마도 민정이도 태식 씨도 아무 말을 안 해 주네요…. 자기네끼리는 엄청 이야기하면서… 치사하게시리. 지금까지 지켜봐도 딱히 뭔가를 계획해서 한 거 같지도 않고."

옆에서 샛별이 고개를 저으며 말했다.

"무슨 소리예요? 지금까지의 모든 일이 다 철저한 계획이라고 봐야 하지 않겠어요? 저는 점점 알수록 더 놀라워요. 허 사장님이란 사람이 어디까지 큰 그림을 그린 건지…."

예진도 고개를 끄덕이며 동조했다.

"맞아요, 언니가 은근 뭔가 꾸미는 눈치야. 겉으로는 부드럽게 미소만 짓지만, 속으로는 뭔가 엄청 꾸미는 걸지도 몰라요."

배두호가 장난스럽게 눈을 흘기며 말했다.

"너, 예진이… 황옥이한테 이를 거야! 예진이가 너 엄청 꿍꿍이 많은 사람이라고 했다고~"

예진이 놀란 표정으로 외쳤다.

"아 씨, 말이 그렇다는 거죠! 말하면 진짜 아저씨랑 안 놀 거예요!"

배두호는 웃으며 놀리는 걸 멈추지 않았다.

"너, 자꾸 나는 아저씨고 황옥이는 언니고… 차별하면 확 다 말할 거야!"

예진이 급히 손을 저으며 말했다.

"아, 알았어요, 오빠! 감독 오빠, 화 푸세요!"

모두가 배두호와 예진의 티격태격에 웃음을 터뜨렸다. 집 안 가득한 웃음소리는 잠시나마 D-day에 대한 긴장감을 잊게 했다.

그러나 허황옥이 말한 D-day가 점점 다가오고 있었다. 아무도 물어보지 않았고 그녀 역시 평소와 다른 내색도 비치지 않았다. 그러자 사람들이 다시 온갖 말들을 내뱉었다. 석방 이후 잠시 주춤했던 반인반어족 단체들도 활동을 재개했다. 다행이라면 해외에서 문제가 되던 브로큰스타의 활동이 현격하게 줄어든 것이었다. 로버트 회장이 배후에 있었다는 사실이 밝혀지면서 자금줄이 끊어진 결과였다. 또한 러시아, 중국의 댓글부대가 활동을 멈추자 한쪽으로 과잉 생산되던 악의적인 댓글도 거의 사라지다시피 했다. 그동안 얼마나 알게 모르게 그러한 가짜 뉴스와 댓글에 우리들 스스로 이성적인 판단을 하지 못하고 흔들려 왔는지 새삼 무섭단 생각이 들었다. 소규모 시위들이야 산발적으로 일어나고 있었지만 충분히 통제가 가능했고, 그들도 더 이상 과격한 시위를 하지는 않았다. 내심 스타그룹 내에서도 안심하는 눈치였다. 마지막으로 그레이스가 허황옥을 어떤 식으로 해결하는지 그 부분이 관건이었다. 지켜보는 눈들이 많았다. 이번 일이 잘 해결된다면 그레이스의 의장 자리는 완벽히 굳혀질 것이었다.

한국에서는 선거가 얼마 안 남은 상황에 과연 허황옥의 D-day가 어떤 의미를 갖는지 여러 호사가들의 입방아에 오르내렸고, 정치 평론가들은 예측하기에 바빴다. 바야흐로 정치의 계절이 무르익어 가는 중이었다. 허황옥이 어느 편에 설 것인지에 따라 선거판이 크게 요동칠 거란 사실이 제일 중요한 이슈였다. 허황옥의 무리한 구속과 무죄 석방이라는 이슈는 정부 여당에 아무래도 불리하게 작용할 터였다. 하지만 정부 여당은 재빠르게 검찰을 개혁의 대상으로 몰아붙이며 선을 그었고, 어느 정도 대중의 호응을 얻어 낸 부분이 있었다. 그렇다고 해도 역시나 불안함은 남아 있었다.

진보 진영에서도 그다지 낙관적인 상황은 아니었다. 허황옥이 구속되는 시점에 그들 역시 강 건너 불구경하듯 했고, 내심 허황옥이 이대로 몰락하기를 바라는 마음도 없지 않았다. 자신들의 정치적 입지가 흔들리는 마당에 허황옥까지 등장해 민주-진보 진영을 갈라치기 하는 상황이 그들에겐 편하지 않았기 때문이다. 장녹수 역시 허황옥으로 이득을 본 것은 없었다. 허황옥이 진보의 아이콘처럼 나타나 그동안 홀대받던 '진보'라는 어젠다가 다시 살아나기는 했지만, 거대 양당 구조의 정치 현실에서 진보의 자리는 여전히 위태롭고 그 성격은 흐려져 가기만 했다. 허황옥이 진보의 선봉장 장녹수를 적극 지원해 준다면 상황은 달라지겠지만, 지금의 분위기로 봐서는 그녀는 여전히 어느 쪽에도 치우치려 하지 않아 보였다.

단지 모두 자신들에게 불리하지 않기만을 바라는 눈치였다. 여론상 허황옥을 깎아내리거나 비난하거나 할 수도 없는 상황이었다. 여전히 그녀는 전 세계적인 셀럽으로 그 영향력을 갖고 있었다. 전멸했던 한국의 붕어공주 가판대도 다시 생겨났고, 붕어공주 게임 이후 전 세계적으로 붕어공주의 열기가 더욱 뜨거워지고 있는 중이었다. 전 세계의 모든 사람들이 변화를 요구했다. 자신들의 나라가 처한 상황에 맞게 각자 조금씩 차이는 있었지만, 그들의 공통적인 목소리는 하나로 귀결되었다.

"공생"

그레이스와 만날 약속이 잡히자 허황옥은 배두호에게 잠시 외출하겠다고 말했다. 그녀는 자신의 어항을 챙겨 들었다. 여전히 몸 상태가 좋지는 않았다. 배두호는 그녀가 석방된 이후 거의 모든 일에 허황옥을 도우며 그녀를 보살폈다. 마치 어린애를 돌보듯 화장실 가고 샤워하는 거 빼고는 다 참견하고 있었다. 늘 평생 혼자 하는 것에 익숙한 허황옥이라 어떨 때는 귀찮을 정도였지만, 배두호의 마음을 잘 알기에 그에게 많은 부분을 의지하고 허락했다. 그런 그녀가 외출한다고 하자 배두호는 정색을 하며 말했다. 최근 배두호는 마치 남자 친구를 넘어 오래된 연인처럼 허황옥을 대했다. 그날 이후, 내심 자신이 이제 허황옥의 남자라는 생각이 머리 한구석에 자리 잡았기 때문이다.

"외출? 이 시간에 갑자기? 또 어디로? 누구 만나는데? 내가 같이 갈게! 그리고 어항은 뭐야?"

「응, 누구한테 당분간 키워 달라고 부탁하려고. 그리고 여기는 나 혼자 가야 해. 잠깐 만날 사람이 있어.」

"무슨 소리야? 지금 너 혼자 다니면 위험해. 예전처럼 너를 못 잡아먹어서 안달 난 사람들은 이제 없지만… 그래도 사람 일이란 모르는 거야. 내가 옆에서 너를 지켜야지. 그리고 D-day도 얼마 안 남았는데 무슨 일이라도 생기면 어쩌려구?"

허황옥은 주절주절 자신의 역할과 의무를 말하는 배두호가 고마웠다. 살짝 귀엽다는 생각도 들었다. 하지만 허황옥은 진지한 표정으로 수어를 했다.

「안 돼! 이건 나 혼자 가야 돼.」

배두호는 허황옥의 단호한 표정에 더 이상 말하지 못했다. 허황옥은 늘 부드러운 표정을 하고 있지만, 저런 표정이 나올 때는 확실한 거절의 말이라는 걸 누구보다 잘 알기 때문이었다. 허황옥은 어항을 가슴에 조심스럽게 안고 나갔다.

'도대체 누굴 만난다는 거야? 아, 궁금해 죽겠네…. 몰래 따라갈까? 아니야, 그랬다간 황옥이가 화낼 거야…. 아, 씨… 걱정도 되고 궁금도 하고 미치겠네…. 그리고 저 어항 속 물고기는 황옥이가 아끼는 아이인데… 중요한 일이 확실한데… 나한테는 얘기해 줄 수도 있는 거 아닌가? 혼자 가야 한다면서 물고기는 데려가고….'

그렇게 혼자서 현관문을 나서는 허황옥을 배두호가 걱정스럽게 바라보았다.

Scene6. 그레이스와 만나는 허황옥

늦은 밤, 배두호의 집 앞에 고급 리무진이 도착했고 곧이어 차 안에서 그레이스의 경호 팀장 제이슨이 나왔다. 허황옥은 기다렸다는 듯이 한 걸음 차 앞으로 다가섰다. 둘의 모습을 바라보며 놀란 배두호가 중얼거렸다.

"저 차는… 제이슨? 스타월드 차가 왜?"

차에서 내린 제이슨은 곧장 뒷문을 열어 정중하게 허황옥을 태웠다. 허황옥이 잠시 고개를 들면서 배두호와 눈이 마주쳤다. 배두호가 놀라서 뭐라고 말했지만 들리지는 않았고, 허황옥은 안심하라는 표정으로 미소를 짓고 차에 올라탔다. 제이슨 역시 배두호와 눈이 마주쳤지만 가볍게 목례만 하고 바로 차에 올랐다. 배두호가 그레이스의 집에 머물 때 제이슨과도 안면을 트고 제이슨이 그 집을 방문할 때마다 가벼운 농담도 주고받으며 가까워졌는데, 다시 거리감을 두고 떠나 버리니 배두호는 이 상황이 더욱 궁금할 따름이었다.

"뭐야? 왜 나만 빼고…. 아이, 씨… 너무들 하네. 제이슨까지 이러기야?"

차는 조용히 출발했다. 그리고 어디서 나타났는지 오토바이를 탄 유튜버들이 그 뒤를 쫓기 시작했다. 허황옥은 차를 타고 가면서 창밖으로 지나가는 세상을 바라보았다. 선거를 앞두고 내걸린 수많은 현수막들과 늦은 시간까지 선거 운동을 하는 유세 차량들이 보였다. 욕망이라는 엄청난 에너지가 응축되어 터지기 직전의 분위기였다.

차량이 스타월드 쪽으로 향하는 것을 보고받은 오생물 박사는 주변 건물에 올라갈 방법을 찾기 시작했다. 연구원이 그 차량의 방향과 행선지를 실시간으로 보고했다.

"오 박사님, 지금 허황옥이 탄 차량이 스타월드 쪽으로 가고 있습니다."

"뭐? 스타월드로 간다고? 건너편 건물이 뭐지? 빨리 섭외 좀 해 봐!"

"건너편 쪽 건물이면… 아, 바로 맞은편 건물, SG타워 보안 과장이 저희 쪽 사람입니다. 거기라면 그레이스 사무실이 잘 보일 겁니다."

"좋았어. 지금 10분 뒤면 도착하니까 서둘러야 해!"

스타월드 본사 지하 주차장으로 리무진이 들어왔다. 그레이스만 타고 내리는 지정 구역에 차가 도착하고, 박 비서와 수행원들이 다가와 문을 열어 허황옥을 맞이했다. 그때 멀리 떨어진 차 안에서 한 남자가 그들의 모습을 사진으로 찍고 급하게 어디론가 전화를 걸었다.

스타월드 건너편 옥상, SG타워에 자리를 잡고 전화를 받은 오생물 박사는 황급히 카메라를 꺼냈다. 곧장 초대형 망원 카메라의 렌즈를 최대한 당겨 그레이스 집무실을 찍기 시작했다. SG타워 건물 보안 과장은 오생물 박사의 열혈 팬이었다. 보안 과장 역시 자칫 자신의 자리가 위태로울 수도 있었지만, 오생물 박사를 돕는 일을 거부할 수는 없었다.

"박사님, 제가 최대한 시간을 벌어는 보겠지만 장담은 못 합니다."

"고맙소, 당신의 희생은 내가 절대 잊지 않겠소이다!"

허황옥이 비서진에게 안내되어 그레이스 전용 엘리베이터를 타고 올라갔다. 문이 열리고 그레이스가 허황옥을 맞이했다. 운명 같은 인연으로 연결된 두 사람은 스치듯이 마주한 적은 있었으나 이렇게 공식적으로 만남이 이루어진 것은 처음이었다.

그레이스가 눈으로 신호를 주자 박 비서와 제이슨, 수행원들이 모두 나가고, 거대하고 화려한 집무실에 그레이스와 허황옥, 그리고 허황옥의 어항 속 물고기만 남았다.

"안녕하세요 허황옥 씨, 그레이스입니다."

「반갑습니다, 그레이스 대표님.」

한동안 둘은 서로 마주 보며 아무 말이 없었다. 그레이스가 도심이 내려다보이는 창가 쪽 소파로 허황옥을 안내했다. 테이블에는 이미 서류들이 준비되어 있었다.

건너편 건물에서 그들의 모습을 망원 카메라에 담던 오생물 박사는 회심의 미소를 지었다.

"오~ 좋았어! 이건 완전 대박이야~ 그레이스와 허황옥이 이 야심한 밤에 만나다니! 그런데 너무 멀어서 둘이 무슨 대화를 나누는지 전혀 안 들리잖아? 잠깐만… 그런데 수어 통역하는 사람도 없고 단둘이 어떻게 대화를 나누려는 거지? 이상한데…."

오생물 박사의 카메라에 그들의 입이 움직이는 모습이 녹화되고 있었다. 그러나 너무 멀어서 입 모양만으로는 대화 내용을 알 수 없었다. 카메라 너머로 두 사람의 입 모양을 확대해 보니, 말을 하는 게 아닌 어떤 행동을 반복하는 것처럼 보였다. 마치… 어린아이들이 장난치는 것처럼 뻐끔뻐끔… 줌 아웃 해 두 사람 주변을 살피던 오생물 박사는 테이블에 어항이 놓여 있는 것을 발견했다. 어항 속 물고기 한 마리가 허황옥과 그레이스의 얼굴을 번갈아 보고 있었다. 마치 허황옥과 그레이스, 물고기, 세 생명이 동시에 대화를 하는 것처럼 보였다.

그때 급하게 박 비서와 제이슨이 안으로 들어와 그레이스의 귀에 뭔가 속삭이며 자신의 스마트 폰을 보여 줬다. 건너편 건물에서 오생물 박사가 자신들을 실시간으로 찍어 라이브 방송으로 내보내고 있었던 것이다. 그레이스가 창가로 다가와 건너편 오생물 박사를 쏘아봤다. 그리고 창문의 전동 블라인드가 내려왔다. 박 비서와 제이슨이 급하게 어딘가로 전화하며 뛰어나갔다.

"뭐야? 걸린 건가?"

잠시 후 건물 경비원들이 올라와 오생물 박사를 밖으로 끌어내렸다.

"하하하, 그래도 이건 특종이야, 특종!!!"

Scene7. LIVE 오생물 박사 유튜브

"여러분, 방금 저는 허황옥과 그레이스가 만나는 장면을 촬영했습니다. 다시 한번 화면을 보시죠!"

화면에 그레이스와 허황옥이 그레이스의 사무실에서 만나는 장면이 송출되었다.

이 장면은 D-day를 얼마 안 남긴 상황에 엄청난 파장을 일으켰다. 이미 수많은 댓글이 달리고 있었다.

"아니 이게 무슨 일이야? 둘이 무슨 야합을 하는 거 아니야?"

"도대체 둘이 왜 만난 거야?"

"인어공주 붕어공주 만나다!"

"공주끼리 만났네 드디어. 크크"

"하~ 주식 시장 또 요동치겠네."

"근데 이건 또 어디서 찍은 거야? 불법 아님?"

"스타월드 본사는 또 처음 보네. 미쳤네. 저걸 혼자 다 쓴다고?!"

둘의 만남을 본 많은 이들이 의심과 호기심을 가지기 시작했다. 허황옥을 지지하는 사람들도 둘이 만난 배경에 대해 세간의 말처럼 결국 비싼 가격에 팔려는 것 아닌가 하는 의심을 할 수밖에 없었다.

Scene8. 배두호도 유튜브를 본다

허황옥이 집에 돌아왔다. 배두호는 아무 말 없는 허황옥을 참을 수가 없었다. 배두호는 허황옥을 붙잡고 질문을 쏟아부었다.

"방금 다 봤어. 그레이스 만나고 온 거야? 둘이 무슨 얘기 나눈 거야?"

「왜? 내가 그레이스 만나는 게 무슨 문제가 있어?」

"아니… 그런 게 아니라 D-day가 얼마 안 남았는데 갑자기 그레이스를 만난다는 게… 무슨 의미인지 모르겠어서 그래. 지금 댓글에 난리가 났어. 도대체 왜 둘이 만난 건지… 이게 어떤 의미인 건지…."

「곧 알게 될 거야.」

"야! 내가 너한테 이거밖에 안 되니? 평생 너와 알고 지냈고, 지난 3년간 너와 함께해 온 나야. 그리고 그날 밤 너랑 나랑… 너한테 난 아무것도 아닌 거야? 난 말이야 나는… 내 마음이 널… 좋아….”

배두호는 결국 하고 싶었던 마지막 말을 하지 못하고 입을 다문 채 고개를 숙였다. 안 그러면 눈물을 들킬 것 같았다. 허황옥은 배두호의 속상한 마음을 알지만 조용히 자신의 방으로 들어갔다. 강씨 아줌마가 배두호의 등을 가볍게 토닥여 주었다.

“두호야, 속 끓이지 마라! 수갱이가 괜히 저라겠나? 먼가 이유가 있겠지. 내도 사실 지금 우째 돌아가는지 잘 모리겠다. 근데 그날 밤에 둘이 뭔 일 있었나? 무슨 일이고? 느그 둘이… 설마…? 아이고마~ 내는 진작부터 느그 잘 어울린다꼬 생각했다! 니가 어릴 때부터 수갱이 억수로 좋아했다 아이가? 안 글나? 지금도 억수로 좋아한께 이리 붙어 댕기지… 그란데 와? 수갱이가 니 안 좋다나? 가시나~ 너무 하네. 우리 두호가 어데가 어때서? 내가 가서 이바구 쫌 잘해 주까? 아지매가 연애 상담 전문 아이가? 내 함 믿어 봐라!”

Scene9. 배두호의 상념

배두호는 강씨 아줌마의 훤소리에 아무 말 없이 집을 나왔다. 왜 자신이 허황옥에게 화를 낸 건지 고민하기 시작했다. 자신을 배제한 것에 화가 난 건지? 아니면 자신의 마음을 몰라 주는 게 화가 나는 건지… 배두호는 길거리 포장마차에 앉아 혼자 술을 들이켰다. 붕어공주 다큐를 시작하면서부터 허황옥을 3년간 쫓아다니며 술은 거의 입에 안 대고 살았다. 오랜만에 술을 거푸 마셨더니 금방 술기운이 올라왔다.

"우, 씨… 나쁜 년. 지가 먼저 뽀뽀해 놓고… 막 나만 좋아하는 거처럼 된 거 아냐? 아, 씨… 천하에 배두호 꼴이 말이 아니구만. 라마 시키도 뽀뽀하게 그냥 두고. 난 뭐야? 설마 그 인도 시키랑 그렇고 그런 사인가? 둘이 고시원에서 같이 지냈다더니… 벌써 둘이 잔 거 아냐? 아, 씨… 아닐 거야…. 벌써 잤으면? 끅~ 우리 황옥이는 안 그랬을 거야. 아냐, 아무래도 잤어! 하긴… 라마, 라마 그 시키는 졸라 부자니까…. 아, 씨, 그럼… 난 뭐냐? 허황옥이… 너한테 난 뭐냐고?"

그렇게 코를 테이블에 처박고 잠이 들었다.

배두호가 소파에서 눈을 떴을 때는 해가 중천에 떠 있었다.

"아… 아… 머리야…. 으윽, 속 쓰려…. 다행히 집에 오긴 했네…. 휴… 배두호, 넌 맨날 이 모양이냐, 어휴~"

강씨 아줌마가 배두호를 위해 해장국을 만들어 놓으셨다.

"아이고~ 이 화상아. 퍼뜩 일라가 해장해라. 문디 자슥아… 지금 니가 술 처먹고 잠이 오나? 거 수갱이 편지 써 놓고 갔드라~ 함 봐 봐라! 으이구, 못난 자슥~"

"네? 편지요?"

배두호가 혼술을 하고 있던 무렵, 허황옥은 짐을 챙겨 배두호의 집을 떠났다. 강씨 아줌마도 노래 연습한다고 노래방에 가 있었다. 그녀가 남긴 편지가 있었다.

「두호야, 그동안 고마웠어. 너와 함께한 시간은 내 인생에 가장 행복하고 따뜻한 시간이었어. 너를 만난 건 내 인생에 가장 축복이야. 너희 어머니, 마리아 여사님도, 너희 아버지 배 목사님도… 내게는 모두 소중한 분들이야. 지금의 내가 있게 해 주신 분들… 이제는 나 혼자 가야 할 길이야. 앞으로 겪어야 할 일들은 내가 혼자 감당해야 해.」

편지를 다 읽고 난 배두호는 깨질 듯이 아픈 머리를 감싸안고 다시 소파에 누워 버렸다.

"아, 씨… 허수경… 너무 하네 진짜…."

괴로워하는 배두호를 지켜보던 강씨 아줌마가 혀를 끌끌 찼다.

"으이구 쯧쯧… 사랑, 그거 참말로 어렵데이…."

Scene10. 김해 저수지, 물속에서 직접 장군차를 채취하는 허황옥

늦은 밤, 배두호의 집을 나선 허황옥의 붕어공주 푸드 트럭은 한강에 자리를 잡았다. 그리고 얼마 후 검은 차량이 다가와 허황옥을 태웠다. 그레이스가 보내 준 차였다. 제이슨이 운전하는 검은 차량은 한밤중을 달려 김해로 갔다. 엄마 허진이 알려 준, 장군차가 자라고 있는 동굴로 가기 위해서였다.

김해 가야 저수지에 도착한 허황옥은 제이슨과 함께 물가로 다가갔다. 허황옥은 제이슨을 잠시 바라보더니 천천히 겉옷을 벗었다. 제이슨이 황급히 고개를 돌려 반대쪽을 바라봤다. 허황옥은 작게 접은 비닐 봉투를 속옷에 끼워 넣고 천천히 물속으로 들어갔다. 한밤중 달빛에 비친 그녀 어깨의 커다란 검은 물고기 점이 오히려 반짝거렸다.

허황옥은 깊이 숨을 들이쉬더니 물밑으로 잠수했다. 어두운 물속을 헤엄치는 모습이 한 마리의 물고기 같았다. 어른거리는 물속에서 그녀의 물고기 점은 진짜 살아 있는 것처럼 보였다. 두 마리의 물고기가 그녀 몸안 여기저기를 돌아다니며 헤엄쳤다. 그녀까지 마치 세 마리의 물고기 같아 보였다. 허황옥은 더 깊이 들어가 어스름하게 환한 빛이 새어 나오는 동굴 안으로 들어갔다. 동굴 안을 통과해 물 밖으로 나오자 또다시 큰 동굴이 나왔다. 틈새로 달빛이 들어와 푸르스름한 느낌을 주었다. 내리쬐는 달빛을 머금고 자라고 있는 식물이 보였다. 그것은 바로 장군차 나무였다. 허황옥은 잎사귀를 손으로 부드럽게 어루만지더니 조심스럽게 장군차 묘목을 퍼내어 뿌리가 다치지 않도록 흙으로 잘 감쌌다. 그리고 그녀가 가져간 비닐 봉투에 담았다. 다시 동굴을 지나 헤엄쳐 나온 허황옥은 비닐에 담긴 장군차 나무를 제이슨에게 넘겼다. 제이슨은 트렁트를 열고 특수하게 제작된 박스 안에 조심스럽게 장군차 묘목을 넣고 뚜껑을 닫았다. 검은 차량은 다시 김해를 출발해 서울로 올라왔다. 그리고 그들이 향한 곳은 그레이스가 기다리고 있는 스타월드 종합병원이었다. 그레이스가 지하 주차장에 직접 나와 허황옥을 맞이했다. 그들은 비밀 통로를 통해 스타종합병원 내에서도 아는 사람이 드문 극비 연구실로 들어갔다.

병원복으로 갈아입고 침대에 누운 허황옥. 그레이스가 밖에서 그걸 지켜보고 있었다. 허황옥의 입에 의료용 산소마스크가 씌워지고 그녀의 정맥에 링거 주사가 삽입되었다. 허황옥은 약간 긴장한 모습이었다. 의사들이 그레이스를 쳐다보고, 그녀가 눈으로 오케이 사인을 보내자 수면 마취제가 주입되었다. 그레이스는 허황옥이 목숨만큼 소중하게 생각하는 가죽 주머니와 그 안에 든 청동 붕어를 손에 쥐고 있었다. 그리고 그 옆 테이블 위에는 특수 제작된 박스 안에 장군차 묘목이 들어 있었다. 허황옥은 천천히 눈을 감으며 잠이 들었다.

Scene11. D-day

드디어 D-day 아침이 밝았다. 전날 거의 잠을 못 잔 허황옥은 새벽부터 일찍 일어났다. 사실 그녀의 입장에서는 1,000일이라는 숫자가 엄청난 의미를 가진 게 아니었을지도 모른다. 자신의 여정의 마지막 날을 몇 월 며칠이라고 특정하기도 그랬고, 대략 1,000일 정도로 자신의 여정을 끝내고 싶었던 건 아닐까 싶다. 하필 총선 전날이 될 줄이야…. 허황옥은 배두호의 집을 나온 이후 다시 푸드 트럭에서 먹고 잤다. 한강 변에 자리 잡은 붕어공주 푸드 트럭 앞에는 이미 전날부터 기자들과 유튜버들이 좋은 자리를 잡고 아침부터 허황옥을 취재하기 위해 난리법석이었다.

"스타월드 그레이스 대표와 한밤중에 만나신 이유가 뭔가요?"

"어떤 밀약이 있었습니까? 처음부터 두 분이 아시는 사인가요?"

"두 분이 어떤 이야기를 나누셨나요? 한말씀 해 주십쇼!"

기자들의 그 어떤 질문에도 허황옥은 묵묵히 자기 할 일을 했다. 말 못 하는 사람한테 자꾸 한마디만 해 달라는 그들에게 붕어빵을 하나씩 나눠 주기만 했다. 한강 지역 환경미화원들이 그런 기자들을 바라보며 한마디 했다.

"박 형, 저 기자들 말야, 말 못 하는 사람한테 자꾸 한마디 해 달라고 하는 거 보면 생각이 없는 거 같애. 좀 모자란 애들 같기도 하고. 나름 좋은 대학 나온 애들일 거 아녀?"

"누가 아니래? 그러니 기레기라는 소리를 듣지~"

"그나저나 오늘 쓰레기 엄청 나오겠네~ 휴…."

"오늘은 사람 많아서 붕어빵도 못 얻어먹겠다, 젠장. 그나마 매일 붕어빵 얻어먹는 맛에 청소했는데~ 저 붕어공주 게임인가 뭔가 하면 공짜로 준다며? 기부도 하고?"

"얻어먹을 생각 그만하고, 좀 사 드셔! 그거 얼마나 한다고~"

"에헤, 사람 뭘로 보고 그런 소릴해~ 나도 기부 좀 해 보려고 그러지~ 그동안 내가 얻어먹은 것도 있고 하니까. 우리는 청소나 합시다! 저 기레기들도 싹 쓸어 담을까? 흐흐흐."

"크크크, 재활용에 넣지 마. 재활용도 안 되니까~"

현장에는 JRBC 방송팀도 일찍 나와 자리를 잡고 있었다. 현장을 취재해서 전하는 것은 최희정 기자였다.

"저는 지금 붕어공주 현장에 나와 있습니다. D-day를 앞두고 허황옥 씨와 그레이스 대표의 한밤중 회동이 세간의 이목을 끌고 있습니다. 오생물 박사 유튜브 채널에서 단독으로 이 장면이 나갔고, 그로 인해 붕어공주와 인어공주 간의 어떤 이야기가 오갔는지 최대 관심사로 떠올랐습니다. 하지만 허황옥 씨는 그 어떤 코멘트도 하지 않고 있고, 스타월드 측에서도 아무런 입장 표정을 하지 않고 있습니다. 스타월드 내부 소식에 정통한 관계자에 따르면 오후쯤에 공식 입장문이 나올 수도 있지 않을까 조심스러운 예측이 돌고 있습니다."

허황옥은 전날 미리 준비해 둔 재료들을 점검하며 붕어빵 틀에 가스 불을 붙였다. 천천히 붕어빵 틀이 달아오르기 시작했다. 한 번에 4개의 붕어빵이 만들어지는 틀이 4개가 동시에 돌아갔다. 익숙하게 붕어빵에 기름칠을 하고 밀가루 반죽을 틀에 주입했다. 그리고 팥소를 적당히 덜어 붕어빵에 넣었다. 붕어빵 틀을 덮고 한 바퀴 돌리면서 양쪽을 골고루 익혔다. 어릴 적 할머니 어깨너머로 보고 배우길 30년 가까이해 온 일이다. 이미 붕어공주 트럭 앞에는 수많은 사람들이 진을 치고 있었다. 그들은 오늘 D-day… 허황옥이 언급한 마지막 날… 어떤 일이 일어날지, 과연 그녀가 어떤 말을 할지 기대하고 온 사람들이었다. 그녀가 말한 오병이어의 기적이 무엇을 말하는지… 모두가 주목하고 있었다.

정말 발 디딜 틈 없이 사람들이 모였다. 사실 숫자는 정확하게 판단하기 힘들었다. 경찰 추산 5천여 명이라고 했고, 일부는 만여 명이라고도 했다. 국내 방송국들과 해외 방송국까지 모여서 거대한 집회장 같은 분위기였다. 방송국에서 대형 LED 옥외 전광판을 설치하고 붕어공주 게임 현황판을 중계하고 있었다.

그동안 0개였던 월드 붕세권 안 대한민국 지도에는 허황옥의 푸드 트럭 1호차가 불이 켜진 이후 보름 사이에 약 317개의 붕어공주 가판대가 다시 생겨났다. 구속 이전 700여 개의 반도 못 미치는 상황이었지만 1주일 사이에 다시 317개로 늘어난 것도 놀라운 일이었다. 전 세계적으로는 약 9천 개… 2/3는 주로 미국과 유럽에 있었고 나머지 1/3은 아프리카 및 동남아 지역에 포진되어 있었다.

과연 허황옥이 어떤 메시지를 내보낼지 그들은 모두 궁금해했다. 오늘이 마지막 선거 유세 날이다 보니 각 당의 마지막 유세로 스피커가 터질 듯이 소리를 질러 대고 있었다. 오늘 자정 1초 전까지 유세가 가능한 상황이었다. 붕어공주 사태 이후 총선은 안개 속이었다. 그러기에 마지막까지 모든 힘을 쥐어짜고, 허황옥이 최종적으로 어느 쪽 손을 들어 줄 것인가가 선거판의 마지막 변수였기 때문이다. 선거 내내 두 당의 선거전은 정말 치열했다.

"여러분, 저희 대한국당에 다시 한번 기회를 주십시오! 허황옥 씨의 지속 가능한 빈곤 구제, 저희가 반드시 이루겠습니다!"

"허황옥을 범죄자로 몰아간 정부 여당을 심판합시다! 힘없는 소시민들을 위한 정책, 거대 기득권 인어공주에 대항한 붕어공주의 정신을 저희가 계승하겠습니다!"

오병이어의 기적을 바라는 사람들, 정치적인 연설을 통해 자신들에게 유리한 말을 하기를 바라는 정당들 그리고 여전히 반 붕어공주를 외치는 극우 성향의 사람들 그리고 붕어공주를 통해 자신들의 이익을 실현하고자 하는 브로큰스타 그리고 다양한 깃발을 들고 스타그룹 해체와 부의 재분배를 요구하는 혁명의 지지자들 등등 각자의 욕망으로 점철된 사람들이 한곳에 모여들었다. 경찰 10개 대대가 나름 통제를 하며 영역을 잘 지킨 덕분에 아직까지 큰 충돌은 없었다.

모여 있는 다양한 집단과 계층의 사람들은 모두 자신들이 듣고 싶은 이야기를 허황옥이 해 주기를 바라고 있었다. 하지만 어느 누구도 허황옥이 무슨 얘기를 하고 싶은지 궁금해하는 사람들은 없었다.

붕어공주 트럭에 설치된 디지털 현황판에는 기부 꿈붕어빵 숫자가 떠 있다. 지금까지 전 세계에 모여 있는 기부 꿈붕어빵 갯수는 0개이다. 아직 게임 시작 전이었다. 과연 사람들은 자신의 배를 채울 것인가? 아니면 자신에게 주어진 권리를 타인에게 양보할 것인가?

Scene12. 한강, 낮 12시, 붕어공주 게임 시작

드디어 12시가 다가오고, 라마는 미리 준비해 둔 게임 시작을 알리는 스위치를 허황옥에게 전달했다. 허황옥은 긴장된 표정이었다. 라마는 지금까지 이렇게 긴장한 허황옥의 모습을 본 적이 없었다. 그녀의 꿈… 그녀가 1,000일간, 아니 33년간 꿔 온 꿈이 실현되는 순간이었다. 그녀의 꿈이 한낱 일장춘몽으로 끝날지, 그 꿈이 이루어질지는 여전히 알 수 없지만… 10, 9, 8, … 5, 4, 3, 2, 1, 0 카운트다운이 끝나고 마침내 허황옥이 붕어공주 게임 스위치를 올렸다.

스위치를 올리자 대형 LED 전광판에 붕어공주 타이틀과 함께 본격적인 게임이 시작되었다. 전 세계에서 시간차 상관없이 동시에 게임을 시작하였다. 이것은 게임 역사상 최초로 기네스북에 오를 일이었다. 한국시간으로 낮 12시에 시작, 파리, 베를린, 비엔나 새벽 5시, 영국 새벽 4시, 상파울루 0시, 뉴욕은 전날 밤 11시, 로스엔젤레스는 전날 밤 8시, 베이징 오전 11시, 일본은 낮 1시… 약 2시간 정도의 게임을 해야 붕어 10마리를 잡을 수 있기 때문에 전광판에 붕어빵 기부는 아직 전 세계 모두 0이었다. 사람들은 웅성거렸다. 한강에 모인 사람들이 게임을 내려받아 일제히 게임을 시작했다. 한 사람당 하루에 딱 한 번 게임의 기회가 있었다. 10마리의 붕어를 잡아서 본인이 먹을 것인가? 아니면 기부를 할 것인가? 그 선택은 각자의 몫이었다.

약 5천여 명의 사람들… 서로가 다 다른 목적으로 모인 사람들이 여기저기서 출몰하는 붕어들을 잡으려고 돌아다녔다. 2시간 동안은 어느 누구도 허황옥에게 관심을 갖지 않고, 어느새 붕어공주 게임에 빠져 붕어를 잡느라 정신이 없었다. 쉽게 잘 잡는 사람도 있는 반면, 잘 안 잡혀서 짜증을 내는 사람도 있었다. 그러던 중, 드디어 첫 번째 붕어 10마리를 잡은 사람이 나타났다.

"와~~~! 내가 잡았어! 앗싸~ 붕어 10마리를 다 잡았다고!"

사람들이 모두 그를 바라보았다. 그는 당당히 붕어공주 트럭으로 걸어왔다. 모두가 와~ 하고 소리 내며 박수를 보냈다. 기자들이 우르르 달려가 그 남자를 취재하기 시작했다.

“오, 처음으로 붕어공주 게임에서 붕어 10마리를 잡은 분을 인터뷰해 보겠습니다. 안녕하세요? 어디 사시는 누구신지 먼저 말씀해 주십쇼!”

“자~ 보시오! 여러분, 내가 10마리를 잡았수다. 아, 저는 영등포에서 온 이형범이라고 합니다.”

“지금 전 세계에서 첫 번째로 붕어 10마리를 다 잡으셨는데요, 어떠셨나요? 잡기 힘드셨나요? 거의 2시간 정도 걸리셨는데… 붕어 10마리로 본인의 공짜 붕어빵을 드실 건가요? 아니면 기부를 하실 건가요?”

“아, 이거 드럽게 힘드네. 은근 잡기가 쉽지 않아~ 거의 2시간 꼬박 걸리는구만! 휴~ 힘들어… 기부할 거냐고요? 내가 이렇게 어렵게 잡았는데 공짜 붕어빵 하나 얻어먹어 봐야죠! 진짜 공짜로 주는지도 확인해야겠고! 자, 어서 공짜 붕어빵 하나 주십쇼!”

“나도, 나도! 10마리 잡았어!”

“어머머, 저도 10마리 잡았어요~”

여기저기서 붕어 10마리를 잡았다는 사람들이 속출하기 시작했다. 그들이 붕어공주 트럭에 와서 큐알 코드에 접속하자 게이머가 잡은 붕어들이 눈을 스르르 감으며 죽었다. 그리고 붕어들은 하얀 연기처럼 사라졌다. 그리고 공짜 붕어빵 하나를 먹을 수 있다는 화면이 떴다.

축하드립니다. 당신은 공짜 꿈붕어빵 1개를 받으실 수 있습니다. 붕어 10마리의 희생을 기억해 주세요. 질문: 당신은 공짜 꿈붕어빵을 먹겠습니까? 아니면 다른 이를 위해 기부하겠습니까?

“나는 공짜 붕어빵 하나 주쇼! 내가 잡았으니 내가 먹어야지!”

허황옥은 첫 번째 공짜 붕어빵을 먹으러 온 사람에게 꿈붕어빵을 만들어 줬다. 그리고 이어서 하나둘 사람들이 모여들기 시작했다. 금방 줄이 길게 늘어섰다. 아침부터 미리 꿈붕어빵을 쉬지 않고 만들어 놨지만 빠르게 소진되었다. 이래서는 사람들에게 계속 만들어 주기가 힘든 상황이었다. 뜨거운 붕어빵 틀 앞에서 타는 갈증 속에서도 물 한 모금 마실 시간 없이 허황옥은 싫은 내색 하나 하지 않으며 열심히 최선을 다해 붕어빵을 만들었다. 많이 좋아졌다고는 하나 여전히 그녀의 컨디션은 좋지 않았다. 그녀의 피부가 다시 하얗게 말라 가기 시작했다. 사람들은 그런 그녀의 상태는 모른 채 서로 밀고 밀리면서 붕어빵을 얻으려고만 혈안이 되어 있었다.

"뭐야, 이렇게 길게 늘어서면 공짜 붕어빵을 먹고 싶어도 먹을 수가 없네?"

"그러게 말이야. 이럴 거면 뭐 하러 이 고생을 시켜?"

"이봐요, 지금 막 시작한 거고, 공짜로 먹을 거면 그 정도는 참고 기다려야 하는 거 아니에요?"

"당신이 뭔데 나한테 이래라 저래라야? 내가 지금 뺏어 먹는 거야? 내가 2시간 뺑이 치고 붕어 잡아서 먹는 건데 왜 지랄이야? 저 여자가 공짜로 준다고 한 거 아니야? 이럴 거면 왜 공짜를 준다고 해? 돈 주고 사 먹으라 해야지!"

"왜 욕을 해요?"

"어따 삿대질이야?"

"붕어빵 하나 주면서 왜 이렇게 유난들이야. 그냥 주면 되지 뭔 게임을 해서 사람 힘들게 해? 지랄을 하네, 지랄을!"

"좋은 취지로 하는 건데 좀 넓은 마음으로 품어 주면 안 될까요? 저 허황옥이라는 여자가 우리를 위해 이만큼 뭔가를 하는 거 아닌가요?"

"뭘 해? 하기는… 저러다가 비싸게 어디 팔아먹으려고 하는 수작이지~"

"붕어빵 빨리 좀 줘여! 배고파 죽겠네. 먹고살기 이렇게 힘들어서야 원!"

사람들이 싸우고 소리 지르고. 경찰들이 나서서 그들을 말리고 아수라장이 되어 가고 있었다. 여전히 전광판의 기부 붕어빵 숫자는 0에서 움직이지 않고 있었다. 최희정 기자의 현장 생중계가 계속되었다.

"오후 12시를 시작으로 붕어공주 게임이 정식으로 시작되었습니다. 시차와 상관없이 전 세계에서 동시에 시작되었습니다. 하지만 각 나라별 시차가 있다 보니, 한국은 지금 낮 12시지만 다른 나라는 새벽이거나 한밤중인 나라도 있습니다. 일본은 우리나라와 거의 비슷하게 게임이 시작되었고요, 뉴질랜드의 오클랜드는 한국 시간 오후 3시부터 시작되었습니다. 뉴욕은 현재 전날 밤 11시니까 한밤중 또는 새벽부터 게임을 할 사람이 있을지 의문스럽습니다. 한국에서는 붕어공주 푸드 트럭에 모여 있던 많은 사람들이 게임을 하기 시작했고, 경쟁적으로 붕어를 잡아서 공짜 붕어빵을 받으려고 허황옥 씨의 붕어공주 푸드 트럭 앞에 길게 줄을 서 있습니다. 그러나 여전히 기부 붕어빵 숫자는 0에 머물러 있습니다.

사실 붕어공주 게임은 공짜 붕어빵을 먹는 것보다는 자발적인 기부를 통해 지속 가능한 빈곤 구제라는 사회적 실험 성격이 강한 게임이었는데요, 아직 결론을 내릴 단계는 아니지만 기부 붕어빵의 숫자가 얼마만큼 채워질지… 지금으로서는 낙관하기 어려운 가운데 허황옥 씨의 꿈이 여기서 멈추는 건 아닌지… 조심스럽게 전망해 봅니다."

사람들이 통제선을 넘어 붕어빵을 요구하기 시작하자 허황옥이 힘에

겨워하는 기색이 역력했다. 아무리 이골이 날 만큼 평생 손에 익은 솜씨라고는 하나 붕어빵 굽는 속도가 손님들의 숫자를 따라가기 쉽지 않은 상황이었다.

오병이어의 기적을 보러 온 사람들의 기대는 어느새 의심으로, 분노로 바뀌며 허황옥을 비난하기 시작했다. 여전히 허황옥을 지지하는 사람들과 물리적 마찰도 벌어질 만큼 분위가 안 좋았다.

"이게 무슨 오병이어야? 공짜로 붕어빵 나눠 준대서 기대했더니, 이거 뭐 순 뻥이구만."

"지금 같이 어려운 시기에 2시간이나 허비하면서 얻은 공짜 붕어빵을 기부를 한다고? 뭐 하려면 하겠지만 글쎄… 그게 뭐 얼마나 하겠어?"

"그냥 게임이면 게임이지 무슨 얼어 죽을 사회적 실험이야? 내가 지네들 무슨 실험 쥐야 뭐야?"

"그럼 안 하면 되잖아요? 뭐 하러 그렇게 욕을 하면서까지 하세요? 각자 알아서 판단하면 되는 거지."

"내 입 가지고 내가 말도 못하고 삽니까? 젠장… 더러워서 안 먹는다, 퉷!"

"모두 조금만 기다려 봅시다. 저 허황옥이라는 여자는 30년을 이걸 준비했답디다. 자신의 안위보다 타인을 배려하는 생각을 가진 사람에게 너무 가혹하게 하지 맙시다!"

배 목사를 중심으로 한 한기총에서 나온 사람들이 허황옥을 거짓 예언가라고 비난하기 시작했다.

"예수팔이 하는 붕어공주는 물러나라! 거짓 선동자를 강물에 던져라! 경찰은 저 거짓 사기꾼을 체포하라!"

"저년은 가짜예요, 가짜!"

배 목사도 목소리를 높이며 앞장섰다.

"어디 저 거짓 사기꾼 년의 더러운 입에서 거룩하신 예수님의 오병이어의 기적을 말하는가? 대한민국 경찰들은 뭐 하는 거야!? 저년을 당장 감옥에 처넣으시오!"

경찰 서장이 직접 나와서 거센 시위대를 열심히 진정시키려 하고 있었다.

"자자 여러분, 진정들 하십시오. 지금 저분은 얼마 전 죄가 없어서 풀려난 사람입니다. 갑자기 어떻게 잡아갑니까?"

붕어빵 때문에 현장은 폭발 직전이었다.

그때였다. 사람들이 웅성대면서 누군가 손으로 어딘가를 가리켰다. 또 다른 누군가도 반대편을 가리키며 소리쳤다.

"저기 봐요! 아, 저기도… 저기도!"

"앗, 저기도 오고 있어요! 우와, 엄청 오네…."

Scene13. 한강고수부지, 모여드는 붕어공주 가판대

사람들이 손가락으로 가리키는 방향을 보니 여기저기서 붕어공주 깃발을 단 가판대가 나타났다. 허황옥을 따르는 붕어공주 꿈붕어빵 가판대들이 모여들기 시작한 것이었다. 서울 시내 곳곳에서, 지방에서 트럭에 리어카를 실어서, 일부는 전날 만든 꿈붕어빵을 이고 지고 붕어공주 깃발을 들고 모여들었다. 각자 적당한 곳에 자리를 잡은 그들은 그 어떤 지시도 없었는데 스스로 알아서 조용히 꿈붕어빵을 구워 사람들에게 나눠 주기 시작했다.

Scene14. 허황옥을 돕기 위해 일어서는 배두호와 사람들

며칠 전, 허황옥이 떠나고 난 후 배두호는 알 수 없는 상실감과 배신감에 두문불출 집에만 있었다. 소파에 껌딱지처럼 들러붙어서 아무것도 하고 싶지 않았다. 몸이 움직이지 않았다. 하긴 그동안 배두호도 약 3년간 강행군을 해 왔기에 그 역시 몸과 마음 모두 지쳐 있었다. 그러던 와중에 허황옥의 행동에 그만 정신 줄을 놓게 된 것이었다. 강씨 아줌마와 예진, 다인들도 허황옥의 예상치 못한 행보에 조금 당황해하며 어찌해야 하나 관망만 하고 있었다. 그저 배두호의 눈치만 보고 있는 중이었다.

"아줌마, 두호 오빠랑 황옥 언니랑… 그렇고 그런 거예요?"

"예진아, 느그 보기에도 그렇제? 근데 아무래도 뭔 일 있었는 갑다."

"두호 아저씨가 좋아하는데 황옥 언니가 깐 거야?"

"다인이 니가 촉이 좋구마~ 사나이 시키가 쫌팽이 같아 가꼬… 확 자신 있게 나서서 휘어잡아야지~"

라마, 민정, 오태식은 이러한 상황에 그 어떤 시원한 설명도 답도 주지 않았다. 그들은 뭔가 알고 있는 듯했지만 말해 주지 않았다. 모든 건 각자의 판단이라는 말만 할 뿐이었다. 혼란스러웠다.

모두들 각자 스스로 자문하며 고민하는 시간을 갖기 시작했다. 모두가 허황옥을 만났고, 꿈붕어빵을 먹었고, 꿈을 꾸었다. 꿈에서 허황옥을 만나 자신들이 잊고 있었던 꿈을 기억하고 그 꿈에 도전하고 있는 중이었다. 여기까지는 좋았다. 그런데 그 후에 우리는 허황옥에게 무엇을 더 바라고 있었을까? 지금 우리가 느끼는 이 실망감(?)은 어디서 기인하는 걸까? 허황옥을 통해 각자 자신의 꿈 이외에 뭔가를 더 바라고 있었던 건 아닐까? 만약에 허황옥이 진짜 세계적인 부자가 되면 나도 부자가 되려나? 이런 생각을 안 해 봤다고 스스로 가슴에 손을 얹고 생각해 보면 아니올시다였다. 허황옥을 통해서 더욱 유명세와 부를 얻고 싶었던 건 아닌지…. 허황옥이 그레이스와 빅딜을 통해서 엄청난 부자가 된다면…. 그동안 허황옥은 어떤 속세적인 것에 얽매이지 않는 사람처럼 보였는데… 그게 아니었던 걸까? 우리도 혹시 속은 걸까? 우리는 그냥 들러리 역할만 한 걸까? 모두 각자의 셈으로 복잡한 심정이었다.

그날 새벽, 허황옥과 함께 소파에 누웠던 그날 이후 배두호는 더 이상 허황옥을 어릴 적 친구가 아닌, 이성의 감정으로 느낄 수밖에 없었다. 이미 오래전부터 배두호의 마음속에 자라고 있던 감정이 그날 깊은 땅을 뚫고 올라와 싹이 나기 시작한 것이었다. 어쩌겠나? 사람의 마음을 어떻게 이성으로 막을 수 있겠는가?

그날 그레이스를 만나고 온 이후 자신이 그렇게 화를 낸 이유를 배두호는 알고 있었지만 애써 부정하고 싶었다. 그래서 더욱 화가 났고, 결국 허황옥을 새벽에 떠나게 해 버린 자신이 못나고 미웠다. 하지만 D-day가 다가왔고 방송을 통해 허황옥이 겪는 고난을 보자 그는 가만히 있을 수 없었다. 그녀를 향한 마음이 어떻든 간에 일단 내 친구 허황옥을 도와야겠다는 생각만 다시 머릿속에 가득해졌다.

그런 생각이 들자 배두호는 바로 움직일 수 있었다. 배두호는 붕어공주 가맹 점주들에게 장문의 문자를 보내고 도움을 요청했다. 점주들은 배두호의 긴 설명을 다 듣지도 않고, 그 어떤 토를 달지도 않고 흔쾌히 자신들이 돕겠다며 전화를 끊었다.

“송 사장님, 저 기억하시죠? 배두호입니다. 허황옥 씨 좀 도와주십쇼… 지금 상황이 어려워….”

“앗따, 뭔 긴말이 필요하당가? 우리 아니면 누가 붕어공주를 도와쓰까? 내사 이제야 신세 좀 갚겄다 싶네. 안 그래도 우리 몇몇은 지금 바로 출발하려고 했응께~ 전화 싸게 끊으씨오! 지금 출발해야 항께~ 그리고 이미 전화 다 돌려서 다들 움직이고 있응께 전화하느라 욕보지 말고 배 감독도 싸게싸게 현장으로 오쇼잉!”

“네~ 감사합니다!”

그리고 자기들끼리 연락해 자발적으로 움직이기 시작한 것이었다.

“잉, 나여 송! 워째 황 사장도 오쟈?”

“왐마 그라믄 내가 가지, 뭔 소리여~ 나가 김해 사람이여!”

“아따 거기서 또 지역 거시기가 나오는겨?”

“영호남이 간만에 힘 좀 모아 보자고!”

몇 시간 사이에 서울 수도권 및 전국 각지에서 약 100여 대의 붕어공주 가판대가 모여들었다. 가판대 하나에서 10분당 8-10개, 시간당 약 500여 개의 꿈붕어빵이 만들어져, 100개의 가판대가 모이자 1시간에 5천 개의 꿈붕어빵이 나올 수 있었다. 붕어공주 가판대와 함께 나타난 배두호가 허황옥에게 천천히 걸어왔다. 배두호 뒤로 강씨 아줌마, 주영, 예진, 다인, 예진 아빠, 다인 엄마, 청파동 학생들 30여 명이 함께 등장했다. 영화로 치면 멋진 배경 음악이 흘러나오고 슬로우 모션으로 걸어 들어오는 분위기였다. 마치 전쟁터에 막 도착한 지원 부대인 양 의기양양한 그들의 얼굴에는 어떤 결기로 들뜬 표정이 가득했다.

"어이, 붕어공주! 허수경~ 아니 허황옥! 뭐야, 너! 이렇게 사람이 많은데 혼자서 어떻게 장사를 하려고? 힘들고 어려울 때는 도움도 청하고 그러는 거야~ 다 같이 더불어 살자고 네가 말해 놓고 왜 뭐든 혼자 하려고 하는 거야? 안 그러니, 예진아?"

"맞아요, 언니! 우리가 남이에요? 우리 다 같이 꿈꾸고 함께 했잖아요! 배두호 아저씨가 언니 걱정 얼마나 많이 하는지도 모르고…."

"야! 오빠라니까~"

"맞다, 감독 오빠! 언니, 감독 오빠가 언니 도와야 한다고 아주 아주 생난리를 쳤어요. 여기저기 전화하고… 그니까 나중에 감독 오빠한테 꼭 고맙다고 하세요, 알았죠?"

"아이고 수깅아. 니는 내 꿈 이라줘 놓고, 와 나는 니 꿈 이루게 도와주는 거 몬하게 하노? 다 같이 돕고 살아야지 안 글나?"

"수경아, 나도 돕고 싶어서 왔어. 그리고 여기 건어물집 영철이 알지? 내 약혼자야~"

그제야 허황옥의 얼굴에 미소가 돌아왔다. 말은 못 하지만, 모두에게 눈을 맞추면서 고마운 마음을 전했고, 그들도 눈빛만으로도 충분히 알아들었다. 특히 마지막에 배두호를 바라보는 허황옥의 눈빛에는 배두호에 대한 고마움과 믿음과 사랑이 가득했고, 배두호 역시 아무 말 없이 그녀의 눈동자를 응시했다.

"왜 그런 눈으로 쳐다봐? 나 버리고 갈 때는 언제고? 흥! 나 삐쳤어! 나중에 붕어빵 맛나게 만들어서 줘! 자, 자, 빨리 일합시다! 오랜만에 내가 실력 발휘 좀 해야겠네! 예진아, 아저씨 좀 도와주라~ 아니, 오빠 좀…!"

"넵, 감독 오빵~!"

얼마 전 붕어공주 가맹을 맺은 다인 엄마도 다인과 같이 카페에 있던 붕어빵 틀을 들고 왔다. 예진이도 아빠와 함께 도와주러 왔다. 허황옥 혼자 나눠 주던 붕어빵을 이제 동시에 많은 이들에게 나눠 줄 수 있게 되었다. 그래도 많은 사람들이 줄을 서서 기다리며 불만들을 내고 있었다.

Scene15. 한강고수부지, 첫 번째 기부 붕어빵 탄생

게임이 시작되고 2시간 정도가 지날 때쯤… 그때였다. 붕어공주 전광판에 기부 붕어빵 숫자가 0에서 1로 바뀌었다. 사람들이 일순 멈춰서 그걸 바라보았다. 기부인의 아이디가 뜨고, 이어서 메시지가 떴다.

김해시 김수로 학생(8세)

"안녕하세요, 저는 김해 사는 초등학교 3학년 김수로입니다. 오예~ 제가 1등이에요? 대박! 붕어공주 누나, 꿈붕어빵 기부합니다! 붕어공주 게임 너무 재밌어요. 그리고 붕어들아 고마워~ 너희들의 희생으로 누군가에게 붕어빵 하나를 줄 수 있게 되어서 기뻐."

그때부터 갑자기 기부 붕어빵의 숫자가 올라가기 시작했다. 전 세계에서 동시에 기부 붕어빵이 올라왔다. 게임을 하던 사람들과 서로 공짜 붕어빵을 먹겠다고 실랑이 벌이던 사람들 모두가 잠시 모든 걸 멈추고 그 현황판을 바라보았다. 다른 나라에서도 기부 빵이 모이고 있었다. 먼저 중국 상해와 일본, 오클랜드에서 기부 붕어빵이 올라왔다. 시간차에 따라 각 나라마다 한밤중이거나 새벽일 수도 있었는데 2시간 정도 지나면서 기부 붕어빵의 숫자가 속도를 내기 시작한 것이었다. 새벽 시간인 뉴욕의 민정도 카림과 조와 함께 붕어공주 게임을 해서 붕어빵을 기부했다. 아직 한참 기대에 밑도는 숫자지만 점점 가속이 붙기 시작했다.

"안녕하세요! 저는 민정입니다. 지금 뉴욕입니다. 와우~ 김수로 학생에게 1등을 놓치고 말았네요! 수로 학생, 축하해요~ 저도 제가 잡은 꿈붕어빵을 기부합니다. 붕어공주님, 고마워요! 붕어들아, 고마워~"

NBA 게임 중 시합을 멈추고 선수들과 관중석 사람들이 모두 게임을 하고 있는 장면이 송출되었다. 패션 위크 중에도 수많은 패션모델들과 셀럽들이 밀라노, 파리, 런던 곳곳에서 게임을 하기 시작했다. 전쟁 지역에서도 잠시 휴전을 선언하고 병사들도 게임에 동참하는 모습이었다.

"하이~ 마이 네임 이즈 카림! 저도 꿈붕어빵 기부합니다. 땡큐, 붕어~"

"붕어공주님, 안녕하세요. 조라고 합니다. 저를 포함한 미국의 많은 사람들이 당신을 응원합니다."

해외 12명의 붕어공주들도 각 나라에서 열심히 기부 붕어빵을 올리기 시작했다. 시간대가 다른 나라지만 잠도 안 자고 게임을 시작해 준 것이었다. 베트남의 붕어공주 중 한 명인 뿌엉도 힘을 내서 게임을 하고 있었다.

"저희도 지금 열심히 붕어공주 게임을 하고 있습니다. 한국의 붕어공주, 파이팅!"

JRBC 최희정 기자도 약간 흥분한 채 현장을 생중계하기 시작했다.

"붕어공주 게임이 시작된 지 약 2시간이 흐른 상황입니다. 김해에 사는 김수로 어린이가 전 세계 첫 번째 붕어빵 기부자로 이름을 올렸습니다. 한국 시간 낮 12시에 시작된 붕어공주 게임은 현재 한국을 비롯해 다른 나라에서도 붕어빵 기부가 릴레이가 이어지고 있습니다. 지금 올라가는 속도가 상상 이상인데요, 현재 한국 시간 기준 오후 3시를 조금 넘은 상황인데 약 5천여 개… 아~ 방금 앞자리가 바뀌었습니다. 1만이 넘었고… 말씀드리는 순간 5만… 정말 놀라운 광경입니다! 다른 나라는 아직 새벽이거나 한밤중인 곳도 있는데요, 의외로 많이 올라오고 있습니다. 좀 전까지 자신이 잡은 붕어로 공짜 붕어빵을 먹으려고 경쟁을 벌이던 일부 극성스러운 시민들도 자제하는 분위기입니다. 남들이 기부를 하자 본인들도 이타적인 생각을 가지기 시작한 것 같습니다. 초반 게임 시작과 함께 공짜로 먹는다는 것에 매몰되었던 시민 의식이 돌아오는 것으로 봐야 할까요? 그리고 전국에서 모여든 100여 대의 붕어빵 가판대를 통해 붕어빵 공급이 원활해지면서 불만들도 속속 사라지고 있습니다. 아! 지금 1억 개가 갑자기 채워졌습니다. 다시 1억 5천 개… 지금 같은 속도라면 오후 6시쯤에 5억 개 정도의 기부 붕어빵이 모일 것으로 예측됩니다."

구 아나운서 역시 최희정 기자의 보도에 평소의 그답지 않은 상기된 표정을 보였다.

"놀랍습니다! 사실 5억이라는 숫자는 저희가 토론 중에 나온 숫자라서 정확히 그 숫자가 가지는 의미에 너무 매달릴 필요는 없습니다만, 실제로 그 숫자에 도달하게 된다면 놀라운 일이 아닐 수 없습니다. 붕어공주 게임은 전 지구인이 동시에 함께 하는 게임이라는 기네스 신기록을 남기게도 됐지만, 이 사회적 실험이 성공한다면 그 이상의 의미를 갖게 될 것입니다. 부디 이 실험이 성공하기를 개인적으로 빌어 봅니다. 어쩌면 붕어공주 허황옥 씨가 꿈을 이룰 수 있게 될 것 같습니다. 아… 왜 눈물이 나려고 하는지 모르겠네요…. 여기서 잠시 시민들의 의견을 모아 봤습니다. 들어 보시죠!"

insert 인터뷰, 시민들

"붕어공주 게임 해 봤는데… 아무리 게임이지만 사람 죽이고 부시고 하는 중독성 있는 그런 게임하고는 다른 거 같아요."

"저도 방금 붕어 10마리를 잡았는데 아쉽게도 근처에는 가판대가 없어서 대신 기부를 했습니다. 내가 이 붕어빵을 기부하면 어느 곳에서 누군가가 붕어빵을 먹을 수 있다고 하니까 기부가 하고 싶어졌어요. 그리고 만약에 제가 어려움에 처하면 누군가가 또 제게 기부 붕어빵을 주지 않을까요? 그럼 저도 감사하게 꿈붕어빵 하나 먹어 보려구요."

"베타 버전에는 없다가 업그레이드하고 나니까, 제가 기부한 꿈붕어빵을 먹은 사람이 저에게 감사의 메시지를 전할 수 있게 시스템이 업그레이드되었더라고요. 제가 좀 전에 기부한 꿈붕어빵을 아프리카 수단의 마리라는 여자아이가 먹었어요. 그 아이가 너무 고맙다고 사진이랑 메시지를 보냈는데… 아, 정말… 눈물이 나서… 그 아이가 꿈붕어빵 들고 환하게 웃는 모습을 잊을 수가 없어요. 방금 제 핸드폰 바탕 화면에 깔았어요. 힘든 일 있을 때 그 아이를 보면 다시 기운이 날 거 같아요. 저의 작은 행동 하나가 누군가에게 선한 영향을 주고 그로 인해 저 역시 변화를 가지게 됐네요. 붕어공주님, 너무 감사해요! 고마워, 붕어들아~"

"저는 궁금해서 기부 빵을 하나 먹어 봤어요. 그리고 저 역시 제가 먹은 꿈붕어빵을 기부해 준 사람에게 메시지를 보냈습니다. 덴마크에 사는 아이가 기부한 꿈붕어빵이었습니다. 자신이 기부한 꿈붕어빵을 먹어 줘서 고맙다고 하더라구요. 그 아이랑 인스타 친구가 됐어요. 다음 휴가 때는 그 아이를 만나러 덴마크에 가려고 합니다. 저한테 덴마크 올 때 불닭면 사 오라고 하더라구요. 하하하, 한 박스 사 가야죠."

"같이 나눌 수 있다는 게 너무 기분 좋았어요. 다들 살기 어렵잖아요. 하지만 나보다 더 어려운 사람들이 여전히 있고… 내가 엄청 희생하면서 남을 돕지는 않지만 꿈붕어빵으로 누군가의 허기를 해결해 준다고 생각하니까 나도 뭔가 좋은 일한 거 같아서 기분 좋았어요."

"아니, 시골에서 가난하게 자랐다며? 거기다 벙어리고? 그런데 어떻게 이런 걸 생각해 낸 거래요? 참 대단하네…."

"아이들과 함께 게임을 했습니다. 애들이 무척 좋아하더라구요. 그리고 같이 기부하고… 아이들에게 함께 사는 세상을 가르칠 수 있어서 좋았어요. 애들도 자기만 챙기는 게 아니라 남들을 돌아보고 같이 나누는 걸 배우는 것 같아요."

"여러 기업들이 동참하는 것도 좋아 보여요. 사실 이거 원가가 얼마나 하겠어요? 솔직히, 붕어빵 먹고 배가 부르면 얼마나 부르겠어요? 배가 부른 게 아니라, 마음이 부른 거죠! 평생 뭐 해 먹고 살아야 하나 걱정했는데… 한 번도 마음이 배부를 방법은 고민 안 하고 살아온 제 자신이 좀 부끄럽습니다. 그래도 우리가 누군가를 생각하고 있다는 걸 그들이 알고 우리도 기억하고… 그런 게 더 의미 있어 보입니다."

"아이러니하네요. 한국에서 시작된 건데 한국에는 붕어공주 매장이 몇 개 없다니… 얼마 전 그 광풍의 시간을 지켜본 시민으로서 참 우리나라 대단하다는 생각이 듭니다. 한 개인을 이렇게까지 무너뜨릴 수 있다는 게… 누구를 위한 정부인지, 누구를 믿어야 할지… 지금 이 일들을 겪으면서 거대한 변화가 있어야 한다고 저는 생각합니다."

"우리 낚시 동호회는 이번 주에 바다 안 가고 여의도에서 낚시하기로 했어요.

하하하. 붕어공주 게임으로 낚시하는 거죠~ 그리고 가족들 다 모여서 같이 할 겁니다. 사실 마누라가 주말마다 낚시 간다고 잔소리했는데, 이제 마누라도 같이 붕어공주 게임 하기로 했습니다. 방금 마누라가 2시간 해 보더니 낚시가 이렇게 재밌는 거였냐고 하네요. 우리나라도 붕어공주 가판대가 더 많이 생기면 좋겠습니다. 붕어공주 게임 파이팅!"

"저도 꿈붕어빵을 먹어 본 적은 있어요. 근데, 저는 꿈을 꾼 적이 없습니다. 허황옥 씨가 꿈에 나온다고 해서 은근 기대도 했지만 저에게는 안 나오시더군요. 그런데 그게 무슨 대숩니까? 꿈이 꿈일 뿐이지. 그걸 가지고 무슨 마약이 들었네, 안 들었네, 이 사달을 만들어 내다니…. 거기다 대기업이라는 스타월드까지 인어빵을 만들어서… 거기도 꿈 댓글 가지고 난리들 치고 그랬잖아요. 뭐 하는 짓들인지… 쯧! 허황옥이 꿈에 나왔다고 말하는 사람들도 반성들 하기 바랍니다. 정말 꿈에 나온 건지 아닌 건지는 본인들만 알겠죠. 저는 꿈에 허황옥이 나오든 안 나오든 여전히 제 꿈을 꾸고 실현 중입니다. 이제 다들 각자 자리에서 최선을 다하면서 삽시다!"

구 아나운서가 시민들의 반응을 보다가 천천히 고개를 끄덕이며 말했다.

"지금까지 시민들 반응을 들어 봤는데요. **'배가 아니라 마음이 배부르다…'** 저는 저 말이 마음에 꽂히네요. 저 역시 평생 마음이 배부를 생각은 안 하고 산 듯합니다. 어떻게 하면 더 잘 살 수 있을까? 더 좋은 집에 살 수 있을까? 더 많은 연봉을 받을 수 있을까…. 이런 고민을 하루도 안 한 적이 없었습니다. 오늘부터 저도 마음이 배부른 방법을 하루에 한 번은 해 보겠다고 스스로 다짐해 봅니다. 보신 것처럼 시민들의 반응은 전반적으로 매우 우호적입니다. 어쩌면 변화는 외부에서가 아닌 우리 내부로부터 스스로 변화해야 하는 것 아닌가 싶습니다. 아, 방금 전광판에 기부 붕어빵 숫자가… 5억! 5억 개가 넘었습니다. 오 마이 갓! 죄송합니다 저도 모르게 그만… 특정 종교를 언급하려 했던 건 아니라는 점 말씀드립니다."

드디어 전광판에 5억 개가 떴다. 전 세계 사람들이 붕어공주 게임에 접속해서 5억 개의 붕어빵을 기부한 것이다. 여러 유튜브와 SNS 채널이 이 기적 같은 순간을 전 세계에 생중계하기 시작했다.

insert 포털뉴스, 헤드라인

〈붕어공주 현대판 오병이어 현실로!〉

〈The princess carp made the miracle of five breads and two fish a reality!〉

〈鲫鱼公主将5个面包和2个鱼的奇迹变成了现实!〉

〈La princesse Bungeo a réalisé le miracle des 5 pains et 2 poissons!〉

〈Die Karpfenprinzessin macht das moderne Wunder der fünf Brote und zwei Fische wahr!〉

언론들이 실시간으로 현대판 오병이어의 기적이라는 헤드라인으로 기사들을 송출했다. 그동안 붕어공주가 주장하던 오병이어라는 말에 불편해하던 바티칸 쪽에서도 이 기사를 리트윗하며 허황옥이 예수님의 오병이어의 기적을 현대적으로 재해석한 것에 긍정적인 성명으로 힘을 보탰다.

Scene16. 배 목사의 심리적 변화

배 목사와 함께 허황옥을 규탄하던 보수 기독교 신자들 역시 지금 일어나고 있는 현상을 보면서 마음이 흔들리기 시작했다. 거기다 방금 올라온 바티칸의 성명서 발표를 보고 나서 더욱 동요했다. 비록 개신교와 천주교로 나뉘어 갈등을 빚는 그들이었지만 범크리스천이라는 차원에서 무작정 배타적으로 나가기도 어려웠다. 그들이 그렇게 비난하던 허황옥이 이룬 업적을 눈으로 직접 보면서 현타가 왔다. 배 목사 역시 이 광경을 목도하면서 내면에서 올라오는 소리를 무시할 수 없었다.

"이건… 기적은 아니지만… 내가 지금 뭘 본 거지?"

"아니, 이게 기적이 아니면 뭐여? 하나님의 성령 역사에 그냥 행해진 일은 없었구만."

"자자, 모두 정신 차려요. 사악한 마녀의 농간에 놀아나서는 안 됩니다! 목사님까지 이러시면 어떡해요? 배 목사님, 정신 차리세요!"

몇몇 극렬 신도들이 여전히 허황옥 타도를 외쳤지만 더 많은 신도들이 동요하기 시작했고, 배 목사 역시 정신이 나간 모습을 보이자, 그들은 이제 자포자기하는 상황이었다. 배 목사는 지금 이 상황이 가지는 의미를 온몸으로 느끼고 있었다. 며칠 전부터 계속되어 오던 꿈이 생각났다. 그 어느 누구에게도 말하지 못하는 그의 꿈….

insert 꿈, 배 목사의 꿈

사나운 폭풍우가 몰아치는 바다 한가운데 만선호가 보인다. 배 목사는 밧줄로 자신을 돛대에 묶고 몰아치는 폭풍과 천둥번개에 맞서 처절하게 외친다.

"하나님 당신은 와 내한테서 모든 걸 빼앗을라 캅니꺼? 내 아내 마리아하고 나의 아들 배두호… 그라고 인자 내 만선호까지! 내가 그래 간절히 기도할 때 당신은 어디 계셨습니까? 내 핑생 당신 앞에 엎드리가 가장 크고 빛나는 성전을 바칬구마… 내한테 돌아온 거라꼬는 이기 답니꺼? 그라마 고마 나는 차라리 만선호캉 빠져 죽고 치아뿔라요!"

만선호가 점점 가라앉는다. 밧줄에 묶여 만선호와 함께 깊은 심해 속으로 빠져들어 가고 있다. 점점 힘이 빠지고 의식이 흐릿해지며 그의 폐 속에 남은 마지막 숨을 물거품으로 내뱉은 순간… 누군가가 배 목사의 손을 잡았다. 단단하고 따뜻한 손. 배 목사는 그 손에 의해 다시 수면 위로 끌어올려졌다. 눈을 떠 보니 거짓말처럼 폭풍은 사라지고 지금껏 본 적 없는 아름다운 노을이 수평선 위에 걸려 있었다. 배 목사는 바다 위에 서 있다. 그리고 자신을 바라보는 허황옥이 보였다.

"니… 니는 허황옥이…. 와 니가 내를 구한 기고? 내 만선호는? 내 만선호는 어디갔노?"

"당신이 구해야 할 것은 만선호가 아니라 당신 자신입니다. 목사님이 저를 구해 주신 것처럼요…."

"내가 니를 구하다니… 그기 뭔 소리고?"

"누가 사람의 입을 지었느냐? 누가 벙어리나 귀머거리나 눈 밝은 자나 소경이 되게 하였느냐? 나 여호와가 아니냐? 이제 가라!! 내가 네 입과 함께 있어서 할 말을 가르치리라."

"제게 이 성경 구절을 알려 주신 분은 목사님이시잖아요! 오병이어의 기적도…."

과거 작은 개척교회에서 배 목사가 오병이어의 기적을 설교하고 마리아가 수어로 어린 허수경에게 설명해 주는 장면이 떠오른다.

그제야 배 목사는 이 모든 시작과 끝이 우연이 아니라는 것을 깨달았다. 이 모든 것이 그분의 계획이었다는 것을… 배 목사는 무너지듯 무릎을 꿇었다.

"흑흑… 내가 그랄 자격이 있겠나?"

따뜻한 손길이 배목사의 머리를 쓰다듬어 준다. 이 손길… 너무나 익숙하고 그리워하던 그녀의 손길… 배 목사가 다시 고개를 들고 보니 허황옥은 어느덧 사라지고 그 자리에 마리아가 서 있었다.

"여보! 마리아… 당신이 여기 어떻게… 내 당신이 느무 그리웠따… 흑흑…."

따뜻하고 사랑스러운 눈길로 배 목사를 바라보며 미소 짓는 마리아.

"으이그, 이 가여운 양반… 나는 늘 당신 곁에 있었어요."

"나도 고마 당신 따라가고 싶다…."

"아직 당신이 할 일이 남았잖아요. 우리가 처음 주님 앞에서 손잡고 약속한 거 잊지 않았죠?"

"하모, 그걸 우예 잊겠노? '가장 낮은 곳에서 주님의 사랑을 실천하자…' 암… 기억하고 말고…."

"당신을 필요로 하는 사람들에게 사랑을 나눠 주세요. 그들이 기다리고 있어요. 당신은 할 수 있어요. 내가 늘 당신과 함께할 거예요!"

"주여…."

배 목사가 꿈에서 깨어나 다시 정신을 다시 차렸다. 자신의 뺨을 때리며 일어나라고 외치는 부목사와 목이 터져라 허황옥 타도를 외치는 신도들의 눈빛과 목소리가 엉켜 아수라장이었다. 허황옥이 말한 오병이어 기적의 현장이 그의 눈에 들어오기 시작했다. 그동안 그의 눈을 가리고 있던 무언가가 벗겨진 느낌이었다. '도대체 내가 뭔 짓을 하고 있었던 기고?'

허황옥이 이룬 기적은 단순히 한국에서 붕어빵을 나눠 주는 것에 국한된 것이 아니었다. 전 세계인이 서로에게 나눔을 주는 것을 말한 것이고, 전 세계적으로 동시에 일어나는 기부 현상을 의미한 것이었다. 그제야 사람들은 허황옥이 하고자 했던 일의 참된 의미를 깨닫게 되었다. 허황옥은 전 지구를 상대로 한 사회적 실험을 성공시켰다. 이 거대한 프로젝트를 한 개인이… 혼자… 1,000일 만에….

나, 너 그리고 우리가 어느 한 지역에 국한된 게 아니라는 걸. 이 지구에 살고 있는 모든 인간과 생명체는 하나라는 걸.

모두가 열광하고 들떠 있을 때 허황옥은 서쪽으로 저물어 가는 해를 바라보며 천천히 일어났다. 노을이 질 무렵, 하루 장사를 끝내면 허황옥은 늘 붕어공주 트럭에 올라가 싯타르를 연주해 왔다. 그게 그녀의 루틴이었고, 오늘도 예외일 수는 없었다. 허황옥이 자리를 잡고 숨을 고른 후에 연주를 시작했다. 어쩌면 마지막 연주가 될지도 모를… 오늘따라 더욱 붉게 물든 노을이 사람들의 마음에 따뜻하게 스몄다. 허황옥의 싯타르 연주를 들으면 이상하게도 마음이 차분해지고 이기적인 생각이 사라졌다. 그 순간만은 그랬다. 모두 자신이 서 있던 자리에 하나둘 앉아 연주를 듣기 시작했다. 선거 유세를 벌이던 사람들도 스피커를 끄고 잠시 쉬었다. 라이브 방송을 통해 전 세계로 연주가 퍼져 나갔고, 전 지구인이 조용히 허황옥의 연주에 마음을 빼앗겼다.

연주가 끝나고 모두 잠시 멍한 기분으로 여운을 느끼고 있었다. 허황옥은 배두호에게 자신의 수어를 통역해 달라고 하였고, 방송국에서 마이크를 묶어서 배두호에게 건네주었다. 허황옥은 천천히 수어로 말하기 시작했다.

「저는 오늘 저의 꿈을 이루었습니다. 더 이상의 대립과 반목은 그만해요! 인어공주와 붕어공주의 대결은 무의미합니다. 누가 누구를 이겨야 끝나는 싸움은 더 이상 하지 맙시다! 우리는 이 지구라는 행성에서 더불어 살아가야 할 생명체입니다. 제가 고백할 것이 있습니다. 저는 붕어공주가 아님을 선언합니다. 여러분, 사전에서 공주라는 단어를 한번 찾아보세요! 공주는 여러분이 알고 있는 그 뜻 말고도, 다른 의미가 있습니다. 전 정실 왕비의 딸을 뜻하는 공주가 아니라 공공의 주인, 우리 모두가 공공의 주인이라는 의미의 公主(공주)입니다.」

사람들은 검색창으로 공주를 찾아보기 시작했다.

공주(公主)

정실 왕비가 낳은 임금의 딸

'公主' 너무나 흔하고 쉬운 단어였던 공주가 공익의 公 자, 주인 主 자라는 것이 모두의 눈에 들어왔다. 익히 봐 오던 것이었지만 그 뜻이 새롭게 다가오며 사람들은 잠시 멍한 기분을 느꼈다.

「어릴 때 너무 배가 고파서 매일 먹는 생각만 했습니다. 여기 제 친구, 배두호하고요. 우리는 뭐 해 먹고 살아야 하나 하는 걱정을 하루도 안 빠지고 밤낮으로 했어요. 그러다가 할머니의 꿈붕어빵을 먹으면 아주 잠시지만 허기를 면할 수가 있었고, 그 잠시의 배부름에 그때만은 우리들의 꿈 이야기를 나눌 수 있었습니다. 어떤 직업이 갖고 싶다는 꿈이 아닌, 우리가 정말 하고 싶고, 되고 싶은 꿈이었습니다.

할머니가 돌아가시고 인도를 거쳐 10여 년간 세상을 떠돌아다녔습니다. 나라와 피부색은 달라도 모두가 같은 고민을 한다는 것에 저는 놀랐습니다. 그리고 저는 결심했습니다. 사람들에게 꿈을 다시 심어 주고 싶었습니다. 그리고 한국에 돌아와 꿈붕어빵을 만들어 팔기 시작했습니다. 어릴 때부터 할머니 어깨너머로 보고 배운 대로 열심히 만들었고, 제 꿈붕어빵을 먹고 사람들이 꿈을 꾸기 시작했습니다. 정말 그들이 꿈에서 저를 만났는지, 사실 저는 모릅니다. 저 역시 꿈에 누군가를 만났지만 그들이 누군지 모르고요. 나중에 꿈에서 만난 사람을 만나기도 했지요. 우리는 실제로 꿈이라는 공간에서 만났을 수도 있고, 어쩌면 각자의 상상력이 꿈으로 나타난 걸지도 모르죠. 하지만 결과는 그 꿈을 통해 잊고 있던 자신의 꿈을 기억해 내고 그 꿈에 도전했다는 것입니다. 이건 저에게도 놀라운 경험이었습니다.

저는 평범한 사람입니다. 가난하게 자랐고, 가난 속에서 많은 이들의 도움도 받았습니다. 여기 제 친구 배두호와 배 목사님, 마리아 여사님, 모두 저에게는 소중한 분들입니다.

국가나 기업, 사회에서 매년 빠지지 않고 하는 말들… 꿈이라는 화두….

젊은이들에게 꿈을 가져라. 꿈을 꾸어라. 꿈은 희망. 꿈꾸는 자는 미래를 여는 사람. 모두 다양한 방식으로 꿈을 꾸라고 말합니다. 하지만 실제로 꿈을 이뤄 보겠다고 하면 그들은 '정신 차려라, 꿈은 아무나 꾸냐? 꿈이 밥 먹여 주냐? 꿈은 결국 직업이다!' 하면서 좋은 직장, 대기업, 공기업, 공무원이 되는 게 최선의 꿈이라고 가르칩니다. 우리가 꿈 좀 꾸겠다고 했더니 마치 인생의 실패자처럼 몰아세우더군요. 실제로 이 사회와 국가는, 세상은, 꿈꾸는 걸 원치 않는 것 같습니다. 꿈 좀 꾼다는 게 그렇게 잘못한 일인가요? 지금 이 사회를 한 번 돌아보시기 바랍니다. 진정 그대들이 원하는 꿈이 무엇인지 말이죠…. 제 꿈은 여기까집니다. 제 꿈붕어빵을 먹고 꿈을 찾게 하는 것까지가 제 역할입니다. 이제는 각자 꿈을 가지고 살아가기를 바랍니다. 각자 스스로의 주인으로, 누군가의 꿈을 좇지 말고 나의 꿈을 찾기 바랍니다. 감사합니다. 나마쓰떼.」

스튜디오에서 생방송을 진행 중이던 구 아나운서가 중요한 걸 깨달았다는 듯이 말했다.

"그러고 보니 붕어공주의 공주라는 한자가… 公主… 공익 공 자에, 주인 주 자를 쓰는군요. 저도 오늘 이걸 처음 알았습니다. 아니 몰랐다기보다 당연하다고 생각했던 게… 막연하게 공주의 공자가 王 자에서 파생된 어떤 한자가 아닐까 생각을 했는데… 의외입니다. 왕은 王 자를 쓰고, 왕비도 王妃 王 자를 쓰고요, 왕자도 王子 王 자를 씁니다. 그런데 공주… 公主만 다르게 쓴다는 사실이 아이러니하다고 해야 할까요? 정실 왕비의 딸이 아닌 공공의 주인! 우리 모두가 주인이라는 뜻으로 해석해도 될 듯합니다. 그렇다면 붕어공주 허황옥 씨는 처음부터 본인이 반인반어족의 후손인 붕어공주라고 주장한 게 아닌 거였군요. 처음부터 그녀는 공공의 주인이라고 말해 왔던 것이었네요!"

갑자기 TV 화면 아래 '긴급속보' 자막이 표시가 된다. 그리고 구 아나운서는 귀에 꽂은 이어폰을 통해 제작진과 무언가를 논의하며 놀라움을 감추지 못한다.

"아, 잠시만요… 맙소사… 어떻게 이런 일이… 속보입니다! 긴급 속보를 알려 드리겠습니다. 조금 전 스타월드에서 붕어공주를 인수 합병한다고 발표했습니다. 이게 어찌 된 일인가요? 그레이스 대표가 직접 발표한다고 합니다. 스타월드 본사에 나가 있는 박주일 기자 연결합니다!"

Scene17. 스타월드 본사 기자회견장, 스타월드 붕어공주 '공생' 발표

"안녕하십니까, 박주일 기자입니다. 저는 지금 스타월드 본사 로비에 나와 있습니다. 약 1시간 전, 스타월드에서 엠바고를 전제로 긴급 기자 회견을 요청했고, 거의 모든 방송사가 모여 있는 현장입니다. 말씀드리는 순간… 그레이스 대표가 나오고 있습니다."

사방에서 터지는 카메라 플래시와 셔터 소리가 로비 안을 채우고 수백여 명의 내외신 기자들이 동시에 질문 공세를 하기 시작했다. 마이크 앞에 선 그레이스는 이 중요한 순간을 기억하려는 듯 주변을 둘러보았다. 모든 것이 슬로우 모션처럼 보였다. 그녀는 지금 이 순간이 끝이 아닌 시작이라는 걸 누구보다 잘 알고 있었다. 그동안 수많은 스포트라이트를 받아 왔지만 이렇게 긴장되고 떨리는 순간은 없었다. 그레이스는 잠시 숨을 고르고 나서 비서실에 준비한 원고를 한 번 바라본 후 테이블에 내려놓았다.

"안녕하세요, 스타월드 대표 그레이스입니다. 오늘 중대한 발표를 위해 이렇게 기자 회견을 갖게 되었습니다. 저희 스타월드는 지금 이 시간을 기준으로 붕어공주가 스타월드와 한식구가 된 것을 공표합니다. 이미 사전에 모든 조율이 끝난 상태이고요. 지금 이 발표를 하는 순간부터 효력이 시작되었습니다. 붕어공주가 지금까지 해 온 모든 것을 그 어떤 변화나 변질 없이 그대로 스타월드에서 붕어공주라는 이름으로 진행할 겁니다. 가격도 그대로, 현재 진행 중인 붕어공주 게임까지 모두 현행대로 진행이 될 겁니다. 향후 10년간 가격 변동은 없을 겁니다. 그리고 여기서 발생되는 모든 수입은 붕어공주재단을 통해 기아에 허덕이고 여전히 우리 주변에 어려움을 겪고 있는 소외된 약자들을 위해 사용될 것입니다. 허황옥 씨는 이 모두를 유지하는 것을 조건으로, 그 어떤 금전적인 보상도 받지 않고, 저희 스타월드에 100% 승계하는 것에 합의했습니다."

기자들이 웅성거리기 시작하며 동시에 여기저기서 질문 공세를 퍼붓기 시작한다.

"인수 금액이 전혀 없다는 말인가요? 시장에서는 붕어공주 브랜드 가치를 1조 원까지 본다는 얘기가 있는데, 아무런 금전적인 대가 없이 스타월드에 흡수된다고요?"

"흡수라는 표현은 적절치 않아 보입니다. 저희는 붕어공주와 공생적인 관계로 보고 있습니다. 기존에 보아 오신 기업이 기업을 인수-합병, 흡수-통합하는 방식과는 차원이 다릅니다. 생소하게 보일 수도 있다고 봅니다. 저희는 공식적으로 함께 '공생' 한다는 것에 합의한 것입니다."

"지금까지 다른 기업들에서 갖가지 좋은 조건을 내밀며 붕어공주를 인수하려고 공을 들여 왔는데요…. 왜 허황옥 씨는 그 모든 것을 거절하고 스타월드에 붕어공주를 무상으로 넘긴 걸까요?"

"허황옥 씨는 개인의 금전적 이익을 위해 붕어공주를 시작한 것이 아닙니다. 그렇기에 스타월드도 이윤 창출을 위해 붕어공주와 하나가 된 것이 아니라는 점을 말씀드립니다. 우리 모두가 함께 공생하기 위한 시작임을 알아 주십시오. 이 거대하고, 전 지구적인 사회적 실험에 동참하는 저희 스타월드와 붕어공주의 첫걸음에 많은 응원 부탁드립니다. 여기까지 하겠습니다."

특종의 타이틀을 달고 스타월드-붕어공주 인수 합병 뉴스가 송출되었다.

〈스타월드-붕어공주 공생 선언!〉

〈합병이 아닌 공생을 강조!〉

〈인어공주, 붕어공주와 손잡다!〉

〈붕어공주와 인어공주 상생의 길!〉

언론사의 정치적 성향에 따라 헤드라인에 붕어공주를 앞에 쓰느냐, 인어공주를 앞에 쓰느냐의 미세한 차이는 있었지만 대체적으로 공생, 상생이라는 사실을 강조하였다. 기사를 본 사람들은 서로 흥분해서 소리쳤다.

"이거 봐요! 스타월드가 붕어공주를 인수한답니다."

"뭐야? 결국 돈 받고 팔려고 이 짓을 한 거야?"

"아니래요. 돈을 받은 게 아니고 그냥 무상으로 인수했다고 하잖아요?"

"그게 말이 됩니까? 다른 기업에서 1조인가를 불렀다던데~ 스타월드도 최소 몇천억은 줬겠지. 이면 계약이 있는 거 아냐?"

"지금 몇 년간 이 짓을 한 이유가 돈 벌어서 지 혼자 잘 살려고 한 거구만!"

"그럴 리가요…. 아무런 금전적인 보상 없이 넘겼다잖아요…. 스타월드가 돈을 줬으면 줬다고 하겠지 말 안 할 이유가 있나요?"

"아니, 무상으로 넘긴다면 왜 굳이 스타월드야? 그동안 인어공주와 싸워 온 붕어공주는 뭐가 되는 거냐구? 우리가 왜 붕어공주의 깃발을 든 건데?"

"애당초 이럴 계획이었던 거 아니야?"

"스타월드가 공생이라는 단어를 강조하는 거 보면 그냥 기업 간에 하는 합병하고는 다른 거 같아 보여요. 그리고 계속 같은 가격으로 10년간 가격도 안 올리고, 모든 수익금을 기부한다잖아요! 인어공주와 붕어공주의 공생… 진짜 그런 걸 하려는 것 같아요."

"하긴, 그레이스가 심해어라고 커밍아웃한 것도 그렇고… 뭔가 변하려고 노력하는 모습이 보기 좋던데… 좀 지켜봅시다. 어쩌면 그동안 서로 대척점에서만 바라보던 두 개의 진영이 함께한다면 좋은 거 아니겠습니까?"

정치권은 스타월드의 급작스러운 발표에 셈이 복잡해졌다. 보수당은 결국 붕어공주가 스타월드와 합병이라는 형식으로 신자유주의 및 친기업 성향을 보였다고 강조하며 이제 소상공인이 아닌 대기업이 된 거라는 식으로 프레임을 만들어 갔다.

진보 진영에서는 매우 실망하는 눈치였다. 그동안 정부와 기득권 세력들에 의해 핍박을 받아온 붕어공주가 자신들에게 힘을 실어 줄 거라고 마지막까지 기대했는데… 아무리 스타월드에서 공생이라는 부분을 강조했어도 결국 대기업의 일원이 된 붕어공주가 자신들을 배신했다고 생각했다. 붕어공주로 세상을 뒤집으려고 했던 사람들, 붕어공주로 권력을 잡으려 한 자들은 모두 실망했다. 허황옥의 뜻을 희미하게나마 이해하는 사람들만 이를 받아들였다.

사람들은 그동안 자신들이 맹렬하게 믿고 따르던 것이 절대 왕권과 강력한 권력을 가진 '공주'라는 단어 하나에 불과했다는 사실에 씁쓸함을 느꼈다. 허황옥이 말하려 했던 것은 세상의 전복이 아니었다. 오히려 기존 시스템과 잘 융합된 안정적인 시스템을 원했던 것이었다.

허황옥은 모든 걸 내려놓았다. 스타월드의 발표로 사람들의 관심이 온통 그쪽으로 쏠렸을 때, 허황옥은 배두호의 손을 잡고 내려왔다. 급작스러운 스타월드의 발표에 모두 놀라는 와중에 오히려 배두호는 담담하게 모든 걸 받아들이는 듯했다. 짧은 순간이지만 그동안 허황옥과 함께한 모든 시간들이 눈앞에 흘러갔고, 그 모든 것들이 오늘의 이 결과를 만들어 냈다는 것을 배두호는 이제야 받아들일 수 있었다.

"이제, 끝인 거야? 너의 꿈… 이루어진 거야? 네가 원하는 모습 맞아?"

「응, 내 꿈은 여기까지야. 이제 내 꿈은 그레이스 대표가 대신 꾸기로 했어. 이제 난 다른 꿈을 꿀 시간이고… 두호야, 네가 없었다면 난 아무것도 하지 못했을 거야. 너를 만난 건 내 인생의 최고의 행운이야.」

"내가 뭐라고… 내가 너의 꿈에 조금이라도 도움이 됐다면 난 그걸로 만족해. 난 네 친구잖아."

「고마워… 내 친구 (그리고 나의 사랑…) 배두호….」

허황옥은 배두호의 가슴에 얼굴을 파묻고 끌어안았다. 배두호 역시 그녀를 꼭 끌어안아 주었다. 강씨 아줌마, 주영, 예진, 다인, 예진 아빠, 다인 엄마… 붕어공주 가판대를 끌고 와 준 송 사장님, 황 사장님… 모두 다가와 그들은 서로와 서로를 보듬으며 끌어안아 주었다. 아유타 왕국에서 저수지에서 막 깨어난 허수경을 모두가 서로의 어깨에 손을 얹고 환영해 주던 그 모습 같았다. 어디선가 '옴' 소리가 들려오는 듯했다. 그들은 천천히 군중 속을 걸어 나갔다. 사람들은 그들을 조용히 바라보며 무사히 지나갈 수 있도록 길을 내주었다. 기자들도 유튜버들도 더 이상 그 어떤 질문도 하지 않았다. 그들은 천천히 군중 속으로 사라져 갔다.

Scene18. 총선 시작

다음 날, 드디어 총선이 시작되었다. 사람들은 투표를 하러 갔다. 어제 발생했던 붕어공주와 스타월드의 빅 이슈가 총선에 어떤 결과를 가져올지 아무도 예측하기 힘들었다. 역대 투표율 중 최고치를 찍고 있었다. 정치인들 모두 허황옥을 따르던 표심이 자신에게 유리하게 작용할 거라 믿고 있었다. 저녁 6시부터 출구 조사가 있었고, 드디어 결과가 발표됐다.

Scene19. 총선 결과

공중파 3개 방송사와 케이블TV, 유튜브에서 동시에 선거 개표 방송을 시작하였다.

"이제 카운트다운을 시작으로 곧 출구 조사 발표가 있겠습니다. 10, 9, 8, … 3, 2, 1, 0! 자, 출구 조사 발표됐습니다. 결과는…."

"와~와~"

"오~오~"

총선이 끝났다. TV에서는 각 당과 후보자들의 화면이 나오고, 누군가는 환호했고, 누군가는 좌절했고, 누군가는 담담하게 승리와 패배를 받아들였다. 결과는 크게 달라지지 않았다. 전날의 붕어공주의 여파로 무언가 드라마틱한 변화가 있을 거라고 생각했던 사람들은 또 실망하게 되었다. 아시다시피 허황옥은 그 어떤 정치적인 메시지 없이 마지막 말을 전달하고 내려왔다. 사람들은 모두 각자의 일상으로 돌아갔다.

대한민국을 포함한 전 세계의 모든 스타월드 매장에는 인어공주 사인보드 옆에 붕어공주 로고가 같이 걸렸다. 그리고 길거리에서 판매하는 모든 붕어공주 가판대와 푸드 트럭에도 스타월드 로고가 같이 걸리게 되었다. 가판대에서는 스타월드의 저가 커피가 같이 공급되었다. 좀 더 저렴하게 먹고 싶은 사람은 가판대에서 스타월드 커피를 마실 수 있었다. 그리고 장군차라는 새로운 메뉴도 생겨났다. 인도산 대마초라고 오해를 샀던 바로 그 장군차였다. 김해시 군락지의 산불로 모두 소실된 줄 알았는데, 어떻게 구했는지 그레이스가 장군차를 본격적으로 재배한 것이었다. 그 불이 났던 지역을 매입해 본격적인 장군차 군락지를 새롭게 조성했다. 그리고 붕어빵 수익은 저소득층을 위해 100% 기부한다는 선언을 했다. 노사 문제도 잘 해결되었다. 사람들이 인어공주와 붕어공주가 같이 수영하는 짤을 만들어 퍼 나르기 시작했다.

일부는 여전히 반인반어족의 존재를 주장하면서 인어공주의 계략에 붕어공주가 약점이 잡혀서 패배한 거라고 피력했다. 당연히 그 중심에는 오생물 박사가 있었다. 소금물 사건 이후 거의 거지꼴이었던 오 박사는 유튜브로 엄청난 수익을 올려서 그 수입금으로 재단을 설립하였다. '사단법인 반인반어족 연구회' 오생물 박사는 학문적으로 더 깊이 있게 반인반어족을 연구하기 위해 사단법인을 정식 출범했고, 그동안 음지에서 음모론이라는 손가락질을 받으며 묵묵히 오 박사를 따르던 사람들도 연구원으로 정식 등록된 후 떳떳하게 연구에 임할 수 있었다. 그들은 반인반어족 연구뿐 아니라, 다양한 해상 및 담수에 사는 생물들을 연구하는 단체가 되었다.

여전히 기존 기득권을 대변하는 정치 세력들이 국회의 과반수를 차지했고, 장녹수는 간신히 재선에 성공했다. 앞으로 진보가 나아가야 할 방향에 대한 많은 고민이 그녀의 숙제로 남겨졌다. 선거 결과가 나온 후 장녹수 의원은 붕어공주 게임으로 붕어빵 하나를 기부하고, 가판대에서 붕어빵 하나를 사 먹었다. 공짜 붕어빵을 먹을 수도 있지만 그녀는 기꺼이 붕어빵 하나를 사 먹기로 결정했다. 폐지 줍는 할머니가 기부 빵 하나를 받아서 먹는 모습을 바라봤다. “붕어공주님, 감사합니다” 하는 할머니의 말 한마디에 장녹수는 빙긋 미소 지었다. 장녹수는 붕어빵 사진을 찍어 인스타에 올리고 해시태그 ‘#붕어공주고마워’라고 올렸다. ‘#붕어들아 고마워’ 그리고 잠시 고민하다가 ‘#인어공주고마워’라는 해시태그도 같이 올렸다

장녹수는 그날 밤, 아무런 꿈도 꾸지 않았다. 그것은 그녀가 처음 정치에 입문해 국민을 위한 바른 정치만을 꿈꾸던 순수한 그날로 돌아갈 기회가 생겼다는 것을 의미했다. 장녹수는 그 꿈을 이뤄 나가기로 결심하고, 설레는 발걸음으로 국회로 출근했다.

Scene20. JRBC 방송국, 구손석 아나운서 방송 중 은퇴 발표

허황옥이 일으킨 변화의 바람이 다양한 결과물로 나왔다. 허황옥이 교육 시스템 문제를 말한 후 학부모들과 학생들을 중심으로 향후 100년을 준비하기 위한 교육 연구 단체가 구성되었다. 교육 전문가들뿐 아니라, 졸업한 선배들, 현직 교사, 교수들도 함께 참여하기 시작했다. 놀라운 것은 그레이스가 개인적으로 직접 그 발기인 중 한 사람이 되었다는 것이다. 스타월드 또한 모든 지원을 아끼지 않기로 약속했다. 또 다른 변화 중 하나는 전국 퇴직률이 기하급수적으로 올라간 것이다. 하지만 이것이 실

업률의 상승을 의미하는 건 아니었다. 오히려 창업을 향한 도전의 시작을 알리는 신호였다. 스타그룹은 각 계열사별 맞춤형 창업과 R&D에 적극 지원을 하고 나섰다. 정부에서도 다양한 제도 마련 및 규제 완화 등을 통해 발을 맞췄다.

한편, JRBC 메인 앵커 구손석 아나운서가 방송 중에 전격 사의를 발표했다. 모든 언론과 SNS가 난리가 났다.

"잠시 개인적인 말씀을 방송을 통해 드려야겠습니다. 오늘이 저의 마지막 방송입니다. 저도 붕어공주 허황옥 씨의 꿈붕어빵을 먹고 꿈을 꾸었습니다. 저 역시 다른 분들의 증언처럼 꿈에서 허황옥 씨와 많은 이야기를 나누었습니다. 평생 언론에 몸담고 살던 사람으로서 제가 겪은 일을 과학적으로 증명하기 힘들다는 것을 잘 알고 있기에, 그동안 제 마음속에만 두고 있었습니다. 하지만 붕어공주 사건을 함께 겪은 한 개인으로서, 붕어공주 허황옥 씨에게 죄송하다는 말과 감사하다는 말을 이 자리를 빌려 꼭 하고 싶었습니다. 30년간 신뢰받는 언론인으로 살고자 했던 제가 처음이자 마지막 일탈을 행하는 일이 될 것입니다. 시청자 여러분, 저의 이 돌발 행동을 부디 너그러이 용서해 주시기 바랍니다. 심려를 끼쳐 드려 죄송하지만 후회는 없습니다. 저는 그동안 소홀히 대했던 가족들과 많은 시간을 보내려고 합니다. 저는 앞으로 다시 제 꿈을 꿀 것이고, 마음이 배부른 일을 찾아 보려고 합니다. 다시 한번 그동안 사랑해 주신 시청자 여러분께 감사의 말씀을 드리면서, 여러분도 꿈을 잃지 않기를 바랍니다. 그리고 제 후임으로는 오랫동안 제 옆을 지켜 온 동료, 서경화 아나운서를 강력 추천합니다. 서 아나운서, 잘할 수 있죠?"

구 아나운서는 홀가분한 얼굴로 입장 발표를 마무리한 후 며칠 뒤 가족들과 산티아고로 출발했다. 온 가족이 큰 배낭을 메고 다 같이 출발하는 모습이 SNS에 올라왔다. 모두 행복하게 웃고 있었다. 그리고 구 아나운서의 후임으로 서경화 아나운서가 JRBC의 간판인 9시 뉴스의 앵커가 되었다.

"안녕하십니까? 오늘부터 구손석 아나운서의 뒤를 이어 JRBC 9시 뉴스를 맡게 된 아나운서 서경화입니다. 앞으로도 저희는 사회 곳곳에 소외되고 도움이 필요한 시민들과 진실이 필요한 곳에 두려움 없이 늘 함께 하는 방송이 될 것을 약속드립니다. 첫 번째 뉴스입니다…."

Scene21. 스타월드의 꿈붕어빵 운영

스타월드와 합병 이후 사람들은 인어공주 로고와 붕어공주 로고가 함께 있는 꿈붕어빵을 먹게 되었다. 가격도 맛도 그대로였지만, 모든 사람들이 꿈을 꾸지는 않았다. 일부는 여전히 꿈에서 허황옥을 만났다고 했지만, 더 이상 이슈를 끌지는 못했다. 그레이스를 꿈에서 봤다는 댓글도 꾸준히 올라오고 있었다. 스타월드는 한동안 좋지 않던 대중의 시선에서 벗어났다. 기부와 복지라는 어젠다를 가지게 된 이후 그동안 일부 악의적인 공격을 일삼던 극진보 쪽에서도 스타월드의 통 큰 결정을 존중하고 칭찬하는 중이었다. 심지어 수백 년간 스타그룹과 적대적 관계였던 브로큰스타도 스타월드의 변화에 박수를 보내는 동시에 "언제든 스타월드가 다시 착취자의 얼굴을 드러낼 경우, 우리는 세상에 나올 것이다"라며 당분간 지켜보겠다는 입장문을 발표했다.

스타월드 주가는 연일 오르고, 스타그룹에서는 만장일치로 그레이스를 차기 의장으로 추대한다는 공식 입장을 밝혔다.

insert 포털뉴스, 헤드라인

〈스타그룹 차기 의장 결정. 그레이스 의장 탄생!〉

향후 100년간 스타그룹을 이끌어 갈 새로운 의장에 그레이스가 만장일치로 선출되었다. 덴마크 왕족에서 시작된 소피아 가문은 근대에 들어 자본으로 형성된 기업으로 바뀌었고, 현재 스타그룹이라는 전 세계 최고의 기업으로 자리 잡았다.

그동안 의장 자리를 두고 일반인은 상상하기 힘들 정도의 권력형 암투와 전쟁이 벌어졌다고 알려져 있다. 붕어공주의 등장으로 차기 의장 자리에 빈틈이 생기고 수백 년간 의장 자리를 두고 싸워 온 스타에어 로버트 가문에서 혁명을 시도했으나, 그레이스는 붕어공주와의 극적인 합병, 아니 스타월드에서는 전략적 공생이라고 주장하는 결정을 이끌어 내면서 내외부적으로 존재했던 모든 갈등 요소를 잠재울 수 있게 되었다. 그 결과 오늘 그동안 한 번도 없었던 만장일치라는 결과로 의장에 올라갈 수 있게 된 것이다. 스타그룹 향후 100년은 이제 막 닻을 올린 그레이스호의 향방에 달려 있다.

– 정현선 기자

스타월드의 상생 프로그램이 진정성을 얻으면서 사람들은 더 이상 스타그룹과 스타월드를 착취의 대상으로만 보지 않게 되었다. 여전히 굳건한 브랜드 선호도 1위를 지키면서….

허황옥은 그 뒤로 사람들 앞에 나타나지 않았다. 하지만 많은 사람들이 허황옥 덕분에 더 많은 사람들이 꿈을 꿀 수 있었고, 굶주림으로 괴로워하는 사람들이 줄었다고 그녀를 그리워했다. 그들의 염원을 알게 된 그레이스는 덴마크 정부에 요청하여 인어공주 동상 옆에 붕어공주 동상을 세울 것을 제안했다. 제막식 날 그레이스는 직접 이 자리에 참석했다. 두 세계관을 상징하는 공주 두 명이 서로의 어깨를 기대고 앉아 있는 모습이었다. 많은 이들이 환호하고 기뻐한 가운데 붕어공주 허황옥을 그리워하는 이들은 눈시울을 붉혔다. 그중에는 그레이스도 있었다.

Scene22. 인도로 떠난 허황옥

CNN 스튜디오, 리처드는 허황옥의 이후 행방이 궁금했다.

"그 후 허황옥 씨는 어떻게 되었습니까?"

"네, 허황옥 씨는 조용히 인도로 떠났습니다. 여전히 허황옥을 의심하는 사람들도 있었습니다. 그녀가 엄청난 보상금을 받고 스위스에서 살고 있다는 음모론이 돌았죠. 여기저기서 그녀를 봤다는 검증 안 된 소문들이 들렸습니다만, 그녀는 인도 정부의 도움으로 인도에 정착했습니다. 서기 42년 아유타 왕국에서 출발한 인도 공주의 후손이 2,000년 만에 다시 고향으로 돌아왔다는 것에 큰 의미를 두었습니다."

Scene23. 배 목사, 다시 사람을 낚는 어부가 되다

붕어공주 허황옥이 이루어 낸 오병이어의 기적을 직접 목도한 배 목사는 그날 이후 모든 목회 활동을 접었다. 교회도 문을 걸어 닫았다. 신도들은 모두 뿔뿔이 흩어졌다. 오랜 시간 같은 꿈을 꾸었다고 믿었던 박 의원은 검찰 조사가 시작되자 꼬리를 자르고 해외로 도망가기 바빴고, 신 상무는 바로 구속되어 죗값을 치러야 했다. 배 목사 역시 선일건설 비자금 문제로 검찰 조사를 받았다. 당회에 사직서를 제출한 배 목사는 마지막으로 텅 빈 예배당을 둘러보았다. 모든 것을 내려놓자 마음은 그 어느 때보다 가볍고 편안했다. 어디선가 바닷바람 냄새가 났다.

얼마 후, 배 목사는 아버지가 자신에게 남겨 준 낡은 만선호를 타고 바다로 향했다. 주말 근해에 많은 어선들이 떠 있는 가운데 갑판에서 그물을 수습하며 아버지와 고기를 잡던 기억이 희미하게 떠올랐다.

"아이고마~ 목사님! 그물 다루는 솜씨가 보통이 아이네예. 웬만한 신참은 쭉도 못 내밀겠네~"

"하하하, 지도 알라 때부터 아부지하고 배 타고 고기 잡았다 아입니꺼~"

선원 김 씨의 칭찬에 너털웃음을 터뜨리는 배 목사의 목소리에 작은 희망이 느껴졌다. 그날부터 배 목사는 매일 만선호를 끌고 바다에 나갔다. 낡고 노쇠한 만선호였지만 배 목사가 하나씩 공들여 수리하고 칠을 새로 하자, 그 옛날 폭풍 속에서 살아남은 만선호가 되돌아온 듯했다. 이런 배 목사의 소식이 지역 신문에 만선호와 함께 사진으로 실렸다.

insert 포털뉴스, 기독교신문 헤드라인

〈만선호 선장으로 돌아온 배 목사〉

주중에는 배를 타고 고기를 낚고, 주말에는 사람을 낚는 배 목사.

붕어공주 사태가 몰고 온 태풍의 한가운데에 깊숙이 빠져 있던 배 목사는, 모든 사건이 종결된 후 만선교회에 사직서를 냈다. 최근 그는 아버지의 배를 수리해 고기를 잡고 있다. 그리고 주말에는 소외된 이웃들을 찾아 봉사활동을 하면서 자신의 과오를 바로잡는 중이다.

– 김요한 기자

배두호도 그 기사를 보았다. 사진 속 아버지의 모습은 어린 시절 그의 기억 속에 남아 있는 강인하면서도 인자한 눈빛을 지닌 젊은 목사님이었다. 배두호는 오랜만에 기쁜 마음으로 아버지에게 문자를 보냈다. 그리고 바로 아버지의 문자가 왔다. 답장을 읽는 배두호의 얼굴 가득 미소가 꽃핀다.

Scene24. 김해시 마을 창고, 배두호는 자신의 꿈을 찾다

어느 날, 이장님이 배두호에게 연락을 했다. 그동안 이장님의 배려로 창고에 보관해 두었던 허황옥의 짐들을 어떻게 할 거냐고. 여기도 이제 아파트가 들어설 예정이었다. 바로 김해로 내려간 배두호는 창고에 남아 있던 짐을 정리했다. 허황옥이 허수경이었던 시절의 옷과 학용품 등을 바라보며 배두호는 만감이 교차했다. 박스를 옮기던 중 여러 권의 스케치북이 한곳에서 쏟아져 나왔다. 어릴 적 허황옥과 함께 방에서 그림 그리며 놀던 흔적들이었다. 마땅히 가지고 놀 것도 없었지만 방 안에서 둘은 상상의 나래 속에 뭐든지 할 수가 있었다. 배두호는 반가운 마음에 흐뭇한 미소를 지으며 스케치북을 열어 보았다. 그리고 한 장 한 장 넘길 때마다 배두호의 두 눈이 커졌다.

스케치북 속의 어느 페이지에는 생선 가게에서 마이크를 들고 춤추고 노래하는 아줌마가, 어느 페이지에는 붕어 모양 오토바이를 타고 세상을 여행하는 남자들이, 다른 페이지에는 패션쇼에서 멋지게 걸어가는 키 큰 여자와 농구 선수, 뉴욕 타임스퀘어 광장에 서 있는 붕어공주 트럭과 흑인 남자, 그리고 또 어느 페이지에는 환하게 웃고 있는 교복을 입은 여학생들….

"아… 이건 모두 우리들 모습이었어…. 수경이랑 같이 그렸던 그림들 모두, 지금 우리의 모습이야… 앗? 잠깐만… 이건 뭐지?"

그림을 자세히 살펴보자 퍼즐처럼 연결되는 부분이 있었다. 배두호는 그림을 한 장씩 뜯어 바닥에 놓아 보았다. 길과 길이 만나 커다란 지도처럼 하나의 그림으로 연결되었다. 도대체 허황옥은 언제부터, 어떤 길까지 계획했던 걸까? 단순히 무의식과 본능의 결과인 걸까? 배두호가 놀라며 그림을 보던 중, 스케치북 제일 마지막 장에서 발견된 그림 한 장…. 그것은 카메라를 든 안경 쓴 남자가 커다란 배낭을 메고 공항으로 가고 있는 모습이었다. 배두호는 그것이 바로 자신이라는 것을 확신할 수 있었다. 그 그림을 보자마자 심장이 미친 듯이 빠르게 뛰기 시작했으니까. 배두호는 깨달았다. 자신이 진짜 하고 싶은 것은, 모든 것을 내려놓고 세상을 담기 위해 더 넓은 세상으로 떠나는 것이었다는 걸…. 배두호는 무언가 알 것도 같다는 얼굴로 슬며시 미소 지었다.

그렇게 배두호는 다큐멘터리를 제작하기 위해 중국을, 인도를, 그리고 미국을 돌아다니기 시작했다. 그리고 지금… 배두호는 제작 PD 겸 CNN의 붕어공주 특집 다큐 메인 출연자로 스튜디오에 앉아 있다.

CNN 스튜디오, 리처드는 허황옥의 행보에 궁금한 것이 더 있었다.

"허황옥 씨는 왜 마지막에 붕어공주를 스타월드에 넘겼나요?"

"그 부분은 저 역시도 허황옥 씨에게 직접적으로 들은 바가 없어 잘 모릅니다. 하지만 라마, 민정, 오태식 그리고 강 기자의 인터뷰에서 허황옥 씨의 생각을 유추할 수는 있을 것 같습니다."

insert CNN 인터뷰, 라마, 민정, 오태식, 강 기자 인터뷰

먼저 라마의 인터뷰다.

"허황옥 씨는 새로운 시스템을 만들고 싶어 했어요. 그렇다고 그럴 만한 힘을 가지고 있지는 못했죠. 그들과 싸워서 이길 수 없다는 것을 처음부터 알고 있었어요. 그들의 경기장에서는 100번 싸워 봐야 100번 다 질 거라고… 역으로 그들이 자신의 판에 들어오기를 바랐습니다."

그의 뒤를 이어 민정이 인터뷰했다.

"무상 급식의 예를 들어 보죠. 진보에서 무상 급식을 주장하면 공산주의, 사회주의적인 어젠다로 치부하지만, 보수에서 무상 급식을 실행하면 복지와 나눔으로 포장됩니다. 의사 증원 문제도 마찬가집니다. 진보 정부 시절에 의사 400명 증원 문제에 대한 보수층의 반응은 '의사들 밥줄 다 끊는다'는 식이었

죠. 그러나 보수 정부에서 2천 명 늘린다는 주장에 대해서는 '의사가 부족하다. 국민 건강을 위해 의사 정원수를 늘려야 한다'는 논리로 포장됩니다.
보수 정권의 대통령이 중국을 방문해 열병식에 참여하는 건 대중 관계 개선이 되지만, 진보 정권의 대통령이 하면 '친중 정권, 미국과의 관계 틀어짐, 한미일 동맹 관계 훼손'이라는 식으로 언론에서 말합니다.
'어떻게 바라보느냐? 누가 하느냐?'에 따라 같은 의도와 목적이 상이하게 보이는 게 현실입니다. 마찬가지로 그녀가 꿈꾸었던 '오병이어의 기적'과 '지속 가능한 빈곤 구제'라는 화두 역시 본인이 끌고 가면 사회주의적, 공산주의식 발상이라고 폄훼되거나 말살될 거라고 생각했습니다. 그렇기 때문에 허황옥은 자신이 꿈을 싹틔울 수는 있지만, 그 뿌리가 내릴 곳은 기득권 시스템 안이어야 한다고 믿었습니다. 그래서 마지막에 붕어공주를 스타월드에 아무런 조건 없이 양도한 것입니다. 그녀가 이루어 낸 엄청난 성과와 경제적 가치는 그녀에게 중요하지 않았습니다. 처음부터 자신의 안위와 이익을 위해 시작한 게 아니었으니까요. 자신이 만들고자 하는 지속 가능한 빈곤 구제 시스템이 살아 숨 쉴 수 있다면 그 어떤 것도 중요하지 않았습니다."

"많은 이들이 허황옥을 단순히 이상에 빠진 몽상가라고 생각하지만, 사실 그녀는 매우 현실적이었습니다. 자신의 꿈이 단순히 이상론에 머물지 않고, 지속 가능하고 실질적인 시스템으로 자리 잡으려면 어떤 희생과 양보가 필요한지를 철저히 계산했어요. 꿈붕어빵을 스타월드에 양도하면서도 그들이 반드시 지켜야 할 원칙들을 조건으로 걸었던 이유도 바로 그 때문이죠. 단순히 싸우기 위해서가 아니라, 기존의 방식을 개선하고 그 안에서 새로운 길을 찾으려 했던 겁니다."
오태식은 마지막으로 허황옥의 철학이 단순한 나눔이 아니라, 근본적인 변화를 위한 초석이라고 강조했다.

"결국 그녀가 원했던 건 단순히 빵 한 조각을 나누는 게 아니었어요. 빵을 만드는 방식, 나누는 구조, 그리고 사람들이 그것을 바라보는 시각을 모두 바꾸는 것이었죠. 허황옥은 단순히 빈곤 구제를 넘어, 세상을 바꾸는 데 필요한 첫 번째 씨앗을 심고 틔운 겁니다. 그리고 그 싹을 커다란 나무로 키워 나가는 건 이제 우리의 몫이겠죠."

강 기자도 인터뷰에 참여했다.

"그레이스도 새로운 변화가 필요하다는 걸 느꼈던 것 같아요. 위기의식을 느낀 거죠. 새로운 스타그룹을 이끌어 가야 하는 자리에서 기성세대의 시스템으로는 기득권을 유지하기 힘들다는 생각을 가지고 있었던 것 같아요. 그때 붕어공주가 나타나고 그러한 위기의식이 현실화되기 시작하면서 기득권 전체에 균열이 올 수 있다고 생각한 거죠. 허황옥은 이 싸움을 하려면 그레이스를 자신의 운동장으로 내려오게 해야 할 필요가 있다고 본 듯합니다. 결과적으로 그레이스는 원치 않는 싸움에 휘말리게 되었고 허황옥의 의도처럼 걸려든 것이죠.

하지만 결과는 그레이스가 생각한 것과는 완전히 달랐습니다. 아마 엄청난 돈을 요구하리라 생각했을 겁니다. 하지만 허황옥은 아무런 대가를 바라지 않았습니다. 단지 자신이 만들어 놓은 이 시스템이 안전한 곳에서 무사히 유지되길 바란 것뿐이었으니까요. 그리고 그런 허황옥의 뜻을 모두 이해하고, 받아들인 그레이스였습니다. 그레이스 입장에서는 이 사건을 해결함으로써 차기 스타그룹의 후계자 자리를 보장받게 되었고, 스타그룹과 많은 기득권들 역시 그레이스의 결정에 흡족해했어요. 그들로서는 잃을 게 없으니까요. 오히려 붕어공주의 진보적인 어젠다를 자신들의 것으로 만들어 좋은 이미지를 가져갔죠. 당분간은 그들의 세상이 안정적으로 돌아갈 거라고 낙관했습니다."

CNN 스튜디오, 허황옥의 최근 모습에 대해 리처드가 질문한다.

"배 PD님, 허황옥 씨의 최근 근황은 어떻게 됩니까?"

"한동안 여기저기를 돌아다닌 걸로 보입니다. 스타월드와 공생의 길을 걷기로 결정한 후 여러 나라에서 시스템이 잘 운영되는지… 그레이스 대표와 종종 연락하면서 시정할 부분이 있으면 의견을 나눴다고 들었습니다. 그리고 지금은 인도에 정착한 듯합니다. 작은 붕어공주 가판대를 하면서요."

"배 PD님도 약 4년간 짧지 않은 여정을 허황옥 씨와 함께하셨는데요, 그 빈 자리가 어색하거나 그립지는 않으신가요?

"당연히 허전하죠. 하지만 붕어공주가 인도로 돌아갔듯이, 제게도 돌아가야 할… 아니, 돌아갈 수 있는 곳이 생긴걸요. 배 몰기 좋은 계절 아닙니까."

그 후의 이야기

Scene25. 연남동, 꼬마 요리사 카레집

얼마 후, 강지영은 연남동에 '꼬마 요리사'라는 작은 카레집을 열었다. 당연히 가게 안에 붕어공주 꿈붕어빵도 같이 팔았다. 다양한 카레 맛과 밥으로 속을 채운 붕어빵이었고, 나름 맛집으로 소문이 나서 주말에는 사람들로 붐볐다.

꼬마 요리사는 음식뿐 아니라, 우리 삶 주변에 밀접한 정치, 경제, 사회에 대한 다양한 의견을 개진하며 개인 유튜브 방송과 신문에도 칼럼을 쓰는 등 다양한 활동을 하고 있다. 그 사건 이후 아버지 강 판사는 법복을 벗고 민변으로 활동 중이다. 그는 불합리한 해고를 당한 노동자들을 위해 무료 변론을 주로 맡고, 5.18 민주화 운동 기념회에서 활발히 활동하고 있다. 오빠 강지원은 삼오전자를 그만두고 한동안 해외로 나가서 세상을 둘러보는 중이다. 평생 공부만 하고 살아왔는데 이번 기회에 자신의 꿈을 다시 찾아 본다고 했다. 강지영은 가족들과 연락하고 지내지 않았다. 자신으로 인해 가족들이 입은 피해에 대한 죄책감으로 자신은 없는 가족이라고 생각해 달라는 마지막 말 이후 어느 누구도 서로에게 연락 안 했다. 아니, 서로 연락을 하지 못하는 걸지도 모른다.

어느 날, 여동생 강지수가 카레집에 찾아왔다. 여동생은 남편과 이혼 후 자신을 아직도 사랑한다고 하는 바이올린 전공 동기와 학원을 운영 중이다.

"지수야…."

"어머, 사진보다 훨 가게가 크네. 요즘 인스타에 핫플, 맛집으로 엄청 나오더만. 나 요즘 이 동네 학생 개인 레슨 중이야. 부자집 딸내미~ 크크크…. 언니, 너무 미안해하지 마. 어쩌면 다들 이제야 진짜 자리를 찾은 걸지도 몰라. 종종 카레 먹으러 올게. 그리고 엄마한테 연락 좀 드려! 노인네가 맨날 언니 얘기만 하셔. 나 보고 연락 좀 하라고…. 아, 귀찮아 죽는 줄~ 난 말했으니까 이젠 언니가 알아서 해! 어머, 몇 시야? 나 이제 레슨하러 가야 해. 학생 갖다주게 붕어빵 좀 포장해 줘! 잠깐, 설마 이 꿈붕어빵 먹고 첼로 안 한다고 하는 거 아니야? 하하하."

"응, 그래… 다음 주에 엄마랑 같이 와 줄래?"

가게에는 예진과 다인도 자주 놀러 왔다. 이젠 어엿한 성인이 된 둘은 여전히 '붕어공주 팬카페'를 운영 중이고 예진이는 아버지 모준과 얼마 전 예진제과를 재오픈했다.

한참 수다를 떨며 놀던 중에 강지영 전화로 화상 전화가 왔다. 화면에는 반가운 사람의 이름이 떠 있다. 예진이가 먼저 전화를 덥석 받는다.

"지영아~ 뭐 해? 어머나~ 예진이랑 다인이도 와 있네? 다들 잘 지내니?"

"와~ 그레이스 언니! 오랜만이에요! 잠시만요, 지영 언니~ 그레이스 언니 전화요~"

"으이구, 이 참새 같은 녀석들! 응, 언니~ 어쩐 일이에요? 오늘 스위스 간다고 하지 않았어?"

"응, 지금 공항 가는 중~ 너도 같이 가자니까 뭐가 그리 바쁘다고…."

"호호, 저도 나름 바쁩니다! 구멍가게라고 너무 무시하지 마세요~ 내가 꼬마 요리사 키워서 스타월드보다 커질지도 몰라! 각오하셔요~"

"오~ 지금 나를 도발하는 거야? 크크크. 얼마든지 도전을 받아주마!"
"그레이스 언니~ 올 때 선물 사 와요! 스위스 초콜릿! 아니다 치즈? 아니다 와인, 와인!!!"
"아이고, 요 녀석들 이제 성인 됐다고 와인 타령이네? 큿~ 그래, 다녀오면 우리 와인 파티 한번 하자! 기다려, 꼬맹이들!"
"오케이, 돌아오면 와인 한잔해요. 조심히 다녀오시고~"
그레이스는 전화를 끊고 미소를 짓는다. 앞좌석에 앉은 제이슨이 백미러로 보고 웃는다.
"왜 웃어? 빨리 가! 비행기 시간 늦으면 어쩌려구 그래?"
"넷? 대표님 전용기인데요?"
"아, 그렇지… 끙…. 제이슨! 앞에 똑바로 보고 운전해!"
"예썰!"

강지영은 요즘 배두호와 함께 글을 쓰기 시작했다. 자신들이 겪고 지켜본 이야기를….
책 제목은… 《붕어공주 허황옥의 꿈붕어빵 이야기》.

Scene26. 스위스 국제 공항, 그레이스, 스타월드 비밀 금고 안에 청동 붕어를 보관한다

스위스 국제 공항. 최고급 전용기가 활주로에 들어섰다. 매끄럽게 착륙한 전용기는 미리 대기하고 있던 롤스로이스 앞으로 천천히 멈추었다. 10여 명의 경호 팀이 이미 차량 앞에 포진해 있었다. 스타월드 로고가 선명하게 새겨진 전용기의 문이 열리고, 제이슨이 먼저 내려 경호 팀과 사인을 주고받은 얼마 후 그레이스가 박 비서와 함께 비행기에서 내렸다. 제이슨이 차 뒷문을 열자 그레이스가 올라탔다.

차는 경찰 오토바이의 호위를 받으며 시내로 이동했다. 창밖으로 스위스를 상징하는 알프스산이 보였다. 롤스로이스는 스타그룹 스타뱅크 본사 건물 지하 주차장으로 미끄러지듯이 들어갔다. 스타뱅크의 고위직들이 나와서 그레이스를 맞이했다. 지하 5층에 있는 스타그룹 전용 뱅크로 안내되었다. 이곳은 의장만이 들어갈 수 있는 곳이었다. 얼마 전 의장이 되면서 그레이스의 생체 비번으로 모든 것이 바뀌었다. 홍채 인식을 통과한 후 그레이스는 금고실 안으로 들어갔다. 육중한 금고 문이 소리 없이 조용히 열렸다. 그레이스는 목에 걸고 온 낡고 오래된 가죽 주머니를 풀어 테이블 위에 올렸다. 그 안에는 허황옥에게 받은 청동 붕어가 들어 있었다. 그레이스는 그것을 조심스럽게 꺼내 꼼꼼히 살피며 만족스러운 미소를 지었다. 그리고 특수하게 제작된 금으로 된 박스에 청동 붕어를 넣어 금고 안에 보관했다. 스타뱅크를 나와서 호텔로 돌아가는 길에 어머니 소피아로부터 전화가 왔다.

"그레이스 의장, 고생했다. 이제 우리의 목표를 다 이루었구나! 네가 자랑스럽다, 내 딸아!"

"아니요, 아직 전 시작도 안 한 걸요? 우리의 목표는 이루었지만 제 꿈은 이제 시작입니다, 어머니!"

그레이스는 스타그룹 소유의 최고급 호텔 스위트룸에 도착했다. 화려한 장식의 스위트룸 테이블에는 스타월드 로고 컵과 붕어공주 꿈붕어빵이 놓여 있었다. 신문에는 스타월드 주가 최대 상승, 그레이스 의장의 행보에 대한 기사들이 보였다. 그녀는 외투를 벗어 던지고 천천히 옷을 벗기 시작했다. 그녀가 단추를 풀자 고급 실크 블라우스가 스르르 어깨를 타고 깃털처럼 소리 없이 흘러내렸다. 하얀 그녀의 피부가 빛이 났다. 그리고 그녀는 샤워실로 향했다. 천장에서 김이 모락모락 나는 온수가 쏟아져 나왔다. 그레이스는 폭포처럼 쏟아져 내리는 물속에서 젖은 머리카락을 손으로 쓸어 올렸다. 물줄기가 그녀의 목을 타고 그녀의 어깨로 흘러내렸다. 그때였다. 그녀의 어깨에서 피부 톤과 같은 파운데이션이 녹아내렸다. 그러자 그곳에서 물고기 두 마리가 드러나기 시작했다. 허황옥과 거의 똑같은 모양의 점이었지만 허황옥보다는 크기가 확실히 작아 보였다. 떨어지는 물속에 그녀의 물고기 모양 점들이 마치 폭포를 거슬러 오르는 모습처럼 꿈틀거렸다. 샤워를 마치고 거울 앞에 선 그레이스는 어깨의 물고기 점을 손으로 쓰다듬으며 거울 속 자신을 바라보았다. 가운을 입고 거실로 나온 그레이스는 스타월드 커피와 꿈붕어빵을 먹으면서 알프스 전경이 보이는 창가에 걸터앉아 생각에 잠겼다. 그레이스가 자신의 아랫배를 손으로 어루만졌다. 봉긋하게 올라온 그녀의 배가 보였다. 약간의 미동이 느껴지자 그레이스는 살짝 놀라면서도 얼굴 가득 기쁜 표정이었다.

"아가야, 어서 무럭무럭 자라렴. 너는 우리 모두의 꿈이야!"

그레이스는 이제 왕관의 무게를 견딜 수 있게 되었다.

Scene27. 인도 뭄바이, 인도에 정착한 허황옥

몇 년 뒤… 인도 뭄바이, 도시의 빈민가에 붕어공주 가판대가 보인다. 아이들이 그 앞에서 기부된 꿈붕어빵을 받아먹고는 까르르 웃으며 뛰어간다. 허황옥은 아이들이 웃으며 가는 걸 흐뭇하게 바라보았다. 다시 열심히 꿈붕어빵을 굽기 시작하는 허황옥. 그때였다. 누군가가 가판대로 다가왔다.

"저도 꿈붕어빵 하나 주세요, 붕어공주님~"

귀에 익숙한 목소리… 허황옥은 고개를 들었다. 그레이스가 서 있었다. 둘은 잠시 서로를 바라보며 눈으로 이야기를 나누었다. 허황옥의 눈가에 눈물이 그렁그렁했지만 그녀는 바로 밝은 미소로 반갑게 답했다. 그레이스 역시 눈가가 촉촉했지만 눈물이 떨어지기 전에 웃음으로 답했다. 그때 그레이스 뒤에 한 남자아이가 치마를 붙잡고 숨어 있었다. 아이가 고개를 살짝 내밀며 허황옥을 보고 부끄러운 듯 또 숨었다. 갈색 머리에 파란 눈동자와 검은 눈동자를 동시에 가진 남자아이.

"노아~ 뭐 해? 어서 인사해야지~ 허황옥 이모, 안녕하세요? 해 봐~"

"안녕하세요~ 「붕어공주 이모….」"

허황옥은 노아에게 다가가 한쪽 무릎을 꿇고 앉아 사랑스러운 눈으로 바라본다.

「반가워~ 네가 노아구나? 나랑 얘기 나누려고 수어도 배웠다며? 고마워! 엄마처럼 빛나는 파란 눈동자를 가졌네~」

"응, 너처럼 깊고 검은 눈동자도…"

허황옥은 노아를 꼭 안아 준다. 그레이스도 둘을 감싸안아 준다.

Scene28. 인도 갠지스강, 서로에게 어깨를 내어주는 허황옥과 그레이스

그레이스와 허황옥은 노을 지는 갠지스강 가에 앉아 수만 년간 흘러왔을 강물을 하염없이 바라보았다. 그들의 손에는 인어공주와 붕어공주 로고가 새겨진 텀블러와 꿈붕어빵이 들려 있었다.

노을을 배경으로 노아가 동네 아이들과 무슨 놀이인지도 모를 놀이를 하면서 웃고, 뛰어놀고 있었다. 피부색도 다르고 언어도 다르지만 아이들은 다 통하는 것 같았다. 아이들은 저마다 손에 꿈붕어빵 하나씩을 들고 있었다.

"저기 봐, 노아 어깨의 물고기 점 보여? 세상에 저렇게 크고 건강한 물고기는 처음 봤어. 너보다 나보다 더 커! 너무 신기하고 감사해. 이제 너와 나의 아이가 다음 세대의 미래를 책임질 사람으로 클 거야."

「….」

허황옥이 말없이 그레이스의 어깨에 기댔다. 그레이스도 허황옥에게 조용히 머리를 기울였다. 김해에서 처음 만난 후 십수 년이 흘렀다. 그리고 지금 갠지스강 가에 앉아 노을을 바라보고 있는 그들은 말이 없어도 서로를 가장 잘 이해하는 사이가 되었다. 갠지스강으로 뛰어든 노아와 꼬마 아이들. 물속에서 튀어 오르는 노아의 어깨에 두 마리의 물고기 점이 선명했다. 마치 살아 있는 두 마리의 물고기가 황금빛 노을 속으로 힘차게 솟아오르는 듯했다.

- End -

여러분도 꿈붕어빵을 먹고 멋진 꿈 꾸시기를 바랍니다.

작가 후기

이 지구라는 별에서 반백 년을 살아온 내가 소설을 쓰게 될 줄은, 글을 통해 얼굴도 모르는 사람들과 소통하게 될 거라고는 상상도 하지 못했다.

초등학교 4학년 때 글짓기 숙제로 단편 소설을 쓴 적이 있었다. 11살짜리가 웬 단편 소설? 같은 반 친구들은 대부분 일기나 시 같은 것을 쓰던 시절이었다. 그때 나는 무엇에 꽂혔는지 호기롭게 단편 소설을 쓰겠다고 말해 버렸다.

4학년 때 쓴 단편 소설의 내용은 이러했다. 펫샵에서 사 온 꼬마 거북이들의 이야기였다. 주인공 폴이 키우는 어항 속에 모인 5마리의 꼬마 거북이들. 그들은 바다를 한 번도 본 적이 없었다. (심지어 배경도 한국이 아닌 미국 캘리포니아였다! 조선 땅을 벗어나 본 적이 없던 4학년 꼬마가 미국에 사는 폴의 이야기를 쓰기 시작한 거다.) 그들은 여기저기서 주워들은 이야기 대로 바다를 상상하고 그리워하며 꿈을 꾸었다. 그러던 어느 날, 한밤중에 태풍이 몰아치고 그만 창문이 열리며 어항이 바닥으로 떨어져 깨지고 만다. 꼬마 거북이들은 지금이 기회라는 것을 깨닫고 탈출하기로 결심한다. 그들은 기어서 화장실 하수구를 통해 바다로 가기로 했다. 하수구를 통과하는 일은 생각처럼 쉽지 않았다. 더러운 물과 바퀴벌레, 쥐들이 그들을 맞이했다. 가도 가도 끝없는 하수구를 통과하던 그들은 점점 지쳐갔다. 그중 가장 바다를 동경해 왔던 허풍쟁이 거북은 "어쩌면 바다는 생각처럼 그렇게 대단한 게 아닐지도 몰라!" "그래, 바다라고 뭐 별

거 있겠어?" "아, 맞다! 바다에는 상어라는 놈들도 있고, 엄청 위험하다고 했어!" 지친 거북이들은 점점 그 말에 공감해서 서로의 명분을 찾아 주기 시작했다. 결국 그들은 다시 뒤돌아 집으로 왔다.

… 뭐 이런 내용이었던 걸로 기억한다. 일종의 부조리극 같은 느낌이었다. 사실 바다까지 가서 행복하게 사는 것을 엔딩으로 생각했다가, 마감일에 쫓기고 뒤를 풀어 갈 능력도 시간도 안 되다 보니 급하게 부조리극으로 전환한 부분이 없지 않았다. 안 그러면 초4의 머리가 다 빠져 대머리가 되어 버릴 것 같았다. 어디서 주워들었는지 그때도 부조리라는 단어를 얼핏 알았었나 보다. 기억의 오류일지도 모른다. 그래도 뒷부분을 해피엔딩이 아닌 다시 집으로 컴백하는 것으로 마무리 지으면서 이 또한 나쁘지 않다고 스스로 타협했던 기억이 난다.

선생님은 내 글을 읽으시고는 놀람과 함께 약간 의심스러운 눈초리로 "이거 정말 네가 쓴 거 맞아?" 하고 물으셨다. 내가 그렇다고 하니, "너는 나중에 글 쓰는 직업을 해도 좋을 거 같아! 잘 읽었고, 재밌었다"라고 말씀해 주셨다. 의외의 반응이었다. 사실 난 그다지 잘난 것도 특출난 것도 없는 그냥 평범한 60명의 학생들 중 하나였다. (우리 때는 한 반에 60명씩 오전, 오후반이 있었다우~) 드라마로 치면 학생 34번 같은 이름 없는 배역…. 그랬던 나에게 선생님의 칭찬은 자칫 그 자리에서 고래처럼 춤이라도 추게 할 뻔했다.

그렇게 나의 첫 단편 소설은 내 기억 속에만 존재했다. 그 후 어언 40년이 지나 갑자기 내 인생의 두 번째 소설, 그것도 700페이지에 가까운 장편 소설을 들고 다시 독자 앞에 나타난 것이다. I will be back! 신인 작가의 데뷔작이 대하 소설급이라니! 내가 미친 거지. 암, 미쳤어…. 그런데 이번에도 상황은 비슷했다. 갑자기 뭔가 쓰고 싶단 욕망이 마음속 깊은 곳에서 작은 빈틈을 뚫고 솟아오르기 시작했다.

이 이야기는 나의 경험담(?), 경험담이라 하면 오해의 소지가 있겠지만 내가 실제로 본 한 장면에서 시작되었다.

미대를 나오고 대학원을 다니다 광고계에 입문해 20년간 광고 감독으로 일했다. 얼추 300여 편 정도의 TV 광고를 만든 듯하다. 나름 그 시절 그 업계에서 이름 석 자 말하면 알아주던 시절도 있었다.

사실 난 두 번의 심장 수술을 받았다. 건강 검진 중 심장에 심각한 문제가 있다는 것을 알게 되었다. 당장 수술을 하지 않으면 죽을지도 모른다고… 내게는 선택의 길이 없었다. 약 2주일간 급하게 신변 정리를 하고 유서까지 썼다. 혹시 모를 일에 대비해… 당시 치매를 앓던 어머니께는 잠시 출장을 다녀온다고 말했다. 그녀는 내 말을 기억하지 못했다. 그렇게 난 수술대 위에 올라갔다. 약 12시간의 수술 후 중환자실에서 눈을 떴다. 가슴을 30cm 이상 가르고 갈비뼈를 드러낸 후 대동맥을 인공 혈관으로 감싸는 수술이었다. 불로 달군 쇳덩이가 가슴에 올려져 있는 듯한 고통과 폐까지 삽입된 관을 통해 인공호흡기로 숨을 쉬면서 공포와 슬픔과 감사의 눈물을 흘렸다. 손발은 침대에 묶여 있고, 목구멍에 박힌 인공호흡기로 인해 입은 벌려진 채 고정되어 있었다. 아무리 외쳐도 아무 말도 할 수가 없었다.

첫 번째 심장 수술을 받고 내가 살아온 삶을 돌아보면서 다시 얻은 두 번째 삶을 어떻게 살지 고민했다. 그때 뭔가를 쓰고 싶다는 마음을 먹은 듯하다. 죽기 전에 무언가를 남기고 싶다는 마음이 들었다. 호랑이도 죽어서 가죽을 남긴다는데… 난 글이나 남겨 볼까? 하지만 사람은 쉽게 바뀌지 않았다. 첫 수술 후 정신적, 육체적 트라우마가 따라왔고 난 우울증에 걸렸다. 수술 부위가 너무 아파서 2년간 리클라이너 의자에 앉아서 잤다. 어깨와 가슴을 펼 수가 없었다. 목 디스크에 오십견까지… 이러다 의자에서 죽겠구나 싶었다. 살고 싶었다. 이때 요가를 시작했다. 요가를 하면서 내가 육신의 병이 아닌 마음의 병이 더 크다는 것을 알았다. 난 매일매일 요가를 하면서 다시 살아날 방법을 깨달아 갔다. 더 이상 광고 일은 할 수가 없었다. 결국 자의적, 타의적 은퇴를 하고 한강에서 유선장 사업을 시작했다.

사업을 시작하자마자 세월호 사건과 대통령 탄핵이라는 전대미문의 사건을 겪으면서 경기는 최악으로 치달았다. 동업자 간의 갈등과 소송, 사채업자와 채무 관계 등… 내 인생 최악의 시간이었다. 밑바닥이 보이지 않았다. 맨 마지막이라 생각한 지하보다 더 깊은 지하가 어김없이 존재했다.

그 죽을 것 같은 시련 속에 간신히 사업장을 완성하고 실낱같은 희망을 가지고 오픈 준비를 하던 중 이번에는 전 세계를 강타한 코로나가 덮쳤다. 2020년 1월 10일에 오픈하고 1월 20일, 한국에 첫 코로나 확진자가 나타났다. 당시 내 머릿속엔 '아… 망했구나… 그냥 물에 빠져 죽자!' 라는 생각뿐이었다. 코로나 직격탄을 맞고 거의 망했다 생각했는데, 다행히 3월부터 사람들이 한강으로 몰려나오기 시작했다. 몇 개월간 마스크를 쓰고 답답해하던 시민들은 겨울의 끝자락인데도 아직 매서운 찬 바람이 부는 한강으로 쏟아져 나왔다. 우리 카페는 모든 창문을 열어 환풍이 잘 되는 구조였다. 찬 바람을 맞으면서도 사람들은 커피를 마시러 왔고, 코로나로 중국 공장들이 셧다운이 되면서, 대기는 그야말로 청명했다. 매일매일 아름다운 노을을 한강에서 바라볼 수 있었다. 아무것도 예측이 불가한 암울한 팬데믹 시간 속에서도 사람들은 희망을 꿈꾸며 버텨냈다. 그 후 우리 카페는 나름 한강 노을 맛집으로 핫 플레이스가 되었다.

2020년 4월쯤, 스타벅스가 인수 의사를 밝혀 와 6개월 만에 스타벅스에 카페를 양도했다. 두 달여 간의 인테리어 공사 중 외벽에 스타벅스의 상징인 녹색 세이렌 간판이 설치되고 불이 들어왔다. 나는 종종 저녁에 나가서 스타벅스 공사 진행 상황을 지켜보곤 했다. 만감이 교차했다. '그렇게 죽을 것같이 힘들었는데 죽으란 법은 없구나….'

어느 날, 사인 보드에 불이 켜진 저녁, 스타벅스 로고가 비추어 일렁거리는 강물 아래 팔뚝만 한 시꺼먼 붕어들이 헤엄치고 있었다. 그중 몇몇 붕어들이 고개를 내밀고 스타벅스 간판을 바라보는 게 보였다. 그 순간이었다. 붕어들이 하는 소리가 귀에 들려오는 듯했다.

"어머, 저 녹색 간판… 저년 저거 인어공주 아니여?"

"응~ 맞네, 맞아! 인어공주. 저년 미국 이민 갔다더니 아주 출세했네?"

"젠장, 우리는 여전히 진흙이나 퍼먹고 사는데…."

"어느 년은 커피 모델 돼서 떵떵거리고 살고, 우리는 여태 이러고 살고… 에잇! 더러운 세상!"

혼자 이런 상상을 하며 속으로 킥킥 웃고 있던 중에….

'아니, 잠깐만… 인어공주가 있으면, 혹시 붕어공주도 있는 거 아닐까?'

하는 생각이 떠올랐다. 다음 날 나는 바로 붕어공주라는 이름의 상표권을 조사해 봤다.

'헉! 없다!'

세상에 붕어공주는 존재하지 않는 것이었다. 그렇게 나는 붕어공주라는 이야기에 빠져들었고 매일 붕어공주만 생각하며 하루하루를 보냈다. 하지만 안타깝게도 쉽게 글로 써지지는 않았다.

머릿속으로만 상상하며 약 2년이 흐르고, 코로나가 거의 마지막 극성을 부리던 시점에, 청천벽력 같은 일이 또 일어났다. 첫 수술 10년 만에 두 번째 수술을 해야 한다는 병원의 진단에 난 다시 멘탈이 무너지고 말았다. '아… 결코 피할 수 없구나…' 살아온 시간이 주마등처럼 눈앞에 흘러갔다. 이번에는 심장을 멈추고 대동맥을 인공 혈관으로 교체하는 수술이었다. 그때 결심했다. 이번에 무사히 눈을 뜨면 무슨 일이 있어도 바로 글을 쓰리라 마음을 먹고 다시 차가운 수술대에 올랐다. 그리고 상상도 하기 힘든 고통 속에 나는 다시 중환자실에서 눈을 떴다. 세 번째 삶을 얻은 것이다. ('혹자는 두 번째 기회 아니야?'라고들 한다. 첫 수술, 두 번째 수술, 뭐든 간에….)

광고업은 광고주의 오더를 받아서 제작 납품하는 형식이다. 대부분의 사업 구조가 비슷하기는 하다. 20년간 내 것이 아닌 누군가의 것을 만들어 왔다. 그 덕에 먹고 살았지만 내 인생의 화양연화 시절을 내 삶이 아닌 누군가의 삶을 대신 산 기분이었다. 평생 전화기를 손에 쥐고 살았다. 대행사나 광고주의 오더를 놓치지 않으려고 잘 때도 손에 전화기를 쥐고 잤으니까. 그렇게 길들여지다 보니 누군가의 전화를 받지 않으면 무언가를 시작하지 못하게 되었다. 나는 마치 파블로프의 개처럼 훈련되어 있었다. 그래서 생각해 낸 방법이 내가 나한테 전화를 거는 것이었다. 퇴원 후 아침에 난 내게 전화를 걸었다. 처음으로 내 스스로 내 것을 만들라고 오더를 내렸다.

"하루킴 씨, 컨펌 났습니다. 글쓰기 바로 시작하십쇼!"

10일간의 입원 후 집에 돌아온 나는 수술 부위의 진물이 흘러나오고 실밥도 뽑기 전에 아픈 몸을 일으켜 컴퓨터 앞에 앉았다. 모니터 안의 하얀 백지를 바라보았다. 잠시 숨을 고른 후 천천히 손가락으로 타이핑을 하기 시작했다. 이번이 나의 처음이자 마지막 소설일지도 모른다는 심정으로.

제목: 붕어공주

지은이: 하루킴

제목을 쓰고… 내 필명을 쓰고….

모니터 안 하얀 전자 종이에 검은색 글씨가 하나둘… 한 줄, 두 줄… 한 페이지, 두 페이지 채워졌고, 그렇게 3년간 써 내려갔다. 어릴 적 4학년 초등학생이 원고지에 작은 네모 한 칸, 한 칸을 몽땅 연필로 채워 나간 것처럼. 그렇게 시작된 글쓰기. 약 3년간 매일 의자에 앉아서 글을 썼다. 하루도 안 쉬고 의자에 앉았다. 어떤 날은 하루 종일 모니터를 바라보며 손가락 하나 움직여지지 않는 날들도 많았다. 글 쓰는 일이 이렇게 힘들구나…. 그동안 작가들이 몇 년씩 글 쓴다는 이야기 듣고 비웃었는데… 글은 엉덩이로 쓴다는 말이 이제야 이해가 됐다. 글쓰기 막바지에는 창피하지만… 진짜 창자가 항문으로 나오는 느낌이었다. 이런 걸 밑 빠진다고 하나? 산고를 겪는다는 말이 이런 거구나…. 하나의 창작물이 나오는 게 아이 낳는 일과 비슷하구나 싶었다.

나도 연출을 했다 보니 이 소설이 언젠가는 영화나 드라마가 되었으면 하는 바람을 가지고 있다. '평생 영화와 드라마를 봐 온 사람으로서 이런 내용도 나오면 재밌지 않을까?' 하는 마음에서 쓰기 시작했고, 지금도 이런 얘기가 나오면 어쩌면 사람들이 재밌어할지도 몰라~ 하는 마음이다.

글을 마무리 지은 후 주변 지인들에게 보여 줘 봤다. 반은 재밌다, 반은 모르겠다 했다.

"허허허! 반이라도 재밌다는 게 어디야?" 하는 교만함과 얼척 없는 근자감으로 무장한 채 이 책을 독자들에게 바친다. 구입하신 독자들 중 반이라도 재밌게 봐 주시면 고맙겠고, 반은 아니어도 사 주셔서 감사하다. 재미없게 본 분들은 그냥 똥 밟았다고 생각해 주시기 바란다. 내가 살아 보니 늘 꽃길만 걷는 건 아니더라~

한강 스타벅스에서 어느 날…

추신: 환불은 안 됩니다.